本書出版得到國家古籍整理出版專項經費資助

古典文學研究資料彙編

文選資料彙編

序跋著録卷

中華書局

圖書在版編目(CIP)數據

文選資料彙編·序跋著録卷/劉鋒,王翠紅主編. —北京:中華書局,2019.4
(古典文學研究資料彙編)
ISBN 978-7-101-13497-1

Ⅰ.文… Ⅱ.①劉…②王… Ⅲ.《文選》-研究資料
Ⅳ.I206.2

中國版本圖書館 CIP 數據核字(2018)第 242862 號

責任編輯:許慶江

古典文學研究資料彙編
文選資料彙編·序跋著録卷
劉　鋒　王翠紅 主編
*
中 華 書 局 出 版 發 行
(北京市豐臺區太平橋西里 38 號　100073)
http://www.zhbc.com.cn
E-mail:zhbc@zhbc.com.cn
北京瑞古冠中印刷廠印刷
*
850×1168 毫米 1/32 · 16⅜印張 · 2 插頁 · 320 千字
2019 年 4 月北京第 1 版　2019 年 4 月北京第 1 次印刷
印數:1-3000 册　定價:56.00 元

ISBN 978-7-101-13497-1

《文選資料彙編·序跋著録卷》編委會

目録

「文選學」著作類

著録

前言

由梁代昭明太子蕭統所主持編纂的《文選》，是現存第一部薈萃先秦迄於齊梁文學精華作品的總集。自隋唐至清代，《文選》流播的廣泛性幾乎可與五經、四史並駕。《文選》保存了七百餘篇詩文，許多名作賴之以傳，至今不磨；《文選》是衆多文人學習的典範，對後世的文學創作影響深遠；《文選》反映出編撰時代的文學、文化思想，兼有文學批評、文體論、修辭學等多方面價值；《文選》是總集之首，對後世總集編纂具有示範意義；《文選》保存了大量先唐時期的語言材料，具有重要的語言文字學價值；在一些歷史時期，《文選》也是士子科舉考試必讀的教科書，這一文化現象是研究教育史、科舉史所不能忽略的。總之，《文選》一書思想文化藴含丰富，深刻地影響了中華民族的精神建構與文化發展。

「文選學」肇始於隋唐之際，自蕭該、曹憲以下，注家輩出，而李善、五臣兩家獨盛於後世。有宋至清，「文選學」雖有顯隱，但一直延續不斷，在清代達到鼎盛，著述層出不窮。「文選學」涉及廣泛，成果豐富，舉凡文字、音韻、訓詁、目録、版本、校勘，以及考證、評點、辭章、續擬等方面，無不囊括，具有重要的學術價值。可以説，「文選學」之於中國文學、文化等傳統學術研究，深具範式意義。

近現代以來，《文選》和「文選學」雖然曾在特定的歷史時期受到較多批判和冷落，但相關研究並未間斷，個别名家亦有卓異於時代的研究巨著。而在思想學術的轉型過程中，「新文選學」也應運而生。二十世紀九十年代以來，「文選學」再度繁榮：中國文選學研究會的成立，國際「文選學」界的積極交流，大量「文選學」論著的發表，有力推動了「新文選學」更廣闊、深入的發展。當今的《文選》研究，既要吸納傳統「文選學」之精華，更要進一步發掘《文選》的精神意藴，探究《文選》與「文選學」之於中國文學、文化的深微關係，這就必須充分佔有資料，以全面、整體之視野進行相關學術研究。

歷代關於《文選》和「文選學」的文獻資料浩如煙海，其中除各種《文選》版本以及「文選學」專著相對集中外，其他資料零星分佈在四部典籍中，頗難備覽。清代余蕭客《文選紀聞》、汪師韓《文選理學權輿》、孫梅《四六叢話》、近代駱鴻凱《文選學》等書對前代資料雖有彙集，但均非資料專書，所集十分有限，其後此類書亦未見再出。故早在二十世紀九十年代初，爲適應「新文選學」的繁榮發展趨勢，許逸民、俞紹初兩位先生提出「文選學研究集成」叢書的構想，將集成整理「文選學」文獻資料作爲推動「新文選學」發展的基礎研究課題，而「文選資料彙編」是該課題的一個重要項目。但因資料查檢十分不易，人員組織也頗爲困難，這項工作一直未能完成。我們有感於此，在俞紹初、許逸民先生的開啓下，組織協調人力物力，通力合作，編纂了這部七卷本的資料彙編。

「總論」單獨成卷，爲涉及《文選》整體的資料，具體又分「統論」和「紀事」兩大類，前者爲評論性資料，後者爲歷史記載性資料；「分論」爲涉及《文選》所收作品的資料，下設「賦類卷」、「詩類卷」、「騷類卷」、「文類卷」；「序跋著録卷」專收歷代《文選》版本及「文選學」著作的序言、跋語，和歷代書目有關《文選》版本與「文選學」著作的著録資料；「域外卷」採録古代日、朝等國的相關資料，體現「文選學」的國際化特色。

根據「文選學研究集成」叢書的整體構架，《文選資料彙編》將與已經出版的《中外學者文選學論集》《中外學者文選學論著索引》和後續的一些課題項目如「文選會校」、「文選會注」等互相配合，互爲補充。在此整體構想下，我們對有關《文選》以及「文選學」的文獻資料進行集成整理，使各種資料各依門類，務求脈絡、層次清晰，避免雜亂無序、重複繁贅，力求能够清晰地顯示出「文選學」的流變史跡。在編纂中亦樹立主次、高下、優劣的取捨標準，既求全，亦求精，做到「精」與「全」的辯證統一。從而使兩千餘年的《文選》資料薈萃一編，便利學界、讀者，促進「文選學」以及唐前文史研究的發展。

在工作過程中，我們發現「文選資料彙編」只是《文選》與「文選學」文獻遺産整理的初步，歷史上的《文選》與「文選學」爲我們留下極其豐富的文化遺産。《文選》版本方面，從隋唐時期的寫本、抄本至宋元明清時期的刻本、活字本等等，衆多版本文獻價值皆彌足珍貴。「文選學」成果方面，專著有記載可考者逾二百種，存世者逾百種，其他包含零星資料的四部典籍則數以千計。故我們也借本彙編出版的機會，向學術界、出版界呼籲：更加重視《文選》文獻的整理，促進《文選》重要版本的出版流通，加强對「文選學」專著的點校整理，建構完善的「文選學」文獻資源平臺。

需要特别指出的是，本彙編原本就是許逸民、俞紹初兩位先生的構想，而在我們的編纂過程中，兩位先生始終關注此事，提出了許多重要的指導意見。可以説，没有兩位先生的關注指導，我們的工作就不可能開展，更不可能順利完成。劉躍進先生、傅剛先生也對本彙編頗爲關心。編纂過程中我們還得到了中國文選學研究會諸位會長、理事以及海内外專家學者的批評指導，在此一併致以深深的謝意。

中華書局慨允出版此部繁重的資料彙編，總編輯徐俊先生、文學室主任俞國林先生對本書出版提供了大力支持，在此深表謝忱。各卷的編輯同仁對我們的彙編工作悉心關懷，在編纂體例、文字校對、成書等各個方面都給予了無私的指導幫助，我們甚是感激。

本彙編卷帙繁多，資料龐雜，且書成衆手，更因我們水平有限，錯漏之處在所難免，敬請讀者不吝批評指正。資料收集與學術研究有如積薪，永無止境，我們不會就此止步，希望將來能够進一步予以完善。

編　者

二〇一三年六月六日

凡例

一、《文選資料彙編》系統輯録歷代有關《文選》及其研究的文獻資料。編纂體例主要依據《文選》研究資料的實際情況，並以整體呈現「文選學」的學術系統爲資料編纂的指導思想。

二、本彙編輯録一九一一年之前的資料，近現代的資料也酌情採擇重要者，由於時代越近，資料越繁雜，故一般詳古略今，有所別裁，古者求全，近者求精；爲切近原貌，優先録用較早流傳的文獻，如某條資料並存於《藝文類聚》和《太平御覽》，則採用前者，他皆類此。

三、本資料彙編分爲「總論卷」、「分論卷」、「序跋著録卷」和「域外卷」四大部分：

（一）「總論卷」爲涉及《文選》整體研究的文獻資料，分爲兩大部分：第一部分爲統論《文選》的資料，主要是對《文選》以及「文選學」整體研究的論述、評價資料，包括析論《文選》編者、選録標準、成書過程、編纂體例、纂集優劣正誤、文體分類、諸注家及其注釋研究，《文選》的流布與接受，「文選學」史研究等相關文獻資料；第二部分爲歷代「文選學」紀事，即有關《文選》的流傳、研習、傳抄、版刻、校勘、注釋以及有關「文選學」的歷史記載類資料。

（二）「分論卷」爲涉及《文選》所收各體文學之具體作品的研究資料，如作者評論，作品評論、疏解，相關考證如作時、本事、時代背景、作品真僞，與《文選》和「文選學」的關係，以及擬作、酬唱等。由於《文選》所收各體文學作品，賦、詩最多，研究資料最豐富，故專分「賦類卷」、「詩類卷」。又《文選》所收騷類作品雖僅十三篇，但因其地位崇高，相關資料衆多，故亦專設「騷類卷」。其他各類則分爲「文類一卷」、「文類二卷」。各相關分論卷中的資料，又分爲總論和分論：總論收録總體論述或較寬泛地涉及《文選》某一文體及其相關内容的資料，一些論及數篇作品而無法繫於單篇作品之下的資料，一般也收入總論部分；分論爲涉及具體作品的資料。

（三）「序跋著録卷」分爲兩大部分，「序跋」部分專收各類《文選》版本及「文選學」著作的序跋及其相關内容，「著録」部分則專收歷代目録對《文選》及「文選學」著作的著録資料。這兩部分也是「文選學」的重要研究資料，涉及到《文選》及「文選學」著作的總體評價、《文選》版本的源流變化等方面。

（四）「域外卷」收録古代域外國家的《文選》研究資料。《文選》不僅在古代中國是普及讀物，也廣泛流傳於古代日、朝等國，故本彙編專設「域外卷」以顯示古代域外《文選》研究的概貌與成果。

四、李善、五臣等各家注釋以及其他衆多「文選學」專著中的資料，只輯録涉及《文選》全書或作品整體且比較重要的資料；「文選學」專著以及各種筆記、詩話、注疏等文獻中有關《文選》文字、音韻、校勘的資料十分龐雜、細碎，一般不予輯録；有關訓詁、名物、典實等資料，也擇要輯録；有關《文選》評點的資料尤爲繁雜，一般只輯録名家、名著中價值較高的評點資料；從便利學人、讀者考慮，重視零散資料，至於易得見的「文選學」專著，只擇要輯録。

五、資料以作者時代先後順序排列，一般逐條繫於作者之下，時代不明者，或依大體年代繫於其中，或附於各代資料之後；作者不明者，以「闕名」著録；同一作者的資料順序先本集，次其他著作，後列見於他書者；史書、類書、方志等文獻中的史料性資料以書名標目，史家的述贊評論如能確定作者，則仍以人名標目；重複資料一般只輯録較早或更重要者；一些關聯性較强的資料，則將後出者以附録形式輯録在初始條目之下，注明「附録」，以便檢尋。

六、注明資料出處，每條資料前注明篇章標題，資料後注明書名、卷數，書後附引用文獻版本；引文有省略則加省略號；資料彙編所採用的各種文獻，選擇通行可靠的整理本，如無，則採用古籍善本；標點依據近現代的標點本，原標點有誤者，徑行改正，無標點本的則自行標點。

七、今傳《文選》各種版本中，作品篇名及作者名下大多有注，對作家生平、作品背景所作述解，彌足珍貴，故多輯録。但其中亦不少舛錯之處，且往往有題曰「善注」，而實非李善注者，蓋因注文流傳久遠，又經删削合併，多失原貌，故除可確定爲李善、五臣注者，概以「闕名」標目，以示謹慎。

八、對輯録資料作簡單考釋和勘誤，如有必要，則加簡明按語説明；明顯錯誤徑行改正，不做過多考證；資料引文如與原文有出入，原則上不做校勘和更改；對避諱的處理依據文獻整理的通例。

九、有少數資料與不同分卷皆有關係，則不避重複，各卷均録。

序跋著録卷編纂説明

「序跋著録卷」除依照總的編纂凡例外，尚須特别説明：

一、序跋資料分爲兩大部分：其一是「《文選》版本類」，主要收歷代《文選》注本、刊本相關的序跋，也包括部分《文選》版本的題跋、提要；其二是「『文選學』著作類」，主要收歷代「文選學」專著的相關序跋，也包括對《文選》進行補續、删選、廣增、評點、摘辭等各種著作的序跋。

二、序跋資料大體依據文獻成書或出版時間先後爲序。同一書的相關資料排列在一起，著者自序列前，他人所撰序跋依次列後。著録資料大體依據著者生卒年與著作成書先後爲序。

三、輯録資料力求保存原貌，但考慮全書體例統一性，也爲方便閲讀，亦偶有整編、修飾，以清眉目。

四、標點符號大體以簡式爲主，書名號、頓號、嘆號、引號等可用可不用處，一般不用。

五、少數明顯的文字訛誤徑行校改。著録資料時有錯誤，如誤元本爲宋本，誤明本爲元本，此類錯誤一律保持原貌，不加改動。少數資料由於所據文獻古舊，文字寫刻或有訛舛，但無可校正者，則姑存其舊。

六、少數資料係轉引他書，注明轉引出處；少數資料殘缺不全，則注明殘；少數文字漫漶脱失，以「□」號標示。

序跋

《文選》版本類

文選序

（南朝梁）蕭　統

式觀元始，眇覿玄風。冬穴夏巢之時，茹毛飲血之世，世質民淳，斯文未作。逮乎伏羲氏之王天下也，始畫八卦，造書契，以代結繩之政，由是文籍生焉。《易》曰：「觀乎天文，以察時變；觀乎人文，以化成天下。」文之時義遠矣哉！若夫椎輪爲大輅之始，大輅寧有椎輪之質；增冰爲積水所成，積水曾微增冰之凛。何哉？蓋踵其事而增華，變其本而加厲。物既有之，文亦宜然。隨時變改，難可詳悉。嘗試論之曰：《詩序》云：「詩有六義焉：一曰風，二曰賦，三曰比，四曰興，五曰雅，六曰頌。」至於今之作者，異乎古昔，古詩之體，今則全取賦名。荀、宋表之於前，賈、馬繼之於末。自兹以降，源流寔繁。述邑居則有「憑虚」、「亡是」之作，戒畋遊則有《長楊》《羽獵》之制。若其紀一事，詠一物，風雲草木之興，魚蟲禽獸之流，推而廣之，不可勝載矣！又楚人屈原，含忠履潔，君匪從流，臣進逆耳，深思遠慮，遂放湘南。耿介之意既傷，壹鬱之懷靡愬。臨淵有懷沙之志，吟澤有憔悴之容。騷人之文，自兹而作。詩者，蓋志之所之也，情動於中而形於言。《關雎》《麟趾》，正始之道著；桑間、濮上，亡國之音表。故風雅之道，粲然可觀。自炎漢中葉，厥塗漸異。退傅有「在鄒」之作，降將著「河梁」之篇，四言五言，區以别矣。又少則三字，多則九言，各體互興，分鑣並驅。頌者，所以游揚德業，褒讚成功。吉甫有「穆若」之談，季子有「至矣」之嘆。舒布爲詩，既言如彼；總成爲頌，又亦若此。次則箴興於補闕，戒出於弼匡。論則析理精微，銘則序事清潤。美終則誄發，圖像則讚興。又詔誥教令之流，表奏牋記之列，書誓符檄之品，弔祭悲哀之作，答客指事之制，三言八字之文，篇辭引序，碑碣誌狀，衆制鋒起，源流間出。譬陶匏異器，並爲入耳之娱；黼黻不同，俱爲悦目之玩。作者之致，蓋云備矣！余監撫餘閑，居多暇日，歷觀文囿，泛覽辭林，未嘗不心遊目想，移晷忘倦。自姬漢以來，眇焉悠邈，時更七代，數逾千祀。詞人才子，則名溢於縹囊；飛文染翰，則卷盈乎緗帙。自非略其蕪穢，集其清英，蓋欲兼功，太半難矣！若夫姬公之籍，孔父之書，與日月俱懸，鬼神争奥，孝敬之準式，人倫之師友，豈可重以芟夷，加之剪截？老莊之作，管孟之流，蓋以立意爲宗，不以能文爲本，今之所撰，又以略諸。若賢人之美辭，忠臣之抗直，謀夫之話，辨士之端，冰釋泉涌，金相玉振，所謂坐狙丘，議稷下，仲連之却秦軍，食其之下齊國，留侯之發八難，曲逆之吐六奇，蓋乃事美一時，語流千載。概見墳籍，旁出子史，若斯之流，又亦繁博。雖傳之簡牘，而事異篇章，今之所集，亦所不取。至於記事之史，繫年之書，所以褒貶是非，紀别異同，方之篇翰，亦已不同。若其讚論之綜緝辭采，序述之錯比文華，事出於沈思，義歸乎翰藻，故與夫篇什，雜而集之。遠自周室，迄于聖代，都爲三十卷，名曰《文選》云耳。凡次文之體，各以彙聚。詩賦體既不一，又以類分；類分之中，各以時代相次。（胡刻本《文選》卷首）

上文選注表

（唐）李　善

臣善言：竊以道光九野，縟景緯以照臨；德載八埏，麗山川以錯峙。垂象之文斯著，含章之義聿宣。協人靈以取則，基化成而自遠。故羲繩之前，飛葛天之浩唱；媯簧之後，掞叢雲之奥詞。步驟分途，星躔殊建；球鍾愈暢，舞詠方滋。楚國詞人，御蘭芬於絶代；漢朝才子，綜鞶帨於遥年。虚玄流正始之音，氣質馳建安之體。長離北度，騰雅詠於圭陰；化龍東騖，煽風流於江左。爰逮有梁，宏材彌劭。昭明太子，業膺守器，譽貞問寢。居肅成而講藝，開博望以招賢。搴中葉之詞林，酌前修之筆海。周巡綿嶠，品盈尺之珍；楚望長瀾，搜徑寸之寶。故撰斯一集，名曰《文選》。後進英髦，咸資凖的。伏惟陛下，經緯成德，文思垂風。則大居尊，耀三辰之珠璧；希聲應物，宣六代之雲英。孰可撮壤崇山，導涓宗海。臣蓬衡蕞品，樗散陋姿。汾河委筴，夙非成誦；崇山墜簡，未議澄心。握玩斯文，載移涼燠；有欣永日，實昧通津。故勉十舍之勞，寄三餘之暇，弋釣書部，願言注緝，合成六十卷，殺青甫就，輕用上聞。享帚自珍，緘石知謬。敢有塵於廣内，庶無遺於小説。謹詣闕奉進，伏願鴻慈，曲垂照覽。謹言。顯慶三年九月日上表。（胡刻本《文選》卷首）

進集注文選表

（唐）吕延祚

臣延祚言：臣受之於師曰：同文底績，是將大理。刊書啓中，有用廣化。實昭聖代，輒極鄙懷。臣延祚誠惶誠恐，頓首頓首！臣嘗覽古集，至梁昭明太子所撰《文選》三十卷，閲翫未已，吟讀無斁。風雅其來，不之能尚。則有遺詞激切，揆度其事，宅心隱微，晦滅其兆，飾物反諷，假時維情。非夫幽識，莫能洞究。往有李善，時謂宿儒，推而傳之，成六十卷。忽發章句，是徵載籍，述作之由，何嘗措翰？使復精覈注引，則陷於末學；質訪指趣，則巋然舊文。祇謂攪心，胡爲析理？臣懲其若是，志爲訓釋。乃求得衢州常山縣尉臣吕延濟、都水使者劉承祖男臣良、處士臣張銑、臣吕向、臣李周翰等，或藝術精遠，塵遊不雜；或詞論穎曜，巖居自修。相與三復乃詞，周知秘旨，一貫於理，杳測澄懷，目無全文，心無留義，作者爲志，森乎可觀。記其所善，名曰《集注》。並具字音，復三十卷。其言約，其利博，後事元龜，爲學之師，豁若撤蒙，爛然見景，載謂激俗，誠惟便人。伏惟陛下，濬德乃文，嘉言必史，特發英藻，克光洪猷，有彰天心，是效臣節，敢有所隱。斯與同進，謹於朝堂拜表以聞。輕瀆冕旒，精爽震越。臣誠惶誠恐，頓首死罪！謹言。開元六年九月十日工部侍郎臣吕延祚上表。（奎章閣本《文選》卷首）

五臣本後序

（宋）沈　嚴

《文選》之行，其來舊矣。若夫變文之華實，匠意之工拙，梁昭明序之詳矣。製作之端倪，引用之典故，唐五臣注之審矣。可以垂吾徒之憲則，須時文之掎摭，是爲益也，不其博歟！雖有拉拾微缺，衒爲已能者《兼明書》之類是也，所謂忘我大德而修我小怨，君子之所不取焉。二川、兩浙先有印本，模字大而部帙重，較本粗而舛脱夥。舛脱夥則轉迷豕亥，誤後生之記誦；部帙重則難寘巾箱，勞游學之負挈。斯爲用也，得盡善乎？今平昌孟氏，好事者也，訪精當之本，命博洽之士極加考覈，彌用刊正。舊本或遺一聯，或差一句。若成公綏《嘯賦》云「走胡馬之長嘶，迴寒風乎北朔」，又屈原《漁父》云「新沐者必彈冠」，如此之類，及文注中或脱誤一二字者，不可備舉。咸較史傳以續之。字有訛錯，不協今用者，皆考五經、《宋韻》以正之。小字楷書，深鏤濃印。俾其帙輕可以致遠，字明可以經久，其爲利也，良可多矣。且國家於國子監彫印書籍，周鬻天下，豈所以規錐刀之末，爲市井之事乎？蓋以防傳寫之草率，懼儒學之因循耳。苟或書肆悉如孟氏之用心，則五經、子、史皆可得而流布，國家亦何所藉焉？孟氏之本新行，尚慮市之者未諒，請後序以誌之。庶讀者詳焉，則識僕之言不爲誣矣。時天聖四年九月二十七日，前進士沈嚴序。（奎章閣本《文選》卷尾）

秀州本文選跋

（宋）闕　名

秀州州學今將監本《文選》逐段詮次編入李善并五臣注。其引用經史及五家之書，並檢元本出處，對勘寫入。凡改正舛錯脱剩約二萬餘處。二家注無詳略，文意稍不同者，皆備録無遺。其間文意重疊相同者，輒省去留一家。揔計六十卷。元祐九年二月日。（奎章閣本《文選》卷尾）

尤刻本文選後序

（宋）尤　袤

貴池在蕭梁時寔爲昭明太子封邑，血食千載，威靈赫然，水旱疾疫，無禱不應。廟有文選閣，宏麗壯偉，而獨無是書之板，蓋缺典也。往歲邦人嘗欲募衆力爲之，不成。今是書流傳於世，皆是五臣注本。五臣特訓釋旨意，多不原用事所出。獨李善淹貫該洽，號爲精詳。雖四明、贛上各嘗刊勒，往往裁節語句，可恨。袤因以俸餘鋟木，會池陽袁史君助其費，郡文學周之綱督其役，踰年乃克成。既摹本藏之閣上，以其板寘之學宫，以慰邦人所以尊事昭明之意云。淳熙辛丑上巳日，晉陵尤袤題。（尤刻本《文選》卷尾）

尤刻本文選跋

（宋）袁説友

説友到郡之初，倉使尤公方議鋟《文選》板，以實故事。念費差廣，而力未給。説友言曰：「是固此邦缺文也，願略他費以佐其用，可乎？」迺相與規度費出，閲一歲有半而後成，則所以敬事於神者厚矣。江東歲比旱，説友日與池人禱之神焉。蓋有禱輒應，歲既弗登，獨池之歉猶什四也。顧神貺昭答如此，亦有以哉！《文選》以李善本爲勝，尤公博極群書，今親爲讎校，有補學者，是所謂成民而致力於神者歟！淳熙辛丑三月望日，建袁説友題。（尤刻本《文選》卷尾）

梁文選序

（宋）唐士耻

《文選》者，梁昭明太子統所集也。維統心明才通，好古不倦，凡百縑册，既輯既繹。載念辭華之作，由屈騷而下，浩若煙海，雜然並陳，遴擇之功弗加，則黑白甘苦，混爾一區，孰取孰舍？雖皓首窮年，曷克殫究？後學來者，何所矜式。是用極耳目之廣，盡權衡之公，拔其尤殊，成一編之書，凡三十卷，詔諸不朽，不可無述也。二氣絪緼，太和保合，靈而人，秀而文，經綸乎事業，發揮乎天人，崇庳閒陳，醇駁互見，未易一概言也。績學種文之士，儻將淹今古而觀之，則必有去取焉，有褒貶焉，有明而無厚也，有決而非同也。海納川涵，蓋所未暇。而採摘孔翠，拔擢犀象，吾亦於其善者而已。由屈平以來，更秦越漢，分裂之邦，離合之統，上下數百載，代不乏人，發于情性，見之事緒，揭爲世用，形諸筆舌者，不知其幾也。若大若小，或淺或深，博若摯虞，不過爲之流別而已，他未暇也。統也帝子之英，精懋墳典，博望名苑，聚書幾三萬卷，一時俊乂之流，網羅無遺，朝慮夕講，孜孜不忘，聚古作而耕獵焉。討論之力既加，薈萃之功益著。月異而歲不同，以成章告：曰賦，曰詩，曰騷，曰七，吟詠情性之作四焉；曰詔册，曰令，曰教，曰文，上之訓下四焉；曰表，曰上書，曰啓，曰彈事，曰牋，曰奏記，下之事上六焉；曰書，曰移，曰檄，曰對問，曰設論，敵以下一往一來者四焉；曰辭以陳意；曰序以述事；曰頌，曰贊，曰符命，以稱美；曰史論，曰史述，曰贊，以評議古昔；曰論以析理精微；曰連珠以駢儷對偶；曰箴，曰銘，以自儆；曰誄，曰哀，曰碑文，曰墓志，曰行狀，曰弔文，曰祭文，以厚終。始於班孟堅《兩都賦》，終於王僧達《祭顔光禄文》，凡三十有七種，而賦、詩之體不與焉。由梁而上，異篇名什，往往而在，統之志勤矣。艷高屈宋，香濃班馬，而今而後，吾知所從事矣。音則蕭該、僧道淹、公孫羅、許淹、曹憲，注則李善、公孫羅、呂延濟、劉良、張銑、呂向、李周翰，其訓義日以宣明。孟利正、卜長福之《續文選》，卜隱之《擬文選》，瞠若乎其學步矣。徐堅《文府》，選云乎哉？韓愈以文鳴，而高許杜甫，實詩人之雄也，其訓子乃曰「熟精《文選》理」，則統也，其可間諸選也，其可忽諸？（《靈巖集》卷三）

重刻文選序

（元）余璉

梁昭明享池祀，夫豈徒哉？如有所爲者，知其有《文選》也。必人永其傳，則神壽其享矣。惟大德九祀，予以二郡是承，以墜典是詢。父老具曰：伯都司憲新《文選》之梓於燼，告厥成。因相與樂之。越十有三載，予時備遺皇華，諮諏炎服，還，有以梓蹈災轍而告厥廢者，乃相與嘆之。再明年，即池故處，吾歸老焉。聿感追兹，徒念罔濟，吾既不果憲斯道，又不復政斯郡，末如之何矣。幾將來者，豈不有我心之同然者乎。未幾，同知府事張正卿來，思惠而爲政，將桓復斯集，俾邑學吴梓校補遺繆，遂命金五十以自率，群屬靡不從化。心之身之，度之成之，播之揚之，歌之詠之，四方則之，多士德之，伊誰爲之，何日忘之，宜有以識之。嘉議大夫前海北海南道肅政廉訪使余璉序。（明唐藩翻刻元張伯顔本《文選》卷首）

文選跋

（明）楊士奇

《昭明文選》六十卷，唐六臣注，於今學者得見漢魏以來文章，獨賴此編之存。刻板在太學。吾家三十册，初闕頗多，蓋借録踰累年，歷十數家，猶未能悉補也。凡今書板多闕，不獨此書，而欲得一書，有印裝補録之勞，非朝夕所能成者。置書之難如此，如後之人有之，而不知愛重，亦獨何

心！（《東里集》續集卷一八）

重刊文選序

（明）朱芝址

蓋聞天地間萬事皆有弊，惟道理爲無弊；萬形皆必朽，惟文章爲不朽。道出於天而散於事物，萬世之下，知斯道之所以久而無弊者，託斯文以爲不朽之傳也。昔人謂文章爲不朽之盛事，豈不然哉！夫文始於六經，戰國以前之文統於代，秦漢以後之文繫諸人。統於代，故其文唯以體異而不以人别。繫諸人，故人自爲説，家各爲集，著作於是乎始衆，體製於是乎愈多，卷帙於是乎日繁，非夫有識鑒者精擇而彙聚之，學者曷由得以徧觀而盡見之哉？此梁昭明太子《文選》之書，世所以不可無也。夫自漢王逸集屈原以下迄劉向之文，晉摯虞繼爲《文章流别》，昭明祖述之以爲總集，名曰《文選》，唐李善爲之注，吕延祚者又集吕延濟之説以爲五臣注，其後合善與五家爲一。今板本藏在南廱者，歲久刓缺不完。近得善本，止存李善注，間有增注者，頗簡要明白，因命儒臣校讎訂正，刻梓以傳。其於五臣之注，皆在刪除，而獨留善注者，蓋以蘇子瞻謂五臣乃俚儒之荒陋者，反不如善故爾。嗟夫！文章乃天地間元氣，今世賴之以知古，後世賴之以知今，豈可一日無哉！故自舉業盛行，而士子工古文辭者日鮮，間有從事乎此者，多取法於唐宋，而於秦漢魏晉之文，時或得一二於簡編之中，而能得其全、考其詳者，蓋無幾矣！幸有是書之存，學者猶得以見夫近古之文。然其板藏於南廱，而日益殘闕，學者雖知有其書而目不及見者，十人而八九也。予不自揆，特表章之，梓行以流布於天下。學者從事於經書史鑑之學，本於道以修辭，資其識於精華之表，廣其趣於麗則之餘，成一代不朽之文，載萬世無弊之道，文質彬彬，越魏晉而上，以復唐虞三代之盛，其於國家右文之化，豈曰小補之哉！成化丁未嘉平吉旦，希古。（明成化唐藩刊李善注《文選》卷首）

跋重刊文選後

（明）朱彌鍗

嘗觀先正論文爲載道之器，蓋以其辭理根據夫六經之旨然耳，向使文不以道，百世而下，論者奚取焉？仰惟我王考莊王，嗣承藩服有年，知爲治必本於道，然而道在六經，散寓群籍，乃務旁搜博覽，深造而自得之。厥後始得梁昭明太子所選秦漢魏晉以來諸名公之文，玩其辭旨，揆之經，與道脗合無間，遂因善本，筆而録之，芟其附注之繁，正其傳寫之謬，復躬序諸卷端，爰命鋟梓，將欲嘉惠後學，以廣其傳，奈何功方告成，而吾親適已仙逝，可勝痛哉！雖然，吾親不可復見矣，僅可見者，幸有所遺辭翰載在是編之首，手澤尚新，每一批閲，惕然思予親，傷予心，悲泣哽咽，卒莫能成誦。謹稽首頓首申其詞于卷末云。時弘治元年歲在戊申春二月吉旦，唐世子謹跋。（明弘治唐藩重刊李善注《文選》卷尾）

晉藩重刊文選弁言

（明）朱知烊

（皇帝書復弟晉王：得奏以重刊朕製《敬一箴》二軸并文集三部來進，足見弟好學崇文至意。但朕覽所進書軸内，其《文選》内附諸晉宋之儒言，今稱曰「漢文選」，恐未爲宜；如欲此爲名，下當注「晉以下文附」，庶幾明穩。朕又有言，弟之崇尚此者，乃所欲學古好文之事，以爲藩屏清暇之作。夫以文翰代他者，其志可知，但朕欲弟當加意於本正經書，以學聖賢之學，造乎聖賢之地可也。朕不敏，因奏而言此，弟自有高識，似不待於朕言矣。但意亦嘉我親親，樂於爲學之耳。原進者朕已留覽。專此以復，惟弟亮之。嘉靖八年五月十三日。）恭承皇上璽書一道，乃賜臣知烊者也。臣幼失怙，弗克從師受學，聞見未充。嗣封數載，始獲觀《文選》《文粹》《文鑑》諸書，愛其雄渾雅則，凡漢唐宋歷朝來典章文物之盛，具載罔缺，爰積禄餘，命工鋟梓，以廣其傳，爲海内學古入官者之助。書成上進，荷蒙聖恩，賜敕嘉美，且示臣曰，「漢文選」下當注「晉以下文附」，庶幾明穩。又訓臣以學古好文之事，當加意於本正經書，以學聖賢之學，造乎聖賢之地可也。大哉王言！臣捧誦再四，欣慶交集。因憶昔時訓命之辭，多出代言之臣，求其出于上所親製者，不可得也；親製者或有之，求其教示諄懇、屬望深切如此者，不可得也！仰惟皇帝陛下孝敬格天，誠明御世，恒究心古帝王之學，實踐躬行，日新月盛，是以宸藻焕發，雲漢昭回，所謂歷代寶之以爲大訓者，臣寘親被寵頒，宗藩之至榮，曷以加焉！臣敢不蚤夜淬礪，玩索五經四書之旨，以勉遵正學，以篤崇正道，以求不負于聖誨之所期待者乎！謹繕寫綸音，刊布文集之首，俾天下後世咸知皇上崇文重道之盛心，親親樂善之懿德，彰信無窮。而臣叨備屏翰之列，亦與有光矣。猗歟休哉！嘉靖八年歲在己丑七月吉旦，晉王臣知烊稽首頓首謹書。（明嘉靖晉藩重刊李善注《文選》卷首）

重刊漢文選序

（明）朱知烊

自六經四書後，關切學者，無如漢文。漢文而又選之，其精也已。然類多董、賈之英發，馬、楊之籌思，於政體民俗，顯如指掌，以其去古未遠，猶有三代之遺意焉。昔漢河間獻王好先秦古文，今俱已傳布世間，然自是之外，則漢文又其亞乎。且國家治隆文盛之時，而是書不廣，亦爲缺典。暇日命工入梓，使四方學者，因是以求六經之盛，或可得也。若曰竊比於我河間，則吾豈敢。嘉靖四年歲在乙酉孟春吉旦，晉藩志道堂書于敕賜養德書院。（明嘉靖晉藩重刊李善注《文選》卷首）

晉藩重刻文選序

（明）周　宣

《文選》凡六十卷，爲賦，爲詩，爲騷，爲頌，凡五百一十有一首；爲詔、令，爲教，爲册，爲符命，爲表，爲奏記，爲書、啓，爲檄，爲論，爲序，爲箴、銘，爲贊，爲哀、誄，爲碑、狀，爲連珠之類，凡二百三十有九篇。梁太子統集秦漢魏晉諸作而爲之也。維文章以理爲主，而體裁尚焉。六經至矣，自成周而下，以文章家名者無慮千百，理命之奥，至宋始明，而淵邃宏博，不失遂古之風者，維秦漢爲上，魏次之，晉又次之。是編去取之際，昔人有定論矣。而淵邃宏博則固學古者之所不廢也，可遽少乎哉？板舊刻于南畿國學，歲久漫漶。繼刻于唐藩，禁幕深秘，學者鮮窺焉。嘉靖壬午春，宣以廷命來督山西學事，問詢諸學徒，以是編或莫知所對，方欲遍購善本，以布諸學宫，而力未逮也。晉王殿下聞之，爲刻置于養德書院。兹以宣將應東廣按察使之命，特令爲言以引其端。嗚呼，殿下之用心良勤矣，宣何言而足以當是耶？嘗觀春秋之世，尼山啓聖，速肖雲集，其起於龜蒙鳧繹之墟者，蓋三之二焉。夫魯在春秋，視諸國爲地最小，而人文之盛，獨在此而不在彼焉者，何哉？迨觀詩書所載，禮教之重，信義之崇，泮宫明德之訓，然後知當時文人之盛。雖棫樸豐芑之化，久而未斬，而周公、伯禽風勵之力，固不可誣也。山西爲皋陶、傅説氏舊鄉，人文之盛，與魯並稱久矣。入國朝來，密邇畿輔，潛被聖化最先，名臣碩輔，蓋時不乏人。然非有賢殿下風勵之勤，吾安知其異時人文之興，能盡如昔日乎否也？果風勵而興矣，盡如昔日矣，則宣雖去此，區區屬望是方者，獨不可以稱幸於數千里之外耶？殿下爲高皇帝七世孫，天性篤孝，喜讀書，嘗屢刻《四書五經注解》《唐文粹》《宋文鑑》《趙松雪續書譜》諸書，遠近寶之。「養德」，其所請書院制額，因以自號者也。嘉靖四年乙酉二月十有五日，山西提刑按察使司提學副使莆田周宣頓首拜手書。

重刊文選序

（明）雷鳴春

三代無文人，六經無文法，三代而下，文章之近古者，莫如漢魏。漢魏文章，其精且美者，大略具《昭明文選》中，而《文選》注則唐李善備矣。昔云文章與時高下，難言哉，難言哉！然世之議者，猶謂子雲《美新》、元茂《九錫》，辭害于理，長卿「盧橘」、孟堅「玉木」，華溢于實。心竊疑焉。豈漢魏之文尚不足觀，抑統之所選果未精耶？及後觀相如賦，劉勰既稱其繁類成艷，爲詞賦之英特，而李白序《大獵》，又深議其窮壯極麗，齷齪之甚，然後知文章之在天下，誠難言哉。君子亦惟其文而已，猶之萬卉千葩，麗于名園，雖淺深濃淡不一，莫非花也。造物者固不以其類之異而靳發榮，觀物者亦不以其色之殊而易賞鑒，是故昭明之選，亦取其文也，非盡求其本也。若求其本，則六經中固自有聖人之道在，曷事於文，又奚屑屑病焉？唐藩世稱賢，自莊王嗜學好古，久刻李善注《文選》于藩邸，以嘉惠後學，但舊板浸蠹，觀覽弗便。今殿下方爲世子，時即鋭意斯文，崇儒重道，甫就講筵，首命再梓。册封既成，益篤學不倦，日以是編置左右，兼以重修欽賜養正書院，使諸士子樂有所造就，一時睿聞籍籍，如衡陽、淮南不多讓云。《文選》刻竣，左史楊君屬余叙，故爲叙之。嗣是由《文選》而求諸六經，由六經而求諸吾心，以還三代之文，尚有望于賢王哉。容拭目以

觀其盛。時隆慶辛未歲十月既望。（明隆慶朱碩熿刊李善注《文選》卷首）

宋版文選跋

（明）祝允明

自士以經術梯名，昭明之《選》與醬瓿翻久矣。然或有以著，必事乎此者也。吴中數年來，士以文競，兹編始貴。余向蓄三五種，亦皆舊刻。錢秀才高本尤佳。秀才既力文甚競，助以佳本，尤當增翰藻，不可涯爾。丁巳祝允明筆。門人張靈時侍筆硯。（明郁逢慶《書畫題跋記》卷一二）

宋版文選跋

（明）楊循吉

《文選》自隋唐以來莫不習之。余昔遊南都，求監本，率多漏缺，不可讀。偶閱書肆，獲部之半，又非全書也。其後赴試京師，今少宰洞庭王公出其前帙見示，儼然合璧，因遂留而成之。孔周何從得此，精好倍余所藏。好學之篤，又有好書濟其求，宜有以慶賞。（明郁逢慶《書畫題跋記》卷一二）

雕文選引

（明）李廷相

《文選》一書，古今學士大夫靡不重之，迺顧乏善本，近時所見惟唐府板，而亦頗艱於得。旌德汪諒氏偶獲宋刻，私自念曰，吾若重價鬻之，纔足一人，而不足以溥其傳，莫若舉而鋟諸梓，則吾之獲利也亡已，而學士大夫之利之也，亦豈有已哉！濮陽李子聞而是之。或曰，古書如《文選》之在今世者，亦至鮮矣，諒盍少存之，以資好古博雅君子之賞，不猶愈於併其迹而亡之乎？噫！併其迹而亡之，固《文選》之不幸也。然因是以溥其傳，則亦豈盡爲不幸也哉！迺爲書而鑱諸首。嘉靖癸未冬十二月立春日，濮陽李廷相識。（明嘉靖元年金臺汪諒覆刊元張伯顏本《文選》卷首）

重刻六家本文選跋

（明）袁　褧

余家藏書百年，見購鬻宋刻本《昭明文選》，有五臣、六臣、李善本，巾箱、白文、小字、大字，殆數十種。家有此本，甚稱精善，而注釋本以六家爲優，因命工翻雕，匡郭字體，未少改易。刻始于嘉靖甲午歲，成於己酉，計十六載而完。用費浩繁，梓人艱集，今模榻傳播海内，覽兹册者，毋徒曰開卷快然也。皇明嘉靖己酉春正月十六日，吴郡汝南袁生褧題於嘉趣堂。（明嘉靖袁褧重刊宋廣都裴氏本六家注《文選》卷尾）

漢文選序

（明）田汝成

周衰，先王仁義禮樂之教，其實不布于治功，而其華散于文墨。縉紳之流，操觚引翰者各以所得，恢張緒餘，垂聲藝苑。蓋起自嬴秦，盛于漢魏，襲于六朝，靡漫極矣。傳曰：文武之道未墜于地，賢者識其大者，不賢者識其小者。然而先進之識摭其實，後進之識獵其華。吾因是而知先王教澤涵濡，波及後世者至深遠也。梁太子蕭統監撫之餘，招徠才彦，玄覽前載，芟穢披珍，存什一于千百，分門萃類，爲書三十卷，題曰《文選》。自唐以來，文章者家視爲標凖，鴻儒碩學罔不取材，可謂總七代之英靈，流萬古之膏馥矣。宋時學者，不解文詮，妄加參駁，謂統拙文陋識，去取違宜：若董仲舒之對制，劉向之叙《戰國策》，王羲之之記蘭亭，陶淵明之賦閒情，則遺而不録；相如賦《上林》，引「盧橘夏熟」，揚雄賦《甘泉》，叙「玉樹菁葱」，則概收之，而不辨其謬。以此譙統，瀑瑕掩瑜，不原述作之旨。統不云乎，若以立意爲宗，不以能文爲本者，今之所撰，抑又略諸。蓋能文固先于立意，而立意者未必專于爲文。故議關國是，事載史官，雖董、賈之言亦所不採；若體屬詞章，思歸藻翰，即揚雄《符命》，又何擇焉。大抵《選》例崇葩華而略簡澹，執規鉅而齊體裁，是以考辭按部，璨若連珠，大篇短章，咸歸穠郁。故詩如淵明，文如《蘭亭》，非不皎然清逸也，第使掇入集中，揆之諸家，覽非一體矣。若夫《閒情》一賦，明爲白璧微瑕，蓋處士興寄沖寂，不當學步艷詞，勸百諷一，自舛平生。若以淵明之故，概奬爲佳，是竇夏后氏之璜而忘其考也。《上林》《甘泉》，宗工傑構，乃直以片謬致黜，是憎蟻鼻之缺而棄純鉤也。況統集衆見，以取裁可否於甲乙者，必且審矣，而一以譙統，不亦固哉？邇來更有《文選增定》《廣文選》諸編，自附于統，彌縫其闕，而匡救其謬，殆謂末學膚受，不知而作，較之宋儒，抑又甚焉。故愚嘗謂《文選》一書，譬之園林也，怪石蟠松，奇花異卉，以延賞適而已，楩楠豫章，非所植也。又譬則散樂焉，吳趨楚舞，攦管彈絲，以娛眺聽而已，而一唱三嘆，以雅以南，非所陳也。述作之旨，機軸存焉，執是而求，則群疑可釋矣。唐時李善始爲箋釋，呂延祚病其未備，乃集呂延濟、劉良、張銑、呂向、李周翰五人重加疏解，後人併善注而傳之，名曰六臣注，凡六十卷，蓋皆奏進於玄宗者，故稱臣焉。予嘗得宋善本，將重鋟之於家塾，因命蘅兒嚴加校讎，且叙其首簡，而並著所以解嘲於統者，以平章選例云。（《田叔禾小集》卷一）

編者按：明嘉靖洪楩刻《增補六臣注文選》、明隆慶項篤壽萬卷堂校刊《六臣注文選》、明萬曆徐成位重刻《六臣注文選》皆以此文爲序，稱《重刻文選序》，文字微有差異。參范志新《文選版本論稿·田汝成〈重刻文選序〉有三種結尾》，江西人民出版社二〇〇三年版，頁一三四。又此序亦載黄宗羲編《明文海》卷二一六，名《重刻文選序》；賀復徵編《文章辨體彙選》卷二九一，名《漢文選序》。

文選序

（明）汪道昆

司馬氏曰：自書契以及詩書，則聖人無擇言矣。後之言者，非文不行，如以其文，惡得無擇？故離朱辨色，師曠審音，梁昭明由此其選也。夫隆汙各以其世，潤澤存乎其人，其世則春秋秦漢，魏晉齊梁，其人則屈宋，鄒枚賈馬，蘇李班楊，曹劉嵇阮，潘陸陶謝，其體則衆長具矣。譬之黼黻錯陳，金石迭奏，概諸後來者，文在兹乎。由是相沿，以世爲次，或曰《文粹》，或曰《文鑑》，或曰《文衡》，皆是物也。作者之視疇昔，業已徑庭，藉令擇焉而必精，其去昭明騣騣遠矣。明尚經術，學士非六籍不談，凡諸柱下所藏，不少概見。新都，故文獻國也，都人士猶知昭明。不佞結髮起家，乃獲卒業，始則津津乎其合也，既則涣乎其將離，久則參而伍之，依依乎其不忍舍也。六籍尚矣，迄輓近世，而其説長，世儒近取而遠攻，耳目塗矣，一旦釋故筴而新耳目，豈不津津乎哉？屬下里者，易爲聲歌，衣大布者，易爲文繡。何以合？易入故合也。始吾求之昭明，三年而未得也；去而爲史遷，又五年而未得也；去而爲左氏，又十年而未得也；去而爲老爲莊。之數子者，業有成書，不違稱載，幸而窺其典要，煌煌成一家言，譬之九成六章，聲色殫矣。彼其聞道百者，惡足以侘大方？何以離？求多故離也。中歲而陳五車，排衆户，乃知世之趨愈下也，即狶韋氏之波流與。故赤日不耐，不爲堅冰，絺綌不耐，不爲狐貉，岷山積石不耐，不爲江河，天地且不違，他可識矣。如必老莊左史之是，而昭明之非也，是猶蒙綌絺而廢狐白，望岷山、祠積石而堙江河，誖也。吾故參而伍之，依依乎其不能舍也。然則《文粹》而下，不皆非邪？振川澤以絜江河，韓犬羊以禦狐貉，君子以爲猶誖也。説者謂昭明羅百家，蒐七代，總之爲卷三十，不亦儉乎？近世或廣之，或補之，蓋舉其全也。竊惟江河不集而足，狐貉不緼而温，如將畢取其所棄，猥云加少以爲多，誖之誖者也。當世之論士者，具曰文勝諰諰焉，務敦樸以維風，夫文而不慙，則漸俗然矣。乃若博士諸生之所修業，惡在其能文？即文矣，曾不足以一當昭明，惡在其能勝？千金敝帚，將謂文何？崔大夫治新都，壹稟於躬化，大氏削雕爲樸，思從先進，而亟反之。至其業博士諸生，則梓昭明善本而布之境内，諸生之帥教者，蓋彬彬矣。大夫齊魯士也，固宜嫺於文哉！（《太函集》卷二二）

重刊六臣注文選識語

（明）徐成位

郡齋舊有六臣《文選》，刻久而殘失。山東崔大夫領郡，重爲剞劂，但校讎者鹵莽，中多舛訛，甚以俗字竄古文，觀者病之。余暇日屬二三文學詳校，凡正壹萬五千餘字，庶幾復見古文之舊。又以爲讀書論世，必得其人，故略《梁史》，梓昭明小傳；錢塘田叔禾舊有《文選叙》一章，足袪世俗之惑，亦以併梓。若司馬佳什，則與此選不朽者，是宜冠諸篇首。萬曆戊寅季夏吉，雲杜徐成位識。（《國立中央圖書館善本序跋集録·集部總集類》録自明萬曆徐成位重刊六臣注《文選》）

宋板文選跋

（明）張鳳翼

予嘗見此書於徐文敏嗣君架上，云是文敏鍾愛，以貽其後之人者。其紙墨精好，神彩焕發，令人不忍去手。且其間有趙文敏手識數語，則知此書嘗人松雪齋中。夫先後二百年而遥，而去一文敏，復歸一文敏，豈《文選》之爲文也，固自有宿緣耶？予穉歲購得一部，爲黄勉之先生家物，與此同出一梓，而刷印在後。後有景石子題字，紙墨不及此遠甚。今已爲好事者易去，不復得與相較，然大都知其不相及也。夫一梓印出且相懸如此，矧後之翻板者耶？近留意《選》學，將纂諸注，聞此書已歸雲間，因遣人借留案頭，校對月餘，遂識歲月歸之，亦俾好事儒者知所珍重云。（《處實堂集》續集卷一〇）

題六臣文選跋

（明）臧懋循

往予遊白下，偕客過開之署中。於時梧陰滿席，涼飔徐引，展几上《文選》，諷誦數篇以爲適。蓋開之平日所秘珍宋板書也。客有舉楊用修云古書不獨無謬字，兼有古香，不知香從何生。予曰：爾不覺新書紙墨臭味乎？開之爲絶倒。迨庚子秋，訪開之於湖上，方校刻李注《文選》甚工，因索觀前書。開之手取示余曰：獨此亡恙，比雖貧，猶幸不爲王元美《漢書》也。予曾見元美《漢書》，有趙文敏跋。愧同吴興人，不能作文敏書以爲此《文選》重，聊題數語，識歲月云。（《負苞堂文選》卷三）

刻李善文選注序

（明）鄧原岳

自李善治《文選》，最稱洽聞。其後五臣更爲訓故，稍緣其舊而删潤之，不能什一。於是六家並列，總雜不堪。譬如贅疣，徒滋詬病。乃近世復變爲《刪》，爲《纂》，省煩蕪而存簡要，取于約而易讀，李氏之書，幾同秦焰矣。夫昭明之爲《選》，由春秋以迄齊梁，其辭綿麗，其義奥僻，其字轉借而多奇，童習白紛，曾不知其所入。李氏廣搜博采，曲邕旁通，貌不必合而脈合，理不必合而趣合，猶車之有指南也，官之有鞮譯也。且無論其他，即所稱引，自六籍而外，稗編緯書，百數十種，皆藝文之所不傳，縉紳之所罕睹，真足以備漁獵，廣見聞，號之曰「書簏」，不虚矣！夫以撰著如昭明，可謂卓鑒，而世猶或廣之，乃知意見不同，各持其是，善之中廢，不足異也。余嘗謂古人未可輕，故籍未易議，笑前哲之匪工，忘己事之已拙，豈非畫蛇添足，勞而罔功者哉！余雅欲爲李氏恢復舊業，示好古者久之，行部過哀牢，得朱邸故刻，既多魯魚，又苦漫漶，蓋以分合屢更，或非其質矣。乃求别本，參互訂之，擇工鋟板，頒之學宫，序其梗概如此。（《西樓全集》卷一一）

文選小序

（明）胡胤嘉

夫鳥鳴似語，蟲畫知書，含章鬱彩，共映同流。况有心之器，懷響可彈，意滿區中，思溢繫表。役染松烟，淋漓箋幅，罄心竭貌，誰欲無言。自歲歷綿邈，條流雜紛，楚艷漢侈，晉澀梁靡，風旨邈殊，興矚非一。然符彩光靈，賞趣同得，前驅者發其獨悟，踵武者落其陳筌。轉氣欲漓，削鋒漸穎，泛濫百代，得失可參。余休夏皋山，笈攜《文選》，昭明迄今，合有六部，機見異門，鑒裁别緒，偶爲區目，自成一帙。體不代存，人無專賞，割吾多愛，取其愜懷，用充俄頃，情寄纏綿，華燈閒夜，密雨晨窗。心隕片言，色飛隻字，眉睫之前，百家騰躍。吟嘯之餘，積穢簸揚，千齡之影易徂，寸心之托常在，金石可靡，音徽不滅。若星有風雨之好，嗜多痂茹之癖，人各有心，盍從爾志，鳧鶴之頸，何必其齊。庶非理格，可與晤言者矣。（《明文海》卷二二七序一八）

昭明文選序

（明）李焕章

古今來著書惟微，而在下貧而無位者，稱美稱善，富貴人無與也。富貴人多集衆爲書，而自署其姓名，如吕不韋聚當世名士著《八覽》，號《吕覽》；曹瞞詩皆陳琳、王粲、應璩、應瑒、劉楨、楊修、阮瑀之徒所作。在吕不韋、曹瞞，所謂利以誘之，勢而奪之；在其諸幕下者，所謂諂以奉之，媚以獻之。嗚乎，尚可以言文事哉！從來權臣柄國，多盜文名，人亦多誇其手筆。若唐之李德裕，宋之寇準，明之張居正，謂其所自著與貧賤寒士不同，乃皆其貧賤寒士爲之，德裕、寇準、居正竊爲己有耳。至於昭明，而尤有所感也。昭明好讀書，觀其所屬《陶淵明詩序》，亹亹動人，似不同於吕不韋、曹瞞，亦非德裕、寇準、居正之可比及。閲楊升庵《新語》，昭明當日合十人劉孝威、庾肩吾、徐昉、江伯操、孔敬通、惠子悦、徐陵、王囿、孔爍、鮑至，謂之「高齋十學士」，居文選樓，共操選政。唐六臣注之，諸家鑒之定之。或謂昭明心力、目力、手力所成，詎知坐而享其名，與諸富貴人無異也？由是視之，《蘭亭序》之不入《選》，必其十人中有不善於右軍，而云病於「天朗氣清」之句，皆後人穿鑿附會之説也。千萬世人中，至聖如吾夫子作《春秋》，獨爲之，游、夏不能贊一詞，文中至聖。如太史公《史記》五十餘萬言，皆七年中自著，不假手一人。若《漢書》則班固、劉歆八家三十年始竣，且固上資於父彪，下助於其妹曹大家昭也。至於王充之《論衡》，王符之《潛夫》，袁康、趙曄之《吴越春秋》《越絶》，仲長統之《昌言》，荀悦、袁宏之前後《漢記》，藜藿陋巷，自爲著撰，無誘之、奪之、奉之、獻之之嫌，噫，爲昭明豈不以太子累哉！（《織水齋集》）

宋本六家注文選跋

（清）朱彝尊

《六家注文選》六十卷，宋崇寧五年鏤板，至政和元年畢工，墨光如漆，紙堅緻，全書完好，序尾識云：「見在廣都縣北門裴宅印賣。」蓋宋時蜀栈若是也。每本有吴門徐賁私印，又有太倉王氏賜書堂印記。是書袁氏褧曾仿宋本雕刻以行，故傳世特多，然無鏤板畢工年月，以此可辨僞真也。（《曝書亭集》卷五二）

編者按：「袁氏褧」原作「袁氏袠」，誤。袁袠爲袁褧弟，然覆刻裴氏本《六家注文選》者實爲袁褧。後人有沿此誤者。下文有個别同此誤者，徑作修改，不再説明。

重訂六臣文選叙

（清）蔣先庚

原夫宓化既開，辨陰陽於定位；史皇攸作，繪形韻於相生。神明於道德之源，而書契盡苞符之藴；錯綜於經緯之數，而菁英洩河洛之奇。以故披華相質，燦翻浪之文河；按部就班，逞儲材之學府。括萬象於一牒，而糺縵星嗽；備衆孅於片言，而繽紛花吐。所以天雨粟，鬼夜哭，雖上聖弗能閟其機緘，雖萬禩莫能窮其閫奥。虞廷授受，十六字闡厥心宗；孔筆纂修，三百篇流爲雅化。帝王有命，敷政教而立微言；學士呈奇，綴篇章而宏偉製。未有不敲金戛石，爛日月之光華；盡態極妍，濬山川之靄秀者也。開代以來，歷有著作，删述之任，總肇尼山。六經大備，百氏滋流。或高議明堂，或抒情夏屋。或頌颺美善，則莊雅而不近於諛；或引發心思，則曲折而不流於僻。故典麗之體，極千門萬户之觀；風流之音，備一唱三歎之致。自秦漢以逮齊梁，無不家擅雕龍，人矜吐鳳。馳輝錯采，炫等朝霞；組錦鏤珠，繁同懸象。不有妙選，孰定名珍？有梁昭明太子者，帝室之奇英也。前星朗耀，少海騰瀾。弱冠嗜書，便挾龍威之秘；垂髫攬古，悉窺虎觀之儲。綜先代之琅函，評其甲乙；爲後人之模範，較其錙銖。雖蘭亭有天氣之疑，彭澤有璧瑕之誚，而匯流歸海，積簣成丘，纂組之工，作述之盛，未有先於此者也。篇帙浩繁，辭義奧衍，苟無箋釋，頗苦聱牙。唐人李氏，首倡訓詁之功；吕劉六家，各具闡揚之力。會群旨以昌一旨，竭衆心以發一心。則天無可晦之符，地乏欲藏之寶矣。故可呼兒課讀，會友誦談，誠藝苑之瑶林，文壇之武庫也。江河日流，風華間歇。學者每集於枯，而頓忘其鬱；鑒者僅略其類，而莫采其瑜。遂使大文塵閉於笥中，且使小巫躝躋於掌上。不有聖人之啓迪，何知造化之靈奇？恭逢我皇上欽明啓運，濬哲開階，以文德而兼武功，本繼體而成開創。躬芟大憝，手剪渠魁，鯨鯢駢首以就誅，山海罄宗而獻版。猶復潛心午夜，擷百代之芳華；游藝宸帷，萃千家之錦繡。吐辭成帙，灑墨爲經。賦就千言，皆天上神仙之字；詩成七步，即人間鸞鳳之音。仍諮侍從之臣，特試縹緗之學。賞同天鑒，不爽毫釐；辨比離明，弗遺蒼素。在廷者咸蒙稽古之賜，在野者始知好學之榮。一時購此藏書，不覺洛陽紙貴；且喜搜兹秘笈，久爲石渠家珍。拂拭而出，儼天球河圖之在世間；讎校而行，忽明月夜光之來几上。既以津梁夫後學，且以鼓吹於昌朝。余也快睹新猷，樂披舊籍，聊疏小引，用助大觀云爾。時康熙二十有四年，歲在旃蒙赤奮若之皋月朔旦，絳巖蔣先庚震青謹序。

（清康熙石渠閣重刊六臣注《文選》卷首）

重刻文選序

（清）葉樹藩

余自入家塾，先大夫授經之餘，即課以《昭明文選》。嘗以注多訛雜，絶少善本，欲訂定其書，而未之暇。竊惟《文選》一書，注者不一家，唐江都曹憲撰《音義》，同郡公孫羅與江夏李善並作注。曹氏、公孫氏之書不見於鄭樵《藝文略》、馬端臨《經籍考》，其失傳已久，而李善注獨盛行於世。開元中，工部侍郎吕延祚集吕延濟、劉良、張銑、吕向、李周翰等注《文選》，是爲五臣注。後人合李善注爲一書，更名六臣注。五臣本之荒陋，六臣本之舛譌，前人已有定論。近世惟汲古閣本，一復江夏之舊，較諸刻爲完善。然既獨存李注，而雜入五臣之説數條，殊失體裁。且其書疏於讎校，帝虎陶陰，棼然謎目，談藝家往往有遺憾焉。吾吴何義門先生手評是書，於李注多所考正，士論服其精覈。余弱冠後，不敢忘先大夫之言，輒不自揆，手自勘輯，削五臣之紕繆，存李氏之訓詁，卷帙則仍毛氏而正其脱誤，評點則遵義門而詳爲釐訂。至管窺所及，有可補李注、何評所未備者，竊附列於後。顧藩少失怙，不能仰承先大夫庭訓，復以習舉子業，頻年北上，於是書多作輟。戊子秋南旋，閉户却掃，披陳舊篋，越三歲辛卯，始獲卒業。回憶屬稿時，已十餘年於兹矣。昔王逸居南郡，作《楚辭章句》，李邕承父命，爲《選注》補釋文義，蓋皆以述古訓、紹前徽爲職志，若余之謭劣，實滋愧也已。乾隆三十七年，歲次壬辰二月八日，長洲葉樹藩題於海録軒。（清葉樹藩海録軒刊李善注《文選》卷首）

文選元槧本

（清）錢大昕

《文選》李善注元槧本，每卷首題「奉政大夫同知池州路總管府事張伯顔助率重刊」，有前海北海南道肅政廉訪使余璉序，稱伯顔字曰正卿，而未詳其籍貫。頃讀鄭元祐《僑吴集》，有《平江路總管致仕張公壙志》，蓋代其子都中作。文稱張氏長洲之相城人，公諱世昌，字正卿。以謹飭小心仕于朝，僾值殿廬，成宗賜名伯顔。由將作院判官，累任慶元路同知。延祐七年，陞奉政大夫池州路同知。泰定五年，改福寧州尹，後遷漳州路總管。告老，以平江路總管致仕。乃知伯顔爲吾吴人，宜其文雅好事，異於俗吏矣。(《十駕齋養新録》卷一四)

昭明文選跋

(清)彭元瑞

古今書籍版行之盛者，莫如《文選》。予所見宋本夥矣，細校字畫、款式、題識，確然無疑者凡四：其一有國子監准敕序文云：「五臣注《文選》傳行已久，竊見李善《文選》援引該贍，典故分明，若許雕印，必大段流布，欲乞差國子監説書官員，校定浄本後，鈔寫版本，更切對讀後上版，就三館雕造，候敕旨。奉敕，宜依所奏施行。」是爲國子監本。其一每卷末刊校對、校勘、覆勘銜名三四人。其覆勘，贛州州學教授張之綱、贛州司户參軍李盛、贛州石城縣尉蕭倬、贛州觀察推官鄒敦禮，皆章貢僚屬，是爲贛州本。其一有識云：「右《文選》版歲久漫滅殆甚，紹興二十八年冬十月，直閣趙公來鎮是邦，下車之初，以儒雅飾吏事，首加修正，字畫爲之一新，俾學者開卷免魯魚亥豕之訛，且欲垂斯文於無窮云。右迪功郎明州司法參軍兼監盧欽謹書。」是爲明州本。其一有識云：「此集精加校正，絶無舛誤，見在廣都縣北門裴宅印賣。」又識云：「河東裴氏考訂諸大家善本，命工鍥於宋開慶辛酉季夏，至咸淳甲戌仲春工畢。把總鍥手曹仁。」是爲廣都本。彙記之，以資識别。今坊間間有大字白紙闕宋諱本，乃明袁褧尚之影廣都本重雕，始嘉靖甲午，成於己酉，計十有六年之工力，自識云「匡郭字體，未少改易」，尤足亂真也。（《知聖道齋讀書跋》卷二）

元本李善注文選跋

（清）陳　鱣

余十二歲時誦《文選》，乃汲古閣所刊李善注本，在近時讀本中爲最善，猶恨其脱誤良多，即何義門學士評校尚有未盡，疑莫能明。聞吾鄉馬氏道古樓曾藏宋本，已爲書肆購去，不知所歸。三十年來，舟車南北，恒以自隨者，惟汲古閣本而已。今歲寓吴于吾友黄君蕘圃處，見有持宋本六臣注《文選》出售者，價直太昂，且以其六臣注也而忽之，以爲安得有舊本李注乎。蕘圃曰：數年前曾見元重刊宋本，今聞尚在。余欣然屬其轉購。越數日，方盛暑，蕘圃遣蒼頭持札負書而來，閱之，則李注《文選》也。云託書賈從角直嚴氏得來者，遂如其價而購之。書凡六十卷，目一卷，每葉二十行，行二十一字，每卷首題「奉政大夫同知池州路總管府事張伯顔助率重刊」。按錢詹事《養新録》稱是書有前海北海南道肅政廉訪使余璉序，今此本缺焉，又不列年月，然余定爲延祐本。考鄭元祐《僑吴集》有《平江路總管致仕張公壙誌》云：張氏長洲之相城人，公諱世昌，字正卿，成宗賜名伯顔，由將作院判官累任慶元路同知，延祐七年，陞奉政大夫池州路同知，泰定五年，改福寧州尹，後遷漳州路總管，告老，以平江路總管致仕。今合諸卷首結銜知刊于延祐時矣。錢遵王《讀書敏求記》云：善注有張伯顔重刊，元版不及宋版遠甚。以余所聞，中吴藏書家所有宋本已多不全，似未若斯之完善。復借鈕君非石所藏元本校之，惟末卷後鈕本有「監造路吏劉晉英郡人葉誠」十一字，此已剥蝕，其行款字畫纖毫畢合，或云明萬曆間金臺汪諒所刊，未必然也。爰繙閲一過，始知汲古閣本所脱者，如司馬長卿《上林賦》脱標郭璞注，張平子《思玄賦》脱「爛漫麗靡，藐以迭逿」二句并注，陸士衡《答賈長淵詩》脱「魯侯戾止，衮服委蛇」二句并注，曹子建《箜篌引》脱「百年忽我遒，生在華屋處」二句，鮑明遠《放歌行》脱「今君有何疾，臨路獨遲迴」二句，枚叔《七發》脱自「太子有悦色」至「然而有起色矣」二段，共十九行並注，《宣德皇后令》脱標「任彦昇」三字，曹子建《求通親親表》脱「有不蒙施之物」一句，若斯之類，遽數難終。惟司馬長卿《封禪文》脱「上帝垂恩儲祉，將以慶成」二句，元刊已脱。又如《西都賦》注引《三倉》之作「王倉」，《閒居賦》注引韋孟詩之作「安革猛詩」，元刊亦然，汲古本蓋仍其誤，而義門亦未之校正也。余好書，無力，未敢貪多，惟童而習之者，每思善本是正文字，邇來隨有所獲，今更得此，不勝狂喜，他日擬築選樓以儲之，非特賀兹書之遭，且以銘良友之德云爾。嘉慶十年六月既望識。（《簡莊文鈔》卷三）

元本李善注文選跋節録

（清）蔣光煦

案余曾見一六臣注殘宋本，内有注例數條，皆旁有一直，標其起訖，亦舊版所罕見也。如《兩都賦》善注云：諸引文證，皆舉先以明後，以示作者必有所祖述也，他皆類此。又云：然文雖出彼，而意微殊，不可以文害意，他皆類此。又云：諸釋義或引後以明前，示臣之任不敢專，他皆類此。《西都賦》善注云：然同卷再見者，並云已見上文，務從省也，他皆類此。《東都賦》善注云：其異篇再見者，並云已見某篇，他皆類此。又云：其事煩已重見及易知者，直云已見上文，而他皆類此。《西京賦》善注云：善曰，舊注是者，因而留之，並於篇首題其姓名，其有乖繆，善乃具釋，並稱善以别之，他皆類此。又向注云：凡人姓名及事易知而别卷重見者，云見某篇，亦從省也，他皆類此。又善注云：凡魚鳥草木，皆不重見，他皆類此。《甘泉賦》善注云：然舊有集注者，並篇内具列其姓名，亦稱臣善以相别，他皆類此。内向注一條，汲古閣及胡氏仿宋刻並作李善。餘若《琴賦》、李斯《上秦始皇書》注内雖均有他皆類此之文，而不標旁直，則未知何意。（《東湖叢記》卷五）

編者按：此跋文前抄陳鱣《元本李善注文選跋》，見上文，兹從略。

南宋淳熙貴池尤氏本文選序

（清）阮　元

元幼爲「文選學」，而壯未能精熟其理，然訛文脱字，時時校及之。昔但得元張伯顔、明晉府諸本，即以爲祕册。嘉慶丁卯，始從昭文吴氏易得南宋尤延之本，爲無上古册矣。按是册宋孝宗淳熙八年辛丑無錫尤延之在貴池學宫所刻，世謂之淳熙本。每半葉十行，每行大字廿一、二，小字廿一、二、三、四不一。惜原板間有漫漶，其修板至理宗景定間止，卷二八葉及卷九十九葉書口並有「景定壬戌重刊」木記可見。其中佳處，即以脱文而論：如《東京賦》「上下通情」注，宋本卷三，十五下。毛本脱「言君情通於下，臣情達於上，故能國家安而君臣歡樂也」廿二字；又「重舌之人九譯」注，宋本卷三，廿八下。毛本脱「韓詩外傳」至「獻白雉於周公」廿三字；《秋興賦》「天晃朗以彌高兮」注，宋本卷十三，六上。毛本脱「杜篤」至「高明」廿字；以上毛初刻本脱，後得宋本改。《思玄賦》「行頗僻而獲志兮」注，宋本卷十五，三下。毛本脱「蕭該音」至「廣雅曰陂邪也」卅五字；陸士衡《答賈長淵詩》「我求明德」注下，宋本卷廿四，十七上。毛本脱正文「魯侯戾止」八字，注文卅二字；《七發》「客見太子有悦色」下，宋本卷卅四，九下。毛本脱數百字。諸如此類，不勝枚舉。其中異文，如《蜀都賦》「千廡萬室」，宋本卷四，二十下。晉府本、毛本「室」改「屋」，則與上下文「出」、「術」等字不韻矣。《羽獵賦》「群娭乎其中」宋本卷八，廿三上。翻張本、晉府本、毛本「娭」改「嬉」，則與《漢書·楊子雲傳》不合矣。《宋書·謝靈運傳論》「莫不寄言上德」注引《老子》「德經」，宋本卷五十，十四上。翻張本、晉府本、毛本並作「道德經」，不知「德經」二字見陸氏《經典釋文》及《禮記正義》也。《吴都賦》「趫材悍壯」注引《胡非子》，宋本卷五，十五上。毛本「胡」改「韓」，不知胡非乃墨子弟子，見漢、隋史志也。騷下《山鬼篇》「采三秀兮于山間」，宋本卷卅三，三上。注文「三秀」上，晉府本、毛本增「逸曰」二字，此沿六臣本之舊，崇賢本不當有也。《永明九年策秀才文》「自萌俗澆弛」，宋本卷卅六，十上。及《齊故安陸昭王碑文》「緝熙萌庶」，宋本卷五十九，十八下。翻張本、晉府本、毛本「萌」改「氓」，然古書多作「萌」也，亦非他本之所可及。元人張正卿翻刻是書，行款一切頗得其模範，第書中字句同異未能及此。若翻張本及晉府諸刻改其行款，更同自鄶矣。惜是册缺第四十一、四十二兩卷，近人即以正卿本補入，雖非完書，實亦希世珍也。此册在明曾藏吴縣王氏、長洲文氏、常熟毛氏，本朝則句容笪氏、泰興季氏、昭文潘氏，以至吴氏。獨怪册中皆有汲古閣印，而毛板訛脱甚多，豈栞板後始獲此本，未及校改耶？元家居揚州舊城文樓巷，即隋曹憲故里，李崇賢所由傳「文選學」而爲《選》注者也。元既構文選樓于家廟旁，繼得此册，藏之樓中，别爲校勘記，以貽學者。裝訂既成，因序于卷首。（《揅經室集》三集卷四）

校宋本文選跋

（清）顧廣圻

此《文選》硃校出汲古主人同時馮竇伯手，其前二十卷又有藍筆，則陸敕先所覆校也。今年秋八月，余屬蕘圃以重價購之，復借薌嚴周氏所藏殘宋尤袤槧本，即馮、陸所據者，重爲細勘，閱時之久，幾倍馮、陸，補其漏略，正其傳譌，頗有裨益，惜宋槧之尚非全豹也。竊思《選》學盛於唐，至王深寧時已謂不及前人之熟，降逮前明，幾乎絶矣，唯詞章之士，掇其字句以供鞶帨。至其爲經史之鼓吹，聲音訓詁之鍵鑰，諸子百家之檢度，遺文墜簡之淵藪，莫或及也。其間字經淺人改易，文爲妄子刊削，五臣混淆善本，音注牴牾正文，又烏能知之？因訛致舛，其來久遠，承襲輾轉，日滋一日。卷帙鴻富，徵引繁多，詞意奥隱，不容臆測，義例深密，未易推尋。雖以陳文道之精心鋭志，既博且勤，而又淵源多助，然《舉正》一書，猶時時有失。況余仲林《記聞》以下，摭華遺實，宜同自鄶矣。廣圻由宋本而知近本之謬，兼由勘宋本而即知宋本亦不能無謬。意欲準古今通借以指歸文字，參累代聲韻以區别句逗，經史互載者考其異，專集尚存者證其同。而又旁綜四部，雜涉九流，援引者沿流而溯源，已佚者借彼以訂此，未必非此學之功臣也。體用博大，自慚譾陋，懼弗克任，姑識其願於此，並期與蕘圃交勖之焉。嘉慶元年十二月二十日，顧廣圻書於士禮居。（《顧千里集》卷二三）

重刻宋淳熙本文選序

（清）顧廣圻

《文選》於孟蜀時，毋昭裔已爲鏤板，載《五代史補》。然其所刻何本，不可考也。宋代大都盛行五臣，又並善爲六臣，而善注反微矣。淳熙中，尤延之在貴池倉使，取善注讎校鋟木。厥後單行之本，咸從之出。經數百年轉展之手，訛舛日滋，將不可讀。恭逢國家文運昭回，聖學高深，苞函藝府，受書之士，均思熟精《選》理，以潤色鴻業。而佳本罕覯，誦習爲難，寧非缺事歟！往歲顧千里、彭甘亭見語，以吴下有得尤槧者，因即屬兩君遴手影摹，校刊行世。踰年工成，雕造精緻，勘對嚴審，雖尤氏真本，殆不是過焉。從此讀者開卷快然，非敢云是舉即崇賢功臣，抑亦學海文林之一助已。其善注之并合五臣者，與尤殊別，凡資參訂，既所不廢，又尋究尤本，輒有致疑，鉤稽探索，頗具要領，宜諗來者，撰次爲《考異》十卷，詳著義例，附列於後，而别爲之叙云。嘉慶十四年二月既望序。（胡刻本《文選》卷首）

文選自校本跋

（清）俞正燮

《文選》例有甄别，文詩同題，删落數篇者多矣。其本有視他本增多者，《西都賦》視《漢書》多「衆流之隁，汧涌其西」，《東都賦》詩視《漢書》多「嘉祥阜兮集皇都」，司馬子長《報任少卿書》視

《漢書》多「太史公牛馬走司馬遷再拜言」十二字，東方朔《答客難》視《漢書》多「《傳》曰天下無害災」二十七字，蓋昭明得他本增入者。《景福殿賦》注引薛綜《東京賦》注曰：「高昌、建成，二觀名也。」有注而賦文無此觀，則又昭明刪之也。《九章・涉江》刪去「亂曰」以下五十三字。任彦昇《爲褚蓁讓代兄襲封表》注云：「此《表》與《集》詳略不同，疑是稿本，詞多冗長。」《奏彈劉整》注云：「昭明刪此文太略，故詳引之，令與彈相應也。」是亦昭明刪之，而李崇賢改補。王子淵《聖主得賢臣頌》，劉孝標《重答劉秣陵書》，《頌》與《書》正文皆不見，蓋古人僅存其序録。唐僧《辨正論・内九箴篇》引《古詩》曰：「服食求神仙，多爲藥所誤。不如飲美酒，被服紈與素。寄語世上人，道士慎莫作。」《文選・古詩十九首》無「寄語」十字，亦昭明刪之。然則《文選》不可拘牽異本以議其得失，且唐人所傳《文選》未必即梁本。其增改字者，顔延年《宋文皇后哀册文》依用宋文帝加八字，陸佐公《石闕銘》依用梁武帝改十四字，《刻漏銘》依用梁武帝改一字，沈約改二字。王簡栖《頭陀寺碑》石刻「憑五衍之軾」，齊建武時文也，昭明采入《文選》，以梁武名避改「憑四衢之軾」，注當明了，而今文及注語意相反，則唐人傳寫者以其時不諱，改文中「四衢」爲「五衍」，而寫注者不知其意，又以注中「五衍」「四衢」互易耳。其本爲昭明移改者，曹子建《與吴質書》注引别題，言昭明移之與季重之書相應也。朱浮《與彭寵書》注云：「《後漢書》載此書，《東觀漢記》亦載此書，大義雖同，辭旨全别，蓋録事者取舍有詳略矣。」録有取舍，選亦必有取舍，校者詳其異同，以見古人之趣，非有彼此是非之見，凡校書皆然，而况乎其爲文辭選輯本也。《史記·司馬相如列傳》云《子虚》《上林》言上林、雲夢所有甚衆，故删取其要，古之録文者多如此。舟中讀《文選》，楣上所記，朱墨爛然，四十日始畢，因述其大指。道光丙戌九月朔日，夏鎮舟中。（《癸巳存稿》卷一二）

宋本六臣注文選殘本跋

（清）馮登府

六臣注《文選》六十卷，《直齋書録解題》謂無編輯姓氏，南宋已有之。余嘗見曹倦圃侍郎藏本，每卷首有「宋崇寧五年鏤板至政和元年畢工」字一行，墨光如漆，紙堅白無痕，蓋宋代蜀箋，驗之是本悉合。朱竹垞檢討謂嘉靖間袁氏翻之，然無鏤版年月一行，以此可別真贋。是本遇宋諱皆缺筆，每卷尾有「嘉定二年成都裴氏鏤版印賣」字一行，是爲南宋蜀本。東坡謂蜀本大字書皆善本是也。惜祇有十九卷。第一卷有浙西項氏篤周萬卷堂圖籍印。篤周，子京初名，其長兄子長名篤壽，弟兄並好收藏。築萬卷堂貯之，斯時尚未有天籟閣也。（《石經閣文初集》卷六）

編者按：項篤壽初名篤周，字子長，其弟元汴，字子京。此處馮氏當爲誤記。

延祐本文選跋

（清）曾　釗

此元延祐池州刻本也。《文選》李善注單行本，宋有尤氏本，元有此本而已。國初毛氏本稱從宋本校刊，而廿五卷陸士龍《答兄機詩》注有「向曰」、「翰曰」之文，與此本正同，殆即據此本耶？此本訂五十二册，爲卷六十，今缺第廿七卷一册，俟鈔補完之。道光戊申二月記。（《面城樓集鈔》卷三）

六家注文選跋

（清）曾　釗

右《六家注文選》，明嘉靖間袁氏褧以蜀本覆板。字體匡郭，幾於亂真。按《知聖道齋讀書跋尾》載宋本識二條，一云「此集精加校正，絶無舛誤，見在廣都縣北門裴宅印賣」，又識云「河東裴氏考訂諸大家善本，命工鍥於宋開慶辛酉季夏，至咸淳甲戌仲春工畢，把總鍥手曹仁」，今此本載前條，而後一條無之，蓋所據本偶缺也。《文選》原三十卷，五臣同，惟李善分六十卷，此本仍六十卷，自當以李爲主，陳仁子茶陵刻本六十卷，以李善注爲首。乃注内先載五臣，後載善，且往往稱善注同五臣，又據五臣本稱善本作某，皆於體例有乖，然善與五臣表上本不同時，題曰「六家文選」，不曰「六臣」，則較他本爲名稱其實耳。戊申三月記。（《面城樓集鈔》卷三）

跋文選南宋贛州本

（清）陳　澧

右《文選》李善注并五臣注六十卷，目録一卷，無刻梓年月，每卷後多題校對、校勘、覆校人名，其結銜有左從事郎贛州觀察推官、左從政郎贛州州學教授、州學學諭、州學齋長、州學齋諭、州學直學、州學司書、左迪功郎贛州司户參軍、左迪功郎贛州石城縣尉主管學事權司理、左迪功郎新永州零陵縣主簿、左迪功郎新昭州平樂縣尉兼主簿，皆宋官制。又宋孝宗以上諸帝諱皆缺筆，而光宗諱「惇」字不缺，則孝宗時刻也。校書諸人皆官於贛州者，知爲贛州所刻。其零陵主簿、平樂尉二人，蓋贛州人而新授官，故結銜皆稱「新」也。尤延之淳熙辛丑刻本跋云，贛上嘗刊李善注本，往往裁節語句，可恨。此本亦贛上所刻，乃兼刻五臣注，而無所裁節。鄱陽胡氏重刻尤氏本時，未見此本，儻以校其異同，可補入《考異》者不少。如《典引》「今其如台而獨闕也」，尤氏本注：《尚書》曰：「夏罪其如台。」孔安國傳曰：「台，我也。」汲古閣本同。嘉應李繡子太史有詩云：「諸儒不省《太常移》，晚出群將《孔傳》疑。《典引》先存安國學，中郎注裏幾人知。」竟欲爲僞《古文孔傳》翻案。此本「尚書曰」上有「善曰」二字，乃李善注，非蔡中郎注也，古本之可貴如此。此書昔爲亡友侯君模所藏，極寶愛之，今歸於余，偶一披覽，如見良友，余之寶此，又不徒在古本耳。

（《東塾集》卷四）

宋板文選跋

（清）陸心源

《文選》六十卷，首題「梁昭明太子撰」，次行「唐李善注」，次二行「唐臣吕延濟、劉良、張銑、吕向、李周翰注」，前有李善《上注表》，吕延祚《進五臣集注表》，及昭明太子序。其注李注列前，五臣列後，每葉十八行，行十五字，分注每行二十字，板心有刊工姓名，宋諱「殷」、「敬」、「竟」、「徵」、「恒」皆缺筆。每卷末列校對、校勘、覆對諸人姓名，卷各不同，校對者州學司書蕭鵬、州學齋長吴拯、州學教諭李孝開、州學齋諭蕭人傑、州學齋諭吴撝也，校勘者鄉貢進士李大成、劉才紹、劉格非、楊楫、左迪功郎新昭州平樂尉兼主簿嚴興義、州學教諭管獻民、州學直學陳烈也，覆校者左從政郎充贛州州學教授張之綱、左迪功郎新永州零陵縣尉主簿李汝明、左迪功郎贛州石城縣主管學事權左司理蕭倬、左從事郎贛州觀察推官鄒敦禮、左迪功郎贛州司户參軍李盛也。愚案，宋刊《六臣注文選》之存於今者凡三：其一有識云：右《文選》版歲久，漫滅殆甚，紹興八年冬十月，直閣趙公來鎮是邦，下車之初，以儒雅飾吏治，首加修正，字畫爲之一新，俾學者開卷免魯魚亥豕之譌，且欲垂斯文於無窮云，右迪功郎明州司法參軍兼監盧欽書。當爲明州刊本。張月霄《藏書記》所載是也。其一有識云：此集精加校正，絕無舛誤，見在廣都縣北門裴宅印賣。又識云：河東裴氏考訂諸家善本，命工鍥於宋開慶辛酉季夏，至咸淳甲戌仲春工畢，把總鍥手曹仁。當爲廣都刊本。《天禄琳琅》所載是也。此本雖無刊刻時地，而每卷後所列校對銜名，皆贛州僚屬，當爲贛州刊本。其書法遒勁，酷似平原，元人已甚重之，深爲趙吴興、王弇州所賞鑒，其詳見《天禄琳琅》。此本雖摹印稍後，典型猶未墜也。每卷有「朱之赤」、「卧庵」兩方印，「汲古閣」方印，「毛氏珍藏子孫永寶」楕印，「留與軒浦氏珍藏」方印，「汪士鐘」、「閬源」兩方印，其爲藏書家所珍重可知矣。(《儀顧堂集》卷一九)

元張伯顔槧本文選跋

（清）陸心源

《文選》六十卷。次行題曰「梁昭明太子選」，三行題曰「唐文林郎守太子右内率府録事參軍事崇賢館直學士李善注上」。前有李善序《進書表》、吕延祚《進書表》、玄宗詔旨、元余璉序。元槧本。每頁二十行，每行大字二十，注雙行，行二十一字。每卷有目，連屬篇目，版心間有刻工姓名。卷一首葉有「九華吴清牀刀筆」七字，六十卷末有「監造路吏劉晉英郡人葉誠」一行，行款與宋尤延之刊本同。其與尤本不同者，每卷首葉之第四行，有「奉政大夫同知池州府路總管府事張伯顔助率重刊」廿一字。卷一之第一葉則以尤本第十行「班孟堅」下小注六行排密縮爲四行；卷二則以「張平子」下小注八行縮爲六行；卷三則以第六行「張平子薛綜注」六字移於第五行「東京賦」下；卷四則以第四行「京都中」三字并入第五行；卷五則削第五行「左太沖吴都賦一首劉淵林注」十二字，而移「左太沖劉淵林注」七字於第六行「吳都賦」下；卷六則以第五行「魏都賦一首」及小注并入第六行；卷七則以第七行「畋獵下」三字并入第八行；卷八則以第五行「司馬長卿上林賦」并入第六行；卷九則以第八行「班叔皮北征賦一首」八字并入第九行；卷十則以第四行「紀行下」三字并入第五行；卷十一則以第九行「王文考魯靈光殿賦」十字并入第十行；卷十二則以第五行「木玄虛海賦」五字并入第六行；卷十三則以第十二十三行「風賦」、小注四行縮爲兩行；卷十四則以第五行「顔延年赭白馬賦」并入第六行；卷十五則以第四行「志中」二字并入第五行；卷十六則以第九行「陸士衡嘆逝賦」六字并入第十行；卷十七則移第十行「陸士衡」三字於十一行小注上；卷十八則以第八行「長笛賦」、小注四行縮作兩行；卷十九則以第六行第七行并作一行；卷二十則以第五行「曹子建上責躬詩」十三字并入第六行「應詔詩」之上；卷二十一則以第九行「鮑明遠詠史詩一首」八字并於第十行；卷二十二則以第二葉第九行「宿東園詩一首」六字并入第十行；卷二十三則以第十九行并入第二十行；卷二十四則以第十七行并入第十八行；卷二十五則以第十七行「酬從弟惠連」五字并入第十六行；卷二十六則以第二葉第七行并入第八行；卷二十七則以第二葉十、十一、十二三行縮爲兩行；卷二十八則以第十二行「劉越石屏風歌一首」八字并入十三行；卷二十九則以「古詩十九首」、小注六行縮爲四行；卷三十則以第八行「擣衣詩一首」五字并入第九行；卷三十一則以「孫巖宋書」云云小注四行縮爲兩行；

卷三十二則以「序曰」云云小注六行縮爲四行；卷三十三則以第六、七、八三行并作兩行；卷三十四則以「漢書曰枚叔」云云小注四行縮爲兩行；卷三十五則削第十行「七下」二字；卷三十六則以「蕭子顯齊書」云云小注八行縮爲六行；卷三十七則以「表者明也」云云小注十行縮爲八行；卷三十八則以第十五、十六兩行縮作一行；卷三十九則削第十三行「上書」二字；卷四十則以第十一行并入第十二行；卷四十一則以第七行并入第八行；卷四十二則以十七、十八兩行并作一行；卷四十三則以第十行十字并入十一行；卷四十四則以第八行八字并入第九行；卷四十五則以第十四行八字并入第十五行；卷四十六則以第六行十三字并入第七行；卷四十七則以第十一行十一字并入十二行；卷四十八則以第六行九字并入第七行；卷四十九則以第七行六字并入第八行；卷五十則以第十一行六字并入第十二行；卷五十一則以第四行七字并入第五行；卷五十二則以第六行「王命論」三字移入第七行「善曰王命者」云云之下，而移「班叔皮」三字於第九行雙行注之下；卷五十三則以第七、八、九三行縮作兩行，卷五十四則以「五等公侯」云云小注四行縮作兩行，而削「陸士衡」三字；卷五十五則以第九、十、十一三行小注縮作兩行；卷五十六則以十四行九字并入十五行；卷五十七則以第十行九字并入第八行；卷五十八則以第九行九字并入第十行；卷五十九則以「姓氏英賢録」小注六行縮爲四行；卷六十則以第七行八字并入第八行。其行款起訖皆與尤延之本同。惟尤本《兩都賦序》注「亦皆依違尊者，都舉朝廷以言之」，六臣本「都」上有「所」字，「舉」上有「連」字，此本有此二字，與尤本不同，似是既刻成而挖改者，當是伯顔據六臣本所改，以掩其襲取尤本之跡耳。池州爲昭明封國，有昭明廟，廟有文選閣。文簡始刻善注，置版學宫，見淳熙辛丑文簡序。元初燬于火，大德中，司憲伯都嘗新之，延祐中復燬，伯顔重刻之，見余璉序。獨怪淳熙距大德不過百餘年，版雖燬，印本必非難得。伯顔不以原刻重雕，而必改寫重刻。既改寫重刻矣，又惟恐失尤本之真，于每卷首葉縮小排密以就之，何也？宋人刻書皆于卷末列校刊銜名，從無與著書人並列者。隆、萬以後刻本，此風乃甚行，伯顔其作俑者也。伯顔原名世昌，文宗賜名伯顔，蘇州相城人。至順中，知福寧州，置田造士，人多稱之，見《僑吳集》及《福建通志》。尤本無吕延祚序及玄宗詔，伯顔據五臣本增之，不免畫蛇添足。余璉序文理澀謬，殆學姚牧庵而失之不及者歟。元之路，宋之州軍，明之府，卷末「路吏」二字，亦元刻之一證也。（《儀顧堂續跋》卷一三）

成化唐藩本文選跋

（清）陸心源

《文選》六十卷，明成化丁未唐藩刻本。前有唐藩希古序，後有唐世子跋。每卷李善銜名後有「張伯顔重刊」銜名兩行。每葉二十行，每行二十二字，注雙行。文義悉依延祐中張伯顔池州刊本，而字畫較精。惟唐藩序不言所本，世子跋則若唐藩自以五臣注删存善注者，豈唐藩父子于此書均未寓目耶？每卷有伯顔名，而序若佯爲不知者，豈刻成後亦未寓目耶？不可解矣。伯顔重雕尤本，不言所本，亦不仿宋人列名卷末之例，而自列銜名于作者之次，好名而近于陋。唐藩所雕張本，亦不言所本，幾若善注單行，自我作古，可謂心心相印。然既已没其由來矣，而仍刻其名，且改易行款，非以原本重雕，「助率重刊」四字，其義又安在乎？惟張刻仍尤本之舊，此刻又仍張刻之舊，在《文選》諸刻中，不失爲善本耳。（《儀顧堂續跋》卷一三）

贛州本文選跋

（清）李希聖

《文選》六十卷宋本。每版九行，行十五字，字大如錢，筆畫圓勁，宋本中之精槧也。卷首有「宋本」二字隸書橢圓印朱文。又有「番禺俞守義藏」印朱文、「年年歲歲樓珍藏書」印朱文、「會稽沈氏光烈字君度」印白文。此書歷經趙承旨、文待詔鑒藏，故卷中有「趙氏子昂」印朱文、「松雪齋藏書」印朱文、「停雲生」印白文、「翰林待詔」印朱文。目録有「張之洞審定」、「無競居士」等印，其餘諸印不盡記。書無刻梓年月，每卷後題校對人名，有左從事郎、贛州觀察推官，左從政郎、贛州州學教授，州學學諭、齋長、齋諭、直學、司書，左迪功郎、贛州司户參軍，左迪功郎、贛州石城縣尉，左迪功郎、新永州零陵縣主簿，左迪功郎、新昭州平樂縣尉，皆宋官制也。推官、教授等皆贛州官，是贛州刻本。其零陵主簿、平樂尉二人，蓋贛州人新授官者也。書中凡孝宗以上諱皆缺筆。光宗諱惇，則不缺，是孝宗時所刻也。考尤延之淳熙辛丑刻本跋云：贛上嘗刻李善注本，往往裁節語句，可恨。此本亦贛上所刻，並刻五臣注，而無删節，誠善本也。嘉慶中胡果泉重刻尤氏本時，未見此本。卷末有陳蘭甫跋云：「如《典引》『今其如台而獨闕也』，尤氏本注云：《尚書》曰：『夏罪其如台。』孔安國曰：『台，我也。』汲古閣本亦然。嘉應李繡子據此爲僞《孔傳》翻案，有詩云：『諸儒不省《太常移》，晚出群將《孔傳》疑。《典引》先存安國學，中郎注裏幾人知。』此本『尚書曰』上有『善曰』二字，非蔡中郎注也，古本之可貴如此。」以上見《東塾集》。此本自趙氏、文氏以後，展轉歸番禺侯君謨康，由侯氏歸陳蘭甫，沈君度從陳氏購之，方氏又得自沈氏。歷經名家鑒藏，可寶也。方氏所得《文選》舊本有十，因名曰「十文選齋」，然以此本爲冠。（《雁影齋題跋》卷一）

元張伯顏本文選跋

（清）李希聖

《文選》六十卷元本。每半葉十行，行二十二字，前有昭明太子序及李善《進文選表》，吕延祚《進五臣集注表》。每卷標題於李善注上，次行有「奉政大夫同知池州路總管府事張伯顏助率重刊」，皆與《天禄琳琅書目》所言脗合，惟《書目》謂張伯顏無考。按，錢竹汀《養新録》引鄭元祐《僑吴集》有《平江路總管致仕張公壙誌》云：「公諱世昌，字正卿，成宗賜名伯顏，由將作院判官累任慶元路同知。延祐七年，陞奉政大夫池州路同知。泰定五年，改福甯州尹。後遷漳州路總管，告老，以平江路總管致仕。」即其人也。按，伯顔壙誌原石尚存，已破。據卷首余璉序稱張正卿，證之竹汀之言爲不謬。當時館臣如彭元瑞，號爲淵博，何以疏略至此！又考蔣生沐《東湖叢記》載陳仲魚《元本文選跋》云【略】（編者按：此跋文前已録，兹從略。）以陳氏所言考之，此本惟《上林賦》脱標「郭璞注」，餘皆不脱。《封禪文》所脱，及《西都賦》《閒居賦》誤字亦同。據卷首余璉序「大德九祀」、「越十有三載」、「再明年」、「又未幾」計之，當刻於英宗至治初。陳本行二十一字，故數《七發》所脱爲十九行，此本則十八行，陳本有卷末監造一行，即《天禄琳琅後目》所載之本，與此截然爲二。明弘治元年，唐藩重繙此本，行款、字數纖悉皆同，但紙墨略新耳。《文選》自《書録解題》有六臣之本，而單行李注世遂罕傳。近世所通行之本，惟汲古閣本耳。然《四庫提要》謂汲古本陸雲《贈當作答，提要字誤。兄機詩》注中有「向曰」一條、「濟曰」一條，又《贈張士然詩》注中有「翰曰」、「銑曰」、「濟曰」、「向曰」各一條，及左思《魏都賦》本張載注，乃俱題劉淵林名，《羽獵賦》用顔師古注，則竟漏本名，《幽通賦》用曹大家注，則散標句下。又《文選》之例，於作者皆書其字，而杜預《春秋傳序》則獨題名上。十七卷末附載樂府《君子行》一篇，注曰：「李善本古詞只三首，無此一篇，五臣本有。」以爲毛氏因六臣之本削去五臣，獨留善注，故删除不盡，未必真見單行本也。此本亦雜入五臣注，其他諸條與《提要》所謂舛互者均合，蓋已非崇賢原本，然則毛氏所稱從宋本校正者，其言當亦不誣。《提要》疑爲毛氏所排纂，蓋館臣未見此本，故坐毛氏以贋古之罪耳。（《雁影齋題跋》卷三）

明汪刻文選跋

沈曾植

汪氏重覆張伯顔本，實尤氏再傳適裔也。摹印皆精，當爲明刻甲觀，比肩《史記》。世間傳本，往以掣去篇葉序記，用充元本，此獨未經掣損。汪氏書目一葉，尤爲罕見也。壬子五月，得諸滬市。遜叟識。（《海日樓題跋》卷一）

文選集注殘卷跋

楊守敬

右《文選集注》第六十八卷，載曹子建《七啓》，不題撰人名氏。案《文選》本三十卷，李善分爲六十卷，五臣本仍三十卷見錢遵王《讀書敏求記》。余所得日本古鈔無注本《七啓》在第十七卷，李善注在三十四卷，五臣合善注亦在三十四卷，此爲六十八卷，知又分善注一卷爲兩卷，全書當共有一百二十卷。顧中土自來無著録者，即《日本現在書目》亦不載。其中引李善注及五臣注外，有《鈔》曰、《音決》及陸善經諸書。案，《舊唐志》：《文選》六十卷，公孫羅撰；《新唐志》：公孫羅注《文選》六十卷。《日本現在書目》：《文選鈔》六十九卷。此本所引《鈔》曰，爲公孫羅之書無疑。又，《舊唐志》：《文選音》十卷，公孫羅撰；《新唐志》：公孫羅《文選音義》十卷。《日本現在書目》：《文選音決》十卷，公孫羅撰。此卷所引《音決》，亦必公孫羅之書。檢《舊唐書·儒學傳》：公孫羅，江都人，歷沛王府參軍、無錫縣丞，撰《文選音義》十卷，行於代。案，沛王即章懷太子，永徽六年封潞王，龍朔元年徙封沛王。《李善傳》亦爲沛王侍讀，是公孫羅年輩稍後於李善。陸善經時代、爵里未詳，所注《文選》不見兩《唐志》。此本所引每居五臣之後，當爲唐中葉以後人。《日本現在書目》亦無所注《文選》，而有《周易注》八卷、《古文尚書注》十卷、《周禮注》十卷、《三禮注》三十卷、《春秋三傳注》卅卷、《論語注》六卷、《孟子注》七卷、《列子注》八卷，計善經所著書如此之多，而兩《唐志》均不著録，往往見於日本古鈔經疏欄格上及背面。楓山官庫所藏卷子《左傳》尤多引之。此《文選注》雖無著録，而余所得古鈔卷子無注本第一卷欄格標記、旁注，亦有陸善經、《音決》《鈔》《集注》諸書，即森立之《經籍訪古志》所稱温故堂藏本，今歸江夏徐恕，則知此本確有根源。今略校之，大抵正文多從李善本，亦間有從五臣者。又有不與善本、五臣本同，而與《文館詞林》四百一十四卷所載同者。又，余所得古鈔無注《文選》殘本，其中文字往往出善注、五臣本之外詳見余《日本訪書志》，可知當唐時，《文選》流傳，異同甚夥，不得以善注、五臣本遂謂足盡《文選》之藴也。惜伕侯持此卷屬題，僅期一日即返京師，未得一一校其異同，别爲札記。匆匆記此，揮汗如雨，不知其苦也。宣統三年六月廿有三日，宜都楊守敬，時年七十有三。又：《舊唐書》又有曹憲《文選音義》十卷、許淹《唐志》作釋道淹《文選音義》十卷，《唐志》又有蕭該《音義》十卷，皆最有名，此本皆不載，或此本爲日本人所纂集耶？同日又記。（日本金澤文庫藏《文選集

注》寫本殘卷卷尾）

敦煌本文選殘卷跋

（清）蔣黼

此《文選》殘卷三：一存六十九行，起沈休文《恩倖傳論》，迄范蔚宗《光武紀贊》，無注，末行題曰「文選第廿五」，尚是昭明舊第也。書體工整，凡「虎」字缺筆，而「世」字六見，「民」字三見，皆不缺筆，蓋武德本也。一存三百餘行，爲張平子《西京賦》，末行題曰「卷第二」，與今本卷第同。永隆年二月十九日弘濟寺寫」，是帶行書，不甚工。一存百二十一行，起東方曼倩《答客難》，迄揚子雲《解嘲》，首尾皆缺，書體遒美，與《穀梁傳》同。凡「虎」、「世」、「治」字皆缺筆，「旦」字不缺，疑亦高宗時内庫本也。二本皆李善注，惟與今本詳略不同。按《唐書·李邕傳》：「父善，顯慶中爲《文選注》，表上之。始善注《文選》，釋事而忘意，書成以問邕，邕意欲有所更。善曰：試爲我補益之。邕附事見義，善以其不可奪，故兩書並行。」今以此二卷與今本相校，凡今本釋意之處，此皆從略，知此爲崇賢初次表上之本，而今本北海補益之本也。廬山真面，隱晦千年，一旦見之，能無狂喜？其餘傳寫之異同，足資訂正者甚多。如崇賢注例曰：「舊注是者因而留之，其有乖繆，臣乃具釋，並稱臣善以別之。」今本除明言用舊注之數篇，尚存「善曰」，然已删去「臣」字，餘悉删之，有時并其所引《漢書注》之「臣瓚曰」之「臣」字亦删之。見《西京賦》「度曲未終」注。他篇採用舊注者亦不少，即如《答客難》《解嘲》諸篇，多採《漢書》舊注，故凡崇賢自注，皆稱名別之，今本則漫無界限。又有本引書名而今本删之者，如《西京賦》「閭閻」注引《字林》曰「閭里門也」云云，今本删「字林曰」三字。非引此書而今本誤增者，如《西京賦》「螭魅魍魎」注引《説文》曰云云，其實皆杜氏《左傳注》也。有引書而誤其字者，《西京賦》「金較」注引《説文》「較，車騎上曲銅也」，今本誤作「曲鉤」。又「飛罕」注引《説文》「罕，網也」，今本誤作「鋼也」。「鋋」字注引《説文》「鋋，小矛也」，今本誤作「小戈也」。皆與《説文》合。然段懋堂注《説文》已誤據今本《文選》改「較」字説解矣。至於字句間之增損，尤非更僕可數，余別有校勘記詳之。宣統二年，吴縣蔣黼。（《鳴沙石室古籍叢殘》第六册卷尾，又《敦煌古籍叙録》卷五）

敦煌本文選跋

羅振玉

石室本《文選》四卷，其一張平子《西京賦》，其二東方曼倩《答客難》及揚子雲《解嘲》二篇，皆李善注，其三《王文憲文集序》，其四起《恩倖傳論》訖《光武紀贊》，皆無注。亡友蔣伯斧諮議於李善注二卷已爲考證，而無注之第二十五卷，但稱之爲昭明舊第，而未言其得失。《王文憲文集序》既無書題，又佚篇目，諮議不知亦爲蕭《選》，故跋稱《文選》殘卷三，其實殘卷四也。善注世無善本，今宋刊善注本乃從善注及五臣注合併本中選録出之，非善注單行之舊，胡果泉中丞作《考異》言之甚詳，亦至確。此善注二卷可正今本之失，其可貴不待言。至蕭《選》舊本在善注前者，人間所絶無，其可貴更在善注本之上。以校今本，可是正譌誤不少。如《王文憲集序》「發毁舊塋」，今本「發」作「廢」。「建元三年遷尚書左僕射」，今本「三年」作「二年」。「以公爲侍中尚書令鎮軍將軍」，今本「鎮軍」作「鎮國」。「留服捐駒」，今本「留服」作「掛服」。「事革於容諂」，今本「革」作「隔」。《恩倖傳論》「逮于大漢」，「大漢」今作「二漢」；「郡縣掾史」，今本譌「掾吏」；「皆由世族」，今本作「勢族」；「理難偏通」，今本作「變通」；「南金北毳」，今本譌「南京」。絜其異同，並以是爲優矣。二卷中第廿五卷「虎」字已缺筆，寫於唐之初紀，《王文憲集序》内「衷」字缺筆，作「哀」，爲隋代寫本，尤可珍也。今合印此四卷，爰録諮議舊跋於前，並就無注本考其異同，爲此跋，以補諮議之所未及。惜諮議墓草已宿，不及見矣，丁巳閏月晦。（《雪堂校刊群書叙録》卷下）

印行文選集注殘卷序

羅振玉

日本金澤文庫藏古寫本《文選集注》殘卷，無撰人姓名，亦不能得其總卷數。卷中所引於李善及五臣注外，有陸善經注，有《音決》，有《鈔》，皆今日我國所無者也。於唐諸帝諱，或缺筆，或否。其寫自海東，抑出唐人手，不能知也。往在京師得一卷，珍如璆璧。宣統紀元，再游扶桑，欲往披覽，匆匆未果。乃遣知好往彼移寫，得殘卷十有五，其本歸武進董氏。予勸以授之梓，董君諾焉。予以與善注本詳校，異同甚多。且知其析善注本一卷爲二，蓋昭明原本爲三十卷，善注析爲六十卷，此又析爲百二十卷。卷第固可知矣，而作者卒不可知也。此書久已星散，予先後得二卷，東友小川簡齋君得二卷，海鹽張氏得二卷，楚中楊氏得一卷，今在文庫者多短篇殘紙而已。其海東藏書家尚存幾許，則不可備知也。予所藏二卷，影寫本無之。楊氏藏本，今不知在何許。小川君及張氏本則均已景寫在十五卷中。予念此零卷者，雖所存不及什一，然不謀印行，異日求此且不可得。而刊行之事，予當任之，乃假而付之影印。予所藏二卷即就原本印之，不復傳寫，以存其真。張氏藏卷，聞將自印於上海，乃去此二卷，仍得十有六卷，乃稍稍可流傳矣。然距影寫時則已十年，其卒得印行亦幸也。諸卷中其第百十六前半，據東友所藏謄寫小字本鈔補。小字本至《褚淵碑》「元戎啓行，衣冠未緝」注止，而原本則自「衣冠未緝」二句起。此二句之注，兩本詳略互異，不知他注何如，惜無從比勘，似此書原本外，尚有謄寫别本，且與此本有異同，而未聞東邦學者言及之。附記於此，俟它日訪焉。宣統十年戊午六月，上虞永豐鄉人羅振玉序於海東寓居之雪堂。

（《唐鈔文選集注彙存·附録》）

明唐藩本文選題識

羅振玉

《文選》六十卷明唐藩覆刻元張伯顔本。明唐藩刻《文選》李善注，翻元張伯顔本，瞿氏《鐵琴銅劍樓藏書目録》謂除宋尤延之本外，即以此本爲最善。汲古本多脱誤，枚乘《七發》，毛本脱自「太子有悦色」至「然而有起色矣」二段並注數百字。《思玄賦》脱二句並注，陸士衡《答賈長淵詩》脱二句並注，曹子建《箜篌引》脱二句，鮑明遠《放歌》脱二句，曹子建《求通親親表》脱一句。今細檢之，其譌字殆不勝枚舉。前有唐藩序、昭明太子序、李善及呂延祚二表、余璉序，後有唐世子跋。瞿氏及皕宋樓著録本脱呂延祚表。光緒丙午冬得之廠肆。（《大雲書庫藏書題識》卷四）

文選李注卷第二殘卷提要

劉師培

《文選》李注卷第二，三百五十三行，由《西京賦》「井幹疊而百增」起，至賦末李注止。末標「文選卷第二」五字，别有「永隆年二月十九日弘濟寺寫」一行。永隆爲高宗年號，弘濟寺在唐長安，或此卷書自寺僧手也。「世」字、「虎」字，弗盡缺筆，書法弗工，介楷書、行書之間。每行字數多寡弗齊。第一行、第二行、第六行均有漫字，正文及注字多校改，此乃李注未經紊亂之本也。考今世所傳《文選》，有吴郡袁氏翻雕六臣本，有茶陵陳氏所刊《增補六臣本》。茶陵多從李本，間注五臣異文，袁以五臣本爲主，間注李本異文。近汲古閣毛氏所刊宋本，鄱陽胡氏所刊南宋尤延之本，均僅李注，然李與五臣亦相羼雜，近儒勘校已詳。今以此卷證之，如「瞰冤虹之長鬐」，「冤」不作「宛」；「墱道麗倚」，「麗」不作「邐」；「濯靈芝之朱柯」，「之」不作「以」；「采少君之端信」，「之」不作「以」；「美往昔之松橋」，「橋」不作「喬」；「期不陀陊」，「陀」不作「陁」；「非石非董」，「非」不作「匪」；

「隗貨方至」，「隗」不作「瑰」；「麗靡奢乎許史」，「靡」不作「美」；「趬悍虓鋻」，「趬」、「鋻」不作「趫」、「豁」；「所惡成創痏」，「創」不作「瘡」；「群獸否騃」，「否」不作「駓」；「泱莽無彊」，「莽」不作「漭」；「迺振天維」，「迺」上無「爾」字；「螭魅蝄蜽」，「蝄蜽」不作「魍魎」；「緹衣韎韐」，「韐」不作「韐」；「失歸亡趣」，「趣」不作「趨」；「白日不及移晷」，「移」下無「其」字；「迺使中黄」，「黄」下無「之士」二字；「襢裼戟手」，「襢」不作「袒」；「摣𤳳彔」，「𤳳」不作「狒」；「凌重甗」，「甗」不作「巘」；「般於游畋」，「般」不作「盤」；「槁勤賞功」，「槁」不作「犒」；「方駕授邕」，「邕」不作「饔」；「相羊五柞之館，旋憩昆明之池」，「羊」下「憩」下無「乎」字；「擽昆鮞」，「昆」不作「鯤」；「裎角牴」，「牴」不作「觝」；「衡陘鷁濯」，「衡」不作「衝」；「跳丸劍之徽霍」，「徽」不作「揮」；「倉龍吹篪」，「倉」不作「蒼」；「聲清畼而蜲蛇」，「畼」不作「暢」；「被毛羽之纖襹」，下二字不從衣；「增蟬蜎以此豸」，「以」上二字不從女；「壹顧傾城」，「壹」不作「一」；「聲烈彌楙」，「聲」、「楙」不作「馨」、「茂」；「前八後五」，「後」上無「而」字；「獨儉嗇以偓促」，「偓」不作「齷」。均與尤、毛二本不同。而「增桴董桴」之「增」，「在於靈囿」之「於」，轉與袁本相合。又「連閣雲蔓」之「連」，袁本校語謂善本作「途」；「望叫窱以徑廷」之「叫」，袁本校語謂善本作「叫」；「集隼歸鳧」之「集」，袁本校語謂善本作「奮」；「沸卉軯訇」之「軯」，袁本校語謂善本作「軿」；「盱睢跋扈」之「跋」，袁本校語謂善本作「拔」；「皇恩溥洪澤施」，茶陵本校語謂善無此語。由是而言，足證後世所傳李注本，已失唐本之真。若夫「殐炰𣩑」，各本「殐」誤「炙」；「繚亘綿聯」，各本「亘」誤「垣」；「烏獲舡鼎」，各本「舡」誤「扛」。其弗誤者僅此卷。蓋繕寫之時，距李注成書未遠，所據又非一本，故各本舛譌，必資此卷相校正。李注亦然，此卷李注之首，必冠「臣善曰」三字，薛注則否。以之互勘各本，有李注誤爲薛注者，有薛注誤爲李注者，有各本薛注所挩字句而此獨有者，有各本李注所挩字句而此獨有者，有與各本李注迥不同者，有各本所有薛注而此獨無者，有各本所有李注而此獨無者，有各本李注從省此弗從省者，有各本李注不從省此獨從省者，有薛注之字與各本均異者，有李注之字與各本均異者。竊以此卷所無薛注，均他注竄入之詞，所無之李注，或李邕所增，或亦他注所竄入。若字句有損益，則由後儒所點竄，或傳寫挩譌。由此卷而推，則凡薛注之采及魏晉諸書，以及李注依本文敷繹者，半非薛、李固有之文，惜乎何、陳、胡三家之未睹此也。（《敦煌古籍叙録》卷五）

文選李注殘卷提要

劉師培

《文選》李注一百二十二行，由東方曼倩《答客難》「不可勝數」起，至揚子雲《解嘲》「或釋褐而傳」止，乃李注本之第四十五卷也。每行字數由十七字至十四字。注均夾行，書法至工，與前《穀梁》卷略同。前六行均漫其半，「世」字、「治」字、「虎」字各缺末筆，此亦李注未經竄亂之本也，故文與各本多殊。如「鵠鳴于九皋」，「得明信厥説」，各本無「明」字。「而雄解之」，各本無「而」字。「故當塗者升青雲」，均較各本有增字。「封七百歲而不絶」，「此士所以日孳孳敏行」，各本「日」下有「夜」字，「敏」上有「修學」二字。「人譏雄」，「不知跌將赤吾之族也」，均較各本有省詞。又「魁然無徒」之「魁」，「下談公王」之「王」，「士亡常君」之「君」，均與各本異字。「且鞋纊塞耳」之「塞」，袁本校語謂善本作「充」；「孅者入無間」之「孅」，袁本校語謂善本作「細」；「客徒欲朱丹吾轂」，袁本校語謂善本無「欲」字；「往者周罔解結」之「者」，袁本校語謂善本作「昔」；「自以爲皋繇」之「繇」，袁本校語謂善本作「陶」；「今世之處士」下，袁本校語謂善本有「時雖不用」四字。證以此卷，足證後世所傳李本均與唐本乖違。試更即注文言之，此卷之例，李氏自注均冠「臣善曰」三字，所引《漢書》舊注，則各冠姓名在李注前。以之互勘各本，或彼有而此無，或此省而彼弗省，或此分而彼合，或此有而彼無，或文字不同，均治《選》學者所當考及也。（《敦煌古籍叙録》卷五）

文選白文殘卷提要

劉師培

《文選》白文六十七行，從沈休文《恩倖傳論》「屠釣卑事也」句「事也」起，至范蔚宗《光武紀贊》之末止，末題「文選卷第二十五」，此即《梁書》《隋志》所云三十卷之本也。考陳振孫《直齋書録解題》著録五臣注，亦云三十卷，蓋三十卷爲昭明舊本，六十卷爲李氏所分。故舊本卷二十五，即李本之第五十。此卷前三行均有漫字，書法至工，每行十六字，「世」字、「民」字均弗缺筆。其與各本均異者，如「任子在朝」之「任」，「群縣掾史」之「史」，各本均訛，此與何、陳二校默符，亦與《宋書》文合。又「未之或悟」之「悟」，與尤本、茶陵本合。「沈幾先物」之「先」，與袁本、尤本合。其他各文，多合尤本。惟「亦允不陽」之「亦」，「深略緯天」之「天」，轉與袁本相合。自是以外，「逮于大漢」之「大」字不作「二」，「綰自閶閈」之「閶」字不作「同」，「九縣風迴」之「風」字不作「飈」，「貔虎爲群」之「貔」字不作「貔」，「高鋒彗雲」之「鋒」字不作「旗」，均與各本迥別。文屬何本，今不克知。特「芮居江湖」，各本「居」作「尹」，李注亦以「正」訓「尹」，「三象霧塞」，各本「象」作「精」，李注亦以「日月星爲精」，則此卷所據之本，與李注之本不同。訛文俗字，雖亦附見於其中，然視宋本經後賢改竄者，固弗同矣。（《敦煌古籍叙録》卷五）

建陽崇化書坊陳八郎本文選跋

王同愈

宋刻單行五臣注《文選》三十卷，葉二十四行，行二十三字。前有開元六年九月十日工部侍郎呂延祚所上表，及高力士所宣口敕。又「紹興辛巳龜山江琪咨聞」及「建陽崇化書坊陳八郎家善本」兩木記。字體清朗悦目，洵爲宋槧上駟。宋諱如玄、敬、殷、桓、讓、徵見目録，朗、搆、驚《西都賦》，貞、匡、警《西京》，楨、禎《吴都》，禎、槃、恒《魏都》，構《笛賦》皆闕筆。五臣注自李匡乂《資暇集》、姚寬《西溪叢語》、王楙《野客叢書》歷詆其「迂陋鄙陪」，世遂右崇賢而抑五臣。自六臣注合本出，並以附驥以傳，爲五臣幸。而五臣單注本遂微，故自來藏書家鮮有及之者，幾絶響人間矣。惟錢遵王《讀書敏求記》有之，謂爲不失蕭統之舊。《四庫提要》亦謂未見此本，然則流傳之少僅僅有此，誠希世祕籍也。原爲汲古閣物，有毛奏叔收藏諸印印文極精，後歸傳是樓，有徐健庵諸印。原裝楠木匣，面刻「傳是樓藏書」字樣，匣已毁敗不適用。光緒癸卯得諸蔣香生家。辛亥之變，百物蕩然，獨行篋所攜宋元槧舊鈔本數種，不甘同罹劫灰，致古人不傳之籍自我而斬，而倉卒又無術以自全，因商諸李鉅庭大令，名鳳高，别字拙翁，夏口人。爲趙孤之託。茫茫塵劫，事閱八年矣。己未三月，鉅庭於千里外訪余滬寓，舊雨重逢，藏書無恙，爲之距躍三百。噫，八年避地，千里還書，此豈流俗人之所爲耶！還書一癡，古人不免，其賢於古人又何如耶！鉅庭爲鄂中名宿，博雅好古，樸實無華，在贛時一官蹭蹬，未嘗掛懷。自公退食，輒以校讀異書爲樂，而又尚義守信如此，求之古人亦不多見。沈世襄道，徵之今日耶！嗚呼，僅矣！人與書俱僅矣！不禁贊嘆懽喜而爲之記。己未三月既望，栩緣老人挑鐙書。

書内紅筆狼藉，亦出宋人之手。凡宋諱嫌名如懸序，樹、署《西都》，完《東都》，貞、廓《西京》，構、轂、勖、慎《東京》，莞《南都》，旭、禎、紈《吴都》，丸、雊《魏都》，熿《甘泉》，炯《藉田》，敦、句《魯靈光》等字皆有紅圍，當爲寧宗時人讀本。往客鄂垣，義寧李文石觀察葆洵見之，瞿然曰：「宋刻、宋印而又宋讀，真人間奇書也。」爲之嘆賞不置。（臺灣藏陳八郎本五臣注《文選》卷首）

讀宋槧五臣注文選記

顧廷龍

余外叔祖王勝之先生藏書甚富，尤多善本。年來獲侍杖履，幸窺祕篋，海内孤本宋槧五臣注《文選》三十卷其一也。是書諸家藏書目中均未之見，惟錢遵王《讀書敏求記》有之。章氏鈺《校證》謂王芾卿先生曾見之，有毛表、徐乾學諸印云云，蓋即是本也。其卷次分三十卷，錢氏所謂不失蕭統之舊。都十六册，板框以英尺計，高七寸八分之三，廣五寸八分之三，每半葉十二行，行廿二字，注雙行，字數同。全書均經紅筆圈點，紅色歷久而褐，當是宋人讀過。凡人名、地名旁均加豎，年號則兩字上加矩，帝王名字及文中歷舉各事之首字皆加規，所以識别也。文中警語每有密點，所加之點，頗不經意，狼籍行間，當讀本耳。卷中隙處偶有記事，卷十五之末尾，有記算法兩則曰：「算法見一不須求二三須折半逢四兩折組五六七八九陪之數無走。一法曰般求算法之疾□折陪陪通因二字爲之祖折半與再折口中不忘五逢斤□須減六過兩還同畝□着逢兩下令長存在他數。」似係口訣，讀之不解，諒宋代普通算術，人人須明，如今人之念乘法訣，然由塾師兼以授之，可知詩文之外亦尚算焉。此訣通俗，未必載諸典籍，宋時民間文藝，今有鱗爪之存，亦爲是書之點綴也。近代家塾三十年前之授《朱注四書》，隨意涂抹，測其情景，當有相似，豈古時教育法傳序相授者乎！自學校興而爲之一變也。觀此一事，頗饒興趣。是書源委，詳外叔祖跋，兹迻録於後。

【略】（編者按：跋文見上。）

諸家印記纍纍，悉以附志：

仲義[illegible][illegible]皆水印，疑即宋人讀此書者，無考。景文一墨印，一紅水印，疑亦宋印，無考。

毛奏叔，奏尗，東吴，毛表圖書，毛表之印，毛表之印汲古閣圖書記，毛表私印，西河，古虞毛氏奏叔圖書記，奏尗氏，東吴毛奏尗考藏書畫印，奏叔，字奏尗，海虞毛表奏尗圖書記，毛奏尗氏，虞山毛氏汲古閣考藏。以上毛氏藏印。

古歙檀于許氏梯愚家藏書記，沈淪印，九川父，張銘中印，紀常父。以上五印無考。

乾學，徐健庵。以上徐氏印。

長洲蔣氏十印齋藏書，秦漢十印齋藏，別號正庵，蔣仲子，吴下蔣郎，香生，蔣鳳藻，蔣氏世寶，[illegible]雲舊史，長洲蔣鳳藻印信長壽，鳳藻敬觀，樂安蔣香生考藏金石印。以上蔣氏藏印。

王氏書庫，同愈，王氏祕篋，栩緣所藏，卅卷蕭選人家，王同愈，栩栩盦，元和王同愈。以上外叔祖藏印。一九二九年八月四日記于槎南草堂。（《顧廷龍文集》下編）

元茶陵本文選跋

莫伯驥

《文選》六臣注六十卷元茶陵陳仁子古迂書院刻本。此爲長沙葉氏藏本。葉氏跋云（編者按：跋文載葉德輝《郋園讀書志》卷十五，收入本書「著録」部分，兹從略。）伯驥按，前清彭氏兆蓀《與劉芙初書》云：善注在唐，傳本匪一，時代綿遠，莫得而稽逮乎。五臣注行，動以意改，正文句字，寖失其真，後來刊《選》，合並六臣，伯驥按，鄭氏《藝文略》：《文選》李善注六十卷，五臣注三十卷，公孫羅注六十卷。李善又有《文選辨惑》十卷，《辨惑》及公孫注均不存。昭明又有《古今詩苑英華》二卷，今亦不見。《英華》當是於《文選》外，別有搜集也。李注爲卷六十，五臣注爲卷三十，可見初時乃以五臣注分容於李注之中，則六臣本所由來矣。迭相羼亂，崇賢舊觀，糾錯滋多。北宋單行善本，未之獲觀。吴門袁褧以家藏崇寧舊籍，影寫刊行，雖併五臣，要爲近古。茶陵陳仁子本當亦宋末，其所據依，足資考鏡，可證尤刻，惟此二書。彭氏愛古績學，曾爲人勘刊元本《通鑑》，校讎一事，夙素研精，所舉《選》注本，以古迂與廣都並列，求貴池本阮氏《研經室集》云：元幼習《文選》，學者但得元張伯顔、明晉府諸本，嘉慶丁卯始從昭文吴氏易得南宋尤延之本，爲無上古册矣。是册宋孝宗淳熙八年無錫尤氏在貴池學宫所刻，世謂之淳熙本。元人張正卿翻刻是書，行款一切頗得其模範。翻張本及晉府諸刻則改其行款。而不得，則熊掌之外，此其魚矣。讀者保之。仁子字同備，號古迂，茶陵人，咸淳十年漕試第一，宋亡不仕，有《牧萊脞語》十卷，二稿八卷，著録清《四庫》。

陳著《文選補遺》四十卷，吾家有舊刻本，曾檢讀之，有陳氏門人譚紹烈識其後云：「紹烈夙侍舅古迂翁，指示古文法。舅著述甚富，有《牧萊脞語》三十卷，《韻史》三百卷，《迂褚燕説》三十卷，《唐史巵言》三十卷。」譚氏稱《脞語》三十卷，而庫本則云十八卷，待考。然其編纂亦已劬矣。（《五十萬卷樓群書跋文》集部六）

陳培之校本文選跋

潘景鄭

蕭《選》以何義門先生校本爲精善，自來傳録，化身何止千百。予生平所見，亦不下數十本，太半出於作僞射利，所謂心勞日拙者是也。吾家所藏《選》書，元明諸本，無慮七八種，獨前賢校本闕如，昔年曾得某家校胡刻一本，差强人意。胡刻據宋本勘正，文字點畫，惜無所發明，以視世珍何校贋本，猶勝一籌耳！戊寅歲暮，得此金陵局本於海上常買家，卷耑有同治十年陳倬識語。案倬字培之，亦咸、同間吾邑之能文者。此其手校，眉上識語極夥，分朱、緑二色：朱筆度義門先生舊校，間出己意；緑筆録孫志祖《文選李注補正》。想見前賢致力之勤，自首至末，逐録靡遺，以視吾輩讀未終卷，輒昏然欲睡，虚糜歲月，對之益增愧赧耳！此本重爲鄉先輩手澤，斥二十金收得之。喪亂餘生，結習未除，室人交謫，何以自解耳！己卯新正月既望日。（《著硯樓書跋》卷四）

「文選學」著作類

跋文選類林

（宋）王十朋

陸務觀言先世遺書至富，其工夫浩博，而有益於子孫者，惟《文選類林》。所以某等和墨行筆，有寸進之得者，皆此書是賴。誠傳家之至寶，未嘗輕示于他人。十朋與觀游，情好等兄弟，獲貸此書，拜觀景仰，前輩勤苦之迹，高風凛然，撫卷三嘆！紹興戊寅良月朔，永嘉王十朋拜而書于卷末。（明嘉靖刊《文選類林》卷尾）

文選類林跋

（明）吴思賢

竊聞天山昭畜德之象，詩學啓多識之資。六籍尚矣，下是其兩漢先代之文乎。顧簡編浩繁，未易囊括。若《文選類林》一書，門分珠集，百爾具備，亶摛藻之芳園，文匠之武庫也。陸氏傳之爲至寶，梅谿撫卷而三嘆，詎不信歟！夫文，公器也，挾之以自珍，非公也；貸之於所好，未廣也。間嘗募得録本，亥豕殊甚。夏日風亭，三加校閲，爰鋟諸梓，與四方博雅君子共之，觀者其毋忽焉。

皇明嘉靖戊午孟秋朔旦，新安後學南渠吴思賢拜書。（明嘉靖刊《文選類林》卷尾）

刻文選類林序

（明）潘 侃

道之顯者謂之文。道之有文也，由人心生也。心生而言立，言立而文明，文明而道顯。《易》曰：「觀乎天文，以察時變，觀乎人文，以化成天下。」故觀變宣化，經緯天地，而開物成務者，莫善於文，文之時義大矣！神而明之，存乎其人，斯固天地之心，性靈之所鍾也。是故人文之在天下，與天地並立而參焉，流行宇宙，萬古不磨者也。自經籍既遠，風雅寢聲，而嗣其徽烈，英華日新者，其昭明之《文選》哉！首摭姬秦，次逮兩漢。炎精熄燼，建安之逸駕聯鑣；典午栟興，江左之風流斯煽。莫不洞極性靈，綜緝經史，志足而言文，辭達而行遠，信藝文之奥區，而才思之神皋已。第其簡編浩瀚，源流寔繁，才顈之士，未易繙閲。有宋劉攽貢父，條剌雋永，復撰《類林》。提要鉤玄，披碎金於砂礫；分門别類，掩羣玉於瑶鐫。俾搴英者得其菁華，而美言有徵；汲古者泝其淵泉，而流韻不竭。雖無益於經典，寔有助於詞章。是故類次區分，情理設位，而人文行乎其中矣。乃若泛觀遠覽，得意忘言，潤色鎔鈞，自然會妙。非夫追琢其章，彬彬君子，其孰能與于此乎？隆慶壬申仲冬，光澤知縣新安潘侃撰書。（明隆慶刊《文選類林》卷首）

文選類林跋

（清）杭世駿

《文選類林》十八卷，摘《選》中麗語，類而聚之，稱清江劉攽貢父編。按貢父本傳不言著有此書，即以《宋史》及《讀書志》《書録解題》諸簿録考之，《文選》摘類者，第有周明辯之《彙》《類》，蘇易簡之《菁英》及《雙字類要》，黄簡之《韻粹》，王若之《選腴》，豈有彪炳若貢父者，而不詳列其著述，直待明世乃始刊布？此可疑者一也。又其徵引多有重複，是必作者未定之稿。貢父刊《兩漢》之誤，句櫛字比，體尚縝密，豈有編纂一書而疏忽若此？此可疑者二也。有明内閣之書號稱繁富，一編再編，是書既見遺於永樂，又不傳於萬曆，天府無副墨，而民間乃有藏本，至焦弱侯撰《經籍志》，乃始收之，此可疑者三也。不佞癸丑居京師，亡友嚴庶常十區方鋭意於辭學，屬予採擷麗藻，若凌迪知《錦字》，若此書，皆無從購覓。所摘者僅賦數卷，而予以事南還，庶常又化爲異物，秋鐙展卷，感念疇曩，不知其涕之出也。（《道古堂文集》卷二七）

昭明文集跋

（宋）袁説友

池陽郡齋既刊《文選》與《雙字》二書，於以示敬事昭明之意，今又得《昭明文集》五卷而併刊焉，嗚呼，所以事於神者至矣！夫神與人相依而行也，吏既惟神之恭，神必惟吏之相，則神血食，

吏禄食，斯兩無愧。淳熙八年歲在辛丑八月望日，郡刺史建袁説友書。（尤刻本《文選》卷尾）

題文選雙字跋

（宋）袁説友

此係本朝蘇公易簡所編也。池陽既鋟《文選》板矣，而《雙字》者，又《文選》之英華，與法當併梓，同置郡學。昔韓退之謂大翫於詞，而與世採掇，吾於是書見之。學者乘流涉源，溉根食實，則思過半矣。（《東塘集》卷一九）

文選雙字跋

（明）楊士奇

宋蘇易簡爲此編。易簡一代名人，而用志於此。荆公選唐百家詩，已而嘆曰費日力於此，蓋愧辭云，况此編哉？史志静得此以見示，其之南京也，恐累行李，遂留於余家。（《東里集》續集卷二〇）

刻文選雙字類要序

（明）姚　虞

莆田姚虞曰：余覽《經籍考》載《文選雙字類要》，爲宋學士蘇易簡所編，未嘗不想見其書，而未得也。幸而得之，爲卷三，爲門四十，爲類五百，若連珠合璧，爛然盈目，不爲奇觀哉！按《文選》昉於梁昭明太子，準《易》觀文之化，則《詩》六義之旨，取秦漢以來至於本朝詞人學士所譔述，略其蕪穢，集其精英，號爲《文選》。談藝者咸祖之，蓋其爲言錯綜墳典，包括經史，旁出於百家，然讀者未嘗不喜其宏麗，而病其浩繁也。蘇氏所編，實爲精要。夫文，經天緯地者也，是故首天道，次地理焉。迭興迭尚，非天子不考，是故參以君道焉，三才之謂也。敷文展采，官職列矣，稽古則次以帝王聖賢，贊化則次以文教武功，類族則次道釋、農商、神道、人物，通幽明之故矣。肢體、性命、百行，所以盡人道也。禮樂識其大者，雜伎識其小者，親族所以叙倫合屬也。言天下之至賾，故雜録次焉。奉義則次以仕宦，弼教則次以刑獄。京邑室宇，服用器物，備規制也。財貨以經邦，修身以崇德，宴樂以宣情，畋獵以耀武，行旅以悵别，喪服以紀哀，辨方正色，纖瑣弗遺，蠻夷寇賊，消長有由矣。釋名雜物，是故以鳥獸魚蟲草木終焉。纍纍乎，繹繹乎，不亦勝歟！是故以體道者稽其類，以致治者玩其序，以綴言者尚其辭，以博物者覈其義，誠文囿之琼笥，詞林之寶藏也。宜傳諸楚，資翊騷部。史稱公自幼好學，以奏賦獲寵遇，兹編不概見哉。書曷得之？自黄州理官皇甫氏也。仍授校證，乃檄長沙季守刻之。二子以京朝官承譴外郡，咸能文以飾吏，仕不忘學，余故樂與之共云。嘉靖庚子春仲之望。（明嘉靖刊《文選雙字類要》卷首）

文選雙字類要後序

（明）皇甫汸

《易》曰：「觀乎天文，以察時變，觀乎人文，以化成天下。文之時義大矣哉！」若代謝羲繩，書契攸造，時滋苞籥，載籍彌彰。至乃金玉三墳，笙簧五典，矧郁存姬監，斐妙尼裁。玄風寖揚，麗藻逾蔓，家稱成誦，人尚含章。莫不踵其事而增華，緣諸情而綺靡。嬴炎以來，於斯爲盛。乃有梁儲講藝，選輯群言，唐采博聞，廣釋厥旨。然渺泛滄流，罕識涯涘；雜陳鐘磬，莫辨宫商。至宋學士蘇公易簡，芟翦繁蕪，掇摘孔翠，門分彙别，璧合珠連，言成數千，都爲三卷，題曰《文選雙字類要》，紛乎具美哉！夫比屬義意，則漢雋非工，弋釣篇章，則左奇爲劣。由是精義者沿洪波以討源，綴辭者茹蘭芬而吐秀。庶幾錯綜斯文，不徒鼓吹小説而已。或謂雕琢瓊瑶，遺恨抱璞，刻削杞梓，取譏不材。嗟乎，寸珪尺璧，咸足云寶，裂錦幅繢，奚病爲華。此固玩物者之致曲，而非忘筌者之通津也。得失大較，罪知蓋半矣。杜史澤山姚公，負俊逸之氣，擅宏衍之才，耀組二京，持戟三楚，驄馬所及，每御縹緗，簪筆之餘，不廢詞翰。惟時海内作者飈起，之子雲集，各思追述大雅，步驟前英，遒軫爰邈，濫觴在兹，乃覯循良，俾授梓匠，聊副選部，用翼騷經，固韶樂之元聲，法乘之正印也。引而伸之，存乎其人云爾。前進士、添注黄州府推官吴郡皇甫汸載拜書。（明嘉靖刊《文選雙字類要》卷尾）

選詩句圖序

（宋）高似孫

杜公訓兒熟精《選》理，兒豈能熟，公自熟耳。蚤參公法，全律用六朝句。不特公也，宋襲晉，齊沿宋，凡茲諸人，互相憲述，神而明之，人莫知之。惟李善知之，予亦知之，乃爲圖詁，略表所以憲述者。法精且秘，悟其杜矣。姑畀兒，兒熟否？雖然，莫欺也，勉諸。壬午十一月二十一日。

（《選詩句圖》卷首）

選詩演義序

（宋）曾原一

《三百篇》不作，而詩道微，後世髣髴遺響，庶幾取焉。唐去今近，人猶各有集，齊梁以上幾希。叢編可考者，惟昭明《選》。昭明果深識風教源委、美刺大旨、闔闢抑揚之妙者，所選當不止今所見。他集姑置，淵明於詩道漸靡時，卓然得天趣，蓋中興於詩者。今所選僅三數篇，妙處往往遺，推此則他遺者何限？昭明所作，纖麗在沈、江上，其失於古作，奚怪？然使續者能因所存以繹大義，亦或見古人之用心。五臣逐字識考，鮮敷大旨；李善間究所以，語焉未精。讀之寧不有恨乎？嗚呼！漢去古未大遠，蘇李輩非專詩者，猶有渾涵意。涉晉魏，則氣漸雄渾風漸散，然未盡亡也。逮劉宋時，謝、顔、鮑，其伯也。誠非後來諸子敢企，而視魏晉，則圭角且嶄然出。爾後自淵明外，愈日以降，朓、約諸子，靡風湍起。君子於是感世變矣。嗚呼！世溺晚習，音促氣漓，迂往古而弗睨，聖化文明，肯同叔末？愚於是深悲焉。暇日讀《選》，於所愛者，既諷繹之，猶懼其志，乃叢爲編，探索厥旨，頗參諸子事實，以疏其下，名曰《選詩演義》，用示弟兒輩，要亦演大義耳。開合變化，又當因義而會諸心。淵明別爲一編，表之也。邵康節曰：「自從删後更無詩。」此蓋用孔子作《春秋》法。僕此編乃用列《魯頌》、存《秦誓》之條例云。贛蒼山曾原一子實二字太初序。（日藏朝鮮世宗十六年活字本《選詩演義》卷首）

選詩演義序

（宋）黄崇實

近世退尊晚唐，往往盛唐詩已不讀，建安、黄初，誰復睨之，况《三百篇》耶？蒼山曾公每論詩，必欲尋流溯源。崇實比得所著《選詩演義》，亦略窺其用工之序，不敢私閟，乃刊梓與同志者共之。寶祐第四端陽，臨川後學黄崇實茂輝拜手書。（日藏朝鮮世宗十六年活字本《選詩演義》卷首）

文選補遺序

（元）陳仁子

老莊荀列之書，行斯文之波瀾，在山林草野。嗟夫，化成天下之具不出於上，而盛於下，其時竟何如也耶！孔子生姬周之末，以身扶衛斯文，首删《詩》定《書》，次繫《易》，次作《春秋》，貫穿古今，文字斷以己見，研覈去取，其關涉大，其該貫密，故《書》作而詔令奏對之體寓，《詩》作而歌謡賦頌之體備，丘明《左傳》而《國語》之書出，而辭命、書檄、問對、策論之體又各成一家。昭明去姬孔千餘載，不探删定大意，選漢魏六代之文爲三十卷，漁獵浮華，刊落理致，凡經濟之略，訏謨之畫，有關於世教者，率多漏黜。斯文行世，致使人以雕蟲篆刻擬童子，風雲月露比浮薄，甚或嗤爲小技，宜也。余承父叔指教，日夕衡心，編粹昭明所遺者，各爲門目：先詔令以觀朝廷之文，次奏疏、書策、問對以觀縉紳之文，終以論議、詩賦、銘頌以觀山林草野之文。若先儒論議當時行事得失，注於下方，而附以己見，積久成編，得四十卷。非敢曰選色石補天，獺髓補痕，殆將補昭明漏逸，如李肇《國史補》者，命曰《文選補》，以稿本畀吾甥譚紹烈，未欲知於人。甥乃取而刊之。嗚呼，高、文、景、武之詔多佳，一時文墨寄於君。賈、馬、班、楊之作多奇，一時文墨寄於士君子。後世豈無傳孔聖心印？取漢魏以來文字載前《文選》及今所補，博加去取，定爲一書，若六經行世，爲萬代帝王矩範，則是編或觀覽之一助，文豈小技云哉！大德壬寅秋夕，茶陵古迂陳仁子同備識。（明抄本《文選補遺》卷首）

文選補遺序

（元）譚紹烈

言文於六經後，其難乎。六經經聖人手，且删且定且繫而作，扶性命道德之微，懸是非邪正之的，隱括皇王帝霸之奇秘，宏模巨範，杲杲如日行世，後有作者，雖有奇傑，孰敢出其右。吾嘗怪河汾丈人起三代下，慨然以斯文自任，不以文求文，而以經求文，續《書》，續《詩》，續《春秋》，頗取秦漢以下文章，蒐獵成書，而世未有傳本者，千百世而下，晚輩學子愽焉去取於齊梁，無怪也。嗟夫，時無聖人，騷曰騷經，玄曰玄經，一時著作，非但人未敢許之，吾意其心亦未敢自許也。而删後果遂無詩乎哉？梁昭明以文求文，趣凡見陋，故去取多不諧於世，河汾丈人以經求文，故書雖未見，去取何如，而志趣頗高，未必盡如昭明求諸言語文字間。鄕侍舅古迂翁，論及秦漢以來文詞，每竊慨而悲之，間以家學所講，明私淑不肖，取三代下暨梁世凡文字幸存於世，有補世教民彝者，萃爲一編，又取前輩緒論及所見附篇端，首詔令，次奏疏，又次論策問答，終以騷賦詩碑銘文，得四十卷，曰《文選補》，大概後浮靡而先典實，略葩藻而資經綸，始朝廷縉紳而次山林草野。綱正目舉，言文於三代而後，或庶幾焉。是編也，非删定之文也，而志亦王氏續經者也。因不敢私，類纂而刊之，别立凡例，以招翁去取意。迂舅聞，責余輕且躐。余曰：是皆童習白紛，世不可一日無是文也，於舅奚病？矧兩漢之温醇，陶之雅正，若經聖人删定，亦未必不引而進之，魯秦之勢，十五國風之列也。昭明有知，庶乎可以自慰。大德己亥日長至甥雲陽譚紹烈心立頓首書。（明抄本《文選補遺》卷首）

文選補遺題識

（元）譚紹烈

紹烈夙侍舅古迂翁，指示古今文法，頗亦知方。因探翁篋中，著述甚富，《牧萊脞語》三十卷，已刊墨本，今再取所編《文選續補》四十卷，刊成，并前昭明所纂《文選》六十卷，共計一百卷行世。

外有所輯《韻史》三百卷，《迂褚燕説》三十卷，《唐史巵言》三十卷，續用工刻梓，以求知好古君子云。大德壬寅春仲，甥零陵郡學録譚紹烈謹識。（明抄本《文選補遺》卷尾）

文選補序

（元）成　羅

《文選補》者，古雲陳同備補昭明太子之所遺也。昭明而後，不遇焉。有群議之者，甲曰：惜哉，書府之一奇也！乙曰：僭。甲曰：五色煉石，天所不忌，非僭也。乙曰：非僭即贅。甲曰：是其爲書，猶李肇之於《國史》，憫其闕文，不能已已，而何贅也？乙曰：非僭非贅，其不猶束廣微之於《南陔》《白華》，修其辭失其譜，終不足與入大方之家乎。甲曰：廣微之文出諸己，同備之文，猶之昭明取諸人，廣微非所擬也。乙曰：雖然，未也，同備摭前説議昭明，無毫髮貸，夫亦烏知後之無片鶚乎？甲笑而不言，退而告之同備。同備，余之舊友也，轉而告之余。余謂同備曰：古今天下惟《論語》一部萬世無容議，孟氏而下，率不理於口。六經經聖人之手，經世之大法存焉，而《書》之「血流漂杵」，《詩》之「民靡孑遺」，《禮》之爲陰謀、爲雜記，子曰之於《易繫》，孔子卒之於《春秋》，皆資識者之辭説而遂定。昭明之可議固可量也。子之所補，其視昭明何如耶？同備曰：愚之妄議及此，亦惟賈山《至言》、劉向《封事》《出師後表》今古不朽，而《選》皆不録，意其遺珠尚多也。遂由梁而尚，尚之而秦漢，凡厥藝文，搜閱浸富，不忍棄之，而私名之曰《文選補》，厥亦沉吟歷歲。揆諸心，決諸理，知其真足以修齊治平也，乃弗果棄，其亦庶乎其無可議也。然且未也，以吾之見，參先賢之見，殆如晉鄙之符，雷焕之劍，桓圭、躬圭、信圭、穀璧、蒲璧之於瑒，其亦庶乎無可議也。其亦庶乎非僭非贅，而僭亦可原也。而或者乃欲録之以行世焉，兹因愚之所不敢也。余曰：心理之會，先儒之説，理之律令，格二子之於理，是索是考，如是議不議，不必計也。春江濁浪之乃自清，何也？清其體也。付之棗本以俟知者。大德五年中元日，吉安成羅平翁序。

（明抄本《文選補遺》卷首）

陳氏文選補遺序

（元）趙　文

子在陳曰：「歸與！歸與！吾黨之小子狂簡，斐然成章，不知所以裁之。」所謂成章者，庸知其非著書立言之謂。蓋歸而刪《詩》，定《書》，贊《易》，作《春秋》，正禮樂，以垂世立教，所以裁之者在此矣。聖師既没，諸子百家騖於立言，或著書，或爲文，使有聖喆出而裁之，取其合者，去其離者，以清天下之耳目，而能言者亦得以自見，豈非後學之深幸。惟無人以任斯責，而後言語文字爛漫四出於天下。涉戰國秦漢魏晉六朝，其傳不傳，何可勝道！蕭統索古今文士之作，築臺而選三十卷，雖其去取不免失當，然收拾於散亡，微統之力不及此。作者之得傳，後人之得有所見，詎可謂統盡無功哉？有志斯文者，補之正之，可也。而承襲蘇氏之説，便相詆訾，亦不恕哉！吾友陳同俌，少講學家庭，閲《文選》，即以網漏吞舟爲恨，以爲存《封禪書》，何如存《天人三策》；存《劇秦美新》，何如存更生《封事》；存《魏公九錫文》，何如存蕃、固諸賢論；列《出師表》，不當删去後表；《九歌》不當止存《少司命》《山鬼》，《九章》不當止存《涉江》；漢詔令載武帝，不載高、文；史論贊取班、范，不取司馬遷；淵明詩家冠冕，十不存一二。又以爲詔令，人主播告之典章；奏疏，人臣經濟之方略，不當以詩賦先奏疏，矧詔令，是君臣失位，質文先後失宜。遂作《文選補》，亦起先秦，迄梁，間以先儒之説及其所以去取之意附於下方，凡四十卷。此書傳，非特蕭統忠臣，而三代以後君臣政治之典章，輔治之方略，皆可考見，其爲世教民彝之助，不細文云乎哉？而同俌猶未欲出其書，疑所藏未備，選未盡也。余曰：「舉爾所知而已矣，何必博之求哉？」於是同俌慨然出是書，刻之不靳。同俌好學有志之士，既成是書，又將取蕭統以後迄于今作《文選續》，以廣《文粹》《文鑑》之未備，書成，尚當以余文托君不朽。（明抄本《文選補遺》卷首）

編者按：以上諸序跋所據抄本《文選補遺》文字間有訛誤，可據文義校正者則酌情校改，疑誤而無從校正者則一仍其舊。其中趙文序據《四庫全書》本《文選補遺》校改個别文字。譚紹烈題識據清范邦甸等《天一閣書目》著録補入部分文字。

跋文選補遺

（清）王鳴盛

右《文選補遺》四十卷，元陳仁子撰。仁子字同俌，茶陵人，廬陵趙文儀可序稱同俌少閲《文選》，即恨其紕漏，以爲存《封禪書》，何如存《天人三策》；存《劇秦美新》，何如存更生《封事》；存《魏公九錫文》，何如存蕃、固諸賢論；列《出師表》不當删去後表；《九歌》不當止存《少司命》《山鬼》；《九章》不當止存《涉江》；漢詔令載武帝，不載高、文；史論贊取班、范，不取司馬遷；淵明詩家冠冕，十不存一二。又以爲詔令，人主播告之典章；奏疏，人臣經濟之方略，不當以奏疏先詔令，此論頗確。其受業甥零陵郡學録譚紹烈跋稱已刊者，此書外尚有《牧萊脞語》三十卷，今不傳。此書與《玉臺新詠》及章樵《古文苑》並足羽翼昭明，綴文之家所宜兼覽也。（《西莊始存稿》卷三二）

題明茶陵陳氏文選補遺後

（清）龍啓瑞

《昭明文選》一書，擷七代之英華，集諸家之翰藻。秦漢以下，蔚爲大宗。雖辭多排比，義聚鋪張，音則雅鄭不分，人則賢姦並列。江都三策，不與於纂綴；右軍一叙，或嘆乎遺珠。然而體裁綿密，詞條豐蔚，約舉片言，風雅斯在。隨指一篇，門徑可尋。意專餉文士以膏馥，故非詒哲王以龜鑑也。古之述者，意各有指，不託虚美，以溷名家。陳氏此書，意在正蕭氏之闕失，補斯文之脱漏。然既襲其名號，便當挹彼芬馨，使後人知俎豆不祧，波瀾莫二，斯爲賢已。而乃體製多歧，淵源互異，不以能文爲本，而以立意爲宗，事異篇章，義乖準的。又況搜羅之富，未盡乎辭林，注釋之精，復愧乎書簏。是猶絓牛鼎於纖枯，綴狐裘以羔袖也。然而磨厲人心，標挈政軌，方之前哲，所得爲多。平心推論，陳氏此書，但當别爲一集，而不當厠於蕭氏之後。至於詩賦頌贊，蓋無取焉。評騭諸詞，更加商榷，庶乎觀文化成，不讓前人以專美矣。今輒於校讀之次，刺舉疑義，列於眉端，復揭全書之得失於左。（《經德堂文集》卷六）

選詩補注凡例節録

（元）劉　履

噫，作詩固難矣，而知詩爲尤難！自秦漢置博士，各專一經，而治詩者皆不免惑於小序，失其本義。至宋殆千百年，乃有朱子《集傳》者出，而後學始得其宗。詩其果難知哉！漢魏及晉，作者去古未遠，而風雅之餘韻猶存，惜乎注者未悉其藴，使詩人優游詠歌之趣、忠憤懇切窮阨悲怨之情，可以使人感發而興起者，不獲見知於後世，可歎也！予窮居草澤，竊以吟詠自娱，因獲究夫作者之旨趣，而粗有得焉。輒不自揆，而爲之補注，雖不敢妄擬前人著述之萬一，然初學之士或有取焉，未必無所助也。同志之士幸相與訂正之。（明嘉靖顧存仁刊《風雅翼》卷首）

選詩補注序

（元）夏　時

自古學道之士，未嘗蔑意於世用，惟不得行其志，則疾没世而名不稱。故或研覃乎六籍，推明先聖賢之遺言，以啓迪後進爲事。或發舒爲著述，亦必豫乎明天理，正人心，使不失爲載道之器。意謂不如是，不足以垂世而傳後也。六籍之學，自子朱子爲之闡明，而大義章章矣，而《詩傳》一書，尤其自謂無憾者也。《離騷》作於屈原，視風雅已一變矣，雖曰南國宗之爲辭賦之祖，然其跌蕩怪神，怨懟激發，醇儒莊士，或差稱之，奚必汲汲爲之集注耶？蓋朱子藴忠貞之志，經濟之才，而蔽障於權臣，不得以致其君爲唐虞三代之治，故託此以舒其憤懣，而深嗟永嘆，使讀之者慨然興千古無窮之悲也。五言詩之録於《文選》，視風雅雖已再變，然去古未遠，猶或可取，以爲後學之準則，故朱子嘗欲採輯一編，附于《三百篇》《楚辭》之後。今劉先生坦之之爲補注也，既更爲之删定，又引《詩傳》而説之，一取則於朱子，亦豈無所爲而爲之耶？先生資稟粹而才識明，自幼力學，即以行道濟時爲志。一遭天下之多故，遂落落無所偶，悲傷怨慕，形諸詠歌，宛然有漢魏以來作者風致，况其立心行己，往往自謂無歉於諸人，而身處乎窮約，世更乎衰亂，又或與之有近似者，此所以注意於《選》詩，而必爲之發其旨趣，申其情志，使不昧于千載之下也。大抵學士大夫所著述，不問其爲經術，爲辭章，惟言發乎倫理，事關乎世教，君子必有取焉。子朱子雖託意於《離騷》，其續《楚辭》也，始有取於《成相》，欲使爲治者知興衰治亂之所自，終之以《鞠歌》《擬招》，又欲使游藝者知爲學之有本，而辭章有不足爲也。先生雖注意於《選》詩，然於蘇子卿也，謂其能知夫君臣父子兄弟夫婦朋友之義焉；於曹子建，謂其止以皇佐稱魏武，而視王粲、劉楨爲有法焉；

於嵇阮二子，謂其立心似陶靖節，而非建安諸子委身事魏者比焉；於張茂先，謂其獨能勵志於聖賢之學，而於道體爲有見焉；而於袁陽源也，謂其獨能以愛君爲心，而於宋諸詩人爲出類焉。即此而觀之，則先生之意，誠不止爲《選》詩發矣。然則是編之作，其有以發揮前人而啓迪後進也，不既多矣乎！吁，先生雖不得志於時，而傳于後者不朽，其視見用於世而没没無聞者，爲何如哉！余自揆託交于先生最久，而知先生之心爲尤深，故輒序于卷首，庶幾讀是編者，知古人之詩不徒作，而先生之於詩，亦不爲徒説矣。至正乙巳三月初吉，友生會稽夏時序。（明宣德重刊《風雅翼》卷首）

風雅翼序

（明）戴　良

《風雅翼》者，中山劉坦之先生之所輯録。既繕寫成書，其友謝君肅來告，曰：先儒朱文公嘗欲掇經史韻語及《文選》古辭，附于《詩》《楚辭》之後，以爲根本準則。又欲擇夫《文選》以後之近古者，爲之羽翼輿衛焉，書未及成而即世。吾鄉劉先生蓋聞文公之風而興起者也，故取蕭昭明所選之詩，精擇而去取之，至其注釋，亦以傳《詩》、注《楚辭》者爲成法，所謂《選詩補注》者是也。他若唐虞而降，以至于晉，凡古歌辭之散見於傳記諸子集者，則又別爲簡拔，題之曰《選詩補遺》。此外又有《選詩續編》，乃李唐趙宋諸作，二編亦皆有注，視《補注》差略。《補注》凡八卷，《補遺》

二卷,《續編》四卷,合十四卷,以其可爲風雅之羽翼也,故通號曰《風雅翼》,願序而傳焉。嗟乎!文公之學盛矣,世之士子,能以其才識之所至,而知慕效焉者,其人豈易得哉!雖然,詩亦難言也矣。昔者孔子删詩,以其出於國人者謂之風,出於朝廷公卿大夫者謂之雅,至於頌則宗廟、郊社之所用,其體不過此三者而已,而其義則有比、興、賦之分焉。然去聖既遠,學者徒抱焚餘殘脱之經,倀倀然千有餘年之後,則亦孰能無失於其間哉?文公以邁古超今之學,集諸儒之大成,《詩傳》一書,亦既脱略衆説,一洗舊失而新之。又以爲詩亡之後,獨楚人之辭得夫變風變雅之體裁,復即其書嚴加隱括,而訓注以傳,於是古音之見於今者,焕然無遺憾矣。先生師之宗之,《選詩補注》既視此二書爲無愧,而《補遺》《續編》亦皆有以成公素志之所欲,則其所見何可量哉!非其學問之精博,曷以有是哉!竊嘗論之,詩者,人心感物而動,形諸咨嗟詠嘆者也。感於中者有邪正,則形於外者有善惡。善者法之,而惡者戒之,皆所以爲教也。善之不足以爲法,惡之不足以爲戒,君子何取於斯焉?《詩》與《楚辭》既經聖賢之删述,固已垂教萬世矣,繼是而後,以辭章名世者無慮數千百家,亦有可取以爲教者乎?抑亦有未然乎?漢魏及晉,蓋皆去古未遠,流風餘韻猶有存者,唐宋遠矣,時則有若杜少陵、韓昌黎諸人,有若王文公,及我文公,亦皆豪傑之士,不待文王而興者,取以爲教,詎曰不然?嗚乎!此文公所以有志於采擇,而先生因之取則也。世之學者,誠能從事於斯,探之《補注》以浚其源,廓之《補遺》以博其趣,參之《續編》以盡其變,而又養之以性情之正，體之以言行之和，將見温柔敦厚之教，得諸優游淫佚之表，則所謂羽翼風雅於斯世者，蓋亦庶乎其有徵矣。然則先生是書，雖與文公諸書並傳可也。先生名履，其字坦之，宋侍御史忠公四世孫。忠公私淑文公者也，固有所受哉！至正二十三年冬十有一月日南至，金華戴良序。

（明宣德重刊《風雅翼》卷首）

選詩補注序

（明）謝　肅

惟穆清生人，莫不有志，志之形於聲文，斯謂之詩。詩於周爲極盛，而傳者止三百五篇。下此爲楚人之辭，又下此爲漢魏以降之五言，而詩再變矣。然《三百篇》則聖人所删，善惡畢備，以示勸懲。《楚辭》則朱子所校録，亦其發於性情，關於風教者。不則雖好而弗載。五言則蕭昭明所選，編次無序而抉擇不精，果能合夫聖人、朱子删校之法乎？不惟不能合夫删校之法，而諸家之注，果能合夫朱子注《詩》《楚辭》之法乎？況朱子嘗欲鈔經史韻語、《文選》古詞，以附於《詩》《楚辭》之後，惜其書不成。書成，亦豈無注乎？此中山劉先生《選詩補注》所以作也。其立法蓋有五焉：夫序世代，列作者名氏，而略見其隱顯始終之跡，乃以篇什繫焉，使有可考，一也。苟合作矣，雖昭明失選者，取之；苟不合作，雖在《選》中者，去之。故粹然完美，足爲準則，二也。陶靖節詩與《選》者九，真氏則以五十餘首入《文章正宗》，而江淹所擬在焉，是亦未爲精審矣。今所簡拔，爲篇若干，表而出之，以見正始風氣既衰而復振，三也。而《補注》凡例，蓋倣乎《詩》《楚辭》之注，用之《韻補》，以協其音聲；考之訓詁，以疏其字義；探之群籍，以白其事實；繹之論議，以融其指意。然後著述之體以得，四也。其於六臣之注釋，曾蒼山之演義，宗人須溪之批點，或失於荒陋，或失於穿鑿，或失於簡略者，則提要鉤玄，會而通之，以不没其善，五也。於是天地、日月、四時、鬼神之理，君臣、父子、夫婦、兄弟、朋友之道，山川、溪谷、鳥獸、草木之名物，凡有見於詠歌者，靡不即其興、比、賦以敷其説，而作者之志，不昧於千載之下矣。使諷誦之者，可以喜，可以怒，可以哀，可以樂，不知手之舞而足之蹈也。嗟乎，非先生博學而精識，何以能爲書之可傳也。其有功於作者，豈不盛矣哉！雖然，作者非一人，人非一時，時不同而辭亦異，故漢魏諸作猶存《三百篇》流風餘韻，及晉而跋涉玄虚，及宋而耽樂山水，及齊梁而崇尚綺靡，流連光景。是則詩者，不特至五言爲再變，而五言之變，抑又三焉。於此可以觀世道之降，而大雅君子，未嘗不爲之痛惜而深悲也。而讀《選詩補注》者，蓋亦不可以不知，因並書以序。先生名履，字坦之，宋侍御史忠公之四世孫，守志厲行，以經術世其家云。至正二十一年春二月既望，平江路學道書院山長上虞謝肅序。（明宣德重刊《風雅翼》卷首）

重刊風雅翼序

（明）曾鶴齡

士大夫之所欲得者莫如書，而書肆之所未列者又不易得，得不易則懷金而缺望者爲不少矣。初予家居時，聞有《風雅翼》一書，欲得見之不能。及忝科目，游士林，始獲於所知，借觀之，無幾，遽當還之。最久而後購得全本，然又字多缺誤，不無魚魯之惑。於乎！以予得之之難且如此，況處下都僻邑，寡四方交游者乎？况山林之下，未嘗出城府者乎？四明陳公本深，自刑部郎來守吉郡，謂郡之士能詩者衆矣，如盡得《風雅翼》觀之，則尠有不趍於古者。顧紹興刻板歲久弗完，今不重刊，曷由廣及？於是與其貳守會稽王公仕昇、通守南陽邢公麟謀之而叶，又得守禦千户王公業相之以成，既成而俾予爲序。惟是書具有舊序，何假贅出？然而陳公今日所以重刊之意，則不容不序以見之也。公爲吾郡既六年，政清事簡，人用和洽，遂有餘閑以及兹事，殆孔子所謂富而教之者歟。是板印行，必先及屬邑，俾凡後學之士得追古作，有風雅騷選之深趣，而去其淺陋者，自公始也。屬邑既得，而四方往來又必傳至遐裔，俾未嘗得見者庶幾喜見是書，而披誦習復之不已，以needed其膹馥者，又自吾郡始也。予因公命，遂述昔時所以未易得者以諗同志，若夫編次注釋之顛末，與其有關於優柔温厚之教者，則有金華之戴、會稽之夏、上虞之謝三先生之序在，覽者宜自求之。宣德甲寅冬十一月辛卯，翰林侍讀、承直郎、兼修國史郡人曾鶴齡序。（明宣德重刊《風雅翼》卷首）

風雅翼三集跋三首

（明）楊士奇

《風雅翼》者，元會稽劉履坦之因《昭明文選》所録古詩重加訂選，其注釋一本朱子釋《詩》《楚辭》之例，而自《康衢》《擊壤》之歌，下自唐宋之作，凡有風雅之遺者皆附焉，前此選古詩莫之能過也。余所藏録本友人張從善手筆，從善名登，大同人，從其父戍武昌，操行堅確，篤學不懈，手録書至富。余客武昌時，相與往還甚厚。丙子冬，余歸廬陵，以余重此編，贈以識别。余家又有從善手録楊孟載詩百餘篇，字畫端整，吉水劉日升借去，卒於不歸。夫非其人，而輒假之以書，視日升可以爲戒。

右《風雅翼》一部，四册。余初客武昌，得《風雅翼》録本，後來京師，始知有刻板在上虞。是時士大夫求之寖多，余亦凡得十數本，而皆爲親友持去。最後得此本於前禮部侍郎劉翼南，翼南，坦之從子。始余得刻本，字畫完好如新，裁十餘年，已漸昏缺如此，固由乎求之者之多歟。

右《風雅翼》一部，四册，永樂丁酉郭公緒自淛江來京以見贈者。雖頗有脱板，然比近得者文字差明白。（以上《東里集》續集卷一九）

重刻選詩序

（明）胡纘宗

夫詩豈易選哉？而况於選《選》詩，又豈易哉？蕭昭明選《文選》，真西山選《文章正宗》，劉坦之選《風雅翼》，所選雖各不同，要之皆本之《三百篇》，而原之《賡歌》爾。比而讀之，繹而思之，昭明其主於風韻乎，西山其主於理致乎，坦之其主於體格乎。大抵必出於古雅，必本於性情，必發於渾厚，而皆關於世教，否則不在所選矣。選詩豈易哉！雖然，雅詞古調，微旨奥義，譬之大人君子，必爲世欽，泰山喬嶽，必爲世瞻，咸英韶護，必爲世希，龍泉太阿，必爲世寶。有目者所能睹，有耳者所能聞。雖欲不選，惡得而不選？然世不古若，代隨之，文亦隨之。漢尚矣，魏亦有可觀者焉，晉雖不及魏，猶近之，宋去漢遠矣，齊梁且不及晉，况魏乎。下至陳隋，愈遠而愈失其真。李太白云「大雅久不作，王風委蔓草」，是已。使非唐挽而振之，遡而演之，《三百篇》之遺，其幾乎熄矣。故世之論詩者，一曰漢，二曰魏而已矣，三曰晉，四曰唐而已矣。唐以下未可以言詩也。觀諸蘇李，觀諸曹劉，觀諸陶謝，觀諸李杜，不亦概可見哉？吾友梅林蕭若愚氏，志在大雅，學從上乘，而於古《選》尤惓惓焉，可以觀梅林矣。刻置郡齋，以貽同志，追述古人而嘉惠後學，其功夫何可少哉？坦之是編，《選注》八卷，《補遺》二卷，《續編》四卷，古詞十有八首，漢詩五十有七首，魏詩如漢之數，晉詩九十有六首，宋詩二十有五首，齊梁詩十有六首，唐詩百有四首，宋詩二十有九首，而近體絶句不與焉，亦嚴矣。嘉靖丙戌之秋，中議大夫、贊治尹、直隸蘇州府知府、前進士、南京吏部郎中天水胡纘宗世甫序。（明嘉靖蕭世賢刊《風雅翼》卷首）

刻選詩叙

（明）王大化

《選詩補注》者，即梁昭明所選漢魏以下諸作而去取之，疏其微詞奥旨，以補其舊也；《補遺》者，取子朱子欲抄附於《三百篇》《楚辭》之後之遺意也；《續編》者，編唐宋名家有古風格者也。統系之曰《風雅翼》。蓋風者，采於邦國，雅者，用之朝廷，有正有變，而音節不容以無異，非是莫之羽翼也。噫，豈徒具也與哉！古今談詩者，無慮數十家，而騖於嚴滄浪氏；選詩者亦無慮數十家，而備於高廷禮氏，然亦上下乎古今者也。是故超然詩教，莫有如劉坦之氏者。梅林先生暇坐郡閣，因論及此，出其藏善本，稍正其奪倫者，刻之，殊欲學者之追於古哉。先生蕭姓，仕優而學，得詩家最上乘者。余時方請事云。嘉靖四年秋九月晦日，北湄子真州王大化書。（明嘉靖蕭世賢刊《風雅翼》卷首）

書風雅翼後

（明）李　濂

是編既名曰《選詩補注》，而又名曰《風雅翼》，何居？曰：自一卷至八卷，坦之取梁《昭明文選》所載之詩，精擇而去取之，《選》詩舊有注，未盡善，乃增補之，一取則于子朱子《詩傳》及《楚辭注》，復加圈點批截，一一精當，所謂《選詩補注》者，此八卷也。又終子朱子未成之志，自唐虞以至魏晉，凡古歌辭之散見傳記者，彙爲二卷，題之曰《選詩補遺》。又選唐宋諸賢之作近古者，彙爲四卷，題之曰《選詩續編》。以其皆可以羽翼風雅，統名之曰《風雅翼》云。子朱子嘗曰：吾欲抄經史諸書韻語及《文選》古辭以附于《詩》《楚辭》之後，以爲根本準則。又欲擇《文選》以後之近古者，以爲羽翼輿衛焉。書未及成而逝。此坦之所以紹其志而爲是編也。坦之生丁元末，天下多故，乃藏修詠歌以見志，歷洪武中，隱居不仕。諦觀是編，則坦之博學精識可窺矣。金華戴公良謂坦之是編當與文公《詩傳》《楚辭注》並行于世，其知言哉。坦之姓劉氏，名履，上虞人。（《嵩渚文集》卷七一）

重刻選詩序

（明）顧存仁

人有言曰：文章與時高下，六經尚矣，文至西漢而止，東京以後，不録焉。惟詩亦然，然詩而曰選，詩之亡也。《昭明文選》備矣，中山劉氏復以漢魏而下諸詩選集而補注，而補遺，而續編，不贅乎？曰：時有夷隆，道無今古，詩者，性情之發，道之著也。帝王之道，上原於天，元始玄風，萬代一日，周王道熄，而風雅寢聲，《離騷》乃作。朱子以其體憲三代，義兼風雅，箋釋辯證，上繼六經。三百删後，天下無詩哉？漢世近古，正始猶存，自漢而下，魏晉六朝，全唐兩宋，衆制源流，鋒起間出，雖其風氣體格，代因時劣，至其吟詠性情，宣發風教，正聲在世，辟如春鳥夏雷，秋蟲冬風，各以時鳴，未之或息也。三百删後，無詩哉！中山是編，一宗朱子，詩取合作，而不以代廢，作取合道，而不以人廢。非所以存一代之制，而謂正聲之未亡者與？不然。朱子釋騷，自謂無憾，《後語》之續，必終張、吕，以示遊藝歸宿。是編選集，亦謂精嚴，至其補遺，首述唐謡，續編終其感興，而垂訓帝極，歸原玄天，此又何説哉？明興，禮樂同風三代，弘正以來，咸謂詩道復興，童習命觚，動稱姬漢，蕪穢宋元，高者艱深詞義，下者綜緝文華，而不知天地聲氣之元，王風大雅之翼，兹編未必無補云。中山名履，字坦之，宋侍御劉忠公四世孫，窮居學道，淵源關閩。兹刻行世二百餘年，舊本屢易，魯魚漫漶，且其微藴，惜之未白也。遂因中南、堯峰諸君論校，擇工鋟梓，並述篇末，諗諸同志焉。時在嘉靖壬子七月望日，後學居庸山人吴郡顧存仁書于東白齋中。（明嘉靖顧存仁刊《風雅翼》卷首）

廣文選序

（明）劉　節

序曰：《廣文選》何？廣蕭子之《選》也。何廣乎蕭子之《選》也？蕭子之選文也，爲賦，賦之目十有四，爲詩，詩之目二十有三，爲騷，爲七，爲詔，爲册，爲令，爲教，爲文，爲表，爲上書，爲啓，爲彈事，爲箋，爲奏記，爲書，爲檄，爲對問，爲設論，爲辭，爲序，爲頌，爲贊，爲符命，爲史論，爲史述贊，爲論，爲連珠，爲箴，爲銘，爲誄，爲哀，爲碑文，爲墓志，爲行狀，爲弔文，爲祭文，爲類三十有七，可謂選矣。然或遺焉，是故廣之，以備遺也。孔子曰：「有天地，然後萬物生焉。」是故始之天地，天地廣也。鳥獸草木皆物也，鳥獸選矣，草木遺焉，是故次之草木，以廣遺也。夫賦諸目具矣，弗目者遺，是故次之雜賦，以廣遺也。夫詩，六義備矣，逸詩，詩之遺也，廣之自逸詩始，補亡無矣。操，樂府之遺也，謡，雜歌之遺也，廣之，詩斯備矣。夫詔，王言也，璽書、賜書、敕諭皆王言也，廣之類也。策，册類也，策問，詔類也，廣之以從類也。疏，上書類也，封事、議對，皆疏類也，廣之以從類也。對策，對厥問也，策問，詔類矣，對策，對類也，廣之從其類也，而文則無矣。問次於對，有問斯有對也，廣之亦類也。夫記者，序之實也，傳者，史論贊之紀也，説者，論之要略也，哀辭者，哀之緒餘也，祝文者，祭告之大典也，是故廣之，廣其類也。夫文猶賦也，諸類具矣，弗類者遺，是故次之雜文，以廣遺也。夫騷，作於屈宋者也，《九歌》遺焉，《九章》遺焉，《九辯》遺焉，景、賈以下不録也。漢詔盛矣，選其二焉，遺者多矣，是故廣之，以備遺也。表、箋、啓、檄，略矣，奏記、設論、箴、贊，略甚矣，史論、述贊，略益甚矣。銘也，頌也，誄也，古而則者遺矣。書序之遺，猶夫銘也；論之遺，猶夫書也；碑文之遺，猶夫論也；諸類之遺，猶夫頌也，誄也。故今考之，文之遺猶夫詩也，十六七也；詩之遺猶夫賦也，十四五也；賦之遺，猶夫騷也，十二三也。是故廣之，以備遺也。

夫然猶或遺焉，典籍散亡，存十一於千百，廣之云者，殆庶幾焉者也。夫文譬之水也，選之者如導水而聚之者也，是故海水之聚也廣，其選者如導水而聚之海者也。吁！難言也！嘉靖十有一年秋八月望，明通議大夫、都察院右副都御史大庾劉節撰。（明嘉靖十六年陳蕙揚州書院刊《廣文選》卷首，又明賀復徵《文章辨體彙選》卷二九一、清顧有孝《明文英華》卷一）

廣文選序

（明）王廷相

嗟乎，文之體要難言也，援古炤今，可知流委矣。《易》始卦爻彖象，《書》載典謨訓誥，《詩》陳國風雅頌，厥事實，厥義顯，厥辭平，厥體質，邈兮古哉！蔑以尚矣！自夫崇華飾詭之辭興，而昔人之質散；自夫競虚夸靡之風熾，而斯文之致乖。言辯而罔詮，訓繁而寡實，於是君子惟古是嗜矣。梁昭明太子統，舊有《文選》之編，自今觀之，頗爲近古，然法言大訓，懿章雅歌，漏逸殊多，詞人藻客，久爲慨惜，然未有能繼其舊貫者。今少司寇梅國劉公乃博稽群籍，撿括遺文，萃所不及選者，命曰《廣文選》，總八十二卷，宣明往範，垂示來學，俾後生小子，盡睹古人之擬，不亦盛心乎哉！揚州守侯君季常，仰惟兹編，有裨詞囿，乃命葛生澗校正，壽梓行之，而以序問余。浚川子曰：文者載道之器，治跡之會歸也，故曰文王既没，文不在兹乎。言文即道，治即文矣。是故古人之文，莫不弘於學術之所趨，莫不實於治功之有成，但好尚異其門途，則品局遂分高下，兼知言之選者，不可以不辯矣。乃惟大人碩儒，探元挈要，先之修性體道以敦其本，又能察於君臣之政，觀夫天下之勢，達乎民物之情，則文之質具矣。從而立言，其道真，其業實，無誕美，無虛飾，參諸六經之旨，靡所差別，不亦天下之至文乎？由是而觀，君子修辭，雖雄深博雅，力總群言，而無當於修己經國之實者，自負曰文，去文萬里矣，此又梅國廣選之深慮也。明資政大夫、奉敕參贊機務、南京兵部尚書儀封王廷相撰。（明嘉靖十六年陳蕙揚州書院刊《廣文選》卷首，又明王廷相《王氏家藏集》卷二二）

廣文選序

（明）呂柟

昔梁蕭統編定《文選》，粤自秦漢，迄于齊梁，騷賦詩歌、詔册表啓，時且千年，焕如其舊。第博雅君子，泛覽别籍，見有遺詩脱文，則又每病乎統焉，然未有能廣裒散失，稡纂重行者。今少司寇梅國劉公，英特之材，博大之學，旁搜群書，幾二十年，類摘門補，世採人增，凡統之缺漏，十九攢完，學士觀覽，無不足之嘆。長垣侯君季常方守揚州，謂可遠傳，乃命學生葛澗校正差訛，既且入梓，遣使問序。涇野子曰：懿哉，梅國之用心乎！夫自乾坤典謨以來，載籍宣昭，歷世誦習，然三墳或隱，九丘多支，惟左史倚相者具能讀之，楚人歸善，尊爲至寶，白珩不齒也。鄭公孫僑使于晉，適晉侯有疾，卜云，實沉、臺駘爲祟，雖叔向莫知，乃問于僑，僑具述高辛、玄冥之遺，參汾、主封之故，通國驚動，以僑爲博物君子。然則梅國斯編，其有滋於學士之聞見者，富乎！或曰：《文選》

以《毛詩序》與《思歸引序》並列，《廣文選》以《思親操》《猗蘭操》與《胡笳十八拍操》同卷，聖愚不分，經騷不辯，惟多是取，不揆之道，亦以爲富，可乎？曰：不見《詩》《書》《春秋》邪？古詩善惡咸收，至三千餘篇，因得取爲三百篇之定。古書及《中候》聖狂皆載，幾千餘篇，因得取爲五十篇之定。左丘明傳述魯史，將數十萬言，治汙具存，因得取爲千五百條之定。《廣文選》如行也，焉知後無作者，不因此而説漢禮晉文，比于古文獻之足徵者乎？審若是，且將恨收取之未盡廣，又奚暇議其醇疵哉！書凡二千餘篇，爲卷者八十二，其門分類析，皆準昭明之舊云。嘉靖十二年春二月朔旦，明奉政大夫、南京尚寶司卿、前翰林院修撰、經筵講官兼修國史高陵吕柟撰。（明嘉靖十六年陳蕙揚州書院刊《廣文選》卷首）

重刻廣文選後序

（明）陳　蕙

昔梅國劉先生取昭明太子《文選》之遺者，類分而增輯之，凡得千有七百九十六篇，名之曰《廣文選》，誠富哉集矣！顧其中訛字逸簡雜出，又文義之甚悖而俚者間在焉，觀者病之。况其板既不存，予尤懼於日就廢闕，而盛美之莫永也。迺以視鹾之暇，與揚郡守王子松、郡庠教授林壁、訓導曾宸、李世用共校讎增損之，苟完是集，刻置維揚書院，將有待於博達君子之是正之，未遂爲定書也。或曰，文以載道也，今觀諸作，率騁於詞，顧於道時出入焉。又上泝周漢，下逮齊梁，作者既多，體裁各別，若難乎宜於人人，而使觀者之無異詞也。予應之曰，是即所以載道也。若夫人觀者之有不同，則存乎其人，固難以爲文病矣。考於經，《易》著小人象占，《書》存夏商二季之政，《詩》列變風，《春秋》紀諸侯戰伐之事，《禮》於廢禮、瀆禮者備述焉，與法言大典並訓萬世。蓋言而善，以迪斯人，而與之式，固載道也；言而不善，使人知所避以免，無或陷焉，亦載道也，則固不必一一流於道以爲言矣。矧是諸作，道或不足觀，然即其命意措詞，而其精神心術畢形焉，君子可以知人矣。即其好惡取舍，而時之風聲習尚咸寓焉，君子可以論世矣。即其自簡而繁，自雅而麗，自嚴重而放逸，各有其漸，以趨之極也。俯仰數千年間，盛衰沿革，一覽盡之，君子又可以窮其變矣。推而大之，以和性情，以處變故，以達政事，以經上下，以稽度數，以別品物，又莫不於是取足者，而猶未有艾，今曰予必談道之取，而此非所尚，不亦與博學於文之意相遠哉？若謂體裁不同，觀之者因之有異，是亦就其學之所近，趣之所投，而各有所從入爾，何病於文？夫子固曰，詞達而已矣。夫詞以達意爲主，固未始有定格，而以何者爲入格，而爲足觀？又以何者爲出格，而爲不足觀也？名花異卉，自芳幽林，有騁大觀者焉，舉而置之於場圃，人所共見之地，苟一品之未備，猶未爲完圃也，然愛蓮者固不以菊爲淡，而愛菊者亦難以牡丹爲俗，直各自得其得而已矣。觀文之說，何以異於是哉？是集删去者二百七十四篇，增入者三十篇，八閱月而告成，其顛末見之凡例，兹特以大意序之如此云。嘉靖十六年二月朔日，明巡按直隸監察御史晉江陳蕙撰。（明嘉靖十

六年陳蕙揚州書院刊《廣文選》卷尾）

廣文選刪序

（明）張溥

《昭明文選》略已，好古之士謀大其書者，或廣或續，不一其人，惟大庾劉公梅國本差號詳整。卷凡六十，詩不具論，即其所稱，文如宣王《石鼓》，碑如《劉熊》《景君》《魏大饗碑》，賦如長卿《美人》、張敏《神女》、靈運《江妃》、張衡《髑髏》，對如吾丘《寶鼎》，問如《月令問答》，封事如劉向《星孛》、楊賜《青蛇》、翼奉《徙都》，疏如趙充國《兩羌事宜》，贊如麋子仲等八贊，七如傅毅等《七激》，册如宋公、晉公九錫文，誄如《元后誄》，書如陳餘遺章邯、閻忠説皇甫嵩，連珠如揚雄等二十首，謂不中格，皆從芟置，庀材雖廣，立意未嘗不嚴也。漢文無選，最有名者，唐柳宗直《兩漢文類》，其書失傳，讀子厚一序，稱揚條貫，學者始知慕好，恨不能見。東漢三國各有文類，今皆亡矣。《晉代名臣集》十四家，宋洪容齋篋中有之，亦非全本。《古文苑》九卷，書最古，篇章亦絶希少。劉氏廣本殆十倍之，而選指相近，兩漢諸文十登七八，餘代次及，收録頗微。然左氏辭命，學者通知；班馬陳范，傳表論贊，備在本史；莊周、列禦寇之文，荀況、韓非、吕不韋、劉安之書，諸子班班别爲一家，今既不能全録，又節取焉。齊王雞跖，豈其然哉。自漢及隋，文目猶史，大小篇第，予悉褒次，繁而難省，且考鏡於劉氏，兩京風采，南北體制，博一類達，即不得身執禮器，隨行周公，亦猶季子之觀樂，韓起之問《易象》《春秋》也。《文選》推高江左，簡脱漢，劉氏正之，箴疾補闕，不謂無功。取予删本，爲彼輔行。語云：山木工度，賓禮主擇。後來者固善審也。婁東張溥題。（明崇禎刊《廣文選删》卷首）

選詩外編序

（明）楊　慎

予彙次《選詩外編》，分爲九卷，凡二百若干首。反復觀之，因有所興起，遂序以發其義曰：詩自黄初、正始之後，謝客以俳章偶句，倡於永嘉；隱侯以切響浮聲，傳於永明，操觚軨才，靡然從之。雖蕭統所收，齊梁之間，固已有不純於古法者。是編起漢迄梁，皆《選》之棄餘；北朝陳隋，則《選》所未及。詳其旨趣，究其體裁，世代相沿，風流日下，填括音節，漸成律體。蓋緣情綺靡之説勝，而温柔敦厚之意荒矣。大雅君子，宜無所取。然以藝論之，杜陵，詩宗也，固已賞夫人之清新俊逸，而戒後生之指點流傳。乃知六代之作，其旨趣雖不足以影響大雅，而其體裁實景雲、垂拱之先驅，天寶、開元之濫觴也，獨可少此乎哉！若夫考時風之淳漓，分作者之高下，則君子或有取焉。是亦可以觀矣。（《升庵詩話新箋證》附録二）

選詩拾遺序

（明）楊　慎

漢代之音可以則，魏代之音可以誦，江左之音可以觀。雖則流例參差，散偶昈分，音節尺度，粲如也。有唐諸子，效法於斯，取材於斯。昧者顧或尊唐而卑六代，是以枝笑幹，從潘非淵也，而可乎哉！余觀《漢志·藝文》《隋志·經籍》，跡班班而目睽睽，徒見其名，未睹其書，每一披臨，輒三太息。此非有秦焚之厄，漢挾之禁也，直由好者亡幾，致流傳靡餘，惜哉！方宋集《文苑英華》日，篇籍自具也，陋儒不足論大雅，乃謹唐人而略先世，遂使古調聲闃，往器景滅，悲夫！梁代築臺之選，唐人梵龕之編，操觚所珍，懸諸日月，伐柯取則，炳於丹臒矣。二集所略，予得而收之，爲《選》之外編。又網羅放失，綴合叢殘，積以歲月，復盈卷帙。稍分時代，别定詮次，仍以《選詩拾遺》題其目。嗚呼！昔之遺軼，可重悲惜者，業已莫可追及，幸頗存者，宜無諼矣。其諸君子，亦有樂於此者歟？（《升庵詩話新箋證》附録二）

選詩約注叙

（明）馮惟訥

叙曰：《選》詩者，梁昭明太子所選之詩也。《選》詩疏備矣，六臣古贍而事該，《補注》平典而理具，讀《選》者兼資焉。然其簡册既繁，異同互見，總觀博究，誠獨其難。夫説詩者辨體爲上，列訓次之，古之遺文，庶乎可采。繪寫群才，標明英藻，則參軍《詩品》擅其詳；敷論變異，沿陳宗旨，則通事《文心》著其略。逮彼後先群彦，抑亦各著名言，往者注家，缺而不録，余故輯之。統以代叙，布以氏品，間以體論，然後取諸疏，即本詩因題紀原，考文協義，事出祖述，則著其概，義有淵隱，爰達其旨，其諸説異者，或亦並存，以俟參訂。若古人立辭不苟，微文斷義，咸有取材，是在舊書，故不殫及。嗟乎！多文亂真，哲人興感，兹余小子，自疏荒憒，苟存簡故，附之篋中，惠我佔僤，若謂質諸同志，以求折衷，則何敢焉，則何敢焉！嘉靖壬寅季春朔，北海馮惟訥撰。（明萬曆沈思孝刊《選詩約注》卷首）

選詩約注序

（明）朱多煃

往不佞讀《詩紀》，知北海馮公汝言，閎覽博物君子也；而友人王元美亦嘗定謂詞家之苦心、藝苑之功人云。後十年，公屏翰江右，不佞與余德甫講藝夫容園中，一朝以單車存之，相爲研訂典籍，品次風雅，不庶幾更生之然藜、季子之論樂哉。因出所約注《選》詩示之，得卒業焉。夫《史》《漢》《文選》之無注，讀者病之；即注之，又病其駁無從也。而於《選》詩，固嘗善六臣之該而惜其複，取上虞之理而陋其迂矣。乃是書審該辨複，次理出迂，博而能約，約而無漏，光昭明之未備，成二注之折中，蓋授讀者以指南也。凡詩之次統於人，人傳其略，詩采其品，爲卷七，而補遺一。始嘉靖庚子，成隆慶庚午，閲三十年，良亦勤矣。嗟夫！匪窮五車，異同何會？已躋上乘，删述得中。所謂閎覽博物，苦心功人，不特《詩紀》也已。以忝末交，貽書問序。不佞不文，述注之本末如此。隆慶庚午冬日，淮甸朱多煃書。（明萬曆沈思孝刊《選詩約注》卷首）

選詩後語

（明）申　旞

詩三百後，梁蕭統取漢魏以來之撰選而成編，注者無慮數家，咸能騰芳簡册，光價藝林。然條章靡立，詮裁罔衷，揆諸會同，時有顛躓。夫詩之爲道，理雖宏淵，而義歸有宗。疏訓無逆志之長，談藝鮮辨體之識，博而寡要，君子曷稽焉。北海少洲馮公，環傑鴻朗，高雅特達，嘗叙詩於雲門之廬，上採六臣，下究《補注》，旁稽衆説之粹，去其重，兼總而會通之，挈束舉要，以求合往哲杼辭之志，以稽王跡，繼三百，三代而下之詩，始有考焉。壬寅來牧吾魏，其爲政有羔羊素絲之節，而風愛洽焉，古之僑、肸，不能過也。嗚琹之下，游意藝文，英詞蔚麗，穆旨淵玄，鉛槧之士，準爲繩墨。謬承倒屣，契投論襟，每相與譚道德之廣微，究觚翰之肯要，涣爾遺筌，形軀盡略，因出所著示余。余見其體辭綜實，得發旨之源，會文切理，得訓古之繁，著代以表時，品人以序辭，得删述之體。陶鎔諸疏，整齊嚨舛，可謂《選》詩之毛韓，六臣之衡準也。請布刊流弗獲，余愛羨而不能已，因僭辭於末簡而歸之。嘉靖癸卯孟夏朔，古魏申旞書。（明萬曆沈思孝刊《選詩約注》卷尾）

校選詩約注序

（明）沈思孝

余讀《選》詩，蓋有感於詮悟之難云。夫玄黄之精英，聚而爲材，其材之成，咸斐然可觀。由邃古以來，未有易者，而率陶鎔性情，劌鐫文理，以振玄風，第世沿綿曖，條流棼揉，涉犓疏之病者比比，蓋鮮能詮悟已。梁昭明太子選詩，故有注，古瞻無如六臣，平典曷逾《補注》。而兼采之功，尤有待焉。北海馮君汝言，業爲《約注》，顧傳寫多年，舛脱已。余寓高涼之暇，爰加釐正，字櫛而句比之，屬付諸梓。上海蔡君允德見之，謂曰：子尤有功於文苑也。予亦致薄力于梓人，工竣，余因序之曰：吹律以應咸池，屬僅一吷，余業校蕪刊譌，竭晝夜之力，三閲月以新兹編，讀者謂何？既乃沾沾喜夫屬書離辭，以嚮往爲首務也。《選》詩未經約注，非濫則複。疇引之，迺馮君始其事矣。籍令校讎不加，譬彼千里雖駕，而御人不調其足也。余蓋慮之，紬閲所聞，繡諸文梓。夫齊梁文章，當衰陋之餘，昭明始築臺而選，自謂立見真而成功卓。比其後也，雕龍名家，談天鴻筆，孰不籍之以飈起泥蟠，策九代而齊驅，披四始而正界，彬彬乎！郁郁乎！使華瑚本質，燦相爲用，莫得而尚已！我明膺籙御宇，學士大夫，川湧雲蒸，而率以此爲古藝嚆矢。第六臣、補注，間有偏主，未會指歸。曩余之束髮而爲文詞也，冀與古之作者千載而雁行，儻不無意耶？乃今髮欲短矣，而識後詞林，才謝書簏，無足比數。第以爲藏之名山，副之石室，非托諸神解，則色相以遥，蔽彼真筌，則疏曠難徹。爰泝遺意，點綴以傳，融液舊聞，發抒新見，走墨卿而從事，一洗渡河之訛矣。刻於山堂，傳諸同好，儻亦以余爲知言哉！萬曆辛巳春，就李沈思孝譔。（明萬曆沈思孝刊《選詩約注》卷首）

校刊文選拔萃叙

（明）吴　默

昔人謂文章與時高下，是故三五之世遐哉，不可尚已。秦漢而下，言文者必歸之《選》體焉。蓋世方近古，淳龐之氣未散，追琢雕鏤，靡有競焉。維時孕秀，鍾靈含經，味道之士雖則操觚異軌，莫不標能擅美，咸爲絶響希聲，彬彬乎若星羅宿列，光映于層霄；若山嶽海瀆，流峙於寰宇；若咸英韶濩，迭奏於都宫；若文章黼黻，雜佩於天府。體裁義類，森然必備，宜其自謂立見真而成功卓也。顧兹始學，驚心炫目，苦難遍觀。采山方君定之，器識英邁詞林，藝苑靡不究心，乃於《選》中復取其有資於舉業者，若書、序、表、論，凡合五十餘篇，輯爲一帙，以便初學之捷徑，其用意殷矣。于時傳録未廣也。吴子汝仁得其册而讀之，欣然謂其遴别之嚴，芟夷之當，約而達，簡而精，華而不穢，是誠業文者之筌蹄也。將梓之，冀余叙而校焉。余以全書集於蕭氏，注於李善，益以吕延濟諸臣，注本靡一，中更傳録，或多豕亥魯魚之謬，用是參而校之，後先差次，悉本成書。至其卷帙妄析爲三，名曰《選粹》，庶初學之士或有取焉。則不必索之積案盈箱而檢文也，亦竊有裨矣。時嘉

靖辛亥八月既望，歙午溪吴默書。（明嘉靖刊方弘静輯《文選拔萃》卷首）

文選後編序

（明）茅翁積

嘉靖癸亥秋八月望，海屋先生選録《文選後編》成。《後編》者，編唐以來諸家之文也。其書高皇帝之外，以人之先後爲序，挈其文之至者，自昌黎韓愈而下至今晉江王慎中，十有二人，得文三百六十九首，爲十三卷于前。然後次諸名家未得其至而燁然成章者，自王績以下五十一人，共文一百三十四首，爲六卷。蓋自唐世，始盛見序記碑誌應酬之文，至於今世，而其中十二宗工者，轉相師法，以爲天下倡，其大觀備於此矣。茅翁積受讀而論次之曰：予嘗從家大夫宦遊白下，白下，國家之故都也，禮樂之器數具在。家大夫適爲尚書禮部郎中，予得從觀祭樂焉。乃聞諸律吕之聲，自黄鍾而之長者翏翏，短者刁刁，高者童童，而下者于于，清而冽，濁而譹，急而鏗，而徐則悠，或如歌，或如訴，如裂、如崩、如墜、如語、如咽者，而十二器之聲錯然而陳，不能以相兼而皦然無害。彼黄鍾者，萬事之母，乃衆樂與之，各鳴其至，然十二律者，皆天下之至聲也，又卒莫並夫黄鍾之大，豈非造物無窮，其沖和甕亮之氣，吹萬不盡，而會于黄鍾，黄鍾不盡，而布於律吕，將律吕卒所不盡，而沖然有餘。雖一管一籥，非律吕之全，而皆本是氣之散布，不可以限量而觀之者。故十二律所並者，各至其至也，而黄鍾之大，爲君爲宫，爲氣之元也。謂諸律之歉于黄鍾，謂黄鍾之大，不能盡奪諸聲爲病，豈通論哉？是聲音之道，造物實使之而不能不然者，人聲之發于文者，又何異焉？韓退之承八代之綺靡，躬振其響，而開後世，讀其言，渾渾噩噩，非偏長之文。今之文章，星羅于天下，孰有出于韓子之法繩律矩哉？故文家之流，此其大成之宗與。柳子得之，其文削以險；歐陽子得之，其文遒以逸。蘇氏之文，汪汪而溶液，子瞻尤宏浩焉。子固醇謹舒徐，一歸於正，而介甫務爲深邃。今唐應德、王道思得于二家者深，而自成其才，不爲所牽。國初有宋景濂之洪博，而陽明夫子以理學之旨發爲暢達之言。仲尼曰，辭達而已矣。此數君子，皆造化之英，不可謂不至，而韓子渾全矣。諸子之至，足以並韓子，韓子之大，足以該諸子，固兩無所妨也。故余于先生之編，必以韓子爲黄鍾矣，而十一子者如大吕蕤賓，迭奏而不可廢。其餘諸君，又皆以管籥鼗鼓，各得乎律吕之緒餘者，而共陳于堂下。先生之覽遠矣！先生曩嘗走白下，訪家大夫，予與之同觀祭樂已。今試與先生鉤簾而誦是編之文，與曩之臨帝都而聞鈞天，其所得於天地之至聲者，何如也！（明董斯張《吴興藝文補》卷三九）

選詩補遺小引

（明）唐堯官

《詩三百篇》後，惟梁昭明太子《文選》所輯者足繼其響，世共珍之矣。升庵楊太史氏復輯《選》詩所遺者，爲《外編》，爲《拾遺》，與《選》詩並傳云。余每出，必攜三集偕行。第載在《古文苑》、樂府諸集者尚有遺焉，非完帙也。乃暇日復擇諸集中之膾炙人口者，録爲《補遺》二卷，用便觀覽云爾。若夫總選集成，代次人彙，則又有待也。隆慶五年十一月望日，五龍山人唐堯官。（明隆慶刊《選詩補遺》卷首）

文選錦字叙

（明）凌迪知

作文如製錦，昭明太子裒輯《文選》，摘葩萃腴，非若星宫之織錦乎。錦織矣，而成巨幅，則爲衣爲裳爲黼黻；碎之而寸而分，善女紅者又以之爲枝爲葉爲朵，故曰剪綵爲花。《文選》一書，長篇大章，巨幅錦也；片言隻字，寸焉分焉錦也。工人織錦，殘絲賸縷且不敢捨，士之學文者，其可以片言隻句而不珎乎？或曰，月露之形，風雲之態，昔人已譏之矣，一字之錦何庸珍？噫！言文而行斯遠，繁星不麗，不足以昭回於天，昔人所譏爲氣格卑弱，匪嫌字之錦也。清江劉公有《文選類林》十卷，眉山蘇公有《雙字類要》六卷，識者以劉病於煩，蘇病於簡。余以暇日合二書而增損之，以爲繡句時一助，朋輩見而請梓，遂授之。古語有云，誰人繡出鴛鴦譜，莫把金針度與人。若謂此集爲繡譜金針，則過矣。萬曆丁丑二月望日，吴興繹泉凌迪知撰。（清光緒刊《文選錦字録》卷首）

文選纂注序

（明）張鳳翼

《文選》之選於梁昭明太子也，低昂兩漢，臧否三國，進退六朝，代不數人，人不數首，集英略穢，彙聚類分，固談藝者之所必資也。唐有李善注，又有五臣注，其間參經係傳，探賾索隱，亦云博矣。顧錯舉則紛還而無倫，雜述亦糾纏而鮮要。或旁引效顰，或曲證添足，或均簡而重出，或比卷而三見。蓋稽古則有餘，發明則不足。宜眉山氏有俚儒荒陋之譏，而令覽者不終篇而倦生也。予弱冠即知其然，以困於監車，未遑訂定。丁丑之役，則擯於禮闈者四矣，此而不止，人壽幾何，於是則慕潘岳閒居奉母之樂，修虞卿窮愁著書之業，閉門却掃，凝神纂輯。語有背馳，則取其長而委其短；事多疊肆，則筆其一而削其餘。時或鼎新乎己意，亦期不詭於聖經。故每因一字之益，而義以彰，緣片言之損，而辭以達。非若齊丘攘《化書》於譚峭，郭象竊解義於向秀也。爾乃王、曹之後先，贈答之倒置，五言古之宜首蘇李，十九首之析爲二十，皆當繩以定則，不必係以闕疑。又如篇下題名以字者十之八，以名者十之二，既無褒貶之義，殊乖協一之體，故惟稱帝則不名，餘則皆以名，而字與爵里系焉。至如《文選增定》之以騷先賦，以無續有，雖不無所見，特以非昭明本旨，不敢雷彼易此。裒爲十二卷，勒成一家，離寒歷燠，銷燭研露，每爲搔首，不無苦心。若述者之明，則吾豈敢，亦俾從事於《選》者，易爲力云爾。萬曆庚辰秋，長洲張鳳翼伯起書。（明萬曆刊《文選纂注》卷首）

文選白文本叙

（明）許維新

《文選》者，梁昭明太子之所爲也，上自漢魏，以迨六朝，錯章韻語，莫不咸備。其文俳而麗，其事雜而富，以故窺藩墨子，問津風人，莫不從而取材焉。甚者特開專學，儷於六經，雖小兒解事，足稱達識；而寸短尺長，莫之能廢。顧事富則難核，事不核則義隱；尋行者苦爲路虎，繹旨者議爲交棘。其間王逸、薛綜、孝標、張載，分章釋義，殫見洽聞；極探討於李善，集厥成於六家，竟作忠臣，夾輔梁胄，捷徑後來，斯已勤矣。有泫氏令者，趙之聞人也，高擅藝林，游心富教，惆繕寫之非計，梓前書於宦閒。且黜六臣於無庸，屏參軍而不録，一返梁舊，俾稱素文，然毋乃路虎後進，而交棘始學乎？嗟夫！文以明事，非以事明也；詞以故實，非以實故也。汗簡之世，隻文片語，爲力多矣，而博綜之家，至説四十萬言，此何所見解而安得注疏乎？從今載籍彌多，疏釋彌廣，博聞强記，宜何如焉！而較學上代，方軌漢生，且專且精，莫之能逮。緬想古之文者，能外於六藝百家乎？經而遇經，百家而遇百家，蔑不會矣。一斑見豹，非霧雨之完質也。寸腐嘗鼎，非雉膏之完味也。古人厚積而薄發之文，今人乃薄取而示之爲厚，仰訓詁爲碎金，指釋義以前導，不則爲虎爲棘，却步而局踏避焉！此所謂闚覯，而荷戈披荆者見之，輾然走也。教子者家忌太成也，成則子將適其適，而不肯求於適之外也。教國人亦若是矣。讀《選》者亦奚須適乎？有不解則恥，恥則憤，憤則旁求而務廣觀，師以詔之，友以詢之，豈非六經之梯航，而百家之逕庭乎？又何有於《選》也！不然，舍學之務而惟注是求，則太湖謬取於景純，蹲鴟誤釋於先進，其爲考類，何可竟言！泫氏之意，無乃出此乎？然此吾所妄意泫氏者耳。泫氏故廉吏，一《選》之費，亦數十緡，歲廩之强，盡以奉《選》，於《選》僅能，其將能於疏乎？子弟責均，愧無以佐泫氏，而謬引其端如此。澤州知州東郡許維新撰。（《國立中央圖書館善本序跋集録·集部總集類》録自明萬曆辛卯張居仁刊白文本《文選》）

文選音注跋

（明）吴近仁

諦觀文囿，鏡藻詞林，墨卿飛翰於縹緗，才子揚芬於繡頰。元本姬漢，沿波六朝，靡不綺組繽紛，青熒華燭矣。昭明氏雅游篇翰，傾浮提之玉壺；漱裛芳蕤，燃太乙之藜杖。遠追風雅，旁洎碑文。既選義以成編，且擿文而首弁。清華畢集，嫺婉可餐。仁也幼好此書，長無多識。兹枕凷居憂，閉關却掃，愳文心之無穢，誦先哲之清芬。竊惟誇目尚奢，愜心貴當，昔人跗注，無慮萬言，後世覽觀，何當五鹿。第成書具在，可爲博雅之資，而枝葉扶疏，太析詞人之致。遂窮日晷，勉自校讎。材病散樗，敢辭羞於管豹；見淆水鏡，欲自辨於魯魚。繕梓告成，殺青偶竣，不敢藏諸一室，竊願傳之通都，使學士采榮，一覽識荆山之玉；畸人抒藻，片時集麗水之金。至若邕玄風，衍麗詞，以不佞爲陋萬也，惟命。而芟煩穢，示全書，以不佞爲居要也，亦惟命。故不憚狂愚，跋諸簡

末。萬曆乙未夏五，晉陵吴近仁書。（明萬曆吴近仁刊《文選音注》卷首）

廣廣文選自序

（明）周應治

夫自鴻濛肇判，經緯攸章，青雲干吕，榮光幕河，龜馬洩其靈祝，宛委發其真藏，一時淳氛景曜，期應紹至，斯非玄黄之精華，而神理之自然者哉！六經之文，與天同尊，與地同厚。於，粲乎！揭日月而恒新，則信無能襲六而七矣！其緒餘爲漢魏，爲六朝，鴻筆之彦，相踵而起，騁論朝典，詳述經注，恢誕章而渥碎義，競美輿輦，鬪捷檣馬，流刻商徵，變幻風雲，莫不論思，成其藻朗。亦如草樹毛羽之珎，天翟澤獸，奇藴善芳，皆足以振采舒秀，即片詞隻語，在所甄録，不可闕略者也。昭明爲之綜彙，自周至於梁，名曰《文選》，世代雖殊，文體則一。其所命名，總實而規萬世，亦爲確當。劉梅國復廣之，自周至於隋，視荼陵之補遺，檢押綜詳，足爲昭明忠臣。使作者不致淹没，有功於文苑大矣。第昭明之選自以嚴，如皇鈇不得濫及。梅國之廣自以收，如天網無復遺嘆。自今觀之，《選》操一切繩墨，所遺宜多。《廣》於漢頗詳，然遺者十二，晉魏而不遺者，不第十八。予每讀是書，竊爲惜之，爰乃肆力編摩，旁搜散佚，覓翠藴於僻界，探神香於荒憬，録以成帙，名曰《廣廣文選》。蓋梅國廣昭明，而余復廣梅國之所未廣也。梅國之言曰，文辟之水也，選之者如導水而聚之者也，廣其選者，如導水而聚之海者也。信斯言也！

九州以裨海環之，而裨海又以大瀛海環之，水於是有極觀。梅國既廣《選》所未選，余又廣《廣》所未廣。諸凡綈圖赤制，隱簡秘册，擢麗蒼池，飛映華屋，咸得躬擥目覩，罔弗採摭。敢謂瀛海哉，亦庶幾詞淵大觀，不至興掛漏之嗟耳。方今熙代，全風大氣，鬱爲人文，瑶編寶録，舄奕朝徹。諸作者皆極思遐詣，憑軼周漢之上，宣賁鴻業，緝熙丕圖，而輯緇文皓質、應符合諜之靈徵，曷若西雍中秘文章之富，復得是書，則天靈氏之混合乾曜，古皇氏之鬯發玄紀，暐燁文治，光際無臬，將復見於今。而對揚厥盛，是亦摛英擻茂，藻潤皇猷之一事也。萬曆二十有四年秋八月朔題。（明崇禎刊《廣廣文選》卷首）

廣廣文選序

（明）李維楨

文之有總集也，自晉摯虞始。虞以爲建安之後衆家集日滋廣，覽者憚勞，自詩賦下各爲條貫，合而編之，爲《文章流别》。繼虞而作者，有《集林》《集苑》《集鈔》《集略》《文苑》，而後《昭明文選》出焉，類三十有七，爲卷三十。與昭明同時，復有《詞林》《文海》，而獨《文選》傳，迄今不衰，則以選故。其可以選而《選》所無，可以無選而《選》所有，人各執意見爲去舍，而陳同倩《補遺》、劉介夫《廣選》出焉。遺不盡補，選不盡廣，而周君衡《廣廣文選》出焉。同倩目裁十有五，以詔令、奏疏列詩賦前，其評騭大義率出於文之外。介夫所廣，有璽書，有賜書，有策，有敕，有諭，有疏，有封事，有議，有對策，有問，有記，有傳，有説，有哀詞，有祝文，有雜文，其於馬、班、范、陳四史，間采一二傳，則因昭明史論、史述贊而廣之者也。鬻、管、莊、列、荀、韓、《吕覽》《鴻烈》《左氏春秋傳》《國語》有成書矣，而或采其一二篇，則又因史傳而廣之者也。昭明序有戒、有誓、有符、有篇，而中缺焉，君衡增四目，因昭明而廣之者也。篇所采墨、晏、孫、商、賈、陸，以逮魏、劉諸子，因介夫而廣之者也。有誥，有赦文，有移，有章，有訓，有體，有議，有解，大段不殊，眉目小别，因其名而廣之者也。有辭，有繇辭，目同昭明而體則異，因其目而廣之者也。昭明難附于檄移，文附于書，介夫自序合于序，今皆析之，亦因其名而廣之者也。史志、詔令不録，以爲不勝廣也。其例十有四，凡二十有四卷。自伊耆氏以逮于隋而止，隋以下不録，以爲不必廣也。蓋宋人求多于昭明者，評《選》爲拙陋，而同俑之説狎出，《選》幾於不振。余竊不謂其然，昭明所選者文耳，文之外爲人，文之内爲事，其是非美惡固所不論，彼補者與廣者，其人寧盡美而無惡，其事寧盡是而無非，而何責於昭明？如以文而已矣，夫安得無廣也。成周盛時，和之弓，兑之戈，垂之竹矢，胤之舞衣，與《河圖》《大訓》並陳東西序。今所裒即不敢儷《河圖》《大訓》，不猶愈于舞衣、弓矢乎，夫安得無廣也。孔子删《詩》爲三百篇，《唐棣》「素絢」之句復采而載之《論語》，昭明所選，寧渠比于孔子所删，而謂無復可收者乎？夫安得無廣也。隋牛弘謂孔子後文字有五厄，其四在昭明前，爲秦，爲莽，爲漢末，爲東晉。昭明之後六厄，弘所見者一，所未見者五，爲湘東，爲隋煬，爲安史，爲黄巢，爲女真，爲蒙古，古文幾盡矣。後之六厄甚於前四厄，四厄之所遺，幸而選於昭明，其不選者經六厄，又幸而存于今。使昭明在，當亟收之，夫安得無廣也。按，《梁書·昭明傳》：嘗撰古今典誥文言爲《正序》十卷，五言詩善者爲《文章英華》二十卷。文業以《選》稱矣，《選》之外復有二集，無亦廣《選》所未備乎？陳、劉兩家所集，又寧無與二集相出入者乎？原昭明之意，引而伸之，夫安得無廣也。歷代藏書之富，其在昭明，先後相及可考見者，宋謝靈運四千卷有奇，齊王亮、謝朏一萬八千有奇，梁湘東七萬有奇。隋嘉則殿、唐弘文館或至二三十萬，後人疑其虚妄。大都六朝著作，居十之六七，或有重複猥雜，而釋老之書復羼其中，約以二萬卷爲凖，此總集之體，在四部中，第十之一耳。此十之一者，于今所存第百之一耳。今之視六朝，猶昭明時之視三代兩漢也。六朝所不忍遺，而况三代兩漢，片言隻字留在人間，其可棄乎？夫安得無廣也。國家文命敷于四海，垂三百季，而石渠、金匱所儲國史、竹素，較前代藝文志不無小遜。君衡輶還天下，非朝夕矣。上之秘閣，中之鄴架，下之名山，遠之金石，幽之冢藏，蠹食煨燼之餘，靡所不漁獵探討，而始就此。茶陵、大庾因是以彌縫其闕，而匡救其所不及，豈惟二氏，即昭明復起，兩相得而各有合，豈惟今兹千百世而下，博雅之士坐而見千百世之上，其有功詞林宏遠矣。是書也，所重在廣不在選。君衡版行嶺南，與哲兄學士各爲序，其文軼昭明而上，俱垂不朽。余既卒業，曠若醯鷄之發覆也。而以是語申之，附驥之幸，終不勝續貂之媿矣。（明崇禎刊《廣廣文選》卷首）

編者按：此條所據底本自「兩相得而各有合」下殘缺，兹據李維楨《大泌山人集》卷九《廣廣文選序》增補。

廣廣文選序

（明）屠　隆

夫登山采木，豫章之材難窮；入海求珠，岱涵之寶無盡。扶輿秀瀣，蟠結而爲人文；泰媪英靈，發抒而爲辭藻。陶寫三才，元氣淋灕而奔命；刻雕萬品，玄造脇息以避權。荃宰經綸，須片言傳其命脈；喆民道懷，待寸管扶尔精微。是故孔門文學，儼然列於四科；宣聖躬行，何嘗不修六籍。腹笥壁經，秦氏灰中括出；遷書固史，漢翁馬上收來。帝基西北，文章之渾厚穆如；王氣東南，江左之英華益烈。有梁蕭統，文章宗工，下上千百年間，裒集古今靈喆，命曰《文選》，系以昭明，收采頗嚴，精瑩未博。後人乃增而廣之，亦既張彌天之網，飛走悉羅；搜括地之圖，黄輿盡掩矣。余友周君衡氏，復身作蠹魚，窮年萬卷之中；足跨神駿，極目四游之外。蒐羅放失，陋胥臣之多聞；尋討遺亡，蔑鄭僑之博物。廣其選者，已驚山海之可加，令選者咋舌；廣其廣者，蓋嘆天壤之何限，俾廣者揺魂。方聞廣廣之名，未悉云云之旨。謂欲尋而烏有，即苦搜能幾何。及覽周氏之巨編，始信前人之未備。漢帝尚存，胡假補亡於張叟；侯芭若在，豈復問奇於揚雄。睹未央之闕，則五侯七貴之宅陋矣；瞻忉利之宫，則千門萬户之觀小矣。周氏之後，安知不復有可廣者。余請封以丸泥，止以息壤哉！萬曆癸卯春暮，東海屠隆緯真父篹。（明崇禎刊《廣廣文選》卷首）

廣廣文選序

（明）周應賓

《文選》纂於昭明，纔三十卷耳。梅國廣焉，倍昔者五之半。余弟君衡復廣之，儉於劉而侈於蕭已。夫自書契既出，作者代興，纚纚洋洋，溢於簡册。昭明網罝千載，漁獵百氏，括才人之致，而抉其精美，具之矣。迺若唐之《粹》、宋之《鑑》、元之《類》、明之《衡》，以彼揚扢，寧不人和璧而家隋珠？然而諸籍具在也，提衡而論，則諸家之所取，僅足以當昭明之所棄，豈人情貴遠而賤近與，抑隆汙之變然耶。且夫百都之市，珍異非乏也，至如虞氏之陶，夏后氏之璜，雖有缺折，猶登上賈，是何也，豈亦有貴於古者乎？然則古之所棄，今之所取。《廣廣文選》之輯，蓋識古也。當代操觚之家殺青布簡，多者一二百卷，少者數十卷，雖繇獨匠，無不宗本於周秦漢魏齊梁之文，夫非珞珞者耶？譬之祭川，則必先河矣。迺大函氏之言曰：江河不集而足，狐貉不緼而温，昭明之選尚矣，奚必畢取其所棄而廣之，而補之。此爲鉤玄者言，猶未爲通論也。周秦漢魏齊梁之籍，存者寥寥，吾將搜汲冢之所遺，發二酉之所秘，猶未以爲饜也，而若之何捐之。然則大函氏之所謂瓦礫，安知不爲陶璜者耶？蓋昭明意在垂後，故其裁取也嚴。君衡意在稽古，故其蒐收也廣。博聞洞覽之士，必有取於是書云。余不敏，當爲君衡臾成之。萬曆庚子夏日，太子庶子兼翰林侍讀周應賓撰。（明崇禎刊《廣廣文選》卷首）

文選章句序

（明）陳與郊

余少受《左氏春秋》，先人非博士書篋不使見。稍長，始習遷史，已，習班固，已，又習昭明。去之官，什九廢業矣。罷歸，耕大海之陽，乃發故篋讀之。三年，而當萬曆二十二年，時學士狹《左》《國》、遷、固不譚，譚二氏，往往闡析孔孟，亦不忌外獵而妄漁，五尺之童恥不涉佛書者，不可勝道，有識懼之。由孟氏而來，於唐而有韓愈氏，於宋有兩程氏、朱氏，其人於異端，皆防之如禦戎塞河，絀之如樹嘉穀而薅稂莠之苗。今吾道如日中天，乃學者相率而淫其説不痦，儒者亦不非孔孟謂何，何悖耶！余聞諸師曰，士當其扶輿元氣盡洩時，勢不得不日趨於文，迨趨極而之佛爾。夫釐士習、扶世教，莫近於文章，文勝則離，離則欲反之經傳，且藉口前聞，反之唐宋諸家，且因緒論無已，姑導之昭明。昭明一書，其文該詩賦騷七，詔令表牋，奏彈贊述，箴銘志誄；其人臚屈宋賈馬，蘇李曹劉，嵇阮陶謝；其時苞秦漢魏晉齊梁，亦天下之異采也。以天下之異采觀之，庶幾迴它嗜好焉。人薄玄酒大羹，聊設雜俎；世不耐古樂，聊進《激楚》《陽阿》，不猶愈於夷聲夷味乎！於是稍章句之。不一月而罹踸踔之困，中廢筆札。久之庚念曰：昔王逸優游南郡，述《楚辭》；蔡邕密勿朔方，傳《月令》；當世焦弱侯偃息白下，羽翼老莊。大抵賢人感發，於古訓多汲汲也。於是卒倣而章句其書，授子弟焉。其凡曰：文成數千，數乙未竟；句裂字綴，若斷若續。疾讀則遺雅故，尋解則令正義差池，故分章。本末紀載，李善詳之，擾擾五臣，荒陋參之，蘇子辯之，世儒尊之，故獨依善注。嗟善注乎，五臣竄諸，或竄諸五臣，版於大鄣，主客棼亂，故本善善本。遺文古事，莫備於往哲，李氏於舊注一切存之，無掠人，迺見長者，故仍列某注某注。非艱非深，文辭粲如，上下無所凝滯，安事采摭，故刊淺近。探源討流，期於涣釋，一篇之中，子史不無先後見，故汰重複。經有六，書有四，都人士分經擅書，無弗習孔曾思孟者，故删書。文家務益其所能，注家務損其所知，援棁證楹，不離同室，故削本書互引。一宫一商，雖賦之迹，諷詠亡音，盛失厥趣，故考韻。《子虛》《上林》，包括宇宙，蔚爲賦頌之首，故裨益釋名。叔師注騷，非迂滯戾情，則迫切害義，刺虛滅刃，寧必純鉤，故不避壹再彈射。射谷不讓沐雨，後賢於善時有雌黄，亦李氏三益之朋，故間輯而著之篇。萬曆二十五年三月三日，浙汜陳與郊纂。（明萬曆刊《文選章句》卷首）

新刻選詩補序

（明）劉大文

夫詩自《三百篇》後，言古者宗漢魏，言律者宗唐，辭家争尚之。然外古以言律，非知律者也，故《選》詩不可不學也，詩之宗也。蓋昭明獨具隻眼，接引諸才人，揚榷千載，安所不博精。其尺短寸長，可略而言矣。惟是一二掛漏，陳隋寥寥，識者不無完璧之思。余不佞束髮受讀，竊忻慕焉。通籍以來，質之同志，概不以余言爲非，顧人持一赤幟，鞭弭中原，誰肯爲昭明作忠臣者？余守淮三年，日逐牛馬走，架上數卷，都成蠹魚，且不知有唐，何論漢魏。偶揖廣陵顧徹侯于淮之浦，徹侯弱冠能詩，所知交皆海内賢豪長者。語及《選》詩，不覺契合。徹侯出一編示余曰：「以此續昭明，昭明未必不首肯矣。」余玩之心折，留徹侯昕夕譚不倦，盡羅言古諸家而商訂之，正其訛而括其遺，即字畫偏旁之細必稽焉。凡兩閲月而徹侯去，徹侯去而梓告成，問序于余。余僭序刻意如此云。萬曆庚子七夕，東魯後學劉大文書。（明萬曆刊顧大猷輯《選詩補》卷首）

選詩補序

（明）徐　鑾

《選》詩舊無善本，昭明太子以文體不同，各以類分，文誠有之，詩不其然。何者？十五國風美刺並陳，未嘗分類，隨地而區別，可以觀風，以年代相次，可以觀世。若一時一事，作者自殊，安得比類而合之。此《選》詩之當更定一也。或謂詩盡於《選》，陳隋以後，無復佳篇，是又不然。昭明生當梁代，若任、沈諸君子，篇什不乏，其不及陳以後者，限於時也。六朝之末，雖漸以淫靡，猶不失温柔敦厚，與古詩不遠。秋菊春華，亦各並時而秀，令昭明而當其世，未有盡棄弗收者。此《選》詩之當增補二也。不佞嘗竊自疑信，未敢語人。會淮郡侯博陵劉公與顧徹侯所建即昭明舊集爲之序次，又選其軼而未備者，爲《選詩補》，所裁擇甚嚴，而以論其世，拔其尤，則無遺憾矣。嗚呼，詩盛於唐，亦亡於唐，法止于俳韻，止于沈令，人拘縛聲律，而失天籟自然之妙，即未嘗不極其所至，而古意已微，誰使千載以後，猶知宗漢魏以浸尋風雅者，則昭明氏之力也。今劉公之博雅，顧侯之鑒裁，又能爲昭明羽翼，以淑諸人，以傳諸後，令作者潛意兹編，以觀歷代聲詩之變，即《三百篇》藩籬可悟入，即下之爲唐人之所製作，亦優優乎其有餘力也矣。不佞章句豎儒，何知詩。第讀斯刻而有當于余心，而郡侯且命之言，謹序其大意，將與海内諸同好者共商榷焉耳。閩中徐鑾鳴卿書。（明萬曆刊顧大猷輯《選詩補》卷首）

文選纂注評林序

（明）晏文輝

夫追風絶景之駿，終不加於伯樂之所御也；宵朗兼城之璞，終莫勝於楚龢之所泣也。士雖越世高譚，自開户牖，揔之理有原本，事有擬托，而藉口於朽骨枯簡，適以明其固陋而自點耳。《文選》一書，選自昭明，厥惟舊焉。昭明之有兹選也，撮道略之英華，搜群玄之隱賾，彙聚類分，剔垢去穢。譬猶泳源流者，採珠而捐蚌；登荆嶺者，拾玉而棄石。用物宏而取精多，誠制舉之鞶帨哉！自梁而唐，有六臣注，探討已工，而義例未協，表章孰與我國朝也！我國朝考文與議禮制度並重，一時通經學古之士，相與轂擊於中原，其於昭明一書，不啻再三詳焉，然猶不無燕郢之訛，亥豕之誤也。頃有憚生者，染指新章，耽情往翰，采亹亹於緗紈，挹微言於殘竹，咀飫膏液，咀茹芳華，蓋庶幾博物君子哉！間嘗披覽六朝，字比而句櫛之，至於徵引之類，調切之法，無不加意，雖復子野諧聲，寄知音于後世，文信搆覽，懸百金於當時，居然無以相尚。緣捐貲付之剞劂，以公同志，殺青既畢，問序於余。余自諸生習昭明有日矣，故不辭惲生之請，爲之叙。且余知惲生也。余戊戌辱牧南宫，旋令浙平，已乃遷毘陵。遷毘陵二年，會上庚子歲當大比士，予獲分校南闈，任事一經，拔惲生於儔伍中，知爲國士也，獨以數溢未售。從兹知惲生益稔，而惲生愈益肆力諸家，摽名藝苑，異日者將前茅天下士，豈特譽髦都人已哉！是刻也，其左券也夫。余之序是刻，固以見我國朝考文之盛，亦以不没惲生稽古之力爾。惲生國學士，名紹龍，武進人也。併書之以俟觀風者。萬曆辛丑秋，南昌晏文輝題。（《國立中央圖書館善本序跋集録·集部總集類》録自明萬曆晉陵惲氏刊《文選纂注評林》）

續文選序

（明）湯紹祖

粤昔《文選》之成於梁昭明太子也，致士二五，積年三十，其代自晉宋齊梁而上，其人繇屈宋賈馬以還，包舉藝文，兼綜史傳，質不過樸，文不及靡。乍披形色，既汗漫蕭散，緩尋脈理，復聯絡謹嚴。詞義相縮，肉骨交稱，辟之採玉崑丘，連城畢獲，拾珠淵海，照乘齊珍。若綴以餘篇，將同附贅，試詘其片簡，有類剥膚。揆攬千禩，莫與並駕，信文囿之特秀，而選部之最都也。胤是以降，齊周病於椎樸，陳隋傷於浮艷，雖遜前古，尚存逸軌。若李唐嗣興，斯體大變，什一仟佰，僅爾庶幾。

逮入我明，日月重朗，文章篇翰，併爲一新。然當時劉宋數公，猶且屯而未暢。至弘正以後，此道漸闢，昌穀、勉之子，循諸君子，後先摛藻，郁爾具體，天之未喪，抑或在茲。乃搜之往輯，徒掇瀋餘，參之時悊，曾靡響振，令昭明成業，永言裔絶，良用慨焉。余束髮臨文，雅有茲志，時復網羅衆籍，蒐獵群言，取例往編，甄擷今選。但緣制科窘縛，卒業未皇。邇年上書屢棄，彌傷弓冶之亡，抱恤幽居，獨軫風木之憾。優游寡托，寂寞無驩，乃發陳編，重加銓次，遠自昭明以後，近自不佞以前，格稍肖似，即爲收採。若其人與昭明同日，則愳爲所棄，及與不佞並世，則未見其止。洎夫五代局于促運，宋元淪于卑習，併文太纖靡，詩涉近體，以非本旨，並從删黜。嗟乎，語地則匪儲副之尊，論世則鮮曩代之盛，品士則罕昔賢之多，况乎義取獨衷，詎若博謀集思，成於累歲，曷如積紀踰章，而欲附驥鶩足，續貂狗尾，陋識拙文之誚，將焉免乎！説者有謂唐後無才，曷足充選。夫文在天壤，烏容閼抑，荆山之玉，豈盡禹會之執，豐獄之劍，奚皆吴鼎之鑄。若云在昔可珍，於今非寶，徒知是古，未爲篤論。又有謂此選宜務隨時，不應泥格。夫意取昭明其業，自當擬議其體。諦觀前選，辭約二京，篇多六季，則體固攸尚，時未或狥，俯從隅見，吾亦何敢。抑弇州有云，千古有子長，不能成《史記》。余於茲選亦同斯喟。良由風頽運劫，自爾波靡，必欲執古例今，雅非通識。雖然，懸此國門，正之該洽，即或以掛漏致譏，諒無能别加漁獵。向所苦心，差用欣愜。於是捐彼負郭，授此殺青，集成，總計三十二卷，名曰《續文選》。傳之通都，公諸同好。踵麟筆之素功，竊比左史，系龍門之絶派，仿佛蘭臺。若夫詮訂闕遺，考摭故實，以成一家，用垂來葉，則遺之弱息茂先云爾。時大明萬曆三十年歲次壬寅秋八月辛亥日，海鹽湯紹祖公孟譔。（明萬曆希貴堂刊《續文選》卷首）

續文選序

（明）胡震亨

若夫《文選》者，蓋集部之最撰也。掇珠群琲，登玉衆瑴，篇有僉於五百，功故兼乎太半。七代體變，時往該具，所未告訖，江左剩豔，南北析異，文賞不諧，太和新風，抑又闕綴，畢斯一壙，允歸齊鑒。而孟裴兩卜，孫張二徐，並搆録唐年，軼簡今代，棄拾衷頗，蓋莫詳焉。嗣後增補廣益，名目間出，又取義摭遺□□□絶。詳天監迄義寧，百餘年中，詞人著集，卷踰二（編者按：此處脱十字）餘，蘭菊荒萎，採擷靡（編者按：此處脱五字）良以玆乎。弱齡結好，捃合散亡，公車再罷，暇事銓續，篇製流别，凖視往例。及乎衡量，微函殊旨。夫《揚都》之體，並咸洛而貌今，任沈之篇，綴楊班而氣古，何哉？良由衷裁雅豔，儷協未廣，環思圓義，既絡繹引屬，單文散句，亦參伍暎帶，斯故不遠先程，易相甄附。昭明斷章，巧與時會，暨乎宫體扇豔，組織彌工，意□□□，墨采黯黮，作者轉擬夸勝，而變窮對屬，惟復要束參差，鏇帖岨峿，令字句齊截，音奏叶利，四六於焉濫觴，詩律因之漸備。風流浸淫，職成唐體。是以約略今編，示存砥柱，興象踰濫，必格以矩位，事義叢雜，則批以絲理，膚澤浮渲，既推討神幹，節絡拘緩，復參觀風瀾。庶得删蕪集英，合則前撰，爾其綜比纖藻，帖合巧對，頌酒賡色之句，唱景貌物之篇，造色必鮮，送聲偏嫵，古人或有未屆，時賢良復孤擅。故乃乍諷致語，體解意痒，還逢壯采，骨勝肉飛，信擒拨之奢趣，而咀誦之極興也。梁代前入九人，今自外合後魏、北齊、後周、陳隋撰爲十四卷，並標釋大旨，列目如左。（明萬曆胡震亨刊《續文選》卷首）

鐫文選尤叙

（明）鄒思明

《昭明文選》一編，綜秦漢六朝諸傑作，抉其精而傳者也。今博士家咸咀嚅稱美。他若《廣選》《續選》，且以𩈒不足嗤之矣。余自弱冠，迄今皓首，雅好讀此，見其長短合度也，奇正有法也，褒刺各當，而憂樂得情也。局大而理明，言縱而氣息，一字一句，幾經鎚鍊，絶無痕迹，誠爲天下之至文，宜古今有同美焉。顧余資識短淺，惟快於心者，輒手録之，妄加品騭，凡如干篇，名爲《文選尤》。若曰《文選》美矣，此則美之美者耳。白晝風清，良宵月净，時拂紙濡毫，拈五言古詩、樂府歌行，隨手作真草數十佰字，取其文讀一二篇，或篇至數過，擊節而嘆賞之，便覺忘身捐憒，胸次悠然，何異御天風而遊八極哉！　客有過余山房者，問曰：「子知《文選》之美，乃有所取舍，何也？」余曰：「人有入大官之厨者，即悦烹龍炰鳳矣，然而山珍海錯，不勝其狼藉也，敢謂天下無異味乎？又有買瓊林之藏者，手握隨珠卞玉矣，然而金璁貝瓅，不勝其抛擲也，敢謂天下無遺寶乎？

人各有心，物聚所好，取或不盡，抑何疑焉？」客聞而恍然有會於心，遂請付梓。余曰：「是又不然。余一人之好，蓋美吾之所美，而安能必之人人？況博士家騁其高明之質，以破萬卷，傾五車，若絶塵而遊耳，即昭明全编，尚不足當其一吷，而乃有所去取，將無與廣且續者同類而交嗤之乎？」客曰：「異哉！途每患於多歧，學雖博而歸約。彼之廣且續，徒獵其粗於《選》之外，公之尤，更抉其精於《選》之内，啜至味而餘味可捐，拾至寶而餘寶可釋。誠如公言，是選尤蓋昭明之忠臣，而後學之捷徑也。懸之國門，同美者彙附且徑志矣，亟宜付梓，毋讓毋靳。」余信之，因述其意於簡末，敬質之高明者。時天啓二年春分日，烏程鄒思明書於自得其趣山房。（明天啓刊《文選尤》卷尾）

鐫文選尤叙

（明）朱國禎

漢賈、鄭二家注《左氏春秋》，馬季長謂賈注精而不博，鄭注博而不精。既精既博，吾何以加？若是乎提衡載籍者之難爲工也！以予觀於《昭明文選》，蒐七代，羅百家，可不謂博乎？而代不數人，人不數首，不可謂不精矣！洒訾之者，有病其未盡博，若遺董對、劉序之類；有病其未盡精，若收盧橘、玉樹之類。何見之殊歟！即如注釋，馳博者始於李善，繼之五臣，惟恐其不足；求精者張則删之，吴且併去之，惟恐其有餘。抑何無特操歟！嗟嗟，天地至文，洩於六籍，宜無以加，猶必待於删之、定之、修之、贊之，而後有折衷，夫是之謂聖人之文。若迺《文選》，文人之文，能無取於折衷，亦有待其人耳。我湖鄒見吾先生，靈慧性成，力研墳典，而居恒好譚名理，學有本源，蚤年藻思横發，輒建藝壇旗鼓。先余而舉，與共事公車時，每相晤，上下古今，獲窺其武庫，而猶未悉也。已而先生出其緒餘，兩宰名邑，以文章飾吏治，有卓績。而冰操凛凛，尤著清譽，故歸而蕭然四壁。時寄興於詩，出金石聲，亦時臨池，毫端鵝群飛舞，謂自得其趣。間遊里社，窪尊浮碧之間，余得隨杖屨，而先生渥顔丹頤，奉之爲師宿，亦若神仙。一日出篋中《文選尤》示余，蓋先生暇日，諸郎君所趨庭而相授受者也。余側弁而哦之，不覺爽然曰，猗歟都哉！《文選》其有所折衷矣。合觀於衆體，中有全收，有僅存其一，而精者定；析觀於各體，中有去其一二，有去其四五，而博者删。注有蕪而障目者削，當而愜心者筆，其修之也確。批評則酌人己之見，丹鉛互加，務以中機而闡奥，其贊之也玄。是先生之折衷《文選》，與折衷六籍者同符，則謂之《文選尤》也固宜，然不謂之拔尤者何？夫拔則超出乎其上，而此第斟酌於其中，若名花然，業已麗矣，稍摘其拊枝，而麗者尤朗；若白璧然，業已瑜矣，稍剔其點瑕，而瑜者尤瑩。即季常氏見之，必曰既精既博，莫可加矣。莫可加之爲尤，殆所謂不拔之拔歟？方今操觚而工六籍者，率借《文選》爲資，苦未得其要領，先生是編一出，並得游而習焉。以之揚芬蜚藻，共登作者之壇，則先生不越庭訓而成人材、敷文教，其功加於士林者滋宏遠矣。雖然，先生之武庫，余終未敢謂盡窺也。伏生年踰九十，而口授《尚書》；陳秘書年踰九十，不廢筆墨。而著經史系華，古之人類然。今先生年僅踰八十，其精神益王，其著述且益宏，而近世六籍之解，亦博亦精，第言人人殊，幾無以統一聖真。今先生以其餘年，賈餘勇而折衷之，則功又不啻在《文選》也。余敬拭目以竢。同邑湖上太史氏朱國禎頓首譔。（明天啓刊《文選尤》卷首）

文選尤叙

（明）韓　敬

東坡不喜蕭《選》，以爲小兒强作解事，此一時興會之言，非篤論也。上下千年之外，縱橫萬册之中，戛玉取其琳琅，求珠汰其砂礫，構裁明備，謹雅兼收，要以二體六家，不侵續史之柄，九流七略，無礙譚經之途。使霞彩繪天，風泉行地，蕞而有要，該而弗僞，斯亦文津之巨梁，菁圃之白藏矣。唐世以詞科取士，至命爲《文選》立學，舉子巾箱中率攜一帙，爲研摩之用。遂復壇登潘陸，廟禴江庾，鉅至於燕許之源流，厚至於李杜之光燄，莫不攬芝瑶島，取材鄧林，由徵變之屢遷，亦彙芳而如一。自世界化爲訓詁，而詞人改作學究，棄鸞鳳，斯祝土龍，斥敦彝，乃銘瓦簋；貝氣浸於泥淖，星光暗於薪煙，藉口擊缶之希聲，抑知啖木之無味乎！然而巧心儁理，精彩長新；大策高文，緯經如故；觀於代興之多藝，亦知典法之有宗矣。吾鄉鄒見吾先生，官比柴桑，讀書却求甚解；年齊麟士，執卷不見其劬。以六籍之醉心，恣三餘之漁討。丹鉛既遍，評覈最嚴。且爲疏穢去浮，辨門協類，如採吉光而千腋非良，似拾木難而盈船匪寶。能使春華結寔，月露成雲，其諸名理之功臣，非猶臨辭之借徑已。余久鬻負郭，窮致牙籤，結爲書巢，擬同脈望，而未能有所纂述，嘉惠後生，媿翁晚年篤志如此，亟勸鋟行，兼標其概。即長公復起，其必以余爲知言也夫。同里韓敬譔。（明天啓刊《文選尤》卷首）

重編文選序

（明）張　鼒

夫以心聽者，學在肌肉；以神聽者，學在骨髓。爲一目之羅者，無時得鳥也；爲一方之觀者，無能論世也。故置衡尺於曠世，莫辯於文章矣。今夫觀古列人之圖畫者，置之空壁而敬慕不生，不見古人之真也。古列人之遺文，粲然竹帛，豈徒墻壁之觀哉。故曰讀其書，論其世，見其面目於翰素之間，斯亦可謂尚友也已。文也者，所以總群道也，群道統乎己心，群言一乎己口，惟所擇之，而惟所用之。若夫泛泛若涉水，游游若獵獸，歷覽不精，而權衡無法，古人所以戒涉獵也。《文選》者，上綜周秦兩漢之盛，下蒐晉魏齊梁之遺，粲如列星，聯如編珠，六藝之深本，而德音之叢藪也。《史記》之前無史，《騷》之前無騷，《南華》之前無南華，皆意所創也。《選》以前未有選也，亦意所創也。馬遷、莊、騷去聖未遠，故能越世高譚，自開户牖。昭明收百世之闕文，採千載之遺韻，羅琬琰於懷抱，彙琳琅於毫端，覃思獨照，彌綸群言。明者定之，如星經漢；高者下之，如水宗海。

借人糟粕，標己神明，故曰日光照室内，道術明胸中，斯亦與馬遷、莊、騷争烈已。馬新甫先生者，研精統道人也，其言曰：夫八音鄭衛，韻以方異，筆端寒暑，邸宇知時。故泉源基於出震之君，黼藻新乎如雲之後。望豐屋，知名家，睹鴻文，驗聖世也。意結則章成矣，聲發則文生矣。時遷則玄黄迭餙，代興而甘苦變調矣。惟至人滌除玄覽，故近世之言，不得編于三墳之末，六朝之格，不得列於咸陽東西京之林也。於是次其世代，以觀風尚，凡諸疏注，剔而不存。披玄雲而揚大明，舒竹帛而洞古今，斯又非昭明氏之書，而新甫之書矣。夫讀書者，考微言，綜瑋語，但令升降自我，慎勿品目由人。譬如採玉，此珪而彼璉；猶之度材，爾棟而我柱。先生之讀《文選》也，知精得神，游乎衆觀之先，平理若衡，照辭如鏡，其中獨喻，猶魯般不能説其手，離朱不能傳其目也。世人讀書，何以解此。先生有《史纂》一書行世，收其汙漫，貫串網羅，並掇白於衆狐，食蹠於千雞。兹集也，又以寓之於古文章，考其世而觀其人，史以經之，文以緯之，吾知先生不朽在千古骨髓肌肉間矣。丁巳春，余往當湖訪劉侍御獻之，因辱交於先生，先生謂余史氏也，其言可以信，乃獲觀是編，而叙焉。（《賓日堂初集》卷一二）

天佚草堂刊選廣文選叙

（明）馬維銘

夫學者貴博綜名物，而墻面者爲固而已矣。夫仕者貴皁安寰區，而師心者爲舛而已矣。故夫高議雲臺之上，則學古入官，議事以制，乃公卿之鴻烈也。伏處巖穴之中，則讀書談道，樂以忘飢，乃衡茅之夙德也。而世之下也，或者無實用，而虚恢馳逞於職業之外，無實學，而謬悠弔詭於筆札之間，即驟而享大名，顯當世，家家自以爲濂洛，人人自以爲龍比，吾未敢遽信然也。余素無學藝，涉世鹵莽，每讀《馮敬通傳》，慨然嘆息，彼謂貧而不衰，賤而不恨，年雖疲曳，猶庶幾名賢之風。余不能至，竊嚮往焉。曾刊定《昭明文選》，以年代爲序，業且行於世矣。已夫念《文選》一書，如大官之饌，百味糅合，而太羹玄酒，非有加於菽粟也；如衮龍之服，五色雜施，而冠冕佩玉，非有加於布帛也。選以經之，廣以緯之，當其布帛，有五采之襲矣；選以調之，廣以劑之，當其菽粟，有百味之甘矣。夫通今博古之名儒，紆金拖紫之大老，所爲翊贊休明，而維持名教者，莫不原本於六經，龜鑑於舊史，而諸子别泗水之派，《文選》衍尼山之脈，故曰：與其過而廢之，寧過而存之。炳炳烺烺，昭揭宇宙，日月經天，江河行地，與造化終始，若有神以司之，則此物也。或謂子重刊昭明，而又廣之，即殿尾昭明。然則蕭梁以下，皆可無選歟？曰：非也。文至蕭梁而靡矣。昔鄒衍推五德之運，而司馬子長謂三王之政如循環，余取以譬《選》，周稱郁郁，政是典雅，秦漢猶不失古質，魏氏葩艷，晉室玄虚，而靡於梁季，此一循環也。初唐正始，盧駱王楊，沿習浮薄，張道濟得助於江山，蘇廷碩傳家於敏悟，陸敬輿、權載之以奏對名，韓退之、柳子厚以碑記顯，元白之酬詠，李杜之光焰，以至劉去華下第之策，皆其表表者。汴宋楊大年、劉子儀、孫漢公雅號能文，宋子京、歐陽永叔、曾子固繼之史學，集大成於君實，才名掩百代於子瞻。南渡之後，王龜齡之輪直，周子充之掌制，上書則陳少陽、胡邦衡、陳同父，寧詎可終汶汶耶？唯是理義之説既勝，朱陸之辨紛然，而文靡於南宋矣，此又一循環也。入我國朝，太祖以大聖人汛掃胡元之腥穢，成祖定鼎燕京，列聖丕承，文風翔洽，歷過於周，氣完於漢。當時作者，亦有可窺，耳目所經，未易更仆，今固未靡也。不知幾百千萬億年，而又一循環耳。吾恨不能選唐宋及我朝諸名家而廣之，何云可無選也？使後有羼提生，當續吾志於它日矣。兹不論，論所廣選之意，大抵《選》詳六朝，略周漢，而廣則否；《選》首詩賦，析文體，而廣則否；《選》侈華麗，薄醇樸，而廣則否。此余與昭明之異同也，世之留心學仕者，其以余爲知言也夫。萬曆戊午冬日，明職方氏羼提生平湖馬維銘撰並手書，時年六十三。（明萬曆刊《選廣文選》卷首）

刻昭明文選芟叙

（明）杜　詩

昔子瞻譏昭明以小兒强作解事，而後世能文之士，亦詆兩《赤壁》不值一錢，此其掎摭利病，相輕固然，曷足怪焉。不知子瞻之才，固雄視千秋，而昭明之《選》，亦藻掩群秀。子瞻如白地明光，不乏裁製，天然妙好；《文選》如列錦錯繡，巧極天工，爛然奪目。政使彼是矯易，亦不能相爲矣。況昭明既已略其蕪穢，集其清英，又豈容加以剪截、重之芟夷？昔人以秀才之半，尚能舉其爲嬴，而余以黯淺之識，輒思詘其全，不幾爲學人藏拙之地，廢作者蒐緝之勤也乎？而非然也。夫兒曹愚癡，向海若而嘆望洋，故寧短勿長，虞其多而久之也；寧近勿遠，虞其闊而迂之也；寧正勿諛，虞其習而安之也。此余謬爲選《選》意也。若注則更數倍於《選》，讀者目窮力倦，厭注亦並《選》不畢簡而罷，乃矯枉之過。遂欲盡抹煞注，是欲新學小生，舍重柟而渡玄津也，必不幾矣。於是芟其繁者令簡，芟其俗者令雅，芟其岨峿底滯者令疏暢而條達。背夏涉秋，字櫛句比，了然心眼，快讀易盡，用以存之家塾，非敢傳之同好。人有寶燕石者，以爲玉也，既發藏，則乃燕石也，見者掩口而笑。夫余之爲是舉也，應不免有識之掩口矣！庚申陽月，今上頒朔日，濟南杜詩題於武昌之風紀清署。（《國立中央圖書館善本序跋集録·集部總集類》録自明萬曆刊《昭明文選芟》）

文選芟題辭

（明）李維楨

文總集不始昭明，而《昭明文選》獨傳至今。唐作者有「熟精《文選》理」語，後遂有「《文選》爛，秀才半」之諺，其裨益綴文若是。今時舉子業汩没於訓詁括帖，飣餖宿腐，令人欲噦；而好奇者反之，置一切傳注，采西方貝典、稗官小説，以爲拔新領異，群然趨之。爲古文辭者，又好晚宋勝國卑調俚語，曰近自然，文喪甚矣！觀察杜公思起八代之衰，取昭明所選，汰其體之龐贅、注之蕪蔓，約而當，一覽而瞭然，要以資舉子業、古文辭兩家之用而已。昭明後，六臣之注，李善之辨惑，康國安之異義，蕭該、公孫羅輩之音，與《選》並傳者殊鮮。余所睹近代越陳奉常、吴張孝廉亦有纂輯，未若公之芟便習誦也。或曰，六經左國，老莊班馬，《選》所從出，何以存而不論？　孔孟有言，齊變至魯，魯變至道；逃墨歸楊，逃楊歸儒，有機存焉。公，齊魯産，是舉也，使屬文者溯流窮源，俟其自歸，俟其自至，得孔孟博文之誘，不發之引矣。大泌山人李維楨本寧甫譔。（《國立中央圖書館善本序跋集録・集部總集類》録自明萬曆刊《昭明文選芟》）

文選芟序

（明）賀逢聖

觀察使濟南杜公芟《文選》行于世，屬治聖一言首簡，余拜手受而讀之。《文選》也，而公芟也乎哉？　昭明氏羅百家、蒐七代，卷凡三十，説者猶以爲儉，矧兹芟又昭明氏千百之什一乎？　不佞謂是役也，方諸昭明，立見不啻真，成功不啻卓也，則奚以言之？　夫元始玄風，民淳世質，昭明氏固已心游而目想之矣。結繩之不能不書契也，時之變也，聖人所觀而察也；蕪穢之不容不清芬也，本之留也，聖人所化而成也。有如以月露之形，釀文囿氣格之卑；以風雲之態，導辭林篇翰之弱。行而不遠，狂瀾不柱，憂寧在文籍已哉！　昭明集衆見以取裁，而公出獨見以參伍。昭明可否于甲乙者，鏡藻審；而公筆削于居要者，披珍微也。公殆有愀然白賁之思耶？《記》有之：「虞夏之道，寡怨于民；殷周之道，不勝其敝。」夫殷周所由敝，質不勝文耳，況復濫觴姬漢，而沿波六朝，其靡敝可勝道哉！公芟兹選，語余曰，署中多暇，謬爲檢而梓之。夫公則何暇之有？公孜孜國家至計，講求利源，釐革弊竇，一矯末流因循玩愒之習，江漢南紀恃公緩急無恐，公文章孰大于是？在昔觀察六條制，先治心，心清浄則塵遊不雜，思不妄生，而見理明，民是以寧。其他敦教化、盡地利、擢賢良、恤獄訟，均賦役，直舉而措之耳。公所謂暇，余又因以窺公治心焉。公之先爲征南將軍。征南之謀國也，安不忘危，勤于講武，所爲繕甲簡鋭，智名勇功，映帶南土，至今《晉史》贊之曰「元凱」，文場稱爲「武庫」。公行且節度長城，分據要害，天時人事，策之蚤矣。勒碑紀勳，而後從容無事，取所芟注《文選》，與元凱《春秋解》，併垂廣遠不朽也。振長策而兼儒風，昭明氏不曰與日月俱懸乎？是在公矣！是在公矣！萬曆歲次庚申重九日，賜進士及第、翰林院編修、文林郎江夏通家治生賀逢聖頓首拜撰。（《國立中央圖書館善本序跋集録·集部總集類》録自明萬曆刊《昭明文選芟》）

文選芟序

（明）游士任

夫《昭明文選》，自是一家書，若騷賦，若牋表序記論贊等，比之於制義，若以爲水火之殊性，而宫商之殊調也者。杜先生秋日多暇，懷歐陽之夜讀，慕太傅之教兒，檢《文選》若干首而芟其注，乃問序於予，曰：此通於制義者，聊代兒輩作活計耳。兹言也，小儒鮮不詫焉，然先生政不爲小儒説法。若曰眼有所畛則眼不靈，手有所封則手不靈，若是者皆不足游於大方。且吾聞之矣，蘗多力行，讀書亦如是。試取古人刳心嘔血之所在，層層駁看，層層抽繹，恍然悟曰，此皮也，此肉也，此骨也，此神也。至於神，則得之筆墨之外，資深而左右逢源，信眼信手皆與靈湊，何制義之足言也！然則讀之唯恐其盡，而何以芟也？是又有説焉，予請以《選》與注分言之。夫《文選》之卷三十，起自卜夏，迄於漢梁，義味奧博，不可殫究，而孟利貞、卜長福復益之以若干卷，皆名曰「續」；卜隱之自著若干卷，則名曰「擬」。合擬續與本卷，已百有奇矣，狂簡士定不耐也。夫注，李善之卷六十，公孫羅稱是，五臣約善注而半之，而康國安又駁之，得《異義》若干卷，若僧道淹，若蔡中郎，又各若干卷，集之則幾二百卷矣，狂簡士又不耐也。因其不耐而繩之使耐，則趣不入；因其能耐而窮之使耐，則趣不餘。即使《文選》已爛，而靈機未湊，則何如縮之使約，留之使餘，令皮肉骨神之以漸次得，而制義已三昧也。辟之泛海然，之某地則用某針，偏用子午等十二針，而無所不之矣。《文選》亦義味之海也，隨吾所欲之而自認吾針焉，則通制義之説也。若志騷賦牋表序記論贊等，是意無不之，而十二針將偏用焉，則讀全《選》可，讀芟亦可；芟固單行而功倍矣。古鄂游士任。（《國立中央圖書館善本序跋集録・集部總集類》録自明萬曆刊《昭明文選芟》）

選賦識語

（明）凌森美

余見詞壇操觚，擬都麗嫺雅，動稱昭明選賦云。顧文繁意奥，句裂字綴，每爲呫嗶所苦。江夏郭明龍先生削以丹鉛，加之品騭，甕牖繩樞之子，亦得側弁而哦矣。先儒用修，當世博雅，著籍幾百種，或間有發明者，聊復綴之首，玉屑盈車，兼潤全璧耳。若句字獨李善詳確，五臣荒陋，識者所唾，力加校訂，實不敢誇。吴興凌氏鳳笙閣主人識。（《國立中央圖書館善本序跋集録·集部總集類》録自明萬曆吴興凌氏刊《選賦》）

輯諸名家合評選詩序

（明）凌濛初

嚴滄浪曰：「詩有别趣，非關理也。」乃杜少陵諭兒詩則曰：「熟精《文選》理。」昭明選詩，漢魏莽蒼，古道猶存，晉宋之交，聲多月露矣。少陵不云精其詞其音，而獨云理，少陵之所得於《選》者深乎！夫理者，格調、情文、頓接、開收，有道存焉。庖丁理解之理，非宋人理學之理也。李青蓮「青山欲銜半邊日」，杜少陸「四更山吐月」，皆卷中之自得之奇。而康樂「遠峰隱半規」實倡之。諸如此類，不可枚舉，豈非藍可出青，丹可化金，而熟其理之明驗哉！獨怪宋人談詩，凡即景詠物，無一不謂托諷君臣、治亂、賢佞，紛紛傅會，令人肌粟，然亦濫觴於休文、延年之訓《詠懷》。五臣襲而衍之，流至宋人，遂爲錮疾不可解，而詩道遂墮一大塵劫矣。言《選》詩者當按《選》於理，徵理於《選》，可以直指，可以微言，要之與滄浪之所謂趣，非一非二，勿誤認字義，作彼道見，以上負少陵也。上下如千年，言《選》詩者不一，大都印義詮微，互有證發，邇來郭太史明龍所操觚，高視闊步，得其大端。郭有顓本行世，而諸家之言僅散見於殘簡蝕帙中，無彙而輯之者。余感少陵語，沉湎濡首，雖固陋未及備蒐，一臠之嘗，竊有取焉。後之君子，以此尋繹揚扢，恍然如聆諸家之咳唾，而晤言一室也，其於所謂理，思過半矣。吴興凌濛初撰並書。（明天啓吴興凌氏刊《合評選詩》卷首）

文選鉤玄前序

（明）王宇

文章自東京至於八代，萎爾極矣。韓文公手持雲漢以扶天章，推其功比於禹，而雕蟲之技，世猶不改，故蕭統之書迄今盛行。《史記》注者絶少，而《文選》六臣之外，尚多有之。無錫華子文甫爲令昌化，余適在外臺，間以其所讀《文選》採擷英華，至於成編，名曰《文選鉤玄》，請題數語。余嘉華子之用心勤矣，所謂視之則錦繡，聽之則絲簧，味之則甘腴，佩之則芬芳，豈不美哉？韓公云纂言者必鉤其玄，其所謂玄則又有出於是者。夫選也，意豈玄之謂哉？余以是爲華子告，因題而歸之。浙江等處提刑按察司僉事慰臺王宇書。（明華文甫輯《文選鉤玄》卷首）

文選鉤玄前序

（明）翟景淳

昔梁蕭統之選文也，爲騷賦詩歌，以至爲銘，爲誄，爲連珠，爲述讚，其爲類凡三十有七，其目纖悉，其文浩瀚，後之學者，終歲鉛槧，雖至白首，猶不能備誦而悉記也，故往往爲詞人藻客之慨惜。今錫山華君西橋以英茂之材、博大之學，旁搜徧覽，乃摘《選》文之尤者，或有補於身心性情，或有關於世教治理，録爲括帖，命厥子紹芳校正之，既且入梓，遣使問序。昆湖子曰：懿哉，西橋之用心乎！粤自典謨以來，載籍宣昭，歷世誦習，固無容於去取。然自三墳或隱，九丘多支，降而至於《文選》，又爲繁博而不可紀，於是删繁就簡，斂其博而歸之約，譬之聯絡錦繡而焕然成章，播之儒林，譚及藝苑，君子未嘗不喜其言簡而事盡，詞約而義精。是集也，其有滋於學士之聞見者，不既富矣乎！善學者即其梗概，繹其玄微，則凡爲古今文者，一閲覽之餘而得其旨趣之妙矣，奚必觀百物而後識化工之神，聚衆材而後知作室之用也哉？余與華君有平生之素，其宏才邃學，知之諗矣，若兹編者，又見其精要而有益於後學者也。是不可以無序。賜進士及第、吏部右侍郎昆湖翟景淳拜書。（明華文甫輯《文選鉤玄》卷首）

文選鉤玄後序

（明）吴　遵

嗟乎，文之體要難言也。援右炤今，源委可知矣。自崇華飾詭之辭興，而斯文之體散，自競虚誇靡之風熾，而斯文之要荒。言辯而罔詮，訓繁而寡實，重爲學者病，以故博雅君子，惟文之體要是尚。杭昌邑侯華君西橋於六藝百家之文手不停披，有慨於文之浩博繁雜，讀之者每苦於馳騖涉獵，扞格齟齬，迺探索《文選》，自秦漢迄於齊梁，騷賦詩歌，詔册表啓，罔不徧閱無遺，選擇詞理典實、平正通達之語，手輯録之，謂之曰《文選鉤玄》。非畏博而徑約，厭多而就寡也。蓋有見於徒博之無益，孰與守其約者之爲得；貪多之無補，孰與執其寡者之爲精。宣明往範，垂示後學，俾今之學者不必歷覽群籍，而微詞奥義，昭然具舉，其有裨於進修之業者，豈淺淺哉？由是而觀君子之修詞，雖宏深博洽，兼總群言，然無當於修己經國之實者，自負曰選文之要，其去文益遠矣。此余於華君之選，深嘉其爲記事纂言者之要歸也，詎可以擇焉不精、語焉不詳目之乎？適華君攝政吾寧，故吾獲睹是集而序之。賜進士出身、太常寺少卿治生吴遵頓首拜書。（明華文甫輯《文選鉤玄》卷尾）

文選瀹注序

（清）錢謙益

唐人最重《文選》，有專門之學；六臣之注，皆經進御覽。李善於注家本末詳備，識者以謂裴松之、劉孝標之流。而五臣荒陋可咲，蘇子瞻極論之。近代爲纂注者不知持擇，踳駁雜見，學者往往習而不察，而《文選》之學荒矣。吴興閔赤如先生，高才閎覽，博極群籍，研覈于《文選》有年，遂爲《瀹注》一書。大都經李善、緯五臣，而又穿穴子史，蒐羅旁魄，裨益其所未備，删繁刈穢，撮要鉤玄，信學圃之津涉，文苑之鈐鍵也。《文選》撰集，斷自姬漢以下，時更七代，數逾千祀，清英翰藻，盡在于此，蓋所以雲仍六經，鼓吹百氏者也。杜子美之于詩，爲古今之總萃，必曰「熟精《文選》理」，又曰「續兒誦《文選》」，彼豈不能高論闊步、厭薄古人，如世之沾沾者乎？古之學者有原有本，先河而後海，其所從來，固如是也。近代俗學盛行，劉辰翁、李卓吾之書，家傳户誦，即《短長》《世説》，亦不復舉其全書，而况於《文選》乎？又况泝《文選》而上以之于六經三史乎？先生目睹其敝，重有憂焉，故以是書爲標的，精求訓故，以遺學者。薙文章之稂莠，箴末學之膏肓，其有功于斯文甚大。學者遜志于此，熟察先生之苦心，而古學之從來，可知已矣。或者謂李文饒言吾家不蓄《文選》，而蘇子瞻譏其小兒解事，用爲口實。不知文饒輕《文選》于會昌熟爛之時，子瞻譏《文選》于西崑靡曼之後，皆所謂應病而發藥也。使二公者生于今世，睹游談俗學之弊，必不更作此語。且夫儷華鬭葉，取青配白，自以爲學《文選》者，此不善學之過也，非《文選》之過也。長平之父書，陳濤斜之車戰，非書與車之罪也。先生自命其注曰「瀹」，瀹之爲言，有疏通、洗滌之義焉。杜之於《選》理曰「精」，先生之於《選》注曰「瀹」，其理一也。神而明之，擬議以成其變化，學者亦善取之而已矣。嘗觀唐史，李善受《文選》于同郡人曹憲，自崇賢、蘭臺謫居汴鄭之間，以講《文選》爲業，而其子邕，遂以文章擅名于世。今先生簪纓累世，俯首青氈，行且參預崇賢、蘭臺之選，而其後人亦必有如李北海者昌大其世業。他日修明史者，與有唐之李氏並傳，而虞山爲先生之汴鄭，牽連得書，亦與有榮施焉。是爲序。崇禎甲戌三月，虞鄉老民錢謙益謹序。（明天啓閔齊華刊《文選瀹注》卷首）

文選瀹注序代

（清）潘　耒

《文選》一書，昭明救文弊而作也。秦漢以降，作者如林，雖風會遷流，體制不一，莫不本之以質，宣之以文，温厚淳深，有典有則。江左稍尚華贍，下迨齊梁，駢麗之習成，聲病之學盛，取青媲白，鏤葉雕花，日趨於纖豔，而古初渾樸之意盡失。昭明有憂之，於是芟次七代，薈萃群言，擇其文之尤典雅者，勒爲一書，用以切劘時趨，標指先正，譬猶陳鼎彝於綺席之間，奏鐘吕於繁音之會也。跡其所録，高文典册十之七，清辭秀句十之五；纖靡之篇十不得一，以故班張、潘陸、顔謝之文班班在列，而當時有名文士若王筠、柳惲、吴均、何遜之流，概從刊落。崇雅黜靡，昭然可見。世人不察，類以《文選》爲六朝駢麗之書，真耳食之論矣。昔人爲學，有本有源，《文選》者，藝林之根柢，詞門之閫閾。唐人服習此書，不啻高曾規矩，即退之、子厚卓然以古文自名者，其初亦熟精《選》理。自宋以後，此學遂衰。今之爲古文者，既侈言《左》《史》、韓歐，薄《選》體爲不足觀。而爲詞賦之學者，亦徒知拾徐庾之糟粕，效温李之顰笑，求其淵源漢魏，含吐風騷者，概乎未有聞焉。空疏淺陋之弊，於何救之？亦救之以昭明之書而已。《文選》注存於今者，李善、五臣各自名家，大抵援引奥博，卷帙繁多，倍於本書。明張鳳翼氏始删繁就約，爲《纂注》一書，盛行於代，顧其間採擇未精，踳駁不少。吴興閔赤如先生精於《選》學，復爲《瀹注》一書，綜括六臣，疏證伯起，名物意義，詮釋無遺，簡而明，曲而該，諸家莫之能尚。歲久鏤板散缺，其後人持以見歸，因爲訂譌補闕，重加剞劂，使爲完書。夫《選》學之久荒，由其書多深文奥義，學者不能驟通，注家又多鉤章棘句，讀不可了，使學者畏難苦勞，漸致蕪廢。今《瀹注》之爲書，提綱挈領，疏滯析疑，具有條理，使讀者豁然心開，有導窾之樂，無望洋之苦。方今聖主右文，一時鴻生魁儒皆在金馬石渠之列，《選》學復興，將在於兹。學者誠能因《瀹注》以精《文選》，因《文選》以見古人制作之源流，庶幾文章爾雅，訓詞敦厚，於以發揮皇猷，潤色鴻業，彬彬質有其文，此書不爲無助，纂言者盡心焉可也。（《遂初堂集》文集卷六）

選詩選跋

（清）魏裔介

《選詩選》者何？選昭明太子之《選》詩也。詩以言志，兼才與情，與其才勝於情也，寧情勝於才。《詩》三百篇，皆以情勝者也。情而要之於性，故纏綿肫摯之什，無不與五倫相關，即降及鄭衛，風斯下矣，而懲惡勸善，猶足引人於勝地焉。兩漢詩極近古，乃《選》中寥寥，僅及蘇李贈答及《古詩十九首》等作，未免遺珠之恨。曹氏父子，以縱横激發之才，横槊馬上，慷慨興歌，非仲宣、公幹諸人所能方駕。晉宋之際，騖華忘實，開綺靡陋習之濫觴，而左、陸、三謝與鮑、顏諸人，駘蕩俊腴，華不掩質，亦各有可觀者。若乃優柔温厚，曠識逸懷，淵明當爲獨步。餘子瑣瑣，人或一二篇，篇或一二句，雖一臠足快，恐全豹未盡窺也。此其《選》詩之梗概乎！余先君拙庵幼讀《選》詩，晚年始加澄汰，去取精嚴，列於四家之首。不肖省垣之暇，再四較閲，因付之梓。蓋將使讀詩者，因晉宋以遡漢魏，因漢魏以遡《三百篇》。攝才歸情，攝情歸性，以相引於勝地，而不眩於綺靡之習，是謂爲《選》詩别開生面，由此以登堂入室，詎不易哉！（《兼濟堂文集》卷一五）

六朝選詩定論緣起節録

（清）吴淇

《六朝選詩定論》者，論《文選》中之詩也。《選序》曰「世更七代」，並梁而八。今節去袁周亡秦，斷自炎漢及蕭梁爲六朝者，明所論者專主漢道。上以别乎王迹，下以别乎唐制也。然不曰「詩選」，而謂之《選》詩者，謂是詩也，昭明業有定選，余不過從而論之，所以尊《選》也。《選》乃繼删定之義而起者也。孔子於「六經」，《禮》《樂》無傳文，《易象》有贊，《春秋》有筆有削，初非去取其文。至於《書》有百餘，存者未半，《詩》凡三千，删者十九，即《選序》所云「芟其蕪穢，集其菁英」者。則孔子固自有斯文來一大選手也。孔子既没，作者漸寡，至漢而復振，當梁而益繁。此昭明所以取删定以還千百餘年之文，裒而集之，較之删定，雖不可及，然亦藝府之彀率，藻林之規繩。後之選者，率不能過焉。但孔子之删，文與詩分，昭明之《選》，詩與文合。余兹於文之中，獨取其詩而論之，毋乃與《選》相抵牾乎？不知余之專論詩者，蓋尊經也。孔門序經曰「詩書執禮」，又曰「興於詩，立於禮，成於樂」，是「六經」以《詩》爲稱首矣。《文選》序詩，反在賦與騷之後者，尊《三百篇》也。賦爲詩之流，騷爲詩之變，而漢以後五七言詩，亦古詩之流變。故《選序》：「詩有六義，一曰風，二曰賦，三曰比，四曰興，五曰雅，六曰頌。」此一段是爲序騷賦張本。又，「詩者，志之所之也，情動於中而形於言。《關雎》《麟趾》，正始之道著；《桑間》《濮上》，亡國之音表。故《風》《雅》之道，燦然可觀」。此一段專爲序詩張本。故其序騷賦又曰：「今之作者，異乎古昔。」其序詩又曰：「炎漢以來，其塗漸異。」以明《選》詩爲《三百篇》之流變，而非騷賦之流變也。雖然，古詩之變，運會使然。然變不遽變，必有爲之漸者。《選》詩去《三百篇》千有餘年，中間承前開後，騷賦之功不可没也。《三百篇》與《選》詩兩會，譬如巴巫之峽屹然對峙，其中定有江水洶湧、怒氣天崩、聲摧地折，極詭怪之奇觀，而後兩峽之氣始接，而勢益壯，則騷之襟會乎兩會者亦若是而已。故古人作騷賦而不得《三百篇》之意，竟不成其爲騷賦；作《選》詩者不得騷賦之意，竟亦不成其爲《選》詩也。杜甫曰「遞相祖述復先誰」，蓋莫先於《三百篇》矣。故《三百篇》不特爲騷賦、《選》詩一切有韻之文之總持，即一切無韻之文，亦莫不以爲總持焉。嘗讀晉史，或問鳩摩羅什以西域文法，對曰：「彼中無無韻之文。」又李鄴侯聞梵而識僧人之造詣，則知有韻之文，古今所重，雖出婦人女子之口，而詔教誥令，不得駕其上矣。故《選》文之體凡若干，而序獨原本於《詩》之六義者，尊《三百篇》也。況《選》詩之體，六義全完，直紹風雅之統系者乎。此《選》所以詩與文合編。而余獨摘其詩論之，蓋有不得已者，敢云管見即天、蠡測即海哉！而乃僭稱「定論」，何也？學者非篤信無以善道，非尚論無以晰理。蓋道惟一是，非聖人之書莫傳，故必信而後論；理本萬殊，即不至聖人之書亦存，但當論而後信。即如詩有《三百篇》，有六朝《選》詩，有唐詩。唐詩有作家無選家，未經論定，姑未置論。而《三百篇》與《選》詩俱經論定者。《三百篇》聖人所論定，是當信而後論者，何也？《三百篇》以道爲主，而文與理附焉。即本序所謂「孝敬之準式，人倫之師友」，所貴因其文以披論其理，其理愈明，其道愈顯也。若六朝《選》詩，固蕭氏所論定，未經聖人，是當論而後信者，何也？《選》詩以文爲主，而理與道寓焉，是必本道爲法，究尋其文理，其理既明，於道斯合也。惟《三百篇》爲信而後論，故古人論者最多，漢之注疏，宋之訓詁，其闡發可謂無餘藴矣。惟《選》詩爲論而後信，故論者最少，蓋謂此特文士之筆鋒，聖道弗存，無庸留心，豈知聖人之道未墜，賢者識大，不賢者識小，但學者不克細心尋究，遂令此理中絶耳。即彼《三百篇》，半出於婦人女子，非盡聖賢之言。《選》詩歷六朝千有餘年，類出士大夫之手，皆當世所謂賢豪間者，反無一語可取耶？設此詩出於孔子之前，豈盡删去哉？孔子不能盡删，何得不論？但論必有其法，苟無其法，如無權之衡，無度之度，以奚稱量哉？然則如何？亦以論《三百篇》論之而已。孔子删《三百篇》，僅存其文耳，而其論斷之文，見於四子之書，亦有散見於諸經者。余特取爲論《選》詩之權衡，庶不至於聖人之指有差謬云爾。（《六朝選詩定論》卷一）

選詩定論序

（清）周亮工

自有聲詩以來，上下數千年，難以統紀。而昭明有《選》詩之目，世尚紛綸，風雅異轍，才智之士各趨其一，以爲質的。《選》詩之體遂與蘇李、顔謝、建安、開元以及李杜、錢劉、元白諸體争道分馳，而譏呵之言至謂如「齊梁小兒」，或極爲推崇，宜熟精其理。兩義交衡，迄無定旨。然要之網羅數代，折衷雅則，其於詩道，殫悉能事，蓋有不可没者。觀有唐一代，輩起傑出，啓變化於無方，得之《選》詩者固十之六七也。乃世之論者詳於唐而略於《選》，溺流而忘源，夫豈説詩之正則哉！惟余鄉伯其吴先生雅能會其全，因推論往昔，溯虞夏以迄元明，條爲三際，而以自漢迄梁昭明所選爲中際，適與前際、後際相爲流通，如龍門之有譜牒，涑水之有編年。其説深爲有據，燦哉備矣。乃尤於《選》詩獨加詳説。蓋以三代尚矣，《商頌》《周雅》《關雎》以下，删定出之孔子，復經漢宋諸儒之闡繹，則亦可以止矣。而繼三百之微文，顧不能揚扢風旨，以砥流極之趨，夫非事之闕如者乎？因爲揭其旨要，領其菁英，條分縷析，使聲與情偕適，辭與事俱安。自非通敏博綜，心知其意，亦烏見臻斯至精者。後世知宗趣三唐，而不知唐音全盛，固已隱隱隆隆於《選》詩中，無所復遺。蓋自伯其之論出而始彰，伯其之功不可誣也。夫學《選》體得真唐，學唐音其流將至不可挽，故學唐而規規於唐，與不必規規於唐而從《選》體入者，其功則有間矣。此伯其論詩之旨也。吾觀伯其自爲詩，標新領異，峻拔千尋，粤中諸吟，傳誦滿藝苑，非其得力於《選》詩者有甚深歟？吾鄉詩風，自高蘇門後，有張林宗、王半庵、阮太沖、秦京諸先生後先倡道。予嘗梓天中四君子之詩，告之當世。近流榛蕪，雅風澌敝，得伯其力爲推挽，何患風微之不大振？由是言之，伯其定論之功，豈獨闡揚昔賢而已哉！康熙己酉春仲，里中同學周亮工頓首撰於賴古堂。（《六朝選詩定論》卷首）

選詩定論序

（清）吴偉業

凡詩之作，本於人心。感於物而動，故形於聲，所謂長言之不足而詠歌之，詠歌之不足而嗟嘆之。比之而爲詩，和之而爲樂，其致一也。國風、雅頌爲詩之所自始。漢魏而下，體凡數變，要以因枝振葉，沿波討源，皆無失乎風人之意焉。是故束晳之《補亡》《南陔》《白華》之遺意也；蘇李之贈答，《撵兮》《蔓草》之餘韻也。樂遊曲水，《卷阿》《魚藻》之所以鳴豫也；《七哀》《四愁》，《小旻》《正月》之所以興悲也。爲之考其源流，通其條貫，則夫盛衰升降之故可知已矣。詩之有《選》，昉自昭明。觀其各體互興，分鑣並趨，騰雅詠於圭陰，煽風流於江左，斯亦前賢之筆海，而才人之奥區也。吾宗冉渠，豐才博藝，少舉進士，負盛名，所爲古文詩歌，縱横馳騁，與古人相上下。著爲《選詩定論》一書，自《詩》三百篇以及漢魏樂府、蘇李五言、晉宋齊梁諸體，同源異派，脈絡相承，皆能講求貫穿；又旁搜史事，論其時世以考據之。泛濫廣博，勒成大集。其持論精核，凡當世言詩之家，無以易其説也。吾聞諸《虞書》曰：「詩言志，歌詠言，聲依詠，律和聲。」故詩之爲道與樂通者也。而後之説者，以六律爲萬事根本，推之造曆之法，以律起曆，其數皆出於黄鐘之宫。是故知詩則可以知樂矣，知樂則可以知曆矣。冉渠精於藝學、天文、度數，燦若指掌，九章算術，得其精微，又因黄鐘葭灰以曉樂律，分刌比度不失累黍，其人固劉向、張衡之流也，又豈徒以唱

酬吟詠與黄初、建安諸人較短長、競聲病而已哉！康熙九年歲次庚戌中秋，年家治宗弟偉業頓首拜撰。（《六朝選詩定論》卷首）

選詩定論序

（清）何　絜

生千載之下，以論千載之上，論史易，而論詩難。詩託物比興，非若史因事直筆，辭義坦白，是非昭然可睹，使不知其人，無以爲論也。知人矣，不知其時與事，無以爲論也。知時與事矣，其所因寓造端，繁彌遠引，不知本何人，類何時何事，載籍浩博，茫乎無垠，猶無以爲論也。且斷之無識，敷之無文，旨之不軌于道，從而論之，論之必不可以定，不可以定者，必不可以傳，故曰論史易，而論詩難也。余嘗持此説以語言詩者，而睢州吴公進余言曰：「無難也。何無難也？以論《三百篇》者論之也，論《三百篇》者，統之史，參之經，翼之諸子，如是焉爾，夫何難？」因出所著《選詩定論》示余。余數捧誦焉，復持以語言詩者曰：噫，至矣，豈不難哉！昔孔子刪詩，懲感萬世人心，其後申培、轅固、韓嬰爲之標其名，韋賢、匡衡、王吉爲之專其盛，而毛萇、鄭玄爲之訓詁、箋注，以疏其義。分鑣異軌，各擅一家，歷千餘歲有考亭朱子者，出以集其成言。《關雎》也，取匡衡言；《桑中》也，取《樂記》；笙詩有聲無辭，言《白華》諸什也，取《儀禮》，「何以恤我」取《左氏傳》，「陟降庭止」取《漢書》注；言《黄鳥》也，取吕東萊；言《黍離》也，取劉元城；《定之方中》

《彤弓》《湛露》取《春秋》爲言；「賓之初筵」，飲酒悔過也，取《韓詩序》爲言；或取之《國語》，取之《戰國策》《楚辭》太史公以爲言。其閎義淵旨，弸中彪外，遂以黜諸家，獨尊千載之上。今公所論者，昭明所選漢魏迄齊梁六十七人之詩也，人各著小論贊，凡生歿顯晦，爵系材行，靡不詳列，而美刺寓焉。有緣起，有統論，有總論，有詩際表，有年表，詩人源流表，而古歌、騷賦、古辭之自來，古詩、律詩及詩餘、南北詞曲之遞變源流，絶續代際間，悉支分派别之。且夫公所論者，集李善以下諸人之論而取之六經，取之二十一史，取之天官、地理、樂律、釋老二氏、諸子百家之書，皆以之參訂其論。讀之者，凡日月星辰之次舍，山川道途之險易遠近，五聲八音之清濁高下，陰陽順逆水火龍虎之變化生成，咸得因端竟委，由此以考究。而況含英咀華，其文之高渾雄辨，又在周秦之際哉。懸此書于天下，不惟李善以下諸人之論可廢，而公所論者，既足方軌考亭，則此四百五十篇之選，且將得與《三百篇》同類而並觀之也。傳之千萬世，其奚從而易之！（《晴江閣集》卷一八）

選詩序

（清）顧大申

自夫子删《詩》後綦千年，詩之流傳於天下者，由漢而魏晉而六朝，不知其幾千萬也。梁昭明講德青宫，劉孝綽、徐勉、周捨、王筠之徒，並抽歇翰苑，折衷藝圃，編成《文選》，詩居其半。後先有作，接武步趨，罕加尚焉。顧作者匠心獨運，選者集衆就程。名裘非一狐之良，大廈非一木所植，材有工拙，故取有精觕。余嘗論之，漢高《鴻鵠》亦具悲歌，孝武《秋風》自兼《騷》豔，以迄《塞曲》言情，《白頭》托詠，皆擅譽詞林，雅推絶唱，而網羅所及，概置芟夷。若漢之《郊祀樂歌》，琬琰殊倫；《鐃歌》諸曲，奇傑罕到；《上山採蘼蕪》，古詩本有四章；《橘柚垂華實》，五言亦存三首；王粲《七哀》本三篇，而節其一；阮籍《詠懷》八十二，而傳十七；士衡減樂府之三，景純逸《游仙》之半。自非目並賈胡，鑒窮造父，則懸黎、結緑不勝收，而牝牡、驪黄不勝駕矣。由斯以求，非惟規模翰藻盡於斯編，抑亦學士反約之一助也。故次《楚詞》而及之。華亭顧大申撰。（《詩原》三集《選詩鈔》卷首）

選賦序

（清）顧大申

古者列國大夫相見，必賦詩以見志。故登高能賦，遇物知名，蓋重其選。如審聲焉，足以知治忽而辯微芒，爲可以與圖政事也。王澤既衰，聘問之禮廢，而賢人失志，憂思感憤，往往托之於賦。寫狀禽魚，原本卉木，上窮雲蜺、龍鸞之奇，旁及神仙荒忽之事，良以托諷於微，文隱而情不傷，庶幾古詩之遺焉。自宋玉、唐勒、枚乘、相如、楊雄之流，倡爲侈麗閎衍之辭，而詩人諷諭之義以没。然《子虚》《上林》稱述仁義，《長楊》《羽獵》根柢節儉，雖曰夸靡，猶賢乎已。嗣是以降，體裁各殊：語都邑則孟堅振其鑣，述行役則叔皮導其軌；紀游涉則《登樓》愴其悲吟，稱宫館則《靈光》

揚其娓嫿；若《江》《海》之經思地紀，《雪》《月》之繪貌天章，《鸚鵡》《鵁鶄》，微蟲志感，《閑志》《嘆逝》，觸緒掄情；下逮《長笛》《洞簫》《嘯》《舞》之細。莫不闡幽晰故，諧徵中商。比興之道雖渝，而巨麗之觀自得。所謂辭人之賦麗以淫，要亦後學之齊糧也。子雲有言，能讀千賦則善爲之，於詩何遂非然哉？故集《選賦》第四。華亭顧大申撰。（《詩原》四集《選賦鈔》卷首）

選詩類抄序

（清）姜宸英

梁昭明太子選詩自荆軻下合六十五人，分其體爲二十三部，余嫌其未足以著時代之升降，究作者之歸趣也。去年十一月自京師道汝寧，客邸多暇，因取更編輯之，以人系代，以詩系人，稍芟汰者十之二。日呵凍書之，僅一月發汝，抵廣陵，録成卷，共得百十三紙，略疏其人世，次爵里於其名之下，而不見余抄者七人焉。余惡夫今之爲詩者，剽掇其景響形似，塵土猥雜，而號之爲《選》體，故於今之爲《選》詩者無取焉。然而唐三百年之人之詩，其不本於《選》詩者蓋寡矣。唐人雖發源於《選》，及其既成名家，則較然自爲唐人之詩，此學《選》者之所以可貴也。余之爲是集也，非欲取天下之詩而必之《選》體，欲人之學爲唐人之詩而已。求工於唐人之詩者，必務知其所本，則舍是奚取哉？余又欲稍葺自梁天監以後，合陳、隋、北朝作者，拾其遺事，共爲一集，博采諸家之論詩者以附焉，而未暇也，因識其意於卷端。時甲寅正月己丑書於廣陵寓齋。（《湛園未定稿》卷二）

梁昭明文選越裁序

（清）洪若皋

自史皇氏受靈龜之瑞，始創文字，群言輩出。墳典索丘之書，左史倚相之所讀也；虞夏商周之文，延陵季子之所考也。載籍極博，古未聞有删之者，而删詩書自吾夫子始。若乃曹曾石倉，平子秘府，王氏青箱，茂先書乘，匪特亡書識三篋之文，落簡辨兩行之字，其間下帷司籍、映雪忘漂、編蒲緝柳之倫，博稽嗜古者，代不可勝紀，亦未聞有集古文而爲選者，而文選自梁昭明太子始。蓋《文選》一書，昭明當日合劉、庾、徐、江、孔、惠、王、鮑輩，共成斯集，耳目既廣，蒐輯最詳。上自周秦兩漢，下至三國六朝，經祀逾千，歷卷盈萬，繙閲多而取精遠，規模大而標舉奇。代無遠邇，人以文分，文無後先，辭以類聚。詔册令教，表奏記牋，騷賦詩歌，策論贊頌，篇辭引序，符檄誓書，碑碣箴銘，弔誄誌狀，有美必收，無體不備。傾群言之瀝液，漱百氏之芳潤，誠文章之師資，藝林之淵藪也。獵藍田者獲琳琅之寶，採童山者乏楩杞之材。是以唐人寢食之而詞壯，宋人兒戲之而文弱，理固然耳。但《二京》《三都》，踵事增華；《羽獵》《長楊》，變本加厲。《景福》《靈光》，榱題悉形虎豹；《笙》《簫》《琴》《笛》，桐竹預應禽魚。《鸚鵡》《鷦鷯》，情符戢羽；《洛神》《巫女》，志同行雲。《七啓》《七命》，何殊吴客；《解嘲》《答難》，復有班賓。效顰雲附，學步雷同，一卷之中，影從響應，一篇之内，巘疊波層。蕪音既厭於注目，累句更苦於聱牙。白璧不能無瑕，黄純何必斷類。余也探幽索隱，服習有年，略穢集英，志焉未逮。今歲罹閩寇之變，避地越城，家園丘墟，室廬傾蕩，倚仲宣之樓，蘸虞卿之硯，貿坊林之古本，考殿最於寒檠。句櫛字比，相盡形窮。篇什素上成童之口，爰用驅除；詞章悉落老生之談，竟爲芟削。篇有意同而名異，則録其一而棄其餘；文有理短而詞長，則節其繁而存其要。義深雖艱澀餖飣而亦取，情背即雕章繪采而必遺。務期璞開玉露，沙汰金呈，脈絡融通，首尾條貫，庶使讀者有挹河取燧之樂，無望洋坐霧之憂。非敢曰唐突古人也，聊以行吾夫子之志云爾。至於詩，昭明原華實兼收，體格不一，謂《選》體專尚俳麗，非知昭明者也。昔人云，讀《文選》詩分三節，東京以上主情，建安以下主意，三謝以下主辭，非無據也。茲則務在删繁，不嫌就寡，若樂府、郊廟、燕射之什，各有統屬，僅録延年登歌二篇，固屬殘缺。至鼓吹、相和、清商雜曲，自漢迄梁，佳製名篇，纍難勝紀，《選》中寥寥數首，更屬簡陋，茲則概爲陶汰，雖孟德、明遠，亦所不免，凡不敢貪其一斑，漏其全錦耳。且余另有《樂府源流彙編》，茲又在可略。其注始則有唐六臣李善、吕延濟、劉良、張銑、李周翰、吕向爲之詮釋，近經吴門張伯起加以删定，然縟雜雖鋤，訛舛未訂：平子《東京》之賦，金虎錯認戰國之兵；孔璋江南之檄，齋斧指爲齊民之鉞；靈均《九歌》，思君、思公子，以君爲湘君，以公子爲夫人；相如《長門》，朝往而暮來，以我爲武帝，以人爲陳后。其餘背謬支離，諸如此類者，不可殫述。茲較之情理，考以典故，並爲釐正，不遺罅隙。雖窮搜研究，不無苦心，而指迷抉奥，尤資明目。其篇次悉遵昭明原編，不敢執先騷後賦之説，少有更置。書成，彙爲十有一卷，命之曰《梁昭明文選越裁》，志始也。裁者何？志删也。越者何？志地也，亦志僭也。時康熙歲次甲寅臘月，天台洪若皋虞鄰氏題於會稽旅舍。（《梁昭明文選越裁》卷首）

文選彙注疏解序

（清）鄭　重

梁昭明太子輯周秦漢晉七代之文爲《文選》三十卷，傳於學者久矣。其文自賦頌詩騷以逮帝王之制册令教，臣庶之表奏牋啓，記序贊説，碑銘哀誄，諸體備具。梁陳而後，學士專家傳習，當時有《文選》之學，音釋訓詁與六經三史等。唐李善受業於鄉人曹憲，因爲之注。善博綜經史，於諸子百家靡不周覽，其注是書最爲精贍。後工部侍郎吕延祚又集吕延濟、劉良、張銑、吕向、李周翰之注爲一書，開元中進於朝，世謂之五臣注。二書互有短長，然善之注視五臣爲優，東坡亦謂五臣荒陋，固定論也。迄明張鳳翼有《纂注評林》，閔齊伋有《淪注》，並爲世所稱，然雖分章按節，但意義未盡融貫，猶夫前人之見也。夫文至《選》體，閎博奥衍，類非儉腹可辦，亦非儉腹能讀，訓釋未詳，字義未徹，讀者固有所窒而難通。徒字爲之訓，句爲之析，而無以闡明其旨，學者亦將鬱而不暢，授簡之士所以往往有二者之憾也。松陵適園顧子熟精《選》理有年，因取善及五臣注義之長者，章分句斷，經之緯之，疏辭明悉二家，未當者則旁引他書以歸於是，名曰「彙注」。又因其行文段落自爲起止者通解其義，使全篇一節之脈絡貫通，不使有隔截難曉之處，名曰「疏解」，是誠汲古之長綆，而問學之津梁也。予公餘之暇，讀一二通，喜其持擇精而舉義合，備衆家之美，思公諸世，猶恐或有遺義，復與二三友人取諸書，重加參訂，複者去之，蕪者删之，缺者補之，音之未當者正之，研覈盡善，名曰《文選六臣彙注疏解》，仍六十卷，將欲盡付梨棗，而全帙頗多，因念是書賦爲首類，又居十之三，如《三都》《兩京》，《長楊》《羽獵》，宫殿江海，卉木禽魚，緣情體物，典章制度，實繁且夥，適園鉤索精微，解義明晰，尤爲學者最切要，不可不亟覽者，因先舉以屬梓，其他詩騷雜文，方圖嗣舉，以成合璧。嗟乎，《選》學之廢，自唐迄今，已將千年，有適園是書出，舊學復行，於以羽翼經史，鼓吹百家，其爲裨益，良非淺鮮。況今聖皇御宇，崇文重道，淵雲司馬之才，方有待於後起，俾人得是書而研究之，將見家握靈蛇，人吐白鳳，以佐我聖代休明之治，即上躋姬劉之盛，復觀彬雅之風，不難矣。豈徒配青儷白，繁麗穠蔚之流所可語哉！因樂爲抽毫序之。時康熙丙寅陽月之吉，建安鄭重題於長安邸舍。（《昭明文選六臣彙注疏解》卷首）

文選六臣彙注疏解序

（清）倪　燦

注書之難，錢虞山常言之矣，云李善注王簡栖《頭陀寺碑》，「三藏十二部，如瓶瀉水」，又注孫興公《天台賦》「消一無於三幡」句，雖老僧宿學，亦所未詳，今人飣餖掇拾，曾足當其九牛一毛乎！

故《文選》之學，一淆於五臣，再晦於後代，諸儒之纂輯，剽義竄辭，支離覆逆，交跖旁午，注愈繁而意愈晦。此建安鄭先生彙注疏解之所由作也。先生之爲是書也，經始於顧子適園，復與二三同志詳加删定，每一篇成，手自勘讎，朱黄鉤貫，上自年經月緯，下至音義章句，悉通以訓故，薈萃諸家，穿窒礙，定紕繆，絲分縷晰，期於一見朗然而止。而其爲疏解也，分行文之段落，具辭旨之抑揚，使作者之心思與讀者相爲酬答，其用心可謂勤矣。嗚呼，考古者後之視今，亦猶今之視昔。博洽之士必學識才三者兼而有之，而識尤重。蔡中郎以反舌爲蝦蟆，《淮南子》以蛩爲蟻蠓，高誘以乾鵲爲蟋蟀，文人誤繆，自古已然。是故無恙，蟲也；孟浪，草也。三户亡秦，三户，城也；千里蓴羹，千里，湖也。破鏡飛上天，破鏡，獸也；寒砧木葉，木葉亦城也。徐夫人，男子也；許負，老嫗也。八日青精，制火於食也；五日競渡，制火於水也：介子推、屈平之説盡無稽也。由此推之，承訛滯故，沿襲奚爲？昔李善有《文選辨誤》十卷，見《藝文志》，今惜不傳。先生此篇，取諸家注，擇其善者爲之，剟其瑕礫，搴其蕭稂，閲一載而後成書，豈徒爲末學之津梁，抑且補江都之未備。又以卷帙浩繁，先梓諸賦行世，而問序及予。予謹識其梗概如此。康熙二十六年，歲次丁卯春正月，眷弟倪燦闇公頓首序。（《昭明文選六臣彙注疏解》卷首）

新刊文選後注序節選

（清）張緝宗

今天子好古右文，崇儒重道，以古今之文不僅科目制藝可以得人，於己未之春既設博學宏詞之科，擢居詞苑，以副史局，而第詞臣優絀，時以詩賦考較軼材。於是天下嚮風藝林，有志之士罔不嗜古學、敦詩文，以成一代之盛，而《文選》一書，復家弦户誦於天下。第其文去古未遠，字多不甚經見，而句讀且不可以臆測，非賴前人訓注，雖有班、馬之才，恐不能强爲之説也。幸有六臣標注於前，復有張伯起先生纂注於後，殆已繁稱博引者有人，斟字酌句者有人，一展卷而前人詞意粲若列眉，朗同清漢，不致讀者望洋而嘆，莫知涯涘已。然舊本率字釋句解，分段畫截，於前人文氣又未免有傷，則讀者得其義而又難繹其致，雖在佳篇，苦爲餖飣所掩，此雖張衡閣筆十年，左思練思一紀，終未能得其旨趣也。故是集于每篇則首列全文，而注解則統附于後，且並續選命梓，以廣見聞，庶後人既識文義，又知考訂，其於前人之廣注、纂注應爲功臣。使人挾一帙，置案頭，學問既博，自然吐詞益富，於以鼓吹休明，助國家人文化成之治，未必非詞壇之小補也。余顧而樂之，因漫筆以弁于其首。時康熙戊辰冬十有一月中浣，崑山相里張緝宗孝緒氏題。（清康熙刊《新刊文選後集》卷首）

文選詩抄序

（清）俞　楷

吴子曦洲，西泠才子，向與角藝金臺，予心折之，以爲畏友也。乃其自視愈欿然以下。京師塵坱蔽天，望門投刺、奔走公卿者，百千餘輩，而吴子獨至柳湖水平岍修執摯之禮于予，斯已奇矣！迨書局竣事，予方南邁，而吴子亦載紅蓮幕返於南，復寓書于予，以道不加修，學未稍進爲恧。既大司空徐公延爲召亭世兄論文師，復選《應制》《唐詩》等書，主壇坫於苕霅之間。近又較閲《文選》詩付梓，不遠數百里，丐予訂正，且爲之序。吴子之請何下而恭耶！抑有取於予之所學有與之同者，故殷殷來問耶。予昔教予弟大夔作詩，曾爲選《選》詩，俾爲讀本。繼與子壻、湘芷論詩羅浮之巔，又爲續《選》詩，評其大要，以《選》詩爲唐詩之祖，舉工部熟精《選》理爲詩之鵠，予弟曾刻之書局，其同館諸公頗以爲式。予今尋繹吴子所刻《文選》之詩，極整而麗，雖太白以爲建安來綺靡不足珍，然觀魏武之雄渾，魏文之美秀，他如《古詩十九首》，蘇李《録别》，阮籍《詠懷》，以及於陶謝之作，其性情，其辭氣，皆可直接三百篇，以附於其後，誰曰非宜？而今之論詩者，莫不宗唐，乃取其近體之聲調可聽者，而讀之學之，問以漢魏之樂府古詩，而茫然不知。昔人非秦漢以上之書不讀，而詩獨奈何取漢魏以下者乎！嗟乎，吴子所以有《文選》詩之刻也。《昭明文選》全書體備而類分，而賦與詩文種種不一，閲者每苦其煩，今吴子專刻其詩以行世，苟熟精乎此，取精多，用物弘，由漢魏而法三唐，以繼風雅，斯真爲昭明之功臣，工部之肖子。而吾二人者，誠先後有同心也夫。予故樂而爲之序。康熙己亥暢月朔，吴陵眷友弟俞楷正夫書於澄江旅次。（清康熙刊《文選詩抄》卷首）

文選課虚序

（清）杭世駿

文章之用，虚實二者而已。餖飣典故，襞積舊聞，猶襲公家之言，虚則一心所獨運也。屈宋暴興，馬揚代嬗，相如作《凡將篇》，子雲撰《蒼頡》《訓纂》，諧聲會意，細入毫髮。故能巧搆形似之言，深探窈冥之域，沉博絶麗，横絶百代。六朝而後，惟杜子美能抉其精。逮至場屋以律賦程材，頹波莫挽，而斯道亡矣。宋人精《選》理者，向推蘇太簡、劉貢父，二書采摭過多，少所持擇，似童蒙之告，非賦家之心也。天台王若以五聲編類《選》字，而其書久不傳。余慚起家辭賦，學術單疏，獺祭徒勤，疥駝終誚。夫一字瓻杌，則當句見疵，一言鉏鋙，則全篇不振。斯編之作，意主於疏瀹性源，擺脱凡想，諗夫操奇觚者有因物造端之妙用，而或以《雙字》《類林》之例相儗，則傎矣。（《文選課虚》卷首）

評文選書後三則

（清）汪由敦

予臨此書始於夏四月望，今以七月望後三日卒業，幸侍清嚴，得優游典籍，實詞臣之嘉遇，爰

恭紀歲月以誌聖恩。其一

西苑直廬距寓次至近，率以日出後入直，閲此書則當辰巳之間，未嘗踰午，中間惟長至致齋，暫輟數日，餘未爲他事所奪，故得了此。予初入館閲《三國志》時，反不能如此專一，乃知人事酬酢，最足妨功，而業舉子者，乃日以應酬爲事，無惑乎業之日荒也。同日又記。其二

此毛氏初刻，後康熙丙寅錢士謐重校，已改補譌字，如《七發》脱簡及《雪賦》空行，皆已補正，而何校尚刊改如此其多，固知校書大是難事。其三（以上《松泉集》文集卷一五）

文選音義自叙

（清）余蕭客

《文選》自陳隋後，注則有公孫羅、李善、李邕、吕延濟、劉良、吕向、張銑、李周翰，音則有蕭該、許淹，音義則有公孫羅、僧道淹、曹憲。李邕注，《新書》本傳言與善注兩行，《郡齋讀書志》言善注成，邕更加以義，今釋事加義者兩存焉。則似今善注中解釋文義即邕所加。曹憲《音義》不見于《通志·藝文略》。公孫《注》，蕭、許《音》及道淹、公孫《音義》不見于《通考·經籍考》，則不傳已久。其吕延濟以下五人，爲開元中工部侍郎吕延祚所招，共注《文選》，即五臣注。陳直齋《書録解題》曰：五臣注三十卷，後人并李善元注合爲一書，名爲六臣注。然則六臣之名，趙宋已見，而直齋已不能定其爲何人所合矣。今考五臣注，空據本文每條加十許字映帶作轉，其所發明，

往往本文自明，無待辭費。至於顛倒事實，乖錯文義，予嘗摘其第一卷誤，辯正于《注雅别抄》，已二三十則，其爲俚儒荒陋，不足繼起李善，不但如東坡題跋、《容齋隨筆》所言。今六臣本割五臣之羔褎，飾李善之狐裘，遂使侍郎越次，崇賢降階，襲舊爲六，知其不爲定論。又其書首載善注，或零段無文句，或割以益五臣，多則覆舉注文，少則妄删所引，其詳贍有體，亦不及汲古閣本。蓋今所傳又爲後人譌亂，非直齋所見六臣之舊矣。然汲古閣本獨存善注，而總題「六臣」，又誤入向曰、銑曰注十數條。蓋未考六臣、五臣之别，漫承舊刻譌雜，未必汲古主人有意欺世，乃以所刻數條五臣注爲善也。前輩何侍讀義門先生，當士大夫尚韓愈文章，不尚「文選學」，而獨加賞好，博考衆本，以汲古爲善，晚年評定，多所折衷，士論服其該洽。然諸書散見與《文選》出入者尚多可采，輒不自料，據何爲本，益以所聞，摘字爲音，作《音義》八卷。先盡善注本音，次及六臣舊刻所補，一書未備，乃復旁及其字，一從汲古，諸本異同，參注其下。叶韻則從沈重改音，古音則從入韻。偶見音叶無考，則從闕疑。五臣注可備一説，及可補善注闕者，百無一二，今每卷擇稍可數條列於音後。並注昭明、李善序表冠篇，以遵陸元朗《經典釋文》音注孔安國《尚書序》、杜預《春秋經傳集解序》之舊，别舊訓之朱紫，備一家之瞽説，未敢謂善注功臣。然較正數十處，補遺數百事，未嘗稍亂李氏舊章。知其説者，或不致以吕向、張銑同類見譏，則五臣餘波不能來及，實所望于將來君子。乾隆二十三年七月既望，吴郡余蕭客書。（清乾隆刊《文選音義》卷首）

文選音義序

（清）沈德潛

詩人之作盛於唐，而其源自《騷》《雅》而下，輒推蕭梁《文選》爲第一。其書雖不專比興，然取材於《選》，效法於唐，昔人已有定論。少陵亦曰：「續兒誦《文選》。」放翁曰：「《文選》爛，秀才半。」蓋自唐永隆進士設科，用詩賦，迄宋熙寧、紹聖以前不改。當時文人簡練揣摩，其體則旁羅大小，其事則錯綜古今，可以博物多識，歷試而不惑者，莫近於《文選》。今天子右文稽古，參取唐宋經義詞賦舊法，鄉、會用五言排律一首，然則《選》學既不至若宋初之尊若六經，要使業詩者執象而求，不可不以杜、陸兩家之言爲標準矣。布衣余仲林年三十，幼多異禀，家甚貧，而書卷不啻以千計，皆奔走數十里，或扁舟，或徒步，聞一異書，必借抄，或得觀乃已。性淡於榮利，鍵户讀古，二十年矣。所居非南山之南，北山之北，而人間寂寂不聞有斯人名字。今歲七月以所著《文選音義》八卷介予門人玉躔蔣生，問序於余。余未暇讀其書也，一再覶其序，則自曹憲以前，李善以後，所謂熟精《文選》理者，其論皆未嘗及此。雖謂《選》學復興，源流當自此序入，可也。至於爲音，倣陸德明而有餘，其義補李崇賢所未及，世所挾爲詩多鬬靡之具，皆棄置不復道。蓋以辟塵犀自衛，而球琳重錦充牣其中，誠足爲昭明之功臣，李注之益友。義門先生手評素推博洽，今入此書，僅居十之三四，不覺前賢畏後生，於仲林《音義》書益信。仲林名蕭客，吴縣人，寒素後門之士，其詩澹雅，不多作，有作輒工，蓋非獨有得於《文選》者。吾老矣，未嘗與仲林交一面，而玉鑪與往還爲密，予蓋聞其詳於玉鑪云。乾隆戊寅秋七月，長洲沈德潛題。（清乾隆刊《文選音義》卷首）

選材録序

（清）周　春

鄭夾漈曰，常寶鼎《文選著作人名目録》不傳，可取於《文選》。言雖佚而猶存也。按，《唐志》書三卷，其體例未詳，惟《御覽》中採數條。長夏煩暑，莫消永日。因鈔撮以補亡，凡一百二十有七人，人系以字，字系以里，間有愚管，輒綴數言，亦考鏡得失之林也。更采張稚讓語名之，庶以繼常氏之後云爾。（《選材録》卷首）

選材録序

（清）楊焕綸

陸天隨之録，小名非無雜綴；徐光浦之哀，自號半可就刪。歷觀簡牘之傳，庶幾江淮之學。外弟周君松靄，早吞文石，素號選哥，枕牀而目下幾行，開帙而手鈔三過。是書刊刻，記憶十年，其理熟精，包羅卅卷。知人論世，例諸大雅小雅之材；裁貶騰褒，確於六臣五臣之注。論無崔寔，不補姓名；詩有李陵，何疑字句。斯其區分較若，攟拾犂然，匪列武子於上中，而誤國名於肖立者也。僕也天雞莫識，亥豕徒聞。邇日過從，彌嘆平園之著作；少時游聚，已欽太簡之風流。敢屬

數言，用題舊製。乾隆二十有五年夏六月，竹巖楊焕綸。（《選材録》卷首）

昭明文選集成序

（清）方廷珪

《文選》一書，纂自昭明，注自李善。唐人《選》學與經史並重，誠難之也。杜工部研鑽詩賦，貫串百家，自明得力不過云生平精熟《文選》理。但自梁迄今千有餘載，求其卓然專家，唯李善首屈一指。然善之爲功，淹貫博洽，直取數千載藝林文海奔赴腕下，可謂難矣。而於作者之意，尚泛而寡要，略而未備。六臣雖有注釋，重複雜沓，不過取善之緒餘，再爲展拓，間有己意發明，則又滅裂文義，支離破碎，揆諸作者，枘鑿尤多。甚矣，《選學》之難，非自今也！予自總角受經，已見是書，首閱賦類，字形詭異，急難卒讀。加以延邊修幅，脈絡難明，求之注家，多不通貫。時習舉業，力有未暇，且姑置之。辛未，林氏霽川、月波兄弟假予館東麓，二子朝夕侍，地前臨大湖，水影山光，摇蕩心目。時值初夏，林木如洗，倚檻遠眺，悠然嗒然，因憶向來所見《文選》賦類，爰命二子檢取架上，反覆諦視，其無所窺猶夫昔也。既而嘆曰：「古來無不可識之字，無不可讀之書。」因積諸日夜，殫心竭思，先其易者，後其難者，梳櫛字句，分晰段落，博其義類，窮其歸宿，研極既深，涣然冰釋，始敢判以丹黄，分其甲乙，騷及諸體，以次相及，《選》猶向來之《選》，而所見異矣。夫注家之難，非訓詁之難，得作者之用心爲難，是何也？注者一家，作者數百家，非以我之心逆作者之心不得也，即以我之心逆作者之心，先據以成見臆解不得也。嗚呼！十有四年於此矣。暑雨寒風，曉星夜蠟，吮管濡墨，未嘗暫輟。其有鉤棘牴牾，平其情以探之，恐穿鑿愈離也。文微意隱，設其地以處之，恐附會愈晦也。索之上下，以求其結聚；本之情面，以求其變化。庶幾書無不盡之意，意無不盡之言，殆欲以撤蒙昧之蔀豐，窺精微之堂奥，俾讀者苦前日索解之難，樂今日用力之易。父詔兄勉，人持一集，即委窮源，由源達委，馳騁康莊，力追古作，不難也。至於原《選》舊注，互有是非得失，凡例詳之也。兹編既成，質之同人，多所商定，因憶歷時之久，用力之艱，採輯群言，必衷於是，名曰《昭明文選集成》。世之君子，欲以發翰墨之英華，賡國家之功德，殆如維楫津梁，可爲涉水泛舟之一助云爾。時乾隆三十年歲在乙酉蒲月，古榕方廷珪伯海氏書於南臺釣龍書院。（清乾隆刊《文選集成》卷首）

文選集成序

（清）奇寵格

古今之書不勝讀，顧讀書而不知其解，解之而不得其意，猶之乎未讀也。《文選》一書，彙秦漢以來諸名作，編次成帙，洵文字之大觀矣。然取材宏博，陋者艱之。李善之注《選》，旁搜遠採，原委鑿然，特未嘗分其段落，標其意旨，讀者仍有茫然河漢之慮。方子廷珪，篤學士也，治舉子業之餘，復究心於《文選》，每篇中抉奥探微，注釋從李善之舊，而段落分明，意旨曉暢，則生以學古心得者，贊善注所未及，而昭明一編可揭然共明於世矣。夫讀書以致用也，士君子得時利濟，則以生平所學者見之於行。否則閉户立言，嗣古人而傳諸來者，俾姿之敏鈍不一者，皆得以借徑而入焉，其亦偉矣。余覽是編，因喜生之善讀書，而且有益於後之讀書者不少也，因弁數言以誌。乾隆乙酉孟夏望日，分巡福建臺灣道兼理提督學政長白奇寵格書。（清乾隆刊《文選集成》卷首）

文選集成序

（清）胡建偉

蓋自帖括之學勝，士以掇龍爲能，學古爲迂，父兄戒其子弟以爲費白日於無用，一二有志之士摻觚畫昏，又皆採拾耳目以爲信，故其書多牴牾而不合。嗚呼，識既不卓，學復不力，而欲取數千百年以上之書，與古人分茅設蕝，泛而論定之，蓋亦難矣！今崇儒重道，遐陬僻壤，文教丕興，三年貢士，並重策論詩賦，于是海内咸知向化，凡經書子史而外，聲韻之學，上自嬴秦，迄乎唐後，莫不探討以求底藴，亦云盛矣。然要皆雷同附和，援引舊説以爲根據，而欲獨標精義，以自成一家之言者，絶無而僅有也。如《昭明文選》一書，唐李善注最爲精贍，後六臣雖各有發明，而支離穿鑿，東坡譏其荒陋，誠篤論也。予嘗謂欲識文章之要，當熟看《文選》一書，蓋自三代涉戰國秦漢晉魏六朝以來文字皆有，在古則渾厚，在今則華麗也。然索解不易，而世又皆耳食以考核難字，善記誦爲能。於是日事呫嗶，談者與作者終相隔膜。譬猶治水者不究其源，治絲者不抽其棼，而欲得其條理，何可得哉！予承乏榕城，值方子廷珪注《文選集成》書成，將鏤版問世，而問序于予。予知方子於書無所不讀，下筆數萬言，倚馬立就，而是編獨自道其用力之多，閲十四寒暑而成，其間窮源竟委，獨出新意，而於舊注兼收並采，棄瑕取瑜，期得作者之用心而止。蓋自李善以後，注家無有及者，初非師心自用，破碎滅裂以炫其長也。至於列《離騷》爲首卷，而於《七啓》等篇次于賦末，其蘇李贈答及諸樂府，先後釐正，而復以《褚淵碑》《九錫文》爲礙理，雖存而抑之。其識超，其學粹，如方子者，誠可與古人分茅設蕝，能自成其一家之言者也。我知是編一出，將不脛而走，不翼而飛，海内之士，争奉爲圭臬，誠足以揚扢風雅，而翊贊文明也。因弁數言而歸之。時乾隆歲次乙酉孟夏穀旦，進士第直守福建臺灣府澎湖糧捕事務嶺南胡建偉勉亭氏題于榕城官署。（清乾隆刊《文選集成》卷首）

昭明文選集成離騷題詞

（清）朱　珪

方子廷珪投所注《楚詞》，予覽之，嘆其用心之密也。其言曰：《九歌》作於見疏之初，其音和；《離騷》作於替予之時，其詞怨；《九章》作於既放之後，其節厲矣！微乎其言之也。近時士不好古，而生獨究心於嬴秦之上，其亦飲墜露、飱落英之志耶。顧書之標題曰《昭明文選集成》，生將畢志於梁太子之全書，以攬風雅之總，其必有心得者也。嘉之，還其書而綴以言。乾隆甲申

立夏前一日，南厓朱珪書。（清乾隆刊《文選集成》卷首）

文選理學權輿序

（清）汪師韓

總集自晉有之，而無以「選」名者。梁昭明太子采自周訖梁百三十餘家之文，爲《文選》，至唐而盛行。杜詩曰「熟精《文選》理」。《舊唐書》列「文選學」於《儒林傳》，李善之注獨傳。據李匡乂《資暇録》則李注有初注、覆注、三注、四注，並爲世傳鈔，其定本則奉進於高宗顯慶三年。逮玄宗開元六年，有吕延祚者，更集吕延濟、劉良、張銑、吕向、李周翰五臣之注上之，以非斥李注，而實皆竊取李氏未定之本，識者鄙之。李注精博，學者萃畢生之力尋繹無盡，宋士子有云「《文選》爛，秀才半」，此蘇易簡《雙字類要》、王若《選腴》等書所由作也。余嘗取《選》注，以類別爲八門，末則綴以鄙説。八門者：一曰撰人。唐常寶鼎撰《文選著作人名》，其書不可得見。顧其名字爵里及著作之意，《選》注已詳，所未悉者史岑、王康琚二人耳。今考周四家，秦一家，漢、後漢各十七家，季漢、吴各一家，魏十五家，晉四十六家，宋十三家，齊六家，梁九家，更有無名氏之詩二十三篇。但於各人之下分隸所撰篇目，取便檢覿。二曰書目。注所引書，新舊《唐書》已多不載，至馬氏《經籍考》十存一二耳，若經之三十六緯、史之晉十八家，每一雒誦，時獲異聞。其中四部之録，諸經傳訓且一百餘，小學三十七，緯候圖讖七十八；正史、雜史、人物别傳、譜牒、地理、雜術藝，凡史之類，幾及四百；諸子之類百二十，兵書二十，道釋經論三十二；若所引詔、表、箋、啓、詩、賦、頌、贊、箴、銘、七、連珠、序論、碑、誄、哀詞、弔祭文、雜文集，幾及八百，其即入選之文互引者不與焉。三曰舊注。凡舊作注者二十三人，及不知名者，所注賦十四，詩十七，楚詞十七，設論、符命各一，連珠五十，李氏皆標明某注，不似後人之攘爲己有也。若《藉田》《西征》則雖有舊注不取，而亦有無注者二篇，則《尚書》《左傳》之序是也。四曰訂誤。李氏每以注訂行文使事之誤，又因文以訂他書之誤，或《選》自誤及别本誤者，其類四十有七焉。五曰補闕。《選》内脱落之句，删節之文，互異之本，李氏補者有五焉。六曰辨論。史有不載之事，文有率成之篇，一事而説有數端，兩説而義可並取，李氏一一辨其得失，約四十有三條。七曰未詳。以李氏之浩博而所未詳者，且百有十四，至五臣補以臆度之詞，適形其陋矣。然若《七發》之「大宅山膚」，《西征賦》之「三敗」，後人間有補其闕者，彙成一卷，安知不有盡爲沿討者耶？八曰評論。後儒之論《選》及注者，在唐已有李濟翁、邱光庭，宋以後若蘇子瞻、洪景盧、王伯厚、楊升庵、方密之、顧寧人諸家，多者踰百條，或數十條，少者一二條，間有記憶未全者，客遊無書，且先提其要，以俟他時補綴。至余於讀《選》時，或見注有徵引之未當，闕疑之欲補，未敢妄信，思就正於有道，謂之質疑，見已得若干條，後有所見，更續增焉。就此九者，附《舊注》於《書目》，附《補闕》於《訂誤》，而分《評論》爲三，《質疑》爲二，共成十卷。竊念昭明撰《文選》，復撰《古今詩苑英華》，而《英華》無傳。與李氏同以

《選》學教授者，曹憲、許淹、公孫羅，並作《音義》，而皆不傳。《文選》之傳，未必不藉李注以傳也。余愧不能如宋景文之手鈔三過，故雖自少用功於此，而以云熟且爛，則迄於老而未能。往在京師，聞有何義門氏勘本，借觀不獲，未知與余所録同異得失若何也。余亦惟自惜其勞，且志其媿，而因以舉示後來，如將窮《選》理、通《選》學也，其以是爲權輿可乎。乾隆三十三年歲在旃蒙作鄂，月在則如，錢塘九曜山人汪師韓自序。（《文選理學權輿》卷首）

文選理學權輿叙

（清）孫志祖

錢塘汪上湖先生，近代之劉貢父、王厚齋也。其所著《文選理學權輿》，自叙見《上湖分類文編》中。余於先生殁後，求其書積年，始從汪丈槐塘所借讀之，而録其副。案其書，蓋取李善《選》注，自《撰人》迄《評論》，以類别爲八門，末乃綴以己説，謂之《質疑》。顧《自叙》云：「分《評論》爲三，《質疑》爲二，共十卷。」今《評論》止二卷，《質疑》一卷，蓋先生未卒業之書也。觀《自叙》於《評論》云：「間有記憶未全者，客游無書，且先提其要，以俟他時補綴。」又於《質疑》云：「現已得若干條，後有所見，更續增焉。」則其書之未成可知矣。志祖不揆檮昧，補輯《評論》一卷，復以國朝潘稼堂、何義門、錢圓沙三家熟精《選》理，各有勘本，而先生俱未之見，因爲研覈參考，别撰《文選考異》四卷，《選注補正》四卷，皆以補先生之《質疑》也。顧君菉厓篤學嗜古，見而好之，欲廣先生之書，以示世之爲《選》學者，且采鄙人一書附焉。志祖於《選》學無能爲役，乃因先生之書得挂名於後，何其幸也！先生著述等身，未刻者尚有《詩四家故訓》及《春秋三傳注解補正》諸書，安得菉厓爲一一梓之，庶所謂禮堂寫定，傳諸其人者乎！嘉慶戊午季夏，後學孫志祖。（《文選理學權輿》卷首）

重訂文選集評自序

（清）于光華

乾隆癸未，華年三十有七，冬十一月航海來粵，倥偬造次，止攜《文選》一編，蓋素所篤好，凛先訓而奉師承也。顧華賦性懧愚，日月偶疏，遺忘不少，且自六臣注後，前修名宿，繼繼承承，考核精而鉤抉確者，何可勝數，苟得聞見，輒抄卒業。即奔走衣食，漂泊天涯，旅館孤燈，不忍釋手，歷十數寒暑，編輯成帙。壬辰春仲，同志交迫，强付棗梨，深慚魚魯。年來節次蒐録，詳加釐定，差較前刻爲完備。鍾君澹齋見而善之，復請剞梓。嗚呼，日月逾邁，精力就衰，回憶海舶騰空，風濤震恐，藉是以謐其心神，恍如昨日。而撫此頭顱，已大非昔。念先人之屬望，師友之親承，悠忽無聞，徒事丹鉛纂記，等諸抄胥，愧何如也！然歷歷此心，不忘一息，自兹以往，倘更遇名山之淵秘，耆碩之珎藏，華猶將敬集之。乾隆四十三年歲在戊戌重九前二日，巳山于光華識於羊城心簡書屋。

（《重訂文選集評》卷首）

文選集評原序

(清)秦鐄

文章著作，備於六經，秦漢以下，作者代興，文體遞變，然彙而輯之者無成書。梁昭明太子始撰《文選》一書，溯風雅之源流，紹典謨之體格，登作者之堂而漱芳傾液，蔚然成巨編，實藝苑之淵海也。昔昌黎爲詩，原本經傳，説者至譏其以文爲詩，觀《秋懷》《南溪始泛》數篇，備饒陶謝風味，則未嘗不兼《選》體。少陵句云「熟精《文選》理」，又云「竊攀屈宋如方駕，恐與齊梁作後塵」，固不獨詩祖《文選》，即其《三大禮》《封西嶽賦》及歌行序跋，皆倣《選》體爲之。余幼讀是書，汎濫六臣所注，折中於李善注義。苦其卷帙浩博，奇字奥句，參訂綦詳。近代如孫月峰、俞犀月諸先生，議論多有可採，而何義門先生黠勘評釋，最稱善本。洎官瀚林，奉敕校録《文選》，偕同事諸公集内廷，研硃濡墨，考辨所及，悉據義門評本。録成恭進，沐賚幣之榮焉。顧學者奉評本爲圭臬，而未付棗梨，流布者鮮，且轉相傳鈔，亥豕魯魚，不乏譌舛，識者病之。金壇于君一日持一編見示，顔其名曰《文選集評》，蓋據義門先生爲藍本，復取諸家評論，薈萃精覈，標識簡端，舉目豁如，於以嘉惠來學，足使人盡讀《選》而不覺其詞義之艱深也。嗟乎，《選》可續經，評可輔注，江夏功臣，其在是哉！愧余風塵鞅掌，二十餘年，披覽所集諸評，恍然與故人相晤對，迴憶研北箋名，禁中校字，猶忽忽如前日事，而向所謂枕中鴻寶，庋置篋笥，不復省視久矣。何意經生家勞神苦思、窮年難卒之業，一旦爲于君發其覆，而示以津梁也，可快也夫！時乾隆三十七年歲次壬辰孟冬朔日，梁溪秦鑛果亭氏譔。（《重訂文選集評》卷首）

文選集評序

（清）金嘉琰

梁昭明太子彙萃騷雅賦頌詩文雜著，凡漢魏晉宋齊梁人之名作，號曰《文選》。士當載籍極博之會，群書或未能遍讀，而《文選》之理精熟宜先。余幼讀李善本及五臣所注，竊病其繁而尠要，曾手録義門何氏批本凡三過，稍稍得其經緯。歲壬辰三月，余來增江，適金壇晴川于先生視臯講席，案頭見《集評》一册，披閱之餘，如逢故我，而尤獲我心者，考古叶韻，麗於句下，考今疆域，瞭如掌上。諸家之評，精嚴切要，不必丹黄鉛槧，而人人可解，人人可讀，洵文章之棨𣄃，學者之津梁也。宜付剞劂，嘉惠來兹。因屬嘉琰弁數言於簡首云。時乾隆三十七年歲在壬辰清和月穀旦，並書，竹泉金嘉琰。（《重訂文選集評》卷首）

文選集評原序

（清）于在衡

壬辰春仲在嶺南，諸君子謀刊家弟晴川手訂之《文選集評》，晴川堅謝之，而諸君子之贊佐益決也。且謂衡曰：「書之必宜讀而又苦煩劇者，務須疏通之，簡約之，段落劃以清，指歸爍以明，令學者閲之，心頭眼底，豁然開朗，霍然稱快，斯益以浮辛勤而深饜飫，《文選集評》殆庶幾矣。夫殫二十年之博稽參考，於以汰除箋注之繁冗，而一歸於浄確，彙前賢之揚扢，而要之以覈精，即造次倥偬，甚至傾危海澨，手此一編，而斟酌再三，揀區别擇，遲之又久而後定者，止以供一己案頭之怡娱，與夫門墻之録誦，則承先啓後之謂何，竊恐非儒林之所重矣。君其謂之何哉？」嗟嗟，天下之大，藝苑之衆，丹黄纂紀，老於歲月者，不知凡幾，而晴川區區羅採，亦烏足重？即或苦心可鑒矣，災梨禍棗，亦可無庸。然而諸君子顧殷殷於此者，不没善也，願廣著也。方今比户絃歌，熟精《文選》理，固自什居八九，出以質焉，又惡可已。衡雖不文，因感諸君子之意而述之。辛鍊在衡。

（《重訂文選集評》卷首）

重訂文選集評序

（清）鍾 絅

余客羊城，金壇于先生晴川主鳴皋講席，暇時賓友過從，詩酒談讌，俯仰古今，揚扢風雅，從容商榷，搜芳瀝潤，入其室者，未嘗不流連傾倒之。及乎輪蹄既去，風雨青燈，時手一編，丹鉛弗輟，則唯是《昭明文選》一書，寢饋於斯不置。故夫門墻之録誦，四方之傳鈔，皆以先生所定之《文選》爲枕中鴻寶，而後知先生腹笥所藏，誠莫窺其涯涘。顧其生平，篤嗜研精覃思，歷歲月而彌旨者，於是書尤獨深矣。往時先有《文選集評》之刻，大要宗主何義門先生之評，而更博採諸家，精其别擇，支分節解，臚列簡端，條理秩如，展卷即得，固已爲藝苑之津梁，不脛而走海内矣。既而得邵氏手評、方氏《集成》二書，再加編纂，彙入前梓，甄綜之功彌勤，考訂之精益顯，而後是書爲大備。然先生自序猶謙言等於胥鈔者，誠欿然之虚衷，非士林之篤論也。夫人讀數卷之書，守一家之言，苟胸無卓見，克會指歸，猶未能綜其本末，提要鉤玄，而況涉文章之淵海，披雕鏤之窔奥，非咀含典籍之菁英，貫串菉敷之義藴，又何自各得其匠心，以别裁夫衆論，而欲使采輯之下，較若列眉，披讀之餘，燦如指掌，其可得乎？書既成，適前刻已漫漶，讎校諸君皆願急登棗梨，以公同好，而俾余襄成剞劂之役焉。余既幸汲古之家得是書爲圭臬，其沾溉良非淺尠，而譾陋如余，亦得附名簡末，以同不朽，益不可謂非厚幸也。乾隆庚子春三月既望，錫山澹齋鍾綗自識。（《重訂文選集評》卷首）

重訂文選集評序

（清）黄燡照

吾友于君晴川胸次磊落，綽有國士風，而遇與才左，彌形斂約，不自炫其聰明，滴露研硃，情殷汲古。余讀其鐫板行世之書極富，若《文選集評》十五卷，原本六臣，根據於汲古閣，復準繩於前輩何義門、孫月峰兩先生評論，更裒集諸家善本，採取引證，以羽翼之，聲韻音義，靡不詳盡，故其書不脛而走，海以内莫不争先睹爲快，其嘉惠藝林之苦心，可與天下共見矣。猶復欿然於中，惓惓不已，爰兼收邵氏手評、方氏《集成》二書，採擇以補所未逮，噫嘻，豈非端木氏所引《衛風》「切磋琢磨」之遺意歟！鍾君澹齋與晴川投契，最深重訂之役，慨然捐貲，再壽梨棗，俾操觚之家，得以條分縷晰，由藩翰而窺堂奥，不朽之業，澹齋直與晴川共之矣。是年之冬，余偶從古虞至羊城，獲與兩君晨夕過從，領蘭言，結古歡，如桑户琴張，相視莫逆。適是書蕆工，樂觀厥成，鹺使秦果亭先生亦盛稱是役之善，屬爲序之，遂不揣弇陋，略述其端緒如此。時乾隆四十三年歲次戊戌仲冬月既望，古歙學弟黄熚照拜序。（《重訂文選集評》卷首）

重訂文選集評序

（清）邱先德

粤以癸未之年，先生南遊之日，洪濤鼓檝，牛斗歸槎，蒲席挂自洮湖，雲帆遵於海澨。浹天墟而演析木，薄碣石而瀹朱崖。駭陰火之潛然，礪石華於未發。心遊萬仞，手握一編。嘆朝宗之美，萬穴所歸；考善下之言，百川可學。以五經爲道義之淵海，而《文選》實典籍之川流。具杼柚於予懷，函綿邈乎尺素。傾言漱潤，揭要鉤玄。七日泛于潮陽，三年遊於珠浦。天道星周，物華序轉。張茂先之充篋，積既如山；倪若水之疊牕，坐惟容膝。秦川公子，争願依劉；西鄂文人，咸思御李。友于堂畔，依稀通德高門；心簡齋頭，髣髴華陰上市。晨爐燼麝，幾簇麟衫；宵箭沉虯，尚團鶴蓋。萃簪纓於滿座，賁纁組以盈庭。獨有鄙人，近居鄰壁。調絃待奏，情移流水之聲；搦管抽思，夢乏生花之彩。衆客半嗤其拙，先生獨愛其愚。殷勤問字，徘徊金石之中；慷慨論文，騰越風雲之氣。親聆珠玉，雅集琳琅。翺翔乎上下古今，馳騁乎經史子集。不棄荒陋，屬以較讎。日居月諸，非朝伊夕。夫結繩而降，代有篇章；雨粟以還，人多著述。東觀西園之富，名山秘閣之藏。自俗學之師心，遂前民之偭矩。紇庫干運筆成錐，斛律金署名比屋。胸無卷帙，笥鮮縹緗。此則裸郎誚羅縠爲太華；矉女憎西施之巧笑矣。抑或僅解蟲雕，差工獺祭，孤負《南華》之卷，弗精《爾雅》之篇。刻雲端之木雁，未必能飛；琢箭上之銅仙，何曾解舞。弱錦濯而不鮮，鈍筆描而尠麗。徒譏撏撦，未得指歸。先生則宏闡精微，式窺義藴。博聞强記，譚經傳嶽嶽之名；起例發凡，諭古具淵淵之識。闢元儲之堂奥，發汲古之心情。參稽六臣之間，貫串百家而上。披華振秀，眇慮澄心。遂乃廣輯定評，公諸所好，督促堅鋭，不遺力焉。將非蕭梁副后之功臣，復見於此日乎。今夫春明坊裏，便可借觀；小西山中，安能遍覩。韋編三絶，披尋豈厭其詳；漆書一經，傳抄不嫌其複。粤沿古以迄今，羌無奇而不耦。于焉復事丹鉛，重加研究。譬之庾開府之集，五存五亡；蘇子瞻之詩，再焚再易。時多補綴，間涉芟夷。辨亥豕與魯魚，佐笙簧之鼓吹。言言集錦，字字編珠。則有麟閣王孫，鳳池學士，爲謀剞劂，更庀棗梨。維時不佞，北轍初還；正值斯編，西堂工峻。訝紅塵風中未撲，看錦翰雲裏飛來。迴九月之離腸，神縈楊柳；樂百朋之寓目，手盥薔薇。嗟乎，半生拓落，紅綾之志願寧虛；片帙瑶英，黄絹之標題最富。擬獻賦以何期，甘著書而不倦。鄉關迢遞，五千餘里；天涯漂泊，一十六年。怪泉客之泣珠，識鮫人之搆館。既百端以交集，更一卷之流連。樂此不疲，一何妨再。立言有道，本作述以同功；向若無驚，指津涯而克逮。莫嘆行囊羞澀，定懸市上之金；誰云客鬢飄蓬，長韞櫝中之玉。敬陳末簡，用景高山。乾隆四十三年歲次戊戌孟冬既望，年姻眷世姪邱先德頓首拜譔。（《重訂文選集評》卷首）

文選珠船自序

（清）傅上瀛

昔昭明選八代之文，序云「略其蕪穢，集其菁英」，然體同編書，僅分門類，其去取之意不可得而見也。後有李崇賢作注六十卷，弋釣書部，鉤稽故實，幾於備矣，而去取之意，仍不可得而見也。梁代有劉舍人、鍾記室，雖不在高齋學士之列，其所論著與昭明撰集之意多符，差異者什特一二耳。蓋前人名作，早有定價，先達之所嗟賞，後進之所鑽研，不越乎此也。但二家各自成書，尋省匪易。《文選集評》之刻，專採近世文士所説，未有取二書之語按篇分載者。又前人傳記，名家集部，或與此書參涉，李注亦未兼及。今以劉、鍾二家爲主，餘並抄内，以備觀覽。王伯厚云：王微之讀書，每得一義，如得一真珠船，故取以名焉。小年喜事，寓目輒記，晚更補録，釐爲五卷。語雖不備，可藉以考見去取之意。而一時風會變更，人品邪正，舉莫能遁於鑒察之中，竊附於論世知人云爾。（録自《文選學·源流第三》）

文選類雋自序

（清）何　松

昔之爲文者，非苟尚辭而已，將以質實之理，抒綿邈之情。情至理得，文自生焉。然宏達之材，六籍供其驅使，中人以下，群言未罄淵源，則提要鉤玄，功綦急物。……當夫掄材之會，角藝之秋，思欲馳騁乎辭林，出入於文囿，遣詞則鏘鳴金石，會意則變幻風雲，苟舍蕭《選》，厥道無由。特其爲書取材淵博，辭旨恢宏，若非分别部居，采輯菁華，蓋欲兼功，大半難矣。於是乘我三餘，搜兹二十卷。前朝《錦字》，奉爲椎輪，劉氏《類林》，芟其凡豔，俾紛錯綺肴，各以彙聚，纖穠錦績，更以類分。質既至而文彌耀，實先培而華自敷，以之鳴盛，端在斯矣。若夫贍智宏材，抗心希古，考義於六經三史，選詞以諸子百家，尚何取區區碎錦哉。（録自《文選學·源流第三》）

昭明文選李善注拾遺叙

（清）王　煦

《文選》李善注爲士林所推重，然其自注所未詳者不下百條，又有應注而不注者，有舍本書不注而旁引他書者，俱乖體例。予博綜舊籍，詳其所未詳者，約得十之一，其應注不注，與舍本書不注旁引他書者，悉爲訂正矣。五臣注久爲士林所訶，然間有足以補李善所未及者，亦爲摘録，題曰《文選李善注拾遺》。蘇眉山曰：「李善注本末詳備，極可喜。五臣者，真俚儒之荒陋者也。」予謂李善注詳而未備，五臣誠荒陋，而如披沙礫，時或見金。記曰：愛而知其惡，憎而知其善。不敢藐古，亦不敢阿時，庶後之業《文選》者得所折衷焉。於其所不知，以俟君子。（《文選李善注拾遺》卷首）

文選筆記附識

（清）許嘉德

《文選》自五臣注盛行，而李氏原注亡矣。後人以李注併入五臣，謂之六臣，而李注專本亦亡矣。古迂陳氏輯《諸儒議論》云：東坡曰，李善注《文選》本末詳備，極可喜，所謂五臣，真俚儒之荒陋者也，而世以爲勝善，亦謬矣。又云：蘇子瞻嘗讀善注而嘉之，故近世復行。則知宋時善注已廢不行，今之善注皆從六臣本中鈔出，以成一家之書。六臣以茶陵陳本、金閶袁本爲最善，而茶陵本先列善注次列五臣，金閶本先列五臣後列善注，所注已多錯雜。又或云善注與五臣某注同，或云五臣某注與善注同，又有校語云善本作某，五臣本作某，其實以注證之，明明善注而云五臣，明明五臣而妄加善曰，尤極淆亂。五臣好奇，即同一意義，每欲改易正文，以期取異於善；又或故改李氏原文以誣善作，故不博辨五臣，無以釋疑破惑，亦不削盡五臣，無以還善注本來面目。汲古善本正文或留五臣，而注則從善，或誤以五臣爲善注，而善注反多删削，以致正文與注語每不相應，以譌承譌，轉雕傳寫，各本皆同。校家未及徧正，遂使學者迷所指歸，而《文選》不可讀矣。高祖密齋公校讎《文選》凡十三次，痛削五臣沿習之舊，悉還李氏原有之文，或本六臣，或依史集，隨文辨正，歷數十年而始得定本。咸豐末年之亂，書籍被毁甚多，今初校本、戊戌本、癸卯本、淳祐本及最後定本幸尚存焉。然所校各本，逐篇逐段皆有更正之文，而多未載入《筆記》。此所記者，乃校本所未及詳焉者耳。近讀胡氏克家《文選考異》十卷，頗多辨正，惜其所雕袖珍選本，悉仍汲古舊刻，不加更正。又，梁氏章鉅《文選旁證》四十六卷，張氏雲璈《選學膠言》二十卷，《讀畫齋叢書》所刻汪氏師韓《文選理學權輿》八卷，孫氏志祖《考異》《補注》八卷，皆與《選》學多所發明。又善注引《説文》，每與今之二徐《説文》不同，段懋堂注《説文》，多據善注改正徐本，蓋因李所見唐初《説文》尚多完好，正可藉訂今本許書之誤。凡此諸家，皆嘉道年閒所出之書，公皆未之見，而正譌勘訛，若合符節，雖各家所見亦閒有異同，而互證參觀，自可執中一是。惟是校正《文選》六十卷，飭工繕稿亦已有年，並經開雕十餘卷，而一再校讎，如埽落葉，加以十餘年薄書鞅掌，旋校旋輟，未得專心，工資亦極浩繁，祇好舒之異日。今將《筆記》八卷先付剞劂，嘉德復博采諸家，加之案語，以期互相考證。時光緒五年己卯，在於富春官舍之斐如堂。校付繕工，隨校隨雕，至十年甲申春始得蕆事。玄孫嘉德謹誌。（清光緒刊《文選筆記》卷首）

文選筆記跋

（清）范公弼

夫栚殷鼎夏，鐫器物者猶湮；壁簡冢書，歷雨風者易舛。膚溷淆於亥豕，襲傳寫於烏焉。句讀鮮通，辭義失實，循誦者既瞢其意，謬妄者遂改其文。若斯之類，難可殫記。即如《文選》，蕭統集之於前，李善注之於後。綜數千百年之著録，采言倍精；分二十餘類之標題，舉例特創。江都約文申義，敷暢厥旨，尋作者不傳之意，證今人未見之書，疏通則要而不繁，援引復博而有據，洵藝苑之殊珍，書林之禁臠也。迨自五臣羼入，卷葉繁蕪，踳駁甚多，穿鑿不少。向有《辨惑》十卷，未見其文，近如何氏校勘，亦嫌其略。密齋先生蒐輯群言，條貫百氏，家世本東京之叔重，校文如中秘之更生，爰取是書，詳加釐正，脱者補之，譌者訂之，審其形聲，芟其衍複，其非李氏原文者，悉不闌入。譬涇渭同源，要必分流於清濁；莠苗並茂，務除非種於田塍。而後蔀障畢袪，文義斯顯。此固南朝儲貳，喜託墜緒於今；兹唐室名臣，幸比廓清於武事者矣。世無善本，毋如邢子才之讀書；蒙許借鈔，快獲桓君山之秘籍云爾。乾隆癸丑仲夏，同里世姪范公弼盥手敬跋。（清光緒刊《文選筆記》卷尾）

選藻自序

（清）張雲璈

《文選》實詞章之大宗，祖構綴學之士，日持一編，心摹手追，窮老盡氣而不能仿佛其萬一，良以衆製互興，辭華標舉，沈博絶麗，非破萬卷而爲之不可得也。李善爲注解以講授，謂之「文選學」。少陵訓其子曰「精熟《文選》理」。夫以辭章之道，而昔人尊之爲理、爲學，則其奇文奧義，必待於淹貫該洽，豈區區章句間離析其辭，掇拾其字，餖飣襞積，遂以爲畢吾能事哉？雖然，入五都之市，璧則夜光，珠則明月，江南金錫之器，西蜀丹青之采，莫不各適於用，目眩而不能視，而不若小物之可以御也。設方丈之食，飯則瓊禾，酒則蘭英，燀春梅以爲和，縷秋蟬以爲膾，無不皆悦於口，涎流而不能止，而不若一臠之易於飽也。文章之事，有時而然，故合之愈形其美，離之不見其傷。古人雖獺祭，未礙其爲工。而《堯典》《舜典》之字，《清廟》《生民》之詩，未嘗不有資於點竄塗改也。予末學膚受，宜有是説。時輯《選學膠言》未竟，繙閲之餘，擷其奇字華説，隨手録之，得八卷，題曰《選藻》。陸平原之《文賦》一則曰「述先士之盛藻」，再則曰「嘉麗藻之彬彬」，又曰「浮藻聯翩」，曰「藻思綺合」，孟堅《答賓戲》曰「摛藻如春華」，而昭明之序亦言「事出於沈思，義歸乎翰藻」，藻之爲用大矣哉。昔宋景文自言手鈔《文選》三過，予疏嬾無能爲役，兹聊備遺忘而已。鄉先生杭堇浦太史有《文選課虚》一書，已能含英咀華，其言宋蘇太簡、劉貢父二家，皆有采摭，又天台王若以五聲編類《選》字，惜皆未得見，此外寂無所聞。語云「《文選》爛，秀才半」，蓋戛戛乎其難哉！若夫文人結習，專尚浮艷，芳草必稱王孫，梅必稱驛使，月必稱望舒，山水必稱清暉，一如《老學庵筆記》所云，其不足登大雅之堂也，固已久矣。（《簡松草堂文集》卷四）

選學膠言自序

（清）張雲璈

《選》學向無專書，所有者，前人評騭而已。如孫月峰、俞犀月、李安溪、何義門諸先輩，字櫛句比，不留餘藴，足爲辭章之圭臬，藝苑之津梁矣。然大都於行文之法綦詳，摭實之義多略。一二訂正，如寸珠尺璧，令人視爲希世之寶。其中惟義門先生考覈較多，最稱該洽，視諸家尤長，故學者宗之，具在《讀書記》中。近金壇于氏晴川復總括《纂注》《評林》《瀹注》《賦彙疏解》諸書，及張伯起、陸雨侯並孫、俞、李、何之説，擷其菁華而删訂之，名曰《集評》，盛行於世，所謂無千金之腋，而有千金之裘，何其善也！雲璈讀《文選》久矣，凡詩賦之源流，文章之體格，得其解，心領而神會之，不得其解，則有諸家之説在，一展卷可以瞭然，誠無所置喙。顧文義不無舛誤，注家尚多異同，與夫名物典故、字句音釋間出於諸説所備之外者，不能無疑，隨疑隨檢，隨檢隨記，簡眉牘尾間，久而漸滿，繙之如黑螘相雜於白蟫趁趲之中，幾不復辨。乃取而件繫條録，凡諸説未及者補之，諸説已有者删之，諸説未盡者詳之，諸説未安者辨之。且因此以見彼，有不必爲《文選》設者，觸類而引伸。最後得鄱陽胡中丞克家據尤延之貴池鋟本及袁本、茶陵本，詳加讎校，更爲《考異》十卷，刻之吴中，尤稱周密。書中多采取之，而間糾其失，共存二十卷。《魏都賦》曰：「牽膠言而踰侈。」注引《李克書》云：「言語辨聰之説而不度於義者謂之膠言。」取以顔其書，蓋誌媿也。夫

《文選》有李善，猶詩、禮有康成，沈博絶麗，後人莫由窺其堂奥。今欲於尋行數墨中效愚者之得，不惟不值李氏一哂，直恐爲當世嗤鄙。然而芻蕘之言，聖人所詢，且祗備遺忘，非關著述，故既毁而復存。至五臣之注乖疏，誠有如《資暇録》《兼明書》所云者，乃後人反以李注爲繁迂，莫不崇尚五臣，唐宋以來名家所引，往往皆五臣之注，其實多竊李注，而人不知，此最不可解之一事。故所輯專據李氏，於五臣偶及之，誠不足辨也。家貧無書，且流寓江都，交遊絶少，多從郡博李嗇生同年借資尋閱，並就正焉，所得於良友之教益者深矣。雲璈既雅好是書，而又適客崇賢之鄉里，即此以附仰止之心，亦後學者之大幸已。是編嘉慶二年丁巳録於揚州寓館，中間從宦十餘年，不復省覽。己卯歸田後，復録於千步廊新屋。道光辛巳冬，移居紫荆橋，明年二月，始得卒業，從事幾三十年而後成，亦匪易哉！心力所在，良不忍棄，雖覆瓿不計也。壬午春分前四日，簡松山人張雲璈跋於三影閣，時年七十有六。（《選學膠言》卷首）

選學膠言序

（清）李保泰

揚州舊有文選樓，以祀梁昭明太子。論者謂昭明身居儲貳，不應過江置館。《唐書》江都人曹憲實傳《文選》之學，李氏其弟子也，故樓特爲曹、李而起，然則《選》學之繫於揚也久矣。是書爲總集初祖，肇自周秦，因時編次，而後世顧指爲詞章之學，浮華雕繪，一似不知有先秦西漢諸家詩文，而但就齊梁言之，斯亦好議論而不審其實者矣。杜詩有「熟精《文選》理」語，宋子京手自鈔録數過，古人之勤於其學可知也。宋世帖括嗣興，趨義疏之空疏，失辭賦之奥博，學者每憚其繁富而莫之究。雖有高明才智之士，窮搜博考，又以功令所不及而不能盡昌其業，無惑乎其學之浸微也。世所傳五臣之注，猥陋不足道，善注遂别出單行。其所徵引諸書，俱係李唐以前撰述，斷璧碎金，寶光溢目。近時何義門、汪韓門兩太史並從事此書，校謬琹誤，又先後雜見於諸家之論次，遞有發明，矗可尋究，然皆未能盡其旨也。錢塘同年張子仲雅，僑寓揚州者二十年，生平著述卓然成家，以其讀書所得，取是書而鉤稽考核之。於前人所論者略之，誤者辨之，未盡者伸之，條分件繫，薈萃成編，共得如干卷，名曰《選學膠言》，予得受而卒讀焉。夫百仞之臺，非一木之良也，千金之裘，非一狐之腋也，斷港絶潢，不可以語渤海之觀，甕牖繩樞，不可以論廊廟之邃。是故辨山經而疏地志，則踵嶬務、鑯餘之核也；箋草木而訓蟲魚，則斥日及、螃蜞之謡也。闡音韻而通方俗，則沈約之四聲可正，才老之《韻補》可廢也。縱横穿漏，摘奥發幽，信乎其集《選》學之大成者歟！然回憶此二十年來，風窗月榭，過從最數，方且以烏衣鈒鏤之華，棲遲羈旅，以著作承明之業，淹蹇公車。揚眉奮翼，退讓後生，正使獵臘不分，芋羊莫辨，亦復何礙雲霄。顧乃息影於綺羅花月之區，一編兀兀，寂寞寒窗，姑先爲異日然藜之券，將毋《選》學之興，必有待於揚而成之耶！而余幸得以束組之請，供朝夕之取攜，其爲師資也大矣！嘉慶二年臘月，寶山年愚弟李保泰拜序。

選學膠言序

（清）應　澧

唐以詩賦取士，《文選》一書，猶今帖括。沿及宋代，精《選》理者不一其人。周明辨之《彙類》，蘇易簡之《菁英》及《雙聲類要》，黄簡之《韻粹》，王若之《選腴》，可謂爬羅剔抉，而於善注無集矢焉。自李善注《文選》而《選》學興，開元間吕延祚以善注解徵引載籍，陷於末學，述作之由，未嘗措翰，乃求得吕延濟、劉良、張銑、吕向、李周翰本再爲集注，然重複善注至居十七，辭札兩費，猶顔師古黜服虔、應劭、晉灼、張揖諸家之説自成《漢書注》，而不知三劉之掎其後也，難哉，難哉！今所行仍善注也。張君仲雅，積歲月之勤，成《選學膠言》，昔張淏引《漢武故事》而證「玉樹青葱」，李治據沈存中《筆談》而斥善注五湖之非，仲雅能竟其學，分門别類，援據精博，善注疑誤，昭若發蒙，洵崇賢之功臣，藝林之實筏也已。予謂仲雅意不掊擊前人，其所徵引，無限古今，借《選》學之筌蹄，通格致之理要，與絺章繪句殊科。投醴於河，千人胥享，厥功偉矣，「膠言」云乎哉！而仲雅欿然如不足也。嘉慶三年六月，同里姻愚弟應澧。（《選學膠言》卷首）

選學膠言序

（清）吴錫麒

《選》學之名，見於《舊唐書·儒林傳》，其後門分類别，人各爲書。有詞章家者，采拾菁華，抉摘藻異，如周明辨之《彙》《類》，王若之《選腴》，此爲饋貧之糧者也。有評論家者，標舉義理，甄别瑕瑜，如方回之《詩評》，閔齊華之《瀹注》，此爲童蒙之告者也。至於究古今，别同異，摭虚蹈實，務得指歸，則考據爲最難，而注之考據爲尤難。往時何義門、汪韓門諸先輩，亦既疏瀹結轖，開闢門户，爲之導師矣。若夫索冥窮幽，按流而求源，循枝而及幹，則離朱或窮於目，而謝公之屐齒有未到也。吾友張君仲雅，能爲《選》學者也，能精熟《文選》理者也，嘗以所著《選學膠言》示余。則自經説史評山圖水注以及名物象數之解，聲音訓詁之傳，莫不吐納出新，詮貫有叙，簡而不陋，繁而不奢，徽徽乎抽瀹掇潛，以發皇其耳目。後學因之爲津逮，前賢藉之以補苴。余讀之，但見如環之轉，如輠之炙，且日引而不窮也，而尚何膠之足疑者哉！夫六臣注之並行也久矣，然五臣剽竊淺陋，識者共譏，獨李注徵引浩博，多世所未見，近時采掇成書者如任子田之于《字林》，王懷祖之於《廣雅》，孫淵如之于《倉頡篇》，孫鳳卿之於《桓子新篇》《典論》諸書，但有取資，莫不如入寶船，各饜其所欲而去，亦可見其富且備矣。而况寢食於中，以剖析其繁疑，而彌縫其闕失，則左右采獲，衆讞而儲，宜乎自李氏以來，至此而始有以集其成也。大抵《選》學莫重於唐，至宋初猶踵其盛，故宋子京曾手鈔三過，而張佖亦以士子天雞二問爲恥，所謂「《文選》爛，秀才半」者，信有徵也。自熙、豐以後，士以穿鑿談經，而《選》學廢，及後帖括盛行，而《選》學益廢。若我朝文治之隆，超越千古，則仲雅者宜膺侍從之選，入承明著作之庭，研都練京以昌其學，乃以三十年名孝廉，羈旅維揚，惟對文選樓頭，夕陽一角，日矻矻著書以將老也，豈時與命之相左歟。抑天子欲得人如相如者，而後奉筆札以從事也。時嘉慶甲子夏五，同里愚弟吴錫麒拜撰。（《選學膠言》卷首）

選學膠言跋

（清）姜　皋

憶嘉慶壬戌癸亥間，皋以年家子謁錢唐張丈仲雅先生於邗江寓邸，先生若以爲可與言者，知皋方治《文選》，即出所著《選學膠言》初稿兩大册相示。皋受而讀之，其中考證精審，論議詳核，發前人所未發者，退即録於簡端。既而先生作宰湘南，僅通音問。至道光癸未，皋客武林，始復謁先生於紫荆橋之里第，相見之下，即語皋以《選學膠言》已於宦歸後編有成書，惜皋匆促他往，未及卒讀。丁亥冬，先生書來，謂詩集之外未刻者有文集十二卷，《選學膠言》二十卷，《四寸學》六卷，雖不足問世，亦自以心血所在，良不忍棄，又謂皋相隔較遠，未能一一商榷，恐爲蟫蠹之蝕。言辭鄭重，讀之黯然。時先生年八十又一矣，意懸懸若有後死之托者。明年先生歸道山，欲往哭之，未果。庚寅秋，先生文孫東甫明府來權縣事，適皋歸自虞山，即舉《選學膠言》屬爲校定付梓。辛卯正月工竣，明府又屬誌數語於後。臯因嘆文字之緣非偶然也，三十年前已獲親聞緒論，今復得先生所手定者循繹之，而明府之克揚先烈，藏諸名山者，遂以傳之千古，是鄭小同之纘承，陸平原之誦述也。他日奉一書以焚之墓上，臯且藉手以告成於先生也。時道光辛卯，華亭姜臯拜手謹誌。（《選學膠言》卷尾）

文選考異序

（清）孫志祖

毛氏汲古閣所刻《文選》，世稱善本，然李善與五臣所據本各不同，今注既載李善一家，而本文又間從五臣，未免踳駁，且字句譌誤脱衍，不可枚舉。國朝潘稼堂及何義門兩先生，並嘗讎校是書，而義門先生丹黄點勘，閲數十年，其致力尤勤。又有圓沙閲本，不著題跋，而徵引顧仲恭、馮鈍吟評語居多，意其爲錢氏之書，皆少陵所謂「熟精《選》理」者也。志祖嘗借閲三家校本，參稽衆説，隨筆甄録，仿朱子《韓文考異》之例，輯成四卷，以正毛刻之誤。至汲古閣本卷首列錢士謐重校者，較之他本爲勝，今悉據此重加釐正，其坊間翻刻之妄謬，更不足道云。仁和孫志祖識。（《文選考異》卷首）

文選李注補正序

（清）孫志祖

崇賢生於唐初，與許淹、公孫羅並承江都曹憲，爲《文選》音訓，蒼雅之學，遠有端緒。而李注盛行於世，學者與顔師古《漢書注》並稱，良不誣也。吕延濟輩荒陋無識，甚媿「六臣」之目。明汲古閣毛氏本，止載崇賢一家，藝林奉爲鴻寶，顧其書綱羅群籍，博洽罕有倫比，而釋事遺義，亦所不免。夫師古書薈萃衆説，精矣，然三劉、吴氏迭有刊落，豈積薪之居上，亦集腋之易工。予用是喟然深思，不能已於握槧也。曩既輯《文選考異》四卷，兹復合前賢評論及朋儕商榷之説，附以管窺，仿吴師道校《國策》之例，輯《李注補正》四卷，以諗世之爲《選》學者。嘉慶戊午臘月二十日，仁和孫志祖撰。（《文選李注補正》卷首）

文選考異序

（清）顧廣圻

《文選》之異，起於五臣。然使有五臣而不與善注合并，若合并矣，而未經合并者具在，即任其異而勿考，當無不可也。今世間所存，僅有袁本，有茶陵本，及此次重刻之淳熙辛丑尤延之本。夫袁本、茶陵本固合并者，而尤本仍非未經合并也。何以言之，觀其正文，則善與五臣已相羼雜，或沿前而有譌，或改舊而成誤，悉心推究，莫不顯然也。觀其注，則題下篇中，各當闌入吕向、劉良，頗得指名，非特意主增加，他多誤取也。觀其音，則當句每未刊五臣，注内間兩存善讀，割裂既時有之，删削殊復不少。崇賢舊觀，失之彌遠也。然則數百年來徒據後出單行之善注，便云顯慶勒成，已爲如此，豈非大誤！即何義門、陳少章斷斷於片言隻字，不能挈其綱維，皆緣有異而弗知考也。余夙昔鑽研，近始有悟，參而會之，徵驗不爽。又訪於知交之通此學者，元和顧君廣圻、鎮洋彭君兆蓀，深相剖晰，僉謂無疑。遂乃條舉件繫，編撰十卷，諸凡義例，反覆詳論，幾於二十萬言。苟非體要，均在所略。不敢祕諸篋衍，用貽海内好學深思之士，庶其有取於斯。嘉慶十四年二月下旬序。（胡刻本《文選》附《考異》卷首）

文選舉正跋三首

（清）顧廣圻

《文道十書》已刻者四，未精者二，其《西漢舉正》，令嗣東莊手録者，在黄蕘圃家，《國志舉正》《柳集點勘》郡中亦有傳録本。此書亦東莊手録，向爲朱文游所藏，後歸抱沖兄，今年借出，攜之行篋，仍手抄一本，擬合抄四種，與同志者共傳之也。澗蘋居士記，時寓無爲州，甲子七月朔。

疑此書文道並無他稿，但每條記於汲古閣本之上下左右，後東莊乃就而録出耳。所校語多有可商處，或非文道意耶。然一時談《選》學者未能或之先矣。十二日又記。

右硃筆皆予所閲，頗自謂有絶佳處，今擬更加補綴，作小字夾注附於下，後之得此者幸寶之。

十五日燈下再閲記。（清咸豐抄本《文選舉正》卷尾）

文選舉正識語

（清）翁同書

《文選》注以李善爲善，李善注本以尤袤本爲善，然六臣本載善注與單行本互有短長，即尤本與它本亦是非互見，非閎覽方聞之士未由是正。本朝何義門、陳少章兩家考訂特爲精審，少章所校乃據汲古閣初印本與諸本對堪，其子東莊手録其校勘語爲一巨册，名《文選舉正》，即此本也。第先藏朱文斿家，後爲顧澗薲所得。及澗薲爲胡克家校刊尤本，悉取少章校語編入《考異》中。第澗薲間有去取，又有尤本不誤而它本誤者，多從删汰，是陳氏《舉正》一書當别刻孤行以留原書面目。況此册爲東莊手寫，澗薲以己意增正，援引該博，朱書爛然，手跋再三，甚自矜重，譚《選》學者當以此爲無上祕籍矣。予佐戎旃於邗上，聞仙女鎮有此書，急遣人物色之，餅金購歸，朝夕把翫。又以是册細字草書，添注塗乙，卒不易讀，乃屬同邑周大令鎮别繕樣本，而令袁江李鎮安以楷書重録。録畢，爰識崖略。時咸豐七年六月二日也。（清咸豐抄本《文選舉正》卷首）

文選集腋自序

（清）胥　斌

秦漢而下，能文者往往以專集行世，而彙集歷代之文總爲一書，則自梁昭明太子《文選》始。

《文選》詩賦特夥，而衆體略具，其瑰辭偉論指不勝屈。顧人皆知爲詩賦之圭臬，雜古之指南，不知其有裨於帖括者仍多有也。自國初名人閒已掠入文中，如王農山《公叔文子》一章，錢湘靈《昔者王豹》三段題，運用昭然。近科鄉會試墨，尤競相掇拾，良由聖天子崇文雅化，故嗜古博學之士，師師輩出。然而聰明特達者，誠不難統全《選》而賅通之，其或姿力稍降，即窮歲月，縻膏油，坐誦一編，旋得旋失，尚能舉《選》中之精液作制藝用哉？此余所負疚疇曩，而不堪以告人者也。去歲余適休館職，夏間取《文選》内醇雅之句，分類鈔録，既又貫串成篇，以便記習。每削稿，輒付伯兄裁定，而姪飛濤以端陽節館還，亦與襄其業。雖有懷於狐腋之集，而未卜其裘服之成，自陋雕蟲，家傳悚忸，何敢遽問諸世？友人聞是録者，或欲假鈔，恐輾轉相假，稿反遺脱，因更取原本補闕訂訛，於其稍費蒐研者，詳録注解於後，爰授剞劂，以公同好，固不惶恤大雅君子之見嗤爾。嘉慶十六年歲在重光協洽余月，書於盱北鏡水軒館舍。（《文選集腋》卷首）

文選集腋序

（清）王　謨

善讀書者，不必盡搜中秘，殫見洽聞，第取吾人所家弦户誦者與爲編摹，而機杼一新；善著書者，不必獨出胸裁，騁秘抽妍，第取吾日所口吟手披者與爲研鍊，而格律一變。吾故有取於倚平所纂《文選集腋》一編。是編雖祇爲帖括文字起見，而於古今帝王治化、國家政理、文德武功、兵農禮樂，以訖天文地理、草木蟲魚之屬，凡四子書中所有門類，莫不按部就班，比事屬辭，而其取材又祗百數十篇《文選》，剪裁配搭，劇費苦心，錯綜貫串，亦資巧力。由能以時文機杼運古文格律，於參差段落、排偶整齊中寓有起伏開闔、轉折頓挫，或妥帖排奡，或圓渾流麗。至其篇幅廣狹，節奏長短，大要以條目中義藴多寡等其文之詳略，義多則文詳，義寡則文略，以此鋪張揚厲、上應鴻博則不足，以此沉浸濃郁、作爲文章則有餘。語曰「《文選》熟，秀才足」，其此之謂歟。夫以人人所家弦户誦、口吟手披之書，一經編摹研錬，遂成爲我之書，又若與人人共成之書，不所謂非善讀書、善著書者也？而倚平顧曰，吾特以利初學而已。吾意非徒以爲記誦剿襲之資也，務以簡練揣摩，擇其言尤雅者以入吾文，即一句一字皆有盎然書卷之氣，油然經籍之光。矧能貫而通之，化而裁之，議論出其中，才思出其中，是糟粕也，而有神明之用，斯足以播諸藝苑，衣被後學，以視彼村塾庸師，挾兔園册子，猥瑣齷齪，聊以獵食，誤人子弟者，相去何啻霄壤？是真千羊之皮，不如一狐之腋也。况能集腋以爲裘，而可不知其貴重歟？吾故有取於是編也。倚平故嘗問字於予，學有根柢，雖未能自著書，亦未得讀秘書，然造詣已若此，其才品大可見。此編初脱稿，亦屬予點定，中有數篇，尚欲有所增，蓋匆匆未及再訂，遂已付梓，竊用憮然。然於此書大體固無傷，可以問世，復序之，以質諸學者。嘉慶癸酉秋七月，汝麇倦翁漫題。（《文選集腋》卷首）

文選編珠序

（清）石韞玉

昔隋時著作佐郎杜公瞻集書中雋語可爲對耦者，輯爲《編珠》一書。其書不見於隋之《經籍》、唐之《藝文》二志，當世罕知者。至本朝康熙間，詹事高公士奇在秘府録出，補其殘闕而傳之，學者始知有是書。惟是杜氏博極群書，而所采無多，亦滄海一粟而已。因思《昭明文選》一書，爲藝苑津梁，唐人諺云：「《文選》熟，秀才足。」當時固有以《選》學專門名家者。嘉慶壬申歲，僑寓秦淮，燕居無事，乃取《選》中雋語可以對耦者摘出，適陳生元之在賓館，屬其編次成帙，頻年藏在敝篋中，未及示人。頃偶然檢得，爰付梨棗，非敢云繼軌杜氏，聊以充初學餖飣之助云爾。道光壬午冬，獨學老人石韞玉序。（《文選編珠》卷首）

文選旁證自序

（清）梁章鉅

《文選》自唐以降，乃有兩家：一李注，一五臣注。李固遠勝五臣，而在宋代，五臣頗盛，抑且並列爲六臣，共行於世，幾將千年。近者何義門、陳少章、余仲林、段懋堂輩，先後校勘，咸以李爲長，各伸厥説。但閱時已久，顯慶經進原書竟墜，淳熙添改重刊孤傳，居乎今日，將以尋繹崇賢之緒，不綦難哉！伏念束髮受書，即好蕭《選》，仰承庭訓，長更明師，南北往來，鑽研不廢，歲月迄兹，遂有所積。最後得鄱陽師新翻晉陵尤氏本，乃汲古之祖，其中異同，均屬較是。合觀諸刻，竊謂李氏斯注，引用繁富，爲之考訂校讎者，亦宜博綜，詳哉言之。爰聚群籍，相涉之處，悉加薈萃，上羅前古，下搜當今，期於疑惑，得此發明，未敢託爲抱殘守闕自限。至於五臣之注，亦必反覆推究，雖似與李無關，然可以觀之，益見李注精核，正一助也。歸田後，重加校勘，釐爲四十六卷，名之曰《文選旁證》。願用區區，就正有道，仍恐見聞非周，遺落豈免，補而正之，實深幸焉。道光甲午九秋，梁章鉅撰於三山城中之榕風樓。（《文選旁證》卷首）

文選旁證序

（清）阮　元

《文選》一書，總周秦漢魏晉宋齊梁八代之文而存之，世間除諸經、《史記》《漢書》之外，即以此書爲重。讀此書者，必明乎《倉》《雅》《凡將》《訓纂》許鄭之學，而後能及其門奥。淵乎！浩乎！何其盛也。夫豈唐宋所謂潮海者所能窺乎？蕭《選》之文，漢即有注。昭明之時，注者更多。至於隋代，乃有江都曹、李之學，書探萬卷，壽及百年。且有公孫羅、許淹諸説，是以沉博美富，學守師傳也。唐開元後，有六臣之注。五臣自欲掩乎李注，然實事求是處少，且多竊誤雜糅之譏。《文選》刻板最早，初刻必是六臣注本，而李注單本幾於失傳，宋人刻單李注本，似從六臣本提掇而出，是以五臣之名尚有删除未盡之處。今世通行單李注板本，最初則有宋淳熙尤延之本。

尤本今有兩本：一本余所藏以鎮隋文選樓者也，一本即嘉慶間鄱陽胡果泉中丞據以重刻者也。我朝諸儒學術淹雅，難者弗避，易者弗從，爲此學者已十餘家，而遺義尚多，可謂難矣。閩中梁茝林中丞乃博采唐宋元明以來各家之説，計書一千三百餘種，旁搜繁引，考證折衷，若有獨見，復下已意，精心鋭力，捨易爲難，著《文選旁證》一書四十六卷，沉博美富，又爲此書之淵海矣。余昔得宋本，即欲重刻之，且欲彙萃諸本爲校勘記，以證晉府、汲古之誤，而胡中丞已刻尤本，是以輟作。今又讀梁中丞此書刻本，得酬夙願，使元爲校勘記，亦必不能如此精博也。欣然爲序，與海内共之。道光十八年春三月望，節性齋老人阮元序。（《文選旁證》卷首）

文選旁證序

（清）朱　琦

同年梁茝林方伯揚歷中外，勤職之暇，譔《文選旁證》，蓋取唐李善之注而加參覈焉。余觀李氏書，體制最善，纖文軼事，反覆曲暢，遇字差互，必曰某與某通，深得六書同音假借之旨，雖裴駰等弗逮。至其徵引經語，不盡齊一，由唐初寫本流傳，各據所見。即孔穎達《正義》與陸德明《釋文》，已難免傑偭，而《釋文》更多出别本，此如鄭司農注《禮》，每云「故書作某」，《尚書》今文古文乖異者累累，後儒兩備其説，正足資研覃而明詁訓也。其餘典籍，或今世亡佚，蒐采者尤稱淵藪。惜當時單行原帙，業就湮廢。汲古閣毛氏僅輯自六臣注内，非本來面目，惟宋晉陵尤氏本較勝。

鄱陽胡果泉中丞得之，影板以行，兼著《考異》，嘉惠藝林，顧第辨彼此之歧淆，他未遑及。君獨博綜審諦，梳櫛疑滯，並校勘諸家，一一臚列。且李氏偶存不知蓋闕之義，閱代綿邈，措手倍艱。然郭璞注《爾雅》，殫精數十年，動有未詳，近人邵二雲、郝蘭皋間爲補遺，用相翊助。君亦沿厥例，斯真於是書能集大成者矣。嘗謂注書之失有三：仍訛襲謬，罕識訂正，其失也陋；求新竄舊，半係臆造，其失也妄；拘繩守墨，罔復兼賅，其失也隘。若君書網羅富有，悉平心稱量而出，以視前明陳與郊之《章句》、張鳳翼之《纂注》、林兆珂之《約注》、閔齊華之《瀹注》，豈可同日而論哉！昔李善胸藏萬卷，而不工屬詞。君則具魁偉之才，詩若文皆援筆力就，而茲編又閎覽如是，方之曩哲，奚必多讓！矧虚懷善下，屢易稿，欿然不自信，尚期良朋重與討究，最後猥及余。余寡昧人也，涓流增海，末議思效，苦塵跡牽纏，久始竣役。承命序簡端，聊闡君意，竊欲告世之讀此書者。道光癸巳涇年愚弟朱珔謹撰。（《文選旁證》卷首）

重刊文選旁證跋

（清）梁恭辰

先中丞公著作甚多，於蕭《選》一書致力者五十年。詮釋義理，考證舊聞，芸臺相國最佩之。道光末年刊成書，求者踵至。未幾燬於兵火。手澤所繫，急欲重雕，而宦橐枵如，有志未逮。金少伯樞部、鄒渭清觀察集貲刻之而未果。何小宋制府璟過浙，高軒下訪，譚藝及之，深以未睹是書爲憾，蓋制府用力於此書最深，故思之不置。浙省故多藏書家，因代爲借得一部，即命兒孫輩分卷繕寫以應之。來書殷殷致意，猶以重刊相勖。遲迴者又八年，固未嘗忘也。去年汪柳門鳴鑾掌教學海堂，校藝餘閒，時相過從，輒復縱言及之。蓋學使亦專究《選》學者也，因私語之曰：「吴中多文人，若以原書蒙板刊之，既省寫工，舛錯亦少，衆擎易舉也。」學使心動，返吴後，即謀於知交處。許星臺方伯力助其事，彌歲而蕆功焉。今張薌濤中丞之洞每勸人重刻古書，以爲傳先哲之精蘊，啓後學之困蒙，爲利濟之先務也。然則學使此舉，實足嘉惠士林，闡揚《選》學，非僅將伯助予，用匡不逮矣。既喜書之成且速，又愧碌碌菲才，因人成事，謹述顛末，以誌欣幸。光緒八年四月，男梁恭辰謹識。（《文選旁證》卷尾）

重刊文選旁證跋

（清）許應鑅

辛巳秋，余刻孫春圃先生《四六叢話》將竣，汪柳門侍讀持長樂梁茝鄰中丞所著《文選旁證》，謂印本絶尠，盍付手民，以惠來學。余惟中丞博綜審諦，字櫛句梳，辨異同以訂其譌，衷群説以歸於是，網羅富有，掇墜搜遺，淵乎浩乎，奥窔盡闢。學者欲窺蕭統之曩規，暘崇賢之繁緒，以覃研訓詁，上逮群經，非是書莫由階梯而渡筏也。國朝校勘者十有餘家，而博贍精核集其大成，無逾乎此。余捐俸爲倡，同人亦醵貲相助，乃囑羊敦尗丞以校讎之役。惟原刻烏焉亥豕，不免傑偭，敦尗考訛訂佚，是正千有餘字，疑者闕之。八閲月而録畢。余簿書倥偬，未暇探尋義藴，幸重加考覈，燦若列眉，爰揭其大凡，以告世之讀是書者。光緒八年歲次玄黓敦牂仲冬之月，番禺許應鑅謹跋。

（《文選旁證》卷尾）

重刊文選旁證跋

（清）汪鳴鑾

蕭《選》之學，權輿李唐曹、李二家，斯爲巨擘。然考《唐書·藝文志》，曹憲《文選音義》，其卷蓋闕，承學之士尊李祧曹，當時已然。其後有五臣注本，開元中工部侍郎吕延祚上，與善並行，實則爇燋焌契，無裨景光，服艾盈要，馨烈益替，千古而下，厥有定論。宋時官私刊板都取五臣合併善本，是猶賈、孔疏義，割厠群經，高鄦緒言，雜糅鴻烈，以冠雙履，衹益春駁。國朝諸老，若吴江陳氏，長洲余氏，金壇段氏，先後廓清。長樂梁茝林中丞復薈萃諸家，折衷己見，纂《文選旁證》四十六卷，録木行世。是書鉤校同異，意在扞城崇賢。凡所引申，足爲功臣，間有抵捂，比於争友。昔王伯厚淹貫古今，然舉善注疻痏，惟《楊荆州誄》一事，即矜創獲，況什伯於此。同時阮文達公、朱宫詹琦皆服膺是書，即其精審爲可知矣。竊謂古之文人，未有不通小學，西京鴻篇鉅製，揚、馬稱首，而長卿有《凡將》，子雲有《訓纂》，其它班固則有《太甲》《在昔》，蔡邕則有《勸學》《聖皇》。是以發爲文章，沈博絶麗，浩無津涯，讀其文者，豈第獵取華藻已哉！馬、鄭之堂塗，《倉》《雅》之淵藪，胥於是乎在。梁氏此書又其梯桄也。方伯番禺許年丈莅吴三載，政通人和，公餘之暇，雅好觚翰，既取孫氏《四六叢話》重板行之，因余慫慂，復有是刻，所以嘉惠士林良厚。刻既竣，承命綴數語於後。時光緒壬午孟夏，錢唐汪鳴鑾跋。（《文選旁證》卷尾）

文選旁證書後

胡玉縉

《文選旁證》四十六卷，長樂梁章鉅撰。章鉅有《論語集注旁證》等。案，《文選》李善注，昔人稱爲一字一縑，然間有未詳或小誤；又五臣所據本與善所據本不同，南宋人合刊爲一，遂致兩本溷淆，非復李善之舊，即尤袤、張伯顔單行本，亦多舛謬。自汪師韓、孫志祖、張雲璈諸書疏通證明，塗徑漸闢。章鉅更薈萃衆説，並下己意，實事求是，多存古義，可謂集《選》學之大成，視《論語集注旁證》，其精博奚啻倍蓰，則以《集注》本無可發攄，而《選》學乃鑽研莫盡也。李慈銘《息荼廬日記》云：「閩人言此書出其鄉之一老儒，而梁氏購得之；或云是陳恭甫稾本，梁氏集衆手稍爲增益者。」其詳雖不能知，要以中丞他所著書觀之，恐不能辨此。今考一書言貢生某氏著，梁以千金購之。俟檢，當以前一説爲是云。（《許廎經籍題跋》卷四）

文選集釋自序

（清）朱　珔

《昭明文選》一書，惟李崇賢注號稱精贍，而騷類祇用舊文，不復加證，經序數首，更絶無詮語，未免於略。且傳刻轉寫，動成舛誤。凡名物猶需補正，並可引申推闡，暢宣其旨。前代諸家，率湮没罕行者。近人如汪韓門侍讀、孫頤谷侍御，雖彌罅塞漏，終屬寥寥。暇時流覽，偶尋繹，輒私劄記。久之，積累盈帙，屢有增改，釐分二十四卷。蓋嘗嘆考古之難矣，載籍浩繁，安能遍觀而盡識。窮日孜孜，左右采獲，得此苦失彼，即竝列簡内，慮致前後參錯。又歧論紛出，是非疑似，折衷殊匪易。況是書自象緯輿圖，暨夫宫室車服器用之制，草木鳥獸蟲魚之名，訓詁之通借，音韻之淆别，罔弗賅具。余性素闇蒙，匙克穿貫，衰齒漸臻，尤善忘，顧欲薈萃群言，應自哂不知量矣。但年來境遇鬱塞，胸無係屬，每耿耿若結癥瘕，聊藉繙閲，以資消遣，敢遽云撰著哉。雖然，李氏當日有初注、覆注、三注、四注，至絶筆之本乃愈詳，其不自域可知。後之人隅見各攄，譬諸山之廣大，産殖閎富，苟登邱歷壑，懷卷石盆卉而歸，未始非游於山也。入龍宫，觸目寶藏，幾乎旬眩，間拾片瓊，掇珊瑚之殘枝，未始非觀於海也。然則余綴輯此編，將兼存互析，土壤細流之益，當亦儒修所不廢。中間援引曩哲外，更多時賢，故名曰《集釋》。在昔許叔重作《説文解字》，博訪通人，至於小大，信而有徵，竊願取斯意焉。若夫管窺所及，則不盡沿襲，餘亦慎甄擇，戒阿狥，疑者仍從蓋闕之義。極知疏陋，而頗殫心力，重惜投棄，妄付剞劂。舊傳「《文選》爛，秀才半」，余尚愧其未爛也，特駒陰恐負，蛾術思勤，庶幾爲考訂之一助云爾。時道光十有六年歲次丙申秋七月，涇蘭坡朱珔自識於吳門正誼書院。（《文選集釋》卷首）

新刻文選集釋序

（清）朱榮實

凡宇宙不可磨滅者，必有人焉從而守之，復從而傳之。昔人頌魯靈光殿巋然獨存，謂爲神明依憑支持。韓昌黎賦石鼓，亦以爲鬼物守護其中，固有天在焉。吾族蘭坡夫子，生平著述除《小萬卷齋詩文集》外，其最重且大者爲《國朝古文彙鈔》及《詁經文鈔》二種。《古文彙鈔》爲卷二百七十有六，已得吳江沈參軍翠嶺刻於吳門，其板猶在。《詁經文鈔》爲卷六十有二，同郡朱司馬月坡刻之未成，遽遭兵厄，并其稿本俱失。此外尚有《說文假借義證》二十四卷、《經文廣異》十二卷，亂後稿俱殘闕。惟《文選集釋》一書尚稱完璧，然亦幾失而幸得之者。先是，咸豐十年，吾鄉遭寇氛。賊退後，族曾孫爾楫由楚返里，同族瑶圃明經屬爲代購舊書，偶於大通鎮市上見此稿本，索價頗昂。遽函達瑶圃，以此書引證贍博，斷制精嚴，可與六臣注附翼而行，且係族中老輩手澤，急寄貲購歸。惟此係重訂之本，增改頗繁。子典觀察見之，復覓鈔胥另謄清本，歸於先生之五公子季真，藏諸行篋，慎守有年。叔若觀察等謂此書若不壽諸梨棗，恐馴復湮没，遂踴躍捐資，剋期付梓。

予聞之，喜曰：「有是哉！此書之幸免淪失，而竟能留傳若是哉！」竊以吾鄉舊藏書籍，如先生集中所序《培風閣書目》，已有十萬卷之多。此外肄雅堂、奎曜堂俱不下數千卷，即予家潄六堂亦近千餘卷，今皆燬失。然此猶可復購，惟諸老宿所自撰著，如《求是堂七種》等板俱無存，印本流傳亦尠。至於吾師積數十年所成各書，其《詁經文鈔》一種，滙諸名家説經之文，依次標題，篇幅完善，尤足爲後學津逮，今亦不可復得。非獨作者精力可惜，實亦後生小子之不幸。而惟此《文選集釋》一書，先生所拳拳於後學，而爲之啓迪不置者，今猶得復讀完書。語云：「《文選》爛，秀才半。」杜工部云：「熟精《文選》理。」得是書合各家注本讀之，義理愈明，則嗜好愈篤，嗜好愈篤，則學業愈精，由此咀含變化，文章之美，詎愧曩賢？而皆由是書之力。然則刻是書者，其功豈不偉哉！我族德徵公後裔家方日隆，叔若輩群從又復留意於文章若斯。詩書有靈，凡助天愛養斯文者，天必以斯文報之，企見甲第科名之蔚起於旗峰下也。此舉叔若、瑶圃外，尚有竹坡司馬、秉臣員外、憲屏司馬皆一家同志，儒雅好文，並襄讎校之役，勤勞罔懈，宜並書。受業族姪榮實謹識。

（《文選集釋》卷首）

文選集釋跋後

（清）朱葆元

先君晚歲歸田，惟以著書爲事。喜習静，下榻於家塾之松竹軒，葆元朝夕侍側。嘗語館中群從曰：「學問之道無盡期，由漸而入，愈研而愈深。著書立説，有曩日以爲是今日以爲非者，或今日觀之自以爲無疵，他日檢閲又有可指摘者。昔人云『成書忌早』，正爲此耳。」平生持己誨人皆然。故所著詩文稿，至晚年始行訂定付梓，其餘考證經籍諸書稿，俱屢易，始付鈔胥録藏家塾。詎經粤寇，稿俱散佚，亂後蒐羅，僅《文選集釋》一書尚稱完善，乃濟川再姪孫爲瑶圃明經購得者。然尚係初撰之稿，其重訂及最後定本俱不可得。姪維垣亦於亂後收購舊書，偶得重訂之後半部，喜甚。今秋攜至漢皋，葆元與姪應坊細加校對，較初稿所增不下百餘條，俱依次編入，間有删改者，亦即更正。今此刻前十二卷據初稿，後據重訂之稿，惜乎最後定本無從而得，不無遺恨。倘此本尚存天壤，幸有獲者，肯惠然見示，俾將所增之條附刊于後，則我先君之子孫永永感且不朽矣！時同治十二年歲次癸酉仲冬，葆元謹白。（《文選集釋》卷尾）

文選集釋書後

胡玉縉

《文選集釋》二十四卷，涇縣朱珔撰。珔有《小萬卷齋詩文稿》，已書於後。是編采集衆説，自下己意，證引極爲繁博，足補李善所未逮。如以《東京賦》「半漢」爲「泮渙」之譌，《吴都賦》「𧯷費」爲與「軋忽」義通，《景福殿賦》「寠數」爲猶「局縮」之類，深通小學，致爲精覈。以《魏都賦》「長途牟首」爲即《上林賦》所稱「步櫚周流，長途中宿」，申明張載注，亦視他説爲優。惟《西都賦》「釦砌」條，謂《説文》古本不以「戺」爲「𠥏」之重文，不知「戺」，《爾雅》「落時謂之戺」，其地近南階之庢隒，其下爲主婦視饎處。「饎」，古文作「𠥏」，故「𠥏」得假爲「戺」字。《東都賦》「飫宴」條，謂《毛傳》「不脱屨升堂」，乃釋「飫」之本義，不知毛既以「飫」爲「醧」之叚字，奚容再釋「飫」之本義，「不」爲衍字，當以段説爲正。《補亡詩》「門子」條，謂「門子爲適長子，而國子即諸子庶子，乃適衆子」，又謂「國子即門子，在家曰門，在朝曰國」，不知《周官》有國子，有門子，二者不同。國子者，即國之貴游子弟，兼適、庶言；門子則專指王族及公卿大夫之適子言，不兼庶子。《典引》注「帝卯行」條，駁段氏「劉從丣聲」之説，謂「卯不爲劉，則『帝卯』語不可通」。不知讖緯語本不合六書，《宋書·符瑞志》引孔子《河雒讖》「二口建戈不能方」，又以「二口建戈」爲劉，豈亦足據？其他《東京賦》「游光」條，謂「即《繫辭》『精氣爲物，游魂爲變』之義」，則近於傅會。《吴都賦》「鴐鵝」條，謂「《淮南子》許注，即今《説文》語」，則二書雖同出於許，而各自爲書，不得謂「即」。《鸚鵡賦》「雨絶」條，謂《吴志·虞翻傳》已有「罪棄雨絶」語，則本傳實無此語。《上責躬應詔詩表》「胡顔」條，謂用《巧言篇》「顔之厚矣」，則「顔厚」烏得稱「胡顔」，當從蓋闕。然全書辨證詳明，類皆體會本文而出，大有裨於《選》學，凡汪師韓《理學權輿》、孫志祖《李注補正》、余蕭客《音義》、張雲璈《膠言》諸書得失，亦藉是考見，雖間傷繁冗，而究勝空疏，後梁章鉅撰《旁證》，所以必求其覆勘歟。見《小萬卷齋詩續稿》卷七自注。

此光緒乙亥刻本。《東都賦》「百穀蓁蓁」條，「桃葉」當作「桃夭」;《西京賦》「嚴更」條,「説文」當作「賦文」,此類頗疏於校勘。前有道光丙申自序,謂「重惜投棄,妄付剞劂」,是當時早有刊本。而同治癸酉其子葆元跋云:「詩文稿至晚年始付梓,餘考證經籍諸書,稿俱屢易,經粵寇散佚,亂後蒐羅,僅是書尚完善,然係初撰之稿,後得重訂之後半部,較初稿增百餘條,惜最後定本無從而得。」則似並無刻本者,豈琦時欲刊未果歟?其族姪榮實序又稱「此係重訂本,增改頗繁」,此未知前十二卷爲初稿,殆誤。(《許廎經籍題跋》卷四)

秋唫館集選句詩序

(清)路　德

今使鷃披隼翼,麋蒙虎皮,突入林莽中,豈不駭衆鳥,慴百獸哉。少頃真相露,則群然笑之,無他,彼固鷃也,非隼也,麋也,非虎也。集句詩類如此矣。詩之爲道,非詩人不能作,不能作詩,則亦不能集句,其所集者,字句縱無可訾,而精神氣韻終不可僞爲,閲不終篇,真相必露,故詩人薄之。吾友稼邨,詩人也,與余同官户部,時相唱和。公暇對酒譚藝,莫逆於心,今别來十五年矣。余子姪入都,必訊問起居,而未得一睹近作。昨長子慎莊自京師歸,攜稼邨《集選句詩》一卷,余急披觀之,句不出蕭《選》,而其詩則迥非《選》詩。《選》詩無律詩,稼邨變古爲律,其體裁不似,出入於唐宋之間,其格調不似,即事即景,詠物懷人,感今弔古,各指其所之,其用意又不似,何也?稼邨詩人也,其胸中自有所謂詩者,偶集古詩,亦適如其所作,斷不作傀儡人語。稼邨近作雖不可窺，其舊作余猶憶之，今讀是集，如見稼邨，反不見曹劉顔謝諸人也。如以翠羽爲釵，使美人簪之，翠羽猶是也，而光采殊矣。取腥臊羶薌諸品，使良庖烹之，品物猶是也，而滋味别矣。凡作詩，惟患不古，獨集古之作，則不患其不古，但恐純乎古人，與之酷似，似則無我，不似則無彼，吾之所以流覽是編，反復不厭者，正爲其不相似也。不然《選》詩俱在，開卷讀之，全豹在吾目中矣，奚取乎割零章拾斷句，而顛之倒之也哉。（《樫華館文集》卷一）

文選李善五臣同異

（清）葉廷琯

《文選李善五臣同異》一卷，凡四十一葉，不著作者名氏，附于淳熙辛丑尤文簡所刻《文選》後，應即是文簡所爲。其所列異同，不知是用五臣集注原書對校，抑從當時六臣本鈔出。昔胡中丞重刻淳熙本《文選》時，惜所得祖本適少此《同異》一卷，故未及附刻，而撰《考異》時亦未獲用以參校也。勞平甫權曰：五臣集注三十卷，錢遵王有北宋本，見《敏求記》，不知今歸誰氏。胡氏作《考異》時亦未見。後有文簡與袁説友二跋，係《文選》之跋，誤訂於此。胡刻本佚袁跋，僅據陸敕先校本附録入《考異》後，末尚闕二十餘字。又有一隷書袁跋，係同時刻昭明太子文集之跋，集今無傳本，袁跋轉因誤訂幸而得存。勞平甫曰：二袁跋皆載大典本《東堂集》，昭明集宋已失傳，尤、袁所刻，亦就《藝文類聚》《初學記》《文苑英華》《樂府詩集》《弘明集》諸書編輯而成，顧失收《文選序》，又《琴川志》載一文，忘其目，爲從來所未經見者。

向有校本頗詳，爲朱述之司馬借去，今不可復問矣。此本《文選》後有《同異》者，聞是吴中陸氏舊物，今歸海虞楊氏，余於陸氏初出時幸先影鈔《同異》一卷藏焉。（《吹網録》卷五）

影宋抄尤本文選考異跋

（清）陸心源

《李善與五臣同異》四十一葉，影寫宋刊本。行款與尤本《文選》同。有摹尤延之手書《刻文選題》，及淳熙辛丑袁説友跋，又説友《刻昭明太子集跋》，不著撰人姓氏。袁跋有「尤公博極群書，親爲校讎」語，則此四十一葉亦必文簡所爲無疑也。宋人樸實，不以校讎一二字自矜獨得，故自序不言。第二十葉有云：「自《齊謳行》至《塘上行》，五臣與善本倫次不同。」是文簡所據必有善注單行本，非從六臣本摘出。至尤序所云衢州本，余家有其書，四明本亦尚有存者，皆六臣注，非單行善注。由是觀之，善注單行，文簡以前無刻本矣。袁《刻文選跋》，胡氏克家據陸敕先校本録于《考異》後，脱「學者是所謂成民而致力于神者與，淳熙辛丑三月望日建袁説友題」二十七字。《昭明集》五卷，余藏嘉靖乙卯覆宋本，袁跋在焉。葉調生《吹網録》謂今無傳者，誤也。池州昭明廟，疾疫水旱，有禱輒應。淳熙中，江東旱，説友與池人禱之應，見文簡《題東堂跋》中。昭明生不與侯景之難，没而血食池州，千餘年不衰，天之報施文人，可謂厚矣。（《儀顧堂續跋》卷一三）

文選考異跋

盛宣懷

右《文選考異》一卷，宋尤袤撰。按延之爲池州倉使，議刻《文選》，池守袁説友助之費。閲一歲有半而後成，時則淳熙辛丑也。《文選》有李善注本，有五臣注本，兩本字句間有不同，延之專據善本、五臣異字别爲《考異》一卷，而不加論定，竢讀者自得之。嘉慶己巳鄱陽胡公克家影刻宋本時，未得《考異》，頗爲憾事。今宋本原刻在常熟故家，急爲摹刊，以便學者。書中讓、敬、徵、貞均缺筆，游遊、鉤鈎、紀記均舉出，校勘之密，細於毛髮。惟江文通《雜體詩》共三十首，自「結髮」至「徙樂」均在三十首中，《王徵君微》乃三十首中之一題，「徙樂」則係《謝光禄莊》題詩中語，元刻誤將《王徵君》另列，又將「徙樂」列於《王徵君》下，似《王徵君》不在《雜體》中，而「徙樂」係《王徵君》詩中語矣。此刊刻之誤，今亦仍之，而著其誤於此。胡本後載陸敕先過宋本有袁説友殘跋，今此跋全在，爲録於卷首，以補胡本之缺。光緒丁酉荷花生日，武進盛宣懷跋。（《文選考異》卷尾）

文選擬題詩小引

（清）馬國翰

梁昭明太子監撫餘閒，宏收七代遺篇，爲《文選》三十卷。唐世最重其書，六臣奉敕注釋，場屋取士，多摘句命題，時語曰：「《文選》熟，秀才録。」風尚可知也。南宋後，《選》學少替，故其時以「黄花如散金」試士，滿場皆誤爲詠菊。説家筆其事，以寄蔑古之感。少嘗從事斯業，間爲擬詠，隨手散失，不復記憶，稿存十餘首而已。客冬學使王嘯舲先生下車觀風，以百題行各學，題出《文選》者十之六七。州人士每以所作見質，心輒技癢，按題擬之，復取前擬作追改，續成其半，合得百三十九首，依次編録。夫《選》出蕭樓，蒐羅宏富，此特詞林之一葉，筆海之片鱗耳。惟冀同心，引伸和倡，維持廢墜，而光景常新。區區斯編，或亦先河之助乎。道光丁未孟夏，歷城馬國翰竹吾甫題於隴署之來青書屋。

（《文選擬題詩》卷首）

文選古字通疏證序代涇縣翟君惟善作

（清）劉毓崧

隋江都曹憲始以《文選》授諸生，而同郡魏模、公孫羅相繼傳授，於是其學大興。江都李善亦嘗受業於憲，集衆説爲《文選注》，又命其子邕補益之，與善書並行。新舊《唐書》皆詳載其事。然則廣陵《選》學之盛，其師承良有自矣。某以嘉慶中遊揚州，與甘泉薛君子韻同肄業於梅花書院，以文行相砥礪者且二十年。子韻博極群書，詞藻鴻茂，尤精於小學，著《説文答問疏證》六卷，又以《文選》多古字，思爲《文選古字通疏證》一書，草創有年，尚未卒業。道光戊子冬，新城陳碩士師督學福建，延子韻往襄校。己丑秋，按臨汀州，子韻猝得疾，卒於行館。碩士師遺使護其喪歸，而出貲屬閩士爲刻《説文答問疏證》，校讎者未能精密，往往參以臆見，碩士師深以爲憾。某時官江西，寄金至揚州，屬友人寶應劉君楚楨、甘泉楊君季子、儀徵劉君孟瞻詳加審定，重梓行之。而諸君已先期約同人醵金另爲刊板，因就《文選古字通疏證》内擇其首尾完具者，録出六卷，即以某所寄金付諸梓人，而問序於某。某竊謂文莫盛於秦漢，而《史記》《漢書》列傳有《儒林》無《文苑》者，其時善屬文者必邃於學，經術詞章未嘗歧而爲二，即昭明所選，沉博絶麗之文，非深於小學者不能作，亦非深於小學者不能疏通證明之也。儀徵阮相國師云：古人古文小學與詞賦同源共流，故曹憲既精雅訓，又精《選》學。又云：《文選》一書，必明乎《倉》《雅》《凡將》《訓纂》許鄭之學，而後能及其門。某生平服膺此言，以爲不易之定論，有志於《選》學之士所當奉爲矩矱者也。今子韻是書，引《説文》以釋《文選》，於字之假借、音之轉移、義之引申者，必析其同異，斷其是非，皆實事求是，不爲鑿空之談。蓋其疏證昭明之書，即以疏證許君之書，真可謂能以小學釋《選》學，而兼有儒林、文苑之長者矣。焦里堂先生云：揚州文學如曹李之於《文選》，二徐之於《説文》，此二書爲萬古之精華，而揚州洩之，爲天下學者之性命。夫子韻之發明《説文》，既能爲徐氏弟兄之諍友，而考訂《文選》，復能爲李氏父子之功臣，是天下之學，廣陵以一郡兼之，而廣陵之學，子韻復以一人兼之也。雖年止强仕，著述未克告成，然門徑既開，體例具備，後之好學者，就《文選》所載之古字，子韻未及疏證者，一一補而輯之，以成子韻未竟之志，是則斯文之厚幸，而亦某所深望

也夫。（《通義堂文集》卷一三）

文選古字通疏證後序

（清）薛壽

粵自姬宗典學，六書載於《周官》；漢律試僮，八體諷於大史。而語宗宣聖，正以雅言，詩美樊侯，式於古訓。形聲既著，訓詁滋多。夫創字之原，音先而義後，解字之用，音近則義通。儀厥兩途，實爲一貫。若夫昔賢論韻，止爲譬況之談；漢學傳經，已別重輕之語。填塵栗裂，《詩》箋述古字之同；志識聯連，《禮》注列故書之異。讀如讀若，擬其音均；古文今文，半由通轉。至若相如譔《凡將》於前，子雲述《訓纂》於後。《上林》之作，易「逍遥」爲「消摇」；《長楊》之篇，以「拮隔」代「戞擊」；「闟鞈」亦通「鏜鞨」，「紛紜」或假「汾沄」。詞賦之家，每多古字。昭明所選，具載原文。良以先民字簡，本無者立叚借之端，後代義明，同音者得旁通之證。昔蕭該、曹憲，具有《選》音。道淹、國安，亦傳達詁。然《隋唐志》雖著其目，而《經籍考》已佚其書。注《選》之家斷推李氏。況乎善注由於再世，《選》學盛於揚州。文而又儒，斯爲兼備。但學雖淹雅，音少疏通，杭、余三家，未遑闡發。若不廣加詮釋，奚由辨厥指歸。吾鄉薛子韻先生，熟精《選》理，殫究許書，明六義之原流，統衆經而條貫。通乎部分，則一字兼數字之音；究其異同，則數字歸一字之義。間有善注異體，不載古通，亦必參考折衷，實事求是，成《文選古字通疏證》若干卷。證「贅綴」於《春官》，釋「叉蚤」於《喪禮》。揚揮之正字爲「徹」，條梓之古本作「栟」。制折或體，申《魯論》折獄之言；槷臬原通，取《説文》臬準之義。飛遁、肥遯，異文與同部相參。婆娑、便姍，疊韻與雙聲互見。論方音之轉，則灡漣、薄魄之必詳；據形似之訛，則臺臺、芰芟之必辨。而且偏旁可以例推，部居不相雜越。詞約義博，件繫條分。信足以索隱鉤沉，旁推曲暢。惜乎注文雖録長編，疏語未能卒業。偉長云逝，空傳《中論》之書；高密告終，誰定禮堂之學。則有涇邑翟楚珍先生，並吾師儀徵劉孟瞻先生，誼篤交游，商付剞劂。委命比校，用竭惷愚。乃與同門句容陳立、儀徵劉毓崧對共討論，拾遺授梓，本有缺略，未敢增加。補陔夏之亡篇，願以俟諸異日；睹《漢書》之原本，不妨待續將來。何期彦輔之短才，勉效興公之後序。綴名末簡，待質通人。道光辛丑五月江都後學薛壽譔。（《文選古字通疏證》卷首）

文選古字通疏證書後

劉師培

薛子韻先生作《文選古字通疏證》，明於古字通叚之義。吾觀《選》注通叚之義，厥有四端：一則正文與注本係一字，而有古今體之殊，則曰某古某字，或曰某與某古今字。一則當時別本異字，義或相同，則曰某或爲某字，某本作某。此二端皆繫於形。一則聲義俱同，則曰某與某音義同。一則字之本義不同，因同一諧聲，遂叚其義，則曰某與某古字通。此二端皆繫於聲，均六書中假借通例也。蓋李氏受業曹憲，當時小學未衰，於轉注假借二例深通其藴。且《倉》《雅》諸書並傳於世，故凡云通叚，其説均確有所承。惟間有一字而通者數處，亦有僅載某某兩字古通而牽連同類數字者，非比而觀之，則假借之例不著。薛氏之書間有漏缺，本係未成之帙，然古字同聲通用之例，證以此書而益明，足與王氏《廣雅疏證》媲美矣。（《左盦集》卷八）

文選箋證自序

（清）胡紹煐

粤自梁昭明纂輯秦漢魏晉六朝諸體成《文選》一編，至今家有其書，幾如隋珠趙璧。竊謂文莫盛於秦漢，魏晉爲次，維時善屬文者，必邃於學，即六朝沈博絶麗之作，亦皆笙簧六籍，鼓吹百家，而瑰奇其詞，詰屈其句，學者多苦難讀。於是而蕭該之《音義》始出，至曹憲入唐，精《文選》之學，以所撰《音義》行世，江淮學者本之。後有許淹、江都李氏、公孫羅，相繼以《文選》教授，號「文選學」。淹、羅各撰《音義》，李氏撰《文選注解》六十卷。該、憲、淹、羅諸《音義》，僅著録隋唐兩志而罕有其傳，今存者惟李氏注解。開元後復有五臣注，五臣荒陋，又多據誤本附會其義，爲宋儒所詆。李氏注則援引賅博，經史傳注，靡不兼綜，又旁通《倉》《雅》訓故及梵釋諸書，史家稱其淹貫古今。陸放翁謂注《頭陀寺碑》，穿穴三藏，注《天台山賦》「消釋三幡」，至今法門老宿未窺其奥。（編者按：此當爲錢謙益《復吴江潘力田書》中所論，見《總論卷》，胡氏或誤記。）洵非溢美。不特此也，注所引某書某注，並注明篇目姓名，而後之採鄭氏《易注》《書注》、輯三家詩、述左氏服注者本焉，纂《倉頡》遺文，作《字林考逸》者又本焉。李時古書尚多，自經殘缺，而吉光片羽，藉存什一，不特文人資爲淵藪，抑亦後儒考證得失之林也。然擇焉不精，往往望文生訓，轉失本旨。如《西都賦》「横被六合」，「横被」用今文《尚書·堯典篇》，古文作「光被」，横、光古通，而注引《漢書音義》「關西爲横」，讀縱横之横。「紱冕所興」，「紱」與「黻」通，祭服也，而注引《倉頡篇》，以紱爲綬。《蜀都賦》「龍池瀥瀑濆其限」。《説文》「瀑，一曰沫也」。此其義。瀥，沸也，謂沸沫而濆其沫也。而注以瀥瀑爲水沸聲，解瀑爲沸。《甘泉賦》「薌呹肸以掍批兮」，「薌」與「響」同，謂回猋之響布，《説文》「肸，響布也」，而注云「薌亦香字」，讀同香。《羽獵賦》「拔鹵莽」，鹵蓋蓾之省，《説文》「蓾，草也。或從鹵，粗草也」，而注引《説文》「鹵，西方鹹地」，以鹵爲斥鹵。《補亡詩》「彼居之子」，居讀如姬，語助詞，「彼居之子」猶云「彼其之子」，而注謂居爲未仕者。吴季重《答魏太子牋》「時邁齒臷」，「臷」與「迭」通，更也，而注引杜注「七十曰臷」。又書中多連語，非疊韻即雙聲，皆無兩義：《魯靈光殿賦》「仡欺㺃以鵰眈」，假鵰爲睊，並深目貌，而注謂如鵰之視，以鵰爲鳥。《風賦》「枳句來巢」，「枳句」猶「枳椇」，並拳曲之狀，而注謂枳樹多句，以枳爲木。《洞簫賦》「乃使夫性昧之宕冥」，「宕冥」猶混沌，而注謂天性過於幽冥，引《説文》以宕爲過。「躊躇稽詣」，蓋稽遲之意，猶躊躇也，而注謂聲稽留如有所詣，以詣爲至。《長笛賦》「搏拊雷抃」，雷與礌通，皆擊也，而注謂抃聲如雷。左太沖詩「咄嗟復凋枯」，「咄嗟」猶「倏忽」，《倉頡篇》「咄嗟，易度也」，而注引《説文》以咄爲啐。《七命》「馳浩蜺」，浩蜺並形容高大之貌，而注謂浩蜺即素蜺，以蜺爲虹蜺。若斯之類，既背正文，復乖古訓。《唐書·李邕傳》謂善注《文選》釋事而忘意，書成以問邕，邕欲有所更，是當時其子已不滿是書。自此以後，鮮有專家。有明一代，《瀹注》《纂注》《約注》諸書，略涉藩籬，未窺堂奥。國朝名儒輩出，前有余氏之《文選音義》，何氏、陳氏之評《文選》，汪氏之《文選理學權輿》，孫氏之《李注補正》，林氏之《文選補注》，胡氏之《考異》，近梁氏又有《旁證》，皆足以羽翼江都。惟王氏、段氏獨闢畦徑，由音求義，即義準音，能發前人所未發，雖僅數十條，而考覈精詳，直駕千古，《文選》之學，醇乎備矣。紹煐涉獵《文選》，即窺此祕，以之校讀李注，觸類引伸，爲王、段二君所未及訂者尚夥，並及薛綜之注《兩京》，張載、劉逵之注《三都》，曹大家之注《幽通》，徐爰之注《射雉》，王逸之注《離騷》，顔延年、沈約之注《詠懷》，與《史》《漢》舊注，朝夕鑽研，無間寒暑，闕者補之，略者詳之，誤者正之。稿經屢易，最後刪定，乃釐爲三十二卷。入都就正於朱太守亮甫先生，謬蒙許可，賜以弁言。夫後人議前人易，前人而不爲後人議難。螳螂捕蟬，安知黄雀不在其後？抑心有所疑，則不能無言，言則不能無辨，區區之意，願以質諸當世之深於《選》學者。咸豐八年五月初吉日，胡紹煐自序於北野之還讀我書室。（《文選箋證》卷首）

文選箋證序

（清）朱右曾

讀書必先識字，識字必先審音，音繇文出，義繇音定，而歲綿數千，音聲有楚夏，文字有異同，非探其玄以悟其意，未易得其指歸。國朝碩儒輩出，實事求是。嘉慶以來，爰有即文字音聲以通詁訓，旁推側證，爲前儒所未及者，若高郵王氏、金壇段氏，指趣不同，其有功於來學一也。夫古人之文，六經無論矣，自《騷》以下，長卿、子雲之倫，類皆孰於雅訓蒼籀，穿穴貫串以組而織之。在其時亦常語耳，後人習於浮薄，乃始覺古人之文，詘詰卓詭，若彝鼎之銘，盤誥之語，目識之而不能讀，心知之而不能言也。非有探乎聲音文字之玄者，烏能一一契合哉！《文選》自隋曹憲始爲音訓，而其書久亡。唐有五臣注，其賅博綜覈不及江夏李氏，故李氏之注爲讀《文選》者所不廢，而傳刻滋譌，馬焉帝虎，往往而有。於是《考異》《旁證》諸書出焉，而聲音文字之間未盡釐然各當也。續溪胡君枕泉，少受《三禮》於其族兄竹村先生，而尤有得於王、段二家之學，往歲成《文選箋證》一書，旁搜互考，正譌糾繆，比來秉鐸太和，復重加删補，蓋不獨有功於李氏也。夫李氏時古籍猶夥，今所不得見者什三四，推而上之，抑更尠矣。然有前人所未及者，譬之泛海則眩，沿溪而其源可溯；登岳則迷，循轍而其歸不惑也。右曾鈍質末學，於審音識字之方未窺堂户，烏足以序枕泉之書？顧心所謂善，不能無言，顧還以質之，庶有以進我也。道光上章閹茂之歲夏六月，愚弟

朱右曾書於京師崇文門外之寓舍。（《文選箋證》卷首）

文選箋證跋

（清）胡培系

右《文選箋證》三十二卷，族兄枕泉先生撰。先生爲竹邨先兄高弟子，於經史及諸子百家靡不研究，而尤精於聲音訓詁，嘗以《文選》李氏注解擇焉不精，往往望文生訓，反失本旨，我朝治《文選》者十數家，惟金壇段氏、高郵王氏獨闢畦徑，由音求義，即義準音，能發前人所未發。先生乃即段、王二君所未及者，爲之觸類引申，旁推互考，成《文選箋證》三十餘萬言，歷二十餘載，稿經數易，最後釐爲三十二卷。咸豐間已鋟諸板，適粵匪竄績溪，先生殉節，板亦被焜，幸尚存鈔本。當賊勢猖獗之際，吾邑書籍焚棄殆盡，哲嗣小泉獨負先生遺箸，逃匿深山窮谷中，間關險難，卒以保全。先生名教完人，固宜其精氣不可磨滅，抑亦小泉至誠所感格，誓此身與其書俱存亡，故爲鬼神所呵護與！同治癸酉，小泉出是書見示，以鈔手間有譌奪，屬爲校勘。培系於學茫然無得，烏足以窺測萬一，惟謹據先生所引各書，逐一檢校，其單辭碎義，有爲管見所及者，如《西都賦》「六師發逐」，先生謂：「『逐』，聲讀如『胄』。《大畜》『良馬逐』，《釋文》『逐音胄』；《海外北經》『夸父與日逐走』，郭注『逐，音胄』。是『逐』、『胄』音同，此作『逐』，《後漢書》作『胄』，並『駎』之假。」培系按：「胄」與「駎」俱從「由」得聲，故得相假，而「駎」又假作「逐」，如「笛」之作「篴」，此「由」、

「逐」音同之證。又《西京賦》「封畿千里」，先生引《旁證》謂改「邦」爲「封」，是漢人避諱而後人因之。培系按：古字「邦」、「封」通用，《論語》「且在邦域之中」，「邦域」即「封域」，「封」爲正字，「邦」爲借字。《説文》「邦」從邑，丰聲；「封」從㞢、從土、從寸，守其制度也，古文省作𡉚，籀文作𡊠，從丰。先世父春喬公謂古文之𡉚，即籀文之𡊠；𡉚從丰，省從土，非從㞢也，小篆又加寸耳。是「邦」、「封」聲義俱邇，故經傳多通用，《旁證》謂改「邦」爲「封」是漢人避諱，似不盡然。又《東京賦》「次和樹表」，先生謂：「『和』即『桓』也，《周官·大司馬》『以旌爲左右和之門』，注『軍門曰和』。《大宗伯》注云『雙植謂之桓』。軍門以兩旌爲之，即所謂雙植也。方俗語『桓』聲爲『和』，故桓表亦曰『和』。」培系按：《史記·孝文紀》《索隱》：「陳楚俗『桓』聲近『和』。」《漢書·尹賞傳》《集注》：「陳宋之間，言『桓』聲如『和』。」又《水經·桓水注》引《書》鄭注：「和」讀曰「桓」。皆「桓」聲爲「和」之證。又《南都賦》「楓柙櫨櫪」，先生謂：「《説文》：『枰，枰木，出橐山。』『櫨』一曰宅櫨木，宅櫨亦即橐櫨。『枰』、『櫨』音同，以出橐山，故亦謂之橐櫨。」培系按：「宅」古音託，故「宅」、「橐」得相通假。《儀禮·士相見禮》注：宅，今文或爲託。宅從乇，聲橐，從石聲，乇石同部。又《子虛賦》「其高燥則生葴菥苞荔」，注：「張揖曰：菥似燕麥。蘇林曰：菥，斯歷切。」《史記索隱》曰：「《漢書》作『斯』。」顔注引蘇林曰「『斯』音『析』」。先生謂：「《索隱》作『菥』，《漢書》作『斯』，此亦當作『菥』，今正文及注皆誤。」培系按：「斯」與「析」聲義同，故得相通。《詩・螽斯》，《釋文》：斯，《爾雅》作蜇。亦其證，「蔪」作「菥」，字之或體，似非誤。又「襞積褰縐」，先生引張揖注作「縐，蹙也」，謂：「《説文》：『縐，一曰蹴也。』『蹴』即『蹙』。」培系按：毛本、胡本俱作「縐，裁也」，《史記》引《漢書音義》同。梁氏《旁證》引段校云「『裁』當作『戚』」。今段本《説文》改「蹴」爲「戚」，引張揖注作「縐，戚也」，「戚」、「蹙」古今字。考《詩》「蒙彼縐絺」，鄭箋：「縐絺，絺之蹙蹙者。」此訓「縐」爲「蹙」所本。又《上林賦》「坑衡閜砢」，先生謂「閜砢」猶磊砢，皆壯大貌。「坑衡」無説。培系按：「坑衡」，猶抗衡，「坑」、「抗」一聲之轉。《史記索隱》引崔浩曰：「抗衡，言兩衡相對拒，率不相避下也。」「閜砢坑衡」，蓋言樹木壯大相撑拒之狀。「坑」與「抗」，或形近而譌。又「天子校獵」，《漢書》顔注云：「校獵者，以木相貫穿，總爲闌校，遮止禽獸而獵取之。」先生謂：「《易・繫辭》『屨校滅趾』，侯果注：『校者，以木夾足止行。』然則穿木爲闌謂之校，猶貫木夾足謂之校矣。」培系按：校有考校之義，本書《長楊賦》「校武票禽」，注「校，考也」。校獵當與校武同，注家謂爲闌校，似鑿。又《江賦》「金精玉英瑱其裏」，注「善曰：瑱，謂文采相雜」。先生謂：「此義少見，惟《華嚴經音義》四引《漢書訓纂》曰：『瑱，謂珠玉壓座爲飾也。』蓋『瑱』之言鎮也，壓也，以珠玉雜飾鎮壓其中，如玉瑱然，斯謂之瑱矣。」培系按：「瑱」，蓋填之借字，言文采之填廁也。《衆經音義》二引《三蒼》：「廁，雜也。」《廣雅》：「填，塞也，滿也。」善謂文采相雜，即其義。又《幽通賦》「矦草木之區別兮」，注「曹大家曰：『矦，候也。』」《漢書》作「侯」，六臣本作「侯」，此作「侯」，誤。培系按：「侯」字義長，「侯」當如「侯栗侯梅」之「侯」。侯，維也。作「候」字解恐非。又《離騷》「修繩墨而不頗」，先生引《旁證》云：六臣本「修」作「循」，王注「循用先聖法度」，則作「循」爲是。培系按：「修」、「循」二字，傳寫往往譌溷，本書《典引》「其書猶得而修也」，「修」亦「循」字之誤。又《七發》「魚跨麋角」，先生謂：「『麋角』猶云角麋，文特倒言以協韻耳。角麋謂遮截而束縛之也，『角』與『觕』通。《廣雅》曰『觕，掎也』。《豳風·七月》『猗彼女桑』，《傳》云『角而束之曰猗』。《左傳·襄二十四年》『晉人角之，諸戎掎之』，是『角』、『觕』通矣。魚言『跨』，麋言『角』，並捕取之名。『角』非頭角，『跨』亦非兩股間跨也。」培系按：捕魚未有言跨者，《魯頌》「有驒有魚」，《爾雅》「二目白魚」，則魚亦馬名，故可言跨。角，逐也。蓋言跨魚馬以與麋角逐耳。略舉數端，未知當否。安得起先生於九原而是正之！先生尊甫梅溪公嘗從先大父游，與先君最爲莫逆。培系甫束髮時，每見先生就先君討論今古，培系時從捧手，其誘掖後進若恐弗及。今先生久歸道山，培系困守一氈，蹉跎白首，曩時妄思有所撰述，今皆未能寫定，以視先生萃畢生精力以成是編，而又有賢子孫能保守之，其相去何如也！讀先生之書而不禁自感也已。光緒九年歲在癸未孟秋月朔，族弟培系謹識。（《國立中央圖書館善本序跋集録·集部總集類》録自清稿本《文選箋證》）

選注規李序

（清）徐攀鳳

李崇賢《文選注》六十卷，元本散軼久矣，猶賴前之君子編輯成書，仿佛廬山真面，則今所傳顯慶本，爲汲古閣毛氏所刊者是也。幼耽讎校，老而忘疲，簡畢所存，積久盈卷，命曰《規李》。其於少陵熟精之語，初未有得，竊滋媿云。（《選注規李》卷首）

選學糾何序

（清）徐攀鳳

讀書之法，必先貫穿一家，而後馳騁乎百家。義門何先生之讀《選》也，率以李崇賢注爲宗，評本嘉惠後學，越百年矣。予既樂味其精美，不揣固陋，另作《糾何》一卷，遥質諸先生焉。（《選學糾何》卷首）

文選古字通補訓自序

（清）吕錦文

《文選古字通疏證》六卷，甘泉薛君子韻譔。薛君博極群書，尤精於小學，就《文選》中所載之古字引《説文》以釋之，疏通證明，實事求是，洵爲昭明功臣，然未經録出者尚夥。余不揣固陋，補而輯之，以成薛君未竟之志。雖續貂之誚在所不免，亦欲俟諸博雅君子詳加訂正云爾。道光己酉

仲夏，旌德吕錦文壽棠氏書於高溪之懷研齋。（《文選古字通補訓》卷首）

文選古字通補訓序

（清）何秋濤

六籍當戰代僅延於鄒魯，又火於秦，其時處士文人睹經訓者蓋寡，而小學訓詁則盛於秦漢間。故屈平之《騷》，相如之賦，雖無當於經誼，而其形聲雅訓咸與經學相發明。國朝治「文選學」者，擘究甚詳，亦以其書多故訓，猶求桔梗、芣苢者必之廣澤也。旌德吕壽棠拔萃爲雲里先生文孫，鶴田大卿令子，能世其學。庚戌朝考入二等，覆試見遺，人皆爲壽棠惜，而壽棠無幾微不豫色，持所撰《文選古字通補訓》四卷、《拾遺》一卷示余，披覽再四，見其樹義確，析疑精，考證備極詳覈，庶乎能即文辭以溯小學之原者，眡宋婁氏之《班馬字類》，覺彼僅蒐采，此能剔抉，今人勝古，不啻倍蓰。因爲考訂數處，序而歸之。蓋以賀大卿之繼起有人，且徵異日。壽棠學古窮經，實事求是，於小學中必更有卓然自見者，將以是爲之兆焉。道光庚戌仲秋光澤何秋濤序。（《文選古字通補訓》卷首）

文選古字通補訓序

（清）包慎言

梁昭明太子纂輯《文選》，自姬漢以逮蕭齊，作者之精英，咸萃於編。文筆體製之異，聲律正變之殊，考古參今，蓋略備矣。故隋唐修辭者咸奉爲圭臬，然棄液啜膚，捨難就易，雕繪末技，卒爲大雅所哂。無他，言不綜典，音乖宫商，聲韻訓詁失傳故也。夫馬揚班張，鴻篇鉅製，義薄風騷，聲諧金石，其間奇文奥旨，非深明六書者未易猝通。魏晉而降，摛藻揚芳之士，豔摘屈宋，亦多古訓古言，非僅以風雲月露供詞人之採擷也。唐初江都曹憲以「文選學」教授生徒，嘗數百人，李善傳其業，因爲《文選》作注。今讀其書，賅洽宏通，有孔、賈義疏所不逮者，而於訓詁尤詳。自《爾雅》《説文》《廣雅》外，凡《三倉》《倉頡》《凡將》《字林》《聲類》《通俗》遺佚諸篇，皆賴是以存涯略。史稱杜林古文，衛宏官書，至隋末學幾亡絶，至憲而復興，然後知《文選》爲小學津梁，而李注蓋欲紹其師之絶學以貽來哲也。亡友甘泉薛子韻傳均精小學，尤篤好是書，嘗取李注所標古字通借者，疏通證明，爲李氏作長箋，余昔見其草，笑曰：「問奇者不必載酒入揚雄之門矣。」子韻亦笑曰：「君顧靳一壺之惠乎？」迄今追憶如昨，而子韻之墓木已拱已。子韻既殁，其同郡友儀徵劉孟瞻録遺書，以此爲從事《文選》者所必資，乃爲理其草付梓，以公同好。然子韻僅就李注所及引申之，李注所未及，猶多癥結。旌德吕壽棠明經善子韻書，乃推廣其例，摭李注所不及者，博引旁徵，條釋其叚借旁通之由，共得四卷，名曰《文選古字通補訓》。其遺漏者又重輯爲《拾遺》一卷，蓋猶昌黎列名三王之次意也。余讀之，向之癥結，不覺涣然解，益信德必有鄰，而又幸子韻之學爲不孤也。壽棠少受經於其大父雲里先生，多識前聞。長而從其尊公鶴田少司空質問經史大義，方有志於明體達用之學，而謙抑善下，其所就殆未可量，異日入承明之庭，雍容揄揚，大雅宏達，當更

有進於是者，余即於是編卜之矣。咸豐元年四月下浣，涇縣包慎言序。（《文選古字通補訓》卷首）

文選拾遺序

（清）朱　銘

余少喜讀《文選》，尤愛李氏注該博，足資考證。嘗採集諸書以證發李注之有疑義者，而辨證諸説之糾紛者，爲《文選質疑》一書。既成，計十餘萬言，懼其語之詳而未擇之精也，且時頻遭兵燹，剞劂殊難，是以删之又删，損之又損，取其有裨於李注而足證諸家之疏舛者録之爲八卷。嗚呼，此於《文選》誠萬分而得其一端，然而不忍自棄者，業雖不專於此，蓋十餘年矣。時抱病方篤，編既成，序其本末如此，命曰《拾遺》云爾。咸豐八年仲春，番禺朱銘元譔甫序。（《文選拾遺》卷首）

文選拾遺跋

（清）鄭獻甫

據《唐書·儒學傳》，治《文選》者同時凡四人，今所傳惟崇賢一注。據李匡乂《資暇集》，注《文選》者當時亦四本，今所行惟最後一注。後人别出五臣注，又合刻六臣注，攻之者抉摘良不少，益顯李注之博。閒有補李注之缺者，如王伯厚之《困學紀聞》，楊升庵之《丹鉛總録》，何義門之《讀書記》，多不過七八條，少則第一二條而已。往年余在楚，見近人孫君志祖所補刊李注二卷，未及宣究。今年余居羊城，友人出朱君元譔所著《文選拾遺》凡八卷，則特爲完備。自云採用之書三百餘種，删訂之功歷十餘年，於李注之是非異同詳略皆確然得之，可謂用力深而用心細矣。夫喜新者穿鑿爲説，如「導一莖六穗於廚，犧雙觡共觝之獸」，必以「導」爲「䆃」，從禾不從寸《封禪書》；如「左綿巴中，右挾岷山」，必以「左綿」爲綿州之左，實字非虚字《蜀都賦》。此則喜攻注之弊也。守舊者望文生訓，如「招白間」與下「揄文竿」對，因誤作「鵰」，遂以爲鳥名，非弩名《西都賦》；如「裁以當箎」謂裁以爲管，因云「便易持」，遂以爲馬策非竹管《洞簫賦》。此則曲護注之弊也。此書出而作注者之缺補，攻注者之弊去，其於「文選學」非小補也。惜乎余讀其書，未接其人，卷中有欲參正者，如《湘夫人》篇之「登白薠」，注「薠草秋生」，似應用《子虚賦》注「青薠似莎」之文，不當作「蘋」字。《石闕銘》之「創法律」，注「《漢書》曰蕭何吹律令」，應用《爾雅》「坎，律銓也」之文，不當用「吹」字。然於全書之大旨固無害也。因還其書，而僭識其後，或不以愚者千之一爲妄云。時咸豐之十有一年秋九日下澣，象州鄭獻甫謹譔。（《文選拾遺》卷尾）

文選拾遺跋

（清）徐紹植

竹阿先生爲番禺茂才，家貧篤學，其境遇之嗇，名場之困，有昔賢所未經者，先生處之澹如也。性復耿介，落落寡交，非好學者不與爲友，而於先君子最爲道味相契。先君嘗言，贈人詩不免諛詞，惟朱五一首可無愧。此詩刊載先君集中，讀之者可想見其爲人矣。先生於書無不讀，而尤篤好《文選》，探索既久，心得日多，因著《文選拾遺》八卷，辨李注之舛誤，剖衆説之糾紛，積十餘年之力乃克成編。咸豐七年，海氛不靖，先生避亂鄉間，病中猶加删訂，甫脱稿，而先生遽逝，蓋書成而心血亦盡矣。鄭小谷先生前跋以《湘夫人》篇之「登白蘋」及《石闕銘》之「創法律」，當用《子虚賦》注「青薠似莎」及《爾雅》「坎，律銓也」之文，不當沿李注用「蘋」字、「吹」字，深以未獲接晤參正爲恨。今案，梁茝林中丞《文選旁證》云五臣「蘋」作「薠」，鄭説或即本此。至《爾雅》「坎，律銓也」句，「坎」乃「欥」字之訛，阮文達已詳辨之。鄱陽胡氏影宋本《文選》李注作「蕭何次法律」，與《漢書·高帝紀》同，惟汲古閣本作「吹」，先生撰是書初從汲古閣本李注，後乃改從胡本，此「吹」字蓋改之未盡者，今已更正付刊，可無疑義。紹植昔從先生遊者兩年，惜在幼齡，不知向學，深以自愧。先生之子薌谿，余姊倩也，弱冠從先君讀律，既而遊幕桂林二十餘年，筆耕鮮暇，今以歸里閑居，爰取是書校而梓之。嗚呼，先生以宏通博雅之才，半生坎坷，終艱一第，且以授徒爲業，苦無暇日，不能多所撰著，即此數卷之留貽，尚歷久而始刊布，豈此中顯晦，亦有定數存於其間耶。先生當日交遊皆一時瑰瑋之士，數十年來零落殆盡，而余與薌谿又以遠方作客，相見絶少，追憶少年居同里閈，讀書講學，晨夕砥礪，此樂又何能見於近日耶。伏誦此編，未嘗不感慨繫之也。光緒十八年歲次壬辰仲夏之月，受業徐紹植謹跋。（《文選拾遺》卷尾）

何義門文選評本序

（清）俞　樾

何義門先生精於校書，每訪求宋元舊槧及故家善本，手自讎正。世宗憲皇帝在潛邸時，曾以《困學紀聞》命爲箋疏，其所校《兩漢書》《三國志》尤精。乾隆五年，侍郎方靈皋奏上其書，付國子監。及先生殁，而海内争購其所校諸經史，於是何氏之書畢出，而真僞亦頗猥雜。乾隆壬辰，長洲葉氏刻《文選》李善注，附刻義門先生評語，詳論文法，略有考證，簡首有先生自題數語，署康熙辛巳秋日，其書久行於世矣。今年春，汪君小村又以此本見示，則即汲古閣本，而先生以朱筆書其上方，大都皆論文法者也。行間則加圈點，閒或校正文字。書雜行楷，婉秀可喜，自始至終，筆意一律，每册鈐先生名印，而無年月。其末有蔡季白跋語，云此本爲其鄉人碧琉璃齋阮氏所藏，由阮而歸於陳，由陳而歸於蔡，授受源流亦自明白。或疑其專論文法，無所考證，似不及葉刻本。然如潘安仁《爲賈謐贈陸機詩》「神農更黄」，「黄」當作「王」；謝希逸《宣貴妃誄》「容與經緯」，「緯」當作「闈」。此皆改正，而葉本未之改，則其勝於葉刻者亦多矣。自明代盛行艾千子時文評本，國初諸老皆沿此習，而義門尤以選刻時文名於世。全謝山謂義門《困學紀聞箋》批尾家當未盡洗滌，然則此本專論文法，正是先生所長，讀《文選》者，得先生此本而熟復之，於行文之法所得非淺，是宜刊布，以廣流傳。若夫考訂之學，則自唐代李濟翁、丘光庭以來，講《選》學者代有其人，而葉刻

録先生考訂諸條，亦人所習見，轉不如此本專論文法之有裨於後學也。（《春在堂雜文》四編卷七）

文選通叚字會序

（清）譚　獻

古者獨體爲文，孳乳爲字，文字相益，孳乳浸多，故書契至今所以濟事物之變，充文章之用者，日出不窮。由是便文叚借，習焉爲常，夫豈嚮壁虚造所可借口？有唐以來，篇韻大備，承學識字，里俗間發，求之三古，藍縷未昌。五百四十部中，往往借義行，本義轉晦。漢魏六朝，文學淵林，莫盛於《文選》，維時形聲叚借之字，世用有餘，無不足矣，去古未遠，學有流别，故足信好也。甘泉薛子韻氏生小學明備之日，奉手通人，折衷經典，撰《文選古字通疏證》，引申觸類，各有依據。數十年間，好學深思熟精《選》理者，頗病其闕漏。今乃松滋杜君午丞講舍餘暇，泚筆補之，如數家珍，如入寶山，左右采獲，詳説反約，於是知古昔作者涉筆摛藻，異同間出，有用本字而退借字，亦有用孳生字以代本字，淵源緒業，軌轍可尋，於以周文章之藝術，廣文字之義例，抑亦居今稽古、論世知人之徑隧。（《文選通假字會》卷首）

文選敂音自序

（清）趙　晉

《法言》云：「一卷之書，不勝異意。」識大識小，是在其人。讀《文選》注，妄參鄙意，識其小者

而已。以云駁義，則吾豈敢。壬申六月趙晉記于晨葩館。（《文選敏音》卷首）

讀選集箴序

（清）何其傑

甲戌被放假歸，鍵户課兒孫讀。間取《文選》授之，亦以自課，其有裨身心、洞中世情者録之，久而成編，復類以别之，曰品概，務根柢也；曰建樹，勵作用也；曰閲歷，曰存養，則由壯而老之鍼砭，又傑所用自儆也。約爲四卷，日置坐隅。陳生瑞庭見而悦焉，亟請付梓，因徇其意而志數言，惟蒐採稍略，未能宏富，維大雅正之。光緒癸未三月三日，山陽何其傑。（《讀選集箴》卷首）

文選各家詩集跋

沈曾植

蜀中近日刻書甚夥，然頗少持擇，猶不逮粤，江、浙無論也。薄遊羊城，偶思讀《文選》詩，適見此書，遂購之，聊取輕便、利行篋而已，其書固不足存。春間在廣陵，見《江醴陵集》，至今念之。（《海日樓題跋》卷二）

選學拾瀋自序兩首

李　詳

予受性愚蔽，幼爲父母所饒，慒不知學。逮於稍長，從師受讀，涉獵之餘，愛誦《文選》，鑽味善注，資爲淵海。視有遺義，間復研究。家貧無書，所得亦尠。粤在乙酉，長沙王益吾祭酒夫子適來，標映人倫，甄挹道素，策士勸學，《文選》其一。承命奮迅，雅志權輿。素心既違，邪許罕助。恍焉慨焉，爲山中輟。舊稿在篋，敝帚私珍。自爾奔走，羈迹袁浦。府主謝子受觀察夫子眄睞，視如籍湜，插架墳案，縱余檢尋。料簡良楛，率從掌録。積之數歲，略有可觀。知友來索，不能偏給。寫足二卷，先付剞劂。復有好事，許寄刊資。痴符流布，自忘醜拙，修軌不暇，何遑更讀。覆瓿之誚，知不免焉。時光緒甲午三月，揚州興化李詳審言自序。

余三十歲時，著有《選學拾瀋》，刻板甚劣。自請後當有得，别爲專書。忽忽四十許年，病體日羸，此願竟廢。偶檢舊書中有此册，鼠齧其背。取而觀之，所考各條，與今所見，亦復不異，仍録存集中。昔王祭酒益吾先生批余此卷云：「所撰各條，並皆佳妙，無可訾議，但恨少耳。」誠少也，佳妙訾議，尚希世人論之，不敢以師言而自足。李詳記。（以上《李審言文集·選學拾瀋》卷首）

選學拾瀋王先謙先生批語

王先謙

閲生所撰各條，並皆佳妙，無可訾議，只恨少耳。漢魏六朝爲文，皆遞相祖述，余《瑣言》中所稱舉數事是也。唐人猶有之，宋以後競出新意，此義蕩焉無存，亦文場一大變局也。生所注兼能蒐討古人文字從出之原，與鄙意符合，不專從徵典用意，目光尤爲遠大。如能一意探求，俾成巨秩，允爲不朽盛業。名世壽世，豈待他求哉。嘗謂艱難困苦中方能造就人才，必境遇好而後爲學，則杜老一生不能作詩矣。功名富貴，自有天命，惟當先謀自立之道。生有如此美才，若因饑驅輟學，豈不可惜。尚其努力爲之，以副厚望。光緒戊子正月十一日識於泰州試院。（《李審言文集·選學拾瀋》卷首）

韓詩證選序

李詳

唐以詩賦試士，無不熟精《文選》，杜陵特最著耳。韓公之詩，引用《文選》亦夥，宋樊汝霖窺得此旨，於《秋懷詩》下云：「公以六經之文，爲諸儒倡，《文選》弗論也。獨於《李邧墓誌》曰：『能暗記《論語》《尚書》《毛詩》《左氏》《文選》。』故此詩往往有其體。」余據樊氏之言，推尋公詩，不僅如樊氏所舉，因條而列之，名曰《韓詩證選》。宋人舊注，如詮「賤嗜非貴獻」及「徒觀鑿斧痕，不矚治水航」諸語，能以嵇康《絶交書》、郭景純《江賦》證之，始知韓公熟精《選》理，與杜陵相亞。此余之所不敢攘美，其爲余所得者，則施名以别之云。（《李審言文集·韓詩證選》卷首）

杜詩證選序

李詳

杜少陵《宗武生日詩》「熟精《文選》理」，又《簡雲安嚴明府詩》「續兒誦《文選》」，後世遂據此爲杜陵精通《文選》之證。自宋以來，注家能舉其辭者，已略得六七。然或遺其篇目，或易其字句，或多引繁文而與本旨無關，或芟薙首尾而於左證不悉，凡此皆病也。又少陵每句有兼使數事者，有暗用其語者，但舉其偏與略而不及，皆有愧於杜陵「熟精」二字。如《客居詩》「壯士斂精魂」，既效謝客「幽人秘精魂」句法，又用江淹賦「拱木斂魂」，不僅古《蒿里歌》也。《玉華宫詩》「萬籟真笙竽」，此用左思《吴都賦》「蓋象琴筑並奏，笙竽俱唱」語，故云「真笙竽」，蓋引古自證也。如此之類，歷來注家，尚未窺此秘。余既治《韓詩證選》畢，又取杜詩證之。恒恐末學耳食，謂引《選》語已見注中，而怪余爲剽襲，比之重臺累僕。然安知不有深通其意者，復相賞邪？余於是鋭然爲之，漸得數卷，覽之多有可喜，因爲寫定如左。世有快炙背而美芹子者，其或不嗤爲野人之獻焉。則余將踵此以進，謂諸君亦有樂乎此也。（《李審言文集·杜詩證選》卷首）

李善文選注例序

李　詳

古人著書，例即見於注中。李善《文選注》首舉「賦甲」，存其舊式，《兩都賦序》以下繼之，皆例也。錢警石先生《曝書雜記》曾揭善注之例，而惜其未備。今廣錢氏之采，加以案語，庶幾備《選》學之一稱云。己巳十月䡾叟李詳。（《李審言文集·李善文選注例》卷首）

選雅自序

程先甲

《選雅》何爲而作乎？將以存古義、資譯學者也。小學之涂有三，曰形、聲、義。姬代文郁，爰箸《爾雅》，周公創制，孔子、子夏，賡續坿益，是爲義書之始。炎漢以降，牡闢寖閉，《小雅》《廣雅》，異代相晞。逮我朝乾嘉之閒，戴、段、二王猋起雲薈，小學燀赫，超越許、陸，古今子史，若古文章，乃克卒讀。續義書者，雖罕精粹，而王、郝兩疏，勳績特懋。同治以來，小學日荒，凌遲至今，聖經貟斷，古籍蟫朽，薦紳先生方吠聲於游説，羶赴於新論，腐脣焦舌于畫革旁行之書，敂以中國古義，則顧駴若侏儒，詫若鴂舌。嗚呼！先聖之微言大義不絕如綫如此。過此以往，其銷滅剷削，更何忍言。夫居今之世，摻祛而聒人，曰經學某書，小學某書，則童騃相與笑之。雖然，時世無慮萬變，有生民斯有語言，有語言斯有文字，有文字斯有文章，有文章斯有訓故。文章者，語言之精也；訓故者，文字之脈也。後之學者雖未遑章疏句箋，爲專門經學之儒，然由語言以達文章，豈能無階于訓故之書乎？是故欲知三代之訓故，則《爾雅》尚已；欲知三代以後之訓故，其道曷由？先甲以爲，即三代以後之文章求之而已。《昭明文選》者，總集之鼻祖，而文章之巨滙也，上自周秦，下訖齊梁，其閒作者，類皆湛深訓故，如子夏曾增益《爾雅》，李斯有《倉頡》，相如有《凡將》，子雲有《方言》《訓纂》，劉歆有《爾雅注》，孟堅有《白虎通義》，伯喈有《勸學》《女戒》，韋昭有《辨釋名》，束皙有《發蒙記》，景純有《爾雅注》《方言注》《三倉解詁》，延年有《庭誥》《纂要》之屬。而崇賢又承其師曹氏訓故之學，作爲注釋，凡夫先師解説、傳記古訓、衆家舊注，咸箸于篇。群言肴亂折其衷，通用假借貫其指，匪惟《爾雅》采至四家，小學之屬蒐至三十有六而已。至于未審古音，沿稱協韻，迺千慮之失，未爲一眚之累。陸德明即稱古音爲協韻，初非創于吴才老。陸生善前，善説疑本陸，抑或本其師曹氏。合肥蒯禮卿師云稱古轉音爲協韻尚可，古正音則不可。是故崇賢之注，一訓故之奇書也。先代鴻生鉅儒暨本朝諸大師，徒以其注援據閎博，輒輯佚鉤沈，競相珍祕，朝夕儲偫，以待擘經之用，抑攟掎之力多，而綜貫之功尟焉。若夫小學諸家，義類各書，並見采摭，罕或舍旃。如朱氏《駢雅》、夏氏《拾雅》、洪氏《比雅》、杭氏《續方言》、張氏《廣釋名》之類，皆采《選》注以爲正文者。此外，段《説文》、王《廣雅》、郝《爾雅》一類書之采《選》注爲注者，阮氏《經籍籑詁》一類書之采《選》注以入聲書者，尚不在此列。然皆具數一體，未有專書。後世有志之士，欲根柢訓故，造爲文章，其道曷由？先甲不揆檮昧，爰擷其注，依《爾雅》體例，述爲是編，庶幾古言古義，萬存二三歟。其所謂資譯學者，何也？方今之世，西書棼若牛毛，而譯才裁如麟角，蓋操觚之倫，于小學藩籬曾未闚涉，一旦纂述簡册，非擁腫拳曲，鉤喉棘吻，則闒茸黯淺，費學人之日力，供文囿之嘲噱。夫中之《説文》《廣韻》，即西之斐尼基文及字母諸書也；中之《爾雅》《釋名》，即西之《辨學》《啓蒙》之屬也；《辨學》《啓蒙》别有二譯本，曰《思辨學》，曰《名學》。中文之用古義，猶西文之用拉丁、希臘義也。西國學僮必籀拉、希，中國之士槁項黄馘，猶瞢古義。習西文者，恒溯其本，習中文者，率狃其末。操中國之末，以絜西國之本，此而求合，豈不乖剌。加義類不通，胸無歸墟，一詞氣之閒，一名物之稱，謂執西求中，恒苦汗漫，冥行索涂，倀倀靡之，既味古義，勢將雜掇流俗之談，踵襲繆種之説，其辭愈繁，其指愈晦。侯官嚴氏譯書，喜用秦漢古義，謂古義一言可當今義千百。味其譔述，良可省寤。孔子云「辭達而已」，又曰「言之不文，行之不遠」。不達、不文，行且不可，尚欲開民智、匡國政乎！兹編所列周秦六朝之訓故，略具於斯。文字之貿遷，語言之沿革，名物象數之差別，按部可校，循區可檢。凡《爾雅》所未載，《小雅》《廣雅》所未紀，于是乎稽。或亦新語之餱糧，狄鞮之先馬矣。第自惟牽迫習俗，于昭明之書既未克手鈔三過，又不若唐賢之熟、宋人之爛，矧崇賢之注，浩無津涯，彌難殫究，重以姿鈍，身又孱弱，自壬辰冬屬稿，中閒遘病遭喪，或作或輟，甲午季冬編輯甫竟，越五年己亥，始加勰理，寫定清本。自知悂繆孔鯀，脱誤不免，夫以子雲、稚讓、成國、景純之才，澹雅沈鬱，浩博奓富，今取其書讀之，匪無鉏鋙，猶資商榷，矧夫後生小子末學膚受者乎！用是擁彗竚塵，私覬薙厥蕪穢，正厥闕誤，博物大雅之士，庶其鑒諸。光緒庚子年十月十四日，江甯程先甲自序。（《選雅》卷首）

程一夔孝廉選雅序

（清）俞樾

李善之注《文選》也，所采用之書自經史以下及乎諸子百家，都凡千有餘種，求之馬氏《經藉考》，存者已不過十之二三，至於今日，崇山墜簡矣。又其所載舊注，遠則服子慎、蔡伯喈，近則郭璞、韋昭，皆兩漢緒言，經師詁訓，片言隻字，珍逾球璧。余嘗謂《文選》一書，不過總集之權輿，詞章之輨轄，而李注則包羅群籍，羽翼六藝，言經學者取焉，言小學者取焉，非徒詞章家視爲潭奥而已。近代諸公喜求古言古義，如慧琳、元應《一切經音義》，皆梵氏之書，而寸珍尺寶，往往有得，况李氏此注乎？程君一夔，從事《選》學歷有歲年，剌取李注，用《爾雅》十九篇之例，以類比附，成《選雅》一書，其用力勤矣。讀其自序，一以存古義，一以資譯學，譯學非余所敢知，古義則余所篤好，近者陳碩甫氏本《毛傳》作《毛雅》，朱豐芑氏本許氏《説文》作《説雅》，然皆限於一家之學，未若此書之臯牢萬有也。余從前曾擬博采鄭君箋詩注禮之説，倣《爾雅》體例輯《鄭雅》十九篇，因循未果，今老耄廢學，不能卒成，讀君此書，良自恧矣。光緒二十有八年春二月丁巳，曲園居士俞樾序。（《選雅》卷首）

文選李注釋例序

劉翰芳

李氏注《選》，典核該洽，所采書目，幾于囊括四部。書進于顯慶中，其所上選注表，自謂握玩斯文，載移涼燠，勉十舍之勞，寄三餘之暇，弋釣書部，願言注緝，合成六十卷。即是以觀，李氏於此書，窮年探討，擇精語詳，其致功之初，必先有以提挈綱領，釐然不亂，以確定其宗旨之所在者，而斷非操觚率爾者所能卒業也。則其不能無凡例，固明甚。惟《新唐書》稱善有雅行，不能屬辭，故時號「書簏」。又謂其始注《文選》，釋事而忘義，其子邕别爲之改定，一似所注之本繁猥寡要，專事獺祭，絶無義例之可言者。及開元中，工部侍郎吕延祚以五臣所注本表進于朝，復歷詆李氏之短，且言其衹謂攬心，胡爲析理。文人相輕之惡習，固有牢不可破者。今按李氏「文選學」得于其師隋秘書學士江都曹憲，同時傳授者復有憲同郡魏模、公孫羅，則其平日師友講習，自必深究義法者。唐代通儒，無不熟精《選》理，創始椎輪，實基于此。其爲當時所寶貴可知。又李匡乂《資暇録》稱李氏注《選》，自初注、覆注以至三、四注，當時皆旋被傳寫，更可想見其甫經脱稿，即風行紙貴，家置一編，自古高才盛譽，均足以啓後來啖名者之側目，詞流輕薄，每喜凌轢前人，忌其名高，遂不惜痛相排擊，其毁詆之語，當有不僅如延祚表中所云者。《新唐書》所采，或即出於諸家誣罔之記録，亦未可知也。如謂事義兼釋，出于其子邕所改定，年代懸絶，尤誣罔之顯然者，前人已辨之詳矣。惟其凡例之略可考者，僅散見于各注中，使讀者不能一覽瞭然，殊爲憾事。嘗就鄙見所及，粗爲推測，意其書屢經易稿，續有增損，悉心研索，必期盡臻于完美而後已，其前後傳寫各本流播雖廣，本非定著，故僅將已定之凡例若干條附著于各注之中，以微見其意。至其晚年絶筆之本，釋音訓義，例乃大備，自當臚列備舉以詔後學，桑榆暮景，未及撮要，致失刊布，理或然與。茲謹就各注中所附見者，逐條標舉，略識數語以證之，其例之可以互證附著者，即列于每條之下焉。

更就注所未及者，就其大綱所在，略推廣之，管蠡餖飣之譏，均在所不免云。（《文選李注釋例》卷首）

文選李注釋例識語

孫德謙

我朝《選》學家如余蕭客之《音義》、張雲璈之《膠言》，皆誼據通深，足傳于後。惟李氏作注，義例贍備，别撰一書，規仿《春秋釋例》而爲之者，則迄未有聞，識者蓋不能無遺憾焉。劉君鳳五熟精《選》理，因舉注中例言條分縷晰，加以考釋，並于注所未及者，爲辨誤闕疑四例，卓然成一家言，可與王筠《説文釋例》同爲不朽盛業矣。近儒俞蔭甫先生，著《古書疑義舉例》，當世服其精博，推爲來學筦鍵。今此書出，不特有功江都，實亦治蕭《選》者津逮之秘笈。彼俞氏殆不得專美于前矣。往讀嘉興錢泰吉《曝書雜記》，見其就李注舉先明後諸條特最録之，謂注書者可奉以爲法。謙嘗斐然有子勝之志，而落落不遑，卒未編集。鳳五乃區立類例，疏通證明，昔君家子政校理中秘，于每一書已，皆爲條其篇目，撮其指歸，而彦和、子玄詮品文史，亦復提挈綱要，家學未墜，于兹見之。披覽粲然，爲綴數語，蓋亦有樂乎此也。辛亥夏孟，元和孫德謙。（《文選李注釋例》卷首）

文選類詁序

丁福保

余自弱冠前即喜讀漢魏六朝名家集，而於蕭《選》尤深嗜焉。蓋梁昭明太子聚高齋十學士，集周秦至梁文筆，成《文選》三十卷。凡所謂綜緝辭采，錯比文華，沈思翰藻，錦篇繡什，靡不備，洵古今總集之弁冕，詞林之鈐轄也。隋唐傳者，遂成《選》學。《隋志》：「《文選音》三卷，蕭該撰。」《唐志》：「蕭該《文選音》十卷，僧道淹《文選音義》十卷，李善《文選注》六十卷、《文選辨惑》十卷，公孫羅注《文選》六十卷，又《音義》十卷，康國安《注駁文選異義》二十卷，五臣注《文選》三十卷，曹憲《文選音義》卷亡，許淹《文選音》十卷。」今案：隋蘭陵蕭該與陸法言同撰《切韻》，蓋最初爲《選》學者。「三卷」亦作「十卷」者，或有增纂也。曹憲精諸家文字之書，遠紹杜林、衛宏之古文學。《舊唐書·儒學·曹憲傳》：「所撰《文選音義》，甚爲當時所重。初，江淮間爲《文選》之學者，本之於憲，又有許淹、李善、公孫羅復相繼以《文選》教授，由是其學大興於世。」又《文苑·李邕傳》：「父善，嘗受《文選》於同郡人曹憲。」然則許淹、李善、公孫羅之學，當俱出諸曹憲者也。僧道淹即許淹，《唐志》兩見，蓋傳本題名之不同。惟康國安未詳所出。今諸家書俱亡，僅存李善注及五臣注而已。李善《辨惑》十卷亦亡。五臣者，吕延濟、劉良、張銑、吕向、李周翰五人也。南宋時曾與李善注合刻，亦題曰「六臣注」。自唐李匡乂《資暇集》已備摘五臣竊據善注，巧爲顛倒，爾後代有攻駁，指不勝僂。則五臣注之疏陋，不待言矣。若夫李善注，敷析淵洽，援引浩博，但檢書目，新舊《唐志》已不多載，馬氏《經籍考》十僅存一二耳。都凡引用諸經傳訓一百餘種，小學三十七種，緯候、圖讖七十八種，正史、雜史、人物别傳、譜牒、地理、雜術藝，凡史之類幾及四百種，諸子之類百二十種，兵書二十種，道釋經論三十二種，若所引詔、表、箋、啓、詩、賦、頌、贊、箴、銘、七、連珠、序、論、碑、誄、哀詞、弔祭文、雜文集幾及八百種。其即入選之文，互引者不與焉。是以近代輯佚書者，爲箋注疏證之學者，咸莫不資之爲淵藪。而采李注以自成詁訓之書者，則如朱氏《駢雅》、夏氏《拾雅》、洪氏《比雅》、杭氏《續方言》、張氏《廣釋名》之屬，皆是也。蓋李注包羅群藉，羽翼六經，雖零金斷璧，不免叢碎，而殘膏剩馥，猶足沾溉無窮。余自十七歲從事《選》學，即擬將李注逐字逐條輯出，依照字典排列，名曰《文選類詁》，以便讀書注經時易於檢查。其後十餘年中，率因衣食於奔走，未能發凡而起例。至光緒乙巳，于役京師，得程一夔先生所輯《選雅》二十卷，依《爾雅》分類，其體例一如陳碩甫氏本《毛傳》而作《毛雅》，朱豐芑氏本《説文》而作《説雅》，俞蔭甫氏本《唐韻》而作《韻雅》，亦可謂篤古之作矣。然欲猝檢一字，往往不能遽得，輒引以爲苦。余於是盡變《選雅》之例，仍吾初志，依照筆畫多少、部居先後，略仿《駢字類編》之法，某詩、某文，注於各字之下；三言、五言，悉以首字爲斷。東海無際，既匯衆流；南山雖高，此其捷徑。假令顔曰「文選李注通檢」，當可無愧。惟是先梁作家文字，每用同音通借，猶本六書假借依聲託事之例。如《上林賦》之「消搖」即「逍遥」，《長揚賦》之「桔隔」即「戛擊」，《射雉賦》之以「剔」爲「惕」，張景陽《雜詩》之以「陣」爲「塵」，諸如此類，不遑枚舉。初學讀之，每多不能得其會通。故余復取薛傳均之《文選古字通疏證》二百四條，杜宗玉之《文選通假字會》四百六十九條，並輯入焉。薛書則注明「疏證」，杜書則注明「字會」，以示區别。夫許叔重《説文解字》一書所載，多有借義行而本義轉晦者，亦有用本字而退借字者，證以薛、杜二書，而益昭若發蒙，洵足補《選雅》之闕漏矣。此書經始於乙巳，脱稿於乙丑，時閲二十載，而始克告成。尚冀閎淹博聞之士，以匡正不逮，則幸甚矣。中華人民建國之十四年八月，無錫丁福保仲祜序。（《文選類詁》卷首）

文選李注義疏序

高步瀛

予少時習舉業，見《昭明文選》，憙其彩藻宏麗。私自諷誦，遇不解者，輒稽於注。復不解，則多方諮詢，以蘄涣釋。然但賞其文辭，猶未知有所謂「文選學」者也。後稍讀清儒考據家書，見時時援引《選》注，而輯佚書者亦多取於此，始知李注之可貴。後以公車至京師，得汪氏《文選理學權輿》一書讀之，乃漸搜集諸家關於《文選》之著作，擇其善者，迻録書眉，然猶未有撰著之志也。民國初元，注姚氏《古文辭類纂》，所注諸篇，互見《文選》頗多，然猶未專事於李注。近年承乏北平大學師範院教授，任有《文選》科目，始有講義之作。今夏無事，復取講義損益之，以付剞劂。昭明之書，包羅宏富。其從子蕭該，首爲《音義》，惜今不傳。至於唐代，集「文選學」大成者，斷推李氏矣。蓋以畢生之力，改至三四，乃成定本。或斥其釋事而忘意，殆出當時妒者之口，不足道也。然一厄於五臣之代篡，再厄於馮光震之攻摘，三厄於六臣本之羼亂，四厄於尤袤諸本之改竄。

夫馮書未成，姑不論。五臣雖有書，而決非李匹，前人已有定議，則厄焉猶非其極。獨至羼亂之，改竄之，使其精神面目皆已失真。而綴學之士，雖力爲杷梳，終不能復其本元，斯則可爲太息者也。古人著書或不成，成矣或不傳，幸成而傳且久矣，而爲後人羼亂點竄又若此，則夫蓬衡下士，困於衣食奔走，即一書之成否且不可知，又安問茫茫不可知之人與不可知之世哉！惟俯焉日有孳孳而已。民國十八年八月，霸縣高步瀛識。（《文選李注義疏》卷首）

著録

唐宋

隋書

《文選》三十卷梁昭明太子撰。《文選音》三卷蕭該撰。（卷三五《經籍志·總集》）

舊唐書

《文選》三十卷梁昭明太子撰。《文選》六十卷李善注。又六十卷公孫羅注。《文選音》十卷蕭該撰。又十卷公孫羅撰。《文選音義》十卷釋道淹撰。（卷四七《經籍志·總集類》）

（宋）王堯臣等編（清）錢東垣等輯釋《崇文總目》

【《文選著作人名目》三卷】韋寶鼎撰。繹按：《讀書後志》無「目」字，常寶鼎撰。（卷二《目録類》）

【《文選抄》十二卷】蘇易簡撰。侗按：《玉海》引《崇文目》同。（卷三《類書類》）

【《文選》三十卷】原釋：吕延濟注。見天一閣鈔本。

【《文選》六十卷】梁太子統編。原釋：唐李善因五臣而自爲注。見《東觀餘論》。鑒按：黄長睿《校正崇文總目》云：按李善注在五臣前，此云李善因五臣自爲注，非是。（以上卷五《總集類》）

新唐書

常寶鼎《文選著作人名目》三卷。（卷五八《藝文志·目録類》）

梁昭明太子《文選》三十卷。　蕭該《文選音》十卷。　僧道淹《文選音義》十卷。　李善注《文選》六十卷。　公孫羅注《文選》六十卷。又《音義》十卷。　李善《文選辨惑》十卷。　五臣注《文選》三十卷衢州常山尉吕延濟、都水使者劉承祖男良、處士張銑、吕向、李周翰注，開元六年，工部侍郎吕延祚上之。　曹憲《文選音義》卷亡。　康國安《注駁文選異義》二十卷。　許淹《文選音》十卷。

孟利貞《續文選》十三卷。　卜長福《續文選》三十卷開元十七年上，授富陽尉。　卜隱之《擬文選》三十卷開元處士。（卷六〇《藝文志·總集類》）

（宋）鄭樵《通志》

《文選著作人名目》三卷唐韋寶鼎。（卷六六《藝文略第四·文章目》）

編者按：「韋寶鼎」，《新唐書藝文志》及晁公武《郡齋讀書志》皆作「常寶鼎」。

《文選鈔》十二卷宋朝蘇易簡撰。（卷六九《藝文略第七·類書下》）

《文選》三十卷梁昭明太子集。《文選音》十卷蕭該集撰，又十卷釋道淹撰，又十卷許淹撰，又十卷公孫羅集。《注文選》三十卷唐呂延濟等五臣注，又六十卷李善注，又六十卷公孫羅注。《文選辨惑》十卷李善撰。《駁文選異義》二十卷康國安撰。《續文選》十三卷唐孟利正集，又三十卷唐卜長福集。《擬文選》三十卷唐卜隱之集。《文選菁英》二十四卷蘇易簡編。《文選類聚》十卷，《文選彙聚》十卷。（卷七〇《藝文略第八·總集》）

（宋）晁公武《郡齋讀書志》

【《文選著作人名》三卷】右唐常寶鼎撰。纂《文選》所集文章著作人姓氏、爵里、行事及其述作之意。（卷九《書目類》）

【李善注《文選》六十卷】右梁昭明太子蕭統纂。前有序，述其所作之意。蓋選漢迄梁諸家所著賦、詩、騷、七、詔、册、令、教、策秀才文、表、上書、啓、彈事、牋、記、書、移、檄、難、對問、議論、序、頌、贊、符命、史論、連珠、銘、箴、誄、哀策、碑、誌、行狀、弔、祭文，類之爲三十卷。竇常謂統著《文選》，以何遜在世，不録其文，蓋其人既往，而後其文克定，然所録皆前人作也。唐李善集注，析爲六十卷。善，高宗時爲弘文學士，博學，經史百家，無不備覽，而無文，時人謂之「書籠」。初爲輯注，博引經史，釋事而忘其義。書成上進，問其子邕，邕無言。善曰：「非耶？爾當正之。」於是邕更加以義釋，解精於五臣，今釋事、加義者兩存焉。蘇子瞻嘗讀善注而嘉之，故近世復行。

【五臣注《文選》三十卷】右唐呂延祚集注。延祚以李善止引經史，不釋述作意義，集呂延濟、劉良、張銑、呂向、李周翰五人注，延祚不與焉，復爲三十卷。開元六年，延祚上之，名曰五臣注。

（以上卷二〇《總集類》）

（宋）尤袤《遂初堂書目》

《文選事類》。《文選雙事》。《蘇氏選鈔》。《選類》。《文選華句》。（《類書類》）

李善注《文選》。五臣注《文選》。（《總集類》）

《文選同異》。（《文史類》）

（宋）陳騤等撰趙士煒輯考《中興館閣書目輯考》

【《文選》六十卷】原釋：昭明太子蕭統集子夏、屈原、宋玉、李斯及漢迄梁文人才士所著賦、詩、騷、七、詔、册、令、教、表、書、啓、牋、記、檄、難、問、議論、序、頌、贊、銘、誄、碑、誌、行狀等爲三十卷。與何遜、劉孝綽等選集。李善注析爲六十卷。《玉海》引至此。善，高宗時人，淹貫古人，不能屬辭，時號「書簏」，所注博引經史，釋事而忘其義。其子邕嘗補益之，與善注並行。《考索·前》十九、參《玉海》五四。

【五臣注《文選》三十卷】原釋：吕延祚等集注。初，李善不釋述作之意，故延祚與周翰等復爲集注。《考索·前》十九。按：今本合李善注，稱六臣注，六十卷。《宋志》又別有吕延祚注三十卷，並在後，今改列於此。（以上卷五《總集類》）

（宋）陳振孫《直齋書録解題》

【《文選雙字類要》三卷】蘇易簡撰。摘取雙字，以類編集。

【《選腴》五卷】天台王若撰。以五聲韻編集《文選》中字。淳熙元年序。（以上卷一四《類書類》）

【《文選》六十卷】梁昭明太子蕭統德施撰。唐崇賢館學士江都李善注，北海太守邕之父也。

【六臣注《文選》六十卷】唐工部侍郎吕延祚開元六年表上，號「五臣集注」。五臣者，常山尉吕延濟，都水使者劉承祖男良，處士張銑、吕向、李周翰也。以李善注惟引事，不説意義，故復爲此注，後人併與李善原注合爲一書，名「六臣注」。東坡謂五臣乃俚儒之荒陋者，反不及善，如謝瞻詩「苛慝暴三殤」，引「苛政猛於虎」，以父與夫爲殤，非是。然此説乃實本於善也。原注：李善注此句但云「苛猶虐也」，初不及「三殤」。不審直齋之説何所本。隨齊批注。

【《集選目録》二卷】丞相元獻公晏殊集。《中興館閣書目》以爲不知名者，誤也。大略欲續《文選》，故亦及於庾信、何遜、陰鏗諸人。而云唐人文者，亦非也。莆田李氏有此書，凡一百卷。力不暇傳，姑存其目。

【《選詩》七卷】《文選》中録出别行，以人之時代爲次。（以上卷一五《總集類》）

【《選詩句圖》一卷】高似孫編。（卷二二《文史類》）

（宋）王應麟《玉海》

【梁昭明太子《文選》，唐李善注《文選辨惑》，五臣注《文選》，唐《續文選》，《擬文選》】

《隋志》：《文選》三十卷，梁昭明太子撰。《唐志》同。《音》三卷，蕭該撰。《唐志》十卷。《唐志》：李善注《文選》六十卷，又《文選辨惑》十卷，公孫羅注《文選》六十卷，《音義》十卷。五臣注《文選》三十卷。衢州常山尉吕延濟、都水使者劉承祖男良、處士張銑、吕向、李周翰注，開元六年工部侍郎吕延祚上之。曹憲《文選音義》。卷亡。康國安《注駁文選異義》二十卷。僧道淹、許淹《文選音義》十卷。《李邕傳》：父善淹貫古今，不能屬辭，人號「書簏」。顯慶中，擢崇賢館學士，爲《文選注》，敷析淵洽，表上之，賜賚頗渥。善釋事而忘意，書成以問邕，邕不敢對。善詰之，邕意欲有所更，善曰：試爲我補益之。邕附事見義，善以其不可奪，故兩書並行。善居汴鄭間講授，諸生傳其業者，號「文選學」。《曹憲傳》：以《文選》授諸生，魏模、公孫羅、李善傳授，其學大興。《會要》：顯慶六年正月二十七日，右内率府參軍崇賢館直學士李善上《注文選》六十卷，藏於秘府。《文選注表》以顯慶三年九月日上，表云：昭明太子居肅成而講藝，開博望以招賢，搴中葉之詞林，酌前修之筆海。《呂向傳》：嘗以李善釋《文選》爲繁冗，與呂延濟、劉良、張銑、李周翰等更爲注解，時號「五臣注」。《中興書目》：《文選》，昭明太子蕭統集子夏、屈原、宋玉、李斯及漢迄梁文人才士所著賦、詩、騷、七、詔、册、令、教、表、書、啓、牋、記、檄、難、問、議論、序、頌、贊、銘、誄、碑、誌、行狀等爲三十卷。與何遜、劉孝綽等選集。李善注析爲六十卷。《集賢注記》：開元十九年三月，蕭嵩奏王智明、李玄成、陳居注《文選》。先是，馮光震奉敕入院校《文選》，上疏以李善舊注不精，請改注，從之。光震自注得數卷。嵩以先代舊業，欲就其功，奏智明等助之。明年五月，令智明、玄成、陸善經專注《文選》，事竟不就。《唐志》：孟利貞《續文選》十一卷，卜長福《續文選》三十卷。開元十七年上，授富陽尉。卜隱之《擬文選》三十卷。開元處士。目録類，常寶鼎《文選著作人名目》三卷。《崇文總目》：《文選抄》十二卷，蘇易簡《文選菁英》十二卷。

【《唐文府》】《志》：徐堅《文府》二十卷。開元中，詔張説括《文選》外文章，乃命堅與賀知章、趙冬曦分討。會詔促之，堅乃先集詩賦二類爲《文府》，上之，餘不能就而罷。《會要》：開元十九年二月，禮部員外郎徐安貞等撰《文府》二十卷，上之。《集賢注記》：燕公初入院，奉詔搜括《文選》外文章别撰一部，於是徐常侍及賀、趙分部檢討，徐等且集詩賦二類，獨簡雜文，歷年撰成三十卷。燕公以所撰非精，更加研考。及蕭令嵩知院，以《文選》是先祖所撰，喜於嗣美，十九年，嵩爲學士知院事。奏皇甫彬、徐安貞、孫逖、張環修續《文選》，徐、孫所取與常侍相乖，别爲二十卷。張始興嫌其取舍未允，其事竟寢。

【《唐太和通選》】《裴潾傳》：潾嘗哀古今文章以續梁昭明太子《文選》，自號《太和通選》，上之。當時文士非與遊者不取，世恨其隘。《志》：裴潾《太和通選》三十卷。《會要》：太和八年四月，集賢學士裴潾上《通選》三十卷。

【宋朝集選】晁文莊公宗慤以《文選》《續文選》《藝文類聚》《初學記》《文苑英華》南北朝洎隋唐人文集，美字粹語，分百七十有四門，十卷，名曰《文林啓秀》。（以上卷五四《藝文·總集文章》）

編者按：以上所録《玉海》諸條，個别文字據相關文獻有所校改。

元明

宋史

黄簡《文選韻粹》三十五卷。　蘇易簡《文選菁英》二十四卷。　《文選雙字類要》四十卷。（卷二〇七《藝文志·藝文六·子類·類事類》）

編者按：文獻著録《文選雙字類要》多爲三卷，此處稱四十卷，疑有誤。

《文選精理》二十卷。（卷二〇八《藝文志·藝文七·集類·别集類》）

蕭統《文選》六十卷李善注。　五臣注《文選》三十卷。　周明辨《文選彙聚》十卷，《文選類聚》十卷。　常寶鼎《文選名氏類目》十卷。　卜鄰《續文選》二十三卷。　《文選後名人詩》九卷。　吕延祚注《文選》三十卷。（卷二〇九《藝文志·藝文八·集類·總集類》）

（元）馬端臨《文獻通考》

【《文選著作人名》三卷】鼂氏曰：唐常寶鼎撰，纂《文選》所集文章著作人姓氏、爵里、行事，及其著作之意。（卷二〇七《經籍考》三四《目録》）

【《文選雙字類要》三卷】陳氏曰：蘇易簡撰，摘取雙字，以類編集。

【《選腴》五卷】陳氏曰：天台王若撰，以五聲韻編集《文選》中字，淳熙元年序。（以上卷二二八《經籍考》五五《類書》）

【李善注《文選》六十卷】鼂氏曰：梁昭明太子蕭統纂，選賦、詩、騷、七、詔、册、令、教、策秀才文、表、上書、啓、彈事、牋、記、書、移、檄、難、對問、議論、序、頌、贊、符命、史論、連珠、銘、箴、誄、哀策、碑、誌、行狀、弔、祭文，類之爲三十卷。竇常謂統著《文選》，以何遜在世，不録其文，蓋其人既往，而後其文克定，然則所録皆前人作也。唐李善集注，析爲六十卷。善，高宗時爲弘文學士，博學，經史百家無不備覽，而無文，時人謂之「書簏」。初爲輯注，博引經史，釋事而忘其義。書成上進，問其子邕。邕無言。善曰：非邪？爾當正之。於是邕更加以義，釋解精於五臣。今釋事加義者兩存焉。蘇子瞻嘗讀善注而嘉之，故近世復存。

東坡蘇氏《答劉沔書》曰：梁蕭統《文選》，世以爲工，以軾觀之，拙於文而陋於識者，莫統若也。宋玉賦高唐神女，其初略陳所夢之因，如子虛、亡是公相與問答，皆賦矣，而統謂之叙，此與兒童之見何異？李陵、蘇武贈别長安，而詩有江漢之語，及陵與武書辭句儇淺，正齊梁間小兒所擬作，決非西漢文，而統不悟，劉子玄獨知之。識真者少，蓋從古所病也。

【五臣注《文選》三十卷】鼂氏曰：唐吕延祚集注，延祚以李善止引經史，不釋述作意義，集吕延濟、劉良、張銑、吕向、李周翰五人注，延祚不與焉，復爲三十卷，開元六年，延祚上之，名曰「五臣注」。陳氏曰：後人并李善元注合爲一書，名「六臣注」，凡六十卷。東坡謂五臣乃俚儒之荒陋者，反不及善，如謝瞻詩「苛慝暴三殤」，引「苛政猛於虎」，以舅與夫爲殤，非是。然此説乃本於善也。

【《文選目録》二卷】陳氏曰：丞相元獻公晏殊集，《中興館閣書目》以爲不知名，誤也。大略欲續《文選》，故亦及於庾信、何遜、陰鏗諸人，而云唐人文者，亦非。莆田李氏有此書，凡一百卷，力不暇傳，姑存其目。（以上卷二四八《經籍考》七五《總集》）

【《選詩》七卷】陳氏曰：《文選》中録出別行，以人之時代爲次。（卷二四九《經籍考》七六《總集》）

【《選詩句圖》一卷】陳氏曰：高似孫編。（卷二四九《經籍考》七六《文史》）

（明）楊士奇等《文淵閣書目》

《昭明文選》一部六十册。《昭明文選》一部六十册。《昭明文選》一部三十册。《昭明文選》一部三十册。《昭明文選》一部三十册。《昭明文選》一部二十九册。《昭明文選》一部二十一册。《昭明文選》一部十九册。《文選雙字類要》一部三册。《文選雙字類要》一部三册。《文選類林》一部五册。《文選五臣同異》一部一册。《文選補遺》一部

二十册。（卷二《文集》）

《選詩演義》一部二册。《選詩演義》一部一册。《選詩補注》一部四册。（卷二《詩詞》）

《文選韻粹》一部十册。（卷三《韻書》）

（明）錢溥《秘閣書目》

《昭明文選》六十。《文選雙字類要》五。《文選類林》五。《文選補遺》二十。《文選五臣同異》一。（《文集》）

《選詩演義》二。《選詩補注》四。（《詩辭》）

（明）葉盛《菉竹堂書目》

《昭明文選》六十册。《文選雙字類要》三册。《文選類林》五册。《文選五臣同異》一册。《文選補遺》二十册。（《文集》）

《選詩演義》二册。《選詩補注》四册。（《詩詞集》）

《文選韻粹》十册。（《韻書》）

（明）李廷相《濮陽蒲汀李先生家藏書目》

《廣文選》二十二本。《文選》二套，十六本。《文選》三套，三十本。《文選》二套，三十本，蘇刻。《選詩外篇》四本。《文選增定》八本。《文選補遺》十九本。《選詩》三本。《文選》二套，二十本。

（明）高儒《百川書志》

【李善注《文選》六十卷】梁太子蕭統選，唐李善注。自秦漢六朝，十代人物，精力盡在此書。

【《文選增定》二十二卷】不著姓氏，蓋國朝書坊倣太子《文選》，去其事類，削其注釋，卷以詩賦爲首，人以秦漢居先，載作者之幾何，粹定如貫珠，使初學易觀，人才易辨也。

【《選詩補注》八卷】元上虞劉履增損梁昭明之《選》，加以注釋詩旨，凡二百四十六首。

【《選詩續編》四卷】坦之復選唐宋古風近於《選》羽翼之，更爲補注，凡十三人，詩一百三十一首。

【《選詩補遺》一卷】坦之選注古歌謡詞散見傳記諸書及樂府集者，凡四十二首，三書通號《風雅翼》。

【《選詩外編》九卷】皇明翰林成都楊慎用修集梁太子所遺詩及所未及選者。是編起漢迄梁，《選》之棄餘，北朝陳隋《選》所未及者，凡二百餘首。（以上卷一九《集·總集》）

（明）晁瑮《晁氏寶文堂書目》

《文選精義》。《廣文選》。《文選》元刻。《文選》唐府刻，善注，二十本。《漢文選》蘇刻，六臣注，三十本。六臣《文選》汪板。《文選》六臣注南監刻。《廣文選》揚州刻。六臣注《文選》徽刻。六家《文選》蘇刻。（卷上《文集》）

《選詩拾遺》《選詩演義》宋刻。（卷上《詩詞》）

《文選雙字類要》。（卷中《類書》）

（明）朱睦㮮《萬卷堂書目》

《文選》六臣注六十卷蕭統。《文選》五臣注六十卷。《文選補遺》四十卷陳仁子。《文選增定》二十三卷李夢陽。《廣文選》八十卷劉節。《選詩補注》八卷劉履。《選詩演義》四卷曾原一。《選詩外篇》九卷楊慎。（卷四《總集》）

（明）周弘祖《古今書刻》

都察院：《文選》。南京國子監：《選詩演義》《文選》。廣平府：《選詩》。應天府：《文選》

六臣注。　蘇州府：《文選》。　徽州府：《漢文選》。　揚州府：《廣文選》。　紹興府：《選詩補注》。　南昌府：《文選精義》。　吉安府：《選詩補注》。　湖廣按察司：《選詩》。　長沙府：《文選雙字類要》。　遼府：《選詩》。　河南布政司：《文選增定》。　山西布政司：《文選》。（上編）

（明）趙用賢《趙定宇書目》

徽板《文選》三十本。　《選詩約注》八本。（《總文集》）

《選詩》八本。　《選詩補注》十本。　《選詩》一部八本。（《雜目》）

小字《文選》。（《宋板大字》）

《文選補遺》二十本。（《沈濱莊〔書目〕》）

《選詩句圖》。（《稗統目録·黄葵陽家藏一百九十六册》）

（明）徐圖《行人司重刻書目》

《文選雙字類要》三本。（《文部》—《類書類》）

《漢文選》二十本。　《文選纂注》十二本。　《續文選纂》十二本。　《文選白文》十二本。（《文

部》二《古文類》)

《選詩》六本。　《選詩約注》八本。(《文部》五《古詩集類》)

(明)焦竑《國史經籍志》

《文選著作人名目》三卷唐韋竇鼎。(卷三《史類·文章目》)

《文選》三十卷梁昭明太子集。　《文選音》十卷蕭該集撰。　又十卷釋道淹撰。　又十卷許淹撰。　又十卷公孫羅集。　《注文選》三十卷唐吕延濟等五臣注。　又六十卷李善注。　又六十卷公孫羅注。　《文選辨惑》十卷李善撰。　《文選抄》十二卷蘇易簡。　《文選類林》十八卷劉攽。　《駁文選異義》二十卷康國安撰。　《續文選》十三卷唐孟利貞集。　又三十卷唐卜長福集。　《擬文選》三十卷唐卜隱之集。　《文選補遺》四十卷陳仁子撰。　《文選增定》二十三卷李夢陽撰。　《廣文選》八十卷劉節撰。　《文選類聚》十卷。　《文選菁英》二十四卷蘇易簡編。　《選詩外編》九卷楊慎。　《選詩拾遺》□卷。　《選詩補注》八卷劉履。(卷五《集類·總集》)

(明)陳第《世善堂藏書目録》

《文選錦字》二十一卷。(卷上《史類·類編》)

《昭明文選》六十卷李善注，三十卷。　《廣文選》二十卷。（卷下《集類・諸家詩文名選》）

（明）孫能傳（明）張萱等《内閣藏書目録》

《文選》十册全，唐李善注。　又二十九册全。　又二十册不全。　又九册不全。　《文選》五十八册，六臣注。　《五臣同異》一册全，莫詳採集姓氏，以五臣《文選》與李善《文選》校其同異。　又一册全。　《文選韻粹》四册不全，莫詳編次姓氏，以《文選》中字分四聲爲類，抄本。　《選詩補注》四册全，元至正間上虞劉履注。（卷四《總集部》）

（明）董其昌《玄賞齋書目》

李善注《文選》。　六臣注《文選》。　五臣注《文選》。　《文選雙字》。（卷七《文總集》）

劉履《選詩補注》。　劉履《選詩補遺續編》。　曾原一《選詩衍義》。（卷七《詩總集》）

（明）趙琦美《脈望館書目》

《文選類林》六本。　《文選雙字》三本。（《列字號・類書》）

《文選》三十本二套，袁家板。　徽板《文選》三十本。　《廣文選》十本。　《文選補遺》廿本。

《文選增定》八本。《續文選》八本。（《秋字號·總文》）

《選詩約注》八本馮惟訥。《選詩》八本甲，即《選詩補注》，老爺批點。又一部五本乙。又八本丙。（《秋字號·總詩》）

《文選》一包。（《餘字號·不全·舊宋元板書》）

（明）祁承㸁《澹生堂藏書目》

《文選雙字類要》一册三卷，蘇易簡編。（卷一一《子類·纂略》）

《昭明文選本文》十册。五臣注《昭明文選》二十册六十卷，李善等注。《文選纂注》十二册十二卷，張鳳翼注。《文選章句》十六册二十八卷，陳與郊輯。《文選增定》八册二十三卷。《文選補遺》十三册四十卷，陳仁子輯。《廣文選》十八册六十卷。《廣廣文選》二十五册二十三卷，周應治。（卷一二《集類·總集》）

《合刻選詩唐詩正聲》五册二十九卷。《選詩補》四册四卷。《選詩外編》。（卷三《集類·詩編》）

（明）徐𤊹《徐氏紅雨樓書目》

《選雋》十卷。《文選類林》二十卷。（卷三《子部·彙書類》）

《昭明文選》白文三十卷。《文選》六臣注六十卷。《文選纂注》三十卷張鳳翼。《廣文選》六十卷。《廣廣文選》二十四卷周應治。《續文選集注》陳仁子。《文選章句》二十八卷陳與郊章句。（卷四《集部·總集類》）

《選詩外編》九卷。《選詩補注》十三卷劉履。《選詩補遺續編》六卷劉履。（卷四《集部·總詩類》）

（明）徐𤊹《重編紅雨樓題跋》

【《文選纂注》】六臣注頗繁，張伯起纂之，信修詞家之捷徑也。伯兄批點斯本，日置案頭。會試北上，攜之巾箱。先兄物化十五年，覽此不勝傷悼。陸士衡云：「尋生平於響像，覽前物而懷之。」正謂此也。萬曆癸丑臘月，興公書。（卷一）

（明）王道明《笠澤堂書目》

《文選補遺》十册，陳仁子。六臣注《文選》二十册，蕭統。《廣文選》四十册，劉節。《文選增定》六册，李夢陽。《選詩外編》三册，楊慎。《選詩補注》四册，劉履。（《總集》）

（明）佚名《近古堂書目》

劉履《選詩補注》。　劉履《選詩補遺續編》。　曾原一《選詩衍義》。（卷下《詩總類》）

李善注《文選》。　六臣注《文選》。　陳仁子《文選補遺》。　《續文選》。（卷下《文總集類》）

（明）毛晉《汲古閣校刻書目》

李善注《文選》六十卷，九百八十葉。（《津逮秘書第十五集》）

清代民國

（清）錢謙益《絳雲樓書目》

劉履《選詩補注》《補遺》八卷，明初人。　曾原一《選詩衍義》。（卷三「詩總集類」）

李善注《文選》六十卷。　六臣注《文選》三十卷，袁尚之、田叔禾家皆有翻宋刻本。　陳仁子《文選補遺》四十卷，號古迂，茶陵人，起周秦至梁初，大德己亥刻。　《續文選》。（卷四《文集總類》）

（清）祁理孫《奕慶藏書樓書目》

《文選雙字類要》三卷，陸㰖編。　《文選類林》十八卷，宋劉攽編。（卷三《子部・類書》）

六臣注《文選》六十卷，梁昭明太子選。　《文選纂注》十二卷，張鳳翼纂。　《文選章句》二十八卷，梁昭明太子選，唐李善注。　《昭明文選》十二卷，明張鳳翼纂注。　《文選尤》十四卷，吴郡鄒思明評。　《文選補》四十卷，茶陵陳仁子輯。　六家《文選》二十本，唐李善等注。（卷四《集部・文總》）

《選詩約注》二十二卷，莆田林兆珂纂。　《選詩補》四卷，博陵劉大文校。　《選詩唐詩正聲》，

《選》七卷，唐十二卷。新安吴勉學校。（卷四《集部·詩總》）

（清）黄虞稷《千頃堂書目》

凌迪知《文選錦字録》二十一卷。（卷一五《類書類》）

李夢陽《文選增定》二十二卷。　劉節《廣文選》八十二卷。　陳與郊《文選章句》二十八卷。張鳳翼《文選纂注》十二卷。　郭正域《文選後集》五卷。　張所望《文選集注》。　湯紹祖《續文選》二十七卷。　馬繼銘《廣文選》二十五卷，又《補遺》□卷。　周應治《廣廣文選》二十三卷。字君衡。　陳仁錫《續補文選纂注》十二卷。　閔齊華《文選瀹注》三十卷。字赤如，烏程人，天啓中貢士，沙河知縣。　胡震亨《續文選》十四卷。　【補】陳仁子《文選補遺》四十卷。（卷三一《總集類》）

劉履《選詩補注》八卷，又《選詩補遺》二卷，又《選詩續編》四卷。字坦之，上虞人。三書總名《風雅翼》。自號草澤閒民，洪武初召至京，以疾卒於會同館。　曾原一《選詩衍義》四卷。　楊慎《選詩外編》九卷，又《選詩拾遺》□卷。　馮惟訥《選詩約注》。（卷三二《總集類·詩》）

【補】《文選五臣同異》一卷。（卷三二《文史類》）

（清）錢曾《錢遵王述古堂藏書目録》

《文選》李善注六十卷，三十本宋板。《文選》六臣注六十卷，三十本宋板。《文選雙字》十卷，二本宋板。《文選補遺》抄。（卷二《文集》）

《選詩補注》八卷，四本。（卷二《詩集》）

高似孫《選詩句圖》一卷。（卷二《詩話》）

（清）錢曾《也是園藏書目》

李善注《文選》六十卷。六臣注《文選》六十卷。五臣注《文選》三十卷。《文選雙字》三卷。（卷七《集部·詩文總集》）

（清）錢曾《讀書敏求記》

【李善注《文選》六十卷】古人注書，類有體例。漢唐諸大儒，依經疏解，析理精妙，此注經之體然也。史家如裴松之之注《三國》、劉孝標之注《世説》，旁搜曲引，巧聚異同，使後之覽者知史筆有所料揀，非闕漏不書耳。若夫郭象注《莊》，晉人謂離《莊》自可成一子，是亦一説也。至於集、選，宜詮釋字句所自出，以明作者之原委，如善注《文選》，其嚆矢焉。善注有張伯顏重刻，元板，不及宋本遠甚。予所藏乃宋刻佳者，中有元人跋語，古香馣薆，閲之不免以「書簏」自笑。

【五臣注《文選》三十卷】宋刻五臣注《文選》，鏤板精緻，覽之殊可悦目。唐人貶斥吕向，謂「比之善注，猶如虎狗鳳雞」，由今觀之，良不盡誣。昭明序云「都爲三十卷」，此猶是舊卷帙，殊足喜耳。（以上卷四之下《總集》）

（清）季振宜《季滄葦藏書目》

六臣注《文選》六十卷六十本。　六臣注《文選》六十本。　《集注文選》三十卷十五本。（《延令宋板書目》）

宋板李善《文選》六十卷三十一本。　抄本《文選補遺》四十卷廿本。　《廣文選》八十二卷。　宋刻六臣注《文選》六十卷。（《宋元雜板書·古文選》）

《選詩補注》八卷元板。（《宋元雜板書·詩集部》）

（清）徐乾學《傳是樓宋元本書目》

宋本《文選》六十卷，六十本；又三十本；又三十一本。　宋本六臣注《文選》六十卷，六十本。

（《宙字下格》）

（清）徐乾學《傳是樓書目》

《文選雙字類要》三卷，宋蘇易簡。三本。（卷三《子部·生字三格·類家》）

《文選錦字》二十一卷，明凌迪知。十一本少末二卷一本。（卷三《子部·水字上格·類家》）

（清）萬斯同《明史》

凌迪知《文選錦字》二十一卷。（卷一三五《藝文志·子部·類書類》）

李夢陽《文選增定》二十三卷。劉節《廣文選》八十二卷。陳與郊《文選章句》二十八卷。張鳳翼《文選纂注》十二卷。郭正域《文選後集》五卷。張所望《文選集注》。湯紹祖《續文選》二十七卷。馬繼銘《廣文選》二十五卷，又《補遺》□卷。周應治《廣廣文選》二十三卷。字君衡。陳仁錫《續補文選纂注》十二卷。閔齊華《文選瀹注》三十卷。字赤如，烏程人，天啓中貢士，沙河知縣。胡震亨《續文選》十四卷。劉履《選詩補注》八卷，又《選詩補遺》二卷，又《選詩續編》四卷。字坦之，上虞人。三書總名《風雅翼》。履自號草澤閒民，洪武初至京，以疾卒於會同館。曾原一《選詩衍義》四卷。楊慎《選詩外編》九卷，又《選詩拾遺》。（卷一三七《藝文志·集

部·總集類》)

(清)曹寅《楝亭書目》

《六家文選》明版,梁蕭統序選,六十卷,唐李善、呂延祚表進,四函三十二册。《文選瀹注》明烏程閔赤如瀹注,三十卷,一函八册。《文選錦字》明凌迪知序輯,二十一卷,二函二十一册。《續文選》明武原胡震亨序選,十四卷,一函四册。《廣文選》明大庾劉節廣,六十卷,四函四十八册。《選賦》明板,明楊慎評選,六卷,一函六册。(卷四《文集》)

《文選類林》宋清江劉攽類編,十八卷,永嘉王十朋序,二函十册。(卷四《文集補遺》)

《選詩補注》明上虞劉履補注,十四卷,一函十二册。(卷四《詩集》)

《選詩句圖》宋高似孫集,一卷。(卷四《詩類附》)

(清)王聞遠《孝慈堂書目》

《文選雙字》三卷蘇易簡,明姚虞序,三册,綿紙。(《類書》)

《昭明文選》十二卷張鳳翼評注,十二册。又十二卷唐大陶手評,六册。《昭明文選》六十卷李善注,元張伯顔刊,明唐藩翻雕。《選詩補遺》二卷劉履。《選詩續編》四卷劉履,合上一册,綿紙。(《詩文總

集》）

（清）于敏中等《天禄琳琅書目》

【六臣注《文選》】二函，二十册。梁昭明太子蕭統撰，六十卷，唐李善、吕延濟、劉良、張銑、吕向、李周翰注。前蕭統序，吕延祚《進五臣集注文選表》，李善《上文選注表》。

是書不載刊刻年月，而大小字皆有顔平原法。按：明董其昌《跋顔真卿書送劉太沖序後》有「宋四家書派，皆宗魯公」之語，則知北宋人學書，競習顔體，故摹刻者亦以此相尚，其鐫手於整齊之中寓流動之致，洵能不負佳書。至於紙質如玉，墨光如漆，無不各臻其妙，在北宋刊印中亦爲上品。

御題：此書董其昌所稱與《漢書》《杜詩》鼎足海内者也。在元趙孟頫，在明王世貞、董其昌、王穉登、周天球、張鳳翼、汪應婁、王醇、曹子念，並東南之秀，俱有題識。又有國初李楷跋。紙潤如玉，南唐澄心堂法也；字跡精妙，北宋人筆意。《漢書》現在大内，與爲連璧，不知《杜詩》落何處矣。天禄琳琅中若此者，亦不多得。乾隆御識。鈐寶二：曰「乾隆宸翰」，曰「稽古右文之璽」。

元趙孟頫跋：「霜月如雪，夜讀阮嗣宗《詠懷詩》，九咽皆作清泠氣。而是書玉楮銀鉤，若與燈月相映，助我清吟之興不淺。至正二年仲冬三日夜，子昂識。」卷二十三後。孟頫此跋作小行楷書，曲盡二王之妙，其愛是書也，至足以助吟興，則宋本之佳者，在元時已不可多得矣。

明王世貞跋：「余所見宋本《文選》亡慮數種，此本繕刻極精，紙用澄心堂，墨用奚氏，舊爲趙承旨所寶，往見於同年生朱太史家，云得之徐太宰所，幾欲奪之，義不可而止。太史物故，有客持以見售，余自罷道日，束身團焦，五體外無長物，前所得《漢書》已授兒輩，不復置几頭，寧更購此？因題而歸之。吾師得無謂余猶有嗜心耶？壬午春日，世貞書於曇陽觀大參同齋中。」卷五後。朱太史，名無考，所云徐少宰者，按朱彝尊《明詩綜》，載徐縉，字子容，吴縣人，弘治乙丑進士，歷官吏部左侍郎，謚文敏。

王穉登跋：「宋本《文選》往往見於藏書及好事之家，欲其精善完好若此本者絶少。此本紙墨鋟摹，並出良工之手，政與瑯琊長公所藏《漢書》絶相類。《漢書》有趙魏公小像，此書有公手書，二書皆公鄴架中本也。流傳至今僅三百年，而卷帙宛然，既免蟲魚之腹，又不落雌黄之手，豈靈籤秘笈神物呵護之耶？今歸朱司成象玄家，出示諦賞，因漫題此。此本視《漢書》亦猶蜀得其龍，吴得其虎耳矣。萬曆甲戌人日，王穉登書。」卷二十五後。考穉登，字百穀，一字伯固，長洲人。太學生，有《晉陵》《金昌》《燕市》《荆溪》《松檀》諸集。

周天球跋：「余少時嘗見是書于崦西公家，後有文敏跋語數十字，當是松雪齋中物。今五十餘年，復見於仲嘉處，紙墨如新，良可寶也。癸巳秋，八十老人周天球記。」卷五十後。考天球，字公瑕，號幼海，長洲諸生，善畫蘭。仲嘉，姓汪，名道會，歙人，著《小山樓稿》。卷中有印記「崦西公」，未知誰氏。

張鳳翼跋：「予嘗見此書於徐文敏嗣君架上，云是文敏所鍾愛，以貽其後之人者。其紙墨精好，神采煥發，令人不忍去手。且其間有趙文敏手識數語，則知此書嘗入松雪齋中，夫先後相去二百年而遥，而去一文敏，復歸一文敏，豈《文選》之爲文也，固自有夙緣耶？予穉歲購得一部，爲黄勉之先生家物，與此同出一梓而刷印在後，後有景石子題字，其紙墨不及此遠甚，今已爲好事者易去，不復得與相較，然大都不相及也。夫一梓印出，且相懸如此，矧後之翻版耶？近留意《選》學，將纂輯諸注，則聞此書已歸雲間，因倩人借留案頭，校對匝月，遂識歲月歸之，亦俾好事儒者知所珍重云。萬曆丁丑仲秋望，長洲張鳳翼。」卷三十二後。考鳳翼，字伯起，嘉靖甲子舉人，有《處實堂集》。黄勉之，名省曾，吴縣人，嘉靖辛卯舉人，有《五岳山人集》。

汪應婁跋：「嘉賓拉予過清遠閣，出所藏種種珍玩，古色照人，真令目眩神馳，應接不暇。復翻其架上宋版《文選》，又所罕覯者，紙精墨妙，居然完璧，末有趙文敏公手書數行，是爲松雪齋寶藏者。後傳之吾宗仲嘉，有王元美、周公瑕、張伯起、王百穀諸君跋。古雅如仲嘉，經其收藏，當爲增價。後傳之海陽好事家，嘉賓親往而厚值，迺今貯之閣中。吾知嘉賓願讀盡天下好書者，而

《文選》尤詞林嚆矢，宜其焚香披閲，更助清吟之興不淺矣。珍而藏之，可爲家寶，則清遠主人之架勝玄晏先生之架云。社弟汪應婁書。」卷十七後。應婁，無考，其稱吾宗仲嘉，當亦爲新安人，按《徽州府志》載明汪應蛟，婺源人，官尚書，又汪應元，歙人，官御史。未知應婁爲誰之雁行也。嘉賓，湯賓尹字，宣城人，萬曆乙未進士第二，授翰林編修，累官至南國子監祭酒。以時考之，跋中所稱嘉賓當即爲賓尹。然後李楷跋，乃作於諸跋之後，而曰吴君珍重，似嘉賓又係吴姓，抑或從賓尹家再歸於吴亦未可知。附著於此，以俟參考。

王醇跋：「予知仲嘉有宋版《文選》，心摇摇十餘年矣，及造其廬，未遑索看。後逢嘉賓於託山小有園，出陶隱居及唐宋墨蹟示之，皆人間所未見者，業已奪人精魄，且許以此書出觀，以暝色不能歸去，役我魂夢。越數日，始得一覯。紙墨之光射目，字楷而有致。竟日披覽，得未曾有。時松風弄弦、遠山横黛，是生平第一樂事。己未小雪日，太原王醇識。」卷二十八後。考王醇，揚州人，太原，其望也。

曹子念跋：「日予於萬卷樓見弇州公所得兩《漢書》，以爲宋版第一。後復有持《文選》至者，楮色瑩膩，似覺更佳，從臾公購之，以爲合璧，而公以奉道，屏去一切玩好，猶爲題數語，令客持去，念之常以爲恨。今秋復覯於仲嘉寓舍，披閲甫畢，將負之入黄山矣。念再見無期，因識其末簡。萬曆癸巳中秋日，曹子念書。」卷四十七後。考子念，字昌先，太倉州人。

李楷跋：「藏書、讀書，皆有非常之福，其精神又足以相久，故非易事。而得觀古人之賞鑒手蹟，益不敢不什伯讚嘆。趙文敏往矣，弇州、玄宰諸君子今安在？滄田之嗟，亦復如是。吴君珍重，此歷劫不壞之金剛寶也。文字點畫，刻手能存其書法，即有其圭瑑，不可易矣。己丑清秋八月八日，河濱岸翁李楷跋。」卷二十六後。李楷，無考。按：董其昌卒於崇禎九年，歲在丙子，今跋中有「弇州、玄宰諸君子今安在」之語，則此跋之作於己丑，蓋國朝順治六年也。

「歙汪氏春草閣藏」。吕延祚表後，卷六十。

右識語下有「洪度」橢圓印一，「于鼎」小長方印一。考《歙縣志》，載《本朝文苑》：汪洪度，字于鼎，松山里人。工文詞，著有《息廬集》。弟洋度，字文治，詩有逸致，書法仿晉人。並有才名。卷中亦有印記。又有「汪道昆印」，道昆，字伯玉，亦歙人。明嘉靖進士，與王世貞同年。世貞稱其文簡而有法，名大起，晚年官兵部侍郎，世貞亦嘗貳兵部，天下稱兩司馬云。餘印無考。

【六臣注《文選》】二函，十六册。篇目同前。此書與前部係出一版，而紙墨之色，摹印之工，亦無軒輊，洵堪同寶。惟書首僅有吕延祚表，其蕭統序及李善進表皆闕，蓋歷年既久，流傳散佚，固往往有之。而篇目尚全，亦無損其爲完書也。新安汪洪度藏本，有印記。又「清暉館印」。考《歙縣志》，載吴孔嘉，字元會，明天啓乙丑進士，官編修，有《清暉館集》。餘印無考。

【六臣注《文選》】二函，十六册。篇目同前。此書亦前版，而摹印並出一時，古色古香，竟成鼎峙。

觀前部張鳳翼跋云「穉歲購得一部與此同出一梓，而刷印在後，紙墨不及遠甚」，則是前明鑒藏家求初印本已不可多得，乃經三百載後而登册府者，兼有其三，縹緗之富，古未之有也。

「朱氏明仲家塾」。卷六十末。

右識語一，明仲，未詳其人。此書爲宋趙孟堅藏本，有「子固」印。考金賚《畫史會要》，載孟堅，字子固，號彝齋，居海鹽廣陳鎮，寶慶二年進士，修雅博識，人比米南宫。官至朝散大夫、知嚴州府。又明文徵明、文伯仁、項篤壽、王寵及本朝季振宜俱經收藏。按王世貞《吴中往哲像贊》：「王寵字履仁，後字履吉，别號雅宜山人，吴縣人。爲邑諸生，貢入太學。詩好建安、三謝，書摹永興、大令，爲時所趨。」徵明諸人見前。餘印無考。

【六臣注《文選》】六函，三十册。篇目同前。此書亦前版而摹印在後，墨光少遜，書中有「寶慶寶應州印」及「官書不許借出」木記。按《文獻通考·輿地考》，載宋理宗寶慶間，以逆全之亂，降淮陰郡爲淮安軍，又以寶應縣爲寶應州。是寶應州之名，自理宗時始建，故官印於州名之上冠以紀年。此本係北宋時刻版，印於南宋，而稱爲「官書」，則知爲北宋官刻，宜其雕槧精良甲於他版也。明文徵明藏本，有「玉蘭堂印」。又王寵、項篤壽及本朝季振宜，俱經收藏，餘印無考。

【《六家文選》】六函，六十一册。篇目同。此書與前四部别爲一版，亦未載刊刻年月，惟昭明序後有「此集精加校正，絶無舛誤，見在廣都縣北門裴宅印賣」木記。考《一統志·四川統部表》，載益州蜀郡，東晉分成都，置懷寧、始康二郡。又分廣都縣，置寧蜀郡。是廣都縣之稱，得名最古。宋時鏤版，蜀最稱善。此本字體結搆精嚴，鐫刻工整，洵蜀刊之佳者。木記應是當時裴姓書肆所標，亦廖氏世綵堂之例也。

「袁氏昌安堂珍藏」。卷六十後。

右識語一。袁氏，未詳其人。琴川毛氏藏本，有印記。餘無考。（以上卷三《宋版集部》）

【《文選》】六函，六十一册。梁昭明太子蕭統撰，唐李善注。六十卷。前蕭統序，李善《上文選注表》，唐吕延祚《進五臣集注文選表》。書中每卷標題下，於「李善注」次行刊「奉政大夫、同知池州路總管府事張伯顔助率重刊」。張伯顔無考。其槧刻此書，頗得宋槧模範，第書中祇收李善一人之注，而又録吕延祚《進五臣注表》，未免自淆其例矣。（卷六《元版集部》）

【《六家文選》】三函，三十册。梁昭明太子蕭統撰。六十卷。唐李善、吕延濟、劉良、張銑、吕向、李周翰注。前蕭統序，次李善《上文選注表》并國子監奉刊《文選》詔旨，次吕延祚《進五臣集注文選表》，後明袁褧識語。

此書槧刻甚精，校勘亦審，實與宋槧同工。序後標「此集精加校正，絶無舛誤，見在廣都縣北門裴宅印賣」。又五十二卷末葉標「毋昭裔貧時，常借《文選》不得，發憤曰：『異日若貴，當版鏤之，以遺學者。』後至宰相，遂踐其言」。並注云：「出《揮麈録》。」此二條，宋槧中本有之，係存其舊。其六十卷末葉有「吴郡袁氏善本新雕」隸書木記，則袁褧所自標也。褧識語云：「余家藏書百年，見購鬻宋刻本《昭明文選》，有五臣、六臣、李善本，巾箱、白文、大字、小字，殆數十種。家有此本，甚稱精善，而注釋本以六家爲優，因命工翻雕，匡廓字體未少改易。始於嘉靖甲午，成於己酉，計十六載。」云云。其四十四卷末葉標「丁未六月初八日李宗信雕」，五十六卷末葉標「戊申孟夏十三日李清雕」。李宗信、李清，疑皆當日剞劂高手，故自署其名。而丁未爲甲午後之十三年，僅刻至四十四卷。戊申又丁未後之一年，僅刻至五十六卷。且其成也經十六載，則袁氏之擇工選藝以求毫髪無憾之意，亦概可見矣。按《蘇州府志》：袁褧，字尚文，吴縣諸生，循例入太學，善屬文，尤長於詩。繪花鳥有逸趣，書法擬元章。晚耕謝湖之上，自號謝湖。

【《六家文選》】六函，六十一册。篇目同前，闕袁褧識語。此即袁褧所刊之版，而四十四卷末葉李宗信之名，及五十六卷末葉李清之名，俱被書賈割去，故紙幅均屬接補。袁褧識語亦經私汰。而於六十卷末葉改刊「河東裴氏考訂諸大家善本，命工鍥於宋開慶辛酉季夏，至咸淳甲戌仲春工畢」，並於末一行增刊「把總鍥手曹仁」。其字畫既與前絶不相類，版心墨綫亦參差不齊，且考訂「訂」字誤作金旁，則僞飾之跡顯然畢露矣。明楚府藏本。考《明史·諸王世表》，洪武三年，太祖封庶子楨於楚，是爲昭王。傳六世，顯榕襲封，以嘉靖二十四年遇害，是爲愍王。至嘉靖三十年，始續封愍王庶子英㷲爲王，是爲恭王。今考袁氏書刻成於嘉靖己酉，爲嘉靖二十八年，正當楚國絶封之時，則所鈐「楚府圖書」當出恭王以後也。又有「翰林學士文節世家」一印，考《宋史》「楊萬里」謚文節，此宋人謚法之最著者，其印或爲明時楊氏所鈐。餘印無考。又有「袁忠澈」印記，「袁」字篆法譌作「表」字，明屬書賈僞爲，不足録入。

【《六家文選》】六函，六十一册。篇目同前，闕袁熾識語。此亦前版，而書中所有宋刊明刊識語、木記悉經私汰，補痕顯然，橅印亦不及前二部之工。「寶峰主人」收藏印記，未知誰氏。

【《六家文選》】十函，六十一册。篇目同前，闕袁褧識語。此書惟存五十二卷後所載《揮麈録》一條，其餘識語、木記皆經割補，而紙質特佳，泰興季氏藏本，印記見前。

【《六家文選》】六函，六十一册。篇目同前，闕袁褧識語。此書亦存《揮麈録》一條，而六十卷之末僞刊「奉議郎、充提舉茶鹽司幹辦公事臣朱奎奉聖旨廣都縣鏤版，起工於嘉定二年歲次己巳，畢工於九年壬子臘月」，並標「督工把總惠清」，亦係割去原紙，别刊半葉粘接於後。且嘉定九年係丙子，而非壬子，則其作僞益顯然矣。明文徵明藏本，有「煙條館印」。袁忠澈亦經收藏，印記見前。又有「世美堂」印，按朱彝尊《明詩綜》小傳，載丁此吕，字右武，江西新建人，萬曆丁丑進士，歷官湖廣布政司參政，著有《世美堂集》，此印當即丁氏右武所鈐。餘印俱無考。又有景濂印，考《明史》宋濂，字景濂，浦江人，洪武間官至翰林學士承旨兼太子贊善大夫，是景濂乃明初人，書中不應有其印記，明係書賈僞作，不足存也。

【《六家文選》】六函，六十一册。篇目同前，闕袁褧識語。此書亦於卷六十之末葉改刊「河東裴氏考訂」云云，「訂」字並作金旁，與前第二部同其僞製，蓋出一人之手也。明袁忠澈藏本，印記與前部同。又有王偉印。考《明史》，王偉，神宗顯皇后父也，萬曆五年授都督，尋封永年伯。吕雄濟之二印見前。華亭朱氏，未詳其人。

【《六家文選》】六函，六十一册。篇目同前，闕袁褧識語。此書於蕭統序後標「紹聖三年丙子歲臘月十六日秘閣發刊」，又于吕延祚表後列曾布、蔡卞等校正銜名，卷六十後復標「紹聖四年十月十五日，太學博士主管文字陳瓘督鐫匠孫和二等工完」，皆係别刊半幅粘接，而袁氏識語、木記，盡爲割補，紙質印工並出前後諸部之下。明馮夢禎藏本，有「馮開之」印。考《浙江通志》，夢禎，字開之，秀水人，萬曆丁丑進士，累官南京國子監祭酒，又有「太子太保傅文穆公家藏圖書」。考《明史》，傅瀚，字曰川，新喻人，天順八年進士，累官禮部尚書，贈太子太保，謚文穆。此印當其後人所鈐。其「曲阿孫氏」、「真賞齋」二印無考。

【《六家文選》】六函，六十册。篇目同前，闕袁褧識語。此書亦將袁氏識語、木記妄爲割補。其卷五十二末葉所有「戊申孟夏十三日李宗信雕」一行，雖於槧印之時以别紙掩蓋其上，然「十三」兩字墨痕猶隱透行間，依稀可辨。乃版心上方復以「熙寧四年刊」五字别刻木記，逐幅鈐印，抑何其心勞日拙耶。書中有吴寬印記，考《明史》，吴寬以正德時卒于官。其時袁氏此書尚未付梓，安得經其收藏？明是書賈故取袁褧以前之人，冀掩其作僞之計，不足採入。餘所鈐三印亦無考。

【《六家文選》】六函，六十一册。篇目同前，闕李善、吕延祚表，袁褧識語。此書惟存蕭統序，後「裴宅印賣」一條，其餘識語、木記俱經私汰，實亦吴郡袁氏新版也。其於卷二十四後乃僞標「嘉祐改元澄心堂刊」八字，而「祐」字誤作「祜」，「改」字「己」旁譌作「㠯」，此作僞而益形其陋者。收藏諸印無考。

【《六家文選》】六函，六十一册。篇目同前，闕袁褧識語。此書於蕭統序末及卷六十後僞刊「淳祐二年庚午歲上蔡劉氏刊」隸書木記，字體杜撰，漫無準繩，亦即用袁氏版竄易亂真者。合計此書共成十部，而作僞者居其九，其間變易之計狡獪多端，或假爲汴京所傳，或託之南渡之末，雖由書賈謀利欺人，亦足見袁氏此書槧印精良，實爲一時不易得之本。今登册府者至十部之多。且袁氏所藏宋槧原本已入前宋版書中，七百餘年，後先輝映，猗歟盛矣！「南昌袁氏」收藏印記見前，「武陵華伯子」印無考。

【《六臣注文選》】六函，六十册。篇目同前，此亦明翻宋槧，而别爲一版，槧刻頗佳。其目録内於昭明、五臣銜名之次割補一行，似是明時刊梓者自署其名，而書賈去之，以售其作僞之術。又於卷六十後刻「河東裴氏考訂」云云，「訂」字亦作金旁，且字畫紙墨判然各異，不能掩也。

【《文選注》】二函，十二册。明王象乾删定，十二卷。前蕭統序，次吕延祚《進五臣集注文選表》，次李善《上文選注表》，次《文選》姓氏。此書版式將六臣之注或列之上方，或列於行右，其音釋則於下方列之，不以注間本文，亦取便於記誦者也。王象乾，字子廓，山東新城人。舉隆慶五年進士，授聞喜知縣，遷兵部主事，歷郎中，出爲保定知府。累官至兵部尚書，加少師兼太子太師，總督宣大山西軍務。以衰病乞歸，卒，贈太師。具見《明史》本傳。象乾自擢宣府巡撫以後，皆任邊疆重寄，年八十三，猶馳驅戎馬間，此書標題下結銜爲「保定知府」，蓋惟其時，尚有餘閒游心翰墨也。

【《文選補遺》】二函，十册。宋陳仁子輯，四十卷。前宋趙文序，後宋譚紹烈識語。書中每卷標題下稱「茶陵陳仁子輯誦」，次行稱「門人魯達臣纂類」。目録後有「茶陵東山書院刊行」木記。仁子，《宋史》無傳，考凌迪知《萬姓統譜》，載陳天福者，茶陵人。歲凶，發廩平糶，貧不能糴者，天福輒周之。有道士丐米，福與之一斗，道士酬以百錢，福弗受。道士出，題其壁，有「桂子蘭孫聯步武」之句。後子桂孫、蘭孫果登第。慕義樂施，有父風。遭宋季易姓，不復禄仕，營東山書院，爲終身計。博學好古，著述尤富，輯《文選補遺》四十卷云云。按：所言「東山書院」，既與木記相符，而書之卷帙，亦與此本適合，則仁子爲天福之子無疑，第未分晰此書爲桂孫、蘭孫兄弟中何人所作耳。趙文序中稱仁子爲同俌，譚紹烈識語中又稱爲古迂翁，似仁子是其名，而非其字，或當隱居不仕之時，自避原名而更爲仁子也。趙文，字惟恭，又字儀可，廬陵人，三貢於鄉，仕南雄府教授，出文丞相之門，嘗從勤王，於軍政多所參決，晚請歸養。所著有《青山集》，見《西江志》。魯達臣、譚紹烈俱無考。紹烈本仁子之甥，亦受業其門，爲刊此書，故系識語於後。此本爲明時翻刻，槧印極精，惟自十四卷至十七卷與前後紙色迥別，則從別本取出補入者。（卷一〇《明版集部》）

（清）沈初等《浙江采集遺書總録》

【《文選雙字類要》三卷】刊本。右宋學士蘇易簡輯。摘録《文選》字法，比而屬之，爲門四十，爲類五百。

【《文選類林》十八卷】刊本。右宋清江劉攽輯。乃掇取《文選》中字句類而次之。

【《文選錦字録》二十一卷】刊本。右明凌迪知輯。以前二書繁簡不齊，因爲損益成編。凡分四十六門。（以上《庚集·子部·類事類》）

【《廣文選》六十卷】刊本。右明劉節輯。

【《文選補遺》四十卷】刊本。右宋茶陵陳仁子輯。以上二書皆采自漢魏迄齊梁等作，以補蕭《選》所未備。

【《續文選》三十二卷】刊本。右明海鹽湯紹祖輯。此則自梁昭明以後迄明代，凡文之類似《選》體者，録而續之。

【《選詩補注》八卷，《補遺》二卷，《續編》四卷】三書又俱名《風雅翼》。刊本。右元上虞劉履輯。以朱子嘗欲掇拾經史韻語及《文選》古詞，附于《詩》《楚辭》之後，又欲擇乎《文選》詩之近古者，爲之羽翼輿衛。履因踵成其志，增損蕭《選》之詩，而更以李善注釋事遺義，五臣文多舛謬，復集衆説補注之。其《補遺》係古謡辭。《續編》乃唐宋詩之似《選》體者。有至正間金華戴良、會稽夏時二序。（以上《辛集·集部·總集類》）

（清）永瑢等《四庫全書簡明目録》

【《文選注》六十卷】梁昭明太子蕭統編，唐李善注。據李匡乂《資暇録》稱，善注《文選》，有初注，有覆注，有三注、四注，其絶筆之本，皆釋音訓義，注解甚多。此本所注甚詳，當即絶筆之本也。《文選》爲文章淵藪，善注又考證之資糧，一字一句，罔非環寶。古人總集，以是書爲弁冕，良無忝焉。

【六臣注《文選》六十卷】不知編輯者名氏。陳振孫《書録解題》已有是名，則南宋本矣。其稱六臣者：吕延濟、劉良、張銑、吕向、李周翰五臣注，合李善注爲六也。五臣注非善注之比，然詮釋文句，間有所長，彙爲一編，亦頗便於循覽焉。

【《文選顏鮑謝詩評》四卷】元方回撰。原本久佚，今從《永樂大典》録出。其書取《文選》所録顏延年、鮑照、謝靈運、謝瞻、謝惠連、謝朓六人之詩，評其工拙，兼論注家之得失。其説較《瀛奎律髓》頗爲愜當，蓋回晚年之作也。謹案：此書雖不全注《文選》，而其詩皆自《文選》摘出，故附於《文選》之後，猶注經者，雖注一篇，亦附列本經之下也。

【《文選補遺》四十卷】宋陳仁子編。仁子本講家學，故執真德秀《文章正宗》之法，以甲乙《文選》，殆難以口舌與争。然僅云以此書補《文選》，不云以此書廢《文選》，使兩書並行，各明一義，用以救專尚華藻之失，亦未嘗無裨。較舉一廢百者，所見猶廣矣。

【《風雅翼》十四卷】元劉履編。凡《選詩補注》八卷，取《文選》諸詩删補舊注，而斷以己意。《選詩補遺》兩卷，雜録古歌謡詞四十二首，爲《文選》所不載者。《選詩續編》二卷，則唐宋詩一百五十九首也。大旨本《文章正宗》，然所箋釋尚頗詳贍。（以上卷一九《集部·總集類》）

（清）永瑢等《四庫全書總目》

【《文選雙字類要》三卷】浙江汪啓淑家藏本。舊本題宋蘇易簡撰。易簡有《文房四譜》，已著録。是編取《文選》中藻麗之語分類纂輯，其中語出經史，偶爲漢以來詞賦採用者，亦即以採用之篇注爲出典。易簡名臣，不應荒陋至此。陸游《老學庵筆記》稱宋初崇尚《文選》，草必稱「王孫」，梅必稱「驛使」，月必稱「望舒」，山水必稱「清暉」，方爲合格。疑其時科舉之徒輯爲此書，托易簡之名以行也。

【《文選類林》十八卷】浙江范懋柱家天一閣藏本。舊本題宋劉攽撰。攽字貢父，新喻人，敞之弟也。與敞同舉慶曆六年進士，歷官秘書少監，出知蔡州，後終於中書舍人，事蹟具《宋史》本傳。是編取《文選》字句可供詞賦之用者，分門標目，共五百四十九類。然攽兄弟以文章學問與歐陽修、蘇軾諸人馳騁上下，未必爲此餖飣之學，疑亦南宋時業詞科者所依托也。

【《文選錦字》二十一卷】浙江巡撫採進本。明凌迪知撰。迪知有《左國腴詞》，已著録。是書以《文選》字句輯爲二十七門，自謂合清江劉氏《類林》、眉山蘇氏《雙字類要》而增損之。然二家之書已涉餖飣，疊牀架屋，尤爲無謂矣。（以上卷一三七《子部・類書類・存目》）

【《文選注》六十卷】内府藏本。案《文選》舊本三十卷，梁昭明太子蕭統編，唐文林郎守太子右内率府録事參軍事崇賢館直學士江都李善爲之注，始每卷各分爲二。《新唐書・李邕傳》稱其父善始注《文選》，釋事而忘義，書成以問邕，邕意欲有所更，善因令補益之，邕乃附事見義，故兩書並行。今本事義兼釋，似爲邕所改定。然傳稱善注《文選》在顯慶中，與今本所載進表題顯慶三年者合，《舊唐書》邕傳稱天寶五載，坐柳勣事杖殺，年七十餘。上距顯慶三年，凡八十九年，是時邕尚未生，安得有助善注書之事？且自天寶五載上推七十餘年，當在高宗總章、咸亨間，而《舊書》稱善《文選》之學受之曹憲，計在隋末年已弱冠，至生邕之時，當七十餘歲，亦決無伏生之壽，待其長而注書。考李匡乂《資暇録》曰：李氏《文選》有初注成者，有覆注，有三注、四注者，當時旋被傳寫，其絶筆之本，皆釋音訓義，注解甚多。是善之定本，本事義兼釋，不由於邕。匡乂唐人，時代相近，其言當必有徵，知《新唐書》喜采小説，未詳考也。其書自南宋以來皆與五臣注合刊，名曰六臣注《文選》，而善注單行之本，世遂罕傳。此本爲毛晉所刻，雖稱從宋本校正，今考其第二十五卷陸雲《答兄機》注中有「向曰」一條，「濟曰」一條，又《答張士然詩》注中有「翰曰」、「銑曰」、「向曰」、「濟曰」各一條，殆因六臣之本削去五臣，獨留善注，故刊除未盡，未必真見單行本也。他如班固《兩都賦》誤以注列目録下，左思《三都賦》善明稱劉逵注《蜀都》《吴都》，張載注《魏都》，乃三篇俱題劉淵林字。又如楚辭用王逸注，《子虛上林賦》用郭璞注，《兩京賦》用薛綜注，《思玄賦》用舊注，《魯靈光殿賦》用張載注，《詠懷詩》用顔延年、沈約注，《射雉賦》用徐爰注，皆題本名，而補注則别稱善曰，於薛綜條下發例甚明，乃於揚雄《羽獵賦》用顔師古注之類，則竟漏本名。於班固《幽通賦》用曹大家注之類，則散標句下。又《文選》之例於作者皆書其字，而杜預《春秋傳序》則獨題名。豈非從六臣本中摘出善注，以意排纂，故體例互殊歟。至二十七卷末附載樂府《君子行》一篇，注曰：「李善本古詞止三首，無此一篇，五臣本有，今附於後。」其非善原書，尤爲顯證。以是例之，其孔安國《尚書序》、杜預《春秋傳序》二篇僅列原文，絕無一字之注，疑亦從五臣本勦入，非其舊矣。惟是此本之外，更無別本，故仍而録之，而附著其舛互如右。（卷一八六《集部·總集類》）

附録

胡玉縉《四庫全書總目提要補正》

【《文選注》六十卷】高步瀛《文選李注義疏》云：「《四庫書目》從李濟翁説，以今本事義兼釋者爲李善定本，其説甚是，足正《新傳》之謬。然顯慶三年表上之本，必非其絶筆之本，《書目》既以今本爲定本，則雖冠以顯慶三年上表，其爲晚定本固無妨也。至謂善受《文選》在隋末，生邕時當七十餘歲則非是。《舊傳》善卒在載初元年，即永昌元年，上推至貞觀元年凡六十三年，《舊書·儒學傳》言曹憲百有五歲卒，《新書·文藝傳》亦言憲百餘歲卒，使貞觀元年憲七八十歲，尚有二三十年以外之歲月，善弱冠受業，當在唐初，不在隋末也。由此言之，假使善生貞觀初年，則總章、咸亨間亦僅四十餘歲，安得謂七十餘歲始生邕哉？」洪亮吉《北江詩話四》云：「善注成於唐顯慶三年，而《三都賦》皆標題云『劉淵林注』，恐係後人追改，《蜀都賦》注引《管子》曰『四民雜處』，即改『民』作『人』，豈其避太宗諱而不避高宗諱者乎？」陳鱣

《簡莊綴文》有《元本李善注文選跋》云：「翻閲一過，始知汲古閣本所脱者：如司馬長卿《上林賦》脱標『郭璞注』，張平子《思玄賦》脱『爛漫麗靡，藐以迭逷』二句并注，陸士衡《答賈長淵詩》脱『魯侯戾止，衮服委蛇』二句并注，曹子建《箜篌引》脱『百年忽我遒，生存華屋處』二句，鮑明遠《放歌行》脱『今君有何疾，臨路獨遲迴』二句，枚叔《七發》脱自『太子有悦色』至『然而有起色矣』二段，共十九行并注，《宣德皇后令》脱標『任彦昇』三字，曹子建《求通親親表》脱『有不蒙施之物』一句，若斯之類，遽數難終。惟司馬長卿《封禪文》脱『上帝垂恩儲祉，將以慶成』二句，元刊已脱。又如《西都賦》注，引『三倉』之作『王倉』，《閒居賦》注，引『韋孟詩』之作『安革猛詩』，元刊亦然，汲古本蓋仍其誤，而義門亦未之校正也。」玉縉案：瞿氏《目録》有明成化間唐藩重刊張伯顏本，其案語亦以汲古閣本多脱誤，大率襲陳跋。惟云：「左太沖《吴都賦》『趫材悍壯』注引《胡非子》，『胡』誤改『韓』，不知胡非子爲墨子弟子，此本不譌。」此説爲陳跋所未及。張伯顏者，名世昌，字正卿，長洲之相城人，成宗賜名伯顏，詳見錢大昕《養新録》。張本與宋尤袤本行款悉同，惟每卷首葉縮小排密，以掩其襲取之迹，詳陸氏《儀顧堂續跋》。《文選》今以胡氏重刻尤本爲最善，而瞿氏有宋刊殘本，云：「卷五十五《演連珠》注『日月發揮』以上，及『下愚由性』以上，尤本有『善曰』二字，案下文既有『善曰』，則此處爲劉孝標注甚明，實不當有『善曰』，是本皆無之而空二字。又卷五十九《頭陀寺碑文》

注，『劉虬曰：菩薩員浄』以上，鄭翼謹案：胡刻本作『圓浄』。此本有『《法華經》曰慧日大聖尊久乃説是法』十四字，尤本無之，是此本刻在尤本之後，重加校正矣。」云云。以其有關校勘，附録之，餘不悉具。丁氏《藏書志》有嘉靖元年汪諒翻元本，又有嘉靖四年晉藩本。玉縉又案：昭明序善不爲注，《學海堂文集》有張杓等十人注，引徵斷自梁代，覃究《選》學者當及之。（卷五六《總集類二》）

【六臣注《文選》六十卷】内府藏本。案唐顯慶中，李善受曹憲《文選》之學，爲之作注，至開元六年，工部侍郎吕延祚復集衢州常山縣尉吕延濟、都水使者劉承祖之子良、處士張銑、吕向、李周翰五人共爲之注，表進於朝，其詆善之短則曰：「忽發章句，是徵載籍，述作之由，何嘗措翰？使復精核注引，則陷於末學，質訪旨趣，則巋然舊文，祇謂攪心，胡爲析理？」其述五臣之長則曰：「相與三復乃詞，周知秘旨，一貫於理，杳測澄懷，目無全文，心無留意，作者爲志，森然可觀。」觀其所言，頗欲排突前人，高自位置。書首進表之末，載高力士所宣口敕，亦有「此書甚好」之語。然唐李匡乂作《資暇集》，備摘其竊據善注，巧爲顛倒，條分縷析，言之甚詳。又姚寬《西溪叢語》詆其注揚雄《解嘲》，不知伯夷、太公爲二老，反駁善注之誤。王楙《野客叢書》詆其誤敘王暕世系，以覽後爲祥後，以曇首之曾孫爲曇首之子。明田汝成重刊《文選》，其子藝衡又摘所注《西都賦》之「龍興虎視」、《東都賦》之「乾符坤珍」、《東京賦》之「巨猾間舋」、《蕪城賦》之

「衮廣三墳」諸條。今觀所注，迂陋鄙倍之處，尚不止此，而以空疏臆見，輕詆通儒，殆亦韓愈所謂蚍蜉撼樹者歟。其書本與善注别行，故《唐志》各著録。黄伯思《東觀餘論》尚譏《崇文總目》誤以五臣注本置李善注本之前，至陳振孫《書録解題》始有《六臣文選》之目，蓋南宋以來，始與善注合刻，取便參證。元明至今，遂輾轉相沿，併爲一集，附驥以傳，蓋亦幸矣。然其疏通文意，亦間有可采，唐人著述，傳世已稀，固不必竟廢之也。田氏刊本頗有删改，猶明人竄亂古書之習。此本爲明袁褧所刊，朱彝尊跋謂從宋崇寧五年廣都裴氏本翻雕，諱字闕筆，尚仍其舊，頗足亂真，惟不題鏤板訖工年月，以是爲别耳。錢曾《讀書敏求記》稱所藏宋本五臣注作三十卷，爲不失蕭統之舊，其説與延祚表合，今未見此本。然田氏本及萬曆戊寅徐成位所刻亦均作三十卷，蓋或合或分，各隨刊者之意，但不改舊文，即爲善本，正不必以卷數多寡定其工拙矣。

【《文選顔鮑謝詩評》四卷】《永樂大典》本。元方回撰。回有《續古今考》，已著録。是編取《文選》所録顔延之、鮑照、謝靈運、謝惠連、謝脁之詩，各爲論次，諸家書目皆不著録，惟《永樂大典》載之。考集中顔延之《三月三日侍游曲阿後湖作》一首，評曰：「本不書此詩，書之以見夫雕績滿眼之詩未可以望謝靈運也。」又《北使洛》一首評曰：「所以書此詩者有二。」又謝靈運《擬鄴中集》八首，評曰：「規行矩步，甃砌妝點而成，無可圈點，故余評其詩而不書其全篇。」案：此本八首，皆書全篇，與此評不合。蓋不載本詩，則所評無可繫屬，故後人又爲補録也。則此集蓋回手書之册，後人得其墨蹟，録之成帙也。回所撰《瀛奎律髓》，持論頗偏，此集所評，如謝靈運詩多取其能作理語，又好標一字爲句眼，仍不出宋人窠臼。然其他則多中理解。又如謝靈運《述祖德》第二首評曰：「《文選》注：『高揖七州外，謂舜分天下爲十二州，時晉有七州，故云七州。』余謂不然，此指謝玄所解徐、兖、青、司、冀、幽、并七州都督耳。謂晉有七州，而高揖其外，則不復居晉土耶？」謝瞻《張子房詩》評曰：「東坡詆五臣誤注『三殤』，其實乃是李善。」顔延之《秋胡詩》評曰：「秋胡之仕於陳，止是魯之鄰國，而云王畿，恐是延之一時寓言。雖以秋胡子爲題，亦泛言仕宦，善注乃引《詩緯》曰：『陳，王者所起也。』此意似頗未通。」亦間有所考訂。至於評謝靈運《九日戲馬臺送孔令詩》，謂「鳴葭」當作「鳴笳」，則未考《晉書·夏統傳》；評鮑照《行藥至城東橋詩》，謂「行藥」爲「乘興還來看藥欄」之意，則誤引杜詩；評謝朓《郡内高齋閒坐答吕法曹詩》，謂或以爲「岫」本訓「穴」，以爲遠山亦無害，則附會陶潛《歸去來辭》。小小舛漏，亦所不免，要不害其大體，統觀全集，究較《瀛奎律髓》爲勝，殆作於晚年，所見又進歟。（以上卷一八六《集部·總集類》）

【《文選補遺》四十卷】兩江總督採進本。宋陳仁子編。仁子有《牧萊脞語》，已著録。是書前有廬陵趙文序，述仁子之言，謂《文選》存《封禪書》何如存《天人三策》，存《劇秦美新》何如存更生《封事》，存《魏公九錫文》何如存蕃、固諸賢論，列《出師表》不當删去後表，《九歌》不當止存《少司命》《山鬼》，《九章》不當止存《涉江》，漢詔令取武帝不取高、文，史論贊取班、范不取司馬遷，淵明詩家冠冕，十不存一二，又不當以詩賦先詔令奏疏，使君臣失位，質文先後失宜。其排斥蕭統甚至，蓋與劉履《選詩補注》皆私淑《文章正宗》之説者。然《正宗》主於明理，《文選》原止于論文，言豈一端，要各有當，仁子以彼概此，非通方之論也。且所補司馬談《六家要旨論》，則齊黄老于六經，魯仲連《遺燕將書》，則教人以叛主，高帝《鴻鵠歌》，情鍾嬖愛，揚雄《反離騷》，事異忠貞，蔡琰《胡笳十八拍》非節烈之言，《越人歌》《李延年歌》直淫褻之語，班固《燕然山銘》實爲貢諛權臣，董仲舒《火災對》亦不免附會經義，律以《正宗》之法，皆爲自亂其例，亦非能恪守真氏者。至于「宋王微詠賦」譌爲「宋玉微詠賦」，則姓名時代並譌。引佛經横陳之説以注《諷賦》，則龐雜已甚。荆軻《易水歌》與《文選》重出，亦爲不檢。觀所著《牧萊脞語》，於古文、時文之格律尚未甚分明，則排斥古人亦貿貿然徒大言耳。然其説云補《文選》，不云竟以廢《文選》，使兩書並行，各明一義，用以濟專尚華藻之偏，亦不可謂之無功，較諸舉一而廢百者，固尚有間焉。（卷一八七《集部・總集類》）

【《風雅翼》十四卷】編修汪如藻家藏本。元劉履編。履字坦之，上虞人，入明不仕，自號草澤閒民。洪武十六年，詔求天下博學之士，浙江布政使强起之，至京師，授以官，以老疾固辭，錫鈔遣還，未及行而卒。《浙江通志》列之《隱逸傳》中。是編首爲《選詩補注》八卷，取《文選》各詩，刪補訓釋，大抵本之五臣舊注、曾原一《演義》，而各斷以己意；次爲《選詩補遺》二卷，取古歌謡詞之散見於傳記、諸子及《樂府詩集》者，選録四十二首以補《文選》之闕；次爲《選詩續編》四卷，取唐宋以來諸家詩詞之近古者一百五十九首，以爲《文選》嗣音。其去取大旨本於真德秀《文章正宗》，其銓釋體例則悉以朱子《詩集傳》爲準。其論杜甫《三吏》《三别》太迫切，而乏簡遠之度，以視建安樂府，如典謨之後别有盤誥，足見風氣變移。不知諷諭之語必含蓄，乃見優柔，叙述之詞必真切，乃能感動。王粲《七哀詩》曰：「出門無所見，白骨蔽平原。路有飢婦人，抱子棄草間。顧聞號泣聲，揮涕獨不還。未知身死處，何能兩相完。」此何嘗非建安詩，與《三吏》《三别》何異？又如《孤兒行》《婦病行》《上留田》《東西門行》以及《焦仲卿妻詩》之類，何嘗非樂府詩，與《三吏》《三别》又何異？此不明文章之正變，而謬爲大言也。又論《塘上行》後六句，以爲魏文帝從軍而甄后念之，不知古者採詩以入樂，聲盡而詞不盡，則删節其詞，詞盡而聲不盡，則摭他詩數句以足之，皆但論聲律，不論文義，《樂府詩集》班班可考，《塘上行》末六句忽及從軍，蓋由於此，履牽合魏文帝之西征，此不明文章之體裁，而横生曲解也。至於以漢魏篇章强分比興，尤未免刻舟求劍，附合支離。朱子以是注《楚詞》，尚有異議，况又效西子之顰乎？以其大旨不失於正，而亦不至全流於膠固，又所箋釋評論亦頗詳贍，尚非枵腹之空談，較陳仁子書猶在其上，固不妨存備參考焉。又案葉盛《水東日記》稱祭酒安成李先生於劉履《風雅翼》常別加注釋，視劉益精。安成李先生者，李時勉也，其書今未之見，然時勉以學問醇正、人品端方爲天下所重，詩歌非其所長，考證亦非其所長，計與履之原書亦不過伯仲之間矣。（卷一八八《集部·總集類》）

【《文選句圖》一卷】江蘇巡撫採進本。宋高似孫撰。似孫有《剡録》，已著録。案摘句爲圖，始於張爲，其書以白居易等六人爲主，以楊乘等七十八人爲客，主分六派，客亦各有上入室、入室、升堂、及門四格，排比聯貫，事同譜牒，故以圖名。後九僧各摘名句，亦曰句圖，蓋非其本。似孫此書，亦沿舊名，所録皆《文選》諸詩，去取不甚可解，如蘇武詩之「馥馥我蘭芳，芬馨良夜發」，上下聯各割一句，尤爲創調。其句下附録之句，蓋即鍾嶸《詩品》「源出某某」之意，其句下附録一兩首者，則莫喻其體例矣。

【《文選纂注》十二卷】江蘇巡撫採進本。明張鳳翼撰。鳳翼有《夢占類考》，已著録。是書雜採諸家詮釋《文選》之説，故曰「纂注」，然所引多不著所出。夫詮釋義理，可以融會群言，至於考證舊文，豈可不明依據？言各有當，不得以朱子集傳、集注藉口也。其論《神女賦》「王」字訛「玉」，「玉」字訛「王」，蓋採姚寬《西溪叢語》之説，極爲精審。其注無名氏古詩以「東城高且長」與「燕趙多佳人」分爲兩篇，十九首遂成二十，不知陸機擬作，文義可尋，未免太自用矣。

【《選詩約注》十二卷】内府藏本。明林兆珂撰。兆珂有《詩經多識編》，已著録。是編取《昭明文選》所録諸詩，重爲編次，以時代先後爲序，其訓釋文義，較舊注稍爲簡約，亦無考證發明。

【《文選章句》二十八卷】内府藏本。明陳與郊編。與郊有《檀弓集注》，已著録。此書以坊刻《文選》顛倒棼亂，每以李善所注竄入五臣注中，因重爲釐正，汰其重複，斥五臣而獨存善注。凡善所録舊注，如《楚辭》之王逸，《兩京賦》之薛綜，《詠懷詩》之顔延之、沈約，皆仍存之，亦時時正其舛誤，較閔齊華、張鳳翼諸本差爲勝之。然點竄古人，增附己説，究不出明人積習，不如存其原本之愈也。

【《文選尤》十四卷】内府藏本。明鄒思明編。思明字見吾，歸安人，始末未詳。前有韓敬序，其私印已稱庚戌會狀兩元，則萬曆後人也。其書取《文選》舊本臆爲删削，以三色板印之，凡例謂總評分脈則用朱，細評探意則用緑，釋音義解文詞則用墨云。

【《文選瀹注》三十卷】内府藏本。明閔齊華編。齊華，烏程人，崇禎中以歲貢任沙河縣知縣。是書以六臣注本删削舊文，分繫於各段之下，復采孫鑛評語，列於上格，蓋以批點制藝之法施之於古人著作也。

【《昭明文選越裁》十一卷】内府藏本。國朝洪若皋編。若皋有《南沙文集》，已著録。是編取《昭明文選》重爲删定，復捃拾諸家之注，略爲詮解。其圈點評語，則全如時文之式，其謂之「越裁」者，自序謂時避居越城，志地亦志僭也。案昭明舊本，唐人奉爲蓍龜，以杜甫詩才凌跨百代，猶有「熟精《文選》理」之句，餘子可以知矣。若皋横加翦薙，可謂不自揣量。即以開卷一篇而論，班固《兩都賦》文本相承，乃删去《東都》一篇，遂使語無歸宿，全乖本意，是於作賦之故且茫然未考矣。

【《選詩定論》十八卷】内府藏本。國朝吴淇（編者按：「淇」原誤「湛」）撰。淇字伯其，號冉渠，睢陽人。其書以《文選》所録諸詩歌自漢高帝以下，以時代編次，而荆軻《易水歌》十五字，别爲一卷終焉。前列《六朝選詩緣起》一卷，皆雜引六經以釋之，迂遠鮮當。次統論古今詩及總論六朝一卷，區分時世，至謂陳隋無《選》詩，宋金元皆無詩，而明人古體學《選》，律詩學唐，亦七子之緒論。其詮釋諸詩，亦皆高而不切，繁而鮮要，如解《中山王孺子妾歌》之類，於考證尤疏也。

【《文選音義》八卷】安徽巡撫採進本。國朝余蕭客撰。蕭客有《古經解鉤沈》，採掇舊詁，最爲詳核，已别著録。此書則罅漏叢生，如出二手。約舉其失，凡有數端：一曰引證亡書，不具出典。如李善《進文選注表》，「化龍」引《晉陽秋》，「肅成」引王沈《魏書》，「筴」字引徐邈、李順《莊子音》，如斯之類，開卷皆是。舊籍存佚，諸家著録可考，世無傳本之書，蕭客何由得見？此輾轉裨販，而諱所自來也。一曰本書尚存，轉引他籍。如《西都賦》「火齊」引龐元英《文昌雜録》「《南史》中天竺國説火齊」云云，何不竟引《南史》也？《逸民傳論》引宋俞成《螢雪叢説》：「嚴子陵本姓莊，避顯宗諱，遂稱嚴氏。」此説果宋末始有耶？一曰嗜博貪多，不辨真僞。《海賦》「陰火」引王嘉《拾遺記》「西海之西，浮玉山巨穴」云云，與木華所云「陰火」何涉？盧諶《覽古詩》「和璧」引杜光庭《録異記》「歲星之精，墮於荆山」云云，是晉人讀《五代書》矣。《飲馬長城窟行》「雙鯉魚」引《玄散堂詩話》「試鶩以朝鮮厚繭紙作鯉魚」云云，此出龍輔《女紅餘志》。案錢希言《戲瑕》明言《嫏嬛記》《女紅餘志》諸書皆桑懌依托，則《女紅餘志》已屬僞本，所引《玄散堂詩話》更僞中之僞，乃據爲實事，不亦傎耶？一曰摭拾舊文，漫無考訂。如《閒居賦》「櫻」字引《鬼谷子》「崖蜜，櫻桃也」，案此惠洪《冷齋夜話》之文，《鬼谷子》實無此語。蕭客既没惠洪之名，攘爲己有，又不知宋人已屢有駁正。《吴都賦》「欃槍」引李周翰注，以爲鯨魚目精，此因《博物志》「鯨魚死，彗星出」之文而加以妄誕。陸機《贈從兄詩》「言樹背與襟」引《謝氏詩源》「堂北曰背，堂南曰襟」，亦杜撰虚詞，不出典記。《歸去來詞》「西疇」引何焯批本曰：「即『農服先疇』之意，『西』、『先』古通用。」案：「西」古音「先」，非義同「先」也，「西疇」正如《詩》之「南畝」，偶舉一方言之耳。如是穿鑿，則本詞之「東皋」，何以獨言東耶？凡斯之類，皆疏舛也。一曰疊引瑣説，繁複矛盾。如《三都賦序》「玉樹」引顔師古《漢書》注謂左思不曉其義，《甘泉賦》「玉樹」又引王楙《野客叢書》謂師古注甚謬；劉琨《重贈盧諶詩》下注引《蔡寬夫詩話》曰：「秦漢以前，平仄皆通，魏晉間此體猶存。潘岳詩『位同單父邑，愧無子賤歌。豈敢陋微官，但恐忝所荷』是也。」潘岳《河陽詩》下又注曰：「《國語補音》：『負荷之荷，亦音何。』」兩卷之中，是非頓異，數頁之後，平仄迥殊，將使讀者何從耶？一曰見事即引，不究本始。如《蜀都賦》「琥珀」引曹昭《格古要論》，不知昭據《廣韻》「楓」字注也。《飲馬長城窟行》引吴兢《樂府解題》「或云蔡邕」，不知兢據《玉臺新詠》也。《尚書序》「伏生」引《經典叙録》云「名勝」，不知《晉書·伏滔傳》稱遠祖勝也。至於凡注花草，必引王象晉《群芳譜》，益不足據矣。一曰旁引浮文，苟盈卷帙。首引何焯批本稱：「《塵史》：宋景文母夢朱衣人攜《文選》一部與之，遂生景文，故小字選哥。」已爲枝蔓，又沿用其例，於顔延年《贈王太常詩》「玉水記方流」句下注曰：「王定保《唐摭言》：白樂天及第，省試『玉水記方流』詩。」此於音義居何等也？一曰抄撮習見，徒溷簡牘。如《賢良詔》「漢武帝」下注：「向曰：『《漢書》云，諱徹，景帝中子。』」《洛神賦》「曹子建」下注：「翰曰：『武帝第三子。』」世有不知漢武帝、曹子建而讀《文選》者乎？至於八言詩見東方朔本傳，蕭統序所云「八字」正用此事，乃引吕延濟注以八字爲魏文帝樂府詩，已爲紕繆，又引何焯批本，蔓引三言至五言，獨遺八字，挂漏者亦所不免。惟《魏都賦》注「廣蒼」一條，效曹子建題注，孫巖《宋書》一條，並引《隋書·經籍志》爲證，《洞簫賦》注「顔叔子」一條，引《毛萇詩傳·巷伯篇》爲證，《曲水詩序》「三月三日」一條，引《宋書·禮志》爲證，《東京賦》注「偷字協韻」一條，引沈重《毛詩音義》爲證，糾何焯批本之誤，爲有考正耳。蓋蕭客究心經義，詞章非所擅長，强賦六合，違才易務，其見短也宜矣。（以上卷一九一《集部·總集類·存目》）

【《廣文選》六十卷】副都御史黄登賢家藏本。舊本題明劉節編。節有《春秋列傳》，已著録。是書以補《文選》之遺，前有王廷相、吕柟二序，皆稱八十二卷，而此本實六十卷。卷末有晉江陳蕙跋，稱節舊本所録凡千七百九十六篇，其中譌字逸簡雜出，又文義之甚悖而俚者間在焉，迺以視鹺之暇，與揚郡守王子松、教授林璧、訓導曾辰、李世用共校讎增損之，刻置淮揚書院，删去二百七十四篇，增入三十篇，云云。則此本爲蕙等重編，非節之舊矣。蕭統妙解文理，擷歷代之菁華以成一集，雖以杜甫文章凌跨百代，猶有「熟精《文選》理」之句，其推重詎出漫然？此可知當時去取别裁，具有深意，徐陵與統同時所撰《玉臺新詠》，頗採《文選》所遺，劉克莊已有皆統棄餘之誚，則操筆繼作，何可易言？節不度德量力，乃有是集，蕙等又謬種流傳，如塗塗附。田藝蘅《留青日札》嘗摘其張協諸人詩與《文選》複收，及《阮嗣宗碑》諸篇誤改姓名之類，不一而足。今更校之，如其凡例以《焦仲卿妻詩》爲俚俗，斥而不録，又《亢倉子》本唐王士元所撰，實非古書，而題曰「周亢倉楚」，特稱其《君道》《政道》等四篇爲高古，所見已爲甚淺。其編次亦仿《文選》分類，而頗舛百出。如《文選》陸機《文賦》無類可歸，故别立「論文」一門，此書乃以荀卿《禮》《智》二賦及揚雄《太玄賦》當之，其爲學步，寧止壽陵餘子耶？曹植《蟬賦》、傅咸《螢賦》入之「鳥獸」，而傅亮《金燈草賦》不入「草木」；謝朓《遊後園賦》不入「遊覽」，陸雲《南征賦》不入「紀行」，陶潛《桃花源詩》入「詠史」，《史記·禮書》、班固《律曆志》入「雜文」，皆不可理解。又「胡姬年十五」一篇，本梁劉琨作，郭茂倩《樂府詩集》可考，而沿《文翰類選》之誤，以爲晉劉琨。莊忌本漢人，而誤以爲梁人。《柏梁詩》本聯句，而注曰「六首」。徐樂上書本無標題，而名曰「論土崩瓦解書」。《左傳·吕相絶秦》本爲口語，而名曰《絶秦書》。《史記自序》中「下大夫壺遂」云云，本文中之一段，而删除前後，名曰《答壺問》，隔數卷後又出《太史公自序》一篇。《文心雕龍·序志篇》本其第五十篇，而改名曰《文心雕龍序》。至於諸葛亮《黄陵廟記》之類，以贋文竄入，更無論矣。（卷一九二《集部·總集類·存目》）

【《廣廣文選》二十三卷】副都御史黄登賢家藏本。明周應治編。應治有《霞外麈談》，已著録。嘉靖中，劉節嘗編《廣文選》，此又拾節之遺，故曰《廣廣文選》，猶之《反離騷》後有《反反離騷》，《非國語》後有《非非國語》也。其舛漏踳駁，與節書亦魯衛之政。甚至《松柏歌》題曰「齊王建」，是併「共建住者客耶」一句亦未觀也。《越絶書序》題「周吴平」，如據《論衡》及書末題詞，則平爲後漢人，不得謂之周，如以爲周人書，則當曰子貢、子胥，不得謂之吴平也，則其他可不問矣。

【《續文選》三十二卷】浙江汪啓淑家藏本。明湯紹祖編。紹祖字公孟，海鹽人，東甌王湯和裔也。是編成於萬曆壬寅，採自唐及明詩文，以續昭明之書。然所録止唐人、明人，無五代、宋、金、遼、元，又明人惟取正、嘉後七子一派，而洪、永以來，劉基、高啓諸人僅録一二，蓋恪守太倉、歷下之門户，而又加甚焉。所分門目，一從《文選》，惟賦缺「京都」、「郊祀」、「耕藉」三類，而易「江海」

爲「山海」;「物色」一門謂昭明惟取天文,殊似未該,今用廣之,是也,然王世貞《竹林七賢圖賦》謂之物色,則亦孰非物色乎? 盧柟《壽成皋王賦》入「志」,徐禎卿《反反騷賦》入「論文」,是何體例也?

【《合評選詩》七卷】内府藏本。明凌濛初編。濛初有《聖門傳詩嫡家》,已著録。是編全録《文選》諸詩,而雜採各家評語,附於上方,以朱墨板印之,所採惟鍾、譚爲多,圈點則一依郭正域本,其宗旨可以概見也。(以上卷一九三《集部·總集類·存目》)

(清)彭元瑞等《天禄琳琅書目後編》

【《文選》】六函,六十一册。梁昭明太子撰。本三十卷,唐李善注,五臣吕延濟、劉良、張銑、吕向、李周翰再注,分六十卷。前有顯慶三年李善進書表,開元六年吕延祚進書表及遣高力士口宣敕,昭明原序。通部闕筆,嫌名半字,俱極清晰。每卷末列校對、校勘、覆勘銜名,或三人,或四人。其覆勘張之綱官贛州州學教授,李盛官贛州司户參軍,蕭倬官贛州石城縣尉,鄒敦禮官贛州觀察推官,皆一時章貢僚屬,是此本贛州郡齋開雕者,流傳頗少。泰興季氏藏本。

【《六家文選》】六函,六十册。篇目同前。李善進表後有國子監准敕節文:「五臣注《文選》傳行已久,竊見李善《文選》援引該贍,典故分明,若許雕印,必大段流布。欲乞差國子監説書官員校定浄本後鈔寫版本，更切對讀後上版，就三館雕造，候敕旨。奉敕宜依所奏施行。」吴郡申氏、泰興季氏藏本。

【《六家文選》】六函，六十册。同上，係一版摹印稍後，脱昭明原序。

【《六家文選》】八函，六十一册。同上，係一版摹印。

【《六家文選》】四函，二十册。同上，係一版摹印，麻紙濃墨，極爲古雅精工。後副葉康熙戊申莊虎孫行書跋略云：宋槧《文選》二十册，得之外舅東山王氏，是吴文定公貽其五世祖文恪公者。每册有「叢書堂」記，乃文定藏書之所也。此跋雖近人作，計已閲百三十年矣，當明孝宗時，吴寬以贈王鏊，王氏子孫世守三百年而歸於其壻，宋犖撫吴，得之莊氏，可謂流傳有迹矣。書首鳥篆壺盧印一，不可辨。

【《六家文選》】四函，三十二册。篇目同前，昭明序後刻記「此集精加校正，絶無舛誤，見在廣都縣北門裴宅印賣」。書末刻記「河東裴氏考訂諸大家善本，命工鋟於宋開慶辛酉季夏，至咸淳甲戌仲春工畢。把總鐫手曹仁」。是書自王氏外，凡朱氏、潘氏、顧氏，皆雲間收藏家。

【《六家文選》】六函，六十册。同上廣都裴氏本。

【《六家文選》】四函，三十二册。同上廣都裴氏本，摹印稍後。明楚府藏本，又入于氏、王氏，其八字一印則徐氏也。元美，王世貞字。

【《文選》】六函，六十册。六家注，篇目同前。書末有識云：「右《文選》版歲久漫滅殆甚，紹興二十八年冬十月，直閣趙公來鎮此邦，下車之初，以儒雅飾吏事，首加修正，字畫爲之一新，俾學者開卷免魯魚三豕之譌，且欲垂斯文於無窮云。右迪功郎明州司法參軍兼監盧欽謹書。」據跋乃四明刻書，首副葉「慈湖楊氏」印上墨書「石田耕叟」四字。目録中列《古文苑》中《文選》所未收之文，各卷中間有評語，皆爲一人手蹟，其人無可考。蓋慈谿楊簡後裔也。文氏、毛氏、季氏皆曾藏。（以上卷七《宋版集部》）

【《六家文選》】六函，六十册。同前宋版集部。

【《文選》】六函，六十册。篇目見前宋版集部。是書每卷首刻「奉政大夫同知池州路總管府事張伯顔助率重刻」，書末刻「監造路吏劉晉英郡人葉城」，版式與諸本不同。

【《選詩補注》】二函，十二册。元劉履撰。履字坦之，上虞人，至正末避亂，自號草澤閒民。書八卷，凡漢至齊梁人詩二百四十六首，凡《文選》所録者二百十二首，增《文選》所無者，陶潛二十九首，酈炎二首，曹植一首，阮籍二首。於《選》詩多所刊落，其增入者亦殊無取義。又以六家注及曾原一《演義》未備，别採補之，用朱熹《楚辭集注》例，每章分賦比興，叶韻則用吴棫《韻補》。前有至正二十一年謝肅序，又至正乙巳夏時序。又《補遺》二卷，爲唐虞至魏晉歌謡三十八篇，《續編》四卷，爲唐陳子昂、薛稷、李白、張九齡、王維、儲光羲、杜甫、韋應物、韓愈、柳宗元、張籍、宋王安石、朱熹之詩，少者人不過一二首，其注僅以己意敷演大意，規竊《楚辭注》而去取鮮當，陳腐不倫，殊無足取，特以舊槧收之。（以上卷一一《元版集部》）

【《六家文選》】六函，二十册。篇目見前宋版集部。廣都裴宅本。明吳郡袁褧重雕，目録後有識略云：「匡郭字體，未少改易。刻始於嘉靖甲午，成於己酉，計十六載而成其工。」可謂勤矣。

【《六家文選》】六函，六十册。同上，係一版摹印，袁褧識佚。

【六臣注《文選》】四函，三十册。篇目見前宋版集部。明萬曆甲戌崔孔昕、黨馨、朱守行、郭宗磐刊本。汪道昆序。越五年戊寅徐成位重校，並刊《昭明太子小傳》及田汝成《重刻文選序》。成位有識，凡正一萬五千餘字云。卷末或題「冰玉堂重校」，或題「見龍精舍重校」。道昆字伯玉，歙人，嘉靖丁未進士，官兵部左侍郎，有《大函集》。

【《六家文選》】四函，二十四册。篇目見前宋版集部。明刊大字本。

【《六家文選》】二函，二十册。同上袁褧仿廣都裴宅本，摹印稍後。（以上卷一九《明版集部》）

（清）彭元瑞《知聖道齋書目》

李注《文選》二十本。《文選纂注》十二本。《廣文選》明劉節十二本。《續文選》明湯紹祖十二本。（卷四《集部》）

(清)佚名《四明天一閣藏書目録》

《文選詩補注》六本。《選詩補注》五本，又《續編》二本。《選詩補遺》一本。《選詩外編》二本。《選詩》三本。《選詩拾遺》一本。(《日字號厨》)

《文選類林》六本。《文選雙字類要》一本。(《月字號厨》)

《文選增定》八本。《文選增定》八本，又八本。《文選補遺》十本。《昭明文選》二十本。《廣文選》十八本。(《宿字號厨》)

《六家文選》三十本。(《列字號厨》)

《昭明文選》二套二十本。《選詩補注》四本。(《往字號厨》)

《選詩》八本缺。《選詩補注》三本。劉履《補注選詩》八本。《文選增定》八本。《文選纂注》十二本。《文選》三十本，又三十本。《文選補遺》二十本缺一。(《冬字號厨》)

(清)范邦甸等《天一閣書目》

《文選類林》十八卷。(卷一之一《進呈書》)

【《文選雙字類要》三卷】刊本。宋學士蘇易簡著。明嘉靖庚子莆田姚虞序。凡爲門四十，爲類五

百。皇甫汸序後。（卷三之二《子部·類書類》）

【梁《昭明文選》六十卷】刊本。梁昭明太子蕭統撰，唐六臣注。明新安潘維時、潘維德校刻。

【《文選》六十卷】刊本。梁昭明太子撰，唐六臣注。

【《文選》六十卷】刊本。唐李善暨五臣注。明張伯顔刊。

【《文選》六臣注六十卷】刊本。明嘉慶己酉吴郡袁生褧校。

【《文選補遺》四十卷】刊本。元茶陵陳仁子輯誦，門人譚紹烈纂類，並識後云：紹烈夙侍舅古迂翁，指示古今文法。翁著述甚富，《牧萊脞語》三十卷已刊墨本。今再取所編《文選續補》四十卷刊成，并前昭明所纂《文選》六十卷，共一百卷行世。外有所輯《韻史》三百卷、《迂褚燕説》三十卷、《唐史卮言》三十卷，續用工刻梓，以求知好古君子云。

【《文選纂注》十二卷】刊本。明萬曆吴郡張鳳翼撰。萬曆壬午余碧泉刊行。

【《文選》六十卷】刊本。明嘉靖癸未李廷相識云：《文選》一書，古今學士大夫靡不重之，顧乏善本。近時所見惟唐府版，而頗難於得。旌德汪諒氏偶獲宋刻，鋟諸梓，濮陽李子爲之書而鑱諸首。

【《文選删注》十二卷】刊本。新城王象乾删訂。卷首備列各原序。

【《廣文選》六十卷】刊本。明大庾劉節撰，並序云【略】（編者按：劉序於序跋部分已録，兹從略。）

【《廣文選》六十卷】刊本。明大庾劉節廣選，晉江陳蕙校刻。序稱【略】（編者按：此下節録陳蕙《重刻廣文選後序》，陳序於序跋部分已録，兹從略。）

【《續文選》三十二卷】刊本。明平原湯紹祖公孟氏撰，並序稱【略】（編者按：此下節録湯紹祖《續文選序》，湯序於序跋部分已録，兹從略。）

【《文選增定》三十二卷】刊本，卷面有「裕谷」二字圖章。明嘉靖建陽縣重刊。

【《文選增定》二十三卷】刊本。

【《選詩補注》八卷】刊本。元上虞劉履補注。至正二十一年謝肅序例云【略】（編者按：此下節録謝肅序文，於序跋部分已録，兹從略。）

【《選詩補遺》二卷】刊本。上虞劉履校選，序稱：《選詩補遺》上下卷，凡四十二首，皆古歌謡詞，散見于傳記、諸子之書及《樂府集》者也。余既補注《選》詩，而復輯是編者，蓋竊承朱子欲鈔經史諸書韻語、《文選》古詩，附于《三百篇》《楚詞》之後之遺意。

【《選詩續編》四卷】刊本。上虞劉履撰注。

【《重刻選詩》十四卷】刊本。上虞劉履編，嘉靖壬子吴郡顧存仁序。

【《選詩外編》九卷】刊本，卷首有「天一閣」、「古司馬氏」二圖章。明楊慎編，凡二百若干首。

【《選詩》三册】明刊。明嘉靖西蜀丹崖劉士元序稱：「少華許子集昭明太子統《選》詩凡若干首，別爲三册，將入梓，乃有山東之擢，屬丹崖子成之。」

【《選詩拾遺》六卷】刊本。明嘉靖成都楊慎編次並序。（以上卷四之三《集部·總集類》）

（清）薛福成《天一閣見存書目》

《文選雙字類要》三卷全，宋蘇易簡撰。（卷三）

《選詩補注》八卷，《續編》四卷全，元劉履撰。　《文選纂注》十二卷缺，明張鳳翼注。存卷一，卷四、五。　《文選補遺》四十卷全，宋陳仁子撰。　《廣文選》六十卷缺，明劉節編。存卷一至五十六，卷五十九、六十，缺首册。　《選詩拾遺》□卷缺，不著編輯者名氏。存卷三至五。　《文選增定》二十三卷缺，不著編輯者名氏。　《選詩》三卷全，不著編輯者姓氏。（卷四）

（清）周廣業《四部寓眼録》

【《六家文選》一百卷】（編者按：「一百卷」疑當作「六十卷」。）梁昭明太子選，唐李善及吕延濟、劉良、張銑、李周翰、吕向注。案，《唐書》：善，揚州江都人，顯慶中注《選》，表上之，諸生傳其業，號「文選學」。善所注釋事而忘義，書成問其子邕，邕不敢對，意欲有所更，善命補益之，邕附事見義，善以爲不可奪，故兩書並行。然則善于《選》既有初注、覆注、三注、四注，其外又别有李邕注矣。何世絶無傳，而李善注中並不附見邕名，何也？吕向字子向，病李注纍縟，與延濟等更爲注解，號五臣注，亦見《唐書》。《文選》鏤版始蜀宰相毋昭裔，以裔貧時常借之不得，發憤誓板鏤之也。李注與五臣初皆單行，不知何時合爲六臣。余所見有五臣本，又有明初翻元刻本，止李善注。汲古本雖曰李善，中尚雜五臣數條，疑即從六臣摘出。余嘗取陳眉公手勘項氏萬卷堂本六臣注較之，益明。項本出明萬曆間，中多空格，不可解。此本題明龍溪丁覲重刊，每卷並然，其三十卷末有云「明嘉靖壬寅四月立夏日吴郡袁氏兩庚草堂善本雕」，四十卷末云「此蜀郡廣都縣裴氏善本，今重雕于汝郡袁氏之嘉趣堂，嘉靖丙午春日」，又云「國朝改廣都縣爲雙流縣，屬成都府」。前無序，後無跋，不能究言其何時，然視項氏本似過之也。（卷下）

（清）孫星衍《平津館鑒藏記書籍》

【《文選》六十卷】題「梁昭明太子選，唐文林郎守太子右内率府録事參軍事崇賢館直學士臣李善注上，奉政大夫同知池州路總管府事張伯顔助率重刊」。前有唐李崇賢《上文選注表》，又載吕延祚《進五臣集注文選表》，開元六年口敕，梁昭明太子《文選序》，廉訪使余璉序。據余序，此本爲元池州學所刊。黑口版。每葉廿行，行廿二字。收藏有「吴煒彤文氏字赤岸之印」朱文方印、「高氏一青」朱文方印、「勃海詩宗」朱文方印。（卷一《元版》）

【六臣注《文選》六十卷】題「梁昭明太子蕭統撰，唐李善、呂延濟、劉良、張銑、李周翰、呂向注」。前有昭明太子《文選序》，呂延祚開元六年《進五臣集注文選表》，上遣將軍高力士宣口敕，顯慶三年李善《上文選注表》，目録一卷。《文選序》前，六臣俱有銜名。目録前又題「宋奉議大夫崔孔昕、奉議大夫党馨、承直郎朱守行、承事郎郭宗磐同校」。每葉十八行，行十八字。

【六臣注《文選》六十卷】題同前本。前有昭明太子《文選序》，次呂延祚開元六年《進五臣集注文選表》，上遣將軍高力士宣口敕，顯慶三年李善《上文選注表》。《諸儒議論》一卷，題「古迂陳仁子輯」。又前有嘉靖廿八年田汝成《重刻文選序》，稱：「錢唐洪君子美，得宋本而重鋟之，校讎精緻，逾于他刻。」每葉廿行，行十八字。（以上卷二《明版》）

（清）孫星衍《孫氏祠堂書目》

《文選注》六十卷唐李善注。一元張伯顏刊本，一明毛晉刊本，一胡克家仿宋刊本。　六臣注《文選》六十卷唐李善、呂延濟、劉良、張銑、呂向、李周翰注。一明崔孔昕仿宋刊本，一明洪楩仿宋刊本。　《文選音義》八卷余蕭客撰。　《文選考異》四卷孫志祖撰。　《文選李注補正》四卷孫志祖撰。　《廣文選》六十卷明劉節撰。　《續文選》三十二卷明湯紹祖撰。（内編卷四《詞賦》）

（清）孫星衍《廉石居藏書記》

【《昭明文選》李善注六十卷】右《文選》李善注六十卷，元奉政大夫同知池州路總管府事張伯顔刊本。前有元大德時海北海南道肅政廉訪史余璉序。稱「梁昭明享池祀」。又云：「即池故處，吾歸老焉。同知府事張正卿來，俾邑學吴梓校補遺謬。遂命金五十以自率，群屬靡不從化。」云云。此書蓋刊于池州。元明當道到官後，每訪求邑之文獻古迹，興廢繼絶，多刊古書，存貯公府，想見古人聲名文物之盛。今無其比，并前人存板亦皆墮失不修，可慨也。（内編卷上《詞賦》）

（清）黄丕烈《求古居宋本書目》

《文選》李注本，四十八册。　李注《文選》殘本，二十三册。　六臣注《文選》。

（清）阮元《文選樓藏書記》

【《文選雙字類要》三卷】宋學士蘇易簡輯。刊本。是書摘録《文選》字法，比而屬之。爲門四十，爲類五百。

【《廣文選》六十卷】明副都御史劉節著。大庾人。刊本。是書補録漢魏六朝之作以廣蕭《選》所未備。

【《續文選》三十二卷】明湯紹祖輯。海鹽人。刊本。是書宋（編者按：「宋」字疑誤。）昭明以後迄于明代，凡類似《選》體俱録之。（以上卷一）

【《文選錦字録》二十一卷】明凌迪知輯。歸安人。刊本。是書以宋人《文選類林》及《文選雙字類要》二書繁簡不齊，因爲增損成篇，凡分四十六門。（卷二）

【《文選類林》十八卷】宋劉攽編。清江人。刊本。是書掇取《文選》字句，分類編次。（卷四）

【《文選補遺》四十卷】宋陳仁子著。茶陵人。抄本。是書採齊梁以前文補《昭明文選》所未備。（卷六）

（清）周中孚《鄭堂讀書記》

【《文選錦字録》二十一卷】《文林綺繡》本。明凌迪知撰。《四庫全書存目》無「録」字。前有萬曆丁丑自序，稱：「清江劉公攽有《文選類林》十卷，眉山蘇公易簡有《文選雙字類要》六卷《存目》作三卷，識者以劉病於煩，蘇病於簡。余合二書而增損之，以爲繡句時一助。」然二書皆非真蘇氏、劉氏所作，疑南宋時業詞科者所依託，此不通餖飣之學耳，而穉哲復增損其書，分爲四十六門，又分爲六百八十一目，展轉稗販，更無可觀。（卷六二「子部」十一之下《類書類》）

【《文選類林》十八卷】明刊本。舊題宋劉攽撰。攽，字貢父，新喻人，敞之弟也。與敞同舉慶曆六年進士，歷官祕書少監，出知蔡州，後終中書舍人。《四庫全書存目》。晁、陳書目、《通考》《宋志》及倪氏《宋志補》俱不載。是編剌取《文選》中雋永字句，注其全句及原注於下，以備詩賦採用，凡分五百七十五目，又附一百三十三目。於《文選》一書摭拾頗備，然宋元諸家俱不及之，未必貢父之作也。末有紹興戊寅王梅溪十朋跋，集中不載，恐亦依託。前有明隆慶壬申潘侃刻書時序。

【《文選課虚》四卷】《堇浦著述》本。國朝杭世駿撰。仕履見經部小學類。是編凡分天象、地形、人事、物産四門，門各有子目。前有自序稱：「宋人精《選》理者向推蘇太簡、劉貢父二書，采摭過多，少所持擇，似童蒙之告，非賦家之心也。天台王若以五聲編類《選》字，而其書久不傳。斯編之作意主於疏瀹性源，擺脱凡想，諗夫操奇觚者有因物造端之妙用，而或以《雙字》《類林》之例相擬，則傎矣。」（以上《補逸》卷二七《子部·類書類》）

（清）汪士鐘《藝芸書舍宋元本書目》

李善注《文選》抄補六十卷。又，存三十三卷内抄三卷。六臣注《文選》六十卷。又張之綱本六十卷。（《宋板書目》）

李善注《文選》，六十卷。又六十卷。（《元板書目》）

（清）張金吾《愛日精廬藏書志》

【《文選》六十卷】北宋刊本，明句容縣官署。梁昭明太子撰，唐李善并五臣注。五臣者：呂延濟、劉良、張銑、呂向、李周翰也。後有明州司法參軍盧欽跋云：「《選》板歲久，漫滅殆甚。紹興二十八年，直閣趙公來鎮是邦，下車之初，首加修正。」云云。則北宋刊版，南宋重修本也。卷六、卷九、卷十二、卷十六、卷十九、卷二十五、卷二十八、卷三十一、卷三十五、卷三十八、卷四十一、卷四十四、卷四十七、卷五十一、卷五十四、卷五十七、卷六十及目録後，具有句容縣印，次行俱有題識云：「洪武十五年十一月。」當是明初官書。開卷一、二、三，卷二十二、二十三、二十四，凡六卷抄補。

昭明太子序。

李善《上文選注表》顯慶三年。

呂延祚《進集注文選表》開元六年。

右《文選》板歲久，漫滅殆甚。紹興二十八年冬十月，直閣趙公來鎮是邦。下車之初，以儒雅飾吏事，首加修正，字畫爲之一新，俾學者開卷免魯魚三豕之訛，且欲垂斯文於無窮云。右迪功郎明州司法參軍兼監盧欽謹書。（卷三五《總集類》）

【《文選》六十卷】馮氏竇伯、陸氏敕先校宋本。梁昭明太子撰。唐文林郎守太子右内率府録事參軍事崇賢館直學士臣李善注上。馮氏竇伯、陸氏敕先據錢遵王家宋本校，元和顧澗蘋先生據周香巖家殘宋本覆校。殘宋本存卷一至六、十三至十五、十八至二十一、二十八至三十九、四十九至末，凡三十七卷。

《文選序》。

《上文選注表》顯慶三年。

卷一後馮氏手跋曰：「己亥歲校過一次，重檢《後漢·班傳》對勘本文，同異甚多，注亦略同。疑善仍用舊注耳。范《史》、蕭《選》各自成書，文字無容參改，標諸卷首，聊以志異也。上鄗武識。」

又陸氏手識曰：「庚子正月二十四日，借遵王宋刻本校。其有宋本誤字，亦略標識，以便參考。貽典。」

卷二十六後馮氏手跋曰：「二十二日對此卷。先有對者，與錢氏宋本不同，今一依錢本改竄，亦有明知宋版之誤而不必從者，亦依樣改之。蓋校書甚難，不可以一知半解而斟酌去取，姑俟之博物者裁定之。上鄗武。」

顧氏手識曰【略】（編者按：顧廣圻跋文於序跋部分已録，兹從略。）（《續志》卷四《總集類》）

（清）錢泰吉《曝書雜記》

【胡中丞刻《文選注》】胡公《刻通鑑序》謂別撰《考異》，今所行本未見也。嘉慶十四年刻《文選》，有《考異》十卷，元和顧君廣圻、鎮洋彭君兆蓀所撰。兩君皆精校勘，辨晰頗詳。所據爲淳熙辛丑尤延之刻於貴池之本，而以吴郡袁氏翻雕六臣本、茶陵陳氏刻增補六臣本校其異同，並詳列何焯屺瞻、陳景雲少章校語，亦多辨正其非。

【明新都刻六臣注《文選》】《文選》余舊藏六臣注六十卷，爲明神宗二年新都崔大夫刻本，有汪氏道昆序，序後有「冰玉堂重校」五字，次録田氏汝成《刻文選序》及昭明小傳。而雲杜徐成位題其後云：「郡齋舊有六臣《文選》刻，而殘失，山東崔大夫領郡，重爲剞劂，但校讎者鹵莽，中多舛誤，甚以俗字竄古文，觀者病之。余暇日屬一二文學詳校，凡正一萬五千餘字。」云云。則神宗六年戊寅也。目録後有「見龍精舍重校」六字。崔大夫不著其名，徐君殆亦宦新都者。刻本字大，白綿紙印，便於老眼，世父户部公所賜也。

【《文選》評本】道光壬午得評本《文選》於杭州市肆，乃重刻汲古閣本。評者工於楷法，朱墨粲然，蓋臨義門本，而即似義門手蹟，可寶也。原跋云：「辛未十二月望日閲畢，詩是丙寅冬在王駿聞家所閲，六年始畢。一至又無一卷成誦，識余之廢學，爲後來子弟之戒。立歲無聞，實遊惰之咎，於人何尤哉？焯識。」又跋云：「乾隆乙酉夏，寓啓香書屋，得義門先生勘本，依樣畫出，完士、侮食，不免有憾校讎之力，是所望於主人。文漪克紹識。」啓香主人及文漪克紹不知爲何許人。「完士」見王仲宣《從軍詩》，「侮食」見王元長《曲水詩序》。義門證之《史記》，謂「完士」當作「軍士」。「侮食」則引王厚齋語，謂元長沿用《周書》「王會解」之誤本，皆見卷中。李介石徵君言嘗藏義門手評《文選》半部，其半在從孫金瀾廣文所，後同歸於阮氏文選樓矣。未得一見，以審異同。偶取《讀書記》校核數條，詳略互異，不可枚舉，大較此本爲優。蓋作《讀書記》者，所見非義門最後之本也。惜此是重刻汲古閣本，正文及注中誤字尚須細校。

【《文選音義》】《新唐書·藝文志》所録《文選》音注，李善、五臣而外，蕭該《音》十卷，僧道淹《音義》十卷，公孫羅《注文選》六十卷，又《音義》十卷，曹憲《音義》卷亡，許淹《音》十卷，康國安《注駁文選異義》二十卷，李善别有《文選辨惑》十卷，今皆不傳。吴縣余仲林撰集《古經解鉤沉》，極精博，所爲《文選音義》，則體材殊不稱，《四庫提要》詳言之。《漢學師承記》謂仲林亦悔其少作，别撰《文選雜題》三十卷，今未得見。然《音義》多用直音，便於省覽，載義門校語頗詳，亦初學所不廢也。（以上卷一）

（清）瞿鏞《鐵琴銅劍樓藏書目録》

【《文選》二十九卷，附《李善與五臣同異》一卷】宋刊殘本。題梁昭明太子撰，又題文林郎守太子右内率府録事參軍崇賢館直學士臣李善注上。原書六十卷，今存卷一至六卷，二十三、二十四卷，三十一至三十九卷，四十九至六十卷。每半葉十行，行十八至二十一字不等，注字十九字至二十二字不等。書中匡、朗、勖、殷、讓、昫、貞、徵、驚、樹、恒、桓、構、遘俱有闕筆。行款字體與淳熙辛丑尤文簡刻本無異，惟尤刻板心中分注大字若干數，小字若干數，此本作總數若干字。其卷五十五《演連珠》注「日月發揮」以上及「下愚由性」以上，尤本有「善曰」二字。案：下文既有「善曰」，則此處爲劉孝標注甚明，實不當有「善曰」，是本皆無之，而空二字。又卷五十九《頭陀寺碑文》注「劉虯曰菩薩員浄」以上，此本有「《法華經》曰慧日大聖尊久乃説是法」十四字，尤本無之，是此本刻在尤本之後，重加校正矣。後附影鈔宋本一帙，題曰「李善與五臣同異附見於後」，以大字標李本，小字注云五臣作某字。今鄱陽胡氏重刻淳熙本所無。後有分隸跋云：「池陽郡齋既刊《文選》與《雙字》一書，於以敬事昭明之意，今又得《昭明文集》五卷而併刊焉。嗚呼，所以事於神者至矣。夫神與人相依而行也，吏既惟神之恭，神必惟吏之相，則神血食，吏禄食，斯兩無愧。淳熙八年，歲在辛丑八月望日，郡刺史建袁説友書。」亦胡刻所無。又説友復有一跋，胡刻據陸貽典校本附録《考異》後。惟「補」字下闕損「學者，是所謂成民而致力於神者與。淳熙辛丑三月望日，建袁説友題」二十七字。

【《文選》六十卷】宋刊本。首題梁昭明太子撰，次行唐李善注，次二行唐五臣吕延濟、劉良、張銑、吕向、李周翰注。前有李善《上注表》、吕延祚《進五臣集注表》及昭明太子《序》。世所謂六臣注本。全書李注列前，五臣注列後，即茶陵陳氏本所自出。每半葉九行，行十五、十四字不等，分注每行二十字，板心有刊工姓名。宋諱殷、敬、竟、鏡、恒、徵、讓、桓字減筆。卷末列校對、校勘、覆對諸人姓名，卷各不同，校對者有州學司書蕭鵬，州學齋長吴拯，州學齋諭李孝開、蕭人傑。校勘者有鄉貢進士李大成、劉格非、劉才邵、楊楫，左迪功郎新昭州平樂縣尉兼主簿嚴興乂，州學直學陳烈，州學學諭管獻民，州學齋諭吴撝。覆校者有左從政郎充贛州州學教授張之綱，左從事郎贛州觀察推官鄒敦禮，左迪功郎贛州司户參軍李盛，左迪功郎新永州零陵縣主簿李汝明，左迪功郎贛州石城縣尉主管學事權左司理蕭倬等人也。舊傳趙松雪、王弇州所藏宋槧本，今入内府，外間不可得見。是本同出一板，而摹印稍後，字畫未能清朗，然大小字俱有顔平原筆法，楮墨古香，固自可珍。潛研錢氏所見僅六卷，即此本也。若竹垞朱氏所見王氏賜書堂藏本，乃崇寧五年鏤板至政和元年畢工者，五臣注在前，李注在後，又吴郡袁氏本所自出也。

【六臣《文選》六十卷】明刊本。首題梁昭明太子撰，次行唐五臣注，次二行崇賢館直學士李善注。

前有表、序。明嘉靖間吴中袁氏褧仿崇寧刻本重雕，序尾有識云：「此集精加校正，絶無舛誤，見在廣都北門裴宅印賣。」云云。竹垞朱氏謂宋時蜀箋如是，惟宋刻有鏤板畢工年月，翻本無之。書估恒以楮印精好者僞充宋本眩人，藉以别真僞云。

【六臣《文選》六十卷】明刊本。題梁昭明太子選，唐文林郎守太子右内率府録事參軍事崇賢館直學士臣李善注上，元奉政大夫同知池州路總管府事張伯顔助率重刻。此明成化間唐藩重刊張氏本。伯顔，長洲相城人，原名世昌，字正卿，成宗賜名伯顔。由將作院判官累任慶元路同知，延祐七年陞奉政大夫池州路同知，後遷漳州路，告老，以平江路總管致仕。見鄭元祐《僑吴集》。《文選》善注淳熙辛丑尤延之刻本外，即推張本爲善。汲古閣本多脱誤，如左太沖《吴都賦》「趫材悍壯」注引「胡非子」，「胡」誤改「韓」，不知胡非子爲墨子弟子。此本不訛。又張平子《思玄賦》脱「爛漫麗靡，藐以迭逷」二句并注。陸士衡《答賈長淵詩》脱「魯侯戾止，衮服委蛇」二句并注。曹子建《箜篌引》脱「百年忽我遒，生在華屋處」。鮑明遠《放歌行》脱「今君有何疾，臨路獨遲迴」二句。曹子建《求通親親表》脱「有不蒙施之物」一句。枚叔《七發》脱「自太子有悦色」至「然而有起色矣」一段并注，有數百字之多。此本皆不闕，雖翻本亦足珍也。有昭明太子序、李善《上文選注表》、余璉序，又唐藩希古序、唐世子跋。（以上卷二三《集部·總集類》）

（清）邵懿辰撰邵章續録《增訂四庫簡明目録標注》

【《文選注》六十卷】梁昭明太子蕭統編，唐李善注。常熟張芙川有北宋刊本。宋淳熙辛丑尤延之刊於貴池，世有二本，一即胡果泉重雕所據，一在阮氏文選樓。阮相國云較晉府、汲古本多異。按元張伯顔本即翻刻尤本，前有廉訪使余璉序。明嘉靖癸未金臺汪諒又翻刻張伯顔本，前有李廷相序。明唐府翻元張伯顔刊本。明晉藩養德書院刊本。汲古閣刊本。翻板真汲古閣刊本，字小；翻刻本甚多，其字較大，且字句又與原刻本大不相同，未知何故。翻板中以有「錢士謐校」一行者稍勝。嘉慶十四年胡氏仿宋淳熙刊本，附《考異》十卷。萬曆辛丑閩人鄧原岳校刊本。又翻刻汲古閣本，附硃印義門評點，乾隆三十七年葉樹藩校刊本。又翻刻葉本。

【附録】明唐藩本，有唐藩希古序，唐士子跋。（星詒）常熟張氏北宋本，今在同邑楊氏。（某氏）

【續録】宋尤本、元張本，並十行，行二十一字，或多少不等。明唐藩本亦十行，行改二十二字，皆均齊如一，而古色減矣。唐藩本，成化丁未刊。萬氏翻刻胡本。金陵局本。乾隆長洲葉氏海録軒刻本。上海鴻文書局石印本。曾見俞理初、王菉友、張石舟、許印林等四家批校本，曾迻録一本就胡本批校。《鳴沙石室古籍叢殘》影印隋寫本一卷，唐寫本二卷。光緒十五年傅氏影印日本延喜刊本第五殘卷。

【六臣注《文選》六十卷】不知編輯者名氏。陳振孫《書録解題》已有是名，則南宋本矣。其稱六臣者，吕延濟、劉良、張銑、吕向、李周翰五臣注，合李善注爲六也。嘉靖己酉袁褧刊本，佳。袁本題「六家文選」，每卷首一行有「藏亭」二字，仿宋。袁本五臣居前，善次後；茶陵及崔氏、徐氏本，善居前，五臣次後。明茶陵陳氏刊本，佳，題「增補六臣文選」。萬曆二年新都崔氏孔昕刊本，九行，行十八字，仿宋。明嘉靖二十八年錢塘洪楩仿宋刊本，前有《諸儒議論》一卷，題「古迂陳仁子輯」，十行，行十八字。又萬曆六年徐成位重刊崔本。明吴勉學刊本。明田汝成刊本，三十卷，注不全。明新安潘維時、潘維德校刊本，三十卷。錢遵王有宋刊五臣注《文選》三十卷。《天録後目》有宋刊贛州本一部，云流傳頗少。又國子監本四部。又廣都裴氏刊本三部，張目有之，稱北宋本。又四明刊本一部，後有盧欽跋。又元刊六臣注一部。又元張伯顏刊本一部。又明袁褧重刊廣都裴氏本三部。又明萬曆新都崔氏仿宋刊本二部。贛州本，九行，行大十五字，小二十字，每卷末列校刊人張之綱等銜名。蔣生沐有宋刊六臣注半部，極精。

【附録】袁本序尾有識云：「此集精加校正，絶無舛誤，見在廣都北門裴宅印賣。」（星

詒）

【續録】景樸孫藏北宋明州本，紹興修補。十行二十二字，注雙行二十九字至三十一字不等，白口雙邊，板心下記姓名，補刊有某某補刊字。惜祇存八卷。有毛季諸人藏印及天禄琳琅各印。　宋紹興二十八年修北宋本，見昭文張氏志。《天禄目》載趙子昂藏者，不著刊書年月，字用顔體，於整齊之中寓流動之致，紙質如玉，墨光如漆，不知與張同板否。　傳沅叔藏宋建本，初印精整，題爲「六臣音注文選」，十行十八字，爲季滄葦、汪閬源舊藏。　又藏明刊本，九行十八字，善注在前，五臣在後。目録前有「明中憲大夫崔孔昕校」、「奉議大夫党馨」、「承直郎朱守存」、「承事郎郭宗磐同校」四行，以校袁刻，注字詳略不同，疑即萬曆三年新都崔氏仿刻本也。嗣考《天禄後目》有此本，云：萬曆甲戌崔孔昕等刊本，汪道昆序。越五年戊寅，徐成位重校，並刊昭明太子小傳及田汝成《重刻文選序》，成位有識，凡正一萬五千余字云，卷末或題「冰玉堂重校」，或題「見龍精舍重校」云云。今此本無汪道昆序，當失去矣。徐刻又據此重校刊行者也，《平津館鑒藏記》中有之，第不知爲何時所刻耳，板心下記字數及人名。　明萬曆二年新都汪氏仿宋刊本，九行十八字。　明王象乾删注十二卷，摘六臣注列上方行左右，音釋列下方，不間本文，以便記誦，寫刊極精。　明萬卷堂重刊元大德茶陵陳仁子本。　清長洲蔣氏心矩齋影鈔宋紹興三十一年建陽陳八郎宅刻唐呂延濟等注本三十卷。

《四部叢刊》本。

《文選集注》殘卷。民國七年羅振玉影印舊寫本。

明張鳳翼《纂注》十二卷。

明陳與郊《文選章句》二十八卷。《存目》有。

《讀畫齋叢書》内有《文選理學權輿》八卷，汪師韓撰。

又《文選考異》四卷、《李注補正》四卷，均孫志祖撰。

梁章鉅《文選旁證》四十六卷，道光甲午刊。

張雲璈《選學膠言》二十卷。

【余蕭客《文選音義》八卷】乾隆二十三年刊，《存目》。

【附録】《讀畫齋叢書》尚有《文選理學權輿補》一卷，孫志祖撰；朱珔《文選集釋》廿四卷，薛傳均《文選古字通疏證》六卷，均有刻本。（鴻綬）

【續録】《文選纂注》，有明萬曆刊本十二卷，明天啓錢唐盧氏重訂本二十四卷。《文選集釋》，有光緒元年涇川朱氏梅村家塾刊本。《文選理學權輿》及《補》，均有《叢睦汪氏遺書》本。《文選古字通》有《益雅堂叢書》本。《古字通疏證》，有道光二十年刊本，及《説文叢編》本。《選學膠言》，有《文淵樓叢書》本，民國十七年直隸書局印。其稿本十六卷八册，在李氏木犀軒。《選學鏡原》八卷，題清焦循撰，清鈔本。《選雅》二十卷，清程先甲撰，光緒二十八年刻《千一齋叢書》本。《選詩補注》八卷，《補遺》二卷，《續編》四卷，元劉履撰。元明間刊本，明嘉靖吴郡顧氏養吾堂刊本。

【《文選顔鮑謝詩評》四卷】元方回撰。原本久佚，今從《永樂大典》録出。

朱修伯曰：有明刊本。

【續録】清乾隆翰林院鈔四庫底本。

【《文選補遺》四十卷】宋陳仁子編。明茶陵東山書院刊本。又乾隆二年刊本。道光乙巳湖南刊本。

【《風雅翼》十二卷】元劉履編。明嘉靖壬子刊本，續編四卷，共十四卷。

【附録】嘉靖刊板式狹小。（星詒）明刊本，余有之。（懿榮）

【續録】元刊本。明弘治刊本，繆藝風藏。日本文政三年刊本十四卷。（以上卷一九「集部·總集類」）

（清）莫友芝撰傅增湘訂補《藏園訂補郘亭知見傳本書目》

【補】【《文選雙字類要》三卷】題宋蘇易簡撰。○明嘉靖十九年刊本，十行二十字，白口，左右雙闌。有莆田姚虞序，言得本于皇甫汸，長沙守季本刊之。明攸縣公文紙印本。莫棠藏。《四庫》存目。（卷一〇下《子部二一·類書類》）

【《文選注》六十卷】梁昭明太子蕭統編，唐李善注。○宋尤本、元張本並十行，行二十一字，或多少不等。明唐藩本亦十行，行改二十二字，皆均齊如一，而古色減矣。○明唐藩成化丁未重刊元張伯顔本者莊王芝址，其玄孫端王碩熿襲封，又以隆慶辛亥重刊於養正書院。○汲古閣本字小，翻汲古閣本字稍大，且字句不同，亦不止一本，以錢士謐校爲差勝。○明唐府本。○晉藩養正書院本。○嘉靖癸未金臺汪諒翻元本。○萬曆辛丑閩鄧元岳刊。○乾隆三十七年葉樹藩刊朱墨本，用何義門評點，注多不完，復數有翻刊。○宋淳熙本有二，一胡果泉本，一阮相國本。阮云與晉府及汲古閣本多異。○胡果泉仿宋重刊，顧千里爲《考異》十卷附之，即依淳熙辛丑尤延之貴池刊本，近世通行以此本爲最善，刊以嘉慶十四年。○近萬氏翻刊胡本。○元張伯顔貴池重刊，即翻元本，然遠不及。明晉藩及汪諒並翻刊張本。

【補】○北宋刊本。十行，行十六至十九字，注雙行二十四至二十五字，白口，四周單闌。卷中「通」字缺筆，世稱天聖明道本。内閣大庫出三十餘卷，爲周叔弢收得。○宋淳熙八年池陽郡齋刊本，十行二十一字，注雙行同，白口，左右雙闌，即世傳所謂尤延之本。楊氏寶選樓藏一帙，最全。李木齋有一帙，有紹熙補版，缺卷一至十二，爲楊守敬舊藏。常熟瞿氏有一帙，存三十卷，有揆叙謙牧堂藏印。南皮張氏舊藏殘本，存卷十一至二十，多補版。○清嘉慶十四年胡克家覆刻宋淳熙八年池陽郡齋本。余曾據李木齋藏宋本校，李本與胡刻底本非一時印，故刊工多不同，文字異處亦有出胡氏《考異》之外者。○清同治八年崇文書局翻胡克家本，余有一帙，余用卷子本校四十二卷，又據日本古抄集注本校十四卷，據北宋天聖明道本校六卷。○南宋刊本，十行十九字。瞿氏鐵琴銅劍樓藏。○元池州路總管張伯顏刊本，十行二十一字，白口，左右雙闌。○明弘治元年唐藩朱芝址翻元池州路刊本，十行二十二字，黑口，四周雙闌。前成化丁未唐藩希古序。本書首葉李善名後有張伯顏助率同刊一行。後有弘治元年唐世子跋，言其父得善本，芟其附注之繁，功方成而逝云云，知此本曾經删削，已非元本之舊矣。○明嘉靖元年金臺汪諒刊本，十行二十字，白口，左右雙闌。有嘉靖癸未李廷相序，言據宋刻鋟梓。○明嘉靖四年晉藩養德書院刊本，十行二十二字，黑口，四周雙闌。○明隆慶五年唐藩朱碩熿刊本，十行二十二字，黑口，四周雙欄。○明末毛氏汲古閣刊本，十二行二十五字，注雙行三十七字，白口，左右雙闌，余有一帙，其一乾隆十七年□元基臨清錢陸燦、何焯二家評校。其二舊人臨馮武、陸貽典、顧廣圻校宋本，有阮元手跋。

【補】《文選注》三十卷】唐吕延濟、劉良、張銑、吕向、李周翰撰注。○南宋建陽崇化書坊陳八郎宅刊本，十二行二十三字，注雙行二十八至三十字，白口，左右雙闌，序後有「紹興辛巳龜山江琪開雕」牌子六行，及「建陽崇化書坊陳八郎宅善本」牌記二行。鈐毛表、徐乾學、蔣鳳藻藏印，存卷一至二十，二十六至二十九及卷三十半葉。此書蔣鳳藻曾影寫一本，藏李木齋先生處。

【補】【《文選注》六十卷】唐李善、吕延濟、劉良、張銑、吕向、李周翰撰注。○宋明州刊紹興二十八年補修本，十行，行二十一至二十四字不等，注雙行二十八至三十字，白口，左右雙闌，版心下記刊刻工人名，間有記重刊字樣。卷末有紹興二十八年盧欽修版跋八行。日本東洋文庫藏一全帙，帝室圖書寮亦有一帙，有鈔配，聞私家、寺院尚有藏殘帙者。或以爲明州宋時爲通倭口岸，故彼國所存獨多也。此書余有二十四卷，爲内閣大庫舊儲，余得之寶應劉啓瑞君。原蝶裝，以蟲蝕霉爛，版心多不存。《天禄琳琅》著録一帙，爲楊慈湖、文徵明、毛晉、季振宜遞藏。余丙寅清點故宫時，宫中尚存五十一卷，佚去九卷。其中八卷光緒中佚出，爲盛昱收得，民初歸袁克文。袁氏析出第二十六一卷與余易書，今尚存篋中，另七卷則又不知飄轉何所矣。○宋贛州州學刊大字本，九行，行十五至十六字，白口，左右雙闌。每卷後有贛州州學教授張之綱覆校銜名三行。日本静嘉堂有一全帙，張文襄遺書中亦有一帙，頻年閲肆亦嘗見全者。此本版片明時尚存，補葉間有記弘治、正德年號，故不爲世重。○日本活字印本，十行二十二字，黑口，四周單闌。卷末有宋紹興二十八年盧欽修版跋記，從明州本出。

【六臣注《文選》六十卷】○明嘉靖己酉袁褧仿宋蜀大字本。○嘉靖二十八年洪楩仿宋茶陵本，半頁十行，行十八字，注雙行二十三字。前有《諸儒議論》一卷，則陳仁子舊輯也。○萬曆二年新都汪氏仿宋本，半頁九行，行二十八字。○宋刊五臣本三十卷，錢曾有之。○又潘惟時本三十卷。○明王象乾删注十二卷，摘六臣注列上方、行左右，音釋列下方，不間本文，以便記誦，寫刊極精。○宋六臣本有四：一，題《六家文選》，見《天禄書目》。明嘉靖間袁褧精摹重刊，始甲午，迄己酉，凡十六年乃成，其初印、中印皆工善，藏家寶之如宋本。序後稱「此集精加校正，絶無舛誤，見在廣都縣北門裴宅印賣」，則宋本舊題也。廣都晉蜀中舊縣，袁本依之，即世所稱蜀大字本也。一，茶陵陳仁子校刊本，曾見于許滇生先生所。嘉靖二十八年錢唐洪楩氏仿刊，萬曆三年新都崔氏仿刊，皆依陳本。蜀本五臣居前，善注在後；崔、徐本均善注在前。一，紹興二十八年修北宋本，見昭文張氏志。有明州司法參軍盧欽跋，云直閣趙公鎮是邦，首加修正。一，《天禄目》載趙子昂藏者，不著刊書年月，字用顔體，于整齊之中寓流動之致，紙質如玉，墨光如漆，不知與張同版否。

【補】南宋建本。十行十八字，注雙行二十三字，細黑口，左右雙闌，版心上記字數，左闌外上方記篇名。前吕延祚進書表，次李善進書表，次《文選序》，次目録。本書卷首題「六臣注文選卷第一」。涵芬樓藏一本，缺三十至三十五卷，已印入《四部叢刊》。余後收得一本，初印完善，有明陳淳藏印，爲臨清徐坊舊藏，更勝於涵芬樓本。○明萬曆二年崔孔昕刊本，九行十八字，注雙行同，白口，四周雙闌。目後有「崔孔昕校，黨馨、朱守行、郭宗磬同校」銜名四行。○明萬曆六年徐成位重修崔孔昕本，《昭明太子傳》後增萬曆戊寅徐成位跋十行，言崔本校讎魯莽，中多舛訛，以俗字竄古文，因屬二三文學詳校，凡正一萬五千餘字云云。○明刊本，九行十八字，注雙行同，白口，左右雙闌，版心下方有刻工名，是嘉靖時風氣。○明潘惟時、潘惟德刊本，九行十八字，注雙行同，白口，四周單闌。目録第四行題「大明新安巖鎮潘惟時、惟德刻」。此本莫氏誤記爲三十卷本，應正之。

【補】【《六家文選》六十卷】唐吕延濟、劉良、張銑、吕向、李周翰並李善撰注。○宋廣都裴氏刊本，大版心，十一行十八字，注雙行二十六字，白口，左右雙闌，版心下記刊工名。前有李善進書表。首卷列名先五臣，次李善。存卷一至十七，二十七至二十八，五十一至五十七，缺者用明袁褧嘉趣堂本配補。鈐有明雲間潘仲履、陳所藴及蔣宗誼印記，故宫藏書。此本字體疏朗，有顔柳體勢，爲蜀本無疑。明袁褧嘉趣堂本行款與之全同，因知即裴氏原本也。○明嘉靖十三至二十八年吴郡袁褧嘉趣堂覆刻宋廣都裴氏刊本，十一行十八字，注雙行二十六字，白口，左右雙闌。序後有裴氏本原牌記三行，文曰：「此集精加校正，絶無舛誤，見在廣都縣北門裴宅印賣。」卷三十後有「嘉靖壬寅吴郡袁氏㕑庚草堂善本雕」牌記二行，卷四十後有「此蜀郡廣都裴氏善本，今重雕于汝南袁氏之嘉趣堂，嘉靖丙午春日」牌子，卷六十後有「吴郡袁氏善本新雕」牌子。

【補】【《增補六臣注文選》六十卷】唐李善并吕延濟、劉良、張銑、吕向、李周翰注。【《諸儒議論》一卷】元陳仁子輯。○元大德間陳仁子古迂書院刊本，十行十八字，注雙行二十三字，細黑口，左右雙闌。本書首卷首行題「增補六臣注文選卷一」，次行題「梁昭明太子撰，唐六臣集注」，三行題「茶陵前進士古迂陳仁子校補」。

【補】【《增補六臣注文選》六十卷】唐李善并吕延濟、劉良、張銑、吕向、李周翰注。【《諸儒議論》一卷】元陳仁子輯。○明嘉靖二十八年錢塘洪楩翻元大德己亥陳仁子古迂書院刊本，十行十八字，注雙行二十三字，白口，四周單闌。卷首於昭明太子撰唐六臣集注後增「茶陵前進士陳仁子校補」一行。有大德己亥冬陳仁子跋。余藏。

【補】【《文選注》六十卷】唐李善注，清何焯評。○清乾隆三十七年葉氏海録軒刊朱墨套印本，十二行二十五字，白口，左右雙闌。此本精刊，摹印亦佳，辛亥五月收于保定萃英山房。

【補】【《梁昭明文選》二十四卷】梁蕭統編，明張鳳翼纂注。○明末刊本，九行二十字。

【補】【《梁昭明文選》十二卷】梁蕭統輯，明張鳳翼纂注。○明萬曆刊本，十一行二十二字，白口，四周雙闌，己酉閲。

【補】【《文選章句》二十八卷】明陳與郊撰。○明萬曆二十五年刊本，十行二十字，白口，左右雙闌。

【《文選顔鮑謝詩評》四卷】元方回撰。○有明刊本。

【補】【《選詩》三卷】明許宗魯編。○明嘉靖六年王鎣刊本，十行十八字，白口，左右雙闌。庚戌見。

【補】【《選詩》三卷，補一卷】明顧大猷輯。○明萬曆二十八年劉大文刊本，十行二（編者按：此處疑脱「十」字。）字，白口，左右雙闌。四册，余藏。

【補】【《孫月峰先生評文選》三十卷】明孫鑛評，閔齊華注。○明天啓、崇禎間吴興閔氏刊本，九行十九字，白口單闌。

【補】【《選詩》七卷】明郭正域等批點，凌濛初輯評。○明天啓間吴興凌濛初朱墨套印本，八行十八字，白口，四周單闌。首册爲凡例、評詩姓氏、詩人爵里。本書卷首題梁昭明太子蕭統選，江夏郭正域批點，吴興凌濛初輯評，蓋以郭評爲主，間以他家也。此本初印，紙墨皆精，花綾爲衣，藍絹籤題，可睹原裝精美之致。巴陵方氏碧琳琅館舊藏，今在藏園。

【補】【《選賦》六卷】明楊慎、郭正域批點。○明天啓間吴興凌氏刊朱墨套印本，八行十八字，白口，四周單闌。首册爲選賦名人世次爵里，後有凌氏鳳笙閣主人跋，鈐森美之印，當即刊書之人也。此書亦花綾書衣，藍絹籤上木板印「選賦」二字，裝幀版式與《選詩》全同，蓋併行者也。余藏。

【《文選補遺》四十卷】宋陳仁子撰。○明茶陵東山書院刊。○今乾隆二年刊。○道光乙巳湖南刊。

【《風雅翼》十四卷】元劉履編。○嘉靖壬子刊，板式狹小。○又《續編》五卷。（以上卷一六上《集部八·總集類》）

（清）瞿世瑛《清吟閣書目》

《選詩句圖》一本。《文選舉正》一本。《文選句韻》五卷五本。（卷一《鈔本》）

《文選》邵子湘手批，八本。《文選》邵子湘批，六本。套板《文選》應叔雅手批，十二本。《廣文選》明劉節本，毛西河批，八本。《文選》彭羨門朱墨圈點，沈竹亭過黄梨洲評。（卷三《名人批校刊本》）

（清）朱學勤《結一廬書目》

【《文選》六十卷】計三十二本。梁昭明太子蕭統編，唐李善並五臣注。明吴郡袁氏仿宋刊本。臨馮氏竇伯、陸氏敕先、何氏義門、惠氏定宇、顧氏澗蘋校宋本。又無名氏據諸書校。

【《文選補遺》四十卷】計十本，宋陳仁子編，明刊本。

【《風雅翼》十二卷】計二本，元劉履編，明鈔本。（以上卷四《集部》）

（清）陳樹杓《帶經堂書目》

【《文選注》六十卷】舊刊本。先大父臨何義門校並自參校。梁昭明太子編，唐李善注。

【六臣注《文選》六十卷】元大德刊本。不著編輯者名氏，係大德年間刊本，有「大學生章」、「唐國經史之章」、「辛夷館印」、「蕭庵」、「嘯閣」、「浴龍書屋」陳琪芳子壽」各圖章。有無名氏校勘，於訓詁音切頗詳審。

【《文選詩評》四卷】文瀾閣傳鈔本。

【《風雅翼》十二卷】舊刊本。元劉履編。（以上卷四下《總集類》）

（清）丁日昌《持靜齋書目》

【《文選錦字》二十一卷】萬曆丁丑刊本。明凌迪知撰。入《存目》。（卷三《子部·類書類》）

【《文選注》六十卷】汲古閣刊本。紅筆録何焯評點。昭明太子蕭統編，唐李善注。

【六臣注《文選》六十卷】宋茶陵本。不知編輯者名氏。

【《文選旁證》四十六卷】道光甲午刊本。國朝梁章鉅撰。

【《選學膠言》一卷，《補遺》一卷】道光辛卯刊本。國朝錢塘張雲璈仲雅撰。（以上卷四《集部·總集類》）

（清）趙宗建《舊山樓書目》

袁刻《文選》。二十四本。　茶陵本《文選》。茶陵陳氏刊本（丁硃筆注）。廿本。　胡刻《文選》。十二本。（己）

元刊《文選》。明馮嗣宗校，復張伯顔刊本（丁硃筆注）。十六本。（楠林小厨行）

宋刊《文選》。缺廿六頁，抄全，价人公贈與譜弟王文韶相國。十二本。（己）（補録）

【元刊本《文選》三十二册】有匣。張伯顔覆宋本。明吾邑馮嗣宗精校本。按此刻與胡刻同出一源，原本絶少，經馮先生聚合各本互校，並勘正李善之注，可謂無微不至，是足貴焉。末頁有「萬曆癸卯年六月十七日夕閲終卷」、「庚戌春二月廿四夕再校終卷」兩條。每卷有「上黨」長印，「馮氏藏本」方印。（《舊山樓藏書記》）

（清）方功惠《碧琳琅館珍藏書目》

【宋贛州本六臣注《文選》六十卷六十四册】昭明太子蕭統編，唐李善、吕延濟、劉良、張銑、吕向、李周翰注。

【元本《昭明文選》六十卷三十册】唐李善。（以上《總集類》）

（清）楊紹和《楹書隅録》

【元本《文選》六十卷】六十一册，六函。《文選》善本行世最少，此爲元初知池州路總管府事張伯顔刊板，字畫工緻，讎校精審，與宋紹熙間尤延之遂初堂原刻無異，較明人翻刻已不啻霄壤，況汲古閣之脱誤，更何足論耶。近胡果泉中丞亦取尤本重刊，然此視之尚在其前五百年，良可寶貴矣。大興朱少河家多藏書，因得假觀，展玩賞嘆，爲識其後。時嘉慶庚午初夏陽湖孫星衍記。

【略】（編者按：此下原録陳鱣《元本李善注文選跋》，於序跋部分已録，兹從略。）

是書乃茉花吟舫朱氏藏本。癸卯先大夫展覲時購於都門。舊册殘敝，卷首孫淵如先生題語亦多漫漶。丁未先大夫移撫關中，倩良工重加裝池，屬幕中顧君淳慶照録如左。頃讀陳仲魚先生《綴文》，亦有是書跋語一則，因並録之，以資考證。時同治改元之冬月，東郡楊紹和謹識。均在卷首。（卷五「集部下」）

（清）楊紹和等編王紹曾等訂補《海源閣書目》

明重刻元張伯顔本六臣注《文選》六十卷。（梁蕭統輯，唐李善、吕延濟、劉良、張銑、吕向、李周翰注，明萬曆二年崔孔昕刻六年徐成位重修本）二十册。鈐有「楊氏海源閣藏書印」、「張氏耕畬珍藏」、「紹和審定」諸印。（魯

圖〕

汲古閣本《文選》六十卷。〔梁蕭統輯，唐李善注，明末毛氏汲古閣刻本〕十六册。

何義門先生評本《文選》六十卷。〔梁蕭統輯，唐李善注，清何焯評，清乾隆三十七年葉樹藩海録軒刻朱墨套印本〕十二册，三部。鈐有「海録軒」、「長洲葉氏圖書」、「楊氏海源閣藏」、「東郡楊氏鑒藏金石書畫印」、「彦合珍存」諸印。〔魯圖存二部〕

重刻宋淳熙本《文選》六十卷。〔梁蕭統輯，唐李善注，清嘉慶十四年胡克家影宋刻本。《考異》十卷，清胡克家撰。清嘉慶十四年胡克家刻本〕二十四册，五部。鈐有「䏲興阿印」諸印。〔魯圖存一部〕

何義門汪瑟蓉兩先生評本《文選》六十卷。〔梁蕭統輯，唐李善注，清何焯等評，清乾隆刻本〕十四册。

明重刻宋廣都本六家《文選》六十卷。〔梁蕭統輯，唐李善、吕延濟、劉良、張銑、吕向、李周翰注，明嘉靖十三年至二十八年袁褧嘉趣堂刻本〕三十册。

明重刻宋廣都本六家《文選》六十卷。〔梁蕭統輯，唐李善、吕延濟、劉良、張銑、吕向、李周翰注，明嘉靖十三年至二十八年袁褧嘉趣堂刻本〕三十二册。

明重刻宋廣都本六家《文選》六十卷。〔梁蕭統輯，唐李善、吕延濟、劉良、張銑、吕向、李周翰注，明嘉靖十三年至二十八年袁褧嘉趣堂刻本〕六十册。

明重刻元張伯顔本《文選》六十卷。〔梁蕭統輯，唐李善注，明嘉靖元年汪諒刻本，清楊紹和、高均儒跋〕六十册。〔北京圖書館〕

明本六家《文選》六十卷。〔梁蕭統輯，唐李善、吕延濟、劉良、張銑、吕向、李周翰注，明丁覲刻本〕六十册。

明本六臣注《文選》六十卷。〔梁蕭統輯，唐李善、吕延濟、劉良、張銑、吕向、李周翰注，明潘惟時、潘惟德刻本〕三十册。

明本六臣注《文選》六十卷。〔梁蕭統輯，唐李善、吕延濟、劉良、張銑、吕向、李周翰注。《諸儒議論》一卷，元陳仁子輯。明嘉靖二十八年洪楩刻本〕三十册。

明本《孫月峰先生評文選》三十卷。〔梁蕭統輯，明孫鑛評，明閔齊華瀹注，明末烏程閔氏刻本〕十二册。鈐有「六合居藏書印」、「曾經展齋考藏」諸印。〔魯圖〕

《文選六臣彙注疏解》十九卷。十册。

《增訂文選集成詳注》六十卷。〔梁蕭統輯，唐李善注，清乾隆三十年刻本〕三十册。

《重訂文選集評》十五卷。〔清于光華輯，首一卷，末一卷。清乾隆四十三年錫山鍾氏啓秀堂刻本〕十六册。〔魯圖〕

《重訂文選集評》十五卷。〔清于光華輯，首一卷，末一卷，清乾隆四十三年三樂堂刻本，佚名朱筆批點。〕十二册。

《文選音義》八卷。〔清余蕭客撰，清乾隆二十三年刻本〕四册。〔魯圖〕

《文選音義》八卷。〔清余蕭客撰，清乾隆二十三年刻本〕二册。

《文選旁證》四十六卷。〔清梁章鉅撰，清道光十八年刻本〕十二册。〔魯圖〕

明本《文選則要》二卷。〔明周居歧輯，明嘉靖刻本〕二册。

《文選補遺》四十卷。〔宋陳仁子輯，清道光二十五年唐岱高、蔣恭鎰刻本〕十二册。

《鈔本文選同異》無卷數。一册。（以上《集部·總集類》）

（清）孔廣陶《三十有三萬卷堂書目略》

【《文選類林》十八卷】怡邸印藏，明新安吴氏重校刊宋紹興本，一函十二本。《四庫》存目。宋劉攽。

【《文選錦字録》二十一卷】明萬曆丁丑吴興凌氏桂芝館原刊本，二函十二本。《四庫》存目。明凌迪知。（以上《子部·類書類》）

【《六家文選》六十卷】明袁褧翻宋刻大字本，三函三十一本，《四庫》著録。梁蕭統，唐李善等。

【《六臣注文選》六十卷】日本慶安五年刊本，四函三十八本。《四庫》著録。即順治九年也。梁蕭統，唐李善等。

【《重鐫胡翻宋刻文選》六十卷】咸豐間潯陽萬氏再翻本，二函二十四本。《四庫》著録。梁蕭統，唐李善等。

【《文選》六十卷】松厓印莊長洲葉氏海録軒刊何義門評點本，一函十二本。梁蕭統，國朝何焯。

【《文選》十二卷】日本曼殊院印莊精刻無注本，一函十本。《四庫》著録。梁蕭統。

【《文選集成》六十卷】乾隆丁亥仿范軒刊方伯海評點本，二函二十本。梁蕭統，國朝方廷珪。

【《續補文選纂注》十二卷】明刊本，一函六本。《四庫》存目。明陳仁，張鳳翼。

【《文選尤》十四卷】明天啓間三色批點本，一函十四本。《四庫》存目。明鄒思明。

【《昭明文選越裁》十一卷】日本明倫館印莊，康熙間刊本，一函六本。《四庫》存目。國朝洪若皋。

【《文選旁證》四十卷】道光間刊本。二函十二本，又一套十本，又一套一函十二本。國朝梁章鉅。

【《文選補遺》四十卷】乾隆二年裔孫文煜重刊茶陵東山書院原本，一函十二本。《四庫》著録。宋陳仁子。

【《文選補遺》四十卷】道光二十五年湖南唐、蔣二氏重刊，通行本，一函十二本。《四庫》著録。宋陳仁子。

【《廣文選》六十卷】怡邸印莊，明刊本，四函四十本。《四庫》存目。明劉節。（以上《集部·總集類》）

（清）張之洞撰范希曾補正《書目答問補正》

【《文選》李善注六十卷，附《考異》十卷】胡克家仿宋本，武昌局繙本，廣州翻本。葉氏海録軒評注本六十卷，亦佳。汲古閣本較可。【補】胡本《考異》十卷，顧廣圻撰。胡本有坊間影印本多種。葉本廣州翻刻，汲古閣本江寧局重刻。貴池劉世珩玉海堂仿宋淳熙貴池本《文選》六十卷，附札記。德清傅雲龍纂喜廬仿日本延喜刻本《文選》第五卷殘卷，今版在上虞羅氏。

【《文選理學權輿》八卷】汪師韓，《讀畫齋》本。【補】《叢睦汪氏遺書》本。

【《文選理學權輿補》一卷】孫志祖，同上。

【《文選李注補正》四卷】同上，同上。【補】番禺陶氏刻本。

【《文選考異》四卷】同上，同上，陳景雲《文選舉正》六卷，未刊。【補】孫書番禺陶氏刻本。

【《文選音義》八卷】余蕭客，静勝堂刻本。此書乃少作，〔未盡善〕，余〔後〕又撰《文選雜題》三十卷，未見傳本。【補】余蕭客三十卷，書名《文選紀聞》，光緒間巴陵方功惠刻入《碧琳琅館叢書》。

【《文選集釋》二十四卷】朱珔，自刻本。【補】江西重刻本。

【《文選旁證》四十六卷】梁章鉅，榕風樓刻本。【補】光緒間重刻本。績溪胡紹煐《文選箋證》三十卷，貴池劉世珩刻《聚學軒叢書》本。

【《文選古字通疏證》六卷】薛傳均。刻本，原書十二卷。【補】光緒間華陽傅世洵刻《益雅堂叢書》本。旌德吕錦文《文選古字通補訓》四卷，附補遺，光緒辛酉懷硯齋刻本。

【《選學膠言》二十卷】張雲璈，三影閣刻本。

【《文選補遺》四十卷】宋陳仁子。長沙刻本。

【《文選》六臣注六十卷】唐吕延濟、劉良、張銑、吕向、李周翰、李善。明新都崔氏大字本。不如李善單注，已有定論，存以備考。【補】《四部叢刊》影印宋刻本。（以上卷四《集部·總集第三》）

（清）耿文光《萬卷精華樓藏書記》

【《文選注》六十卷】梁昭明太子蕭統選，唐李善注。元本。嘉靖元年汪諒以原書覆板刻之。每葉二十行，行二十一字。前有李廷相《雕文選引》，稱爲宋本，實元張伯顔所重刊者，蓋未細考也。次昭明太子序，間注字音。次李崇賢《上文選注表》，次吕延祚《進五臣集注文選表》。此善注單行本不知何以雜入吕表。次目録，賦甲至賦癸十九卷，詩甲亦在十九卷内，詩庚在第三十卷内，詩辛以後無聞焉。每卷各著篇名，與毛本目録異。「《文選》卷第一」，此第一行，葉本無「第」字。「梁昭明太子選」，此第二行，低二格。「唐文林郎守太子右内率府録事參軍事崇賢館直學士臣李善上」，此第三行，低三格。葉本並上行爲一行，無「唐」字。「奉政大夫同知池州路總管府事張伯顔助率重刊」，此第四行，低三格，每卷刻此三行，即張本。「監造路吏劉晉英郡人葉誠」，此行在第六十卷末。録此以見舊本之式，與今本大異。

李氏跋曰：「《文選》乏善本，近時所見惟唐府板，亦頗艱於得。旌德汪諒氏偶獲宋刻，因鋟諸梓，以溥其傳。」

文光案：此本目録後有汪諒刻書目：曰《史記正義》，曰《文選李善注》，曰《杜詩黄鶴注》，曰《蘇詩千家注》，曰《唐音注》，曰《玉機微義》，曰《武經直解》，曰《名賢叢話詩林廣記》，曰《韓詩外傳》，曰《潛夫論》，曰《太古遺音》，曰《臞仙神仙秘譜》，凡十二種。余所見者《文選注》外，《武經直解》《玉機微義》二種而已。

錢氏曰：「善注有伯顔刊本，元本不及宋本遠甚。」録於《讀書敏求記》。

文光案：宋本難見，汲古閣所刻亦是從六臣注中摘出善注，間有未淨者，故知非李注原書。汪刻雖依元本，與今本迥然不同。今所通行者，爲葉氏海録軒本，訂訛補闕，功實不少，然大非宋本面目。元本有前海北海南道肅政廉訪使余璉序，汪刻本失載。伯顔吴人，本名世昌，字正卿，以謹飭小心仕於朝，成宗賜名伯顔。見《養新録》。

楊氏曰：「梁昭明太子聚文士劉孝威、庾肩吾、徐防、江伯操、孔敬通、惠子悦、徐陵、王囿、孔爍、鮑至十人，謂之『高齋十學士』，集《文選》。今襄陽有文選樓，池州有文選臺，未知何地爲的，但十人姓名人多不知，故著之。」録於《升庵集》。

阮氏《揚州隋文選樓記》曰【略】（編者按：此記録於《總論卷》中，兹從略。）

文光案：此記先考文選樓地趾，次考曹、魏諸人並所著之書，而以善注爲集大成。次言昭明不在揚州，揚州選樓以曹氏得名，當祀曹憲，不當祀昭明。次言唐人精《選》學，五代後乃廢棄。又言《選》例以翰藻爲主，經史子皆所不選。夫文行忠信，教本不一，德行文學，科亦不同，昭明窺見意也夫。終以《文選》歸於小學，此探本之論，蓋非深通小學不能熟精《文選》理也。

【《文選注》六十卷，附《考異》十卷】梁昭明太子撰，唐李善注。仿宋本。嘉慶十四年胡克家校刊，前有昭明太子序並目録，《考異》有胡氏自序。

胡氏《考異序》曰【略】（編者按：序文見前序跋部分，兹從略。）

文光案：據胡氏所見宋本已雜五臣注，想毛氏亦是照宋本翻刻，未必親從六臣注中摘出善注。錢曾所藏之宋本，不知尚在人間否？其爲善注原本與否，亦不能知。胡氏《考異》雖竭盡心力，恐亦未必能盡復其舊也。

俞氏曰：「《文選》李注，宋人刊刻，今通行者二本，一爲汲古閣仿宋本，一爲鄱陽胡氏仿宋本，二本皆真宋本也，二本已多不同。前見《東坡志林》，言李注有本末，極可喜，五臣至淺，謝瞻《張子房詩》『苛慝暴三殤』，言上殤、中殤、下殤，五臣乃引泰山側婦人事，以父與夫爲殤，真俚儒之荒陋者。今汲古閣及胡氏之宋本李注，正引『泰山側』云云，案今查胡本信然，《考異》亦無説，可知李注之芟落當不止此一條。則北宋時蘇氏所見之李注與此不同，是宋本之别有三也。又見《西溪叢語》，言潘岳《閒居賦》『房陵朱仲之李』，李善注云『朱仲李未詳』，今汲古閣宋本李注引《荆州記》『房陵縣有朱仲者，家有縹李，代所希有』，胡氏宋本李注引『仙人朱仲竊房陵好李』，則南宋時姚氏家傳之李注又與此不同，是宋本之别有四也。凡古人寫本、刻本多歧出，校者存其異同以俟采擇可耳。且宋本亦未必佳，《石林燕語》言，有教官出題『乾爲金，坤亦爲金，何也』，檢福建本《易經》，果有『坤爲金』，蓋脱『釜』上二點，乃爲『金』也；又秋試題『《井卦》何以無彖』，檢福建本《易經》，《井卦》果脱《彖傳》。是亦真宋本也，然則藏真宋本者可不詳校乎？」又曰：「《文選》有比他本增多者，《西都賦》視《漢書》多『衆流之隈，汧湧其西』八字，蓋昭明得他本增入。有爲昭明删去者，《九章·涉江》删去『亂曰』以下五十三字。此類甚多。選文必有取舍，不可拘牽異本以議其得失。且唐人所傳《文選》未必即梁本，其增改字者，《頭陀寺碑》石刻『憑五衍之軾』，昭明避梁武名改『憑四衢之軾』，注當明了，而今文及注語意相反，則唐人傳寫者以其時不諱，改文中『四衢』爲『五衍』，而寫注者不知其意，又以注中『五衍』、『四衢』互易耳。」又曰：「《文賦序》『他日殆可謂曲盡其妙』，注云：『他日觀之，近謂委屈盡文之妙理。』其説難通。蓋本文係『謂他日殆可曲盡其妙』，士衡言賦之所陳，才力難副，存此妙旨，冀他日曲爲驗之，如沈休文言『如曰不然，以俟來哲』也。録於《癸巳存稿》。

文光案：胡氏《考異》多就袁本、茶陵本、何評、吴（編者按：「吴」疑當作「陳」，蓋指陳景雲。）評及尤本，《考異》辨其異同，間有訂正，亦未能宏徵博引，證佐分明。若多聚唐以前古書並各家説部、類書、山經、地志，細爲搜討，當不止東坡所見之一條，惜無好事者爲之也。梁茝林有《文選旁證》四十卷，其書索之已久，竟不能得。孫批《文選》能挈其綱維，與義門之窮究片言隻字者迥異，讀《文選》者宜入《選》學之門，慎不可株守一本，遂謂精於《文選》也。俞理初每考一事，便有數十百種書爲之佐證，不必自下己意，而舊説歷歷分明，確實可據。人患不搜檢，不患無書也。今之石刻出土者更多，以之證史，最爲切要，尤宜多聚也。

洪氏曰：「東坡詆五臣注《文選》，以爲荒陋。予觀《選》中謝玄暉《和王融詩》云：『阽危賴宗衮，微管寄明牧。』正謂謝安、謝玄。安石於玄暉爲遠祖，以其爲相，故曰宗衮。而李周翰注云：『宗衮謂王導，導與融同宗，言晉國臨危，賴王導而破苻堅者。』牧謂謝玄，亦同破堅者。夫以宗衮爲王導，固可笑，然猶以和王融之故，微爲有説。至以導爲與謝玄同破苻堅，乃是全不知有史策，而狂妄注書，所謂小兒强解事也。唯李善注得之。

文光案：潘岳《閑居賦》注引「安革猛詩」。陳仲魚云：「革猛」爲「韋孟」之譌，「安」乃衍字。檢《漢書·韋賢傳》，果然。

【《文選注》六十卷】唐李善注。海録軒硃墨本。乾隆三十七年葉樹藩校刊，有序。前有昭明序、李善表、刻《文選》例併目録。何義門評點，倣朱子《韓文考異》之例，旁引諸籍，考校字句，在今爲善本。近有翻板，第三葉末評陶「令」訛作「合」。

葉氏序曰：《文選》注者不一家，唐江都曹憲撰《音義》，同郡公孫羅與江夏李善並作注。曹氏、公孫氏之書失傳已久，而李善注獨盛行於世。開元中，工部侍郎吕延祚集吕延濟、劉良、張銑、吕向、李周翰等注《文選》，是爲五臣注，後人合李善注爲一書，更名六臣注。五臣本之荒陋，六臣本之舛譌，前人已有定論。近世惟汲古閣本，一復江夏之舊，較諸刻最爲完善。然既獨存李注，而雜入五臣之説數條，文光案：張本不雜五臣之説。恭按《四庫全書提要》曰：「毛晉所刻，雖稱從宋本校正，今考其第二十五卷陸雲《贈兄機》注中有『向曰』一條，『濟曰』一條，又《贈張士然詩》注中有『翰曰』、『銑曰』、『濟曰』、『向曰』各一條，殆因六臣之本削去五臣，獨留善注，故刊除未盡，未必真見單行本也。」殊失體裁。且其書疏于讎校，帝虎陶陰，棼然謎目，談藝家往往有遺憾焉。吾吳何義門先生手評是書，於李注多所考正。余手自勘輯，削五臣之紕謬，存李氏之訓詁。卷帙則仍毛氏，而正其脱誤，評點則遵義門，而詳爲釐訂。至管窺所及，有可補李注、何評所未備者，竊附列於後，已十餘年於兹矣。

《文選》一書，毋邱儉開雕於蜀，書籍印行權輿於是。今詳爲校勘，未知於毋邱本何如，竊於辨誤正譌，頗具苦心。善注孤行最久，眉山蘇氏稱其淹博，明代張鳳翼作《纂注》，妄肆芟削，卷帙盡紊其舊，爲識者姍笑。今獨存善注，第繁蕪之病，善注誠所不免，略爲剪截，不敢概從删汰。

汲古閣本頗多遺脱，兹悉以宋本校定。案：葉氏所謂宋本恐是六臣本，凡所指脱遺處，張本具備。至如三十一卷江文通《雜擬詩》不載全序，張本摘録數句，此本全載。四十卷任彦昇《奏彈劉整》昭明删「謹案」至「即主」一段，文不雅馴，張本載入彈文内，此本刻入注内。仍載入彈文之類，此一段李注甚明。有乖體製，因悉爲改正。古本面目不可復見。

《提要》曰：毛晉本於揚雄《羽獵賦》用顏師古注之類竟漏本名，張本題「顏師古注」。於班固《幽通賦》用曹大家注之類，則散標句下。謹案：張本亦散標句下，不題曹大家注。且此賦注内有「晉灼曰」、「應劭曰」，不盡爲曹大家之注。又如《子虛上林賦》，張本題郭璞注，内亦有晉灼、如淳之語，或題或不題，似善注亦無定例。善曰：舊注是者，因而留之，自注者以「善曰」別之。惟所引古書爲舊注所引、爲善所引未易明也。或「善曰」以下爲善所引，無「善曰」者爲舊注所引，未知是否。又《文選》之例於作者皆書其字，而杜預《春秋傳序》則獨題名。謹按：張本目録題杜元凱，序前題杜預，葉氏所云標字標名義例未盡畫一者，是也。豈非從六臣本中摘出善注，以意排纂，故體例互殊歟。至二十七卷末附載樂府《君子行》一篇，注曰：「李善本古詞止三首，無此一篇，五臣本有，今附於後。」謹按：張本在前已有此詩，此注不知爲何人所附，決非毛氏也。其非善原書，尤爲顯證。以是例之，其孔安國《尚書序》、杜預《春秋傳序》二篇僅列原文，絶無一字之注，謹按：張本亦然。疑亦從五臣本勦入，非其舊矣。惟是此本之外，更無別本，故仍而録之。

文光按：毌昭裔爲蜀相，令門人句正中、孫逢吉書《文選》《初學記》《白氏六帖》刻板行之，見吴任臣《十國春秋·毌昭裔傳》。葉本訛作母邱儉，蓋沿李清臣（編者按：「李清臣」當作「王明清」，此處蓋指王氏之《揮麈録》，相關資料於《總論卷》中有録）之誤，未詳考也。邱儉魏人，見《三國志》。「毌」古「貫」字，作「毋」非，作「母」更誤。

【略】（編者按：此處原有尤刻本袁説友、尤袤二跋文，於序跋部分已録，兹從略。）

文光案：宋本《考異》當是尤延之刻書所增，阮太傅所藏亦貴池本，因録其序於後。【略】（編者按：阮序即序跋部分《書昭明太子文選序後》，兹從略。）阮氏又序曰【略】（編者按：此序即序跋部分所録阮元《文選旁證序》，兹亦從略。）

文光案：觀阮氏二序，可知毛本及諸本之脱誤，並可知梁氏《旁證》之大凡，余因全録之，以爲讀《選》之助。閲《漁洋詩問》，門人問「熟精《文選》理」，漁洋於「理」字無説，蓋泥於理學與《選》學不相貫通也。愚謂《文選》理，即文理。文，豈有無理者乎？試舉一二言之：如海無定形，江可指實。賦江賦海，各有一理，方能成篇，否則空泛非理也。又如《雲臺二十八將贊》，通篇言光武能保全功臣，而不贊諸將，此亦一理也。法之所在，理即在焉，未許舍理言法也。杜工部「熟精《文選》理」，蓋道路走得極熟，曲折變化具在眼前，故其爲詩，一句中有許多意致，不但包衆人之所有，而且擅諸家之所長，是直以文爲詩也，不知漁洋何以不解。昭明之原書，不知何時亡絶，加注本北宋刻亦難見。彭氏《讀書跋尾》所記凡四本：一國子監本，一贛州本，一明州本，一廣都本。貴池本與今本異處甚多，且可知明、贛二本多删削也。

【六臣注《文選》六十卷】不知編輯者名氏。宋本。明嘉靖己酉袁褧覆刊裴氏本，題曰《六家文選》。此大字本，每行正文十八字，小注二十六字。前有蕭序、李表、吕表，末有「吴郡袁氏善本翻雕」一行八字。唐吕延祚集吕延濟、劉良、張銑、吕向、李周翰五家注，爲五臣注，南宋時與善注合刻爲六臣注，至陳振孫《書録解題》始有六臣之名。河東裴氏刊六臣注，即廣都本也。每葉二十三行，袁尚之影此本，重雕板甚精工，仍缺宋諱。伏讀《天禄琳琅書目》，《六家文選》前蕭序、李表，并國子監奉刊《文選》詔旨，次吕《進五臣文選表》，後明袁褧識語。此書撫刻甚精，校勘亦審，實與宋槧同工。序後標：「此集精加校正，絶無舛誤，見在廣都縣北門裴宅印賣。」又五十二卷末葉標：「毌昭裔貧時，常借《文選》不得，發憤曰，異日若貴，當板鏤之，以遺學者。後至宰相，遂踐其言。」並注云出《揮麈録》。謹案：李清臣此録，「昭裔」誤作「邱儉」。朱氏《經義考》引此條亦誤，又一條不誤。此二條宋槧中本有之，係存其舊。其六十卷末葉有「吴郡袁氏善本新雕」隸書木記，則袁褧所自標也。褧識語云：余家藏書百年，見購鬻宋刻本《昭明文選》，有五臣、六臣、李善本，巾箱、白文、大字、小字，殆數十種，家有此本，甚稱精善，而注釋本以六家爲優，因命工翻雕，匡郭字體，未少改易。始於嘉靖甲午，成於己酉，計十六載。云云。其四十四卷末葉標「戊申孟夏十三日李清雕」。李宗信、李清疑皆當日剞劂高手，故自署其名。袁氏之擇工選藝以求毫髮無憾之意，亦概可見矣。按：《蘇州府志》，袁褧，字尚文，吴縣諸生。善屬文，尤長於詩，繪花鳥有逸趣，書法擬元章，晚耕謝湖之上，自號謝湖。

又《六家文選》。闕袁褧識語，此即袁褧所刊之板，而四十四卷末葉李宗信之名及五十六卷末葉李清之名，俱被書賈割去，故紙幅均屬接補，末葉改刻河東裴氏，字畫與前不類，板心墨綫亦參差不齊，且「考訂」，「訂」字誤作金旁，謹案：袁褧原本已誤作金旁。則僞飾之跡，顯然畢露矣。

【略】（編者按：此下原録蘇軾《書文選後》《題文選》《答劉沔都曹書》、王德臣《麈史》、吴仁傑《兩漢刊誤補遺》、楊慎《升庵集》、毛奇齡《西河集》、錢曾《讀書敏求記》、洪亮吉《北江詩話》等涉及《文選》的評論考證文字，凡此條目多已録入《總論卷》中，茲從略。）

文光案：廣都本六十卷末識云：「河東裴氏考訂原本「訂」誤作「釘」。諸大家善本，命工鍥於第一行低一格。宋開慶辛酉季夏至第二行頂格書。咸淳甲戌仲春工畢。第三行低一格。凡十四年。」又一行「把總鍥手曹仁」。六臣注，宋奉議大夫崔孔昕等校本。每葉十八行，行十六字。明嘉靖二十八年，錢唐洪氏重刊宋本，有田汝成序，校讎精緻，逾於他刻。每葉二十行，行十八字，前有《諸儒議論》一卷，題「古迂陳仁子輯」。又有《進五臣集注表》、上遣將軍高力士宣口敕。成化丁未唐藩希古覆刊伯顔本，有唐藩序，余璉序，弘治元年唐世子跋，即唐府本也。潘稼堂、何義門並校。《文選》又有圓沙閲本，不著序跋，而徵引顧仲恭、馮鈍吟説居多。明刻有《廣文選》《續文選》，訛字逸簡甚多，不足存也。六臣注又有新安潘維時、維德校刊本，未見。

【《文選理學權輿》八卷，《補遺》一卷】國朝汪師韓撰，孫志祖補。《讀畫齋》本。前有乾隆三十三年汪師韓自序。《讀畫齋叢書》，顧修所刻，其書仿鮑刻之例，皆取其考據經史有關實用者，而短書小説不與焉。間亦翻刻鮑本，而《文選》二種乃鮑本所無。修字菉厓，桐川人。

汪氏自序曰【略】（編者按：汪序於序跋部分已録，兹從略。）

文光案：是書凡分八門，實爲九類。自序云共成十卷，今《評論》缺一卷，《質疑》缺一卷，故衹得八卷，蓋未成之書也。潘稼堂、何義門、錢圓沙三家熟精《文選》，各有勘本。葇厓俱未見。孫氏《補遺》并《考異》，皆以佐《質疑》也。《補遺》取《丹鉛録》《匡謬正俗》《猗覺寮雜記》之及《選》學者爲一卷，皆有功於李注者也。然搜采之富，總以梁氏《旁證》爲賅備。凡學必有入門之書，如錢圓沙本、何義門本、孫批本、潘訂本、汪之《權輿》、孫之《考異》、梁之《旁證》，皆《選》學之階梯也。得此數書而《文選》可讀矣。其坊刻評本，一舉而棄之可也。

【《文選考異》四卷】國朝孫志祖撰。《讀畫齋》本。前有孫志祖自序。孫氏自序曰【略】（編者按：孫序於序跋部分已録，兹從略。）

【《文選李注補正》四卷】國朝孫志祖撰。《讀畫齋》本。前有嘉慶戊午仁和孫志祖序。孫氏自序曰【略】（編者按：孫序於序跋部分已録，兹從略。）

文光案：余嘗恨《文選》無北宋本，偶閲張金吾《藏書志》著北宋刊本，南宋重修，有句容縣印，蓋洪武十五年所刻官書，共缺六卷，有紹興十八年右迪功郎明州司法參軍兼監盧欽識語，然亦六臣注也。（以上卷一三三《集部·總集類》）

（清）丁丙《善本書室藏書志》

【《文選雙字類要》三卷】明刊本。沈椒園藏書。宋學士蘇易簡著，明嘉靖庚子莆田姚虞序。凡爲門四十，爲類五百。若連珠合璧，爛然盈目。皇甫汸序後。《天一閣目》有是書。此爲花山馬氏舊藏，繼歸吾杭忠清沈氏，又歸海昌沈氏。有「馬思贊仲韓」、「沈廷芳印」、「椒園海甯沈氏鮑尊珍藏」諸印。廷芳字荻林，椒園其號也，仁和人，乾隆丙辰薦舉鴻博，除庶吉士，官至山東按察使，著有《理學淵源録》等書。（卷二〇《子部十》）

【《文選》六十卷】明汪諒翻元本。梁昭明太子選，唐文林郎守太子右内率府録事參軍事崇賢館直學士臣李善注上，奉政大夫同知池州路總管府事張伯顔助率重刊。前昭明太子序，李善《上注表》，而兼列吕延祚《上五臣注表》，上遣高力士口敕，又元大德時海北海南道肅政廉訪使余璉序。每葉二十行，每行大字二十字，小注二十一字，每卷有子目，連屬正文，版心閒有刻工姓名，卷一首葉有「九華吴清牀刀筆」七字，六十卷末有「監造路吏劉晉英郡人葉誠」等字。按璉序稱梁昭明享池祀，又云即池故處吾歸老焉，同知府事張正卿來，俾邑學吴梓校補遺謬，遂命金五十以自率，群屬靡不從化云云。正卿名伯顔，成宗賜名也。原名世昌，長洲相城人，由將作院判官累任慶元路同知，延祐七年陞池州路同知，後遷漳州路，以平江路總管致仕，見鄭元祐《僑吴集》中。是此刻實仿淳熙辛丑尤延之舊刻，璉序曾未及之。中如左太沖《吴都賦》「趫材悍壯」，注引胡非子，「胡」不誤「韓」；張平子《思玄賦》不脱「爛漫麗靡，藐以迭逷」二句并注；陸士衡《答賈長淵詩》不脱「魯侯戾止，衮衣委蛇」二句并注；曹子建《箜篌引》不脱「昔年忽我遒，生在華屋處」二句；鮑明遠《放歌行》不脱「今君有何疾，臨路獨遲迴」二句；曹子建《求通親親表》不脱「有不蒙施之物」一句；枚叔《七發》不脱「自太子有悦色」至「然而有起色矣」二段并注凡數百字。非本於宋刻，而能若是乎？此爲明嘉靖元年金臺汪諒新刊，前有濮陽李廷相序，稱旌德汪諒氏偶獲宋刻，而鋟諸梓，非惟不知尤，並不知張矣。諒即正陽門内巡警鋪對面設金臺書鋪者。

【《文選》六十卷】明嘉靖晉藩刊本。梁昭明太子選，唐文林郎守太子右内率府録事參軍事崇賢館直學士臣李善注上，晉府敕賜養德書院校正重刊。前有李崇賢《上文選注表》，次列吕延祚《進五臣集注文選表》，及上遣高力士宣口敕，昭明太子撰《文選序》，又嘉議大夫前海北海南肅政廉訪使余璉序。此乃嘉靖四年乙酉晉藩重刊張伯顔本，有四年晉藩書於敕賜養德書院序、六年晉藩後序、八年晉王臣知烊謹序三首，及山西按察司提學副使莆田周宣序，稱《文選》舊刻於南畿國學，歲久漫漶，繼刻於唐藩，禁幕深祕，學者鮮窺焉。嘉靖壬午春，宣督學山西，方欲遍購是編，布諸學宫，力未逮也。晉王殿下聞之，爲刻置於養德書院，兹以宣將應廣東按察之命，特命爲言以引其端。殿下爲高皇帝七世孫，天性篤孝，喜讀書，嘗刻《四書五經注解》《唐文粹》《宋文鑑》《趙松雪讀書譜》諸書，遠近寶之，「養德」其所請書院制額，因以自號者也。

【《增補六臣注文選》六十卷】嘉靖洪氏刊本。梁昭明太子蕭統撰，唐李善、張銑、吕延濟、李周翰、劉良、吕向注，明太子詹事府主簿洪楩校。嘉靖二十八年春錢塘田汝成序云：「梁太子蕭統招徠才彦，玄覽前載，芟穢披珍，分門萃類，爲書三十卷，題曰《文選》。唐時李善始爲箋釋，吕延祚病其未備，乃集吕延濟、劉良、張銑、吕向、李周翰五人重加疏解，後人併善注而傳之，名曰『六臣注』，凡六十卷。蓋皆奏進於玄宗者，故稱臣焉。錢塘洪君子美得宋本而重鋟之，校讎精緻，逾於他刻。」列昭明《文選序》，吕延祚《進五臣集注表》，上遣高力士宣口敕，李善《上文選注表》於前。又古迂陳仁子輯《諸儒議論》一卷。每葉二十行，行十八字。善注在前，五臣注在後，見孫淵如《平津館鑒藏記》。按聶心湯《錢塘縣志》，洪楩以鍾孫蔭詹事府主簿。《肅皇外紀》載楩以女妻胡宗憲。天禄琳琅有洪楩刻《路史》，校印頗佳，蓋深於嗜古者。

【《六家文選》六十卷】明吴郡袁氏仿宋刊本。梁昭明太子蕭統撰，唐李善、吕延濟、劉良、張銑、李周翰、吕向注。前列《文選序》，梁昭明太子撰。次《上文選注表》，李善撰。次國子監准敕節文。次《進集五臣注文選表》，吕延祚撰。次上遣高力士宣口敕。次目録。卷一第四行六臣名後剷去一行，惟存「皇明重刊」四字。第三十卷後有「皇明嘉靖壬寅四月立夏日，吴郡袁氏兩庚草堂善本雕」兩行。第四十卷後有「此蜀郡廣都縣裴氏善本，今重雕於吴郡袁氏之嘉趣堂，嘉靖丙午春日。國朝改廣都縣爲雙流縣，屬成都府」四行。第四十一卷後有「藏亭」二字。第五十二卷後有「毋昭裔貧時常借《文選》不得，發憤曰，異日若貴，版鏤之以遺學者。後至宰相，遂踐其言。出《揮麈録》」三行，「麈」誤「慶」字。第五十六卷後有「戊申孟夏十三日李清雕」一行。第六十卷後有「余家藏書百年，見購鬻宋刻本《昭明文選》，有五臣、六臣、李善本，巾箱本、白文、小字、大字，殆數十種。家有此本，甚稱精善，而注釋本以六家爲優，因命工翻雕，匡郭字體，未少改易。刻始於嘉靖甲午歲，成於己酉，計十六載而完，用費浩繁，梓人艱集，今模搨傳播海内，覽兹册者，毋曰開卷快然也。皇明嘉靖己酉春正月十六日，吴郡汝南袁生褧題於嘉趣堂」。

【《增補六臣注文選》六十卷】明翻茶陵陳氏刊本。梁昭明太子蕭統撰，唐文林郎太子右内率府録事參軍事崇賢館直學士李善注，衢州常山縣尉吕延濟注，都水使者劉承祖男劉良、處士張銑、吕向、李周翰注，茶陵前進士陳仁子校補。蕭統序，李善表，吕延祚表，將軍高力士宣口敕。又《諸儒議論》一卷，凡十三條。大德己亥冬，茶陵古迂陳仁子識云：《文選》一編皆纂輯秦漢魏晉文墨，中間去取或不免涉諸君子議論，謹録卷首，因廣其意。收拾遺漏者，亦起秦漢，迄昭明所選之時，得四十卷刊行，名曰《文選補遺》云。後有「茶陵東山陳氏古迂書院刊行」木記。按《茶陵州志》，仁子字同甫，桂孫子，官登仕郎，宋末膺薦舉，不仕於元，博學好古，營别墅於東山，人稱東山陳氏。

【《六家文選》六十卷】明刊本。梁昭明太子撰，唐五臣注，崇賢館直學士李善注。前有梁昭明太子撰《文選序》，次顯慶三年九月十七日文林郎守太子右内率府録事參軍事崇賢館直學士臣李善《上文選注表》，次國子監准敕就三館雕造文，次開元六年九月十日工部侍郎臣吕延祚《進集注文選表》，次上遣高力士宣口敕文。版匡較袁氏翻宋崇寧本尤闊大，每半葉十一行，每行大十八字，夾注小字二十六字，版心「文選幾卷」略帶行書，下偶記刻工之姓，五臣注在前，李注在後，卷末木記已被剷去，與袁氏本題銜既不同，當爲明時别一刊本，不能定爲誰氏也。有「樂安孫氏珍藏書畫印」、「孫嵩私印」、「鐵崖」三圖記。

【《選詩句圖》一卷】舊鈔本。高氏似孫集。此書似孫仿張爲《主客圖》之例爲之，有自序云【略】（編者按：高序於序跋部分已録，兹從略。）鈔手甚舊，一二百年前物也。（以上卷三八《集部十七》）

【《選詩補注》八卷，《補遺》二卷，《續編》四卷】嘉靖刊本。上虞劉履。履字坦之，宋侍御忠公四世孫，守志勵行，以經術世其家。入明不仕，自號草澤閒民。洪武十六年，詔求天下博學之士，浙江布政使强起之，至京師，授以官，以老疾固辭，賜鈔遣還，未及行而卒。四庫著録名《風雅翼》，《天一閣書目》載其書有至正二十一年謝肅序例云：「詩自孔子删後，殆未易言，然今人欲知《漢書》以下諸作，頗賴昭明選詩之存。兹重加訂選，得二百十有二首，又常恨陶靖節詩在《文選》者甚少，今就其本集增取二十九首。又於《後漢書》得酈炎詩二首，於《文章正宗》得曹子建《怨歌行》一首，於《阮嗣宗集》得《詠懷》二首，皆《文選》所遺者，總二百四十六首，釐爲八卷。」此本重刻，謝序已佚，惟存太原王稺登序。《補遺》二卷，履自序云：「上下卷凡四十二首，皆古歌謡詞，散見於傳記諸子之書，及樂府集者也。余既補注《選》詩，而復輯是編者，蓋竊承經史諸書韻語，《文選》古詩，附於《三百篇》《楚詞》之後之遺意。」《續編》四卷，履自序云：「昔朱子嘗欲鈔經史韻語《文選》古詞，又將擇夫《文選》以後諸詞之近於古者，以爲羽翼輿衛，惜乎未睹成書，後學無所取則，愚復及是編者，蓋亦竊承朱子之遺意也。」凡選唐陳拾遺、薛少保、李翰林、張曲江、王右丞、儲御史、杜工部、韋蘇州、韓文公、柳柳州、張司業十一家，宋王荆公、朱文公二家。（卷三九《集部十九》）

附録

（清）丁丙藏（清）丁仁編《八千卷樓書目》

《文選古字通》六卷。國朝薛傳均撰。巾箱本。（卷三《經部·小學類》）

《文選雙聲類要》三卷。舊本題宋蘇易簡撰，明刊本。《文選錦字》二十一卷。明凌迪知撰，日本刊本，石印本，《文林綺繡》本。《文選課虚》一卷。國朝杭世駿撰，《七種》本，石印本。《選材録》一卷。國朝周春撰，《昭代叢書》本。《文選集腋》二卷。國朝胥斌撰，石

印本。《文選類雋》十四卷。國朝何松撰，石印本。（卷一三《子部·類書類》）

《文選注》六十卷。梁昭明太子蕭統編，唐李善注。明晉藩刊本，汲古閣本，胡氏覆宋本，金陵局本，石印本。六臣注《文選》六十卷。不著編輯者名氏，其稱六臣者，吕延濟、劉良、張銑、吕向、李周翰五臣注，合李善爲六也。明袁褧刊大字本，明汪諒覆元張伯顔本，萬曆冰玉堂刊本，明洪氏刊本，明刊大字本，茶陵本。《文選句圖》一卷。宋高似孫撰，抄本，《百川》本。《文選顔鮑謝詩評》四卷。元方回撰，抄本。《選詩補注》八卷，《續編》四卷，《補遺》二卷。明劉履撰，明刊本。《文選纂注》十二卷。明張鳳翼撰，明刊本，明盧之頤刊本。《文選章句》二十八卷。明陳與郊撰，明刊本。《文選理學權輿》八卷。國朝汪師韓撰，《讀畫齋》本，《汪氏遺書》本。《文選各家詩集》四卷。國朝汪師韓撰，刊本。《文選疏解》十九卷。國朝顧施楨撰，刊本。《文選音義》八卷。國朝余蕭客撰，刊本。《重訂文選集評》十六卷。國朝于光華撰，乾隆刊本。《文選理學權輿補》一卷。國朝孫志祖撰，《讀畫齋》本。《文選考異》四卷。國朝孫志祖撰，《讀畫齋》本。《文選李注補正》四卷。國朝孫志祖撰，《讀畫齋》本。《選學膠言》十六卷。國朝張雲璈撰，抄本。《文選集釋》二十四卷。國朝朱珔撰，刊本。《文選考異》十卷。國朝胡克家撰，附刊本，石印本。《文選旁證》四十六卷。國朝梁章鉅撰，原刊本，刊本。《讀選意籤》一卷。國朝陳僅撰，《餘山全書》本。《文選補遺》四十卷。宋陳仁子編，道光湖南刊本。《風雅翼》十四卷。元劉履編，明刊本。《廣文選》六十卷。明劉節編，明刊本。《廣廣文選》二十三卷。明周應治編，明刊本，殘。《合評選詩》七卷。明凌濛初編，明刊本。（卷一九《集部·總集類》）

（清）陸心源《皕宋樓藏書志》

【《文選》六十卷】宋贛州學刊本，朱卧庵舊藏。梁昭明太子撰，唐李善注，唐五臣吕延濟、劉良、張銑、吕向、李周翰注。案卷中有「毛晉一名鳳苞」陰文方印，「汲古閣」陽文方印，「字子晉」、「汲古閣世寶」兩陰文方印，「毛褒之印」陽文方印，「華伯氏」陰文方印，「毛氏藏書子孫永寶」朱文長印，「朱卧庵考藏」印，「休寧朱之赤印」、「留畊堂印」兩陰文方印，「留與軒浦氏珍藏」朱文方印，「浦玉田藏書記」方印。每卷有「左從政郎充贛州州學教授張之綱覆校，州學司書蕭鵬校對」兩行。惟校勘銜名數卷易一人，或曰鄉貢進士李大成，或曰鄉貢進士劉才邵，或曰鄉貢進士劉格非，或曰左迪功郎新昭州平樂縣尉兼主簿嚴興乂，餘詳《儀顧堂集》。

【《文選》六十卷】明覆元張伯顏本。梁昭明太子選，唐文林郎守太子右内率府録事參軍事崇賢館學直士臣李善注。梁昭明太子序。唐李崇賢《上文選注表》。【略】（編者按：此處原録張伯顏本余璉序，於序跋部分已録，兹從略。）唐藩希古序成化丁未，唐世子跋弘治元年。

【《文選考異》一卷】影寫宋刊本。不著撰人名氏。【略】（編者按：此下原録尤刻本袁説友、尤袤兩跋文，於序跋部分已録，兹從略。）

【《六家文選》六十卷】明袁褧覆宋本。梁昭明太子撰，唐五臣注，崇賢館直學士李善注。昭明太子序，李善《上文選注表》，吕延祚等《進集注文選表》，袁褧跋嘉靖己酉。案昭明序後有「此集精加校正，絶無舛誤，在廣都縣北門裴宅印賣」三行，卷末有「吴郡袁氏善本翻雕」六字。（以上卷一一二《集部·總集類一》）

【《文選補遺》四十卷】明刊本。宋茶陵後學陳仁子輯誦，門人譚紹烈纂類。【略】（編者按：此下原録趙文序，於序跋部分已録，兹從略。）（卷一一五《集部·總集類四》）

【《選詩》八卷，《選詩補遺》二卷，《續編》四卷】明刊本。元上虞劉履補注。王大化序嘉靖四年，胡瓚宗序嘉靖丙戌。（卷一一七《集部·總集類六》）

【《選詩句圖》一卷】宋刊本。宋高氏似孫集。自序曰【略】（編者按：高序於序跋部分已録，兹從略。）（卷一一八《集部·詩文評類》）

（清）王頌蔚《古書經眼録》

【《重校新雕文選》三十卷】宋本。此五臣注本，胡果泉中丞撰《考異》時所未見也。卷首列開元六年工部侍郎吕延祚《進集注文選表》，表後有文三行云：「上遣將軍高力士宣口敕曰：朕近留心此書，比見注本唯只引事，不説意義，略看數卷，卿此書甚好，賜絹及綵三百段，即宜領取。」云云。蓋當時詔旨，繫於表後，以示寵異也。後又有墨圖記六行云：「凡物久則弊，弊則新。《文選》之行尚矣，轉相摹刻，不知幾家，字經三寫，誤謬滋多，所謂久則弊也。琪謹將監本與古本參校考正，的無舛錯，其亦弊則新與。收書君子請將見行板本比對，便可概見。紹興辛巳龜山江琪咨聞。」又有墨圖記二行云：「建陽崇化書坊，陳八郎宅善本。」案此蓋紹興三十一年建陽書肆所刊，視尤延之刻李善注本前十九年。今所傳《文選》宋本，有李善注，有六臣注。六臣注本有二：其一崇寧五年鏤板，至政和元年畢工者，五臣注在前，李注在後，即吾吴袁氏所翻廣都裴宅本也；其一爲張之綱本，李注在前，五臣注在後，卷末列校對諸人姓氏，今藏昭文瞿氏，即茶陵陳氏本所自出也。宋代盛行五臣注，而今所行本衹有六臣，無五臣，則是書良足寶貴矣。昔顧文學澗蘋、彭徵君甘亭爲果泉中丞撰《考異》，斷斷於李注中分析五臣，若得見是書，非特可復崇賢之舊，並可抉延祚之真也。是書以兩宋本配合而成，卷一至卷三每半葉十二行，行大字廿四至廿二不等，小字廿八廿七不等，卷四以下每半葉十三行，行大字廿五，小字廿七至卅五不等。惜卷廿一至卷廿五俱鈔補，卷三十亦鈔補太半。是本惟鈔補之卷汲古毛氏無印記，疑奏叔藏時，宋本固不闕也。卷中有汲古閣、虞山毛氏汲古閣收藏、東吴毛表、毛奏叔氏、乾學、徐健庵、沈瀹、九川父諸朱記。

陳作霖《治麓山房讀書跋尾》

【文選集評跋】同治乙丑歲，予甫回江南，而家貧無書可讀，乃購是編以備繙閱，不計版之漫漶也。迄今二十餘年，雖有他刻《文選》，未嘗復置。其編中佳者，屢加朱規，則涵泳大字，而各家之注皆不論矣。兹於舊書堆中檢出，輒爲書之，凡十六册。

【文選李注跋】唐人以《文選》爲一家學，韓柳之文，李杜之詩，莫不胚胎於是，偉哉！文孝其有繼往開來之功乎。李注原本毛槧極精，金陵書局仿汲古閣舊刻而印之，都爲十册，足以供瀏覽矣。

（以上《丁部·總集選本類》）

楊守敬《日本訪書志》

【古鈔《文選》一卷】卷子本。此即日本森立之《訪古志》所載温故堂藏本也，後爲立之所得，余復從立之得之。《訪古志》云：「現存第一卷，一軸，首有顯慶三年李善《上文選注表》，今善本、六臣本皆以昭明太子序居首，李善及五臣表次之，皆非也。次梁昭明太子撰《文選序》，序後接本文，題『文選卷第一，賦甲』，次行『京都上，班孟堅兩都賦二首并序，張平子西京賦一首』。界長七寸五分，幅一寸，每行十三字，卷末隔一行題『文選卷第一』，《西京賦》即接《東都賦》之後，不別爲卷。不記書寫年月，卷中朱墨點校頗密，標記旁注及背記所引有陸善經、善本、五臣本、音決、《鈔》《集注》諸書及今按云云。考其字體墨光，當是五百許年前鈔本。此本無注文，而首冠李善序，蓋即就李本單録出者。」守敬按：此一一與森説合，然謂其就李本單録出者，則非也。今細按之，此本若就李本所出，李本已分《西京》爲二卷，則録之者必亦二卷，今合三賦爲一卷，仍昭明之舊，未必鈔胥者講求古式如此。《東都賦》「子徒習秦阿房之造天」，標記云：「善本秦阿無房字，五臣本秦阿房，或本又有房字。」今以善本、五臣本合校此本，此不從善本出之切證也。又篇中文字固多與善本相合，然亦有絶不與善本合者，善之學識精博，迥非五臣所及，五臣又後于善注，更經傳鈔，宜其多謬也。《西都賦》無「衆流之隈，汧涌其西」八字，與《後漢書》合，與陳少章説合。「度宏規而大起」，王懷祖謂善本作「慶」，今善本作「度」者，以五臣亂之，其説是也。此本作「度」，與《後漢書》合，亦見其非從善本出也。「平原赤土，勇士奮厲」，標記云：「此二字陸有之，又鹿本有之，師説無『土』、『奮』字，五臣無此二字。」按今善本亦無此二字。《東都賦》「乃動大路」，不作「大輅」，與兩本皆不合。「其詩曰」下即接「於昭明堂」云云，其《明堂詩》《辟雍詩》《靈臺詩》《寶鼎詩》《白雉詩》各題皆在各詩之後，與《三百篇》古式同，今各本題皆在詩前，非也。各本有「嘉祥阜兮集皇都」，此本無此句，與《後漢書》合。《西京賦》「繚亘綿聯」，標注云：「本注：繚亘，猶繞了也，臣善曰：亘當爲垣。」然則薛注本作「繚亘」，善注本始爲「繚垣」，此本作「亘」，又足見其本在善未注之前也。「衍地絡」，標記云：「揃，陸曰：臣善以善反，申布也。」又記云：「衍，五臣作之，舒布也。」按《集韻》：「揃，申布也。」則善本作揃，五臣作「衍」。此與五臣合。今善本作「衍」，非也。「獨儉嗇以偓促」，今各本作「齷齪」，皆不相符。蓋日本鈔古書，往往載後來之箋注、序文，如《孝經》本是明皇初注本，而載元行沖《孝經疏序》，其他經書經注本，又往往載孔穎達之疏於欄格上，蓋爲便於講讀也。鈔此本者固原于未注本，而善注本已通行，故亦以冠之也。

【古鈔《文選》殘本二十卷】古鈔無注《文選》三十卷，缺一、二、三、四、十一、十二、十三、十四、十七、十八十卷，存二十卷。《文選》本三十卷，李善注分爲六十卷，五臣注仍三十卷。自後蜀毋昭裔刻五臣注三十卷。北宋刻善注合於五臣，其卷則從善注。兩本所據之本多不相合，雖略注異同，亦時多漏誤。逮尤延之刻善注，又從五臣本抽出，故兩本互亂之處，遂不能理，其詳已見鄱陽胡氏之《考異》。此無注三十卷本蓋從古鈔卷子本出，並非從五臣善注本略出。何以知其然？若從善注出，必仍六十卷，若從五臣出，其中文字必與五臣合，今細校之，乃同善注者十之七八，同五臣十之二三，亦有絶不與二本相同，而爲王懷祖、顧千里諸人所揣測者，又有絶佳之處，爲治《選》學者共未覺，而一經考證，曠若發矇者。蓋日本所得中土古籍，自五經外，即以《文選》爲首重，故其國唐代曾立《文選》博士。見其國《類聚國史》。今古鈔卷子殘卷往往存收藏家。余亦得二卷。此本頗有蟲蝕，相其紙質字體，當在元明閒。旁注倭文，又校其異同。其作「扌」者，謂摺疊本，即「摺」字之半，指宋刻本也。其作「亻」者，即「作」字之半，皆校者之省文，與卷子本《左傳》同其款式。則首行題「文選卷第五」，旁注「賦戊」，下題「梁昭明太子撰」，以下一卷子目與善本合，五臣本每卷不列子目，而以總目居前，非古式也。每半葉八行，行十七字，字大如錢，必從古卷抽出也。今中土單行善注原本已不可得，尚何論崇賢以前。其中土俗字不堪縷舉，然正惟其如此，可以深信其爲六朝之遺，今爲出其異同，別詳。世有深識之士，爲之疏證，當又爲治《選》學者重增一公案也。

【李善注《文選》六十卷】宋槧本。宋尤延之校刊本，缺第一至第十二卷，即鄱陽胡刻祖本也。唐代《文選》李善注及五臣注並各自單行，故所據蕭《選》正本亦有異同。至五代孟蜀毋昭裔始以《文選》刊板，傳記雖未言以何本上木，然可知爲五臣本。按今行袁刻六臣本於李善表後有國子監准敕節文云：「五臣注《文選》傳行已久，竊見李善《文選》援引賅贍，典故分明，若許雕印，必大段流布，欲乞差國子監説書官員校定浄本後鈔寫板本，更切對讀後上板，就三館雕造。」云云。據此可見善注初無刊本，此云「校定浄本後鈔寫板本」，是浄寫善注，又鈔寫五臣板本合刊之證。唯不著年月，故自來著録家有北宋《六臣文選》，即袁氏所原之裴本是也。北宋《五臣文選》，即錢遵王所收之三十卷本是也，見《讀書敏求記》。而絶無有北宋善注《文選》者。良由善注自合五臣本後，人間鈔寫卷軸本盡亡，故四明、贛上雖有刊本，當在南宋之初。皆從六臣本抽出善注，故尤氏病其有裁節語句之弊。然以五臣混善注之弊，亦未能盡除。詳見胡刻《文選考異》。元時張伯顏刊善注，則更多增入五臣注本。明代弘治間唐藩刊本、嘉靖間汪諒刊本、崇禎間毛氏汲古閣刊本，又皆以張本爲原，而遞多謬誤。各本余皆有之。國朝嘉慶間，吴中黄蕘圃始得尤氏宋本，聞于世，鄱陽胡氏倩元和顧澗薲影摹重刻，論者謂與原本豪髮不爽。余從日本訪得尤氏原本照之，乃知原書筆力峻拔，胡刻雖佳，未能似之也。此本後有尤延之、袁説友、計衡三跋，胡刻本只有尤跋，袁跋則從陸敕先校本載于《考異》後，然亦損末二十餘字。此則袁跋全存，計跋稍有缺爛，猶爲可讀。余嘗擬以胡刻本通校一過，顧卒卒未暇。會章君碩卿酷愛此書，欲見推讓，乃隨手抽第十三卷對勘，如《風賦》「激颺熛怒」，「熛」誤作「漂」；又「啗齰嗽獲」，注「中風口動之貌」，胡本「口」上擠一「人」字，《考異》亦以爲誤，此本並無「人」字，不知胡本何以誤增。以斯而例，則胡本亦未可盡據。又原本俗字，胡本多改刊，原本中縫下有刻工人姓名，胡氏本則盡刊削，是皆足資考證者。余在日本時，見楓山官庫藏宋贛州刊本，又見足利所藏宋本，又得日本慶長活字重刊紹興本，及朝鮮活字本，皆六臣本，余以諸本校胡氏本，彼此互節善注，即四明、贛上所由出，乃知延之當日刻此書，兼收衆本之長，各本皆誤，始以書傳校改。胡氏勘尤本，僅據袁本、茶陵本凡二本，與尤本不同者，皆以爲尤氏校改，此亦臆度之辭。如《西都賦》「除太常掌故」，袁本、茶陵本並作「固」，尤作「故」，《考異》謂尤氏校改，不知紹興本、朝鮮本及翻刻茶陵本並作「故」，非尤氏馮臆也。

【《文選》六十卷】宋槧，楓山官庫本。《六臣文選》，楓山官庫藏，首李善《文選注表》，表後無國子監牒文，次呂延祚表，次昭明太子序。有目録一卷，首題「文選卷第一」，次行題「梁昭明太子撰」，第三行題「唐李善注」，第四行五行題「唐五臣呂延濟劉良張銑呂向李周翰注」，第六行「賦甲」下有善注。每半板九行，行十五字，注行二十字，大板大字，無刊刻年月。中缺「弘」、「竟」、「讓」、「徵」、「敬」、「貞」、「玄」、「桓」、「殷」、「構」等字，蓋南宋刻本。板心有刻工人姓名。第一卷末記「州學司書蕭鵬校對，鄉貢進士李大成校勘，左從政郎充贛州州學教授張之綱覆校」。第十八卷末記「州學齋長吴拯校對，左迪功郎新昭州平樂縣尉兼主簿嚴興乂校勘，左迪功郎贛州石城縣尉主管學事權左司理蕭倬」。第二十六卷末記「左迪功郎新永州零陵縣主簿李汝明覆校」。各卷所記互異。又有劉格非、陳烈、鄒敦禮等名，而題張之綱、蕭鵬校正者居多，蓋贛州州學本也。書中善注居前，五臣居後，今以袁褧本校之，凡五臣所引書與善注複者則删之，其不複而義意淺者，亦多删之，其善注往往較袁本爲備，蓋袁本以五臣爲主，故於善注多削其繁文，此以善注爲主，故於五臣多删其枝葉也。又其中凡善注之發凡起例者，皆作陰文白字，如《兩都賦序》「福應尤盛」下，善注「然文雖出彼」以下十九字作陰文，又「以備制度」下，善注「諸釋義」

至「類此」二十字亦作陰文，此當有所承。按善注單行之本久佚，余疑袁氏刊本即從此本録出，若元茶陵陳仁子刊六臣本及明吴勉學刊六臣本，雖亦善注居前，而又多所删節改竄，更不足據。顧澗濱爲鄱陽胡氏重刊尤本，僅據茶陵本勘對，而未得見此本也。（以上卷一二）

繆荃孫《藝風藏書記》

【《文選考異》一卷】影宋鈔本。即在尤本《文選》後。鄱陽胡氏所未見也。

【《六家文選》六十卷】前列《文選序》，梁昭明太子撰。次《上文選注表》，李善撰。次國子監准敕節文。次《進集五臣注文選表》，吕延祚撰。次上遣高力士宣口敕。次目録。昭明序後有「此集精加校正，絶無舛誤，見在廣都縣北門裴宅印賣」三行。第三十卷後有「皇明嘉靖壬寅四月立夏日，吴郡袁氏兩庚草堂善本雕」兩行。第四十卷後有「此蜀郡廣都縣裴氏善本，今重雕于汝郡袁氏之嘉趣堂，嘉靖丙午春日，國朝改廣都縣爲雙流縣，屬成都府」四行。第四十一卷後有「藏亭」二字。「付抨板十四片，陸板五片，嘉靖丁未三月，吴趨陸潮雕」。第五十二卷後有「毋昭裔貧時，常借《文選》不得，發憤曰，異日若貴，板鏤之，以遺後學者。後至宰相，遂踐其言。出《揮麈録》」三行。第五十六卷後有「戊申孟夏十三日李清雕」一行。第六十卷後有「余家藏書百年，見購鬻宋刻本《昭明文選》，有五臣、六臣、李善本，巾箱本、白文、小字、大字，殆數十種。家有此本，甚稱精善，而注釋本以六家爲優。因命工翻雕，匡郭字體，未少改易。刻始於嘉靖甲午歲，成於己酉，計十六載而完，用費浩繁，梓人艱集，今模搨傳播海內，覽茲册者，毋曰開卷快然也。皇明嘉靖己酉春正月十六日，吴郡汝南袁生褧題於嘉趣堂」。此刻乃祖崇寧五年鏤板，至政和元年畢工，五臣注在前，李注在後，朱竹垞所見賜書堂藏本所自出也。（以上卷六《詩文第八》）

繆荃孫《藝風藏書續記》

【《文選》六十卷】明唐藩覆元張伯顏本。元本每半葉十行，行二十三字。此本二十二字，稍有分別，餘黑口面目悉同。張刻原本李善、張伯顏官銜擠寫各一行，後刻改兩行。此從兩行本重雕，前有成化丁未唐藩序，「希古」二字另行。下有「唐國圖畫」墨印，後有弘治元年唐世子跋。

【《文選纂注》十二卷】明刻本。明吴郡張鳳翼纂注。此書爲《提要》所詆。又系兩部合并，惟家中亂前舊帙，獨此僅存。五卷以下，常熟黄機過錢湘靈批，朱彩奪目，亦足寶也。

錢氏手跋曰：「康熙十二年癸丑九月，喪四兒。十四年，喪黄氏女，□□連纏二酷，讀書眼花。乙卯九月，銜哀赴館常州，以筆墨塞痛。乙卯十月二十九日始還易農《文選瀹注》，而余閱本亦告竣，記於卷末。明年，皃令清出一本換去。至甲子，天士又借皃令本封臨，然中多缺落。天士之尊甫巨禾即以易余本。余因自較補一徧，藏於家。因追記第一部後所書之大略，並詳各本去留之故。時乙丑三月十二日，陸燦七十有四書。」

黄氏手跋曰：「曾記數年前頗欲游涉有韻之言，質之先外祖，思以一書爲矜式。祖曰：亦熟精《文選》理耳。遂取是書讀之。曩時心思泛馳，未能竟學也。去夏息足於讀書臺下，環翠樓頭，三復緒言，因更檢是書讀之，僅如目炫五色，耳疲八音，仍茫無所入。而先外祖向來閲本，自遊道山，不知墮落誰手，良可痛惜。不得已，因偏向諸門下乞假藏弆，臨摹善本，而唯山表一書獨爲精密，亟借以歸，手自臨寫，自壬午六月五日握管，易歲始獲卒業。其間以事荒廢時日，徹止宏多，苟有餘閒，未或高閣，雖沍寒溽暑，無間也。第苦流傳鈔寫，誤謬不一。雖稍隨筆改竄，而魯魚亥豕之誚，卒未能免。嗟乎，哲人云逝，考訂無由。手撫遺書，典型永慕。雖東坡有云昭明小兒强作解事，然少陵之言，豈欺我哉。臨畢，用志日月於後。前賦三册，則衛晉玉兄先從原本臨得者也。時尚章汁洽之歲，月建戊午，夏至後三日，恩撫外孫黄機百拜，謹識於雲澤村莊。」

再跋曰：「丙戌長至校原本畢。因原本在元玉處换借，中隔一紀。外孫機識於白度東堂。」

【《續文選》十四卷】明刻本，胡震亨編。震亨字孝轅，浙江海鹽人。前有《著作人姓氏録》一卷。蕭選終自梁，此書接選梁、陳、魏、齊、周、隋歷朝文。孝轅博極群書，所選文亦温雅可誦。護葉有「癸卯冬貽自胡孝轅」，即孝轅之友手筆，其人則無從考。前葉有「汪元范印」白文方印，後有

「辟蠹魚齋」朱文方印。（以上卷六《詩文第八》）

繆荃孫《藝風藏書再續記》

【六臣注《文選》一卷】宋刊本。宋贛州刻本。每半葉九行，行大字十五字，小字二十字。白口，中縫「文選卷幾」。上魚尾上字數，下魚尾下葉數及人名。此本先李善，後五臣，某人均空一格。通部闕筆，嫌名半字，俱極清析。每卷末列校對、校勘、覆對諸人姓名，卷各不同。校對者州學司書蕭鵬、州學齋長吴拯、州學教諭李孝開、州學齋諭蕭人傑、州學齋諭吴擣也。校勘者鄉貢進士李大成、劉才紹、劉格非、楊楫、左迪功郎新昭州平樂尉兼主簿嚴興義、州學教諭管獻民、州學直學陳烈也。覆校者左從政郎充贛州州學教授張之綱、左迪功郎新永州零陵縣主簿李汝明、左迪功郎贛州石城縣尉主管學事權左司理蕭倬、左從事郎贛州觀察推官鄒敦禮、左迪功郎贛州司户參軍李盛也。此本《天禄琳琅》亦以爲罕見，因出於廣都、明州兩本之上。後有元代大長方印不可辨，「研山齋鑑藏書畫印」白文長方印。孫退谷舊藏。避諱謹嚴，尺寸寬大，紙墨均精，惜止一卷。（《宋刻本》）

【略】（編者按：此下著録與下條《嘉業堂藏書志》所著録贛州本同，兹從略。）

繆荃孫等《嘉業堂藏書志》

【六臣注《文選》六十卷】宋贛州刻本。存五十三卷。梁昭明太子撰，唐李善注，唐五臣吕延濟、劉良、張銑、吕向、李周翰注。《選》注傳於今者，曰李善注，曰五臣注，一顯慶本，一開元本，合言之謂之六臣。尤延之貴池單刻善注，亦就六臣注中別出之，並非善注原本。各本皆以善注合并於五臣，獨此本以五臣合於善注，故與貴池本略有同異。此宋刊本，半葉九行，行十五字，注雙行，行二十字，高七寸五分，廣五寸八分，左右雙邊，口上注大字字數，下注刻工姓名。卷第一末云「州學司書蕭鵬校對，鄉貢進士李大成校勘，左從政郎充贛州州學教授張之綱覆校」，三行聯書。其餘校對則有州學齋諭蕭人傑、州學齋長吴拯、州學齋諭李孝開，校勘則有鄉貢進士劉格非、鄉貢進士劉才邵、州學直學陳烈、州學學諭管獻民、鄉貢進士楊楫、州學齋諭吴撝，覆校則有左迪功郎贛州石城尉主管學事權左司理蕭倬、左迪功郎新昭州平樂縣尉兼主簿嚴興乂、左從事郎贛州觀察推官鄒敦禮、左迪功郎贛州司户參軍李盛、左迪功郎新永州零陵縣主簿李汝明。各卷所記不相同，亦有無者。刻工陳顯、嚴智、鄭春、張明、周彦、阮舉、陳壽、方志、王信、陳真、虞良、董姚、余文、吴中、黄彦、方政、方琢、陳景昌、方惠、余彦、應世昌、陳補、方琦、蔡昌、劉廷章、蕭祥、劉訓、吴互、求裕、龔友、鄧信、熊海、余中、余清、余永、蔡永昌、高異、譚彦才、藍佳、藍俊、劉文、蔡榮、蕭延昌、金祖、金采、管至、劉達、蔡昇、鄧聰、姜文、陳通、葉松、胡元、陳才、蔡寧、鄧信、曾添、鄧正、王彦、李端、鄧感、鄧明、吴立、余從、嚴忠、劉成、章宇、胡允、藍允、宋清、朱基、沈彦、徐太、胡亮、蔡如聲、李早、范、王聖廷、岡、蔡達、陳伯蘭、何澤、徐台祖、翁俊、系重、葉華、劉川、劉臻、沈貴、龔襲、李寶、大明、李新、高諒等氏名。此書未知在南宋爲何時，而其刻工張明、陳壽、嚴忠、金祖，同見於宋孝宗時刻本《世説新語》矣，此亦乾淳間刻也。（繆稿）

缺表、序、目録，一至三、二十九、三十、五十九、六十各卷。每半葉九行，每行大十五字、小二十字，中縫有章宇、陳顯、李新等刻工姓名。題銜李善在前，五臣列後。分二行。茶陵陳氏本所從出也。殷、敬、竟、鏡、恒、徵、讓、桓字均缺末筆，當爲紹興以前刻本。偶有補板，雅近成、弘。卷末有校對、校勘、覆校姓名，卷各不同。潛研錢氏曾見六卷，所謂有顏平原筆法者，即此本也。相傳内府有宋槧宋印本，歷經趙松雪、王弇州收藏，外間不可得見。罟里瞿氏有明印本，今京師圖書館亦藏有内閣大庫本，缺九卷。其餘藏書家罕見著録，兹將每卷題銜列後：四，蕭鵬、嚴興乂、張之綱。五，蕭鵬、劉格非鄉貢進士、張之綱。六，蕭鵬、劉格非、張之綱。七，蕭鵬、劉才邵鄉貢進士、張之綱。八，蕭鵬、劉才邵、張之綱。九，吴拯、陳烈州學直學、張之綱。十，蕭鵬、陳烈、張之綱。十一，吴拯、管獻民州學學諭、鄒敦禮。十二，吴拯、管獻民、張之綱。十三，吴拯、楊楫、李盛。十四，無。十五，吴拯、楊楫、張。十六，吴拯、楊楫、張。十七，無。十八，吴拯、嚴興乂、蕭倬。十九，無。二十，無。廿一，吴撝、蕭鵬、張之綱。廿二，無。廿三，李孝開、吴撝、張。廿四，吴僞、蕭鵬、張。廿五，蕭鵬、李大成、張之綱。廿六，蕭鵬、李大成鄉貢進士、李汝明、張之綱兩覆校。廿七，蕭鵬、李大成、張之綱。廿八，李孝開、李大成、李盛。卅一，李孝開、劉才邵、李汝明、張之綱。卅二，吴拯、劉才邵、鄒敦禮。卅三，吴拯、陳烈、李盛。卅四，蕭人傑州學齋諭、陳烈、李盛。卅五，李孝開、管獻民、李汝明、張之綱。卅六，無。卅七，吴拯、嚴興乂、李汝明、張之綱。卅八，吴拯、嚴興乂、張之綱。卅九，無。四十，吴拯、劉格非、蕭倬。四一，無。四二，無。四三，無。四四，蕭鵬、管獻民、張之綱。四五，蕭鵬、楊楫、張之綱。四六，無。四七，無。四八，蕭鵬、李大成、張之綱。四九，無。五十，蕭鵬、嚴興乂、張之綱。五一，李孝開、劉格非、蕭倬。五二，無。五三，吴拯、劉才邵、蕭倬。五四，吴拯、劉才邵、張之綱。五五，無。五六，無。五七，吴拯、管獻民、張之綱。五八，無。（吴稿）

【《文選》六十卷】明唐藩刻本。《文選》李善注，宋池州尤延之本最善，元張伯顔就尤本重雕，加入伯顔官銜一行，爲從來刻本所無，又删前數葉各注以就之。明金臺汪諒本即繙張本，仍是兩行官銜。此唐藩本，改官銜爲四行，又删注以就之，可謂無理取鬧。何如直繙原本，不改一字之爲愈乎？第稍勝於坊本小本耳。（繆稿）

【《文選纂注》十二卷】明萬曆刻本。明張鳳翼伯起撰。梁《文選》李注，日月經天，五臣注即爲續貂，而况明人？自序有云：「爾乃王、曹之後先，贈答之倒置，五言古之宜首蘇李，十九首之析爲二十，皆當繩以定則，不必例以闕疑。又如篇下題名，以字者十之八，以名者十之二，既無褒貶之義，殊乖協一之體也。」所舉尚不謬，而併六十卷爲十二卷，即明人之陋習矣。（繆稿）

【《廣文選》六十卷】明刻本。明劉節編。節字介夫，號梅國，大庾人，弘治乙丑進士。官至刑部侍郎。是書以補《文選》之闕，有自序及凡例十二則。首有王廷相、吕柟二序，皆稱八十二卷。此刻本只六十卷，爲晉江陳蕙等增損重編，而蕙跋已失去，並非節之原本也。（繆稿）

【《續文選》十四卷】明萬曆刻本。明胡震亨編。從梁訖隋，均采《文選》之文，體例一準《文選》，習詞章者不可不家置一編。（繆稿）（以上卷四《集部·總集類》）

劉承幹《嘉業藏書樓書目》

【《文選》六十卷】梁昭明太子蕭統編，唐李善注，明成化二十三年刊本，二十册。

【《文選》六十卷】唐李善注，同治八年湖北崇文書局仿宋精刊本，二十四册。

【《文選》六十卷】唐李善注，乾隆二十五年珠樹堂刊本，硃鈔潘耒批語，十二册。

【六臣注《文選》六十卷】唐吕延濟、劉良、張銑、吕向、李周翰合李善爲六。明覆宋大字本，三十册。獨山莫氏銅井文房舊藏。

【六臣注《文選》六十卷】明仿宋刊本，六十册。

【六臣注《文選》六十卷】明嘉靖袁氏覆宋刊大字本，六十册。獨山莫氏銅井文房舊藏。

【《文選考注》六十卷】唐六臣考注，贈言堂刊本，無名氏批校。二十四册。

【《唐寫文選集注》殘本十六卷】海東影印，小字本，十六册。

【《文選纂注》十二卷】明張鳳翼著，明萬曆八年刊本，十二册。

【《文選音義》八卷】吴郡余蕭客著，乾隆二十三年静勝堂精刊本，二册。

【《選學膠言》二十卷】錢塘張雲璈著，道光十一年簡松草堂刊本，八册。

【《文選集評》十四卷】金壇于光華編次，同治壬申江蘇書局刊本，十六册。

【《文選旁證》四十六卷】長樂梁章鉅著，道光十八年刊本，十二册。

【《文選箋證》三十二卷】績溪胡紹煐著，光緒十三年世澤樓刊本，十册。

【《文選》二卷】明精刊本，二册。（以上卷八《集部·總集類》）

沈德壽《抱經樓藏書志》

【《文選》六十卷】元刊元印，汲古閣舊藏。　梁昭明太子撰，唐文林郎守太子右内率府録事參軍事崇賢館直學士臣李善注上。奉政大夫同知池州路總管府事張伯顔助率重刊。梁昭明太子序。唐李崇賢《上文選注表》。呂延祚等《進集注文選表》。（編者按：此處原録元張伯顔本《文選》余璉序，文已見序跋部分，兹從略。）案，元刊元印，每葉二十行，行二十字，小字注雙行。版心間有字數及刊工姓名。卷中有「汲古主人」朱文方印，「甲」字朱文方印，「吴越王孫」白文方印，「張鍾穎印」白文方印，「稼逮」朱文方印，「惟書是寶」朱文方印。

【《文選考異》一卷】影寫宋刊本。不著撰人名氏。（編者按：此處原録尤刻本《文選》袁説友、尤袤兩題跋，已見序跋部分，兹從略。）

【《六家文選》六十卷】明袁褧覆宋本，魯瑶仙舊藏。梁昭明太子撰，唐五臣注，崇賢館直學士李善注。昭明太子序，李善《上文選注表》，呂延祚等《進集注文選表》，袁褧跋嘉靖己酉。案：昭明序後有「此集精加校正，絶無舛誤，在廣都縣北門裴宅印賣」三行。卷末有「吴郡袁氏善本翻雕」八字。卷中有「祖州」朱文胡盧印，「蔡氏書印」朱文方印，「蕭山蔡陸士藏玩書畫鈐記」陽文方印，「瑶仙秘藏」朱文方印，「東里生」白文方印，「簡肅公三十三世裔文肅公二十一世孫」朱文方印，「瑶仙收藏」朱文方印，「睦州學録廉訓桐溪」白文方印。

【《六家文選》六十卷】明萬曆刊本。梁昭明太子撰，唐五臣注，崇賢館直學士李善注。昭明太子序，李善《上文選注表》，呂延祚等《進集注文選表》，《昭明太子小傳》，《文選》舊序萬曆六年重録，汪道昆序萬曆三年，徐成位跋萬曆戊寅。案：目録后有「見龍精舍重校」一行，「冰玉堂重校」一行。

卷中有「赤水後人」朱文方印。

【《文選》李善注六十卷，《考異》十卷】胡氏仿宋刊本，四明陳氏舊藏。梁昭明太子撰，唐文林郎守太子右内率府録事參軍事崇賢館直學士臣李善注上。昭明太子序，李崇賢《上文選注表》，尤袤序淳熙辛丑，胡克家序嘉慶十四年，又《考異序》。案：胡氏仿宋淳熙本，每葉二十行，行二十二字，小字注雙行，版心間有刊工姓名及字數，有缺筆避諱字：徵、恒、燁、玄、殷、慎、貞、轂、弘。卷中有「四明陳氏文則樓藏書記」朱文長印，「讀書須識忠孝字」白文方印，「陳僅之印」白文方印，「漁珊」朱文方印，「餘山所讀書」朱文方印。（以上卷六二《集部・總集類二》）

李盛鐸《木犀軒藏書題記及書録》

【《文選》六十卷】存卷一三至六十，梁蕭統輯，唐李善注。宋刊本。宋淳熙貴池尤袤刻，紹熙計衡修補本，楊守敬、袁克文跋，有抄配。半葉十行，行二十一字，注雙行同。白口，左右雙邊。標題次行低一格「梁昭明太子撰」，三行低三格，「文林郎守太子右内率府録事參軍事崇賢館直學士臣李善注上」。以下本卷總目標類低一格，題低二格，又標類低二格，本篇標題低四格。板心上有字數，下有刊工名。刊工名上有題戊申、壬子、乙卯重刊四字者。前有昭明序及李崇賢《上文選注表》。末有淳熙辛丑八年尤袤跋、袁説友跋，又紹熙壬子三年計衡修板跋。有「寶勝院」楷書長方朱文記，

「楊守敬印」白文方印，「星吾海外訪得秘籍」朱文方印。後有星吾手跋。

計衡跋云：池顆《文選》歲久多漫滅不可讀，衡到□，屬校官胡君思誠率諸生校讎董工，□而新之，亡慮三百二十二板，廿萬□□九十二字，閱三時始訖工，今遂爲全書。書成，以其板移寘郡齋，而以新本藏昭明廟文選閣云。紹熙壬子十一月□旦，假守番陽計衡書。

楊守敬跋云【略】（編者按：此處共録楊氏跋文兩首，第一首全文與第二首大部於前《日本訪書志》所著録尤刻本下已録，兹從略。僅録第二跋《訪書志》未録部分。）又嘗校贛州張本，於善注時有删節，頗疑即延之所云「裁節字句」者。觀延之上文云傳世皆五臣注本，豈以贛州六臣注中有善本故云然與？是則别善注於五臣即自延之始。然裴氏明言刊於廣都，何得僅舉四明、贛州兩本？仍疑贛州、四明别有善注單行本。俟他日再核之。守敬又記。

袁克文跋云：紹熙尤刻善注《文選》殘帙四十八卷，楊惺吾獲自倭島，展轉歸於木齋夫子。克文趨承教誨之暇，屢瞻秘藏。比知克文求《文選》於南中而未得，復出此帙見示，雖不能朝夕披賞，亦聊解積渴耳。洪憲丙辰花朝，克文。

【《文選》六十卷】梁蕭統輯，唐李善等注。明刊本。半葉十行，行二十一字。標題第四行題「奉政大夫同知池州路總管府事張伯顔助率重刊」。目録後有「嘉靖元年十二月望日金臺汪諒古板校正新刊」一行。【略】（編者按：此下録汪諒本「金臺書鋪刻古書目録」，前耿文光《萬卷精華樓藏書目録》已録，後傅增湘《藏園古書經眼録》所録更存原貌，兹從略。）

【《重刊新雕文選》三十卷】梁蕭統輯，唐吕延濟等注。依宋刊抄本，清長洲蔣氏心矩齋影抄宋紹興三十一年建陽陳八郎宅刻本。半葉十二行，行大字二十三字；小字雙行，行二十八字。左欄外上方有篇名。目録題「重刊新雕文選」。卷一題「文選卷第一」，空五格題「京都上」；次行低一格「班孟堅兩都賦」，又空一格「東都賦」，又空一格「張平子西京賦」；三行低三格「兩都賦序」，空四格「班孟堅」。前有開元六年吕延祚進書表及宣口敕答。敕答有木記題識云：「凡物久則弊，弊則新。《文選》之行尚矣，轉相摹刻，不知幾家，字經三寫，誤謬滋多，所謂久則弊也。琪謹將監本與古本參校考證，的無舛錯，其亦弊則新與。收書君子請將見行板本比對便可概見。紹興辛巳龜山江琪咨聞。」後又有「建陽崇化書坊陳八郎宅善本」兩行木記。按《五臣文選》傳本已稀，此三十卷本即《讀書敏求記》所載也。

【《文選》殘本四卷】北宋刊本。標題首行題「文選卷第幾」，次行低五格題「梁昭明太子撰」，三行低六格題「五臣並李善注」，四行低三格題某類，五行低四格標篇目。白口，上下單邊，板心下有刊工姓名，間有刊工姓名上下加「重刊」或「重刁」二字者，當係修補之板。殷、玄、敬、樹、恒、貞缺避，桓不缺，重刊者桓、完缺筆。審爲北宋刊、南宋初修補者。存卷二十、卷二十一、卷二十七、二十八共四卷。卷二十一、卷二十七後副葉均鈐有「慈湖楊氏」朱文大方印。上方間有墨筆評語，或是慈湖墨蹟。收藏有「玉蘭堂」白文方印，「竹塢」朱文長方印，「戊戌毛晉」朱文、「毛姓祕翫」白文二方印，「毛表之印」、「毛氏奏叔」二白文方印，「小山懋齋」朱文方印，「季振宜讀書」朱文長方印，「御史振宜之章」白文方印。又有「五福五代堂古稀天子之寶」、「八徵耄念之寶」、「太上皇帝之寶」三大璽，「乾隆御覽之寶」、「天祿繼鑑」二小璽。即天祿琳琅著録之明州本。

【《文選顔鮑謝詩評》四卷】元方回撰，《四庫》抄本。庫抄底本，首有翰林院印，「古潭州袁臥雪廬收藏」白文方印。

【《選學膠言》十六卷】清張雲璈撰，稿本。前有嘉慶二年夏至日錢唐張雲璈仲雅自序。此其初稿，中多朱筆增補並夾簽。又李保泰序。有「歸安章綬銜字紫伯印」白文方印，「獲谿章紫伯珍賞」朱文方印，「瓜纑外史」白文方印，「磨兜堅室」朱文方印。

【《選學鏡原》八卷】清焦循撰，抄本。清抄本。題「江都焦循學」，是否爲里堂先生所撰未敢臆定，然著者於選學頗精覈也。書題「選學鏡原」，第二行題「選學第幾」，意所著不止此一種矣。

【《選藻》五卷】抄本。清抄本。不著撰者姓名，惟書中夾有不完之序一葉，謂予方輯《選學膠言》，於尋檢之餘擷其美辭，故實都爲一集，題曰「選藻」云云。按《選學膠言》爲張雲璈所著，則此爲雲璈所撰集無疑。有「武氏海桐藏書」白文方印。

【《選詩補注》八卷，《選詩補遺》四卷】元劉履補注，明初刻本。每卷題「上虞劉履補注」。《補遺》題「上虞劉履校選」。舊刊本，大黑口，四周雙邊。半葉十行，行二十字。前有至正乙巳會稽夏時序，至正二十一年平江路學道書院山長上虞謝肅序；次目録，凡二百四十六首；次凡例十二條。凡例末一條稱：「語有精至或意思悠遠者，從旁點識；若含蓄有餘者，圈音切要；而語稍晦或未工者抹。」此本點抹具存，明代後刻則删去矣。（以上《書録》卷四）

吴引孫《揚州吴氏測海樓藏書目録》

【《文選纂注》十二卷】明吴郡張鳳翼纂注。萬曆年刊，竹紙。十二本，一函，洋四十元。

【《文選旁證》四十六卷】清長樂梁章鉅撰。道光年刊，竹紙。十二本，一函，洋二十四元。

【《文選》六十卷】梁昭明太子撰，唐李善注，重刊汲古閣本。六本，一函，洋六元。

【《文選》六十卷】《考異》十卷。清四明林植梅，光緒年刻本，白紙。廿四本，一函，洋十五元。

【《文選》六十卷】梁昭明太子撰。李善注，懷德堂藏板，乾隆年刊本，竹紙。十本，一函，洋十五元。

【《硃批昭明文選》六十卷】梁昭明太子蕭統編。唐李善注。長洲葉涵峰海録軒藏板，乾隆刊本，白紙。十二本，一函，洋二十元。

【《文選纂注》十二卷】明吴郡張鳳翼纂注。萬曆刻本，竹紙。十二本，一函，洋四十元。

【《文選章句》二十八卷】明浙汜陳與郊編。康熙年姪孫陳之間謹識。竹紙。十二本，一函，洋五十元。

【《文選瀹注》三十卷】明烏程閔齊華注，孫月峰評。康熙年刻本，竹紙。十二本，一函，洋十八元。

【《文選品彙》十八卷】明李廷璣編。明許獬校訂。萬曆年刻本，竹紙。六本，一函，洋三十元。

【《六臣注文選》六十卷】梁昭明太子蕭統編。萬曆年刻本，竹紙，配白紙四本。三十二本，二函，洋六十元。

【《廣文選》六十卷】明劉節編，陳蕙重訂。嘉靖年刊，白棉紙。十本，一函，洋一百元。

【《胡刻文選》六十卷】《考異》十卷。唐李善注。同治年潯陽萬氏再刊本，白紙。二十四本，二函，洋三十元。

【《文選》六十卷】《考異》十卷。唐李善注。同治年崇文書局重刻胡氏本。廿四本，四函，洋二十五元。

【《文選集評》十五卷】金壇于光華。同治年刻，竹紙。十六本，二函，洋八元。

【《重訂昭明文選集評》十五卷】于光華編訂。嘉慶年刻袖珍本，竹紙印。十六本，一函，洋四元。

【《文選集成詳注》六十卷】方廷珪、于光華注。原刊本，竹紙初印。十六本，一函，洋二十六元。

【《華國編文選》八卷】高郵孫濩、孫邃人評訂。孫喬年輯。乾隆年刊本，竹紙。三本，一函，洋二十元。

【《文選後集》十五卷】崑山張緝宗輯六臣考注。康熙年刻本，竹紙。十本，一函，洋三十元。

【《文選旁證》四十六卷】長樂梁章鉅。光緒壬午吴下重刊本，竹紙。十二本，一函，洋三十元。

【《增廣文選》六種】光緒乙未年上海鴻寶齋石印本。十二本，一函，洋三元。《類腋》十六卷，吴承烜。《類雋》十四卷，何松崍。《鍼度》十七卷，王伯鹿。《集錦》七卷，李伯瑜。《課虚》四卷，杭世駿。《音義》八卷，沈歸愚。

【《文選賦彙注疏解》十九卷】吴江顧施楨。康熙年刻本，竹紙。建安鄭重鑒定，徐、金、鄭三人參訂。十二本，一函，洋四十元。

【《文選音義》八卷】余蕭客。石印。四本，一函，洋一元。

【《文選李善注》六十卷】《考異》十卷。嘉慶年胡克家刊，竹紙初印。廿四本，二函，洋六十元。

【《文選理學權輿》八卷】錢塘汪師韓，《補》一卷，《考異》四卷，《李注補正》四卷，仁和孫志祖輯。嘉慶年刊本，白紙。八本，一函，洋二十元。（以上卷六《總集類》）

甘鵬雲《崇雅堂書録》

【《文選注》六十卷】梁昭明太子撰，唐李善注，明毛晉汲古閣刻本，嘉慶己巳胡克家仿宋刻本，乾隆壬辰葉樹藩刻何焯評校朱墨套印本，同治八年金陵書局刻本，湖北崇文書局重刻胡克家本，《四庫》著録。

【《文選考異》一卷】宋尤袤撰，光緒庚辰陸心源仿宋刻本，《常州先哲遺書》本。

【《文選考異》十卷】清胡克家撰。胡刻《文選》附刻本。

【《文選》六臣注六十卷】唐吕延濟、劉良、張銑、吕向、李周翰、李善注，明冰玉堂刻本，《四庫》著録。

【《文選音義》八卷】清余蕭客撰，乾隆戊寅刻本，《四庫》存目。

【《文選考異》四卷】清孫志祖撰，《讀畫齋叢書》本，漢州張祥齡刻《選學彙函》本。

【《文選李注補正》四卷】清孫志祖撰，《讀畫齋叢書》本，《選學彙函》本。

【《文選理學權輿》八卷，補一卷】清汪師韓撰，《叢睦汪氏遺書》本。

【《文選理學權輿補》一卷】清孫志祖撰，《選學彙函》本。

【《文選課虛》四卷】清杭世駿撰，《杭氏七種》本。

【《文選集釋》二十四卷】清朱珔撰，自刻本。

【《選學膠言》二十卷】清張雲璈撰，道光辛卯刻本，三影閣刻本。

【《文選旁證》四十六卷】清梁章鉅撰，光緒壬午吴下刻本。

【《文選古字通疏證》六卷】清薛傳均撰，華陽傅世洵刻本。

【《文選通叚字會》四卷】清杜宗玉撰，光緒丙申自刻本。

【《文選補遺》四十卷】宋陳仁子編，道光乙巳蔣光鎰校刻本，《四庫》著録。

【《廣文選》六十卷】舊本題明劉節編，明嘉靖十一年刻本，《四庫》存目。（以上卷一四《集部五·總集類》）

葉德輝《觀古堂藏書目》

【《文選注》六十卷】梁昭明太子撰，唐李善注，一元大德九年池州路總管張伯顏刻本，一明毛晉汲古閣刻本，一舊人校録何焯批校汲古閣本，一嘉慶己巳胡克家仿宋刻本，一乾隆壬辰葉樹藩刻何焯評校朱墨套印本。

【《文選考異》一卷】宋尤袤撰，一光緒庚辰陸心源仿宋刻本，一光緒丁酉《常州先哲遺書》本。

【《文選考異》十卷】胡克家撰，胡刻《文選》後附刻本。

【《文選》六臣注六十卷】梁昭明太子撰，唐吕延濟、劉良、張銑、吕向、李周翰、李善注，元大德己亥茶陵東山陳氏古迂書院刻本。

【《文選音義》八卷】余蕭客撰，乾隆戊寅刻本。

【《文選考異》四卷】孫志祖撰，《讀畫齋叢書》本。

【《文選李注補正》四卷】孫志祖撰，《讀畫齋叢書》本。

【《文選理學權輿》八卷，補一卷】汪師韓撰，孫志祖補，《讀畫齋叢書》本。

【《文選課虚》四卷】杭世駿撰，乾隆壬子世駿子賓仁刻《杭氏七種》本。

【《選學膠言》二十卷】張雲璈撰，道光辛卯刻本。（以上卷四《集部·總集類》）

葉德輝《郎園讀書志》

【《文選》六臣注六十卷】元茶陵陳仁子古迂書院刻本。《文選》李善注，宋蘇子瞻極稱之，故後世皆推爲注書之法。然世行毛晉汲古閣本，《四庫全書總目》雖以其本著録，《提要》摘其第二十五卷陸雲《答兄機》詩注中有「向曰」一條、「濟曰」一條，又《答張士然》詩注中有「翰曰」、「銑曰」、「向曰」、「濟曰」各一條，謂因六臣之本削去五臣，獨留善注，故刊除不盡，未必真見單行本，其言是也。然自毛晉本行，而六臣注原本轉因之而晦。明時翻刻皆六臣本，至今三四百年。李注有胡克家翻雕宋本，無翻刻六臣本者。余從子嶠父藏有明嘉靖己酉袁褧重橅宋崇寧五年廣都縣北門裴宅六臣注本，即《四庫全書總目》著録之本。余所藏則此元茶陵本，每半葉十行，行十八字，小字雙行，字數同。前載《諸儒議論》，題「大德己亥冬茶陵古迂陳仁子書」，末有長方木牌記「茶陵東山陳氏古迂書院刊行」十二字。目録標題爲「增補六臣注文選目録」九字，次行「梁昭明太子蕭統撰」，三行「唐李善、李周翰、劉良、張銑、吕延濟、吕向注」，四行「茶陵前進士陳仁子校補」。正卷大題「注文選卷第一」，次行、三行同目録，無「陳仁子校補」一行。白口本，版心下有刻工姓名。六臣注以善爲首，所謂校補者，但載五臣本異同，仁子並未增注也。元人刻書尚有家法，明人則必妄以己意增竄矣。

【《文選》李善注六十卷】明成化二十三年唐藩重刻元張伯顔池州路本。此明成化二十三年唐藩重刻元張伯顔池州路《文選》六十卷，每半葉十行，行二十一字，行字與元版十行行二十字者不同。版心大黑口則同。又元板張伯顔官銜全行直下，此則分刻兩行。孫星衍《平津館鑒藏書籍記》載有元本，其書後歸縣人袁漱六太守卧雪廬，係元本殘半，配以此本。元印爲黄色細筋紙，明印則白棉紙。近人瞿鏞《鐵琴銅劍樓藏書目録》云：「《文選》善注，宋淳熙辛丑尤延之刻本外，即推張本爲善。汲古閣本多脱誤，如左太沖《吴都賦》『趫材悍壯』，注引『胡非子』，『胡』誤改『韓』，不知胡非子爲墨子弟子，此本不訛。又張平子《思玄賦》脱『爛漫麗靡，藐以迭逿』二句并注；陸士衡《答賈長淵詩》脱『魯侯戾止，衮服委蛇』二句并注；曹子建《箜篌引》脱『百年忽我遒，生在華屋處』二句；鮑明遠《放歌行》脱『今君有何疾，臨路獨遲迴』二句；曹子建《求通親親表》脱『有不蒙施之物』一句；枚叔《七發》脱自『太子有悦色』至『然而有起色矣』二段并注，有數百字之多。此本皆不闕，雖翻本亦足珍也。有余璉序，唐藩希古序，唐世子跋。」陸心源《皕宋樓藏書志》亦有之，其《儀顧堂續跋》云：「張刻仍尤本之舊，此刻又仍張刻之舊，在《文選》諸刻中不失爲善本。」是此本之佳處，已經藏書家論定，今特録而識之，以爲讀《文選》者之導師。此本得自張姓書估，去京平銀七十兩，當時誤以爲元本，以唐藩一序一跋皆失去，無從辨證也。壬寅伏日曝書，跋于觀古堂。

【又一部】汲古閣本，汪由敦校録何焯評校。何焯評校書最多，載所著《義門讀書記》。其中《文選》占五卷，蓋一生精力尤萃于是書也。然爲好事者傳録，核與《讀書記》詳略不同。此汪文端由敦過録之本，前昭明太子序下有硃筆字一行云「乾隆四年己未四月之望」，下有「謹堂」二字朱文篆書方印。序後録何焯跋。卷三末焯跋云：「《兩都賦》丁卯元日所閲也，《兩京賦》至今辛未六月廿七日始寓目焉。學殖荒落，爲可戒矣。識之卷末，俾子弟鑒予之無勇。」文端跋云：「按，先生自訟之辭，可不必録，以予性易作輟，存之自警，或爲多事所牽，亦當時存此意，無令不潰於成，則輔予者多矣。己未四月十八日謹堂記。」閲此二跋，可見前輩好學之勤，其刻苦自勵爲不可及。據《國史》本傳，公雍正二年進士，改庶吉士，散館授編修。乾隆九年十二月調刑部尚書。十二年十一月協辦大學士。十二月大學士張廷玉致仕將歸，乞皇上一言爲配享太廟券，謝恩不親至，傳旨令廷玉明白回奏，命寫諭旨。由敦奏言：「張廷玉蒙聖恩曲全，若明發諭旨，則張廷玉罪無可逭。」諭曰：「軍機重地，顧師生而不顧公義。汪由敦著革去協辦事務，留尚書任贖罪。」十五年三月開復。二十一年十一月授吏部尚書。二十三年卒，謚文端。乾隆四年已官内閣學士，而手不釋卷，勤學孜孜，以視他人一入富貴之場，馳逐聲華，棄詩書如敝屣，其度量越人遠矣。錢陳群爲公撰《墓誌銘》云公卒年六十有七，則過録此書時年四十有八。木天清暇，固自蕭閑。然全書皆蠅頭小楷密書，無一筆草率之處，想見一代名臣碩輔，其精神福澤必有大過人者。余家藏前賢評校手蹟之書甚多，端楷精妙均不及此，每一展卷，令人神清氣爽，心目爲開。買王得羊，又何必義門真蹟始足珍貴耶？

【《風雅翼》十四卷】明嘉靖壬子顧存仁刻本。右元劉履編《選詩補注》八卷，《選詩補遺》二卷，《選詩續編》四卷，即《四庫全書總目》集部總集類著録之《風雅翼》也。前有嘉靖壬子吴郡顧存仁書于東白齋中一序，《補遺》卷下後有木園記云：「是編刻于嘉靖甲辰，訖工今歲壬子。刻李潮叔姪，書龔氏白谷，技盡吴下，可與兹編並傳。而白谷文士，卷帙謄寫非其業也。遂至數年始克完局。嗚呼！難哉。東白齋識。」凡五行字。白口版，版心下有「養吾堂」三字。每半葉十行，行十九字。書法趙體歐筆,刻鏤精工,宜其自負技盡吴下。但不總題「風雅翼」之名,不知何故。考阮元編《明范氏天一閣書目》、王聞遠《孝慈堂書目》以及近人陸心源《皕宋樓藏書志》、丁丙《善本書室藏書志》均與此同。惟陸《志》所載有嘉靖四年王大化序,嘉靖丙戌胡纘宗序,在此刻本之前,亦無「風雅翼」之名。從子孎甫云曾見明刻小版本,是題「風雅翼」者。前後無序跋,似是嘉靖以前舊刻,書估堅稱元版,索值甚貴,故未購得。余按,莫友芝《知見傳本書目》載有嘉靖壬子刊,版式甚狹小,與是本刻成于壬子同在一年,或即孎甫所見本。因無序跋,不能定其果爲一年刻歟。刻工李潮,嘉靖甲午徐焴刻《唐文粹》亦有其名,蓋當時吴中刻書多出其手。是殆宋唐仲友之蔣輝,近孫星衍之劉文奎一流。一技之長,得與後之文人目論神交,誠幸事也。序前有「璜川吴氏收藏圖書」八字朱文篆書方印,乃木瀆吴泰來、吴志忠父子藏書。志忠刻有《璜川吴氏經學叢書》,其自序緣起略云:「璜川者,吾曾祖容齋先生自題其書屋之名也。曾祖於雍正年守吉安,歸田後居瀆川遂初園,架上萬卷皆秘笈也。所以題書屋曰『璜川』者,以我曾祖生於新安之璜源,隨我高祖鄉賢公僑居松江之上海,老而自松遷蘇,以故里題其讀書處,懷舊之思也。」又有「施伯子元孝印」六字朱文篆書小長方印,又有「吴下名家」四字白文篆書方印,「玉華子藏書印」六字白文篆書中長方印。百餘年間收藏者皆蘇人,景仰前賢,益當珍其手澤矣。(以上卷一五《集部·總集》)

葉德輝《書林清話》

州軍學本。贛州州學張之綱刻《文選》六十卷，見《天禄琳琅》十，又《後編》七、《瞿目》《朱目》《丁志》明嘉靖己酉袁褧嘉趣堂仿宋刻本。《陸志》。宋本。郡齋本。淳熙八年池陽郡齋尤袤刻《文選》李善注六十卷，《考異》一卷。見《陸志》《志》止《考異》一種，尤跋並及全書。《瞿目》。宋刊殘本二十九卷，《考異》一卷。《文選雙字》三卷，《昭明太子集》五卷，見《天禄琳琅後編》六，宋刊本。《陸志》，明仿宋本。《丁志》。寫本。（卷三《宋司庫州軍郡府縣書院刻書》）

明州本。紹興廿八年刻《文選》六十卷，見《彭跋》。（卷三《宋州府縣刻書》）

書院本。茶陵東山陳仁子古迂書院，大德己亥三年刻《增補文選六臣注》六十卷，見《丁志》。無年號刻《文選補遺》四十卷，見《天禄琳琅》十。云目録後有「茶陵東山書院刊行」木記。（卷四《元監署各路儒學書院醫院刻書》）

唐府。成化丁未二十三年刻元張伯顔本《文選》六十卷，見《瞿目》云有弘治元年唐世子跋。《陸續跋》《繆續記》。晉府寶賢堂，亦稱志道堂，亦稱虚益堂，又稱養德書院。嘉靖乙酉四年重刻元張伯顔本《文選注》六十卷，見《繆續記》。（卷五《明時諸藩府刻書之盛》）

吴郡袁褧嘉趣堂。嘉靖己酉二十八年仿宋張之綱本《文選注》六十卷，見《天禄琳琅》十、《朱目》

《丁志》《繆記》。（《明人刻書之精品》）

正陽門内巡警鋪對門金臺書鋪。嘉靖元年翻刻元張伯顔《文選》六十卷，見《范目》《丁志》。德輝按，此即嘉靖四年同柯維熊刻《史記》之汪諒。（《明人私刻坊刻書》）

【略】（編者按：此處原録天禄琳琅藏贛州本諸跋，跋文已見前《天禄琳琅書目》，茲從略。）按《天禄琳琅目》載宋版書甚多，而御題又云若此者，亦不多得。嘉慶二年，武英殿災，目載之書同歸一燼，神物久歸天上。留此題跋，可見宋本書之精妙，古今人之愛護，心理相同。《文選》今尚有明袁褧仿宋裴氏本，國朝胡克家仿宋尤丞相本，可作虎賁中郎。《漢書》則形影無存，尤令人追思無已矣。（卷六《宋刻書著名之寶》）

元張伯顔刻《文選》李善注，勝於南宋尤袤本也。胡克家仿刻宋本即尤本，《孫記》極稱張伯顔本之善。蔣光煦《東湖叢記·元板李善文選注跋》云：「錢遵王《讀書敏求記》云善注有張伯顔重刊元板，不及宋板遠甚。以余所聞，中吴藏書家所有宋本已多不全，似未若斯之完善。」皆張本定論。（編者按：諸家著録張伯顔本，雖有推崇，似未謂其勝於宋尤刻本，而錢遵王《讀書敏求記》云「善注有張伯顔重刊元板，不及宋板遠甚」，則直指元版不及宋版，而葉氏謂張本勝於尤刻本，不知何以有此論斷。）（卷七《元刻書之勝於宋本》）

慶長十二年丁未當明萬曆三十五年，直江兼續用銅雕活字印《六臣文選注》六十卷。（卷八《日本朝鮮活字板》）

徐康《前塵夢影録》云：「嘉慶中胡果泉方伯議刻《文選》，校書者爲彭甘亭兆蓀、顧千里廣圻，影宋

寫様者爲許翰屏，極一時之選。即近時所謂胡刻《文選》也。」（卷九《國朝刻書多名手寫録亦有自書者》）

王廷揚《東海藏書樓書目》

【《文選注》六十卷】梁昭明太子蕭統編，唐李善注，清何焯評點，海録軒朱墨本。

【《文選》李善注六十卷】胡氏刊宋淳熙本。

【六臣注《文選》六十卷】李善、吕延濟、劉良、張銑、吕向、李周翰注。明刊本。

【《文選纂注評林》十二卷】明張鳳翼編。萬曆刊本。

【《文選補遺》四十卷】宋陳仁子編。乾隆重刊本。

【《續文選》十卷】明胡震亨編，孫耀祖箋評。崇禎刊本。

【《文選尤》十四卷】明鄒思明撰評。三色套印本。

【《文選考異》十卷】清胡克家撰，胡氏刊本。

【《文選課虚》四卷】清杭世駿編。杭氏七種本。

【《文選音義》八卷】清余蕭客編。静勝堂本。

【《選賦》六卷】明楊慎評。吴興凌氏鳳笙閣朱墨本。

【《文選六臣彙注疏解》十九卷】清顧施禎纂輯。康熙二十六年刊本。（以上《集部·總集第三》）

潘宗周《寶禮堂宋本書録》

【六臣注《文選》殘本】一册。此爲宋贛州刊本，存第二十四卷。卷末有「州學齋諭吴攑校勘、州學司書蕭鵬校對、左從政郎充贛州州學教授張之綱覆校」三行。日本島田翰《古文舊書考》有六臣注《文選》四部，其第一部行款、校勘姓名與是本同，島田氏定爲版成於汴時，修版至南渡後。其所見宋諱避至「構」字，此則兼及「慎」字，又雕手姓名有出於其所見外者，蓋修版又在其後矣。

版式：首行題書名卷第，次行「梁昭明太子撰」，三行「唐李善注」，四、五行「唐五臣吕延濟、劉良、張銑、吕向、李周翰注」，下爲篇目，目連正文。半葉九行，行十五字。小注雙行，行二十字。左右雙闌，版心白口，雙魚尾。獨補版三葉上記字數，餘僅下方記刻工姓名。

刻工姓名：本卷爲劉川、王禧、曾游、熊海、劉廷章、方琮、龔友、余應、陳信、陳充、翁俊、藍俊、吴立、湯榮、陳景昌、鄧聰、蔡榮、余圭、鄧信、葉松、陳叟、余彦、胡元、蔡才、陳伯藺、葉正、劉沇、劉宗、蕭中、劉中、劉成、鄧感、應世昌、蔡昇、阮明、蔡昌、管至、陳補、陳達諸人。中有一葉記「上官刁」，「刁」即「雕」之省文，非人名。又補版三葉所記爲姚、林、金三姓，遇「恒」字不闕筆，疑刻於易代之後矣。

宋諱：玄、絃、弦、鉉、懸、朗、敬、驚、境、弘、殷、匡、貞、楨、徵、樹、勖、桓、構、慎等字闕筆，又「軒」、「轅」二字連用者亦避。

藏印：「汪士鐘印」、「閬源真賞」。

【六臣注《文選》殘本】一册。此爲宋紹興明州刊本，原爲天禄琳琅所藏，見《續志》卷七。書末識云：「右《文選》版歲久漫滅殆甚。紹興二十八年冬十月，直閣趙公來鎮此邦。下車之初，以儒雅飾吏事，首加修正，字畫爲之一新，俾學者開卷免魯魚三豕之譌，且欲垂斯文於無窮云。右迪功郎明州司法參軍兼監盧欽謹書。」是雖殘帙，然以天禄琳琅及楊、文、毛、季諸家藏印證之，可無疑也。存卷二十三至二十五，凡四卷。日本島田翰《古文舊書考》謂是書爲紹興二十八年撮版，以下間有葺刻，至慶元而止。是本「敦」、「廓」二字均不避，蓋未有孝宗以後補版，故刻工姓名與其所舉亦略有不同。

版式：每卷首行題書名、卷第，次行「梁昭明太子撰」，三行「五臣并李善注」，下爲篇目，目連正文。半葉十行，行二十至二十二字。小注雙行，行二十九至三十二字。左右雙闌，版心白口，單魚尾。書名題「文選幾」，下記刻工姓名。

刻工姓名：原刊各葉有宋道、江政、吴正、王伸、張謹、葉達、劉仲、王乙、王受、方成、駱晟、王因、王雄、張由、施瑞、葉明、陳忠、胡正、朱因諸人，補修各葉有王諒、毛章、陳元、蔣椿、施藴、陳達、楊昌、張舉、施章、李涓、方祐、蔡忠、王進、雇宥、劉文、王臻、施俊、陳真、洪昌、陳文、朱宥、王時、李顯、王椿、方祥、徐宥、秦忠、蔡政、蔣春、周彥、徐彥、毛昌、王舉、吴浩、朱文貴諸人。尚有單記一字者，即以上諸人之姓或名，不複録。

宋諱：玄、泫、鉉、絃、弦、朗、敬、警、驚、竟、鏡、弘、殷、匡、胤、恒、貞、楨、讓、樹、勖、桓、完、構、搆、覯、遘、彀、慎等字闕筆。

藏印：「慈谿楊氏」、「玉蘭堂」、「竹塢」、「戊戌毛晉」、「毛表之印」、「毛表印信」、「毛表奏尗」、「字奏尗」、「毛氏藏書子孫永寶」、「毛姓祕翫」、「季振宜讀書」、「御史振宜之印」、「天禄琳琅」、「天禄繼鑑」、「太上皇帝之寶」、「乾隆御覽之寶」、「五福五代堂古稀天子寶」、「八徵耄念之寶」、「林下閑人」、「宋本」、「古粤世家」、「小山壄垒」、「文述」。（以上《集部》）

鄧邦述《群碧樓善本書録》

【《增補六臣注文選》六十卷】六十册。題梁昭明太子蕭統撰，唐文林郎守太子右内率府録事參軍事崇賢館直學士李善、衢州常山縣尉吕延濟、都水使者劉承祖男劉良、處士張銑、吕向、李周翰注。宋茶陵陳氏刻本。前有昭明太子序、唐吕延祚《進五臣集注表》、上遣高力士宣口敕、李善

《上文選注表》，目録題下有「茶陵前進士陳仁子校補」一行，後有「淳祐七年丁未春月上元日刊」木記一方。有「萬卷樓印」，又「静逸山人印」，又「徐氏元晦印」，又「竹里子」、「承學」、「馬弘道印」三印，又「翰林學士文節世家藏書畫印」，又「顧氏藏書印」，又「謙牧堂藏書記」、「謙牧堂書畫記」二印，又「天放樓印」。此外舅能静先生藏書也。明翻茶陵本，丁氏《善本書室》載之，内有《諸儒議論》一卷，凡十三條，大德己亥茶陵古迂陳仁子識，云云。此書無《諸儒議論》，而木記則云「淳祐丁未刊」。丁未與己亥相距五十三年，豈仁子入元後始刊行耶？諸家有目茶陵本爲宋本者，而翻刻乃有「大德己亥」識語，是元本也。此書木記，諸家何以從未著録，豈諸家皆未之見耶？洪氏翻本，余在京師見之，有《諸儒議論》一卷，行款與此相類，而木記則無，然則有《諸儒議論》者，别是一本。《丁目》所舉「茶陵東山陳氏古迂書院刊行」木記，此本亦無，或明翻本從大德本出，而此刻在前，或既輯《諸儒議論》，乃刊補於此刻之前，皆不可知。要之，此本既有宋刊木記，凡言明翻本者，皆未之見，自當定爲陳刻祖本，爲吾藏《蕭選》之甲觀也。甲子冬月，正闇讀記。

【《風雅翼》十四卷】十册。元劉履編。元刻本。每半葉十行，行二十字。前有至正二十三年戴良序，又至正二十一年謝肅補注序，又至正乙巳夏時補注序。此爲吴兔牀藏書，書面有「拜經樓」三篆字木記，至精，每册有之。後人宜護惜之，不可毁也。書凡十四卷，一至八爲《選詩補注》，又《續編》四卷，又《補遺》二卷，總名之爲《風雅翼》，讀金華戴氏序自明。邵亭目別注《續編》一卷，不知何指，或未據全書一勘耳。正闇。（以上卷二）

鄧邦述《寒瘦山房鬻存善本書目》

【《六家文選》六十卷】六十册。題梁昭明太子撰，唐五臣注，崇賢館直學士李善注。嘉靖己酉袁褧刊本。前有昭明太子序，李善《上文選注表》，國子監准敕節文，吕延祚《進集注文選表》，上遺將軍高力士宣口敕。有「別下齋印」、「蔣光煦印」、「生沐」、「生沐祕藏」諸印。嘉靖袁氏刻《文選》，可以亂宋本楮葉。此本紙印尤妙，開卷如新印成者，至可珍弆。前數卷間有黴點，不足爲病。此書丁《目》記各卷後題字甚詳，余書皆大半有之，惟六十卷後袁褧「總題」失去，又五十六卷後「戊申孟夏十三日李清雕」一行亦被裁失，而三十二卷後「皇明嘉靖丙午夏雕『謝胡』篆文印。南征」一行，四十六卷後「嘉靖丁未季夏晦日藏亭記」一行，皆爲丁所未見。其五十二卷後三行小注，出《揮麈録》，丁云「麈」誤「慶」字，此本實不誤。然則丁所藏本印已在後，或經後人修改，故致誤耳。又序後有「此集精加校正，絶無舛誤，見在廣都縣北門裴宅印賣」三行，及六十卷後「吴郡袁氏善本新雕」木記一方，丁氏亦未著録，不知丁氏漏寫耶，抑原書所本無耶，皆足以補丁氏之闕。至邵位西所云每卷首一行有「藏亭」二字，此本實無有也，又不知何所據矣。甲子二月讀記，正闇學人。

【《文選》六十卷】二十册。梁昭明太子選，唐李善注。明嘉靖翻張伯顏本。前有昭明太子序，李善《上文選注表》，吕延祚《進五臣集注表》，上遣高力士宣口敕。每卷題「奉政大夫同知池州路總管府事張伯顏助率重刊」一條，卷終有「監造路吏劉晋英、郡人葉誠」十一字。目録後有「嘉靖元年十二月金臺汪諒校正新刊」一行。

【《文選》六十卷】二十册。梁明明太子選，唐李善注。明嘉靖晋藩刻本。前有嘉靖己丑皇帝璽書，及晋王知烊恭謝文，又嘉靖乙酉晋王《重刊漢文選序》，又嘉靖乙酉周宣序。後有嘉靖丁亥晋王《刻漢文選後序》。昭明太子序，李善上注表，吕延祚《上五臣注表》，高力士宣口敕，並列目前。又元張伯顏本余璉序。每卷題下有「晋府敕賜養德書院校正重刊」一條。明世宗享國最永，初自藩服入嗣大統，「議禮」一事，寵信璁、萼，大拂群望，不免尊親之過。其後權臣柄政，奸如鈐山父子，卒就誅竄，猶未至於昏佚也。嘉靖一朝文治極盛，刻書嗜古，蔚焉同風。其時親藩亦皆敦雅好學，競刊古書，如秦藩之《史記》，趙府之《綱目》，皆成於一時，可云一時之盛。晋藩所刻五《文》，余得其三。此書刻工較佳，但改題曰《漢文選》，誠足貽妄作之譏矣。丙寅三月，群碧檢記。（以上卷三）

徐乃昌《積學齋藏書記》

【《文選》六十卷】題「梁昭明太子選」、「唐文林郎守太子右内率府録事參軍事崇賢館直學士臣李善注上」、「晉府敕賜養德書院校正重刊」。明晉藩刊本。每半葉十行，行二十二字。黑口，雙邊。首有嘉靖乙酉莆田周萱序，次李崇賢《上文選注表》，次吕延祚《進五臣集注文選表》，次高力士宣口敕，次昭明太子序，次余璉序，末有晉藩養德書院後序。按：晉藩名知烊，謚端王，刻有《文選》《文粹》《文鑑》《文類》《文衡》等書。首有「古稀天子之寶」玉璽，「吴文鎔印」朱文、「甄甫」白文兩方印，「孫忠愍祠堂藏書記」朱文大方印，「丁未一甲進士」、「伯淵審定真跡」朱文兩方印。

【《六家文選》六十卷】明刊本。每半葉十一行，行十八字，小二十六字。白口，單邊。首有昭明太子序，次顯慶三年直學士臣李善《上文選注表》，次國子監准敕節文，次開元六年工部侍郎吕延祚《進集注文選表》，次高力士宣口敕。昭明序後有「此集精加校正，絶無舛誤，見在廣都縣北門裴宅印賣」三行。第二十卷後有「皇明嘉靖壬寅四月立夏日，吴郡袁氏兩庚草堂善本雕」兩行。第四十卷後有「此蜀郡廣都縣裴氏善本，今重雕於汝郡袁氏之嘉趣堂，嘉靖丙午春日，國朝改廣都縣爲雙流縣屬成都府」四行。第五十二卷後有「冊昭裔貧時，常借《文選》不得。發憤曰，異日若貴，當板鏤之以遺學者。後至宰相，遂踐其言。出《揮麈録》」三行。第六十卷後有「吴郡袁氏善本新雕」隸書木記。每卷之末，間有「某年某月某某雕」字樣。末有嘉靖乙酉吴郡汝南袁生褧跋一則。書估往往撤去後跋，挖去嘉靖年號，以充宋帙。此本均全，尤爲可重。

【《文選》六十卷】明新安嚴鎮潘刊本。每半葉十行，行十八字。白口，單邊。序及吕表、李表、目録均佚。（以上《集部・總集類》）

陶湘《故宫殿本書庫現存目》

【李善注《文選》六十卷】康熙年寫本，袖珍式宋字，六册，每頁四十行，行三十六字，小字雙行，行三十六字。

按：本庫有寫本《昭明文選》五部。第一部爲宋字袖珍式，康熙年發繕者。第二部爲大字本軟字，乾隆十二年丁卯據宋本校寫，敕詞臣分繕者。第三部爲袖珍式，按前本重寫，乾隆十四年己巳敕詞臣分繕者。第四部爲袖珍式，按汲古閣本校宋，略改體裁，纂有凡例，乾隆十九年甲戌敕詞臣分繕者。第五部參酌大字、袖珍兩本之間，凖大小之中爲式，乾隆三十五年庚寅敕詞臣分繕者。此四部卷首均有高宗寫照，並御筆題識，卷尾各附詞臣題名及校字，今備録序例職名如左：

【高宗校正《昭明文選》六十卷】乾隆丁卯敕詞臣分繕。大字本，十六册。梁《昭明文選》博而有要，垂藝林之軌範。朕頤志典墳經史之暇，夙嘗熟復是編。内府所儲宋槧善本，既什襲而藏之天禄琳琅，而坊本行密字蹙，不便瀏覽。爰擇翰林中書能書者重爲繕録。密者展之，訛者正之，裝爲二函，以備翻閲。夫詞章爲學人餘事，而杜少陵謂熟精《文選》，則漢魏以下，名臣才士之菁華萃焉。抽秘逞妍，莫尚於此，詎曰雕蟲小技云乎哉？

詞臣姓名：歐陽正焕、王錦、湯大紳、蔣元益、王際華、王居正、馮秉彝、盧文弨、徐開厚、朱佩蓮、張敬業、龐廷驥、祝惟誥、眭朝棟、程燾、毛永燮、劉大祐、錢在培、温敏、許蒸、金燾。

【又六十卷】乾隆己巳敕詞臣分繕。袖珍式，三十册。余幾暇瀏覽群籍，素嗜《昭明文選》，以其爲漢魏以下文人才士著作所萃也。歲丁卯長夏，曾命翰林中書能書者分録成編，寫照卷首。第卷帙繁重，難攜行笈，因擇工小楷者再成袖珍秘册，以便帳殿明窗乙覽焉。寫照題識，一仍舊觀。

詞臣姓名：王際華、倪承寬、徐文煜、張紹渠、江蒸、湯大紳、汪廷璵、喻宗聖、秦璜、陳大綸、歐陽正焕、史貽謨、蔣元益、王錦、周升桓、汪新、王文治、王燕緒、宋銑、曹文埴、劉權之、王杰、沈初、李調元。

【又六十卷】乾隆甲戌敕詞臣分繕。袖珍式，有凡例，三十册。《昭明文選》曩曾命翰林中書等繕録至再，各爲寫照題識，以袖珍本攜之行笥。但繕本悉仍舊刻目次，分合相沿未當，爰重爲釐正，仍命詞臣工書者校録成編。帳殿隨攜，既爲省便，披覽之餘，豁然心目。並如前寫照卷端，而識其緣起如此。○凡例○一、梁昭明太子所撰《文選》三十卷，唐李善注之，成六十卷。卷則從新，目仍其舊，以一目而統兩卷之書，體裁弗協，舊本皆因循莫改，今悉釐分其目，冠於各卷之首，爲六十卷。一、世傳本祇有每卷分冠之目，而總目闕焉，今依天禄琳琅中所藏趙子昂跋宋刊本樣，增加總目於前，又每卷之目，舊與正文相連，今照《唐宋文醇》《唐宋詩醇》之例，另列卷前。一、昭明原本題甲乙，以紀卷之先後，李善注本因既改其卷，遂並除甲乙，而獨於卷一仍題賦甲者，謂是存其首題，以明舊式，徒淆檢閲，於義無關。今易以數目之字，較爲明晰。一、李善注後，惟唐吕延濟、劉良、張銑、吕向、李周翰注本，是爲五臣集注也。然五臣訓詁雖頗簡約，顧於意義一無發明，終遜善本之精覈而融貫。今仍單用李善注，依汲古閣刊本。一、汲古閣刊本亦多訛字，因參考宋本校正字畫，分識於各卷之末。一、文籍用丹黄甲乙，則隨時披覽，佳詞要旨，愈益分明。爰採向所覽本，詳加圈點。考宋代刊書，實肇始於《文選》，厥後選刊古文者，若吕東萊《古文關鍵》、謝疊山《文章軌範》諸本，概用圈點。兹以鈔易刊，仍加硃筆，是亦宋人之例云。

詞臣姓名：梁國治、江葵、湯先甲、傅靖、路談、劉墉、范棫士、饒學曙、戈濤、李承瑞、邊繼祖、蔣檙、沈栻、秦大士、丁璹、陳鴻寶、史奕簪、吴志鴻、厲守謙、吴烺。

【又六十卷】乾隆庚寅敕詞臣分繕，六十册。《文選》夙所涉覽，幾餘每復玩及之。向曾以宋槧善本，命詞臣工書者校録爲大小二種。小本於攜隨行篋相宜，而大本幅幾盈尺，艱於展閲。兹復擇翰林中書繕成是編，篇頁準大小之中，披覽尤爲便適。卷端寫照，仍以驗舊學、識日新耳。

詞臣姓名：張書勳、嵇承謙、謝啓昆、姚頤、劉躍雲、秦潮、劉權之、陳昌圖、查瑩、陳桂森、李殿圖、徐天柱、吴壽昌、陳際唐、蔣寬、張時風、姚梁、陸瑗、邵自昌、史蒙琦。（以上卷中）

傅增湘《雙鑒樓善本書目》

【《文選》二十五卷】宋明州刊殘本，十行二十字，白口，雙闌，版心上記字數，下記人名，補葉記某某重刊，存卷三至五、卷九至十一、卷十五至十七、卷二十一至二十三、卷二十六至三十五、卷四十五至四十七，内第二十六卷一册内有「乾隆御覽之寶」、「天禄琳琅」諸璽印。

【《文選》二卷】宋建州刊殘本，十行十八字，黑口，雙闌，左闌外有耳，存目録一卷、第十一卷。

【《文選》六十卷】明弘治唐藩翻張伯顔本，十行二十二字，黑口，四周雙闌。

【《增補六臣注文選》六十卷】明嘉靖翻茶陵本，十行十八字，有「茶陵東山陳氏古迂書院刊行」牌子，「曲阿張氏」印。

【六臣注《文選》六十卷】明新都崔孔昕校刊本，九行十八字，有「張乃能蘧伯」、「吴興沈氏珍藏書畫記」諸印。

【六臣注《文選》六十卷】日本慶長活字本，十行二十二字，從四明本出。

【《文選》六十卷】汲古閣本，臨何義門、錢湘靈批校，似乾隆時人手迹，字極精雅。（以上卷四《集

部》)

傅增湘《藏園群書經眼録》

【《文選注》六十卷】唐李善注。存《西都賦》《東都賦》，計十六葉。北宋刊本，半葉十行，行十六至十九字不等，注雙行二十四五字不等，白口，四周單欄，版心上題「李善注文選第幾」，下記葉數，無魚尾，而以横綫闌斷之。按：此與北京圖書館藏殘本同，「通」字缺筆，即世傳所謂天聖明道本。别見殘本數卷，余亦收得數葉，均内閣大庫舊藏。寶應劉啓瑞翰臣藏，庚申四月見。

【《文選注》六十卷】唐李善注。存卷一至六，十三、十四，三十一至三十九，四十九至六十，計三十卷。附《李善與五臣同異》一卷。宋淳熙八年池陽郡齋刊本，半葉十行，行二十一字，注雙行同，白口，左右雙闌，版心上記字數，下記刊工姓名。字體長方，結構嚴謹。鈐有揆叙謙牧堂藏書記。後附《李善與五臣同異》，舊抄本。瞿氏藏書。乙卯

【《文選注》六十卷】唐李善注。存卷十一至二十。宋淳熙八年池陽郡齋刊遞修本，半葉十行，行二十一字。補版多。南皮張氏藏書，壬戌春見于日知報館。

【《文選注》六十卷】唐李善注。南宋刊本，半葉十行，行二十至二十一字不等，注雙行二十至二十四字不等，白口，左右雙闌，版心上記字數，下記刊工姓名。字體謹嚴，筆有鋒穎，皮紙，初印精

美，完整如新。癸丑

【《文選注》六十卷】宋刊本。十行十九字，字體肥滿，與今胡刻同。瞿氏藏書。乙卯

【《文選注》六十卷】唐李善注。明弘治元年唐藩朱芝址刊本，十行二十二字，黑口，四周雙闌。前成化丁未唐藩希古序，次目録，次李善表，此吕延祚表，次昭明太子序，次元人余璉序。本書首葉李善銜名後題「奉政大夫同知池州路總管府事張伯顔助率重刊」。後有弘治元年戊申唐世子跋。按：此明唐藩翻刻元張伯顔本，行格如舊，而張伯顔銜名舊爲一行者已改爲兩行。至晉藩嘉靖四年再刊時，則又於張伯顔前題「養德書院」，而行格亦大改易矣。余藏。丙辰

【《文選注》六十卷】唐李善注。明弘治元年唐藩刊本，十行二十二字，注同，黑口，四周雙闌，每卷題「李善注上」三四行，下列「奉政大夫同知池州路總管府事張伯顔助率重刊」五六行。前有成化丁未希古序，言六臣注板本藏在南雍，刓缺不完，近得善本，止存善注，間有增注，因命儒臣校刻以傳云云。下鈐「唐國圖書」印，蓋唐藩據元張伯顔本校刻也。舊序表後有元余璉序，言同知府事張正卿俾邑學吴梓校補遺繆，遂命金五十以自率云云，即題款所稱「助率重刊」者也。後有弘治元年唐世子跋，言先考莊王得昭明所選善本，筆而録之，芟其附注之繁，正其傳寫之謬，序諸卷端，爰命鋟梓，奈功方成而親已逝云云。丙子

【《文選注》六十卷】唐李善注。明嘉靖元年汪諒刊本，十行二十字。前有《雕文選序》，題「嘉靖癸

未冬十二月立春日濮陽李廷相識」，言偶得宋刻鋟梓。首葉版心下有「九華吴清床刀筆」七字。目後附汪氏刊書目一葉，照録於後：

金臺書鋪汪諒見居

正陽門内西第一巡警更鋪對門，今將所刻古書目録列于左，及家藏古今書籍不能悉載，顧市者覽焉。

翻刻司馬遷正義解注史記一部　重刻名賢叢話詩林廣記一部

翻刻梁昭明解注文選一部　重刻韓詩外傳一部十卷韓嬰集

翻刻黄鶴解注杜詩一部全集　重刻潛夫論漢王符撰一部

翻刻千家注蘇詩一部　重刻太古遺音大全一部

翻刻解注唐音一部　重刻臞仙神奇秘譜一部

翻刻玉機微義一部係醫書　重刻詩對押韻一部

翻刻武經直解一部劉寅進士注　重刻孝經注疏一册

俱宋元板　俱古板

嘉靖元年十二月望日，金臺汪諒古板校正新刊。己未

【《文選注》六十卷】唐李善注。明刊本。陸心源氏誤題元刊。十行二十字，注雙行二十一字。

按：此乃明嘉靖元年金臺汪諒本也。日本静嘉堂文庫藏書，己巳十一月三日閲。

【《文選注》六十卷】唐李善注。明末汲古閣刊本。舊人臨何焯、錢陸燦評校。有錢跋二則及臨者□元基識語録後：

康熙十二年癸丑九月喪四兒，十四年喪黄氏女，乙卯九月啣哀赴館常州，以筆墨塞痛。乙卯十月二十九日始還易農《文選瀹注》，而余閲本亦告竣，記於卷末。明年皃令清出一本換去，至甲子天士又借皃令本對臨，然中多缺落，天士之尊甫臣禾即以易余本，余因自校補一遍藏於家，因追記第一部後所失之大略，並各本去留之故。時年七十有四，乙丑三月十二日陸燦識。

余第一閲《文選》本爲鄧生木上取去，第二閲本則楊生皃令臨一副本見還，此本則孫生天生所臨也，間或有缺落，或字畫錯誤處，乙丑三月無事，索歸原本，又重對一遍，留於家塾，年紀日邁，手戰眼花，料未能再自定一本，此本不可復出示人。時上旬丁卯日，陸燦記。在卷三後。

乾隆壬申端陽後借得張大鹿泉處錢、何兩先生合批《文選》一部，老眼昏花，不能小楷，爰倩庭生弟對臨一過，七夕臨畢，元基識，時年七十。余藏

【《文選注》六十卷】唐李善注。明末汲古閣毛氏刊本，清阮元跋並臨馮武、陸貽典、顧廣圻校跋。識語録後：

嘉慶乙丑閏月十三日校起。

馮竇伯據晉府諸本校本。原用紫色筆校，又用朱筆覆校過，今以朱筆臨校。原本塗改甚繁，今悉照舊，一筆不省，以全本來面目。

陸敕先據遵王宋本校本。原用藍色筆校，今以黄筆代。原校有漫滅不辨字者，粘簽葉中，以備考核。又原本有墨筆校者，今亦以墨筆臨校。

顧澗蘋據周氏藏宋尤袤槧本校本。原用黄色筆校，今以緑色筆代。又顧另有案語，用墨筆，皆著名，今亦以墨筆臨寫。又今所用乃翻刻汲古初印本，有與原刻不對處，皆用淺黄色筆塗改，蓋改從原本，以著畫一。

殘宋本存卷目共計三十又五：三、四、五、六，以上四；十三、十四、十五，以上三；十八、十九、廿、廿一，以上四；廿八、廿九、卅、卅一、卅二、卅三、卅四、卅五、卅六、卅七、卅八、卅九，以上十二；四十九、五十、五一、五二、五三、五四、五五、五六、五七、五八、五九、六十，以上十二。乙卯

【《文選注》三十卷】唐吕延濟、劉良、張銑、吕向、李周翰撰。存卷一至二十，二十六至二十九，又卷三十半葉，計二十四卷另半葉，餘抄配。南宋建陽崇化書坊陳八郎宅刊本，每半葉十二行，每行二十三字，注雙行二十八至三十字，白口，左右雙闌。目前題「重校新雕文選目録」。序後有牌子二，文曰：「凡物久則弊，弊則新。《文選》之行尚矣，轉相摹刻，不知幾家，字經三寫，誤謬滋多，所謂久則弊

也。琪謹將監本與古本參校考正，的無舛錯，其亦弊則新與。收書君子請將見行板本比對，便可概見。紹興辛巳龜山江琪咨聞。」「建陽崇化書坊陳八郎宅善本。」鈐有毛表、徐乾學、蔣鳳藻、王勝之藏印。

【《文選注》六十卷】唐李善並呂延濟、劉良、張銑、呂向、李周翰撰，存卷三至五、九至十一、十五至十七、二十一至二十三、二十七至三十五、四十五至四十七，又二十六一卷爲别一印本，共二十五卷。宋明州刊紹興二十八年補脩本。半葉十行，每行二十一至二十四字，注雙行二十八至三十字，白口，左右雙闌。版心下方記刊工姓名，有原版、紹興補板及再補板三批。原版爲江政、王因、王乙、王仲、王時、毛諒、毛章、徐彦、徐宗、徐逵、徐全、張瑾、張清、張逢、張由、葉達、葉明、高起、黄大、黄覺、駱晟、駱昇、施章、吴浩、吴詢、董明、陳然、劉文、洪先、蔡政、余尚、郭富、郭政、阮宗、許中、通、高等；紹興補版有洪茂、劉信、劉仲、方成、葛珍、宋道、葉亢；再補版有丁文、王寔、王進、王臻、王允、王椿、王諒、王學、王舉、王雄、王臻、方祥、方祐、李顯、李珪、李良、李涓、李忠、楊昌、楊永、蔡忠、蔡正、陳亢、陳文、陳忠、陳真、陳高、陳辛、陳才、張學、毛昌、施藴、施俊、俞珎、俞忠、潘與權、洪明、洪昌、洪乘、徐亮、宋林、朱宥、朱芾、朱文貴、朱諒、金敦、顧宥、周彦、吴宗、吴正、吴政、吴定、黄暉、蔣春等。又有蔡忠重刊、施端重刊、王允重刊、徐宥重刊、金敦重刊、方祐重刀等。宋諱原版「桓」、「構」不缺，補版缺「桓」字。首行題「文選卷第幾」，次行低五格題「梁昭明太子撰」，三行又低一格題「五臣並李善注」，四行目録，目後連正文。

按：此書余辛酉歲得之寶應劉翰臣啓瑞家，亦清末自内閣大庫佚出者。蝶裝八册，以蟲傷不可復理，改訂爲二十四册。紙微黄，鈐有「晉府書畫之印」、「敬悳堂圖書印」、「子子孫孫永寶用」各印。内卷二十六一卷白麻紙淡墨印，爲天禄琳琅舊藏，鈐有「乾隆御覽之寶」、「五福五代堂古稀天子寶」、「八徵耄念之寶」、「太上皇帝之寶」、「天禄琳琅」、「天禄繼鑑」各璽。又有「竹塢」朱、「玉蘭堂」朱、「戊戌毛晉」朱、「毛姓秘翫」白、「宋本」朱楷、「季振宜讀書」朱、「御史振宜之章」白、「竹下閑人」朱、「聖清宗室盛昱伯羲之印」朱及「景賢」、「袁克文氏」各印。舊爲明楊慈湖、文徵仲、毛子晉、清季滄葦遞藏，後入乾隆内府。光緒中爲人盜出，盛伯羲收得八册卷二十至二十八。壬子盛氏書散，爲景樸孫賢所得。後袁寒雲克文得四册，餘爲李椒微先生盛鐸收去。此册即寒雲所餉余者也。後有袁氏手跋，録後：

按《天禄琳琅後編》目録所載末有識云：「右《文選》版歲久漫滅殆甚，紹興二十八年冬十月，直閣趙公來鎮是邦。下車之初，以儒雅飾吏事，首加修正，字畫爲之一新，俾學者開卷免魯魚三豕之訛，且欲垂斯文于無窮云。右迪功郎、明州司法參軍兼監盧欽謹書。」據跋，乃四明刻，當時尚存全書。此四卷不知何時流出，爲盛伯羲祭酒所得，予得自盛戚景氏。乙卯三月望日，寒雲識於倦繡閣。

内閣大庫本二十四卷有沈曾植氏題詩：

排門客入攜槧牘，聳如秋隼健如鶚，朝儛觀乎校讎略。明州《文選》十行二十大二十一或二十二三十小字，板心亦有重刊氏，喜甚清明不昏瞢。昭文張氏亦有殘本，已漫漶。君來我聞所未聞，君歸我且何云云，善保册府爲長恩。沅叔以此見示，留置齋中十日，漫賦小詩，記其行款。寐叟。

閶澹春陰不速客，異書唧袖發緘縢。微吟上巳接寒食，刻歲明州紀紹興。鬼作長恩應不餒，印成寶篋或相憑。他年會是茅亭客，話我南于白髮僧。上巳日沅叔自杭州看桃花歸，促題于諸公題名後，以爲紀念，口占應之。寐叟。

【《文選注》六十卷】唐李善並五臣注。有鈔配。宋明州刊紹興二十八年修本。版匡高七寸二分，寬五寸二分。半葉十行，每行二十至二十三字不等，注雙行三十至三十三字，白口，左右雙闌，版心中縫題「文選幾」，下記刊工姓名。每卷書名題「文選卷第幾」，次行低五格題「昭明太子撰」，第三行低六格題「五臣並李善注」，以下目録，連正文。目録低二格，文目低三格，篇目低二格，撰人低三格。刊工有王臻、陳文、毛昌、王進、方祐、張學、陳政、俞珍、方祥、潘與權、徐宗、蔡正。又有洪明、李珪、陳忠、李顯、王寔、楊昌、蔡忠、陳才、蔣椿、方祥、李良、施俊等，皆加「重刁」或「重刊」字以別之。原刻之版「雒」、「慎」皆不避，蓋北宋刊本，紹興時補修也。首卷鈔配，末卷有紹興二十八年盧欽跋，録後：

右《文選》板歲久漫滅殆甚，紹興二十八年冬十月，直閣趙公來鎮是邦。下車之初，以儒雅飾吏事，首加修正，字畫爲之一新，俾學者開卷免魯魚三豕之訛，且欲垂斯文于無窮云。右迪功郎、明州司法參軍兼監盧欽謹書。

按：此明州本《文選》乃北宋刊版而紹興修補者。余舊藏一卷，爲袁寒雲克文所貽，即天禄琳琅著録，有楊慈湖墨筆批點者。天禄琳琅藏本檢查尚存五十一卷。嗣又獲殘本二十四卷，皆麻紙初印，騣騣有全書之半矣。今來東邦，得覯此帙，後復于東洋文庫幸睹全帙，足知此本見存于世者所在多有，然欲求一北宋原刊本未經修版者，竟不可得。嗚呼！汴京文物經靖康金狄之禍，蕩然不復留遺矣，可勝嘆哉！日本帝室圖書寮藏書，己巳十一月十一日觀。

【《文選注》六十卷】唐李善並五臣注。宋明州刊本，版匡高七寸二分，寬五寸二分，半葉十行，每行二十二三字，注雙行三十字，白口，左右雙闌。版心下方記刊工姓名，重刊者記某某重刊或重刁。末有紹興二十八年明州司法參軍兼監盧欽跋。按：此帙與帝室圖書寮藏殘本同，惟竟體完整，無鈔補之卷，爲足珍耳。東洋文庫石田幹之助藏，己巳年十一月十九日閲。

【《文選注》六十卷】唐李善、吕延濟、劉良、張銑、吕向、李周翰撰。宋贛州州學刊本，半葉九行，行十五六字不等，注雙行二十字，白口，左右雙闌，版心下記人名。每卷有校官銜名三行：「州學司書蕭鵬校對，鄉貢進士李大成校勘，左從政郎充贛州州學教授張之綱覆校。」鈐有「番禺俞守義藏」、「年年歲歲樓珍藏書印」、「會稽沈氏光烈字君度」、「停雲館」各印。又方柳橋功惠及張香濤之洞各藏印。辛未四月見。

【《文選注》六十卷】唐李善並五臣注。宋贛州州學刊本，半葉九行，每行十五字，注雙行二十五字。朱臥庵之赤舊藏。日本静嘉堂藏書，己巳十一月十三日閲。

【《文選注》六十卷】唐李善並五臣注，存卷四至七、三十七、三十八、四十五、四十六、五十一、五十二、五十五、五十六，共十二卷。宋贛州州學刊元明遞修本。半葉九行，行十三至十六字不等，注雙行二十字。每卷後有左從政郎充贛州州學教授張之綱等校勘三行。卷中有弘治十八年重刊及正德元年補刊葉。壬子

【六臣注《文選》六十卷】唐李善、吕延濟、劉良、張銑、吕向、李周翰注。宋刊本，十行十八字，注雙行二十三字，細黑口，左右雙闌，版心上記字數，不分大小字。上魚尾下記「文選幾」，左闌外上方記篇名。前吕延祚進書表，十行十六字。次李善表，同。次《文選序》。次目録。首卷首行題「六臣注文選卷第一」，次行低六格題「梁昭明太子撰」，三行低六格題「唐李善並五臣注」，四行低一格題「賦甲」，五行低二格題「京都上」，六行低三格題「班孟堅兩都賦二首」。字體遒麗，鋒稜峭峻，墨色如漆，字畫中猶見木板紋，是建本初印之最精者。鈔補二十餘葉。鈐印有：「陳淳私

印」、「五芝堂印」白文大方、「孫朝肅印」回文白文、「恭父」白、「孫孝若圖書記」朱小方、「鶴閒閣珍藏圖書」白、「滄葦」白、「埡莽」朱、「桂嵒書籍」朱、「汪士鐘印」白文回文、「閬源真賞」朱、「徐坊印信」朱、「臨清徐坊卅四歲後號曰蒿庵」朱各印。按：此本刊工稜角峭厲，是建本之至精者，與上海涵芬樓藏本同。即印入《四部叢刊》者。然涵芬樓本缺卷三十至三十五六卷，印本亦差晚，此則六十卷完整，紙如玉版，墨光如漆，初印精善，經明陳道復收藏。傳世建本《文選》，當推甲觀。原臨清徐梧生坊舊藏，辛未歲余以六千金收之。

【六臣注《文選》六十卷】唐李善、吕延濟、劉良、張銑、吕向、李周翰撰。存卷三至六。宋刊本，十行十八字，注雙行二十三字，細黑口，左右雙闌。刻工精麗。鈐有「晉府書畫之印」、「保氏直方」、「居敬」、「菊巖」各藏印。劉翰臣藏書，庚申四月見。

【《六家文選》六十卷】唐五臣並李善注，存二十六卷。缺卷十八至二十六，二十九至五十、五十八至六十，計缺三十四卷，用明嘉靖袁褧嘉趣堂刊本配補。宋刊大字本，半葉十一行，行十八字，注雙行二十六字，白口，左右雙闌，版心記「文選一」，下記葉數，最下加魚尾，下記刊工姓名。前有李善《上文選注表》。卷首頂格標題「六家文選卷第一」，次行低六格題「梁昭明太子撰」，三行低七格題「唐五臣注」，四行低七格題「崇賢館直學士李善注」，五行低一格題「賦」，六行低二格「京都上」，七行低四格「班孟堅兩都賦二首」。卷二後有「嶺南李天麟西樵公子記」墨書一行。鈐「李天麟印」、「西樵公子」。餘卷亦間有之，不悉記。鈐有「丙戌進士」朱、「陳氏子有」白、「竹素堂」白、「淮南蔣氏宗誼」朱、「豫園主人」、「雲間潘氏仲履父藏書」各印。按：是書字體古茂疏勁，版式闊大，與眉山刊蘇文忠、蘇文定、秦淮海諸集相類，蓋即蜀中刊本。考其行格與明袁褧嘉趣堂翻宋廣都裴氏本同，當爲裴氏原刊本。余生平未見二帙，洵罕秘矣。丁卯七月初四日清點故宮藏書，見之于昭仁殿。

【《六家文選》六十卷】唐五臣並李善注。明嘉靖十三年至二十八年吴郡袁褧嘉趣堂覆刻宋廣都裴氏刊本。十一行十八字，白口，左右雙闌，行格與故宮藏宋蜀中廣都裴氏本悉同。序後有裴氏牌記三行，文曰：「此集精加校正，絶無舛誤，見在廣都縣北門裴宅印賣。」卷六十後有袁氏牌子，隸書，文曰：「吴郡袁氏善本新雕。」卷三十後題「皇明嘉靖壬寅四月立夏日吴郡袁氏兩庚草堂善本雕」二行，卷四十後題「此蜀郡廣都裴氏善本，今重雕于汝郡袁氏之嘉趣堂，嘉靖丙午春日」。有袁氏刊書題識，稱始刻于嘉靖甲午，成于己酉，計十六載云云。

【六臣注《文選》六十卷】唐李善、呂延濟、劉良、張銑、呂向、李周翰撰。明萬曆二年崔孔昕刊本，九行十八字，注雙行同，白口，四周雙闌。目録題六臣名，後有校官銜名四行：「明中憲大夫崔孔昕校，奉議大夫黨馨、承直郎朱守行、承直郎郭宗磐同校。」版心下方記刊工姓名及字數，字體方板而棉紙墨印皆精。前有昭明太子序。鈐有「張乃熊」朱、「菦伯」朱、「吴興沈氏珍藏書畫印」各印記。丙子

【六臣注《文選》六十卷】唐李善、吕延濟、劉良、張銑、吕向、李周翰撰。明萬曆二年崔孔昕刊，萬曆六年徐成位重修本，九行十八字，注雙行同，白口，四周雙闌。有萬曆二年汪道昆序，序後有「冰玉堂重校」五字。又萬曆六年田汝成序。言得宋本重鋟于家塾，命蘅兒校讎云云。後《昭明太子傳》，傳後有木記十行，録如後：

郡齋舊有《六臣文選》刻，久而殘失，山東崔大夫領郡，重爲剞劂。但校讎者鹵莽，中多舛訛，甚以俗字竄古文，觀者病之。余暇日屬二三文學詳校，凡正壹萬五千餘字，庶幾復見古文之舊。又以爲讀書論世，必得其人，故略《梁史》梓昭明小傳。錢塘田叔禾舊有《文選序》一章，足祛世俗之惑，亦以併梓。若司馬佳什則與此選不朽者，是宜冠諸篇首。萬曆戊寅季夏吉雲杜徐成位識。癸丑

【六臣注《文選》六十卷】唐李善並五臣注。明潘惟時、惟德刊本，九行十八字，版式字數與崔孔昕刻本同，但四周單闌耳。目録第四行題「大明新安巖鎮潘惟時惟德刻」。甲寅

【六臣注《文選》六十卷】唐李善并五臣注，三十册。明嘉靖刊本，九行十八字，注雙行同，白口，左右雙闌，版心題「文選一、二」等字，下方記刊工人名一字。庚午

【六臣注《文選》六十卷】唐李善并五臣注，三十册。明嘉靖刊本，九行十八字，注雙行同，白口，四周雙闌，版心題「文選一卷、二卷」等字，下方無刊工姓名。庚午

【《增補六臣注文選》六十卷】唐李善並五臣注。殘本，存卷失記。元大德間陳仁子刊本，十行十八字，注雙行二十三字，細黑口，左右雙闌。首行題「增補六臣注文選卷幾」，次行題「梁昭明太子撰，唐六臣集注」，三行題「茶陵前進士古迂陳仁子校補」。丁巳見于廠肆。

【六臣注《文選》六十卷唐李善并五臣注《諸儒議論》一卷元陳仁子撰】明翻茶陵陳仁子刊本，十行十八字，注雙行二十三字。白口，單闌。前蕭統序，列六臣名。次呂延祚《進五臣集注文選表》，次李善《上文選注表》，次陳仁子輯《諸儒議論》。後附大德己亥冬茶陵古迂陳仁子跋，下有牌子。次目録。六臣後題「茶陵前進士陳仁子校補」一行。本書首葉標題下題「梁昭明太子蕭統撰」一行，次唐六臣名注一行，次低一格題「賦甲」，次低二格題「京都上」。李善注在前，五臣注在後。余藏。丙辰

【《文選注》六十卷】唐李善並五臣注。日本活字印本，十行二十二字，黑口單闌，版心題「文選幾」。卷六十末有題記六行：「右《文選》板歲久漫滅殆甚，紹興二十八年冬十月，直閣趙公來鎮是邦。下車之初，以儒雅飾吏事，首加脩正，字畫爲之一新，俾學者開卷免魯魚三豕之訛，且欲垂斯文於無窮云。右迪功郎、明州司法參軍兼監盧欽書。慶長丁未沽洗上旬八蓂板行畢。」余藏

【《風雅翼》十五卷】《選詩補注》八卷、《選詩補遺》二卷、《選詩續編》五卷。明弘治刊本，八行二十字，黑口，四周雙闌，總目第三行題「新安金德玹仁本校正」，四行題「建陽縣知縣何景春捐俸刊」。有

至正乙巳會稽夏時序，至正二十一年平江路學道書院山長上虞謝肅序，翰林侍讀兼鴻臚少卿曾日章序，知上虞縣事黄子南序。羅少眉送閱，云是元刊，朱幼平言是弘治本，細審之信然。壬戌（以上卷一七《集部·總集類》）

張元濟《涵芬樓燼餘書録》

【六臣注《文選》六十卷】梁蕭統編，唐李善、吕延濟、劉良、張銑、吕向、李周翰注，宋刊本六十册。卷首吕延祚《進五臣集注表》，高力士宣口敕，次昭明太子序，次全書目録。書名次行題「梁昭明太子撰，唐李善注，唐吕延濟、劉良、張銑、吕向、李周翰注」，凡四行。半葉十行，行十八字，小注雙行，行二十一、二、三字不等。左右雙闌，闌外有耳，題篇名。版心細黑口，雙魚尾，上間記字數。書名署「文選幾」，或「文幾」，或「選幾」。卷末間有題「六臣音注文選」者。宋諱玄、眩、泫、絃、弦、袪、朗、竟、境、弘、泓、殷、匡、筐、眶、胤、恒、禎、貞、楨、赬、偵、徵、懲、署、樹、豎、頊、勖、桓、絙、垣、洹、完、莞、構、搆、媾、覯、遘、彀、慎、惇、敦、憝、廓、郭、墩等字，時有闕筆。按六臣注《文選》余所知宋刻有四：其一，明州本，紹興八年修正，無初刊年月，向爲張月霄所藏，今不存；其二，秀州州學本，刊於元祐九年，今只見高麗活字覆本，爲吾友陳乃乾所藏；其三，廣都裴氏本，刊於崇寧五年，今故宫博物院有殘本，行世者皆明嘉靖吴中袁氏覆本，此二本均五臣注在前，李注在後；其四，贛州本，無刊版年月，宋諱避至「桓」字，亦爲北宋所刊，即茶陵陳氏本所自出，鐵琴銅劍樓瞿氏有之，則李注在前，而五臣注在後，與前二本適相反。是本李注、五臣注或先或後，並無定則，且時有「五臣本作某」，「五臣本無某」，「五臣本有某」，或「善本作某」，「善本無某」，「善本有某」之小注。彼此讎對，其校勘固自不苟，惟左太沖《吴都賦》「趫材悍壯」，注引「胡非子」，已誤「韓非子」；潘安仁《閑居賦》「祁祁生徒」，注引「韋孟詩」，已誤作「安革猛詩」。沿訛踵繆，時所不免。是本無刊版時地，審其字體，當爲建陽刊刻。避寧宗嫌諱，則必在慶元以後也。卷三十至三十五，鈔補亦舊。（《集部》）

張鈞衡《適園藏書志》

【《文選》六十卷】宋刊本。梁昭明太子撰，唐李善注。此本每半葉十行，行二十一字，大小字同，高七寸，廣四寸五分，黑綫口，單邊，上字數，下刻工姓名。宋尤延之刊於貴池。書後有淳熙辛丑上巳延之跋，言池州袁史君助其費，郡文學周之綱督其役，摹本藏之文選閣，最爲盛舉。清胡果泉中丞摹刻於江寧，惟妙惟肖，惜板已燬。今劉君楚園又重刻之，仍寘之昭明閣，以存邑中故事。此書乃宋印祖本，尤爲可寶，惜袁跋已失，《同異》一卷亦不存，收藏有「謙牧堂藏書記」陰文，後有陽文方印，揆愷功藏書也。

【《文選》六十卷】明刻本。元張伯顔用尤本繙雕，加入自己官銜一行，删去前數葉注以就之。汪諒本亦是兩行，後人又將官銜改爲四行，再删注以就之，錯謬不知所云。此本即官銜四行，是明刻之後者，然字畫甚精雅可愛。（以上卷一五《集部·總集類》）

王國維《傳書堂藏書志》

【《文選》六十卷】明覆元刊本。梁昭明太子選，唐文林郎守太子右内率府録事參軍事崇賢館直學士臣李善注上，奉政大夫同知池州路總管府事張伯顔助率重刊。余璉序，昭明太子序，李善《上文選注表》（顯慶三年），吕延祚《進五臣集注文選表》（開元六年）。每半葉十行，行二十二字。明成化丁未唐藩刊元張伯顔本。

【《文選》六十卷】明覆元刊本。梁昭明太子選，唐文林郎守太子右内率府録事參軍事崇賢館直學士臣李善注上，奉政大夫同知池州路總管府事張伯顔助率重刊。李廷相序（嘉靖癸未），昭明太子序，李善《上文選注表》（顯慶三年），吕延祚《上五臣集注文選表》（開元六年）。每半葉十行，每行二十一、二十二字不等。金臺汪諒覆刊元張伯顔本。初成化刊張本，每行字數悉加畫一，此則猶仍張本之舊。目録後有「嘉靖元年十一月望日金臺汪諒校正新刊」一行，又有汪氏所刊書目，首云：「金臺書鋪汪諒見居正陽門内西第一巡警更鋪對門，今將所刻古書目録列於左，及家藏古今書籍，不能悉載，願市者覽焉。」其目載翻刻書有《史記正義》《黄鶴注杜詩》《千家注蘇詩》《唐音》《玉機微義》《武經直解》，下云「俱宋元板」。重刻書有《詩林廣記》《韓詩外傳》《潛夫論》《太古遺音》《臞仙神奇秘譜》《詩對押韻》《孝經注疏》，下云「俱古板」。

【《六家文選》六十卷】明覆宋刊本。梁昭明太子撰，唐五臣注，崇賢館直學士臣李善注。昭明太子序，李善《上文選注表》（顯慶三年），國子監刊李注《文選》牒，吕延祚《進五臣集注文選表》（開元六年）。每半葉十一行，行大十八字、小二十六字。昭明序後有「此集精加校正，絶無舛誤，見在廣都縣北門裴宅印賣」三行。此明中吴袁氏刊本，原有袁褧跋，此本割去。有「埭川世家」、「祥止樓」、「武陵氏藏書」諸印。

【《六家文選》六十卷】明覆宋刊本。梁昭明太子蕭統撰，唐李善、吕延濟、劉良、張銑、李周翰、吕向注。昭明太子序，李善《上文選注表》（顯慶三年），國子監刊李注《文選》牒，吕延祚《進五臣集注文選表》（開元六年）。與袁本半葉少一行，每行字數則同，亦明人覆刊廣都裴氏本也。有「怡府世寶」、「明善堂覽書畫印記」、「安樂堂藏書記」三印。

【《文選》六十卷】明刊本。梁昭明太子選，唐文林郎守太子右内率府參軍事崇賢館直學士臣李善注上。每半葉十行，行二十一字。卷首有「晉府敕賜養德書院校正重刊」二行。

【《文選》六十卷】評閲本。潘稼堂手跋：「《文選》一書，雖選自梁朝，然其所取皆漢魏以來典雅之文，以理趣爲骨，而辭藻輔之，非專事綺靡者。選言徵事，皆從經史子籍中來。世間合用之文，諸體畢備，儲材之富，浩若淵海，取用不竭，三唐北宋人無不精思熟讀。自歐蘇之文行而《選》體始絀，今人則有終身不窺者。然不爲詩賦四六則已，爲詩賦四六，則此書乃其淵源根柢，何可脱去。余幼嘗私習此書，意所喜者略能成誦，今遺忘盡矣。因炳兒請加評點，輒涉筆一過。汲古閣本刊刻雖精，而訛落不少，注止李善一家，有疑滯處，以舊刻六臣本參校可耳。戊寅初秋正，止止居士書。」（下有「潘耒之印」、「稼堂」二印）又跋：「戊寅七月十二日閲竟。」（下有「潘耒之印」一印）汲古閣本。潘稼堂以朱筆評閲。又前二十卷有墨筆評閲語，乃臨竹垞評本，蓋稼堂子弟所益也。

【《文選》六十卷】評閲本。汲古閣本。前人臨何義門評，筆意極似嚴修能。有「嚴元照印」、「臣許乃普」、「許士俊印」諸印。（以上卷四《集部·總集》）

沈知方《粹芬閣珍藏善本書目》

【《文選》六十册】六十卷，梁昭明太子選，唐李善注，元張伯顔重刊，元刻本，白棉紙初印，每半葉十行，行大字二十，小字二十三。有「項叔子」、「墨林秘玩」、「項墨林秘笈」、「紹廉經眼」、「曾在李麓山處」諸印章。

【《文選》六十册】六十卷，梁昭明太子選，有「賀緒番泗州刺史」印，明翻宋蜀大字本，白棉紙精印。每半葉十一行，行大字十八，小字二十六。本書有「此集精加校正，絶無舛誤，在廣都縣北門裴宅印賣」三行。

【《文選》六十册】六十卷，梁昭明太子選，明翻宋蜀大字本，白棉紙，精印。每半葉十一行，行大字十八，小字二十六，有「季振宜藏書印」、「朱鋆之印」、「吴城印記」。

【《文選》十二册】六十卷，梁昭明太子選，汲古閣刊本，何義門先生評本。有「浙東沈德壽家藏之印」、「抱經堂藏書印」，全書經何義門細批到底，有康熙辛巳秋日焯題識。

【《重刻昭明文選李善注》十二册】何義門評點，乾隆海録軒硃墨印精刊本。

【《文選後集》五册】五卷，梁昭明太子選，明江夏郭正域評，明刊，白棉紙，初印精善。

【《文選音義》一册】八卷，吴郡余蕭客著，會稽徐氏鑄學齋紅絲格精寫本。

【《選賦》十二册】六卷，梁昭明太子選，王氏信芳閣藏書，閔刊，白棉紙，精刊初印本。（以上《集部·總集》）

王文進《文禄堂訪書記》

【《文選》六十卷】梁蕭統編，唐李善注。北宋天聖明道刻本。半葉十行，行十七字至十九字，注雙行二十四五字。三線口。宋諱避至「恒」字，遇「通」字缺筆，是避宋真宗劉后父名。存全卷五册，殘不足卷者六册。

又宋紹熙尤延之刻本。存卷十三至六十。半葉十行，行十八字至二十一字，注雙行。白口。板心上記字數，下記刊工姓名。王政、王亨、王大亨、王辰、李彦、李仝、劉用、劉仲、劉文、劉彦龍、陳卞、陳森、陳新、張成、張宗、張拱、葉正、葉友、葉平、葉必先、金大有、金大受、蔡洪、蔡勝、唐才、唐恭、黄金、黄寶、黄生、夏旺、新安夏義、蔣正、蔣乙、蔣永、馬弼、馬才刊、寧國府。板心有「乙卯重刊」，下記刊名。李椿、王明、劉瑞、仲甫。「壬子重刊」，劉昭、劉昇、劉彦中、湯仲、湯盛、夏應、陳亮、昌彦。「戊申重刊」，王才、唐彬、曹侑、吴志、楊珍、余致遠。「乙丑重刊」，吴甫、吕嘉祥、劉邁、王元壽、熊才、定刀。「辛巳重刊」。從元龍、曹義。淳熙辛丑尤袤序。宋諱避至「慎」字。【略】（編者按：此處所著録尤刻本與李盛鐸《木犀軒藏書題記及書録》所著録尤刻本同，此下録袁説友、計衡、楊守敬、袁克文等人題跋前已録，兹從略。）

又宋明州刻六臣注本。存卷二十，卷二十一，卷二十七、八。半葉十行，行二十三字，注雙行二十八字至三十字。白口。板心下記刊工姓名。王因、王仲、王諒、王椿、李良、李珪、李忠、李清、陳文、陳元、陳高、張欽、張舉、張謹、俞珍、俞忠、施章、吴浩、吴詢、吴正、方祥、方成、方師、葉明、宗林、洪昌、洪明、洪茂、徐亮、徐寬、朱林、朱宥、許中、毛昌、毛諒、宋珍、蔡忠、蔡政、江政、周彦、高起。宋諱避至「桓」字。有「毛晉」、「毛扆藏書」、「汲古閣」、「季振宜」、「滄葦」、「玉蘭堂」、「辛夷館」、「慈谿楊氏文述」、「梅谿精舍」、「乾隆御覽之寶」、「天禄琳琅」、「鐵研齋」各印。

又宋贛州刻六臣注本。存卷二十四。半葉九行，行十四、五字，注雙行二十字。白口。板心上記大小字數，下記刊工姓名。王信、王彦、李新、李端、陳壽、陳通、方正、方志、嚴忠、張明、余文、余中、蔡昌、蔡永、鄧正、鄧信、沈彦、沈貴、吴立、劉宗、高諒、胡元、金清、虞、良、蕭中、管至、宋清、上官口。宋補刻刊名。王禧、金、林、姚。卷末刊「州學齋諭吴攜校勘」、「州學司書蕭鵬校對」、「左從政郎充贛州州學教授張之綱覆校」三行。

【六臣注《文選》六十卷】宋建刻本。半葉十行，行十八字，注雙行二十三字。綫口。左欄外刊小題。宋諱避至「慎」字。卷中季振宜補鈔五十餘葉。有「季振宜」、「滄葦」、「汪士鐘」、「閬源真賞」、「孫朝肅」、「恭生」、「孫孝茗圖書記」、「臨清徐坊三十六歲後號曰蒿庵」、「譚錫慶學看宋板書籍」各印。

【《增補六臣注文選》六十卷】元茶陵陳仁子增注刻本。存卷三十一至四十。半葉十行，行十八字，注雙行二十三字。綫口。板心下記字數。

又明洪楩覆茶陵本。板心下記刊工姓名。張敖、王令、唐大得、李、馬、青、其。大德己亥茶陵古迂陳仁子題，附《諸儒議論》。末「茶陵東山陳氏古迂書院刊行」十二字木記。嘉靖二十八年田汝成序。

又明汪諒刻元張伯顔李善注本。半葉十行，行二十一字。白口。目後刊：「金臺書鋪汪諒，見居正陽門内西第一巡警更鋪對門。今將所刊古書目録列于左，及家藏古今書籍不能悉載，願市者覽焉。」

又清阮芸臺據宋校汲古閣刻李善注本。書衣題曰：「集宋元本李善注《文選》，揚州文選樓手校。嘉慶乙丑閏月十三日校起。殘宋本存卷目共計三十五：三至五、十三至十五、十八至二十一、二十八至三十九、四十九至六十。」

阮氏手跋曰：「馮竇伯據晉府諸本校本。原用紫色筆校，又用硃筆覆校過，今以硃筆臨校。原本塗改甚繁，今悉照舊，一筆不省，以全本來面目。陸敕先據遵王宋本校本。原用藍色筆校，今以黄筆代。原校有漫滅不辨字者，粘簽葉中以備考核。又原本有墨筆校者，今以墨筆臨校。顧澗蘋校周氏藏宋尤袤槧本校本。原用黄色筆校，今以緑色筆代。又顧另有按語用墨筆，皆著名，今以墨筆臨寫。又今所用乃翻刻汲古閣初印本，有與原刻不對處，皆用淺黄色筆塗，蓋改從原本，以盡畫一。五月朔記。」「中多疑字，兼考校，亦未敢盡可。謂馮書非宋槧，不足讀，豈不信然耶！安得全本出，作一愉快。燈下又書。嘉慶十一年，揚州阮氏集宋元本校字于選樓巷文選樓。」「嘉慶丁巳，元和顧廣圻重閲一過。」有「揚州阮氏瑯環仙館」、「文選樓」、「錢塘嚴杰借閲」、「徐恕讀過」印。（以上卷五）

孫殿起《販書偶記》

【《文選》李善注六十卷】梁昭明太子蕭統編，唐李善注。《考異》十卷，鄱陽胡克家撰，嘉慶十四年鄱陽胡氏重刊宋淳熙本。

【《選注規李》一卷《選學糾何》一卷】胥浦徐攀鳳撰，無刻書年月，約嘉慶間刊。

【《選學膠言》二十卷《補遺》一卷】錢唐張雲璈撰，道光辛卯簡松草堂刊。

【《文選集釋》二十四卷】涇朱珔撰，光緒元年小萬卷齋刊。

【《文選旁證》四十六卷】長樂梁章鉅撰，道光十八年刊，光緒八年壬午吴下重刊。

【《讀選臆籤》一卷】鄞陳僅撰。道光丙午四明文則堂刊。

【《文選古字通疏證》六卷】甘泉薛傳均撰，道光庚子刊，光緒丙戌還讀樓刊巾箱本。

【《文選古字通補訓》四卷《拾遺》一卷】旌德吕錦文撰，光緒辛丑懷硯齋刊。

【《文選筆記》八卷附《密齋隨録》一卷】華亭許巽行撰，其孫嘉德增補。光緒五年刊。

【《文選拾遺》八卷】番禺朱銘撰，光緒十八年五月刊。自序云，少喜讀《文選》，尤愛李氏注該博，足資考證，嘗採集諸書有俾於李注而足證諸家之疏舛者録之，蓋十餘年云云。

【《文選箋證》三十二卷】績溪胡紹煐撰，光緒丁亥世澤樓刊木活字本。

【《文選通叚字會》四卷】松滋杜宗玉撰，光緒二十二年刊。

【《選學拾瀋》二卷】興化李詳撰，光緒甲午刊。

【《選雅》二十卷】江寧程先甲撰，光緒二十八年千一齋刊。

【《文選李注義疏》□□卷】霸縣高步瀛撰。民國十八年陸續鉛字排印本。近印，就前七卷。（以上卷一九《總集類·文選之屬》）

【《文選纂注評苑》前集十四卷後集二十六卷】明陸弘祚輯訂，萬曆丙申克勤齋余碧泉刊。

【《文選集音》四卷】清高郵孫佸輯，底稿本。（以上《續編》卷一九《總集類·文選之屬》）

王欣夫《蛾術軒篋存善本書録》

【《文選》六十卷】十册。清署名鶚秋氏臨長洲何焯評校本。義門評校《文選》，輯入《讀書記》者，與葉樹藩海緑軒刻朱墨套印本頗有異同。蓋所校有先後，傳録非一本，無足異也。海緑軒原刻難得，自粤東翻本出，而始家有其書。此署名鶚秋氏者，用藍筆照臨何評于同治八年金陵書局翻汲古閣本上。時在甲戌六月，當爲同治十三年。核其内容，與海緑軒本似同出一源，而間有朱筆録「孫云」「于云」者，則似采自于光華《文選集評》及所載孫月峰評也。嘗謂讀書態度之真誠者，雖長編鉅帙，必攻治到底，不半途而廢。故余每遇此類書，即近人或習見者，爲愛惜讀者精神，必收貯之。此書于十年前返蘇，遇之書攤。賈人云，置架上已將十年，無顧而問者。因即斥資得之，或將笑余嗜好之不同于人邪？

【《文選纂注評林》十二卷】十二册。明長洲張鳳翼撰。明萬曆庚辰刻本。清無錫華長發評點本。張伯起此書，葉樹藩刻何義門評本凡例謂「妄肆芟削，卷帙盡紊其舊。揚五臣之塵氛，失崇賢之面目。宜其爲識者所姍笑」。《四庫》雖入《存目》，而《提要》謂其采《西谿叢語》論《神女賦》，極爲精審。論最公允。華長發手評，分朱、藍、墨三色，其朱筆係録孫月峰評，以校于光華《文選集評》，有失采或舛譌，不如此本之完善。案《光緒無錫金匱縣志·文苑》：「長發字商原，諸生。工詩詞。嘗偕顧祖禹纂《方輿紀要》。以錢泰吉之博聞，《甘泉鄉人稿·跋舊刻方輿紀要州域形勢説》猶云『此本凡例言助之稽采者，中有華商原長發，新刻無此文。諸君子與景范先生爲友，其學行必不苟，附誌其名，以俟訪求撰著云』。尤工行草楷法，邑人稱孫、高、嚴、華，孫竑禾、高世泰、嚴繩孫及長發也。」又《藝文》，「長發著有《燕綵堂詩集》《滄江百一詩》」，知其與顧祖禹、嚴繩孫等爲友。陸楣《疏快軒詩集·華翁商原齋限韻》云：「昔與宛溪子，悲歌野史亭。勝遊成闊絶，良會喜重經。髮短今垂白，篇殘未殺青。滄江遺老在，寂寞少微星。」注：「往與宛溪商略《方輿紀要》，予及見之，忽忽三十年矣。」知其並爲明末遺民而以善書名。故此書筆跡秀逸，到底不懈，殊可欣賞。舊裝六册，每册有「華商原圖書記」朱文方印，卷十一又有

「長發之印」白文方印、「字商原」朱文方印，又每册有「華元澂印」白文方印、「臣源」朱文方印。考無錫華氏譜，有名元澄者，乾隆乙酉舉人，「澂」、「澄」同字，當即其人，其爲長發之後歟。卷末「康熙念壹年虞陽錢圓沙校」一行，則顯係後加僞跡。蓋賈人不知長發亦績學士而妄冒之也。

【《文選紀聞》存二卷】一册。清長洲余蕭客撰。清元和朱邦衡手鈔稿本。蕭客字仲林，别字古農，爲惠定宇弟子。假館朱文游家，得博覽滋蘭堂藏書，所著《古經解鉤沈》《文選音義》均有刊本。此《文選紀聞》則于疾革時，手授弟子朱敬輿者，見江藩《漢學師承記》。敬輿即邦衡字，又字秋崖，文游姪。亦好藏書，于師門著述，多手自鈔校。此册殘存第六、七兩卷，當從手稿録出，舊有闕誤，多以朱筆填補。原題《文選雜題》，後改《文選紀聞》，是「雜題」爲其初名。「紀聞」疑出秋崖所易，故《漢學師承記》猶仍初名也。其涉音義者，皆用朱筆鉤出，當係别輯付刻。即《同治蘇州府志·藝文》所謂「江山劉履芬近又得殘本一册，與《音義》合」者也。意當時因全書三十卷，不能盡刻故邪？其體例博采群書，分條編次，有所見，則附雙行案語，一如定宇著書家法。清代治《選》學成專著者，當以此爲嚆矢。其後張雲璈、汪師韓、孫志祖、朱珔、梁章鉅、胡紹煐諸家，遞益加精，而皆未見此書。光緒時，方功惠始刻入《碧琳琅館叢書》，今流傳亦罕。每卷末有「門人朱邦衡敬輿校録」一行。首有「敬輿真賞」朱文方印。

【《文選紀聞》存十七卷】二册。清長洲余蕭客撰。舊鈔稿本。清長洲王頌蔚手跋。附吴縣雷浚手札。存卷十四至卷三十。卷後多有「門人朱邦衡校録」一行，當從秋崖手輯鈔出之清稿。中十九至二十一三卷，爲《離騷》以迄《招隱》各篇，疏釋獨詳，與他卷之羅列舊説者體例稍殊。在全稿未見時，可别出單行。卷二十六《東方朔畫贊》「潔其道而穢其跡，清其質而濁其文」，引王懸河《三洞珠囊》二《道學傳》第五云云，案云：「元劉大彬《茅山志》第八云：『玄静先生《道學傳》二十卷。玄静，唐李含光也。』引書各注某卷，向謂其體始遼僧行均《龍龕手鑑》、宋程大昌《演繁露》二書，皆偶一二條注卷。後見江少虞《事實類苑》，竟體注卷，在程大昌前。今《三洞珠囊》每條稱某書某卷，王懸河，唐人，又在江少虞前。」則徵引前人所著書，理應詳注卷數，以昭信實，且便檢核，體例之善者。乃創自唐人王懸河，爲昔人所未聞。錢竹汀《十駕齋養新録》卷十九即采其説。而汪小米《借閒隨筆》又據梁皇侃《論語疏》卷七引《春秋傳》凡七處，皆記卷數，則又當始於六朝矣。其他徵引古書，且多唐、宋以後秘籍，則滋蘭堂中藏書，供其漁獵，宜其浩博如此，誠爲治《選》學者不可不讀也。

自王茀卿得見是本，始據以著録于《同治蘇州府志·藝文》：「余蕭客《文選紀聞》三十卷。」附注云：「一作《文選雜題》」，嘉定錢大昕嘗見其前六卷，説見《竹汀日記鈔》。吴縣雷浚得其殘稿，自十四卷至三十卷。江山劉履芬近又得殘本一册，與《音義》合。蕭客門人朱邦衡録，即《漢學師承記》所云『蕭客疾革時，以《雜題》、詩集付弟子朱敬輿，敬輿寶爲枕中秘』者也。」今朱本亦藏余所，《音義》祇爲已鈎出之一部分，與此並非一書，王説殊混。王跋又謂書中「閲者珍之」一印，疑虞山孫從添藏印。案潛夫年輩較仲林爲早，且此鈔本出仲林没後，更非潛夫所及。驗嚴厚民一印，與此印泥色同，當亦厚民所鈐，合並正之。

有「閲者珍之」白文長方印，「曾在泉唐嚴厚民處」朱文長方印，「雷浚」聯珠小方印，「曾藏王氏吹徹玉笙樓」白文方印。

孫、吴諸子讀畢，奉繳。苦無所獲，意欲倒换《晏子春秋》，或《韓非》，或劉向《新序》，此三種外，弟亦不磨刀背，可且緩圖矣。奉上《文選紀聞》兩册，聊代一鴟。此書似無刻本，弟所藏亦非完本，内少十三卷。不全之書，非箇中人不敢投贈也。鄙意在尊處或有完全之日，弟已無此興致矣。此頌洳生大公祖大人秋安。治小弟雷浚頓首。立秋日。

黄蕘圃《藏書紀要跋》云：「孫公所藏書，鈐尾一印曰『閲者珍之』。」此豈虞陽孫氏所藏耶？是書向未著録，蔚方與纂《郡志藝文》，亟收之，補《道光志》之闕。甲戌初冬，王頌蔚敬觀。

【《文選李注釋例》一卷】一册。吴縣劉翰芳撰。手稿本。元和孫德謙手校並跋。翰芳字鳳五，清末江蘇存古學堂高才生。此爲其讀《文選》李注札記，呈政于協教孫受之先生者。

古人著書必先定凡例，非漫然下筆者，但未有如後人之將凡例列于卷首，因而讀者不易尋省。有好學者，按文推究，得其條貫，始于杜預之《春秋釋例》，至清而其學大盛。凌廷堪之于《禮經》，王筠之于《説文》，陳玉澍之于《爾雅》，則一書之釋例也。段玉裁之于鄭玄《周禮注》，胡承珙之于《儀禮注》，陳奂之于《毛詩傳》，吾師曹先生之于鄭氏《詩箋》，則古注之釋例也。任大椿之于弁服與深衣，夏燮之于五服，則一事之釋例也。至俞樾之《古書疑義釋例》，又遍及群書而綜核之。其他成書或單篇，蓋不勝舉。使治古書者，若綱舉而目張，其爲功亦大矣。

李善注《文選》，典核該洽，所采書目幾于囊括四部，而《新唐書》稱善有雅行，不能屬辭，故時號「書簏」，蓋詆誣之詞也。不知其注自有體例，詳于注中，豈若後人之衹知鈔撮而已。昔張雲璈《簡松草堂文集》有《文選注例説》，錢泰吉《曝書雜記》有《文選注義例》條，皆謂李氏注《文選》自明注例，散見各篇，録之以爲注釋古書之法。但引而未伸，以待後人。翰芳此書，就各注中所附見者，分爲「舉先明後例」、「不以文害意例」、「引後明前例」、「已見上文例」、「已見某篇例」、「舊注題名篇首例」、「集注題名篇内例」、「略用舊注而不稱臣例」、「題舊注例」、「轉以相證例」，各標舉引證，可以互證。附著者即列于每條之下，其注所未及者，以意推之，分爲「辨誤例」、「闕疑例」、「疏通例」、「考證例」附于後。蓋足成張氏、錢氏之志，而更擴而大之也。受之先生學長貫通，兼善推比，所著《漢書藝文志舉例》《古書讀法略例》，均極精核。此書眉端批注，擬增「聞疑載疑例」、「隨文證義例」、「觀文立意例」、「引古兼注例」、「備引異説例」、「舉今證古例」、「探下文而省例」，則研討益密。此雖草創，尚待修正，而區立類例，疏通證明，亦可謂不負指授矣。

【略】（編者按：此下原録孫德謙序，於序跋部分已録，兹從略。）（以上《庚辛稿》卷四）

【《文選筆記》六卷】四册。清元和陳倬撰。手稿本。吴縣胡玉縉校。

培之爲陳奂入室弟子。奂於《師友淵源記》稱其熟《文選》，能背誦。培之序張星鑑《仰蕭樓文集》云：「余少愛蕭《選》，手校數過，遭亂失之。自來京師，分輯《選》注三十卷，正汪氏《理學權輿》之失，别有《讀選筆記》，尚未成書。」今分輯《選》注不可見，而《讀選筆記》易名曰《文選筆記》者，僅有存稿。胡玉縉《户部陳先生傳》云：「其書專據李善注，引《文選》各文以校本書，間及他考證，於汪師韓、孫志祖、余蕭客、張雲璈、朱珔、梁章鉅外，别闢一徑而義較精。」

案書中以李注所引校本文者十之七，他考證十之三。又多訂胡克家《考異》之誤，如《西都賦》「耀威靈而講武事」，云：「靈字後人妄加。善注不釋靈，是本無靈字也。《東京賦》注、《關中詩》注引此賦皆作『曜威而講武事』，《閑居賦》注引此作『耀皇威而講武事』是其證矣。《班固傳》作『耀威而講事』，亦無靈字。」《東都賦》「目中夏而布德」，云：「《後漢書》同。《辨亡論》下注引作『自中夏以布德』，作自之義爲長。」《西京賦》「促中堂之陿坐」，云：「謝瞻《九日從宋公戲馬臺集送孔令詩》注引作『促中堂之密坐』，於義爲長。」此以注校正文例也。《西京賦》「若夫游鷮高翬」，薛注「翬，翬飛也」。云：「《西征賦》注引薛注作『翬，飛也』。《陽給事誄》注引薛注作『翬，猶飛也』，皆不重翬字。」又「奮長袖之颮纚」，薛注「颮纚，長貌也」。云：「《西都賦》注引薛注『颮纚，長袖貌也』，此注脱袖字，當據《西都賦》注補。」又「焉知傾陁」，云：「《詠懷詩》注、《古詩十九首》注，並引薛綜《西京賦》注云：『安，焉也。』《美女篇》注引薛注『安，猶焉也』。疑薛本作『安知傾陁』。『安，焉也』爲此句之注，善本作焉，遂删薛注。」又「仰不睹炎帝、帝魁之美」，善注引《孝經鉤命訣》曰：「佳已感龍生帝魁。」鄭玄曰：「佳已，帝魁之母。魁，神名。」云：「薛注云：『炎帝，神農後也。帝魁，神農名，並古之君號。』以此推之，則鄭注『神名』，當作『神農名』。」此以注校注文例也。蓋昔人以《選》注校古籍者多矣，而即以《選》注校本書，於是孰爲薛綜本，孰爲李善本，孰爲「五臣」本，咸自瞭然，此前人所未及也。《西京賦》「睢盱拔扈」善注引《毛詩》曰「無然畔援」，鄭玄曰：「畔援各本誤換，今正。猶拔扈。」拔與跋古字通。胡校云：「注拔疑跋之誤。正文作拔，下云拔與跋古字通，似善引箋作跋。」案：「胡説非也。賦本作跋，善引箋作拔，故釋之云，拔與跋古字通。《爲袁紹檄豫州》注、《廣絶交論》注、《竟陵王行狀》注引此賦皆作『睢盱跋扈』是其證。」《東京賦》「區宇乂寧」，薛注云：「天地之内稱寓。」胡氏校云：「何校宇改寓，此薛注宇作寓，下文『威振八寓』、『德寓天覆』，正文皆作寓，善此無注，詳在彼也。」案：「胡説非也。薛本果作區寓，則善釋寓字當在此節，今『威振八寓』，善注引《説文》曰：『寓，籀文宇字。』『德寓天覆』，善注云『寓與宇同』，此句不釋寓字，蓋賦本作『區宇』，薛、李本一也。薛注天地之内稱寓，當亦本作宇字，而後人改之。《樂游苑應詔詩》注、《辭奪禮啓》注、《辨命論》注、《石闕銘》注、《郭林宗碑文》注引此賦皆作『區宇乂寧』，無有作寓者，此其明證矣。」又「動中得趣」，薛注：「趣，意也。」胡校云：「趣當作趨，袁本、茶陵本注中此字皆作趨，蓋五臣作趣而亂之。」案：「胡説非也。《贈秀才入軍詩》注引薛綜《東各本誤作西，今正。京賦》云：『趣，猶意也。』即是此句之注。是薛本作趣，疑五臣作趨，胡氏反以尤本爲誤，傎矣。」此訂胡校之誤也。胡本《考異》出顧千里手，最爲精密，而百密一疏，仍往往有之。凡所舉正，不下百十科。《北征賦》「覩牛羊之下來」條，《登樓賦》「懼匏瓜之徒懸兮」條，《蕪城賦》「壇羅虺蜮」條，《離騷經》「説操築於傅巖兮，武丁用而不疑」條，均已收入《厂經筆記》，故原稿著云「另録」。

此寫清手稿綏之先生爲之校補排比，亦時附案語，朱墨徧於行間。洵可與汪、孫、余、張、朱、梁諸家書同稱《選》學鉅著矣。霸縣高閬仙先生步瀛以數十年精力撰《文選李注義疏》，煌煌鉅帙，業已寫定。余納交少晚，知有此書，來乞假讀，深嘆考據之精，用功之勤，欲采入所著書中，并許撰序。乃旋歸道山，忽忽未果。余欲印入《紀年叢編》，以古字别體，鉛字多闕而止。一書之傳，蓋若是其難也。

有「陳倬印」白文方印，「培之」朱文方印。（《癸卯稿》卷四）

【《文選理學權輿》八卷《補》一卷】三册。清錢塘汪師韓撰。《補》，仁和孫志祖撰。嘉慶戊午石門顧修讀畫齋刊，初印本。元和顧廣圻手校，貴池劉慎詒手跋。

清代《文選》之學，余仲林《音義》《紀聞》兩書，及韓門此書，尚屬草創。此書又爲未成之稿，宜其不能與後來梁章鉅《旁證》、朱珔《集釋》、胡培系《箋證》並論。然李蒓客《越縵堂日記》猶許爲篤信謹守，實事求是。其書曰「理學權輿」者，據自序：「杜詩曰『熟精《文選》理』，《舊唐書》列『文選學』於《儒林傳》。如將窮《選》理，通《選》學也，其以是爲權輿可乎？」其言頗謙抑。原目分「撰人」、「書目」、「舊注」、「訂誤」、「補闕」、「辨論」、「未詳」、「評論」八門，而末附「質疑」，今「評論」、「質疑」皆未備。怡谷爲補輯「評論」一卷，而別撰《文選考異》《選注補正》以補《質疑》，具見首序。此本經顧千里朱墨筆評校，卷三下有墨筆「廣圻案」一條，末題「己巳三月十八日燈下得此」。案是時正爲胡果泉撰《文選考異》，知以此作參考也。卷一「撰人」，本按時代編列，而千里斥爲「每代中前後雜亂無序，何以著書草率乃爾。如晉代不分東西，嵇康當爲魏人而入晉，但知《晉書》有傳，不知自在陳壽《志》。虞羲《隋志》在齊，而今列在梁，尤誤之甚者」。卷二上，下注「引群書目録」，亦分類按時編列，千里亦加補訂。補者如經傳，鄭康成《詩譜》後補《詩義疏》，見《鷦鷯賦》注引。史類，陸翽《鄴中記》後補《青令傳》，見《思元賦》注引。人物別傳，《鍾離意別傳》後補《荀粲列傳》，見《遊天台山賦》注（今本列作別）。譜牒，《濟陰卞録》後補何法盛《晉書》，《胡録》見《勸進表》注引，何法盛《桓玄録》見《桓公九井作》注引。雜術藝，《周髀》後補《正曆》，見《洛神賦》《月賦》注引（《隋志》四卷，晉太常劉智撰）。《琴操》後補楊雄《琴情英》，見《苦寒詩》注引。賦，傅毅《羽扇賦》後補傅毅《琴賦》，見《長笛賦》注引。傅玄《琴賦序》見《擬四愁詩》注引。魏文帝《柳賦》後補曹植《述行賦》，見《弔魏武帝文》注引。曹植《遷都賦》後補曹植《擬九詠》，見《頭陀寺碑》注引。傅玄《北征賦》後補傅玄《正都賦》，見《五等論》注引。碑，蔡邕《度尚碑》後補蔡邕《袁喬碑》，見《勵志詩》注引。蔡邕《陳寔碑》見《北使洛詩》注引。詔、表、牋、啓，《秦零陵令上書》後補《張超牋》，見《六代論》注引。雜文，補孫楚《客主言》，見《石闕銘》注引。（毛本誤作《楚辭》，故無知之者。袁、茶陵、宋皆不誤也。）舊注補《江賦》注。引舊説訂者，正史，何之元《梁典》，《隋書·經籍志》：《梁典》三十卷，陳始興王諮議何之元撰。誤次梁吴均後。雜史，趙曄《吴越春秋》，《應詔詩》注引《吴越記》即此。史類，《道學傳》，案《擬休上人》注引《道學傳》曰「夏禹撰真靈之玄要」云云。地理，何法盛《陳郡録》，此條大誤（郡下脱謝字耳）。《和王著作八公山詩》注引《群謝録》亦誤。諸子，高氏《孫卿子》注，《文賦》注在袁、茶陵所無中，可疑。《鄧展子》，《難蜀父老》注有誤。應劭《淮南子》注，《長楊賦》注「應劭曰淮南子云」誤落曰字，衍注字耳。詩，謝靈運詩自注，《入華子崗詩》注「靈運自注」云云，謂《山居賦》自注，此以爲詩自注，恐誤。賦，孫卿《雲賦》，此條有誤，引見

《解嘲》注者，其文在《佹詩》。魏文帝《哀己賦》，案此必有誤，似魏文甄后作耳。夏侯稚權《景福殿賦》，志祖案：何校增權字，見《安陸昭王碑》注。今案夏侯惠在《淵傳》，又《劉劭傳》，字稚權，見裴注引《文章叙録》。《景福殿賦》作侯權，失夏字，碑注作夏侯稚，偶改稚作權。戴延之《西征賦》，此當誤，必《西征記》也。陳少章云：賦當作記，最是。案有蔡邕女、王彪之二賦，未詳何題。王彪之賦，「於是乎體統而詠之」，引見《王文憲集序》，疑是《賦賦》，而今本少一字。誄、哀辭，曹府君《陳寔誄》，按《陳太邱》碑，太守南陽曹府君命官作誄曰云云，是中平年潁川太守，今乃列於子建誄後，大誤。詔、表、牋、啓，杜業《奏事》見《羽獵賦》注，當作杜延年《奏書》。田巴《與馮衍書》見陸機《長歌行》注，當作上黨太守田邑《與馮衍書》。劉騊駼《與李子堅書》，今考定騊駼當作陶陶，爲順陽令時書也。序，蔡邕《詩序》，見《讓吏部封侯表注》，案江文通《擬休上人詩》注引蔡邕詩序曰：暮宿河南悵望。「詩序」者，詩題也。其《擬謝法曹詩》注引謝靈運詩序曰：於南山往北山經湖中。又序曰：南樓中望所遲客。皆謝詩題，觀之可曉然矣。他如蔡邕《正論》應列論，今誤列子類。李充《翰林論》應列論，今誤複列總集、雜文二類。潘岳《爲賈謐贈陸機詩》、謝瞻《送王撫軍詩》皆在選中，而詩類又皆誤列。卷五「選注未詳」，「徐尚翟景帶佗」條，賈誼《過秦論》注皆曰未詳。今案《史記索隱》亦曰「徐尚未詳」，《漢書》無注。案《戰國秦策一》「泠向謂秦王曰」，高誘注：泠姓，向名也，秦臣也。又《韓策》二「泠向謂韓咎」，泠即汵字，汵向與此徐尚形相近，戰國有汵向，無徐尚，恐一人之誤耳。皆考證精確，爲舉其例於此。舊爲僚壻貴池劉遜甫慎詒所藏，首有其宣統元年題識。謂不知何人筆，蓋未細考也。

有「龍慧過眼」白文方印。

【《文選李注補正》四卷】一册。清仁和孫志祖撰。嘉慶戊午石門顧修讀畫齋刊。初印本。元和顧廣圻手校。貴池劉慎詒手跋。

怡谷此書，王蘭泉稱爲詳核。李蒓客稱爲古義湛然，精覈不苟。而千里此校，則惡詆毒譏，體無完膚，與所校《考異》同。於序後大書「毫不足觀」四字，概與抹煞。考書中校語，署年者有嘉慶十三年戊辰，十四年己巳，道光十年庚寅。千里爲胡果泉校刻《文選》及撰《考異》，刻成在己巳，則戊辰、己巳正爲撰考異時，故取此書作參考。乃庚寅之去戊辰已二十三年，千里年亦六十五矣。然仍研摩不輟，其果毫不足觀，何如此之不憚煩耶？以千里吹求之深，糾繩之嚴，全書約佔十之三、四，然則其餘六、七正可見其考覈之精，無可非議。怡谷著書之精華，反因之而彰明。於怡谷何損哉！若能研究是非，平心討論，自附諍友，豈非交得其益。惜千里不知出此，而徒事嚚嚚爲。晚年輯朱子語爲《遯翁苦口》，其亦知所反歟？卷一《海賦》「北灑天墟」條，顧云：「案袁本此注云：『北陸天墟，音區。』茶陵本同，最是，何未得其解？余近訂正之，在新撰《考異》。」今案胡刻《考異》無此條。云新撰者，必在已巳刻成之後。其所得必多，惜今已不傳。校語文字較長者，眉端不能容，别書赫蹏夾入。慮其歲久零落，且皆實事求是，非以呵斥爲工者，今條録於後，爲治《選》學之參證。貴池劉慎詒跋。有「龍慧過眼」白文方印。

【略】（編者按：此下原録有顧廣圻校語，兹從略。）

【《文選考異》四卷】三册。清仁和孫志祖撰。漢州張祥齡《受經堂叢書》本。吴縣王欣夫臨元和顧廣圻評校並跋。

一九二八年冬余友壻貴池劉瑟夫遺書散出，購得讀畫齋初印本《文選理學權輿》三册，《文選李注補正》一册，審係顧千里手校。中夾揚州玉書堂書坊書單一紙，有「批校《文選》五册，價十六元」。則原有《文選考異》一册。三種本全，乃遍尋不得，不知遺落何所，深爲惋惜。後數年於坊間觀獨山莫氏銅井文房藏書，忽見無名氏臨顧校《考異》一册，大喜過望，持不釋手。賈人因疑爲千里真跡，索值殊昂，力不能得，則商請持歸録副。猝求讀畫齋原本不得，得此翻刻本，竭一宵之力照臨之。三種之分而復合，爲之躊躕滿志。

觀千里朱墨二筆於怡谷盡情譏彈，咄咄逼人。如《西都賦》「繚以周墻」條云：「不知《文選》，又不知《繫傳》。此之謂俗學。命夫！」「惇誨故老」條云：「不知《文選》，又不知《後漢》。火棗兒糕，是名俗學。」《東都賦》「正予樂」條云：「孫侍御荒陋過於五臣。」《西京賦》「妖蠱豔夫夏姬」條云：「『音也，必善音』，今六臣本割裂入正文下，尤延之删去，皆非。侍御烏足以知此！」《吴都賦》「重葩殗葉」條云：「然則《文選》有十一人注也！不通極矣。」「長殺短兵」條云：「『廣韻箋』，何書也？大奇！好鈔《音義》，而不知其不可據也。」《魏都賦》「隔踰奕世」條云：「全不曉韻，如何讀《選》？」「衒書來訊」條云：「全不曉字。」《西征賦》「况於卿士乎」條云：「胡説之極。」「於是孟秋爰謝」條云：「五臣妄言之，侍御妄聽之。」《江賦》「鵜鶩鷗猷」條云：「此人不讀李注，又不知有五臣，怪哉其《選》學也！」又云：「忽近圖遠，甫田之詩所以作，近時人多犯此病。我輩當戒之。」《思玄賦》「竇蕭艾於重笥兮」條云：「按瑶字是珤字之誤，宋刻珤，亦見《舉正》。孫氏據誤字駁善，其失甚矣。」《長門賦》「委參差以槺梁」條云：「好引《繫傳》以示博，竟不知細讀注。此等著書，吾所不解。」《神女賦》「其夜王寢」條云：「今考得五臣本與善本王、玉字相反，自來所説，沈存中、姚令威大旨已得，但欠細分析。如侍御者，夢囈而已。」《五君詠》「立議迕流俗」條云：「尤本、六臣本並同。觀善『流議』有注，可見非誤。孫氏志祖俗與議互换，不知何據，其誤實甚矣。」又云：「謬絶千古，併善注亦不寓目。」《贈陸機出爲吴王郎中令》「羽儀儲宫」條云：「『乃漸上京』，入洛也。『乃儀儲宫』，爲太子洗馬也。每句一事，於兩乃字别之。善是，五臣非。與宋本何涉？而曰義門過信耶？唯汲古閣誤用五臣改善，義門據宋本校之耳。侍御模糊多此類矣。」《晚登三山》「澄江淨如練」條云：「此等書均不足引，侍御欲據之，豈不謬哉！」《名都篇》「我歸宴平樂」條云：「生謂侍御不讀《毛詩》奇矣。世間妄人，方借此公頭銜恐嚇秀才，尤屬夢夢。」《結客少年場行》「日中市朝滿，車馬若川流」條云：「也算，本可笑。」李少卿《與蘇武詩》「悢悢不能辭」條云：「五臣悢悢，善悢悢，自有明文，何以不察。豈侍御未蓄六臣《文選》耶？」左太沖《雜詩》「披軒臨前庭」條云：「大謬不然。善注：『軒，長廊之窗也。』那得改作衣字耶？」張景陽《雜詩》「有渰興南岑」條云：「全勦襲陳少章，欺世無知者耳。」《東皇太一》「吉日兮辰良」條云：「凡李注例，但取義同，不拘語倒。如引子孫注孫子，引鑾荆注荆鑾，引瑟琴注琴瑟，隨舉可證。引辰良注良辰，亦其例。《蜀都賦》等自作良辰，《九歌》自作辰良。侍御讀李注不熟，遂據誤本，矜獨得之秘耳。如此著書，恐《夢谿筆談》笑人！」《山鬼》「風颯颯兮木蕭蕭」條云：「全不曉韻故耳。」《七命》「煢嫠爲之擗摽」條云：「太不識字。」《陳情表》「是以區區不能廢遠」條云：「《蜀志》注引耳。今《華陽國志》無，道聽塗説，豈不可笑。」《讓宣城郡公表》「增一職已黷朝經」條云：「胡説！」《上書吴王》「六齊望於呂后」條云：「此之謂杜撰。」《獄中上書》「白圭顯於中山」條云：「家中既少《文選》，何必作《考異》。」《上蕭太傅啓》「昉啓」條云：「顛倒見。」《辭隋王牋》「抽揚小善」條云：「《音義》不説《晉書》，侍御便不知道矣。」《難蜀父老》「聲稱浹乎來兹」條云：「《史記》于，《漢書》于，顔師古曰：『于兹，猶言今兹也。』觀於此，知侍御不學過於歐九也。」《漢高祖功臣頌》「韶濩錯音」條云：「真不識字。」《恩倖傳論》「胡廣累世農夫」條云：「此大不然，休文時，謝承等書俱在，安知不據成文？即以范史言，亦未有廣非累世農夫之證。何此等最不妥，侍御偏有取焉。此古人所以有珠櫝之嘆也。」《述韓英彭盧吴傳》「信惟餓隸」條云：「何足與辨。」《過秦論》「遁逃而不敢進」條云：「善從遁逃，明文在《西征賦》注。顔從逡遁，惜侍御未足以語此矣。」《運命論》「以遊于群雄」條云：「《舉正》無此條，出《音義》，《音義》尚未如此舛錯。少章冤枉難申，奈何？」《齊竟陵文宣王行狀》「擠掰天倫」條云：「此與『仰惟國典』對文，所改妄甚，謬甚。上句『俛遵遺託』，俛者，僶俛字也。侍御誤認俛爲俯，故議改此。」《祭顔光禄文》「義窮義象」條云：「到底胡説。」以上雖所言皆是，而措詞過刻，怡谷《李注補正自序》謂仿吴師道校《國策》之例，千里譏爲擬不於倫，莫此爲甚。而此書跋乃謂「懸諸國門，詎爲不刊」，不所擬更非其倫耶？千里此跋書於嘉慶九年甲子，距怡谷卒於六年辛酉不久，雖未知兆釁所由，而横肆毒詈於身後，豈非厚德之累。嗟乎，千里校勘之業，卓然千秋，而其褊衷利口，猶爲人憎惡，況學問不如千里者乎？特備録於此，以資後人之鑒戒也。

【略】（編者按：此下原録有顧廣圻校語，兹從略。）（以上《甲辰稿》卷四）

【《文選》六十卷】二十六册。清康熙丙寅上元錢士謐重刻毛氏汲古閣本。無名氏手評。全書朱筆圈點評校，眉上行間幾遍。書法工雅，必出康、乾時老學之手。而首尾不具姓名，並無題識。疑經改裝時割去。間有墨筆標「何云」者，則略後於朱筆。考《文選》評本，以何義門爲最著。今傳世有乾隆三十四年長洲蔣維鈞輯《義門讀書記》本，三十九年長洲葉樹藩海緑軒朱墨套印本，四十三年金壇于光華《文選集評》本，以此持校三本，獨與于本眉列何評大同，但此增多逾倍。據于氏重訂凡例云：「義門評本凡三易稿，世所傳寫，皆晚年所定。初次則支分節解，於初學尤宜。從宜興吴振鷺得初次評本，擇其簡要，併入前刻。或云係後入假託，然是非得失，有識者自能辨之。」案所見義門手評他書，或不止一本，或多歷年所，自有詳略之殊。以余觀之，三本中當以蔣本爲初次本，葉本爲晚年本，故蔣略而葉詳。至于本眉列何評，無論其初、晚，均不應與蔣、葉本絶殊。且義門評例，兼及校勘考證，間亦涉及友朋時事。于本則專論文法，多屬空言，亦不相類。于氏雖引或説，疑爲假託。余則謂能將全部《文選》如此剖析詳審，用力之深，不在孫月峰、俞犀月下，何爲假託義門。必因其本不著姓名，讀者以義門名盛，故歸之耳。觀此本墨筆特標「何云」，則朱筆之不屬何氏又事之易明者。嗟乎，彼窮畢世辛勤，研此一編，終至湮没不彰，而在義門，固不足增重，反致碔砆類玉之疑。此本不加何氏名，猶存其真。故余仍以無名氏評本著録，以昭信實。不從于氏之説，并附辨焉。此爲先世遺書，簽題爲先君次歐公筆。有「蟫廬藏書」朱文方印，「沂國公後」朱文長方印，「王」字朱文方印，「臣詢長壽」白文方印，「虎」字行書押，「以學愈愚」朱文方印。（《未編年稿》卷三）

【《文選音義》八卷】一册。清元和余蕭客撰。乾隆二十三年刊本。祥符周星詒手跋。

《四庫總集類存目》著録。《提要》謂鏬漏叢生，歷舉其失有八：曰引證亡書，不具出典。曰本書尚存，轉引他籍。曰嗜博貪多，不辨真僞。曰摭拾舊文，漫無考訂。曰疊引瑣説，繁複矛盾。曰見事即引，不究本末。曰旁引浮文，苟盈卷帙。曰抄撮習見，徒溷簡牘。是於其書頗致不滿。錢警石《曝書雜記》謂《音義》多用直音，便於省覽。載義門校語頗詳，亦初學所不廢。此本周季貺跋亦詆其淺陋疏略，名不稱實。案《疑年續録》仲林生雍正十年壬子，卒乾隆四十三年戊戌，年四十七。此本刊於乾隆二十三年，時祇二十七歲，誠爲少作。但余藏朱敬輿手鈔《文選紀聞》殘稿，中涉《音義》者，用朱筆鉤出，與此本多同。是後二十年蒐羅益富，擴爲三十卷，别名《紀聞》，《音義》亦包括其中。是本爲一書，然迄未定稿，故疾革時手授弟子朱敬輿。後人震於其名，互相傳鈔，而方功惠始爲付梓。《提要》所謂八失，仍未能免，蓋惠門弟子江、余並稱，余不如江之老壽，其學問尚未臻精純，即所輯《古經解鉤沈》，戴東原亦譏其或鉤而未沈，遠非後來臧西成、陳仲魚、嚴鐵橋諸家之備，則是書之較顧澗薲、朱蘭坡、胡枕泉瞠乎其後，又何疑哉。嘗謂乾隆初期，於輯佚書及《文選》學，尚爲大輅椎輪，仲林有創始之功。後來居上，理所必然，又不僅以少作而可從末減已也。此本雕印甚精，爲周氏書鈔閣舊藏。季貺四跋，皆在自序之首。

此仲林先生少作也。先生博雅宏通，稱海内儒者。而此書殊淺陋，晚年悔之，别成《文選紀聞》，顧其書不傳，而此盛行。余四十歲復從事《選》學，出此參證，知其未爲盡善，去顧、彭兩先生《考異》，蓋不可道里計也。壬申七月廿八日詒記。

先生深於漢學，古音古義，宜所通明。而此書凡通假音義，均極疏略，名不稱實，宜其晚悔也。

世傳《文選》以淳熙尤氏刻爲最古，鄱陽胡氏摹本是也。宋刻元槧，間存一二，世不多見。明朝刻本最多，而盛行者茶陵、吴郡兩本。茶陵注先李注後五臣注，吴郡先五臣後李注，此云先崇賢者，蓋茶陵本耳。知先生所見之不多矣。汲古本雖稱崇賢注單行本，而雜入五臣不少，即尤本亦不免。蓋自六臣注合并以後，崇賢專注本已成罕見，别擇爲難，此澗薲、甘亭所以有《考異》之撰也。（《未編年稿》卷四）

域外著録資料

（日）藤原佐世《日本國見在書目録》

《文選》卅，昭明太子撰。《文選》六十卷，李善注。《文選鈔》六十九，公孫羅撰。《文選鈔》卅。《文選音義》十，李善撰。《文選音決》十，公孫羅撰。《文選音義》十，釋道淹撰。《文選音義》十三，曹憲撰。《文選抄韻》一。《小文選》九。

（日）澀江全善、森立之《經籍訪古志》

【《文選》零本一卷】舊鈔卷子本，温故堂藏。現存第一卷，一軸，首有顯慶三年李善《上文選注表》，梁昭明太子撰《文選序》，序後接本文，題「文選卷第一，賦甲」，次行「京都上，班孟堅兩都賦二首并序，張平子西京賦一首」，界長七寸五分，幅一寸，每行十三字，卷末隔一行題「文選卷第一」，不記鈔寫年月，卷中朱墨點校頗密，標記傍注及背記所引有陸善經、善本、五臣本、《音決》《鈔》《集注》諸書及「今案」云云語。考字體墨光，當是五百許年前鈔本。此本無注文，而首冠李善序，蓋即就李本單録出本文者。

【又】舊鈔卷子本，求古樓藏。僅存《吴都賦》「礫而不窺玉淵者未知驪龍之所蟠」已下數紙，界長七寸九分强，每行幅九分，行十四字。此本當亦依李善本録出者，背寫佛經，經末題「《菩薩戒羯磨文釋》文鈔，文永三年丙寅六月十日書寫畢」，知此本在文永已前也。

【《文選》李善注六十卷】明刊本，求古樓藏。每卷首題「奉政大夫同知池州路總管府事張伯顔助率重刊」，前有成化丁未希古序云：「今板本藏在南廱者，歲久刓缺不完，近得善本，止存李善注，間有增注者，頗簡要明白，因命儒臣校讎訂正，刻梓以傳。其於五臣之注，皆在删除，而獨留善注者，蓋以蘇子瞻謂五臣乃俚儒之荒陋者，反不如善故爾。」卷有「讀耕齋之家」藏印。

【《文選》六臣注六十卷】宋槧本，足利學藏。首有李善上表，卷首題「文選卷第一」，下記「五臣并李善注」，每半板十行，行廿一字，注三十餘字，疏密不整。界長七寸三分，幅五寸一分左右，雙邊。字畫精嚴，鐫刻鮮朗，宋刻中尤精妙者。籤題篆書「李善五臣文選」六字，下爲界格，夾書卷數，乃爲當時裝潢之舊。每卷首尾有「金澤文庫」印記，第三、第六、第十二、第十五、第三十、第三十九諸卷末，有九華叟跋記，永録三年學庠寄進，平氏政朝臣捺福壽應穩朱印。末又有三要加朱墨點記，卷中點校頗密。

【又】宋槧本，楓山官庫藏。卷首題「文選卷一」，下記「李善注」，次列書五臣名。大板大字，楮墨完好。每半板九行，行十五字，注二十字。界長七寸八分，幅五寸八分。弘、竟、讓、徵、敬、貞、玄、桓、殷、構等字缺筆。板心間記重刊等字。第一卷末記「州學司書蕭鵬校對，鄉貢進士李大成校勘，左從政郎充贛州州學教授張之綱覆校」，第十八卷末記「州學齋長吴拯校對，左迪功郎新昭州平樂縣尉兼主簿嚴興文校勘，左迪功郎贛州石城縣尉主管學事權左司理蕭倬」。第廿六卷末記「左迪功郎新永州零陵縣主簿李汝明覆校」。各卷所記互異，又有劉格非、陳烈、鄒敦禮等名，而張之綱、蕭鵬校正題識居多。不記刻梓歲月，蓋即宋時州學刊本也。卷一、卷二末有「應永三十四年四月校點」記，卷八末記「潛齋點之」。卷廿六末引舊本載安元三年助教中原師直跋，後記「應永二十九菊月十一日寫點畢，鼎子誌之」。卷五十末有永亨四年校點記，俱未詳其人。籤題有玄興印記，僧南化舊物也。近藤守重云此本板式古樸，仿佛宋槧，然審定之，當是明初覆刻，非宋時原刊也。未知果然否。

【又】明嘉靖己酉翻雕宋本，求古樓藏。此本嘉靖間吴郡袁褧依蜀大字本翻雕者，卷首「六家文選卷第一」，下記「唐五臣注，崇賢館直學士李善注」，每半板十一行，行十八字，注二十六字，界長七寸八分，幅六寸。昭明序後有識語云：「此集精加校正，絶無舛誤，見在廣都縣北門裴宅印賣。」卷末記云「吴門袁氏善本新雕」，又跋云：「余家藏書百年，見購鬻宋刻本《昭明文選》，有五臣、六臣、李善本，巾箱、白文、小字、大字，殆數十種。家有此本，甚稱精善，而注釋本以六家爲優，因命工翻雕，匡郭字體，未少改易，刻始於嘉靖甲午歲，成於己酉，計十六載而完。用費浩繁，梓人艱集，今模搨傳播海内，覽此册者，毋徒曰開卷快然也。皇明嘉靖己酉春正月十六日，吴郡汝南袁生褧題於嘉趣堂。」卷首有「是書曾藏蔣絢臣家」印，卷尾有嘉靖乙丑歲忠雅堂謹藏記。按《曝書亭集·宋本六家文選跋》云：「六家注《文選》六十卷，宋崇寧五年鏤板，至政和元年畢工，墨光如漆，紙質堅緻，全書完好，序尾識云『見在廣都縣北門裴宅印賣』，蓋宋時蜀牋若是也。每本有吴門徐賁私印，又有太倉王氏賜書堂印記，是書袁氏褎曾仿宋本雕刻以行，故傳世特多，然無鏤板畢工年月，以此可辨僞真也。」朱氏所稱即斥此本，但「褧」作「褎」則誤耳。考《琳琅書目》載明板《文選》數部，皆書估就袁本妄改識語，僞造宋刻者，亦足見此本之佳焉。容安書院亦藏是本，稍屬後。搨少跋文。又有萬曆中刊十行本，依是本減一行者，紙刻賤劣，不及此本遠矣。

【又】慶長丁未活字刊本。卷首體式與足利學校所藏宋本同，蓋依足利本活字刷印者。目録首題云「茶陵前進士陳仁子校補」。考宋本無總目，而此則依陳氏本補入，已不可輒以爲原於元刻也。卷末有紹興跋文，亦依别本添補者。每半板十行，行二十三字，注雙行，界長八寸二分，幅五寸四分，四周雙邊。此本慶長丁未歲直江兼續用銅雕活字印行，世因稱直江板。嘗見有羅山先生真蹟跋文本，云此本近歲米澤黄門景勝陪臣直江山城守某開板於要法寺，余請秋元但馬守泰朝，而後泰朝告景勝而得之，以寄余。此可以見概略矣。又有寛永中活字刊本，依此本重刊。

【又】朝鮮國銅雕活字本。福山鹽田屯藏。每半板十行，行十七字，界長八寸三分，幅五寸八分，大板大字，體式與前本略同。惜此本殘缺不完，所存僅十九本耳。

【《文選集注》零本三卷】舊鈔卷子本，賜蘆文庫藏。見存第五十六，第百十五，第百十六，合三卷。每卷首題「文選卷幾」，下記「梁昭明太子撰」及「集注」二字。界長七寸三分，幅九分。每行十一字，注十三四字。筆跡沈着，墨光如漆，紙帶黄色，質極堅厚。披覽之際，古香襲人，實係七百許年舊鈔。注中引李善及五臣、陸善經、《音决》《鈔》諸書，注末往往有今案語，與温故堂藏舊鈔本標記所引合。就今本考之，是書似分爲百二十卷者。但集注不知出於何人，或疑皇國紀傳儒流所編著者與。其所引陸善經、《音决》《鈔》等書逸亡已久，今得藉以存其厓略，豈可不貴重乎！小島學古云此書曾藏金澤稱名寺，往歲狩谷卿雲、青川吉人一閲，歸來爲余屢稱其可貴，而近歲已歸於賜蘆之堂，故得縱覽。此本曾在金澤，而無印記，當是昔時從他假借留連者矣。近日小田切某又得是書零片二張於稱名寺敗簏中，一爲第九十四卷，一不知卷第，今歸僧徹定架中。聞某氏亦藏第百二卷，他日當訪之。（以上卷六「集部·總集類」）

（日）島田翰《古文舊書考》

【《文選》二卷】殘卷子本。經稱九經，集首《文選》《文集》，是先民之所以户誦家傳不措，而師授之重，守之如律令，因仍習襲，從而不改，嗚呼，師道之尊，其學者之司命歟！學而無師，猶不學。漢儒雖不逮古，而師資之益猶汲汲焉，經魏晉至六朝，師傳之不絶如綫，及唐而盡矣。依是觀之，九經之有師授，其事已足以千古，而我則至諸子集部之末，其讀法之異，句法釋義之别，皆有所受授，是邦俗之所以謹厚不敢爲高明，而舊本之所以至今不亡也。《文選》之見於史者，以《續日本紀》爲首，曰：袁晉卿，唐人也，天平七年當唐開元二十三年作遣唐使來歸，通《爾雅》《文選》音，因授大學音博士。又延曆十七年二月唐貞元十四年《太政官宣》載，《史記抄》引之。大學生年十六以下欲就史學者，先令讀《爾雅》《文選》音。《文德實録》稱仁壽元年四月，唐大中五年。帝喚善繩講《文選》。御堂關白道長公記云，寬弘三年十月二十日，宋景德三年。持來《五臣注文選》《文集》等。《古今著聞集》載勸學院中有能誦《文選》三十卷、《四聲切韻》者否。《日工集》則曰：永和四年十二月六日，明洪武十一年。送六臣注《文選》與京管領武州太守。而《山槐記》則稱後朱雀院儲貳之時萬壽之頃，宋天聖二年，即當其元年。自御堂有御送物摺本《文選》《文集》，可知天平既置音博士，寬弘有五臣注本，而槧本之流傳亦在萬壽中也。夫其流傳如此其久也，其習誦又如彼其盛也，宜乎《文選》之舊本，其流傳極多。予所觀尚有數通，然皆非五臣本則六臣本，而單行之書，唯是此書一通而已。是書今所存僅二卷，而依其卷第考之，則蓋爲三十卷本。三十卷本者，即蕭統之舊也，且無注文，而其所載本文則鑿鑿與李善本符，是其爲李善所原之藍帙也可知矣。《西溪叢語》載宋玉《神女賦》訛誤，云後人謂襄王夢神女非也，今本《文選》「玉」、「王」字差誤。姚寬在宋已以是爲當時誤傳，而宋本、今本，皆以爲王夢神女，今觀此本所存《神女賦》，「王」與「玉」正與今本相反，蓋夢之者宋玉，問之者即襄王也，文義於是始歸於正矣。校勘之不可忽，而古文舊書之不可不貴如此。井翁所舊藏，今既歸於海東松方伯插架。

（卷一「舊鈔本考」）

【六臣注《文選》六十卷】宋槧本，四通。《文選》注本之出於隋唐人者有數家，而其存于今日者三書而止，有李善注，有六臣注，六臣注又分爲二，有就善本加五臣注者，有原五臣本附善注者。其餘一書則陸善經、郭林宗、公孫羅諸人注本，但存之於舊鈔卷子本《集注文選》中，崇賢之舊觀，今不可知。世僅有殘鈔本，其出於貴池倉使雕版者，尚就六臣注本削去開元注本者，蓋非未經合并也。開元所勒成，《敏求記》載宋刻三十卷本，然今不知其存佚，雖乃佚，荒陋愚儒，不足深惜也。其就善本加五臣本者，秘府宋大字本獨然。小字本，足利學藏本，嘉靖覆宋本，則皆就五臣本附善注者矣。御府所儲宋本凡二，一通係德川氏紅葉山文庫舊藏，近藤正齋以爲明初覆宋本者是也。左右雙邊，界長七寸五分五釐以至八分，横五寸八分以至六寸不等，九行，行十五字，注雙行二十字，縫心上版記大小字數，卷第一末云「州學司書蕭鵬校對，鄉貢進士李大成校勘，左從政郎充贛州州學教授張之綱覆校」，三行聯書，其餘校對則有州學齋諭蕭人傑，州學齋長吴拯，州學齋諭李孝開，校勘則有鄉貢進士劉格非，鄉貢進士劉才邵，州學直學陳烈，州學學諭管獻民，鄉貢進士楊楫，州學齋諭吴撝，覆校則有左迪功郎贛州石城尉主管學事權左司理蕭倬，左迪功郎新昭州平樂縣尉兼主簿嚴興乂，左從事郎贛州觀察推官鄒敦禮，左迪功郎贛州司户參軍李盛，左迪功郎新永州零陵縣主簿李汝明。各卷所記不相同，卷端題「文選第一」，下記「李善注」，次行以下聯書五臣名，縫心刻雕手陳顯、嚴智、鄭春、張明、周彦、阮畢、陳壽、方志、王信、陳真、虞良、董姚、余文、吴中、黄彦、方政、方琢、陳景昌、方惠、余彦、應世昌、陳補、方綺、蔡昌、劉廷章、蕭祥、劉訓、吴互、求裕、龔友、鄧信、熊海、余中、余清、余元、蔡永昌、高異、譚彦才、藍佳、藍俊、劉文、蔡榮、蕭延昌、金祖、金菜、管至、劉達、蔡昌、蔡昇、鄧聰、姜文、陳通、葉松、胡元、陳才、蔡寧、鄧信、曾添、鄧正、王彦、李端、鄧感、鄧明、吴立、余從、嚴忠、劉成、章宇、胡允、宋清、朱基、沈彦、徐太、胡亮、蔡如聲、李早、范王聖、延岡、蔡達、陳伯蘭、何澤、徐台祖、翁俊、系重、葉華、劉川、劉臻、沈貫、龔襲、李寶、大明、李新、高諒等氏名。卷第一末云：右卷應永卅四四月三日寫朱墨畢，重志。卷第二云：右卷應卅四年丁未四月十二日三更三點於雲巢西窗寫點畢矣，重志。卷第八云：潛齋點之。卷第廿六云：舊本云，安元三年三月五以文章博士敦周朝臣家本移點校合畢。又云：應永廿九菊月十一日寫點，鼎子誌之。卷第五十五云：右卷應永三十二解制前二日寫點畢，重志。潛齋、鼎子未知其爲何人。敦周即藤原茂明男，官至正四位下彈正大弼，以壽永二年三月卒。是書大版大書，字大如錢，楮墨精絶，而版樣則極雅古。予則以爲其版成於汴時，修版至南渡後也。夫可鑒刻之前後者，非紙墨刀法異同等歟，以其紙墨則宋矣，以其運刀則宋矣，以其避諱則弘、竟、讓、徵、敬、貞、玄、桓、殷、搆皆缺其字畫矣，而其雕手張明、陳壽、嚴忠、金祖名，則又見於祕府宋孝宗時刻本《世説新語》縫心矣，蓋元明之覆宋本者，或全挖去刻手氏名，或一卷之中存二三處，或換舊以覆時鐫工名氏，夫縫心之標刻手，是係於其刻時氏名也固矣，則覆本之換舊以新，未可遽非焉。見嘉靖岳本《左氏集解》、袁本《六家文選》、隆慶覆宋本《騎省集》及洪武覆宋本《東坡集》，而可類推也。而兹書則縫心皆鐫刻手氏名，又全依宋本之舊，且正齋以其版心有「重刊」字，定爲明初覆本。夫清人舉宋本，必以尤刻《文選》爲精絶，而其版心則有「重刊」字矣，是猶可諉稱明刻耶？嗟吁，予之言爲誣其實乎？正齋之説失其當乎？學者盍謹擇焉。厭常喜新，其不失正鵠者，其鮮幾何！是書注文首載李善，次附五臣，其異同則弘多，而插入注文，其前後上下與他刻全不相同。又五臣所引與善注複者删之，其義淺者亦删之，然不甚多，其爲引五臣注附善注下之頭刻也可知矣。而其所載善注，亦比今本極詳。李匡乂《資暇録》云：「李氏《文選》有初注成者，有覆注、三注、四注者，當時旋被傳寫，其絶筆之本，釋音訓義，注解甚多。」由是而言，兹書豈出於李氏絶筆之本歟？文多不録，録備於《群書點勘》。題簽行書瀟洒極雅，下有「玄興」篆文朱印，二字聯記，方六分有許，雙格。玄興則永禄慶長間有名僧，字南化，所賜定慧圓明國師號者。一通係予新收，而與予所儲爲同一版。御本間有抄補，我本存十二至六十，四十八卷，完善無缺，左右雙邊，半板界高六寸八分至七寸二分，幅五寸，十行，行二十一字，注雙行二十八九、三十字，卷首「梁昭明太子撰」、「五臣並李善注」二行聯署，末卷尾云：「右《文選》版歲久漫滅殆甚，紹興二十八年冬十月，直閣趙公來鎮是邦，下車之初，以儒雅飾吏事，首加修正，字畫爲之一新。右迪功郎明州司法參軍兼監盧欽書。」版縫有揚昌、揚永、李忠、李良、李顯、李珪、李清、陳高、高起、陳元、陳文、陳才、陳辛、陳忠、陳真、沫然、王進、王舉、王秦、王達、王因、王允、王仲、王諒、王寔、王伸、王椿、舜椿、蔡忠、蔡正、蔡政、張舉、張謹、俞珎、俞忠、施章、施藴、施俊、施瑞、吴詢、吴浩、吴寶、吴正、吴珪、葉明、方祥、方成、方祐、方師、潘與權、徐章、徐宗、宗林、朱林、丁文、徐亮、徐彦、徐宥、徐達、徐寬、洪昌、洪明、洪茂、洪乘、葛珍、朱諒、朱宥、雇宥、許中、毛昌、毛章、金敦、毛諒、宋珍、周彦、劉信、明瑞、駱晟、江政氏名，皆雕工也。御本卷二十末有永禄九年四月十六日宗二六十九歲識語云：「先年稱名寺院殿一之卷講演之次，申書御本加點了。」云云。兹書爲紹興二十八年撮版，而以下間有葺刻，至慶元而止。內閣千代田文庫亦藏一通，左右雙邊，半板界長八寸，幅六寸，十一行，行十八字，板心有鐫手信之、宗信、徐敖、陸林雨、陸儒、劉采、袁電、五云、永日、濟之、唐瓊、走需、高臣、李宅、李文彩、李安、李清、周永、周言、張曾、張憲、張秦、張顯、良民、廷秀、啓明、徐南、揚仁、何免、吳江、六先、子沾、六如、陳鑑、六舉、章亯、潘子齡、王良智、章守中、高良仁、袁子威、章思正、高文湛、何祥、文章名氏。是書以版貌相之，蓋爲紹興後刻本，且刻工李清名又在上記紹興本中，可以推見其刻時也。捺彭城劉氏家藏、西樓藏書圖章、青黎閣、下榻生、昌平阪學問所、文化辛未、淺草文庫、大學校圖書之印、書籍館印、內務省文庫印。足利之藏，則左右雙邊，界長七寸三分，半葉五寸一分五釐，十行，行二十一字，注雙行三十字，卷端題「文選卷第一」，下署「五臣並李善注」，卷首有李善上表。運刀字畫並謹嚴精妙，而體貌殆與祕府宋槧《尚書正義》相似，而結體爲稍大。卷三、六、十、二十五、三十、三十九各卷末有北條氏政及九華叟跋云：「學庠寄進永祿第三龍集，庚申六月七日，平氏政朝臣記。」上重捺福壽應穩朱印，所謂北條虎印是也。又有慶長丁未上杉景勝臣直江山城守兼續，於要法寺就是書用銅雕活字所刷印者，首有目録，題云「茶陵前進士陳仁子校補」，卷尾有紹興跋文，蓋足利之書缺目録，故依元陳氏本補之。又從紹興刻本採録其跋，殊失其舊觀。上杉氏有黄善夫刻《史記》，亦係兼續舊收，觀其目録後木記，割裂粘用元彭寅翁刻本木識，其無識與斯書爲同一法，恐是亦兼續所割裂增入，紹興本以下三版四通，皆就五臣本附善注者，夫崇賢所原之本，與開元所注之書，其淵源未嘗相同也，而崇賢則析爲六十卷，開元則其注與語句異同，視之於善注，雖猶虎狗鳳雞，但其卷帙，未失蕭統之舊，夫源流既相不同也，語句異同固亦不相同也，而其標語句下注語，亦未曾不相異，况分卷之異，二者全相懸絶，後人欲引此附彼，引彼附此，予徒見其圓枘難入也。世有殘鈔本二卷，是爲從李氏單行本所傳鈔，又幸有秘府大字本極近於古，以兹二通爲藍本，參辨之以尤延之本、應安本、袁褧刻《六家文選》及三通宋刻，則庶幾乎崇賢面目稍可彷彿。予有《文選點勘》之著，所引舊鈔卷子本凡二，宋槧則總六，舊刊本則凡一，元刻採陳仁子本，明清之際則録晉藩、田汝成、袁褧、徐成位、毛晉、胡克家，自惟舊本之存盡於兹，栩栩私以爲李氏之忠臣，載在《群書點勘》中。（卷二《宋槧本考》）

【李善注《文選》六十卷】應安刻本。昔李善注盛行，而蕭該、道淹、公孫羅、曹憲、許淹、康國安諸注亡，六臣薈本出，而李氏單注又微。孟蜀時，毋昭裔嘗爲之鏤版，其版宋大中祥符尚存，惟其所刻，今不可考。然以予觀之，其殆五臣注本乎。宋淳熙辛丑，無錫尤延之在貴池學官刻善本，厥後單行之本，咸從之出，而其實由六臣注本所録出也。斯篇則應安辛亥就尤刊本所傳鈔上梓也。唐時《選》學極熾，在皇國亦頗傳誦兹書。應安之傳刻，何以不據舊本而付棗梓，即求之於宋時尤刻，蓋雖當日崇尚就新好異所致，亦由其流傳稀少也。李氏之被厄於後世，嗟嗟亦甚矣！其所筆録，結構遒麗，神彩渾淪，間交以六朝俗體奇文，元元本本，居然如出於唐時遺卷，而卷末則載有淳熙尤跋，且應安刻行識語明言其依尤本上梓，又校諸尤本，雖有小異同，略相似。嗚呼，觀尤刻《文選》之可以變而爲應安刻本，北宋闕民字本之可以變而爲正中刊本《左氏傳》，宋槧本之可以變而爲正平本《論語集解》，則知天下無不可變之書也。學者負一世之名，而一言轉移天下之耳目者，視正中、正平、應安三刻之爲原於宋槧本，其思之哉。不可以皇國舊刊本字畫之似六朝碑版，妄稱爲出於隋唐也。末卷尾云：「《文選》之版，世鮮流布，童蒙不便之，福建道興化路莆田縣仁德里人俞良甫，頃得大宋尤袤先生之書於日本嵯峨，自辛亥四月起刀，至今苦難始成矣。甲寅十月謹題。」辛亥甲寅，指應安四年與七年，《傳法正宗記》《月江語録》《柳文》等可證也。四周單邊，半頁八行，行十九字、二十字，注雙行二十一二三字，界長七寸五分，幅五寸八分。嘗校諸胡氏覆尤刻本，間有異同，蓋胡氏所原有補刊，至理宗景定間，而兹則恐原於淳熙原刻，故有相異，非入梓時有私改也。是書書既俊英，刻亦絶倫，真雙絶也。卷首有「傳經廬圖書記」印，即知係於漁邨翁舊收，其《待老日記》稱爲古刻《文選》者，或謂兹本也。嗟吁，方李氏之注是書，勞精運思，博引旁證，以淑其時，而待後之學者，而其真本皆散佚不傳，此何辜于天，而厄之爾極也！使予觀兹書，范然低徊，而傷心也夫！（卷三《舊刊本考》）

引用書目

《文選》版本及「文選學」著作

《唐鈔文選集注彙存》 佚名編 上海古籍出版社二〇〇〇年版
《文選集注》殘卷 佚名編 日本金澤文庫藏
李善注《文選》 南宋淳熙八年尤袤刻本 中華書局一九七四年影印版
五臣注《文選》 臺灣「中央圖書館」藏南宋紹興建陽崇化書坊陳八郎宅刻本
六家注《文選》 韓國奎章閣藏朝鮮世宗朝翻北宋元祐秀州州學刻本 韓國正文社一九八六年影印版
李善注《文選》 明成化唐藩朱芝址翻刻元張伯顏本、明弘治重刊唐藩本、明嘉靖晉藩朱知烊重刻本、明隆慶朱碩熿重刻本
李善注《文選》 明嘉靖元年金臺汪諒覆刊元張伯顏本
六家注《文選》 明嘉靖袁褧重刊宋廣都裴氏本

六臣注《文選》　清康熙石渠閣重刊明徐成位六臣注本

李善注《文選》　清乾隆葉樹藩海録軒刻本

李善注《文選》　清嘉慶十四年胡克家翻宋尤袤刻本　中華書局一九七七年影印版

《文選考異》（宋）尤袤撰　清光緒盛氏刊《常州先哲遺書》本

《文選雙字類要》（宋）蘇易簡撰　明嘉靖姚虞序刻本

《文選類林》（宋）劉攽撰《文選研究文獻輯刊》影印明嘉靖刻本　國家圖書館出版社二〇一三年版

《文選類林》（宋）劉攽撰　明隆慶潘侃序刊本

《選詩句圖》（宋）高似孫撰《四庫全書存目叢書》影印清鈔本　齊魯書社一九九七年版

《選詩演義》（宋）曾原一撰　日本名古屋蓬左文庫藏朝鮮世宗十六年活字翻印南宋寶祐四年黄崇實序刊本

《文選補遺》（元）陳仁子編　國家圖書館藏明抄本

《風雅翼》（元）劉履撰　明宣德吉州陳本深刻本、明嘉靖蕭世賢刻本、明嘉靖顧存仁養吾堂刻本

《廣文選》（明）劉節編《四庫全書存目叢書》影印明嘉靖十六年陳蕙揚州書院刻本　齊魯書

社一九九七年版
《文選拔萃》（明）方弘静輯　明嘉靖刻本
《選詩補遺》（明）唐堯官輯評　《叢書集成續編》本　臺北新文豐出版公司一九八九年版
《選詩約注》（明）馮惟訥撰《文選研究文獻輯刊》影印明萬曆沈思孝刻本　國家圖書館出版社二〇一三年版
《文選錦字録》（明）凌迪知撰《文選研究文獻輯刊》影印清光緒刻本　國家圖書館出版社二〇一三年版
《文選纂注》（明）張鳳翼撰《四庫全書存目叢書》影印明萬曆刻本　齊魯書社一九九七年版
《文選音注》（明）吴近仁編　明萬曆刻本
《廣廣文選》（明）周應治輯《四庫全書存目叢書》影印明崇禎八年周元孚刻本　齊魯書社一九九七年版
《文選章句》（明）陳與郊撰《四庫全書存目叢書》影印明萬曆刻本　齊魯書社一九九七年版
《選詩補》（明）顧大猷輯　明萬曆刻本
《續文選》（明）湯紹祖輯《四庫全書存目叢書》影印明萬曆希貴堂刻本　齊魯書社一九九七年版

《續文選》（明）胡震亨輯　明萬曆刻本
《文選尤》（明）鄒思明撰　《四庫全書存目叢書》影印明天啓二年吴興閔氏刻本　齊魯書社一九九七年版
《天佚草堂刊選廣文選》（明）馬維銘輯　明萬曆刻本
《合評選詩》（明）郭正域批點　（明）凌濛初輯評　《文選研究文獻輯刊》影印明吴興凌氏刻本　國家圖書館出版社二〇一三年版
《文選鉤玄》（明）華文甫輯　明刻本
《文選瀹注》（明）孫鑛評　（明）閔齊華注　《四庫全書存目叢書》影印明末閔氏刻本　齊魯書社一九九七年版
《廣文選删》（明）張溥輯　明崇禎刻本
《六朝選詩定論》（清）吴淇撰　汪俊、黄進德點校　廣陵書社二〇〇九年版
《梁昭明文選越裁》（清）洪若臯撰　《文選研究文獻輯刊》影印清康熙刻本　國家圖書館出版社二〇一三年版
《昭明文選六臣彙注疏解》（清）顧施禎疏解　清康熙刻本
《新刊文選後集》（清）張緝宗編　清康熙刻本

《文選詩抄》（清）吴學濂輯　清康熙刻本

《文選舉正》（清）陳景雲撰　《文選研究文獻輯刊》影印清咸豐七年抄本　國家圖書館出版社二〇一三年版

《文選課虚》（清）杭世駿撰　《文選研究文獻輯刊》影印清刻本　國家圖書館出版社二〇一三年版

《文選音義》（清）余蕭客撰　清乾隆間静勝堂刻本

《選材録》（清）周春撰　《叢書集成續編》本　臺北新文豐出版公司一九八九年版

《昭明文選集成》（清）方廷珪撰　清乾隆刻本

《文選理學權輿》（清）汪師韓撰　《文選研究文獻輯刊》影印清嘉慶間刻《讀畫齋叢書甲集》本　國家圖書館出版社二〇一三年版

《重訂文選集評》（清）于光華撰　清乾隆刻本

《文選李善注拾遺》（清）王煦撰　李之亮校點　中州古籍出版社一九九八年版

《文選箋記》（清）許巽行撰　《叢書集成續編》本　臺北新文豐出版公司一九八九年版

《選學膠言》（清）張雲璈撰　《叢書集成續編》本　臺北新文豐出版公司一九八九年版

《文選考異》（清）孫志祖撰　《文選研究文獻輯刊》影印清嘉慶間刻《讀畫齋叢書甲集》本　國

家圖書館出版社二〇一三年版

《文選李注補正》（清）孫志祖撰《文選研究文獻輯刊》影印清嘉慶間刻《讀畫齋叢書甲集》本 國家圖書館出版社二〇一三年版

《文選集腋》（清）胥斌撰《文選研究文獻輯刊》影印清嘉慶保寧堂刻本 國家圖書館出版社二〇一三年版

《文選編珠》（清）石韞玉撰《叢書集成續編》本 臺北新文豐出版公司一九八九年版

《文選旁證》（清）梁章鉅撰 穆克宏點校 福建人民出版社二〇〇〇年版

《文選集釋》（清）朱珔撰《文選研究文獻輯刊》影印清光緒刻本 國家圖書館出版社二〇一三年版

《文選擬題詩》（清）馬國翰撰 清光緒十年繡江李氏刊本

《文選古字通疏證》（清）薛傳均撰《叢書集成續編》本 臺北新文豐出版公司一九八九年版

《文選箋證》（清）胡紹煐撰 蔣立甫點校 黄山書社二〇〇七年版

《選注規李》（清）徐攀鳳撰《文選研究文獻輯刊》影印清道光《藝海珠塵》本 國家圖書館出版社二〇一三年版

《選學糾何》（清）徐攀鳳撰《文選研究文獻輯刊》影印清道光《藝海珠塵》本 國家圖書館出

版社二〇一三年版
《文選古字通補訓》（清）吕錦文撰　《文選研究文獻輯刊》影印清光緒刻本　國家圖書館出版社二〇一三年版
《文選拾遺》（清）朱銘撰　《文選研究文獻輯刊》影印清光緒刻本　國家圖書館出版社二〇一三年版
《文選通假字會》（清）杜宗玉撰　《文選研究文獻輯刊》影印清光緒刻本　國家圖書館出版社二〇一三年版
《文選敂音》（清）趙晉撰　《叢書集成初編》本　中華書局一九八五年版
《讀選集箴》（清）何其傑撰　《文選研究文獻輯刊》影印清光緒刻本　國家圖書館出版社二〇一三年版
《選雅》程先甲撰　《四庫未收書輯刊》影印清光緒二十八年千一齋刻本　北京出版社二〇〇〇年版
《文選李注釋例》劉翰芳撰　復旦大學圖書館藏稿本
《文選類詁》丁福保撰　中華書局一九九〇年版
《文選李注義疏》高步瀛撰　曹道衡、沈玉成點校　中華書局一九八五年版

《文選學》駱鴻凱撰　中華書局二〇一五年版

集部

《東塘集》（宋）袁説友撰　文淵閣《四庫全書》本

《靈巖集》（宋）唐士恥撰　文淵閣《四庫全書》本

《東里集》（明）楊士奇撰　文淵閣《四庫全書》本

《鳥鼠山人小集》（明）胡纘宗撰《四庫全書存目叢書》影印明嘉靖刻本　齊魯書社一九九七年版

《嵩渚文集》（明）李濂撰《四庫全書存目叢書》影印明嘉靖刻本　齊魯書社一九九七年版

《田叔禾小集》（明）田汝成撰《四庫全書存目叢書》影印明嘉靖四十二年田藝蘅刻本　齊魯書社一九九七年版

《太函集》（明）汪道昆撰《四庫全書存目叢書》影印明萬曆刻本　齊魯書社一九九七年版

《處實堂集》（明）張鳳翼撰《續修四庫全書》影印明萬曆刻本　上海古籍出版社二〇〇二年版

《負苞堂文選》（明）臧懋循撰《四庫全書存目叢書》影印明天啓刻本　齊魯書社一九九七

年版
《西樓全集》（明）鄧原岳撰 《四庫全書存目叢書》影印明崇禎刻本 齊魯書社一九九七年版
《寶日堂初集》（明）張鼐撰 《四庫禁燬書叢刊》影印明崇禎二年刻本 北京出版社一九九七年版
《織水齋集》（明）李煥章撰 《四庫全書存目叢書》影印清乾隆間鈔本 齊魯書社一九九七年版
《兼濟堂文集》（清）魏裔介撰 魏連科點校 中華書局二〇〇七年版
《晴江閣集》（清）何絜撰 《四庫未收書輯刊》影印清康熙刻本 北京出版社二〇〇〇年版
《湛園未定稿》（清）姜宸英撰 《四庫全書存目叢書》影印清康熙二老閣刻本 齊魯書社一九九七年版
《曝書亭集》（清）朱彝尊撰 《四部叢刊初編》本 上海書店出版社一九八九年版
《遂初堂集》（清）潘耒撰 《續修四庫全書》影印清康熙刻本 上海古籍出版社二〇〇二年版
《道古堂文集》（清）杭世駿撰 《續修四庫全書》影印清乾隆刻本 上海古籍出版社二〇〇二年版
《松泉集》（清）汪由敦撰 文淵閣《四庫全書》本

《西莊始存稿》（清）王鳴盛撰　《續修四庫全書》影印清乾隆刻本　上海古籍出版社二〇〇二年版

《簡松草堂文集》（清）張雲璈撰　《續修四庫全書》影印清道光刻本　上海古籍出版社二〇〇二年版

《簡莊文鈔》（清）陳鱣撰　《續修四庫全書》影印清光緒刻本　上海古籍出版社二〇〇二年版

《揅經室集》（清）阮元撰　鄧經元點校　中華書局一九九三年版

《顧千里集》（清）顧廣圻撰　王欣夫輯　中華書局二〇〇七年版

《石經閣文初集》（清）馮登府撰　《清代詩文集彙編》影印清道光刻本　上海古籍出版社二〇一〇年版

《樫華館全集》（清）路德撰　《續修四庫全書》影印清光緒七年解梁刻本　上海古籍出版社二〇〇二年版

《面城樓集鈔》（清）曾釗撰　《續修四庫全書》影印清光緒二年刻《學海堂叢刻》本　上海古籍出版社二〇〇二年版

《東塾集》（清）陳澧撰　《續修四庫全書》影印清光緒刻本　上海古籍出版社二〇〇二年版

《通義堂文集》（清）劉毓崧撰　《續修四庫全書》影印民國《求恕齋叢書》本　上海古籍出版社

二〇〇二年版
《經德堂文集》（清）龍啓瑞撰《續修四庫全書》影印清光緒刻本　上海古籍出版社二〇〇二年版
《春在堂雜文》（清）俞樾撰《續修四庫全書》影印清光緒二十五年刻《春在堂全書》本　上海古籍出版社二〇〇二年版
《儀顧堂集》（清）陸心源撰《續修四庫全書》影印清光緒刻本　上海古籍出版社二〇〇二年版
《李審言文集》李詳撰　江蘇古籍出版社一九八九年版
《左盦集》劉師培撰　民國刻本
《顧廷龍文集》顧廷龍撰　上海科學技術文獻出版社二〇〇二年版
《明文海》（明）黄宗羲編　中華書局一九八七年版
《吴興藝文補》（明）董斯張撰《續修四庫全書》影印明崇禎六年刻本　上海古籍出版社二〇〇二年版
《詩原》（清）顧大申編《四庫全書存目叢書》影印清順治刻本　齊魯書社一九九七年版
《升庵詩話新箋證》（明）楊慎撰　王大厚箋證　中華書局二〇〇八年版

子部

《玉海》（宋）王應麟撰　江蘇古籍出版社、上海書店一九九二年影印清光緒九年浙江書局刻本
《書畫題跋記》（明）郁逢慶撰　文淵閣《四庫全書》本
《十駕齋養新録》（清）錢大昕撰　陳文和、孫顯軍校點　江蘇古籍出版社一九九七年版
《東湖叢記》（清）蔣光煦撰　《續修四庫全書》影印清光緒九年繆氏刻《雲自在龕叢書》本　上海古籍出版社二〇〇二年版
《癸巳存稿》（清）俞正燮撰　《續修四庫全書》影印清道光刻本　上海古籍出版社二〇〇二年版
《吹網録》（清）葉廷琯撰　《續修四庫全書》影印清同治八年刻本　上海古籍出版社二〇〇二年版

史部

《隋書》（唐）魏徵等撰　中華書局一九七三年版
《舊唐書》（後晉）劉昫等撰　中華書局一九七五年版

《新唐書》（宋）歐陽修等撰　中華書局一九七五年版
《通志》（宋）鄭樵撰　中華書局一九八七年版
《宋史》（元）脱脱等撰　中華書局一九七七年版
《文獻通考》（元）馬端臨撰　中華書局一九八六年版
《明史》（清）萬斯同撰《續修四庫全書》影印清鈔本　上海古籍出版社二〇〇二年版

書目題跋

《崇文總目》（宋）王堯臣等編　（清）錢東垣等輯釋　《叢書集成初編》本　中華書局一九八五年版
《郡齋讀書志校證》（宋）晁公武撰　孫猛校證　上海古籍出版社一九九〇年版
《遂初堂書目》（宋）尤袤撰　《叢書集成初編》本　中華書局一九八五年版
《中興館閣書目輯考》（宋）陳騤等撰　趙士煒輯考　《宋元明清書目題跋叢刊》本　中華書局二〇〇六年版
《直齋書録解題》（宋）陳振孫撰　徐小蠻、顧美華點校　上海古籍出版社一九八七年版
《文淵閣書目》（明）楊士奇等編　文淵閣《四庫全書》本

《秘閣書目》（明）錢溥編　《明代書目題跋叢刊》本　馮惠民、李萬健等選編　書目文獻出版社一九九四年版

《菉竹堂書目》（明）葉盛編　《四庫全書存目叢書》影印清初抄本　齊魯書社一九九七年版

《濮陽蒲汀李先生家藏書目》（明）李廷相編　《叢書集成續編》本　臺北新文豐出版公司一九八九年版

《百川書志》（明）高儒編　《中國歷代書目題跋叢書》本　上海古籍出版社二〇〇五年版

《晁氏寶文堂書目》（明）晁瑮編　《中國歷代書目題跋叢書》本　上海古籍出版社二〇〇五年版

《萬卷堂書目》（明）朱睦㮮編　《明代書目題跋叢刊》本　馮惠民、李萬健等選編　書目文獻出版社一九九四年版

《古今書刻》（明）周弘祖編　《中國歷代書目題跋叢書》本　上海古籍出版社二〇〇五年版

《趙定宇書目》（明）趙用賢編　《明代書目題跋叢刊》本　馮惠民、李萬健等選編　書目文獻出版社一九九四年版

《行人司重刻書目》（明）徐圖等編　《明代書目題跋叢刊》本　馮惠民、李萬健等選編　書目文獻出版社一九九四年版

《國史經籍志》（明）焦竑撰 《續修四庫全書》影印明徐象橒刻本 上海古籍出版社二〇〇二年版
《世善堂藏書目録》（明）陳第編 《明代書目題跋叢刊》本 馮惠民、李萬健等選編 書目文獻出版社一九九四年版
《内閣藏書目録》（明）孫能傳、（明）張萱等編 《續修四庫全書》影印清抄本 上海古籍出版社二〇〇二年版
《玄賞齋書目》（明）董其昌編 《明代書目題跋叢刊》本 馮惠民、李萬健等選編 書目文獻出版社一九九四年版
《脈望館書目》（明）趙琦美編 《叢書集成續編》本 臺北新文豐出版公司一九八九年版
《澹生堂藏書目》（明）祁承㸁編 《明代書目題跋叢刊》本 馮惠民、李萬健等選編 書目文獻出版社一九九四年版
《徐氏紅雨樓書目》（明）徐𤊹編 《中國歷代書目題跋叢書》本 上海古籍出版社二〇〇五年版
《重編紅雨樓題跋》（明）徐𤊹撰 《國家圖書館藏古籍題跋叢刊》本 北京圖書館出版社二〇〇二年版

《笠澤堂書目》（明）王道明編　《宋元明清書目題跋叢刊》本　中華書局二〇〇六年版
《近古堂書目》（明）佚名編《叢書集成續編》本　臺北新文豐出版公司一九八九年版
《汲古閣校刻書目》（明）毛晉編　《明代書目題跋叢刊》本　馮惠民、李萬健等選編　書目文獻出版社一九九四年版
《絳雲樓書目》（清）錢謙益編　《叢書集成初編》本　中華書局一九八五年版
《奕慶藏書樓書目》（清）祁理孫編　《書目類編》本　嚴靈峰編輯　臺灣成文出版社一九七八年版
《千頃堂書目》（清）黄虞稷編　瞿鳳起、潘景鄭整理　上海古籍出版社二〇〇一年版
《錢遵王述古堂藏書目録》（清）錢曾編　《粤雅堂叢書》本
《也是園藏書目》（清）錢曾編　《叢書集成續編》本　上海書店出版社一九九四年版
《讀書敏求記校證》（清）錢曾撰　管庭芬、章鈺校證　《中國歷代書目題跋叢書》本　上海古籍出版社二〇〇七年版
《季滄葦藏書目》（清）季振宜編　《叢書集成初編》本　中華書局一九八五年版
《傳是樓宋元本書目》（清）徐乾學編　《叢書集成續編》本　臺北新文豐出版公司一九八九年版

《傳是樓書目》（清）徐乾學編　《續修四庫全書》影印清道光八年劉氏味經書屋抄本　上海古籍出版社二〇〇二年版
《楝亭書目》（清）曹寅編　《叢書集成續編》本　臺北新文豐出版公司一九八九年版
《孝慈堂書目》（清）王聞遠編　《叢書集成續編》本　臺北新文豐出版公司一九八九年版
《天禄琳琅書目》（清）于敏中等撰　徐德明標點　《中國歷代書目題跋叢書》本　上海古籍出版社二〇〇七年版
《浙江採集遺書總録》（清）沈初等撰　杜澤遜、何燦點校　《中國歷代書目題跋叢書》本　上海古籍出版社二〇〇七年版
《四庫全書簡明目録》（清）永瑢等撰　上海古籍出版社一九八五年版
《四庫全書總目》（清）永瑢等撰　中華書局一九六五年版
《天禄琳琅書目後編》（清）彭元瑞等撰　徐德明標點　《中國歷代書目題跋叢書》本　上海古籍出版社二〇〇七年版
《知聖道齋書目》（清）彭元瑞編　《叢書集成續編》本　臺北新文豐出版公司一九八九年版
《知聖道齋讀書跋》（清）彭元瑞撰　《叢書集成初編》本　中華書局一九八五年版
《四明天一閣藏書目録》（清）佚名編　《叢書集成續編》本　臺北新文豐出版公司一九八九

年版

《天一閣書目》（清）范邦甸等撰　江曦、李婧點校　《中國歷代書目題跋叢書》本　上海古籍出版社二〇一〇年版

《天一閣見存書目》（清）薛福成編　《書目類編》影印清光緒己丑無錫薛氏刻本　嚴靈峰編輯　臺灣成文出版社一九七八年版

《四部寓眼録》（清）周廣業撰《國家圖書館藏古籍題跋叢刊》本　北京圖書館出版社二〇〇二年版

《平津館鑒藏記書籍》（清）孫星衍編　焦桂美標點　《中國歷代書目題跋叢書》本　上海古籍出版社二〇〇八年版

《孫氏祠堂書目》（清）孫星衍編　焦桂美標點　《中國歷代書目題跋叢書》本　上海古籍出版社二〇〇八年版

《廉石居藏書記》（清）孫星衍撰（清）陳宗彝編　沙莎標點《中國歷代書目題跋叢書》本　上海古籍出版社二〇〇八年版

《求古居宋本書目》（清）黄丕烈編　《叢書集成續編》本　臺北新文豐出版公司一九八九年版

《文選樓藏書記》（清）阮元編　王愛亭、趙嫄點校　《中國歷代書目題跋叢書》本　上海古籍出

版社二〇〇九年版
《鄭堂讀書記》（清）周中孚撰　黄曙輝、印曉峰標校　上海書店出版社二〇〇九年版
《藝芸書舍宋元本書目》（清）汪士鐘編　《叢書集成新編》本　臺北新文豐出版公司一九八五年版
《愛日精廬藏書志》（清）張金吾撰　《續修四庫全書》影印清光緒靈芬閣刻本　上海古籍出版社二〇〇二年版
《曝書雜記》（清）錢泰吉撰　《國家圖書館藏古籍題跋叢刊》本　北京圖書館出版社二〇〇二年版
《鐵琴銅劍樓藏書目録》（清）瞿鏞編　清光緒瞿氏刻本
《增訂四庫簡明目録標注》（清）邵懿辰撰　邵章續録　上海古籍出版社一九七九年新一版
《藏園訂補郘亭知見傳本書目》（清）莫友芝撰　傅增湘訂補　傅熹年整理　中華書局一九九三年版
《清吟閣書目》（清）瞿世瑛編　《叢書集成續編》本　臺北新文豐出版公司一九八九年版
《結一廬書目》（清）朱學勤編　《叢書集成續編》本　臺北新文豐出版公司一九八九年版
《帶經堂書目》（清）陳樹杓編　清宣統順德鄧氏刻本

《持静齋書目》（清）丁日昌編　路子强、王雅新標點《中國歷代書目題跋叢書》本　上海古籍出版社二〇〇八年版
《舊山樓書目》（清）趙宗建編《中國歷代書目題跋叢書》本　上海古籍出版社二〇〇五年版
《碧琳琅館珍藏書目》（清）方功惠編《廣州大典》影印清鈔本　廣州出版社二〇一五年版
《楹書隅録》（清）楊紹和撰《續修四庫全書》影印清光緒二十年聊城海源閣刻本　上海古籍出版社二〇〇二年版
《訂補海源閣書目五種》（清）楊紹和等撰　王紹曾、崔國光等整理訂補　齊魯書社二〇〇二年版
《三十有三萬卷堂書目略》（清）孔廣陶撰《四庫未收書輯刊》影印舊鈔本　北京出版社二〇〇〇年版
《書目答問補正》（清）張之洞撰　范希曾補正　上海古籍出版社二〇〇一年版
《萬卷精華樓藏書記》（清）耿文光撰　北京圖書館出版社一九九七年版
《善本書室藏書志》（清）丁丙編《續修四庫全書》影印清光緒二十七年錢塘丁氏刻本　上海古籍出版社二〇〇二年版
《八千卷樓書目》（清）丁丙藏（清）丁仁編《續修四庫全書》影印民國十二年鉛印本

《儀顧堂續跋》（清）陸心源撰 《續修四庫全書》影印清刻《潛園總集》本 上海古籍出版社二〇〇二年版
《皕宋樓藏書志》（清）陸心源撰 《續修四庫全書》影印清刻《潛園總集》本 上海古籍出版社二〇〇二年版
《古書經眼録》（清）王頌蔚撰 民國四年刊《寫禮廎遺著》本
《雁影齋題跋》（清）李希聖撰 《國家圖書館藏古籍題跋叢刊》本 北京圖書館出版社二〇〇二年版
《冶麓山房讀書跋尾》 陳作霖撰 《冶麓山房叢書》本
《日本訪書志》 楊守敬撰 《續修四庫全書》影印清光緒鄰蘇園刻本 上海古籍出版社二〇〇二年版
《藝風藏書記》 繆荃孫撰 黄明、楊同甫標點 《中國歷代書目題跋叢書》本 上海古籍出版社二〇〇七年版
《嘉業堂藏書志》 繆荃孫、吴昌綬、董康編 吴格整理點校 復旦大學出版社一九九七年版
《海日樓題跋》 沈曾植撰 錢仲聯輯 中華書局一九八二年版
《抱經樓藏書志》 沈德壽撰 《清人書目題跋叢刊》本 中華書局一九九〇年版

《木犀軒藏書題記及書録》李盛鐸撰　張玉範整理　北京大學出版社一九八五年版

《四庫全書總目提要補正》　胡玉縉撰　王欣夫輯　上海書店出版社一九九八年版

《續四庫提要三種·許廎經籍題跋》　胡玉縉撰　吴格整理　上海書店出版社二〇〇二年版

《揚州吴氏測海樓藏書目録》　吴引孫撰　《書目類編》影印民國印本　嚴靈峰編輯　臺灣成文出版社一九七八年版

《崇雅堂書録》　甘鵬雲撰　《書目類編》影印民國印本　嚴靈峰編輯　臺灣成文出版社一九七八年版

《觀古堂藏書目》葉德輝撰　《海王邨古籍書目題跋叢刊》本　中國書店出版社二〇〇八年版

《郋園讀書志》　葉德輝撰　楊洪升點校　《中國歷代書目題跋叢書》本　上海古籍出版社二〇一〇年版

《書林清話》　葉德輝撰　耿素麗點校　國家圖書館出版社二〇〇九年版

《雪堂校刊群書叙録》　羅振玉撰　民國刻本

《大雲書庫藏書題識》　羅振玉撰　《國家圖書館藏古籍題跋叢刊》本　北京圖書館出版社二〇〇二年版

《東海藏書樓書目》　王廷揚編　《書目類編》影印民國印本　嚴靈峰編輯　臺灣成文出版社一

九七八年版
《寶禮堂宋本書録》　潘宗周編　柳向春標點　《中國歷代書目題跋叢書》本　上海古籍出版社二〇〇七年版
《群碧樓善本書録・寒瘦山房鬻存善本書目》　鄧邦述編　金曉東整理　上海古籍出版社二〇一五年版
《積學齋藏書記》　徐乃昌撰　柳向春、南江濤整理　《中國歷代書目題跋叢書》本　上海古籍出版社二〇一四年版
《故宫殿本書庫現存目》　陶湘編　故宫博物院圖書館民國二十二年鉛印本
《雙鑒樓善本書目》　傅增湘編　民國十八年刻本
《藏園群書經眼録》　傅增湘撰　中華書局一九八三年版
《涵芬樓燼餘書録》　張元濟撰　《張元濟全集》本　商務印書館二〇〇九年版
《適園藏書志》　張鈞衡編　《海王邨古籍書目題跋叢刊》本　中國書店出版社二〇〇八年版
《五十萬卷樓群書跋文》　莫伯驥撰　《國家圖書館藏古籍題跋叢刊》本　北京圖書館出版社二〇〇二年版
《傳書堂藏書志》　王國維撰　王亮整理　《中國歷代書目題跋叢書》本　上海古籍出版社二〇

一四年版
《粹芬閣珍藏善本書目》　沈知方撰　《書目類編》影印民國印本　嚴靈峰編輯　臺灣成文出版社一九七八年版
《嘉業藏書樓書目》　劉承幹編　《中國著名藏書家書目匯刊》本　商務印書館二〇〇五年版
《文禄堂訪書記》　王文進撰　柳向春標點　《中國歷代書目題跋叢書》本　上海古籍出版社二〇〇七年版
《販書偶記》　孫殿起編　中華書局一九五九年版
《販書偶記續編》　孫殿起編　上海古籍出版社一九八〇年版
《蛾術軒篋存善本書録》　王欣夫撰　鮑正鵠、徐鵬標點整理　上海古籍出版社二〇〇二年版
《著硯樓書跋》　潘景鄭撰　《中國歷代書目題跋叢書》本　上海古籍出版社二〇〇六年版
《敦煌古籍叙録》　王重民編　商務印書館一九五八年版
《國立中央圖書館善本序跋集録》　臺北「中央圖書館」編　「中央圖書館」一九九四年版
《日本國見在書目録》　（日）藤原佐世　《古逸叢書》本
《經籍訪古志》　（日）澀江全善、森立之撰　《日本藏漢籍善本書志書目集成》本　北京圖書館出

版社二〇〇三年版
《古文舊書考》（日）島田翰撰　《日本藏漢籍善本書志書目集成》本　北京圖書館出版社二〇〇三年版